没有命运，只有选择

猫腻 / 著

择天记

第七卷 西风烈

图书在版编目(CIP)数据

择天记.第七卷,西风烈/猫腻著.—北京:人民文学出版社,2017
ISBN 978-7-02-012729-0

Ⅰ.①择… Ⅱ.①猫… Ⅲ.①长篇小说—中国—当代 Ⅳ.①I247.5

中国版本图书馆CIP数据核字(2017)第068675号

责任编辑	胡玉萍
	涂俊杰
装帧设计	刘　静
责任校对	刘佳佳
责任印制	苏文强

出版发行　人民文学出版社
社　　址　北京市朝内大街166号
邮政编码　100705
网　　址　http://www.rw-cn.com

印　　刷　三河市鑫金马印装有限公司
经　　销　全国新华书店等

字　　数　540千字
开　　本　890毫米×1290毫米　1/32
印　　张　16.375　插页3
印　　数　1—35000
版　　次　2017年5月北京第1版
印　　次　2017年5月第1次印刷

书　　号　978-7-02-012729-0
定　　价　39.00元

如有印装质量问题,请与本社图书销售中心调换。电话:010-65233595

目 录

第一章 —— 001
徐有容与陈长生并肩站在崖畔，面对着无穷碧。陈长生的手里握着无垢剑，徐有容的手里握着斋剑……圣女提前出关！

第二章 —— 109
青衣客在大西洲生活多年，虽然远在海外，但一直都在观察大陆上的强者，凭借着权势与白帝城的帮助，暗中收集了很多情报……

第三章 —— 249
与敬意相伴而生的是畏惧。死了才能是传奇，活着便会是压力，因为他终究是人族。

第四章 —— 337
如果黑袍或者魔帅来了白帝城，那么商行舟必然会来，相王应该也会来，甚至就连伤势未愈的王破都会来。

第五章 —— 455
圣光天使举起光矛，刺向漫天剑雨。诸剑自然生出反应，剑阵流转如云，严密地封锁住了整片天地。

第一章

徐有容与陈长生并肩站在崖畔,面对着无穷碧。陈长生的手里握着无垢剑,徐有容的手里握着斋剑……

圣女提前出关!

1·茶香满山城

数日后，一行人来到了奉阳城。奉阳城是座县城，归丰城府管辖，与别处的县城比较起来要小很多，但已经是峡谷里极热闹繁华的所在。站在崖上，看着远处县城的灯光，众人决定就在这里休息一夜时间，待清晨再入城。

想着南客的身份有些敏感，陈长生把她送进了周园。她现在已经完全忘记了当年周园里发生的那些事情，不过她很喜欢里面的环境，没有表现出来什么抵触的情绪。

当年唐三十六因为在天书陵观碑的缘故，没有进过周园，有些好奇，要求陈长生把自己送进去玩。但进去后没有多长时间，他便出来了。他觉得周园很没意思，与南客觉得周园很好，原因都是一样的。周园里没有人，只有无数妖兽。南客本能里觉得放松，而这只会让唐三十六觉得无聊。

清晨五时，陈长生清心静意，睁眼望向山崖下的峡江，觉得有些遗憾。整整一夜时间，他用神识散向峡谷两岸，想要找到除苏的踪影，却一无所获。

峡谷里的气候要比山外的平原温暖不少，奉阳县城也比汶水城的气温高很多，哪怕是隆冬时节，依然没有落雪，甚至穿着棉袄还会觉得有些热，就像江面上那几条极粗的铁索，被阳光照耀着根本没有铁寒的意味，反而让人觉得很烫。

奉阳县城依山而起，从山崖间往城里走去，沿途所见全部是茶树，而且明显可以看出来，那些茶树才被采摘过。

看着陈长生等人不解的神情，户三十二解释道："此地盛产野茶，冬时的这一批野茶味道最佳，这十几年奉阳野茶的名声越来越响亮，冬野茶也成了名贵之物，每年这个时候都会举办茶会，知府、主教亲自与会，汇聚于此的茶商更是不计其数。"

此时还是清晨，奉阳县城里已经极为热闹，那条由江边通往县城上方七宝寨的正道两旁，数十家茶行都已开门，吆喝声与彼此的问候声不绝于耳，更能闻到颇有朴意的茶香随着晨风在石阶上到处飘溢。

在户三十二的带领下，陈长生等人先去逛了逛七宝寨，又去江边看了眼著名的白龙石刻，待阳光渐烈之时，便在靠近渡口的地方寻间相对清静的茶楼坐了下来，稍做歇息，同时等着新的消息回报。

七宝寨就像个缩小版的县城，依山而起共为七层，并不如何出奇，而且因为筹备茶会的缘故，上面三层楼都被封了起来。今年又恰逢冬汛，白龙石刻有一大半被淹在河水里，唐三十六有些不高兴，直到喝了茶后，心情才恢复了些许。

"没想到这茶还真不错。"他举起手里的茶杯看了两眼，有些吃惊。杯中的野茶冒着热气，茶香浓而不腻，仿佛有某种野趣隐藏其间。

"说起品茶，世人往往第一个都会想起梁王孙，但画甲肖张却最瞧不起梁王孙，认为他为虚名所累，早已失了真趣。当年有好事之徒曾经就此事专门询问梁王孙，梁王孙笑着说道，打架我不服他，论茶我则是不得不服。"户三十二说道，"至此世人才知晓，原来肖张亦是嗜茶之人，而且他向来不喜欢那些名茶，只爱在山林里、陋村小观里寻野茶，奉阳城的野茶之所以出名，也全赖肖张这些年的宣扬。"

喝茶之时，若无小食，必有趣谈，如此才为茶叙，户三十二乃是国教里最知情识趣之人，自然不会放过这等好题目。

唐三十六乃是世家子弟，自然听得得趣，奈何陈长生、折袖与风雅二字向来没有任何关系，听着这番话，想着的不是奉阳城的茶如何，梁王孙与肖张之间的这些逸谈，而是一些很无趣的事情。

"不知道梁王孙与肖张谁更强？"陈长生问道。

谁都知道，现在正是修行界野花盛开的年代，而这个年代正是由王破、肖张、梁王孙、荀梅以及唐家二爷这些人开启的。这一代风流人物里，王破毫无疑问是最强的那一个，但画甲肖张、梁王孙也是非常了不起的人物。

当年在浔阳城里，陈长生曾经见过肖张和梁王孙一次，后来杀周通的那天，他又见过肖张一次。那天风雪漫天，他在清吏司衙门里杀进杀出，王破在雪河上断臂，破神圣领域，斩铁树于刀下，最后被肖张所救。谁都想不明白，肖张为什么要这样做。如果说梁王孙此生追求的目标非常清楚，整个大陆都知道，那么肖张究竟追求的是什么呢？

"肖张比梁王孙强。"

回答这个问题的人是折袖，他这样说的根据当然不是逍遥榜上的排名。

"他毕生追求的就是成为最强者，目标更明确，手段更简单，所以相对而言，更加可怕。"

肖张奉行的武道是什么？不是周独夫的杀道，也不是王破的直道，他的道就是战。无论打不打得过，他都要战，甚至越是打不过，他的战意越是强烈，所以才会被很多人认为是个疯子。数十年来，他与王破对战无数次，一次都没有赢过，但他从来没有服过输。现在王破已经是神圣领域的强者，双方之间的实力差距较诸往年不知大了多少倍，但相信肖张依然不会放弃。从这方面来看，王破当初在雪街上说的话没有错，唐家二爷要比肖张、荀梅等人差太多。

户三十二忽然说道："这几年肖张有些惨。"

2·江山代有王爷出

肖张这样的强者，居然被用一个惨字来形容，那必然是真的很惨。

唐三十六问道："因为那年他救了王破？"

户三十二说道："不错，当年在京都他坏了道尊的大事，朝野上下无比震怒，现在朝廷轻易动不得王破，但怎么会放过他，为了立威或是挽回当年丢失的颜面，这几年朝廷一直在通缉追杀他，他被赶得像只丧家犬一样，着实凄惨。"

像画甲肖张这样的逍遥榜强者，居然会被朝廷的一纸通缉令追杀得如此艰难，听上去似乎有些不可思议。

但不要忘记，朝廷有无数强者高手，他们可以换班，可以休息，肖张却只是一个人，无亲无朋，无论走在哪里都要警惕小心埋伏，也许出去吃碗面便会碰见朝廷清吏司最阴险的刺客、刑部最老练的捕快，而且这种日子不是一天，是无时无刻，是每时每刻。

唐三十六看了陈长生一眼。陈长生知道他的意思，摇了摇头，说道："我让离宫派人带过话，但他连人都不肯见。"

唐三十六问道："那王破呢？他总应该做些什么。"

陈长生说道："两年前我这边最后收到的消息是，肖张提前便放出话来，说王破如果要出手帮他，他会当场自杀。"

唐三十六心想这还真符合肖张此人的性格，摇头说道："他确实丢不起这人。"

户三十二说道："奉阳县城的冬野茶，因肖张而扬名大陆，所以每年奉阳县都会把最好的茶叶给他留一份，如果不是朝廷追杀得紧，说不定明后两天我们还真可能看到肖张出现。"

峡江两岸尽是茶树，被采摘然后晾晒，在城里堆成了好些座茶山，其中品质最好的那些冬野茶，按照品级不同，沿着七宝寨的石阶摆放，越往上面去，茶叶的数量越少，当然也最为名贵，按照惯例，最上方摆着两筐最好的茶叶。

户三十二指着那处继续讲解道："那两筐茶叶比金子还要贵得多，而且根本就是有价无市，无处买去。"

陈长生问道："那两筐茶叶是送到哪里去的？"

户三十二说道："都是贡品，一筐会入宫。"

陈长生问道："那另一筐呢？"

听到这句话，唐三十六像看白痴一样看了他一眼，户三十二的神情也有些怪异，说道："自然是送给您的。"

陈长生才想明白，既然是进贡的名贵茶叶，一筐送进皇宫，另一筐自然会送进离宫。不管朝廷与国教之间如何，在奉阳县城这种小地方，两边都必须以最大的敬意供奉。

"以前会给肖张留的茶叶也是这种？"唐三十六问道。

户三十二摇了摇头，指着七宝寨最高处的承宝阁，说道："给肖张的野茶是特制的，放在那里面。"

唐三十六说道："以肖张的性情，就算明知道朝廷有可能选在此地围杀他，说不定还会偏偏过来。"

户三十二说道："他已经两年没来了。"

唐三十六问道："那盒茶叶归了谁？"

户三十二说道："明面上，自然会说没有送出去，但很多人都知道，是送到了京都相王的府里。"

唐三十六神情微异问道："这是为何？相王凭什么能越过朝廷与国教去？"

户三十二笑着说道："丰城府的知府是王爷的门生。"

便在众人茶叙闲谈之际，高天之上的薄云忽然被一道阴影扯出一道丝缕，一只红雁破云而至,落在远处的县衙里。紧接着,便是锣鼓声响起,有告示贴出,县衙处甚至还传来了赞乐声。

这三年时间,陈长生一直在北疆雪岭,唐三十六被囚禁在老宅与祠堂里,不明白这是发生了何事。

"天机阁换榜了。"户三十二的神情有些复杂。陈长生和唐三十六这才明白发生了何事。

以前天机阁换榜,基本上会在大朝试前后或者天书陵观碑前后,如今大朝试已经停了三年,天机阁也已经名存实亡,榜单的更换却还在继续,只不过现在已经与国教没有太多关系,基本上都是朝廷的手笔。这并没有影响到几个榜单的公信力,毕竟对于普通百姓来说,天机阁的威名犹存,如今还加上了皇帝陛下的御玺,只会让世人更加信服。

茶楼上的谈话就此停止,众人安静地喝着茶,听着街上不时传来的声音。

最先宣读的还是青云榜。随着苟寒食、陈长生这些名字的离去,随着年纪轻轻却能通幽的修道天才数量越来越多,这个曾经代表着修道天才少年潜质的榜单,已经越来越没有人关注,陈长生却注意到青云榜上有几个自己知道的名字——伏新知、陈富贵、初文彬,这都是国教学院当初招的第一批学生。看起来,苏墨虞在京都主持国教学院,做得不错。

与当初天机阁主持事务时不同,现在朝廷更换榜单时,点金榜与逍遥榜也会一道公之于众。接下来宣读的便是点金榜,这一次他听到了更多熟悉的名字,苟寒食、关飞白、梁半湖、钟会……他和徐有容因为身份的原因,自然不会再排进任何榜单里,但此次点金榜依然是数百年来,平均年龄最小的一次榜单。除了周独夫、陈玄霸的那个年代,再没有哪个时间段有如此多的年轻人进入聚星境,真不愧是野花盛开的时代。

再接下便是逍遥榜,王破三年前越境之后,终于离开了被他守了数十年的榜首之位,曾经最有希望赶上他的肖张因为被朝廷通缉的缘故直接没有资格进入排名,于是现在的榜首自然是梁王孙,之下便是小德等早已声名远播的真正强者,而当陈长生在第九的位置听到大名关白四个字时,不免有些惊喜。

当逍遥榜宣读完毕,还是没有听到秋山君的名字时,他望向峡谷的上游,摇了摇头,不知在想什么。

忽然间,远处县衙里升起了烟花,因为被渐盛的晨光冲淡,不是那般艳丽,想来是临时决定，不知道是因为何事。为何县衙里会有赞乐，会有烟花，以及最重要的……为何朝廷会忽然换榜。

很快，茶楼上的陈长生等人以及江畔的民众们便知道了缘由。相王竟然进入了神圣领域！

3·冬天里狂野的铁枪与茶

丰城知府为了明天的茶会已经来到奉阳县城，此时的县衙里应该到处都是恭喜的声音。听到这个消息，茶楼里的众人对视无语，心头都生起了一道凛意。

谁都没有想到，相王这次闭关居然真的成功进入神圣领域。这意味着从越过那道门槛开始，他只要不谋反，或是与道尊对着干，那么他在大周朝的地位便再也无法动摇。无论在朝堂上还是在军方，相王都极有势力，如今进入神圣领域，毫无疑问成了真正意义上的权臣。

陈长生想着以前徐有容对相王的评价不高，说这位王爷虽然天赋出众，但荒淫无道，无望神圣，现在看来，这些自然都是假象。相王能够维持这个假象多年，那必然所谋极大，也就意味着他很有野心。身为大周朝最有权势的王爷，如果还有什么野心，那么他想要什么就很清楚了。陈长生有些担心远在深宫里的师兄。

这个时候，街上再次响起了宣读诏文的声音。相王进入神圣领域，竟然还不是这次榜单更换的全部内容。三个月前，离山剑宗掌门以心洗剑，成功地进入神圣领域！

听到这个消息，茶楼上有些压抑的沉默气氛，顿时被驱散了很多，如江上清风徐至。

唐三十六对陈长生说道："恭喜。"

国教学院以前与离山剑宗之间有很多恩怨纠葛，甚至有很难化解的敌意，但那些都已经是往事。现在整个大陆都知道，离山剑宗在朝廷与国教之间当然会支持后者，他们和陈长生是盟友。离山剑宗掌门进入神圣领域，对陈长生和国教来说，当然是件好事。虽说一位神圣领域强者没有办法改变双方之间的实力不对等，但至少可以冲淡些相王带来的震撼。

陈长生心想原来离山出了这样的大事，难怪罗布和关飞白都要急着赶回去。大家都很高兴，唯独折袖的脸上没有什么表情。

唐三十六明白这是为什么，安慰说道："别想太多，反正就算离山剑宗掌门没进入神圣领域，你也打不过他。"

那只红雁结束了传讯的工作，应该是在县衙里补充了食粮与水，又歇息了片刻，重新飞了起来，顺着县城的山道，向着江边急飞而去，想必到了开阔处，便会振翼飞起，破云而去，为更远处以及更偏僻地的人们带去朝廷的意志。

县城里的人们看着低空里那道快若闪电的红影，兴奋地鼓掌喝彩起来，无数道视线随之而移，茶楼上的陈长生等人也不例外，目光随着红雁来到峡江之上，看着它振翅而起，很快便飞过那数道铁链，向着天空飞去。

忽然，无数道弩箭从峡江对岸的山林里射了出来！那只红雁根本没有任何准备，便被弩箭射中，从高中坠落到了江水里，迅速消失不见。看到这幕画面的所有人都惊呆了。

陈长生的神情变得有些凝重。

他看得很清楚，这些弩箭不是为这只红雁所射。这些弩箭的气息很可怕，应该是神弩所发。再如何重要的红雁也不需要如此密集的弩箭齐射，更不需要动用神弩箭。而且这只红雁携带的消息与紧急军情没有任何关系。那么这些神弩箭想要对付的真正目标是谁？

峡江上方的天空里缓缓飘着些云，遮不住晨光，更没有任何暴雨的征兆。然而就在下刻，一道令人耳膜刺痛的巨响，在天空里炸开，仿佛一道旱雷。无数道神弩箭再次破空而去，不知消失在何处，然后十余道诡异而恐怖的剑光，在天空里出现。一朵云骤然散开，呼啸的破空声响起。

江水骤然生乱，浊浪排空，对岸山林里狂风大作，无数树木齐腰而断，然后响起无数声闷哼与惨呼。无数道鲜血从密林里溅射而出，落在江面上，就像先前那只红雁般，很快便没了踪影。

横越在江面上的那道铁链剧烈地摇摆着，不停地发出撞击声。一双已经很破旧的皮靴，踩在了铁链上。无论铁链再如何摇晃，无论江水如何湍急，无论那些弩箭与剑光如何犀利，那双旧靴都踩得无比稳定。

大风在江面上继续呼啸着，拂动着那张白纸，发出哗哗的声音，竟把铁链的声音都掩了下去。那人站在铁链上，脸上蒙着白纸，遮住了脸，挖出几个黑洞，看着还是那般恐怖。但和以前相比，他脸上的白纸缺了小半截，而且上面还残着些发乌的血渍，应该是很久以前受伤留下的痕迹。很明显，他受了很重的伤，而且一直在不停地被追杀，竟连休息片刻的时间都没有。

换作任何人在这种情况下想着的都应该是逃走，至少要节省些力气。但那个人没有这样做，他提着那把著名的铁枪，挡掉射来的几道弩箭，震退一道犀利的剑光，便向奉阳县城走了过来。

无数道视线落在他的身上，随着他的脚步移动，沉默而紧张。

那人对着县城喝道："老子的茶，谁他妈敢动！"

整座奉阳县城都没有声音，没有人敢回答他的话。一声断喝，全城俱默。此人真是好生嚣张。不愧是画甲肖张。

奉阳县城的冬野茶，因肖张而扬名，但因为被朝廷通缉的缘故，他已经两年没有来参加过奉阳县城的冬野茶会，奉阳县城父老当年承诺给他的那盒茶，如今也送到了相王府里，所有人都以为他今年也不会出现，他却偏偏来了。所以这座县城里的人们不知道该怎么回答。

铁链摇晃着，发出清脆的撞击声，江水荡漾着，发出沉闷的撞击声，除了这些声音，再没有任何声音。

肖张从铁链上走了下来，站到了奉阳县城的土地上，然后顺着那条长长的石阶向上走去。这道石阶的最上方便是七宝寨。七宝寨的最高处是承宝阁。承宝阁里放着一盒茶。难道他真的是来拿茶的？

4·铁打的棒棒儿

峡江上下游出现了十余艘大周水师的兵船，船上有很多神弩营的士兵。破空之声响起，很多朝廷的高手登岸，向着奉阳县城追了过去。

数名青衣飘飘的道人，从对岸的山林里掠出，在水师船上轻点，落在了江畔。这些青衣道人神情清冷，境界高深莫测，提着道剑，来自洛阳长春观。

破旧的皮靴踩在晨露未干的石阶上。石阶两旁的茶商还有行人，看着走过来的那道身影，下意识向后退去，不知道是因为害怕还是惭愧。肖张看都没有看一眼那些人，也没有理会正赶过来的那些朝廷高手，提着铁枪，面无表情继续向上走着。

不知何处的街角传来几声惊呼，然后迅速消失，微乱的人群里，隐约可以看到散发着幽幽寒光的弩箭。那数名青衣道人如鹤般，飘掠到了石阶上，来到了肖张的身后，神情凝重，随时可能出手。

奉阳县城从江边到七宝寨的道路全部是石阶，有好事者数过，共有七千余级。如果是普通人，需要很长时间才能走完。但对肖张这样的人物来说，哪怕他受了很重的伤，依然不需要太长时间。片刻后，他便来到了石阶的中段，街边是一处很小的草地园林。数十名民众站在草地上，冬树下，神情复杂地看着他，有些害怕，有些不安。

忽然，一道极其暗淡、很难引起注意的剑光，穿破一名民众手里提着的菜篮，向肖张刺去。这是谁都很难想到的方位，这一剑非常阴险。

肖张却似乎早有准备，低哼一声，手里的铁枪破空而起，挟着暴烈的风势，准确地击中那道剑光。啪的一声脆响，那道剑光顿时碎成了无数截，隐藏在人群里的那名刺客，惨然退后，重重地撞在冬树上。树叶飘落在刺客的身上，然后被喷出来的鲜血染红。那名刺客满脸惊恐，想要站起逃走，却已经无力站起。

出乎意料的是，肖张只是看了这名刺客一眼，便没有再作理会，继续向着石阶上方走去。

陈长生等人已经离开了茶楼，站在人群的后方。看着这幕画面，唐三十六赞道："好手段。"

当年天书陵之变那夜以及随后的那段日子，肖张一直是国教极棘手的敌人，但从他在洛水畔救了王破之后，情势已然不同。至少在唐三十六看来，这位现在本应在逍遥榜榜首的强者是己方必须争取的强大外援，当然在情感上倾向于他。

听着唐三十六的赞叹，户三十二没有说话，折袖却摇了摇头，明显有不同的看法。

"他伤得太重。"陈长生有些担心地说道，"比我们想的还要重。"

唐三十六这才明白过来。按照肖张的暴烈战法，如果他的战力还保存着十之六七，即便那名刺客来自天机阁，一招之下也必然骨折身死。就算对方能侥幸活着，以肖张的行事风格，也必然会再补一枪，让对方死得不能再死。现在那名刺客没有死，这只能说明肖张的伤势超乎想象得重，重到他连再动一枪的力气也不愿意损耗。

果不其然。有几名朝廷高手趁着人群微乱的机会向肖张发起了进攻。肖张成功地击退了那几名朝廷高手，身体也晃了起来，似乎下一刻便会摔倒。

"有新伤,更多的是旧患。"

折袖和肖张一样,都视战斗为生命,眼光非常准,很清楚地看出了肖张的问题。被朝廷整整追杀了三年时间,不眠不休地不停战斗,哪怕肖张的身体真是铁铸的,也会感觉到累。一旦他累了,反应速度必然会减退,就容易受伤。一旦他开始受伤,便会继续受更重的伤,直至真元枯竭,疲惫不堪,再无战力。

他是聚星巅峰的逍遥榜强者,可以说是神圣之下难逢敌手,便像是荒原里的独行巨兽。奈何被朝廷高手们像食腐的秃鹰那般追逐了这么多天,厮杀了这么远的路程,终究也会有轰然倒下的那天。

肖张终于来到了奉阳县城的最高处。他站在七宝寨前,望向下方的那条峡江,眼睛眯了起来。

朝阳已经越过了山峰,阳光很烈,明晃晃的有些刺眼。

他看得很清楚,那些朝廷高手与神弩营的士兵,已经把整座奉阳城都包围了起来。他虽然没有意乱,但有些心烦,就像看到了挥之不散的一群苍蝇。

肖张这样的人物或者会觉得自己确实很像一只荒原独行巨兽,但绝对不会承认那些追杀自己数年时间的朝廷高手是秃鹰,在他看来这些家伙就像烦人的蚊蝇,天天在耳边嗡嗡叫着,让自己难以安眠,所以自己才会这么困。

是的,就是有些困。他觉得自己只是想要睡觉,不然眼皮子为何会变得这么沉重,不然为何嘴唇会有些麻,不然怎么会被这些人追上。困意越来越浓,他的眼皮子越来越重,连他自己都分不清楚是眯着还是已经合上。

朝阳照耀着奉阳城,也照在他的脸上。他摇晃了两下,便向地面摔去。但,他没有顺着石阶滚下去。啪的一声闷响,铁枪的尾部重重地扎进地面,在最危险的这一刻,帮他撑住了疲惫至极的身躯。

看到这幕画面,那些一直没有忘记肖张给奉阳城带来好处的民众,有些不忍再看,转过头去,有些人则是站了出来。最先站出来的是奉阳县城里的一名茶商,还有茶行里的十余名伙计。

"护住肖爷!"

那名茶商咬牙喊道,带着伙计们奔到七宝寨的石阶上,拦在了肖张的身前,拿出平时贩茶时护身的刀剑,更多的则是拿起了平时用来挑货的扁担,对准了那些越来越近的朝廷高手。

作为茶商,平时在贩茶时难免会遇到些麻烦,在奉阳县城里,同行之间难免也会发生些冲突,但这名茶商性子剽悍,手底下的伙计们也极强悍,在城里颇有些名声,然而,就凭他们这些人又如何拦得住那些朝廷高手和神弩营?

但紧接着,又有更多的茶商与民众加入了他们。

七宝寨的石阶上很快便站满了百余人。

5·有迹可循的爪影

肖张有些艰难地睁开眼睛,看着身边这些普通人脸上的紧张神情,心情变得有些怪异。

在修道者的眼里,他是个只知道战斗的疯子,畏他惧他,曾几何时,竟然会有人真心敬他护他?当年他说奉阳县城的冬野茶好,只是因为他真觉得这茶比梁王孙爱喝的大红袍好无数倍,又哪里想过是要给这座偏僻县城里的人们带来什么好处?然而这些他平日里看都懒得看一眼的普通人,这时候却站在他的身前,哪怕明明已经怕得要死,握刀的手都在发抖,却不肯离开。

忽然间,他觉得自己这辈子除了那些痛快至极的战斗,还有些别的事情做得不算亏。

比如当年在风雪里的洛水救了王破,比如当年赞了句这座小县城的冬野茶。

奉阳城淳朴却剽悍的民风,在这一刻得到了充分的体现。站满了七宝寨石阶的这些男人还有那些在外面不停喊着什么的民众,都是证明。

但朝廷高手们和神弩营军士们的神情都没有任何变化。那些青衣道人的神情更是漠然至极。在他们的眼里,无论肖张还是这些奉阳县城的民众,已经和死人没有任何区别。青衣道人顺着石阶向上走去。

眼看着一场流血事件将要发生,奉阳县城里今日会死很多人。青衣道人无所谓,就算死再多人,只需要用民变二字便可以解释。

最惨的当然是即将死去的这些民众以及主官。奉阳县城的主官当然是县令,但对他来说非常幸运的是,为了准备参加明天的冬野茶会,丰城府的知府大人已经到了。无论今天发生什么事情,最终需要负责任的,当然应该是知府大人。这位知府大人自然不会任由这场流血事件发生。

丰城知府已至中年,容颜清癯,两鬓斑白,颇有威严。他向青衣道人们揖手为礼,说道:"几位道爷,请暂待片刻。"

青衣道人应该知道他是相王的门生,闻言停下脚步,神情依旧漠然。

"你们这些愚鲁之辈只想着逞一时之勇,却要把我奉阳城老少尽数陷于不义之地吗!"知府大人望向那名茶商以及石阶上的民众,神情严厉喝道,"你们护着的肖张是何人?他是个杀人不眨眼的狂徒!像他这样的人难道对你们有何真情义?当年不过随口一说罢了,何至于你们要拿命来护着?"

人群里有人高声说道:"现在咱们茶卖得这般好,户户都有钱挣,难道不用感谢吗?"

知府大人厉声喝道:"我奉阳城的野茶为何能卖得如此之好,那是因为朝廷给你们修好了码头,通了商船,还把这茶做了贡品,要感谢你们更应该感谢朝廷,而不是这个被朝廷通缉的罪犯!"

周遭的民众微微骚动,然后议论起来,虽然还没有散去,但至少已经不像先前那般紧张。

肖张眯着眼睛,看着那名知府说道:"嘴皮子功夫倒是不错。"

知府大人神情坚毅道:"你也不用威胁本官,我不怕你,你不想听我说话,杀了我便是。"

肖张说道:"若是以往,你这时候就已经死了。"

知府盯着他脸上的白纸厉声喝道:"死又如何?我俯仰无愧天地,为生民出言,死得其所,而你不过是个被朝廷通缉的罪犯,只会欺凌弱小,滥杀无辜!真真是十恶不赦,万死莫赎!"

"肖张脾气暴烈,对战时手底下死过不少修道强者,着实算不上什么好人,但要说欺凌弱小、滥杀无辜……这却不是他会做的事情,不是他不愿意做,而是他不屑于做。"在人群里,户三十二对陈长生低声说道。

今日的奉阳县城来了很多朝廷高手,还有神弩营,最关键的是还有那几位青衣道人。如果没有什么意外发生,肖张可能真的会迎来死亡的结局。户三十二对陈长生低声说话的时候,看着他的脸色,就是想知道,教宗陛下到底是怎么想的。现在能改变场间局势的,自然便是陈长生一行。

就在这时,户三十二忽然发现,一直不离教宗身边的折袖不见了。

"你不了解我们,不然你就不会说这句话,更不用在说话的时候还要看他

013

的眼色。"唐三十六对他说道,"你看,折袖就不用看他的眼色,自己走了。"

户三十二有些没明白他的意思,直到下一刻听到石阶上方传来的凌厉破空声。

朝廷追杀肖张已经有三年时间,追杀的队伍不停地换着人,但除了那些隐藏在暗处的天机阁刺客,主力还是来自刑部。数名来自刑部的高手,驱散了人群,堵住了肖张退走的道路,解下身上的铁索,便向肖张套了过去。

那些带着阴森气息的铁索以及手法,与唐家五样人里的那六名衙役相比要差很多,但隐隐一脉相承,自有威势。肖张这时候连站都已经快要无法站稳,哪里还能避开这些铁索。既然无法避开,那就不避了。无力再避不代表无力再战。

他闭着眼睛,想着稍后应该用哪一招把那些青衣道士挑死一名,然后跳进江里。就算死,他也要死得符合自己的名字,得嚣张一些。

但下一刻,他没能感受到那些寒冷而沉重的铁链套中自己的颈,而是听到了一连串密集的乱响。那些响声很清脆,明显是金属的撞击,却又过于干脆,就像是金属折断。

他睁开眼睛望去,只见眼前的光线里,到处飘飞着铁链的碎片,竟有些好看。在那些铁链碎片的深处,隐着一些极其锋利的痕迹,却看不出来是什么兵器。

那几名青衣道人看着刑部高手们手里的铁链断裂,眼瞳微缩,便向石阶上方飘掠而至。他们没有理会那些把铁链斩碎的凌厉气息,目的非常清楚,就是要把肖张杀死。数道幽暗至极的剑光,以极为诡异的角度,向着肖张的要害刺去。

这些青衣道人来自洛阳长春观,修行的是国教正宗道法,从某种意义上来说与陈长生是同门,但不知道是不是因为长春观在历史的夜色里隐藏了太多年,他们的剑法要显得更加奇诡难测。

但他们的剑还是没能刺死肖张。石阶上再次响起密集而清脆的金属撞击声。数道极为深刻的无形痕迹,撕裂晨光,在石阶上的空中留下残影,看着就像是一只狼爪。

6·我可以站得更高些

烟尘微敛,折袖的身影在肖张的身前显现出来。他穿着单衣,袖口与裤腿都被裁剪得很短，无法遮住那些像铁刺般的毫毛伸出。他的双手前端探出了十根无比锋利却又坚韧的爪尖，寒光四溢，看着令人不寒而栗。更令人感到恐怖的是，他的脸上也生满毛发，牙齿变得锋利无比，眼瞳里尽是一片疯狂的猩红色。看到这幕画面，人群里爆发出一片惊恐的呼喊声，如潮水一般拼命向后退去。

折袖根本没有理会这些事情，只是盯着那几名青衣道人。这几名青衣道人的境界实力很强，但更可怕的是，他们很危险。强者并不见得就代表危险，没有谁比折袖对这个道理的认识更清楚。

所以他毫不犹豫地第一时间就进行了狂化，用自己最强的状态来面对敌人。

数柄道剑嗡嗡作响，在晨光里以极高的频率颤动着。

几名青衣道人看着折袖，微微皱眉，没有说话，也没有进攻。折袖虽然自幼便在北疆雪原战斗生活，但在大周朝腹地的名气一直很大。青衣道人们只看了一眼，便认出了这位来自狼族的青年强者，斡夫折袖，年轻一代修道强者里最危险的那一个。这是公认的事实，虽然这些年，他已经很久没有展现过自己在战斗方面令人恐惧的经验与毅力。

如果折袖坚持要护着肖张，今天必然会陷入一场苦战，甚至有可能是血战。但青衣道人们只是警惕，并不畏惧。他们很冷静地判断出，折袖不能改变最终的结局，肖张必然会死。他们之所以停下脚步，不是因为折袖忽然出现，而是因为他们知道，折袖离开雪原之后去了哪里，一直和谁在一起。

果然，就在下一刻石阶下方的人群像潮水一般向着两边退去。陈长生顺着石阶向上走来。整座奉阳县城变得无比安静，鸦雀无声。

这里没有谁认识陈长生，但大周朝的民众都是国教信徒，又有谁会不认识他手里的那根神杖？整个大陆谁有资格握着这根神杖？终于有人醒过神来，发出了一声惊呼，于是整座奉阳县城都醒了过来。还是像潮水一般，无数民众跪到地面上，向陈长生拜倒，无数道虔诚而敬畏的声音合在一起，仿佛雷霆。

"拜见教宗陛下。"

陈长生来到折袖身边，转身望向那几名青衣道人。那些青衣道人向陈长生拜倒，神态恭谨，看不出任何不情愿的情绪。

陈长生点了点头。在场的官员还有那些来自刑部的朝廷高手，也都跪了下去。

陈长生望向肖张，看着他脸上那张已经有些破旧的白纸，想着当年在浔阳城初遇时的场景，不禁有些感慨。直到此时，他都没有看一眼那位知府大人。知府大人脸色变换片刻，终究还是掀起官衣，跪了下去。肖张没有跪下去，因为他没力气，当然就算他还有很多力气，也不会跪陈长生。

陈长生任教宗已经有三年，尤其是最近这段时间，随着他重新出现以及朱砂丹的事情，他在大陆上的声望越来越高。

在肖张的眼里，他还是那个浔阳城里天赋不错、性情够硬，但像王破一样无趣的少年。总之在他看来，陈长生是后辈，那他凭什么要拜？

肖张问道："你怎么在这里？"

陈长生说道："刚好路过。"这自然是托词，谁都不会相信。

肖张接着问道："你要做什么？"

陈长生说道："我要赦免你的罪。"

说完这句话，他举起了手里的神杖。接下来，只需要肖张跪下，然后他用神杖的前端轻点肖张的头顶三次，便会完成这次赦免的仪式。

"且慢！"知府大人强行压下内心的畏怯，看着陈长生颤声说道，"离宫何时能够干涉朝政了？"

按照大周律法以及不成文的一些旧例，离宫一般不得干涉朝政事务。陈长生终于看了这位知府一眼，但还是没有说话。

"依大周律刑疏首令，非谋逆之罪，教宗陛下有特赦之权。"户三十二不知何时来到了场间，看着这位知府大人面无表情地说道，"你当年大朝试第几名，怎么连这都不知道？"

知府大人的脸色变得异常难看，他熟读律法与教典，理应知道教宗陛下有特赦之权，只是前代教宗在位数百年都没有用过，不要说是他，只怕连朝里的诸公都忘记了这件事情。

先前他说的那些话是如此铿锵有力，掷地有声，此时仿佛还有回响。

"你滥杀无辜，万死莫赎。"

"所以，你十恶不赦。"

然而就在他说完这番话后没有多久，教宗便出现在他的眼前，说要赦免肖张的罪。这便是教宗的特权，管你万死莫赎还是十恶不赦，我赦免你，你便没有罪。

唐三十六也来到了场间，指着那几名青衣道人说道："若说国教不得干涉朝政之事,这些长春观的道士为何敢当街杀人?知府大人是不是先派人把这几位抓进大狱里再说?"

青衣道人们神情不变,知府大人的脸色更加难看。

就在这个时候,肖张忽然说道:"我可不会跪你。"

如果他坚持不肯跪,那么特赦的仪式如何完成?谁都没有想到,事情眼看着便可以解决,忽然又出现了这么一个问题。唐三十六看着肖张准备说几句刻薄话,被陈长生止住。

"我站高点就好了。"

陈长生往上方走了几步,转过身来。这时候他的位置比肖张要高数个台阶,高度刚好合适。肖张不需要跪倒,他举起来的神杖,也能像律尺一样平直地落在他的头顶。没有任何声音响起,神杖的前端轻轻地触碰了三次肖张的头顶,仪式便完成了。

自始至终肖张都没有说话,也看不到白纸下面他的表情是什么样,错愕还是恼怒?

片刻后,他伸手摸了摸头顶,说道:"有些痒。"

7 · 做彼此只能远观的风景

奉阳县城的民众依然跪在长街两侧,黑压压一片,鸦雀无声。

"都散了吧,想来大家都还有很多活要做。"陈长生说道。

当年从寒山下的小镇开始,他便有了被信徒集体跪拜的经验,但到今天他还是有些不习惯。换句话说,所谓不习惯就是腼腆或者说羞涩,所以他的声音有些低,无法让更多人听见。

"赶紧都散了!该开业的开业,该上工的上工,该上学的上学!"

唐三十六对街上的人群喊道。他的声音很大,神情很自然,仿佛自己才是教宗。自然没有人听他的。

很快,奉阳县令便调了兵士过来维持秩序。长街两侧的民众站起身来,却没有走,死死地盯着陈长生,脸上的情绪非常多样,敬畏、虔诚、炽热、激动,不一而足。对这些偏僻小城的民众来说,这辈子可能就今天这次机会能够亲眼看到教宗陛下,哪里愿意离开。

奉阳县城道殿里的教士也赶了过来，但他们与普通信徒也没有太大区别，见着陈长生便紧张得说不出话来，道袍瞬间便被汗水打湿，双腿比肖张还要软，哪里能起到什么用处。

那些青衣道人与朝廷高手也没有离开。

唐三十六看着他们说道："怎么？难道你们想在数万人眼前行刺教宗，以成就千古未见之愚蠢壮烈局面？"

如此刻薄、嘲弄、粗粝的话，却自有用处，因为诛心诛得太明，明到所有人都能听懂。无数道民众愤怒的视线，落在了青衣道人与朝廷高手们的身上，当然那些官员也没能幸免。官员与朝廷高手们退到了远处，神弩营去掉弩机以防被视为不敬。那数名青衣道人站到了十余丈外，但没有离开的意思。

陈长生拿出些药丸。户三十二去七宝寨里要了碗清水。肖张接过，就着那碗清水，直接把满满一捧药丸咽了下去。

陈长生犹豫片刻，说道："那药是三天的量。"

听着这话，肖张脸上的白纸哗哗作响了起来。

"没风啊，难道是鼻息？不愧是逍遥榜强者，生气居然都这么大动静。"

唐三十六很认真地说道。换作以前，他也不会怕肖张，更不要说现在。这三年老宅与祠堂里的幽禁岁月，尤其是后面这半年，着实把他这张嘴给憋得太狠了。

不知道什么时候，唐家少爷和苏离很像的事情，在大陆流传了开来，肖张知道和这个家伙斗嘴没有什么好处，懒得理会，对陈长生说道："你不要指望我会给离宫卖命。"

"命这种东西，当然不能拿来卖。"陈长生说道。

唐三十六在旁说道："谁说不能卖？你考虑过我的偶像兄怎么生活吗？我在祠堂里的最后那张牌怎么打？"

陈长生看着他，没有说话。唐三十六摆了摆手，示意自己明白，不会再随便说话。

陈长生看着不远处那些青衣道人说道："有罪无罪，都是朝廷的一句话，我能赦免他们加在你身上的所有不实之罪，但他们随时可以给你安上新的罪名，依然不停地追杀你。"

肖张说道："当年在洛水出枪的那个瞬间，我没有想过这么多，那么现在我就不需要想了。"

"你的伤太重,而且太多,需要调养,所以我想给你安排一个地方暂时避避风头。"陈长生对他说道,"我不是王破,与你没有任何恩怨情仇,你不需要回绝我的好意。"

肖张沉默了片刻,说道:"其实我想过找个地方避一下。"

被朝廷追杀了整整三年时间,哪里会不觉得疲惫,他再如何嚣张,也知道这样下去不行。不久前他受了一次重伤后,确实想要找个地方静养,问题在于这种地方不好找。敢对抗道尊商行舟的威严,并且有能力护住他的宗派山门非常少。像槐院与离山剑宗这种地方与他有旧怨,他不愿意向对方低头,哪怕死也不愿意。

他最终选择的地方,和陈长生准备带他去的地方,是相同的地方——圣女峰。

听到肖张的话,陈长生等人有些吃惊,心想既然你已经去了圣女峰,为何会被朝廷追杀到了此间?

"我没能进圣女峰。"肖张的眼光穿过白纸上的两个黑洞,变得有些幽深,不知道是不是想起了那天的情景,"那些小姑娘的剑阵应付起来很麻烦,而且既然对方无意,我难道还要苦苦哀求?"

陈长生觉得更加奇怪。洛水之战后,朝廷开始追杀肖张,谁都知道,离宫对他会是怎样的态度。就算徐有容在闭关,南溪斋无人主事,斋里的人们不喜欢肖张过往的行事风格,但何至于态度如此强硬?

想着这些问题的时候,他与肖张的视线对上了。他忽然明白,肖张是想告诉自己,南溪斋可能出了些什么事。

"离开南溪斋的时候,我遇着朝廷的队伍,赶紧避开了。"

"为何?"

"因为那里面有两顶轿子,我不确认是谁,但都要比我强大很多。"

陈长生与唐三十六对视一眼,知道了答案。

"是相王与无穷碧……他们去哪里?"

"不清楚,随后我被一个怪物偷袭,为了驱除毒素旧患发作,又被这些苍蝇追击,很是心烦,便想来这里喝杯茶。"

喝茶确实可以清心静意,但陈长生等人知道,肖张必然是觉得命不久矣,才想着来这里喝茶。同样是喝茶,缘由与心境却是不同的。

那个怪物陈长生也隐约猜到了是谁。能让肖张这样的人物中毒受伤，还能是谁？

"最近有吃饱饭吗？"陈长生问道。

肖张说道："能吃饱，但吃不好。"

时刻要警惕会不会有刺客偷袭，会不会被下毒，任谁都很难把饭吃香了。七宝寨里便有酒楼，他们找了间包房坐下，很快便有一席极为丰盛的酒菜端了上来。陈长生也在吃，自然没有人敢下毒。肖张没有理会其余人，筷落如风，很快便把盘子里的好菜吃完了。他没有喝酒，只是喝了半壶冬野茶。

如此放松地吃饭，对现在的他来说，已经是件很奢侈的事情。饭饱茶足后，因为过于放松，肖张倒头便睡，鼾声仿佛要响彻整座县城。陈长生等人静静地看着他，没有说话。

酒楼外，无数民众静静地看着他，也没有说话。

8·江上风清

三天的药量被一次吃了，如果换作普通人，只怕会出问题。肖张不会出问题，他的复原能力无比强悍。酣然沉睡半个时辰后，他醒了过来，说道："精神已足。"

陈长生说道："真的不要同行？"

"并非同道中人，何必同行。"

肖张起身接过陈长生递过来的干粮与药盒，提起铁枪向外走去。他没有就此离开，而是走到七宝寨最上面的承宝阁里，拿走了那盒古茶。

然后他望向那些青衣道人和朝廷的高手，说道："来，继续。"

肖张走了，那些青衣道人与朝廷高手还有神弩营也都走了。陈长生等人自然也要走了。

长街两边的奉阳县城民众没有走。他们对着陈长生跪拜不止，虔诚行礼，甚至很多行动不便的老人家，也被自家子侄抬到了街边，希望得到教宗的赐福。

如果放在别的时候，陈长生应该会在奉阳县城留一段时间，给信徒们看看病，或者按教典上说的那样进行一场光明小祭。但现在他没有时间，他必须离开，好在户三十二已经传书邻近的道殿，已经做好了相应的药物发放安排。按照陈长生的要求，应该还会有一两位擅长圣光术的神官过来。

"愿圣光与你们同在。"

陈长生对奉阳县城的民众们说道。民众们再次拜倒，如潮水一般。

离了奉阳县城，越过铁链，来到人烟稀少的峡山里。

想着先前的那些画面，唐三十六说道："直到刚才，我才感觉到你真的是教宗。"

教宗是神圣的，必然会得到无数信徒的敬畏，但发自内心的爱戴却并非那般容易。一般而言，这需要时间的累积，从而发生声望的累积。

陈长生继任教宗不过三年，像奉阳县城这种偏僻的小地方，如果道殿宣颂不力，甚至很多信徒还不知道这件事情。他能够得到如此多信徒发自内心的敬爱，很大程度上要归功于像桉华对朱砂丹的宣扬，国教的颂圣活动起了非常大的作用。

陈长生不想说这些事情，转了话题道："肖张遇到的那个小怪物应该是除苏。"

唐三十六说道："可能，如果肖张不是事先受了重伤，怎么会被他偷袭成功。"

折袖说道："未必见得，除苏在汶水城里也受了伤，所以你不要落单。"

唐三十六听懂了他的意思，微惊说道："难道那个怪物如此麻烦。"

陈长生说道："确实很麻烦。"

说这句话的时候，他的眉眼之间隐有忧色。不是因为除苏，而是因为肖张提醒他的那件事情，圣女峰可能有些问题。唐三十六和折袖也清楚他在担心什么，离开奉阳县城后，行进的速度已经比前些日子快了很多。

但陈长生还是觉得不够快。如果南溪斋真有什么变故，正在圣女峰闭关的她，会不会遇到什么危险？

顺着峡江右岸疾掠了数十里地，再也看不到奉阳县城，江面上的船只也变得稀少了很多。

陈长生把南客从周园里带了出来，然后望向折袖等人。

唐三十六有些抵触心理，说道："怎么感觉自己变成了一只猫。"

折袖说道："你见过周园那么大的猫笼？"

户三十二谦恭说道："能在陛下的小世界里停留片刻，那便是极大的福分。"

折袖皱了皱眉。

唐三十六叹了口气，说道："过了。"

陈长生说道:"赶紧。"

南客看着他们被送进周园后,问道:"陈长生,我们去哪里?"

现在她已经知道并且记住了陈长生的名字,但还是不知道自己是谁,像小孩子般懵懂。

"我们去圣女峰。"陈长生摊开地图,给她指明方向。

南客的眼神依然呆怔,不知道有没有看懂地图,又问道:"要多快?"

陈长生说道:"有多快就多快,当然,你不能受伤。"

南客说道:"明白了。"

然后她抓住陈长生的脖子,便向崖外的江面上跳了下去。江风微寒,呼啸着扑面而至,陈长生觉得冷静了很多。然后,他看着扑面而至的江面,又无法冷静了。他这时候才想起来,雪岭那场血战之后,南客的双翼消失了,那么她怎么飞?

南客呆滞的眼神里也出现了一丝惘然。她只知道自己能飞,按照本能跳向了空中,根本没有任何恐惧,也没有犹豫。然而,自己以前究竟是怎么飞的?

南客凭借自己如闪电般的身法,在崖外的空中做了几次惊世骇俗、堪比瞬移的飞掠,但还是在继续向下。二人坠落的速度越来越快,江面越来越近。她紧张地闭上了眼睛。

陈长生叹了口气,心想吱吱不在身边,稍后用什么方法来快速弄干湿透的衣服?眼看着便要落入江水的时候,两道声音在南客的身后响了起来。那声音有些像肖张脸上的那张白纸被浔阳城里的风拂动。是浔阳城而不是奉阳城,因为浔阳城时他脸上的白纸是完整的。又有些像是风帆在最短的时间里扬起。当然,最像的还是展翅。

十余丈长的幽绿羽翼从南客背后展开,带着她掠过湍急的江面,然后飞了起来。陈长生离江面更近,靴底甚至都踩在了江水上,留下了一点涟漪。远远望去,就像蜻蜓点水。

教宗陈长生离开了奉阳城,这座小城里的民众却久久不愿意离去。

江畔的一座酒楼里,一名年轻公子看着那些依然远望着峡江的民众,脸上流露出厌恶的情绪。

"真是一帮愚民。"

一位容颜清美的少女走了出来，正是牧酒诗。那位年轻公子是别天心。

看到牧酒诗出来，别天心顿时换了一副表情，柔声说道："邻江风大，小心些。"

当年牧酒诗被逐出离宫时，被废掉了国教传承，但源自大西洲的境界实力犹存，又怎么会在意江风。别天心只是想要表达自己的关心。牧酒诗微微一笑，很自然地接受了他的关心，与他站得近了些。

9·我会在深渊里等你

从汉秋城到奉阳城，这对年轻男女一路游历，虽然还不像普通情侣那般亲近，但神态动作已经自然了很多。牧酒诗站在了别天心身边，很自然地靠在了他的怀里。哪怕这样的画面已经发生过数次，别天心依然觉得很激动，心跳微微加快。

牧酒诗有些调皮地一笑，似乎觉得这很有趣，伸出洁白如玉的小手，按在了他的胸口。她的掌心之下便是他的心脏。别天心自然不会在意她的动作，但在下一刻，他的神情忽然变得异常凝重。

一个穿青衣、戴着铜制面具的怪人，不知何时出现在了他们的房间里。看着这名青衣怪客，别天心眼瞳微缩。此人是谁，竟能悄然无声地来到房间里，无论自己还是牧酒诗都没有什么感知。

青衣怪客没有释放出所有的气息，但别天心已经隐隐猜到了对方的真实境界，鬓角微湿。

他只有聚星境，但父母俱是神圣领域强者，见识要远远超出同辈中人。在世间游历时，别天心从来没有担心过自己的安全问题，因为根本没有谁敢对他有任何不敬。如果说这个世界上还有谁敢冒着两位神圣领域强者盛怒的危险对他下手，那就只能是另一位神圣领域强者。

别天心不知道这名青衣怪客是谁，也不知道对方为什么会找自己，但他感觉到了极度的危险。

"你赶紧离开，不要管我。"别天心盯着那名青衣怪客，对怀里的牧酒诗说道。

牧酒诗的小脸上流露出有些奇怪的神情，似笑非笑，似乎感动，又似乎嘲弄。但她没有离开，也没有询问什么，就连手掌也还放在他的胸口上。

别天心觉得有些奇怪，但他这时候的注意力完全在那名青衣怪客身上，根本没有余暇顾及这点，而且他还有件重要的事情要做。他毕竟是无穷碧与别样红的儿子，虽然比不上落落当年那般夸张，在世间游历当然还是会随身携带一些很强大的法器。

比如现在他的袖子里就藏着一样法器，那样法器无法战胜一名神圣领域强者，但可以构成一道神圣结界帮助他支撑一段时间，同时这件法器启动的时候，他的父母便会生出感应，无论彼此之间相隔多么遥远。这也是为何他可以保持镇定，让牧酒诗先走的原因。但下一刻他再也无法保持镇定，脸色瞬间变得异常苍白，因为他发现藏在袖子里的那样法器出了问题。

酒楼四周出现了一道若隐若现，却坚不可破的气息，想必是那名青衣怪客布置的，可以阻止他任何传讯的可能。可是那件法器呢？为何会在如此关键的时刻出了问题？

他望向怀里的牧酒诗，感受着胸口处她越来越寒冷的手掌，隐约猜到了些什么，眼睛里流露出痛苦与不可思议的神情。

"为什么？"这是别天心此时最想知道答案的问题。

牧酒诗仰着小脸看着他，调皮地吐了吐舌尖，笑着说道："因为我从来都没有喜欢过你呀。"

别天心听到了答案，却依然无法相信，身体因为愤怒与难过而颤抖起来，颤声说道："是吗？"

"我一直不让你告诉别人，包括你的父母，就是因为我没有想过和你在一起。"牧酒诗站直身体，娇小的手掌依然紧紧地贴着他的胸口，仿佛有些贪恋他的体温。

"让你这个可怜人死得明白些吧，当初与你一道去汉秋城，就是想让你与陈长生遇到，然后杀你，但那时候因为一些事情，我们不便动手，所以才会拖到现在，其实你如果仔细想想，便能知道这是个局，只是你太蠢了。"她嘲弄道，"你有什么资格娶我？我可是要做教宗的人。"

看着她脸上的神情，别天心从先前的恐惧不安里清醒过来，只剩下痛苦与愤怒，喃喃说道："原来你们想栽赃给陈长生，让大陆内乱不断，想来一切都是你们牧家的局，如此说来，牧夫人当年去白帝城也有问题。"

牧酒诗没有想到死到临头，这个自己始终瞧不起的纨绔子弟忽然变得清醒理智了很多，不禁有些讶异。然而事情已经走到了这一步，已经没有任何改变的可能。

"当然，我姐姐是何等人物，是我族中最具智慧的天才，又怎么会因为皇位这种事情被逼离开大西洲？"牧酒诗看着他平静说道，"我那位姐夫一世英雄，最终也没能过得了美人关，被我姐骗了这么多年，你虽然及不上我姐夫，但现在看来倒也算是不差，请平静地去死吧，我应承你，会记得你这些天对我的好。"

别天心盯着她的眼睛说道："你们想栽赃给陈长生，没有人会信。"

牧酒诗轻声说道："所有人都知道，你是被黑龙杀死的。"

说完这句话，她的小手里忽然散发出一道极其精纯、无比寒冷的气息。别天心的身体顿时被冻僵，再也无法移动。他注意到她的眼眸变得异常幽深，仿佛一道寒潭。他想明白了牧酒诗准备做什么，又准备如何栽赃陈长生。

牧酒诗静静地看着他，掌心里涌出的寒意越来越浓。别天心身心俱冷，不知道是因为这道深寒气息，还是因为她的无情与冷酷。寒霜覆上他的睫毛，看着就像北方树上挂着的冰凌，有些好看，又有些悲伤。他盯着牧酒诗的脸，仿佛要把这张美丽、单纯却又无比恶毒的脸永远地记住。

"我不会去星海，我将去往深渊，我将永远不会忘记你，我会一直在那里等待你的到来。"

这是别天心最后的遗言。说完这句话后，他便闭上了眼睛，断绝了呼吸。他的幽府、星窍、经脉以至血肉，都被极端的严寒冻成了结晶，再没有任何生机。

不知道过了多长时间，牧酒诗的手掌终于离开了他的胸口。看着已经变成真正冰雕的别天心，她沉默了很长时间，脸色有些苍白。不知道是因为这些深寒气息让她耗损了太多真元，还是因为别天心死前最后说的那句话。

10 · 沉入江水深处的秘密

"要快一些。"那名沉默的青衣怪客，忽然开口说道，"他的生机断绝，无穷碧必然会感应到。"

别样红与无穷碧这样的神圣领域强者必然在自己儿子的识海里留下过烙印，以此作为最后的安全保证。这名青衣怪客的气息可以把酒楼里的动静与先前牧酒诗释出的寒意与天地隔绝开来，却无法断绝这种真血神魂之间的联系。

牧酒诗从微惘的情绪里醒过来，轻轻伸出手指弹了弹。一道很轻柔的风从她的指尖射出，落在别天心的身体上。簌簌一阵碎响，那座冰雕崩坍成无数碎片，然后被风一拂，变得更碎，直至变成细沙般的结晶微粒。

青衣怪客伸手，把地板上的那些晶粒卷进袖中，然后带着牧酒诗向酒楼外走去。

一名教士走进了房间，拿着扫帚把地板扫得干干净净。如果陈长生在场，一定能够认出这名教士是谁，因为这位教士是国教学院的老熟人。教枢处的辛教士，时隔三年再次出现，却忽然出现在奉阳县城里，这是为何？

辛教士去隔壁房端了个凳子，坐在不远的楼道里，闭上眼睛开始等待。他的脸色有些难看，因为他是在等死。

一艘渔船离开了奉阳县城的码头，逆峡江而上，离开人们的视线后，无风而疾，以超乎想象的速度前行。没有用多长时间，那艘渔船便来到了数十里外的一道江面上。青衣怪客站在船首，静静看着湍急的江面，不知道想要从中看出些什么，或者是想找到不久前某人踩出的痕迹？

牧酒诗坐在船中，看着青衣怪客的背影说道："黑龙今天并不在奉阳县城。"

青衣怪客说道："是的。"

牧酒诗不解说道："既然汉秋城里不能动手，为何今天却可以？"

青衣怪客说道："首先，时间很紧；其次，我不知道那天黑龙在何处，但我知道今天她在何处，而且没有别的人知道。"

牧酒诗听不懂，但她相信他的话。青衣怪客不知道看到了些什么，轻轻地拂了拂衣袖。那些犹残着寒意的晶粉，从他的袖口里落下，被湍急的江水一冲，便再没有任何痕迹，一点涟漪都没有。

恨河上游有很多支流，其中有一条支流水质清澈，江畔生着很多野树，风景优美，名为桐江。在桐江上游的那片青峻群山，是天南五麓里的一脉。群山深处有座山峰，终年笼罩在云雾之中，显得格外神秘而圣洁。那便是无数修道者与信徒心中的圣地——圣女峰。

南溪斋便在圣女峰上，管辖的范围更大，至少有数百座山峰和千里原野归其所有。南溪斋与长生宗一样都是国教南派祖庭，有很多像慈涧寺、荷花池这样的附属小宗派，再加上世代居住在这里的普通民众，人烟繁盛，很是热闹，尤其是位于桐江畔的那座小镇，更是热闹至极。

某天午后，小镇外的江畔安静如常，忽然一阵飓风无由而起，江里的芦苇迎之而偃，草甸上的黄牛惊恐奔走。两道幽绿的光芒在空中一闪即逝。一个神情呆滞的小姑娘出现在江畔，正是南客。

陈长生从地上爬了起来，掸了掸身上的灰，看了南客一眼，想说些什么，终究还是什么都没有说。紧接着，三个人凭空落下，落在了草甸上。唐三十六和户三十二还很正常，就像进入周园前一样。但折袖有些狼狈，衣服上的灰比陈长生还要多，并且破了几道口子，脸上竟然还有一道伤口。

陈长生很吃惊，心想周园里应该没有敌人，他这是与谁战斗得如此激烈？

看着他的眼光，折袖说道："我和那些妖兽打了一场。"

听着这话，唐三十六想起那时的画面，连连摇头，户三十二也是神情复杂。

当时他们坐在周园的最高处，周园外浓烟滚滚，妖兽如潮般涌来，愤怒的吼叫仿佛要把天空都撕开一般。折袖就像个石头一样，在里面时而被淹没，时而又出现，看得他们又是佩服，又是担心。

陈长生没有问折袖为什么要和那些妖兽打架，因为他知道原因。当初在日不落草原里，折袖眼睛瞎了，背着七间到处逃窜，和那些妖兽早就结下了深仇。

户三十二望向陈长生，神态更加恭谨。在汶水城与峡谷里时，这位主教对陈长生的态度便极为恭谨，而且同样发自内心，但现在他的恭谨来自内心的更深处。

如何判断一位真正强者的能力或者潜力？有一个最简单的方法，那就是看他们拥有的小世界的大小。能够掌控的小世界越大，说明层级越高。现在他确认了那个传闻，周园果然在教宗陛下的手里。多年前他在清贤殿任职的时候，曾经进入过前代教宗的青叶世界。他非常确定，青叶世界远没有周园大。这让他对教宗陛下以及国教以及……自己的前途更加信心十足。

陈长生自然不知道让户三十二进入周园，就像当初让桉华与陈酗进入周园一样，还会带来这些好处。他这时候的视线落在很远处的那片群山里。

群山秀美，满山浓郁的绿色，即便是在正午的阳光照耀下，依然没有任何燥气，睹之便心生宁静之意。越往群山里去，植被越是茂密，绿意越深，却又毫不冗繁，被渐多的云雾冲淡了颜色，更添清丽。而在云雾的最深处，隐隐有座极高的山峰，似真似虚，根本看不清真容。那便是圣女峰？

看着远处那座山峰，唐三十六也有些兴奋，要知道圣女峰是著名的圣地，他也是第一次亲眼见到。

　　陈长生的情绪变化，更多是因为圣女峰是徐有容生活修行的地方。徐有容在后来的书信里，没有提过圣女峰的模样。他曾经想象过很多次。

　　虽然徐有容这时候应该还在闭关，无法相见。但想到她就在那座山峰上，他还是会生出很多渴望。就像那句最俗套的形容一样，他这时候恨不得插上双翼飞过去。

　　南客走到他身前，抬起头来看着他很认真地说道："你想飞啊？那你和我说啊。"

11·山门纪事

　　如果能飞的话，他就不会让南客停在镇外的江边，而是会一直飞到圣女峰上。但那不行，因为要表现出对圣女峰的尊重，而且圣女峰有禁制。就算他是教宗，带着魔族小公主直闯圣女峰，必然会招致极大的愤怒。

　　他们一行人必要要从山下的镇子里穿过去，镇上的宅院很密集，看得出来，这里的人们生活得还算不错，没有过于破败的民宅。

　　桐江已经是大陆南方，气候温暖，哪怕是盛冬时节也不如何冷。正午时分，正是小憩的好时辰。他们从镇子里走过时，没有遇到太多人。街边有家铺子开着，唐三十六很想去买些小玩意儿证明自己曾经来过，折袖想买些肉脯以备不时之需，但看着陈长生的神情，都没说话。

　　肖张在奉阳县里说得并不清楚，因为他没有进入圣女峰，但很明显，他觉得圣女峰上出了事情。陈长生也是这样判断的，自然有些着急。因为走得有些急，路过那间铺子的时候，他们没有注意到里面老板娘和另外两个人的对话。

　　"三缺一倒不是问题，我也不好打个牌，只是仙女已经这么久时间没来了，我担心她出事。"

　　"呸，你胡子都被烧光了，仙女也不会出事。"

　　"嗨，不就是给你家出钱换了三间青砖房嘛，至于为了护着她来咒我？"

　　"说起来，仙女究竟做什么去了呢？"

过了镇子，便入了山林，很是幽静，道上也看不到什么人。陈长生等人加快了脚步，速度越来越快，如果普通人来看，甚至可能都无法看清楚他们的身影。道路渐往上行，在树林的遮掩下，不着痕迹地越来越高，便来到了山间。

十余里后，山道上出现了一道石门。陈长生没有留意石门上写着什么字，直接往前走去。然后，他被拦了下来。

既然是南溪斋的山门，当然有守山门的弟子，那是两名十四五岁的少女。这两名少女弟子在斋里的地位不高，没有机会远行，没有像那些师姐们一样去过京都，所以没认出陈长生和唐三十六等人。

"站住！来者何人？"两名少女握着剑柄，看着陈长生等人喝问道。她们脸上的神情有些紧张，看起来没有什么经验。

陈长生与唐三十六对视一眼，都看出来了问题。就算是远离本斋的远山门，由普通弟子负责看守，但平日里必然会有很多附属宗派或慕名前来的修行同道拜访，南溪斋怎么也应该安排些成熟稳重的弟子才是，怎么会派出这样两个小姑娘？

唐三十六微微摇头，示意陈长生先不要表明身份，上前说道："我们乃是汉秋城绝世宗弟子，前来圣女峰游历观光。"

一名少女紧张说道："圣女峰是何等地方，岂是你们想进就能进的？"

听着这话，陈长生等人更加觉得异样。无论是前面的"来者何人"，还是这一句，听着完全就是从书上看来的话语，哪里是南溪斋弟子应该有的语气？

唐三十六盯着那名少女，挑眉说道："南溪斋什么时候有这种规矩了？"

无论离宫还是圣女峰，讲究的都是传道众生，从来不会拒绝信徒与同道进入，只是会隔绝一些真正重要的地方。听着这话，那两名南溪斋少女更加紧张，竟不知该如何回话。

"可能是因为合斋的缘故，所以现在看守得比较严。"陈长生对唐三十六说道，"直接报明身份吧。"

听着这话，那两名南溪斋少女忽然醒过神来，原来对方先前说的绝世宗弟子竟是假的。

她们更加紧张，拔出剑来，颤声问道："你们到底是谁？"

唐三十六本想直接报明身份，但看着她们这等紧张模样，不禁觉得好生有趣，想逗一下，便直接向前走去。两名南溪斋少女更加紧张，手里的剑都颤抖起来，却没有退让的意思。只听着两声明显还带着颤音的清喝，两名少女出剑向唐三十六刺了过去。

出剑之前,两名少女明显很紧张,甚至有些害怕。但当剑招施出后,她们所有的紧张与害怕都没有了,因为她们是南溪斋弟子,用的是南溪斋的剑法。清丽的剑光照亮山道上的石门,向着唐三十六落下。

看着这幕画面,折袖心生敬意,如果不是从早到晚的苦练,根本不可能做到凭剑静心。看着这幕画面,户三十二心生凛意,心想南溪斋两名最普通的少女弟子剑法都如此精妙,看来不能轻视这些南方的同门。看着这幕画面,陈长生心生疑义,心想这是什么剑法,看着有些眼熟,似乎还隐藏着什么手段。

站在这幕画面里的唐三十六,看着迎面而来的清丽剑光,不要说心生惧意,连战意都没有多少。是的,这两名南溪斋少女的剑法确实精妙,但境界实在太过普通,连通幽境都没有,又如何是他的对手?他清声一笑,踏步而前,准备举手投足间轻易破之,向两位小姑娘完美地展现自己的风采。

但就在下一刻,他的笑声变成了一声满是惊讶的轻噫,紧接着,又变成了一声带着恼意的哎哟!

剑光骤敛,两名南溪斋少女退回山门后,胸膛微微起伏,神情再次变得紧张起来。唐三十六没有受伤,但衣袖被撕开了一道口子,看着有些可笑。

他笑不出来。如果说这是一场真实的战斗,他当然没有败,但如果是论剑,他已经败了一招。那两名南溪斋少女境界普通,剑法再如何精妙,按道理来说,也不可能胜过他。

问题在于,这两名南溪斋少女的剑招之间隐隐有某种联系,一旦同时出手,仿佛自然能够做出某种配合,剑法的威力骤然变大,剑招更是从精妙变成绝妙,竟把唐三十六的所有去路仿佛都算透了一般。

随苏离学过慧剑的陈长生,也是在那两名南溪斋少女的剑招进入到中段时,才找到了三个漏洞。从这个角度说,这两名南溪斋少女的剑招,单从精妙程度上来说,甚至要远胜他当年在荒原遇着的那些聚星境高手。

这是什么剑法,竟如此厉害。

12 · 云雾里的圣女峰

"应该是合剑术。"户三十二说道。

听到这个名字，陈长生才想起这套传说中的剑法。

圣女峰最著名的便是南溪斋剑阵。据说无数年前，便是周独夫这样的星空之下最强者，闯上圣女峰的时候，也曾经被这座剑阵困住过片刻时间。天书陵之变时，徐有容为陈长生留下了数十名南溪斋弟子，在国教学院里曾经震慑过很多强者，也是因为剑阵。南溪斋剑阵的基础便是合剑术。

这种绝妙至极的剑术，需要两人以上才可以施展，最讲究出剑之人与同伴之间的信任以及心意相通，据说练到后来，两名南溪斋弟子合剑便可以胜过四名相同水平的对手，三名南溪斋弟子可以胜过九名相同水平的对手，以此类推，同时施展合剑术的南溪斋弟子越多，能够发挥出来的实力也越可怕。南溪斋剑阵的最强版据说由三百余名弟子组成，可以想见其威力，即便是神圣领域强者只怕也不愿意正面当其锋芒。

难怪肖张在奉阳县城里会说那些小姑娘的剑阵麻烦。但陈长生还是觉得有些问题。这两名南溪斋少女用的剑法，与他当年在书里看到过的合剑术并不完全一样，似乎进行了某种改变。

问题就在于，像合剑术这样堪称绝妙的剑法，谁又能有能力进行改变呢？苏离都不见得能够做到。

唐三十六也听到了户三十二的话，才知道原来这便是南溪斋的合剑术。但他哪里会管这么多，因为他的袖子已经破了，非常生气，握着剑鞘，看着那两名南溪斋少女喝道："你们让我不高兴了！"

折袖转过头去，不想看见他。

陈长生说道："你自己的问题，吓她们做什么。"

唐三十六恼火说道："你们还没成亲，能别这么早就护着老婆娘家人吗？"

两名南溪斋少女对视一眼，很是茫然，完全听不懂这些人在说什么。

唐三十六敛了笑容，神情变得极为认真，举起汶水剑说道："请指教。"

他自然不会真的生气，这代表着他对两位南溪斋少女的尊重。两名少女感觉到他的心意变化，神情也变得更加凝重，举起了手里的剑。

剑光陡然再次照亮山道，石门周遭的树林里生起无数道凌厉的风，树干上出现一道道裂痕。

咔嚓两道清脆的响声，两名少女被震退回石门后方，脸色苍白，手里的剑只剩下了半截。

"承让。"唐三十六把剑重新系回腰间，自始至终，汶水剑都没有出过鞘。

看着这种情况，两名少女感觉到了与对方的差距，不由好生绝望，然后感觉很羞辱。南溪斋乃是道门圣地，无论是在镇上还是在别的宗派，她们都被视为仙女一般的存在，谁敢对她们这般无礼。前些天，她们守山门时，也曾经遇到想要进山的同道与普通游客，她们只需要说句话，对方便退走，根本没有遇到过敢闯山的人。

南溪斋的弟子就算不敌，也不能让对方就这样闯进圣女峰去。她们从袖子里取出某样事物，可能是法器，准备向山下示警。便在这时，两只宽厚的手掌落在了她们的肩上，控制住了她们最重要的两根经脉。户三十二不知何时悄无声息地过了山门，来到了两名南溪斋少女的身后。

他微笑着摇了摇头，示意她们不要擅动。在他想来足够温和的笑容，在两名南溪斋少女的眼里，却像恶魔一样可怕。

感受着搭在肩上的那只男人的手，想象着稍后对方只需要真元微运，便能断掉自己的经脉，想着对方就这样轻而易举地闯过了自己驻守的山门，两名少女又急又气又是害怕，竟哇的一声哭了出来。

"我就说书上写着的那些话不能照搬，不然肯定会出事的。"

"师姐们天天都在斋里忙，都没精神管我们，我哪知道应该怎么守山门？"

两名少女哭着说道，不时抬起袖子擦擦眼泪，梨花带雨，看着极为可怜。唐三十六连连摇头，心想南溪斋究竟是怎么了，竟让两个明显不通世事的小姑娘来守山门。不管两位少女哭得如何悲伤，户三十二的神情没有任何变化，依然淡淡地笑着，然后看了陈长生一眼。

陈长生明白他的意思，说道："我先去看看。"

折袖说道："我在暗中。"

说完这句话，他便消失在了道旁的山林里，烈阳把树叶勾勒出来无数影子，不知道哪一个会是他。

走过南溪斋的前山门，迎面还是那条漫长仿佛没有尽头的山道。

在这种时候，南客不适合出现，陈长生把速度提至极处，偶尔还会用上耶识步，时而在道东，时而在道西，如风一般卷过山道，只偶尔在转折路线的时候，会在青竹光滑的表面上留下一道残影。

山岭秀美，风景怡目，但他根本无心去看，任呼啸的山风扑打，睁着眼睛，盯着山道上的任何细微变化，神识也随风而去，提前便能察知到前方的动静，最主要的目的，是因为他需要弄清楚那些阵法。

徐有容在通信里没有谈过太多南溪斋的具体事务，但提到过山道上的那些阵法或者说禁制。果不其然，在那片竹林之后的十余里山道上，陈长生遇到了数处非常精妙的阵法，即便以他的实力，哪怕万剑齐出，想要破解那些阵法，也需要耗费很长的时间。

好在他在周园里在雪庙里在天书陵里与徐有容交流过很多这方面的内容，对这些阵法有一定了解，再加上他现在是教宗，国教南北两派虽然有些差异，但毕竟同出一脉，他很快便找到这些阵法的生门，很轻松地通过。

阵法的生门往往已经离开了山道，到了某处溪下或是某颗巨石旁，但大致方向不会出错，他继续向着原处那道山崖掠去，山崖后方有仿佛万年不散的云雾，圣女峰便在那片云雾里若隐若现，哪怕已经近了很多，依然难以看清真容。

13 · 石壁的两边

向着那道山崖奔掠的过程里，陈长生看到很多南溪斋的弟子，正沿着山道匆匆向山下赶去，心知应该是被山门处的动静惊动。在那些南溪斋弟子里，他看到了一些很熟悉的面孔，心情略微放松了些，心想双方应该不会再有误会产生。

很快他便来到了那片山崖前，白石山崖间生着些松树，还有很多极细的瀑布垂落，崖前是一大片平整的山坪，青树掩映间，可以看到无数幢样式清美的建筑，想来便是传说中的南溪斋，如果是正常前来拜访，或者他会好好欣赏一番，但现在哪有这个心情，略看了眼便继续向着山崖上疾掠。

崖间已经没有山道，到处都是密林或者是陡峭的岩壁，即便擅于攀缘的猿猴想要上去，也会觉得有些辛苦，但对陈长生来说，难度并不是太大。

顺着山崖攀缘而上，渐行渐高，山势渐陡，离地面也越来越远，身周的云雾也越来越浓，直至再也看不到下方的南溪斋，也看不到上方的天光，只能凭着先前的印象判断方向，他不觉困难，反而生出一种亲近的感觉。

当年在西宁镇时，他偶尔会随着师兄去镇外那片云雾深处的孤峰里采药，对这种环境非常熟悉。不知道过了多长时间，云雾忽然变淡了很多，头顶的天光也变得越来越清楚。陈长生精神为之一振。

寒冷的风穿过峰间的青树与怪石，落在他的脸上，里面带着些湿意。云雾骤然散去，视野变得无比开阔，往北可以看到弯曲如线的桐江。

这便是圣女峰的峰顶。

陈长生非常确定，徐有容便在这里闭关，但他在峰顶走了两圈，看到了数百棵从来没有见过的古树，看到了她在信里提到过的崖边的那块石头，甚至看到了她在信里提到过的那几种翠色的可爱的小鸟，可就是没有看到洞府。白鹤也不知道去了哪里。

不过这个时候他已经平静了很多。在奉阳县城听到肖张那番话后，他便一直很紧张甚至有些焦虑，到了这里后，所有的紧张与焦虑都已经消失无踪，因为峰顶就像她在信上说的那样，没有任何变化，也没有任何战斗的痕迹。

依然让他有些不解或者说警惕的是，按道理来说，徐有容在圣女峰顶闭关，即便可能要数年之后才能出关，南溪斋也会留些弟子在这里随侍才对，不然若她在洞府里修行出了问题需要帮助怎么办？

他回到峰顶面北的那面，这里有数棵古树，还有一处很浅的水潭，正是他先前以为应该是洞府的地方。他做出这个判断，除了方位与风景以及水潭畔的那些痕迹，最主要是因为这里的碑文数量最多，看着最古老。

在圣女峰的峰顶崖壁上，到处都可以看到碑文。那些碑文是直接刻上去的，其中有些他很熟悉的碑文。天书碑的碑文。他听徐有容说过，这些是首代南方圣女从京都天书陵里亲手拓印的天书碑文。

与李子园客栈外卖的那些拓本不同，这些碑文里蕴藏着那位圣女的无上智慧与至高神魂，拥有天书碑的真义。南溪斋对天书碑的研悟，向来不弱于离宫，在某些方面甚至还要更胜一筹，便是因为她们拥有这些碑文。

陈长生在崖壁上找到了照晴碑的碑文，伸手摸了摸，手指传来清凉的感觉。那些线条与天书陵的碑文并无两样，但隐隐有些极为细微的区别。这些区别并不是谬误，而是代表着首代圣女对碑文的理解。

陈长生对天书碑的了解要远远超过别的修道者，哪怕那些真正的天才。因为他在天书陵里解碑的过程与众不同，而且他的手腕上一直都戴着五座天书碑。只是轻轻触摸，微有所感，他便知道，如果自己能够仔细研究圣女峰顶的这些碑文，必然会对自己的修行带来极大的好处。那都是以后的事情，他现在首先要找到洞府。

便在这时，他感觉到手指下的崖石有些微微震动传来。一道若隐若现、似有似无的清淡气息，从密密的青藤里传出来。他顺着那道气息走了过去，把那些密密麻麻的青藤拨开。青藤的后面，依然是崖壁，不管是看还是亲手触摸，都看不出来异样，就算用锤子往里面砸，也只能砸出无数的山石。

但陈长生知道这道崖壁里面不是山石，是空的，换句话说，圣女峰的洞府便在里面。不是他能够看破崖壁上极为高妙的阵法，而是因为那些青藤。这些青藤也是一道阵法，不如崖壁上的那道阵法强大，但同样能够障住神圣领域强者的眼光。陈长生能够看破这些青藤，是因为他见过这些青藤。

这些青藤是桐宫。桐宫是一座阵法，他在京都皇宫里见过。这些青藤变成的桐宫，他则在周园里见过。

当初在周园里，徐有容把她手里的桐弓变成了桐宫，青叶招摇于狂风暴雨之中，哪怕那时候的她重伤将死，依然坚固。既然这些青藤是桐宫，是桐弓，是她的弓，那么她这时候应该就在崖壁里。

很明显，由桐弓化作的青藤知道陈长生是谁，没有向他发起攻击，也没有发出警告，发着淡淡的柔光，很美丽。陈长生看着手里的青藤，想着那年奈何桥上白纱落下，然后看到的那张脸。在漫天风雪里，她眉眼如画，发着淡淡的柔光，美丽得难以言说。

他望向眼前这道冰冷的石壁。她就在石壁的那头。他在石壁的这头。如果眼光有真实的热度，冰冷的石壁这时候可能会开始燃烧。

如果这是一道石门就好了，他可以轻推，或者轻敲，问一声有人在吗？不，就算这是一道石门，他还是不能轻推，也不能轻敲。他只能像现在一样，静静地看着。

14 · 风景旧曾谙

徐有容在石壁那边的修行可能到了关键的时刻，任何外界的干扰都非常危险。

所以陈长生什么都不能做，但他也没有离开，在那道石壁前静静地站了很长时间。

最开始的时候是因为想念以及别的一些极为复杂的情感，后来则是因为他生出些不好的感觉。说到推演计算，除了魔族军师黑袍，已经死去的天机老人，他的师父商行舟，接下便应该是徐有容。陈长生没有命星盘，没有学过推演计算，但他跟随苏离学过慧剑。从某种意义上来说，慧剑也是一种推演计算的方法。

他往回望去，一直望到在松山军府收到的那封信。接着是汉秋城，汶水城，奉阳城。

南溪斋究竟发生了什么事情？圣女峰明明还是这般宁静，就像她以前在信里说过的那样。似乎什么事情都没有发生过，但肖张确实没能进入圣女峰。

他的感觉越来越强烈，如果她在石壁里继续闭关，可能会遇到一些问题。

他无法眼睁睁看着这件事情发生，他必须弄清楚她可能会遇到的问题来自何处。

那个问题不在石壁的那头，而应该是在石壁的这头。他只需要找到那个问题，然后解决掉，徐有容便不会受到任何威胁。究竟是什么问题居然会影响到石壁那头的徐有容？要知道无论是化作青藤的桐弓，还是石壁上那道无比强大的阵法，都可以保证她不会受到外界的伤害。

陈长生离开了那道石壁，走到崖畔。桐江正在北方的原野间流淌，从极高远的地方望过去，极其蜿蜒。被斜阳一照，就像是午后绣花乏了的小姐随意扔在桌上的金线。这样的形容，曾经在两年多前徐有容给他的书信里出现过。崖边那块青石，她也在信里提过，她喜欢坐在那里看风景。陈长生在崖边坐下，望向这片美丽的风景。

风景很美，不会看厌，但陈长生没有看太长时间，便收回了视线。他拿出一本有些古旧的书籍开始翻看。

平静片刻后，他依然没有找到那个问题，连线索都没用，于是便不再去找，不是放弃，而是知道越刻意有时候越容易错过。

他随意地回想从松山军府开始的所有事情，以近而推远，首先想到的是在山门处遇到的那两个南溪斋的小姑娘。那两个小姑娘用的是南溪斋的合剑术，最开始的时候，甚至让唐三十六都有些措手不及。他当时觉得两个小姑娘用的合剑术，与他知道的合剑术有些极细微的改变，这让他产生了些疑惑。难道这与他担心的事情有关？

合剑术的基础是斋剑。他这时候在看的那本旧书，叫作《斋剑相合考》，出自一位曾经在南溪斋学习了三十年时间的青曜十三司女教习。从某种意义上来说，这位青曜十三司的前辈与徐有容的人生历程很相似。

这是陈长生第一次正式研究合剑术，他越看越觉得佩服，明明是很简单的剑法，对施剑者的要求却是如此之高。难怪整个大陆也只有相对与世隔绝、道心静明的南溪斋弟子才能把这套剑法发挥到极致，以至最后出现了威震天下的南溪斋剑阵。

现在的陈长生是举世公认的剑道天才，如果忽视他的年龄，甚至可以被称为剑道大师。

他对剑道方面的知识与掌握越来越炉火纯青，相对应的，他对剑道也越来越痴迷，虽然还及不上当年的苏离以及离山剑宗的那些人，但接触到如合剑术这样新鲜的剑法，自然渐渐沉醉其间，渐渐忘了时间流逝。

斜阳照着桐江，也照着圣女峰顶，越来越红暖。陈长生已经看到第三本与斋剑、合剑术相关的书籍。他左手握着书卷，右手食指与中指并拢，拟为剑形，不停地比画着。

他自己都没有注意到，随着自己的动作，一道无形的剑意从指尖探出，把红暖的光线与微寒的山风切成了无数碎片。崖畔到处都是凌厉的破空声。

流云散开，林间的灵兽畏惧地奔到远处，只有那几只翠鸟站在不远的地方，歪着头好奇地看着他。大概它们在想，这个人究竟是谁？为何他的动作和以前那个小仙女的动作一模一样？

便在这时，不知何处传来一声清亮的鹤鸣。几只翠鸟蹦跳着离开，去树下寻找最小最可爱的晚餐蘑菇。林间的灵兽们又退到了更远的地方。

崖间的流云骤然散开。一只白鹤破云而出，盘旋着落下，然后走到陈长生的身边。鹤唳响起时，陈长生便已经醒来，他伸手摸了摸白鹤的细颈。白鹤轻轻啄了一下他的手，然后望着山下被云遮住的那片崖坪，轻轻叫了两声。

陈长生知道它是在告诉自己那里发生了事情。按时间算来，应该是唐三十六等人已经进了南溪斋，难道还真的又有什么误会发生？

他站起身来，望向被夕阳照耀的那片石壁，说道："我过段时间再来。"

当陈长生翻山越岭的时候，唐三十六还在山道上看风景。那两名南溪斋少女被放了后，他和户三十二慢慢走着，等着南溪斋的重要人物现身。打草就是为了惊蛇，他们直闯山门，本来就是要替陈长生吸引注意力，如果也悄无声息自然不行。

之所以还有闲情逸致看风景，是因为他和陈长生想的一样，就算和南溪斋之间生出些误会，也不会有什么大事。在唐三十六想来，徐有容是圣女，南溪斋就是她的，双方如果有什么误会，就像两口子吵架，床头床尾，何须在意。

走到一片如海般的竹林时，唐三十六赞道："好景致。"

忽然间，无数破空声密集响起。青竹不停摇摆，仿佛海上生出狂潮。剑气纵横间，细长的竹叶哗哗而落，就像是下了一场大暴雨，全部落在了唐三十六的身上。户三十二离竹林有段距离，反而避开了。

唐三十六浑身都是竹叶，看着有些狼狈，但他不觉如何，反而得意说道："雅事也。"

竹叶落尽时，剑气尽敛，十余名少女出现在山道上，拦住他与户三十二的去路。先前山门处的那两名小姑娘也在其间。

15·南溪斋的师叔祖

"师姐，就是他们！"两名少女看着唐三十六恨恨说道，"这些恶贼也不知道是什么来路，竟然如此胆大妄为，敢闯山门！"

唐三十六定睛一看，在这些少女里看见了好几张有些熟悉的脸，尤其是为首的那位清秀女子。

"哟，叶小涟，居然是你啊。"

他没想到这么快便遇着了熟人，很高兴地走上前去。那两名小姑娘吓了一跳，下意识躲在了叶小涟的身后。叶小涟也没想到师妹说的闯山门的狂徒，居然会是唐三十六。

南溪斋弟子里与国教学院众人最熟的便是叶小涟，不提最早的那个故事，只说后来从寒山到国教学院，双方便相处得很长时间。

她神情微异问道："怎么是你？"

唐三十六没有注意到她神情里的那抹异样，笑着把先前发生的事情讲了一遍。

在他说话的时候，那两名小姑娘越来越觉得糊涂，心想为何师姐一点都不生气,还有尚师姐为何也在笑?难道师姐们居然认识这个狂徒,甚至还是朋友?

听完唐三十六的讲述,再与两位师妹先前的话一对照,叶小涟便知道了这是怎么回事,看着唐三十六没好气说道:"不就是问了几句,你就把她们吓成这样?没看见她们还这么小?"

唐三十六很认真地说道:"我这人性情多么温和难道你还不知道?"

这当然是反话,谁都知道他是什么样的人,叶小涟更是清楚无比,当年那件事情发生的时候,她和现在这两位师妹差不多大,这个家伙又何曾怜香惜玉过,真真是个不要脸的东西。

想着当年在离宫神道上被这个家伙骂哭,她不禁有些羞恼起来,瞪了唐三十六一眼,呸了一口。

唐三十六自然知道她因何如此,笑着说道:"我说你这啥态度,我今天可是客人。"

"我可不记得请过你。"叶小涟没好气说道,懒得再理他,望向户三十二,敛了笑容,平静说道,"南溪斋三代弟子叶小涟。"

户三十二说道:"前汶水主教户三十二。"

唐三十六在旁说道:"这位可是现在国教的大红人,过些天便可能进宣文殿,你可千万别怠慢了。"

这句话同时打趣了两个人。叶小涟先是一恼,然后一惊。

作为南溪斋弟子,她当然知道宣文殿大主教之位已经空悬三年时间,如果她没有悟错唐三十六的意思,那这位看着其貌不扬的人物,再过些天便会成为一位国教巨头?只是国教的大人物和唐三十六怎么看也没关系,为何会一起来圣女峰,难道说……

她想到那种可能,望向唐三十六。唐三十六点了点头。叶小涟的眼睛变得非常明亮,显得很高兴,情绪却有些复杂。有些惊喜,有些长时间疲惫之后的放松,也有些不安与惆然。

忽然,有道声音从山道后方响起。

"你们是何人,竟敢擅闯圣地?"

那道声音寒冷至极,又极其威严,就像是朝廷里某位高官,又像是流云殿里的铁律,给人一种不可撼动的感觉。随着这道声音的响起,竹海再次生起狂澜,叶小涟的神情变得黯淡了很多。

一位道姑从山道上走来，看不清楚具体的年龄，只凭气质判断，应该已至中年。她穿着黑色斋服，衣袂随山风微起，颇有离尘之意，然而平直的眉眼，却又给人一种极为沉稳的感觉。数十名南溪斋的女弟子，跟在她身后。

看到这位黑衣道姑到来，先前的那些南溪斋女弟子赶紧行礼，说道："师叔祖。"

听到这个称谓，唐三十六微微挑眉，有些意外。在他的印象里，南溪斋现在应该是二代弟子在持斋，没听说过还有前代的长老。

徐有容就是二代弟子，叶小涟应该算是三代。这个黑衣道姑居然辈分如此之高？

他掸落竹叶，整理衣着，准备上前行礼说话。黑衣道姑根本没有给他解释的机会，便是连看都没有看他一眼。

"叶小涟，你的剑为何没有举起来？难道你想放外人进山？"

黑衣道姑对叶小涟沉声喝道。叶小涟闻言微惊，觉得好生委屈，眼圈渐红，抬头想辩解几句。

黑衣道姑脸色变得更加沉凝，声音更厉，训斥道："难道你还不知错？"

"我说够了吧。"唐三十六上前把叶小涟拉到自己身后，说道，"在我们这些外人面前，教训自己子弟，很骄傲吗？"

他不高兴起来，哪里会管对方是南溪斋辈分极高的师叔祖。

户三十二见着情形不对，赶紧走到黑衣道姑身前，说道："我们随侍教宗陛下前来，并非意图闯山，还请前辈明鉴。"

听着这话，叶小涟确认了自己先前的猜测，微微一怔后，眼圈变得更红，但与前一刻的委屈不同，是激动的。那些曾经去过寒山、与国教学院相熟的女弟子，对视而笑，显得也很高兴。忽然有咳声响起，显得极为威严，少女们赶紧收敛笑容，沉默不语。

"你是说教宗陛下来了我们南溪斋？"黑衣道姑看看他们二人神情漠然说道，"那教宗陛下人呢？"

户三十二不知道该怎样接话，难道说教宗陛下忧心南溪斋内乱，所以没有通传，偷偷潜进了圣女峰？唐三十六是世间最擅长化解这种尴尬场面的人，因为化解尴尬最需要具备的素质就是脸皮厚。

"教宗心急如焚，先走了一步，这时候应该已经上了圣女峰，这位……如果你急着想要拜见他，可能需要等会儿。"

他指着山道尽头说道。那里有一道崖壁，崖后是云雾缭绕的秀峰。

黑衣道姑没有理会他言语间的那些调笑意味，盯着他的眼睛说道："圣女峰不是那么好闯的。"

唐三十六感觉到了一道很强大的压力，微微挑眉说道："国教南北两派同源同祖，既然是南溪斋的禁制，又怎么会对教宗陛下不利？已经过去了这么长时间，也没有动静，想来圣女峰……很欢迎他的到来。"

这两句话隐藏的意思，谁都听得懂。唐三十六只是想在气势上不落下风，却没想到自己的推测已经离真实情况很近。

黑衣道姑的神情变得更加冷漠，说道："不问而入是为贼，哪有主人会欢迎贼的道理。"

唐三十六挑眉说道："这句话对教宗大人何其不敬，难道你还要坚持动手？"

"既然你们未经通传便要入山，那便不是同道，而是外敌。"黑衣道姑盯着他的眼睛，面无表情说道，"来人啊，把他们拿下。"

山道上有三十余名南溪斋女弟子，足以组成一座剑阵，不要说唐三十六，就算肖张和梁王孙也不见得能闯过去。如果这些南溪斋女弟子执剑相向，唐三十六和户三十二除了转身往山下逃去，没有别的选择。

他们没有动，因为南溪斋弟子们没有动。十余名去过国教学院的少女对视数眼，神情焦虑，有些着急，不知道该怎样做。那些没有去过国教学院的女弟子，下意识里拿起了剑，又想起师姐师妹们这两年说过的那些故事，望向叶小涟，用眼神询问该如何做，很是犹豫。

山道上一片安静，没有任何声音。

16 · 开卷有钱

沉默啊沉默，不在沉默里爆发，那么在沉默里尴尬。作为辈分极高的师叔祖，黑衣道姑一声令下却无人响应，最尴尬的事情莫过于此。

唐三十六能够化解所有尴尬的局面，是因为他脸皮厚。她明显没有这么厚的脸皮，所以觉得很尴尬，然后变得非常愤怒，脸色微红，直眉倒竖。

叶小涟知道这是师叔祖动怒的前兆，很是担心，上前想要劝说两句，却已经来不及了。

黑衣道姑一声冷哼，身形骤然化作一道灰影，从山道上疾掠而下，右手拍向唐三十六的胸口。

山道上响起呼啸的声音，唐三十六直觉一座大山扑面而至，威压极为恐怖，根本未作多想，便拔出了剑斩了下去。噌嘟一声，汶水剑离鞘而出，泛着明亮的光线，仿佛无数道金光落在汶水上。

这名黑衣道姑的境界实力远胜于他，只是简单的一拍，其威便若山落，他即便施出了汶水三剑，难道便能挡住？唐三十六知道挡不住，所以他的这一剑根本不是斩向黑衣道姑，而是斩向了后方。他用的剑招不是防御最强的晚云收，也不是杀伐如火的一川枫，而是身法最快的夕阳挂。

无数道金色的光线在山道上亮起，那都是剑的光泽，竹海里仿佛生出了一层若真若实的水。仿佛夕阳落山，光线骤然敛没，水面上的那轮残阳，以难以想象的速度，到了东面的远处，再也难找到比这更快的移动了。那轮残阳里有道身影，正是唐三十六，他身法疾运，退出十余丈外。

只听着轰的一声响，竹海骤然生起巨浪，靠着山道旁的两排竹子咔嚓声里纷纷折断，山道上出现了一道深约数尺的土坑，砾石乱溅。

唐三十六握着汶水剑，站在数丈外，看着这幕画面，神情微变。黑衣道姑的境界实力真是可怕，更可怕的是，她一出手便是如此重。如果他没有看错，这应该是南溪斋的绝学流云掌！

如果他不是见机得快，毫不犹豫地用了夕阳挂，便要正面对上这一掌。那么他的剑会不会像竹子一般折断？他这时候也许已经躺在了坑底，受了重伤，甚至可能死去。

那名黑衣道姑的掌势依然没有去尽，隔着十余丈的山道，向着唐三十六袭来。唐三十六的眼睛里生出一抹极为罕见的狠意，提着汶水剑准备上前。

啪啪啪十余声沉闷的撞击声在山道上响起。户三十二的手里拿着一把看似很寻常的短剑，用一种很怪的姿势在身前不停地格挡着。每出一剑，剑面上便会生起一道白色的湍流。那些残余的掌势化作了十余缕清风，渐渐消失无踪。

黑衣道姑站在山道上，看着这幕画面，微微皱眉，却没有再出手。她没有想到，对方居然能够接下自己盛怒之下的雷霆一击，有些惊讶于对方的水准。

在她看来，那个年轻公子哥的剑法与身法很不错，但真正厉害的还是那个教士。

"你居然会流云散打？"她看着户三十二说道。

不待户三十二回答，她转身望向竹林。

唐三十六避开了她的掌势，户三十二用与流云掌同源的流云散打化了最后的掌势，但先前那刻，如果她全力出手，依然可以有机会震伤对方这两个人，然而就在准备催发涌云、爆发出最大威力的那一刻，忽然感觉到了一丝警兆，仿佛竹林里有只野兽正盯着自己。

那只野兽很可怕，就连她都感觉到了危险。叶小涟走到她身边想要解释什么，很担心她继续出手。

"师叔祖，他们是……"

黑衣道姑的辈分极高，对两个晚辈出了一招却没有得手，自持身份只好就此作罢，难免会有些郁闷。再加上她感知到竹林里的危险，更是让她心情极为糟糕，哪里肯听叶小涟解释，冷哼一声，含怒拂袖。啪的一声闷响，她的袖子落在叶小涟的左肩上。叶小涟痛哼一声，脸色顿时变得苍白起来，竟是受了伤。

唐三十六再也无法忍耐，掠过山道上的坑，来到叶小涟身边扶住她，看着黑衣道姑的背影说道："老太婆你站住。"

听到这句话，不止那些南溪斋的女弟子，就连被他扶着的叶小涟都吓了一跳。

黑衣道姑乃是南溪斋现存辈分最高的长老，谁敢对她稍失恭敬，更不要说喊她老太婆。她们不知道，唐三十六连唐老太爷都敢喊老不死的。

黑衣道姑转过身来，面无表情看着唐三十六，等着他准备说什么。在南溪斋女弟子们的眼中，师叔祖的眼神就像在看一个死人。

唐三十六很生气地说道："你刚才骂她的时候，我就很不爽，这么漂亮娇弱一个小姑娘，你怎么就舍得骂呢？"

叶小涟看了他一眼，轻声提醒道："你以前骂我骂得更狠。"

唐三十六有些不自然地停顿了一下，说道："就算我骂过，难道你就能骂吗？再说我都只轻轻骂了几句，你居然舍得动手？"

黑衣道姑看着他面无表情说道："她是我南溪斋弟子，我打她骂她，你又能如何？"

唐三十六说道："不能如何，明年唐家给你们南溪斋的开卷钱少一半。"

听到唐家和开卷钱这两个词，黑衣道姑眼睛微眯，说道："你到底是谁？"

叶小漪示意他不用再搀扶，连声说道："师叔祖，他是唐棠。"

黑衣道姑微微一怔，沉声说道："原来是唐家的孙少爷，难道你以为就凭你……"

"你再多说一个字，钱再少一半。"唐三十六看着她很认真地说道，"从现在开始，你每多说一个字，明年的开卷钱就会再少一半。放心，无论如何少下去，最终还是会剩些，你的智商可能很难理解这是为什么，所以你不需要理解，只需要知道我说的话，一定会做到。"

黑衣道姑的脸色变得越来越阴沉，眉眼间的戾气越来越重，缓缓举起右手。山道上鸦雀无声，连风都没有一丝，竹林却微微摇晃起来。

就在最紧张的时刻，一道宁静而温和的声音从极远处的山崖处响起，然后清晰地传到了场间。

竹林恢复了安静，山风重新开始温柔地吹拂。

"师妹，请离宫的同道，还有唐家的公子进来吧。"

唐三十六神情微凝，面对境界实力极强的黑衣道姑他都不怎么担心，这个声音的主人却让他下意识里感到了紧张。

17·南溪斋的乱因

竹海变得如此安静，说明这时候隐藏在深处的那个家伙，与唐三十六也有相同的感觉。

听到这声音后，黑衣道姑脸上的戾气渐渐消退，冷冷地看了唐三十六一眼，看来是想要说些什么，但大概又是想起了唐三十六先前的威胁，那些想要说的话最终出口时只变成了一声最简单的冷哼，然后带着满脸怒容，拂袖而去。

看着山道上渐要消失的道姑身影，唐三十六喊了起来："喂！有本事你别走啊！哼也不行！明年的开卷钱再减半！"

那些未曾去过寒山与京都的南溪斋少女们对视无言，心想难道这便是传说中的那位唐家公子？怎么与传言里不一样，这脾气未免也太大了些吧。

"行了行了，师叔祖可不管什么开卷钱，她自有世家供奉，如果不是师祖发话，才不会受你威胁，直接一掌就拍了下来。"叶小漪举起小手作势要往唐三十六的胸口打去，说道，"开卷钱可是我们这些弟子用的，你可别真的不给啊。"

唐三十六捂着胸口，作势受伤，难过说道："小手和小脸都还挺好看，心怎么长得这么偏？我可是为了你才出的头。"

叶小涟早就习惯了他这惫懒模样，不作理会，说道："师祖既然要见你们，那就赶紧去吧。"

唐三十六这才反应过来，很是吃惊问道："圣女回来了？那苏离呢？难道她又被甩了？"

这里说的自然不是徐有容，而是徐有容的老师前代圣女。户三十二也很震惊，但听着他最后那句话，脚步一乱，险些从山道上摔下去。叶小涟等少女更是生气，纷纷怒目相向，恨不得拔出剑来把他斩个七零八落。

"只是看着气氛有些沉重，开个玩笑。"唐三十六赔笑说道，"何必这么认真？"

叶小涟耐着性子解释道："我说的是我这一支的师祖，就是先前那位师叔祖的师姐。"

唐三十六说道："我感觉你说了句废话。"

叶小涟拿他没办法，说道："我的师祖并不是前代圣女，你只需要知道这一点就行了，她是斋里辈分很高的长老。"

"到底南溪斋出了什么事？"确认那名黑衣道姑已经走远，唐三十六敛了笑容，认真问道，"刚才那个老太婆和你说的师祖究竟是谁，为何我从来没有听说过？"

叶小涟说道："请你放尊敬些，再说……师叔祖境界极高，修道有成，驻容有术，哪里老了？"

"像她们这样的人，哪怕看着再年轻，这里也已经老了。"唐三十六指指自己的胸口，望着南溪斋的少女们说道，"而我们都还很年轻，所以有时候不要听她们的。"

这句话隐有所指，南溪斋少女们若有所思。户三十二叹了口气，不知道是不是想到了自己的年龄。因为唐三十六的这句话，叶小涟心有所感，眼睛微湿。

一名南溪斋少女鼓足勇气说道："我来说吧。"

她还没有开始说，便有相熟的同门在旁劝说道："师叔祖会不高兴的。"

"不用怕，有什么事情都和我说。"唐三十六对叶小涟说道，"那个老太婆如果还敢打骂你们，明年所有的开卷钱我都不给了。"

叶小涟破涕为笑，说道："你能做主吗？"

045

唐三十六面不改色说道："如果说为了替你出头而骗人是罪，那么就让我被关进周狱吧。"

叶小涟小脸微红，说道："你能不能正经说话？"

唐三十六很无辜地说道："我又不是正经人。"

天南修道者自古以来都有艺成后下山游历的习惯，槐院如此，离山剑宗如此，圣女峰更是如此。徐有容曾经去过南海，她的老师圣女更是跟着苏离去了遥远的那片大陆。

除此之外，圣女峰还有些前代长老也一直在世间游历，很久都没有归来，因为年月过于久远，以至于很多人都忘记了她们的存在，即便记得的，也以为她们还在云游，甚至有可能已经回归星海。谁也没有想到，半年前，在外游历了数十年的三位前代长老忽然回到了圣女峰。这三位长老辈分极高，现在的南溪斋里，竟找不到一个比她们辈分更高的人，换句话说，她们现在就是圣女峰的老祖宗。

老祖宗归来，当然是件普天同庆的喜事，然而紧接着，众人便发现随之而来的一个很麻烦的问题。前代圣女离开的时候，没有想过这些在世间游历多年的师姐师妹会回来，直接把南溪斋交给了徐有容。徐有容闭关的时候，也没有想过这件事情，直接把斋务交给了两位德行高洁、行事稳重的师姐。

现在她们回来了，那么南溪斋究竟应该由谁管理呢？按道理来说，应该按照徐有容的吩咐行事，奈何这三位辈分实在太高，她们对斋务发表意见，难道有谁敢不听？

如果这三位师叔祖只是潜心修道，无心斋务自然最好，但并非如此。她们并不理会普通斋务，只在某件大事上，非常鲜明且强硬地表明了态度。那件事情涉及到圣女峰与离宫之间的关系。那就是国教南北两派合并的大事。

那三位师叔祖极其严厉地表示此事绝对不可行，然后做出了一个必然会震动大陆的决定。那个决定便是叶小涟等南溪斋少女们情绪低落、心情复杂的源头。

听完叶小涟的讲述，唐三十六沉默片刻后说道："她们回来之前，没有任何消息？"

关于国教南北两派合并之事，三位南溪斋长老如此激烈的反对，他能够理解,甚至可以接受。老辈人的理念往往要显得更加强硬,无法改变,就像他家里那位老太爷一样。让他感到警惕的是,叶小涟没有明说的那个决定以及这件事情背后隐藏着的那些信息。

离开南溪斋这世间第一等清贵圣地,在世间云游不归数十载,按道理来说,这三位师叔祖应该不是在意荣华富贵的人物,就算她们依然放不下什么。但是谁在大陆上找到她们,然后说服她们回南溪斋来做这些事?

"谁都没想到她们会忽然回来,就像是……"叶小涟说道,"搞突然袭击一样。"

唐三十六问道:"她们叫什么名字?"

叶小涟说道:"我的师祖叫怀仁,先前你看到的那位师叔祖道号怀璧。"

唐三十六感觉怪怪的,心想这两个名字像是在哪里听过一般。

叶小涟哪里知道他在想什么,继续说道:"还有一位师叔祖叫怀恕。"

唐三十六想了想说道:"如果都和先前那个老太婆一样,真实性情和名字相反,那就麻烦了。"

18 · 草堂怀仁

说话间,一行人来到了那片山崖前。

崖间不时有松树伸向空中,有细瀑落下,溅起不少水滴。崖前是一大片山坪,地势颇平,伸延出去很远,竟看不到边际,仿佛原野一般。坪间到处是青树,再往深处去,则可以看见很多花树,花树之后则是无数幢建筑,黑檐白墙隐在树林里,颇为美丽。

看着传说中的南溪斋,户三十二觉得与离宫很不同,赞叹不已。唐三十六却想起了汶水城里的祠堂,城外的鸡鸣山,沉默无言。

穿过青树与花树,踩着微湿的青石,兜兜转转,便来到了南溪斋前。一行人越过明堂,穿过数座小园,又经过很多幢经阁,来到最深处,迎面便看到了一间草堂。在草堂的四周竖着很多座石碑,碑石上偶有青苔,却遮不住上面清晰深刻的线条。

唐三十六和户三十二都曾经进天书陵观碑悟道,一看便认了出来,这些石碑应该都是天书碑的仿制品。不是简单而粗糙的模仿,石碑之上自有沧桑意味,与草堂融在一起,自成天地,令人敬畏。

唐三十六的性情再如何轻佻，来到这种地方，也变得安静了很多，有些担心隐藏在暗处的折袖会出事。

草堂里面搁着三张蒲团，有天光从屋顶的琉璃里洒下，光线并不暗淡，可以看得很清楚。先前在山门处遇到的那位黑衣道姑坐在左手边的蒲团上，神情依旧冷漠，看着走进草堂的唐三十六，眼里生出一抹戾气。一位紫衣道姑坐在右手边的蒲团上，眉直且浓，眼神强硬至极，一看便是那种暴烈如火的性情。坐在正中间蒲团上的那位道姑穿着白色的斋服，神情平静温和，眼睛有若秋水，看着便让人心生亲近之感。

然而唐三十六看着这位白衣道姑便心生警意，猜到她便是先前那道声音的主人。不是因为她的祭服颜色是圣女峰最尊贵的白色，而是因为她的人。

叶小涟在他身旁轻声说了几句，向三位道姑行了一礼，退到了后方。唐三十六才知道，原来那位紫衣道姑便是怀恕，那位白衣道姑是怀仁。

怀仁神情温和地说道："唐公子与户主教请坐。"

唐三十六与户三十二依言坐到了客位的蒲团上。

怀仁看着唐三十六说道："不知老太爷可好？"

唐三十六说道："还行，没死，不过我既然能活着，他自然也高兴不到哪里去。"

整个大陆都知道汶水城里发生的事情，但没有想到他会就这样挑破，而且言语间对唐老太爷竟是如此不恭敬。怀璧闻言冷笑一声，怀恕则是微微挑眉，明显对他的这番话感到不喜。

"唐公子说得不错，只要还活着，那就最好。"怀仁看着唐三十六微笑说道。

唐三十六明白这位南溪斋长老的意思。只要唐老太爷还活着，唐家便是老太爷的唐家，他先前在山门处对南溪斋的威胁，自然落不到实处。

"不错，活着确实最好，像我二叔肯定不会觉得好，因为他死了。"唐三十六认真说道，"这真是一件值得高兴的事情。"

谁家的叔父长辈死了，会觉得高兴？就算世间所有人都知道，唐家二爷与他之间的问题，可话不该这般说吧？

怀恕的直眉挑得越来越高，脸上的怒意越来越浓，她性情暴烈，疾恶如仇，最见不得那些不知尊卑、无视长幼的家伙。怀仁依然很平静，只是看着唐三十六的眼神里多了些说不清楚的意味。她也清楚唐三十六的意思。

先前那句话，她是想告诉唐三十六，就凭他威胁不了南溪斋。唐三十六这句话则是告诉她，唐家二爷死了，他在唐家继承权的战争里已经获胜，现在唐家确实还是唐老太爷的，但以后终究会是他的。

南溪斋每年的开卷钱里，有很大一部分都是由唐家奉献。这并不是关键，最关键的是，南溪斋以及无数附属宗派，还有那些田地生意，在很大程度上都与唐家的生意息息相关。

很多宗派山门都是这样做的，不与唐家做生意，也要与秋山家、吴家、木柘家做生意。修道本来就是一门大生意。

以南溪斋在修道界的地位，当年她们选择合作伙伴的时候，当然会选择名声最好、历史最悠久的唐家。谁能想到，隔了无数年后，唐家的继承者，竟然会用彼此间的合作来威胁南溪斋？

怀仁没有再与唐三十六就此问题说什么，转而问道："唐公子那位同伴呢？"

这问的自然是折袖，说明南溪斋一直都知道他的存在，说不定现在都还有人盯着他。

唐三十六脸皮很厚，平静说道："您说什么？"

怀仁微微一笑，不以为意，望向户三十二说道："不知教宗大人现在何处？斋中弟子们很想尽快得到陛下的教诲。"

这话说得很婉转，也很客气，只是语句组织并不是很妙，有些生硬形成的可笑。但她的意思表达得足够清楚——虽说都是国教一脉，教宗陛下身份更是尊贵，不经通传便直接进来，终究还是不妥。

户三十二虽然脸皮也很厚，但知道这时候不能乱来，指着草堂外某个方向说道："陛下应该是去了峰顶。"

那片山崖后云雾缭绕，其间隐有一座高峰，正是圣女峰。听着这话，坐在两边蒲团上的道姑骤然色变，尤其是那位穿着紫衣的怀恕道姑，大怒喝道："岂有此理！圣女闭关静修，正在关键时刻，严禁任何人打扰，若走火入魔，谁来承担这责任！教宗他想做甚！"

唐三十六说道："听闻南溪斋有变，教宗陛下担心圣女安全，不眠不食不休驰骋千里来探望，有何不妥？"

怀璧冷笑说道："我南溪斋又能有何变故？圣女的安危自然有我们护持，哪里需要外人担心。"

唐三十六问道："听闻前些天肖张曾经来过圣女峰？"

怀仁举手示意师妹不要再说，平静说道："不错。"

唐三十六盯着她的眼睛问道："为何最终他没能进山门？"

三年前在京都风雪洛水畔，肖张横枪于河中，救了重伤的王破。从那一刻起，不管肖张自己愿不愿意，整个大陆都把他视为了国教与陈长生的强大臂助。

朝廷追杀了他整整三年时间，便有这方面的原因。在他山穷水尽之时，前来圣女峰暂避，却被逐了出去。难道说，圣女峰已经不再把自己视为离宫的盟友？

19 · 白鹤搬救兵

怀仁静静地看着唐三十六，没有回答。唐三十六静静地看着她，没有说话，很明显，就是要对方现在就给出一个答案。

怀恕沉声说道："似肖张这等狂徒，手下不知染了多少鲜血，怎能让他进山，玷污我圣洁之地。"

唐三十六很想把苏离搬出来。苏离此生杀人无数，剑下的鲜血比肖张还要多，难道圣女峰敢把他逐走？就连你们的圣女都跟他走了。

这些话将要出口的时候又被他收了回去，因为这些话太狠，说不好便是当场翻脸的结局。

他摇了摇头，很不以为意地说道："如果我没有记错，圣女闭关之前有谕，南溪斋一应事务，由凭轩及逸尘二位师姐处理，我想当时把肖张逐出圣女峰，必然不是她们的意思，而是三位的意思？"

听着这话，草堂四周的南溪斋弟子脸上都出现了不安的神情，尤其是侍立在三位道姑身后的两名南溪斋弟子低下了头去，唐三十六感知得很清楚，这二位境界深厚，想来便应该是凭轩和逸尘。

怀仁知道必须有所回应，平静说道："不错，不让肖张进峰是我的意思。"

唐三十六盯着她的眼睛问道："为什么？"

怀恕大怒说道："我已经说了为什么。"

唐三十六不理她，依然盯着怀仁的眼睛，说道："那么，凭什么？"

就算你们给出了不收留肖张的一万种理由，但是凭什么？这是南溪斋的事务，你们凭什么发号施令？

怀璧冷笑说道："圣女正在闭关，难道我们这些长辈还管不得事了？"

唐三十六说道，"圣女闭关，她的谕令你们就可以不遵？那到底是你们大还是圣女大啊？"

这句话已经不止于诛心，更是当面的质询。怀璧闻言大怒，准备说些什么。

怀仁说道："师妹，唐家公子是出名的口绽莲花，你可不是他的对手。"

"错。"唐三十六说道，"辩才无碍这种词与我无关，我就是声音大，说话快而已。"

怀仁看着他微笑说道："有理不在声高，如果只是如此，为何从来没有人说得过你？"

"又错。"唐三十六说道，"有理当然就会声高，因为我理直，所以气壮，没有人说得过我，是因为他们没我有道理。"

这话自然说的是南溪斋的斋务。他觉得自己有理，那么南溪斋这三位长老自然无理。

草堂内外变得异常安静，南溪斋弟子们低着头，不知道在想什么。

"唐公子觉得我们三个老人家回南溪斋是想趁着圣女闭关的时候夺权。"怀仁看着弟子们问道，"或者你们也是这样想的？"

听着这话，草堂四周的百余名南溪斋弟子哪里还能沉默，纷纷说道不敢。

那两名侍立在后的南溪斋弟子更是直接跪了下去，微微颤声说道："学生怎敢如此。"

唐三十六心想徐有容闭关前托付斋务的两人竟是这个老道姑的弟子，那确实麻烦。哪有学生去管老师的道理？难道老师说句话，弟子还敢不遵？直接一个欺师灭祖的罪名便可以把你打落深渊，万世不得翻身。

"我想教宗陛下与诸位都不用太过担心，我南溪斋的斋务一直都是弟子们在管理。"怀仁神情温和说道，"只是身为南溪斋的长辈，有些重要的事情，总是要表明一下态度。"

唐三十六说道："比如肖张这件事？"

怀仁说道："这件事情意味着什么事，我想唐公子与主教大人应该都很清楚。"

这正是唐三十六刚才想要知道的答案。这三位南溪斋长老拒绝庇护肖张，这便意味着，她们不愿意圣女峰与离宫结盟，更不要说南北两派合一的那件大事。

怀仁看着唐三十六说道："就算圣女没有闭关，我想，她也要考虑一下我

051

们的态度。"

唐三十六说道:"你们的态度是?"

怀仁淡然说道:"我们的态度是反对。"

唐三十六沉默了,他没有想到这位南溪斋长老的态度会如此平静而坚定,完全没有在意他的威胁以及国教方面的压力。至此已经变成了僵局,如果任由这种情形发展下去,叶小涟先前没有明说的那件大事或者真会变成现实。

如何能够破局?唐三十六也想不到办法,只能拿出自己最擅长的本事胡搅蛮缠。

"既然你们不处理具体斋务,那先前为何要打她?"唐三十六指着站在后面的叶小涟,看着怀仁说道,"难道倚老欺小就是你所以为的大事?"

黑衣道姑怀璧闻言大怒,喝道:"我不管斋务,但辈分在这里,教这个丫头尊师重道难道不行吗?"

叶小涟见师叔祖动怒,哪里还站得住,也赶紧跪了下去,即便心里委屈,也不敢流露些许。

看着跪在地板上的这三名南溪斋女弟子,唐三十六在心里叹了口气,知道毕竟是女孩子,而且自幼受的是圣女峰正统教育,没办法像自己和陈长生那样敢欺师灭祖,想要从内部解决问题,看来没有什么可能性,现在只能希望陈长生能够想到好的方法——按时间推算,陈长生这时候应该已经到了圣女峰顶,已经过去了很久,始终没有动静,如此想来,在洞府里闭关的徐有容应该无碍,那么他应该赶紧现身才是。

问题是那三位南溪斋长老盯着,他想与叶小涟私下说句话都难,如何能够通知峰顶的陈长生。正想着这件事情,他忽然眼睛一亮,看到了庭院里那棵花树上面停着一只白鹤。谁人不识这只白鹤?

白鹤是圣女峰的圣宠,只有徐有容能够驱使,在南溪斋的地位很尊贵,无论是斋里的花树还是树间的细瀑,它可以随意栖留,从来没有谁敢对它有丝毫无礼,然而今天它却险些被一只臭鞋砸中。

愤怒的鹤唳响彻庭院,十余丈的羽翼展开,它正准备攻击的时候,忽然发现扔鞋的那人自己认识。

"你这个没良心的东西,想当年我们也是一起替那对奸夫淫妇把风的交情,见着我来了，居然也不打个招呼！"

唐三十六站在草堂边，手里拎着另外一只草鞋，大声喊道。叶小涟和一些知道内情的南溪斋少女一脸震惊，不知道是因为他脱鞋打白鹤，还是他话里提到了某些往事。白鹤用无辜的眼神看了他两眼，大概在想这家伙是在发什么疯。唐三十六更是恼火，把手里的另一只鞋也扔了过去，同时望了眼峰顶，打了个眼色。

20·合斋

白鹤明白他的意思，展开双翼腾空而起，向着峰顶飞去。

风动庭院，花树微乱，唐三十六挥手在空中抓了几枚花瓣，走回草堂里，望着怀仁说道："我们不是肖张，算客人吧？"

怀仁知道他做了些什么，也不点破，微笑说道："远来自然是客。"

唐三十六说道："既然是客，怎么能没有茶？"

怀仁依然平静，说道："凭轩，上茶。"

一直跪在她身后的那名南溪斋弟子低声应下，起身向草堂外走去。

在她经过唐三十六身边时，唐三十六唤住她，把手里的那些花瓣塞了过去，柔声说道："凭轩姐姐，我喜欢喝花茶。"

看着这幕情景，无论是三位南溪斋长老，还是众弟子，都忍不住摇了摇头，心想真是公子做派，令人心烦。

哪怕有现成的沸水，泡茶也要些时间，喝茶要配着闲叙，更是需要时间。就在唐三十六端着那杯花茶，与那位叫凭轩的师姐刚刚聊到富春州的烧饼时，时间便够了。天空里响起一道清亮的鹤鸣，伴着呼啸的风，白鹤缓缓降落在庭院里。南溪斋弟子们见着鹤上有人，不禁震惊异常，心想难道圣女提前出关了？

骑鹤而来的不是徐有容，而是一位年轻男子。见着那位年轻男子，叶小涟以及很多南溪斋弟子纷纷拜倒。有些没去过寒山和京都的南溪斋弟子正在吃惊谁能骑圣女的白鹤，见着这画面，想着师姐师妹们以前说过的那些话，也醒过神来，赶紧屈膝行礼。

"拜见教宗陛下。"

陈长生点头，与叶小涟和那些相熟的南溪斋弟子说了几句话，便向草堂走去。怀仁等三位南溪斋长老也已经站起，在草堂外静静等候。

陈长生带着歉意说道："不请而入，确实不妥，只是心有担忧，还望见谅。"

怀仁平静说道："想来教宗陛下有所误会，以为南溪斋内乱，担心圣女的安全，所以才会直上峰顶。"

陈长生最开始的时候确实是这样想，这时候却不便直认此事。

怀仁接着说道："不过南溪斋正要将一件大事宣诸天下，教宗陛下适逢其会，更添荣光，感谢您的到来。"

听到这句话，唐三十六的心里咯噔一声，知道这应该便是叶小涟忧心的那件大事。

陈长生神情微凝，问道："不知道是何事情？"

怀仁的神情平静至极，仿佛在讲述一件很寻常的小事："南溪斋准备于年节后合斋。"

听着这话，凭轩、逸尘等南溪斋二代弟子身体微震，望向怀仁想要说些什么，最终还是没有开口。

叶小涟等南溪斋少女的脸上更是流露出了不甘的神情，但到底也没能发出声音。

陈长生刚听到这句话的时候有些不理解。徐有容不是正在峰顶洞府里闭关吗？谁又要合斋？然后他想起小时候看的《南坛别述》里的一段内容。

南溪斋有三种合斋。如果南溪斋里的修道者闭关，可以称为合斋。整座南溪斋也可以合斋，意思与修道者闭关相近，取的依然是一个合字。从合斋之日起，南溪斋便再不与外界交流，圣女峰禁制阵法启动，可以说得上是与世隔绝。

"您说的合斋……是指南溪斋要与世隔绝？"陈长生看着怀仁的眼睛说道。

怀仁仿佛感受不到他眼光里的情绪，平静说道："不错。"

草堂里一片沉默，很长时间都没有人说话。

陈长生走到门口，望向崖前这片美丽的风景，问道："多长时间？"

怀仁走到他身后，轻声说道："十年。"

听着这话，南溪斋弟子们的情绪如前一般低落，没有变化，明显事前便已经知道了。

"十年啊……"陈长生自言自语说道。

修道者的寿命要远超普通人，活过二三百岁很正常，那些境界高深的修道者,甚至可以活到六百岁以上,直至千岁。对如此漫长的修道生涯来说,十年只是很短暂的一段时间,红颜未必会老,人间依然不见白头。但与世隔绝的十年,对这些南溪斋的少女们来说,依然是很难接受的事情。她们只能看到圣女峰的云雾,看不到外面的云雾,只能看见坪上的花树,看不到外面的花树。她们只能看到自己,再也无法看到外面的人。

如果不去想这些,对陈长生来说,如果南溪斋合斋十年,意味着在这十年之内,离宫会失去最强的外援。当初在奉阳县城,肖张说遇着了朝廷的使团,他想不明白为何,此时终于清楚了。谁最愿意看到南溪斋合斋十年?当然是他的老师商行舟,还有大周朝廷里的所有人。相王与无穷碧两大神圣领域强者,亲自带着使团前来,就是要确保这件事情能够顺利进行。以此倒推,这三位南溪斋长老辈的道姑忽然结束云游回山,强行要求南溪斋合斋,必然也与商行舟和朝廷有关。

想到这里,他看了户三十二一眼,心想南溪斋发生了这样大事,为何国教竟没有收到任何消息?户三十二不易察觉地摇了摇头,用眼神表示立刻去查。这些都是随后的事情,现在最紧要的是,他如何说服这三位南溪斋的师叔祖改变主意。

"能单独谈谈吗?"陈长生看着怀仁说道。

怀仁说道:"一切如陛下所愿。"

太阳正在落山。因为桐江上游的这片秀丽山峦很高,所以很快太阳便触到了山影,有了些暮时的感觉。

陈长生站在崖畔,看着远处那轮落日,沉默不语,不知道在想什么。

"不错,确实是道尊派人找到了我们,然后亲自说服了我们,我们才会提前结束云游。"

怀仁站在他的身边,依然很年轻的秀美脸庞上被夕阳镀上了一层金色,显得异常端庄圣洁。

"对弟子们来说,与世隔绝当然很难接受,相信圣女也不会同意,但我还是坚持要做。"怀仁转身望向他,平静说道,"教宗陛下您也应该知道,合斋一共有三层意思,修道者合斋是闭关,本斋合斋是自绝于世,但最初合斋的意思是,南溪斋与离宫重新合为一体,如果不想最后这种情况出现,我只能选择第二种。"

陈长生说道:"首代圣女亲手所著的《南溪闲窗》里曾经说过最后这种合斋,

字里行间都看得清楚，虽然南溪斋由她一手所创，但她依然期望着最终国教能够重新一统，我与有容想要做的事情，完全符合她的想法，有何不妥？"

"那是无数年前的事情，时间总会改变很多事，南溪斋现在自有传承，为何要断了传承，与离宫合为一体？更关键的是，如果按照陛下您和圣女的想法做下去，南溪斋极有可能踏入毁灭的深渊。"怀仁看着他的眼睛平静而坚定地说道，"我不能眼睁睁看着您和圣女，把南溪斋带进这场战争里。"

21·一场会写入史书的谈话

陈长生说道："我从没想过把南溪斋置入险境之中。"

"陛下，我了解过您，如果是三年前，我相信您绝对不会这样做，但正如我先前所说，时间可以改变很多事。"怀仁带着感慨的意味说道，"三年后的您已经不一样了，如果雪岭那夜没有死那么多人，如果凌海之王没有去松山军府，如果您没有去汶水城，如果您这时候没有站在我的身旁，我或者会相信您的话，但现在不行。整个大陆都知道您想做些什么。从松山军府到汶水城，您就是想把道尊与朝廷在京都外的援力争取到您的麾下，您甚至成功地改变了唐家的态度，那么您又怎么会放过圣女峰呢？您有没有想过，为何所有人都知道您想做什么，道尊却没有阻止您？因为他不需要在意，因为就在您试图斩断他的那些臂膀的时候，他的眼光早在数年之前便已经落在了这里，落在了原本应该是您最强外援的圣女峰上。"

陈长生静静听着，没有说话。

"学生造反，百年不成，就算让您坚持到最后，人族世界分裂，魔族趁乱南下，到那时候，您怎么面对流离失所、苦不堪言的信徒，怎么面对道旁的白骨，怎样面对国教的列代教宗？放弃吧。我在京都与道尊谈过，他答应过我，只要您愿意放弃教宗之位，可以在南溪斋或者离山随意修行。"

怀仁用前辈看着晚辈的眼神看着他，想要听到自己期待的答案。

陈长生平静说道："我不能答应这个要求。"

怀仁显得有些失望，说道："您为何一定要与自己的老师作对呢？"

从三年前他背着天海圣后从天书陵上走下来的那一刻开始，这便是很多人想要知道的问题。像凌海之王、司源道人、葱州军府甚至是离山剑宗，都有警惕甚至敌视朝廷与商行舟的理由，但他没有。无论是以历史的眼光来看，还是站在黎民百姓或是官员的立场来看，商行舟都没有太多可以被指摘的地方。

在天书陵之变前后，他使用的手段很厉害，但成大事者，谁都如此。他确实用了周通，但周通死时，他颁出了圣旨，列出了周通的十余项罪状。如果他们师徒之间必然会发生一场战争，陈长生无论如何也不能说自己站在正义的一面。

当年他对教宗师叔说过，老师不会让他活下去，所以他必须反对他。现在随着时间的流逝，很多事情已经发生了变化，但这件事情没有变过。雪岭那夜的战斗，变成废墟的湖园，就是最明确的证据。

但就像怀仁说的那样，如果只是这个原因，那他没有资格、更不应该把整个国教，包括松山军府、葱州军府、唐家、离山剑宗、圣女峰甚至整个大陆都拖进这场必然惨烈的战争里，哪怕他是教宗，是大陆最有权势的人。

陈长生当然不愿意看到那样的画面。但他知道如果不想那样的画面真的发生，就要做好那画面真正发生的准备。退让与妥协并不能获得真正的和平，那是投降，人类与魔族的战争进行了这么多年才得出的真理，现在看来已经被很多人忘记了。

他现在是教宗，就要为国教甚至整个人族世界承担起相应的责任。

"如果所有人都是这样想我，那么所有人都错了。我做这些事情不是想要获得至高无上的权力，也不是为了自己的安危而想要杀他，哪怕他这么多次想要我死，我依然没有想过要杀死他。"远方的原野上，桐江画出的线条越来越暗，陈长生看着那里沉默了会儿，继续说道，"不是因为他是我的师父，而是就像您说的那样，如果我想杀他，整个大陆都会陷入混乱之中。我做这些，只是要保证国教拥有抗衡朝廷的能力。"

怀仁说道："这又是为何？"

陈长生说道："师叔当年对我说过，善良的人们更要警惕……警惕需要拥有相应的能力，不然就会变成笑话。"

怀仁明白了他的意思，叹息了一声。

"圣女峰远在天南，离宫却在京都，离皇宫很近，我们必须承担起这个责任，就像当年天海圣后执政，如果没有师叔，谁也不知道暴政的狂潮会掀翻多少宅院的屋顶，湮没多少无辜者的性命。"陈长生说道，"现在的朝廷需要一个能够制衡它的力量，现在师父他老人家需要一个能威胁他的存在，不然朝廷就会乱来，师父他会变成一个怪物。师叔当年选我做教宗，就是因为他知道，只有我才能带领国教众人把这个角色扮演好。"

怀仁说道："可是您现在做的事情已经不止于警惕，更像是准备发动一场战争。"

"松山军府和唐家依然只是警惕，或者说警告。"陈长生说道，"朝廷和师父做错的地方，如果自己不能纠正，我和国教会替他们纠正。"

怀仁说道："您的所谓纠正，就是杀人夺权？"

陈长生说道："杀人是因为像宁十卫、朱夜、天海沾衣这样的人就应该死，唐家二爷勾结魔族，更应该死，夺权是因为国教需要这些权力。更重要的是，朝廷和师父已经证明，他们选用的这些人没有资格掌管这些权力。"

怀仁看着他的眼睛问道："那如果朝廷继续犯错呢？如果道尊坚持这些手段呢？"

陈长生沉默了很短的一段时间，说道："那我只好想办法推翻他的这个朝廷。"

怀仁轻叹一声，说道："最终还是回到了这条残酷的老路上。"

陈长生说道："殊途可能同归，但踏上旅程的原因并不相同。"

怀仁说道："如果最终还是一样的结局，起因重要吗？"

"自卫杀人与杀人抢劫之间的区别很大，这很重要，我必须相信自己是正确的。"陈长生说出了一句已经三年没有说的话，"因为我修的是顺心意。"

夕阳已经落到了山后，繁星还没有完全露出真容，南方的群山迎来了最昏暗的时刻。崖畔的花树在风里轻轻摇摆，似乎有些讶异为何场间变得如此安静。

不知道过了多长时间，怀仁轻声说道："这是您修的道，您的战争，难道一定要把安静多年的圣女峰拖进来吗？"

陈长生说道："我想，这应该是有容与南溪斋弟子们决定的事情。"

22 · 朝廷使团的到来

怀仁没能说服陈长生。

同样，陈长生也没能说服这位南溪斋的师叔祖。

怀仁说道："您应该很清楚，圣女此次闭关，短时间内根本无法出来，或者十年，或者二十年，甚至更长。"

陈长生确实很清楚，当初徐有容给他写的信里，把所有事情都已经讲得清清楚楚。圣女峰需要一位真正的圣女，如此才能维持在国教以及天南的神圣地位。同样，国教需要一位真正的圣女，如此才能在与朝廷的对峙里拥有更强势的话语权。南方也需要一位真正的圣女，才能扭转苏离与前代圣女离开之后对北方的神圣领域强者的劣势。

如果陈长生能够进入神圣领域，可以解决很多问题。但他是教宗，需要带领国教与亿万信徒。圣女峰远在天南，事务相对很少，她比陈长生拥有更多的时间与精力。所以徐有容决定闭关，冲击那道高高的门槛，争取在最短的时间里进入神圣领域。

有史记载以来，进入神圣领域的修道者大多数都至少需要经历数百载的修道岁月，比如天机老人。即便是那些天赋卓绝的真正天才，也至少需要百余年苦修，比如别样红。

除去那些过于久远的记载不提，千年来进入神圣领域最快的人，大概便是周独夫、陈玄霸、太宗皇帝、苏离、王破这几个人。但无论是苏离还是周独夫或者王破，也都是在四十余岁之后，才能看到那抹天机。

就算传闻中天赋之高足以惊动星海的陈玄霸，也要在三十岁的时候才有机会越过那道门槛。

徐有容身具天凤血脉，毫无疑问是有史以来最具天赋才华的修道者之一，但也不会比这些前代传奇更强。以此推算，她此番闭关静修，冲击神圣领域，哪怕像陈玄霸那样，也需要将近十年时间才能出来。

"您说这件事情需要圣女才能决断，她无法出关，怎么办？南溪斋终究是需要面对这道选择题。"怀仁说道，"我没有智慧做出选择，所以我会让南溪斋合斋十年，待圣女出关之后再做定断。"

陈长生说道："您应该知道，如果她这时候没有闭关会怎么选择。"

怀仁说道："即便圣女同意，我还是会想办法阻止圣女峰成为国教向朝廷开战的前驱。"

陈长生说道："难道您没有发现，南溪斋上下数百名弟子没有一个支持你们的决定？"

怀仁沉默了会儿，说道："那是因为她们还年轻，不知道战争的可怕。"

陈长生说道："好战与畏战的区别，《道藏》上写得很清楚，我不想重复。"

怀仁说道："南溪斋的态度，我也已经表达得非常清楚，不想再重复。"

夜色忽至，十余座山峰变成了水墨色。

在这场谈判进入到最关键也是最紧张的时刻，花树忽然被灯笼照亮，凭轩带着几名女弟子匆匆赶了过来。

凭轩向陈长生行了一礼，对怀仁说道："师父，山下传信，说是朝廷的使团到了。"

陈长生神情微凝，没有想到朝廷的人来得这般快。

怀仁问道："使团以谁为首？"

凭轩说道："是相王。"

听到相王的名字，怀仁的神情看似不变，其实心情变得轻松了很多。

她冒着激怒离宫的危险强力推动合斋一事，承受了很大的压力，与陈长生的这番谈话更是让她疲惫不堪。这时候朝廷的使团到了，来的还是那位刚刚进入神圣领域的相王，想来可以帮助南溪斋分担不少。

陈长生有些奇怪没有听到无穷碧的名字。怀仁问的是使团以谁为首，但如果无穷碧在使团里，凭轩这样精通世务的女弟子必然会重点提到。无穷碧的性情再如何令人厌憎，终究是大陆屈指可数的神圣领域强者，如果没有提到，只能说明她不在使团里。在汶水城外，还有肖张看到时，无穷碧都与相王在一起，现在她去了哪里？

接着有更多消息从前山门处传了过来。长生宗派人来了，木柘家、吴家的人也来了，槐院的副院长来了，天南各大宗派都派了代表前来。

"陛下见谅，我要去山前迎一下。"怀仁对陈长生抱歉说道，离开了这片崖畔。

南溪斋自然有人安排陈长生一行人，领头的是那位紫衣道姑怀恕。这位道姑只看容颜便能猜到性情极为暴烈，但带着陈长生一行人行走时，始终一言不发。

以陈长生的身份地位，南溪斋自然要把位置最好、最尊贵的斋房明筑让出来。叶小涟等弟子忙着整理斋房里的用具，唐三十六在旁说着这如何使得，却始终不肯伸手帮忙。

"这座斋院已经多年没有开启，难免有些灰尘，还请陛下耐心等待片刻。"怀恕说道，"因为很多年都没有教宗到访过圣女峰了。"

陈长生说道："请您指点。"

"国教是道门，但道门并非国教，至少圣女峰从来没有享受过国教的待遇，所以无论京都的同门怎么看待这件事情，无论教典里怎么描述当年的分歧，终究离宫从来没有瞧得起过我们。"怀恕看着他说道，"现在离宫势危需要我们，于是您便来了，便要用我们，您觉得这样合适吗？"

夜色渐至，用过晚膳后，陈长生站在斋院里，望向桐江的方向，看着那条隐约可见的银带，安静片刻后说道："查的事情可以不着急，现在首要的是必须阻止合斋，如果这三位态度还是这般坚决，我们可以承诺不提回归一事。"

从离开汶水城到圣女峰已经有很长一段时间，南溪斋三位师叔祖归来、出现了合斋这样的大事，离宫竟然一直没有收到消息，这是非常值得警惕的事情，看来白石道人的暴毙并不能完全解决所有的问题。

户三十二领命而去，自有方法把陈长生的谕令用最快的方法传回京都以及附近的道殿。而当他从斋院回来时，已经拿到了最新的消息，就在半个时辰之前，离宫的人终于赶到了圣女峰下，据说是茅秋雨紧急派过来的人。这个消息稍微令陈长生放松了些，但有个问题他还是没想明白，无穷碧去哪里了？

唐三十六也觉得很奇怪，说道："那个老道姑最喜欢掺和这种热闹，没道理半途离开。"

陈长生想着在峰顶石壁前生出的那份不安，心情越发沉重，无法安坐，离开斋院向外走去。

23 · 滔滔江水亦不能洗此恨

今日南溪斋因为他的到来以及前山门处的朝廷使团及诸方代表，戒备自然森严。崖坪间、花树下到处都是弟子，山道附近隐隐可以感知到数十道剑意隐而未动，若有外敌至，剑阵必能在最短的时间内布好。

那些南溪斋弟子看见是他，纷纷行礼，有少女问道："陛下要去何处？"

那少女问话之时，其余的南溪斋少女们都似笑非笑地看着他，想来早就已经猜到。

陈长生道了声辛苦，有些不好意思地指着峰顶说道："我去那里看看。"

树林里响起南溪斋少女们的笑声，清美至极，仿佛夜莺。

实在很难想象，若真的合斋十年，这些清妙而动听的笑声不能被听见，那该是世间怎样的遗憾。

此番再上峰顶，陈长生自然不愿攀爬，林间风起，花树微摇，香气四溢，白鹤振翅而上，不多时便来到了峰顶。

他走到石壁前，拉开藤蔓，沉默良久，依然无法静心，便转身离开。

落梅山脉由无数山峰组成，圣女峰乃是最高处，峰顶与夜空最近，漫天繁星明亮得甚至有些刺眼。他当年去过云墓里那处孤峰，到过很高的地方，但当时四周尽是云雾，未曾见过这样亮的星辰。星光笼罩着峰顶，如水一般，把那些石碑上的线条照耀得无比清楚。陈长生看着那些碑文，与当年天书陵里的碑文对照，隐隐有所明悟。

时间渐逝，星夜静穆，他从冥想中醒来，走到崖畔，看了眼极远处的山脚下。那里有无数灯火，也仿佛星辰，只不过要暗淡很多，想来应该是朝廷使团和那些世家宗派的代表。

南溪斋真的要与世隔绝十年吗？刚刚看过天书碑、与首代圣女的智慧接触过的他，根本没有思考这些问题，而是取出了另外一本与斋剑相关的书籍开始阅读，就像午后那段时光一样，崖畔渐有凌厉剑意生。

那些剑意生于他的指间，落于遥远的星空以及人间。

桐江出于落梅山脉深处，流经圣女峰，汇入恨河，然后继续一路向西，再次劈开群山，进入一片峡谷。距离奉阳县城二十余里外的峡谷里，夜江奔涌，水声如雷。

江心处有块礁石，忽然落下两个人来，纵使水势再如何恐怖，也不在他们的眼里。因为他们是有资格无视天地之力的真正强者，也因为他们这时候的心情非常焦虑紧张。

一人是位道姑，穿着深蓝色的道袍，眼睛微陷，有些无神，脸颊苍白，根本看不到平时的戾气，正是无穷碧。

别样红依然一身文士打扮，平日里沉稳淡然的神情，此时也显得格外凝重，隐隐可见一抹伤痛。

"不会是真的，不会是真的，必然是心儿调皮……一不小心弄坏了。"

无穷碧自言自语着，脸色越来越苍白，眼神越来越黯淡，因为她无法欺骗自己。别样红的视线忽然落在江水里某处,眼瞳微缩,现出一道厉色,悬在尾指处的那朵小红花破空而去。轰的一声巨响,无数江水被掀起,如倒瀑般冲向夜空。一道难以想象的力量,生生破开水面,在那里形成一道约半丈方圆的洞,直抵河底的湿泥。

无穷碧尖叫一声,向着那个洞口掠了过去,悬停在水面之上三尺,往下望去。只看得一眼,她便险些昏了过去,若不是别样红及时赶到,只怕便会落入水中。

洞底尽是湿泥,若用肉眼望去,并无异处,但无穷碧与别样红是何等境界,再加上血脉相连,自然发现了问题。在那些湿泥里残着些极细微的冰晶,最关键的是,还残着一道极淡的气息。那道气息,正是别天心出外游历之前,无穷碧与别样红亲自植在他识海里的一道神魂烙印。

无穷碧感知着那道越来越淡的气息,身体剧烈地颤抖起来,愤怒到了极点,痛哭起来。

"是谁如此恶毒!我要杀了你!是谁!"

凄惨的哭声响彻峡江两岸,狂风骤起,崖壁间的山林遇风而摧,猿猴惊避,江水表面震出无数水柱,鱼死无数。别样红的脸上现出哀恸之意,但要比妻子冷静得多,文袖轻卷,便把河底湿泥里的那些冰晶卷了起来。

现在还残余着的冰晶,只有十余粒,约莫黄豆大小,若时间稍微再晚些,只需要数个时辰,便会被江水完全销蚀,便是那道气息也会消散,被江水完全吞没,即便他们是神圣领域强者,也没有办法再发现。

动手的那人,真是好手段,好心机。想到这一点,无穷碧更加愤怒。别样红的神情忽然变得凝重起来,因为他在这些冰晶碎粒上感知到了一道极为寒冷的气息。

无穷碧悲愤难安,感知到的时间要稍晚些,神情剧变,眼神变得极其怨毒,直欲噬人一般。

"黑龙!陈长生!"

他们这样的人物,自然能够判断出来杀死别天心并且毁尸灭迹的就是玄霜巨龙的深寒龙息。举世皆知,龙族已经千年不曾踏足大陆。而只有真正的大人物们才知道,如今唯一还在世间的龙族,便是当代教宗的守护者,那只曾经在北新桥底被囚禁了六百余年的玄霜巨龙。如果是那条玄霜巨龙杀死了别天心,那这件事情少不得与陈长生有关。

别样红沉默片刻后说道:"你在这里等着,我再去查访一番。"

说话间，他离开江面来到峡谷里某处，唤醒了一位渔家，询问了几句白日里的情形。

一位渔家不知，便再唤醒一位，半个时辰后，他终于找到了一位渔家，说看见峡江上发生了一件怪事。有个生着绿色双翼的怪物，抓着一个人从江面上飞了起来。

"南客！那个魔族公主！"无穷碧红着眼喊道，"陈长生一直把她带在身边，谁人不知？他与吾儿以前便有仇怨，今番在山野相遇，四下无人，他便暗下毒手！我要他偿命！"

别样红的神情疲惫至极，依然沉默不语。他总觉得这件事情有些不对。这里是远离繁华世间的峡谷野江，为何自己的儿子会与陈长生一行人遇上？从概率上来说，这未免也太巧了些。

片刻后，他带着无穷碧来到了奉阳县城，知道了明日这里有茶会，以及白天发生的那些事情。

原来肖张来过。原来陈长生确实到过这里。

24 · 峰顶见故人

"心儿喜欢茶道，所以来此。"无穷碧盯着别样红的眼睛，就像看着自己的仇人，恶狠狠说道，"你还要查什么？你还想要什么证据？还是说你到现在都不肯相信是你欣赏的那位教宗陛下杀了你的儿子？又或者是说你根本就不敢替你儿子报仇，所以拼命地想要替他开解？"

别样红还是没有说话，转身走入江畔一座酒楼里。他知道自己的儿子曾经在这里停留过一段时间，他想知道这里发生过什么事情。但是很遗憾，他没有办法问人。因为酒楼里到处都是死人。

他很快便离开了酒楼，凭着强行推演出来的那抹天机，在江上一艘运茶船上找到了自己的目标。那个人根本没有给他问话的机会，远远看着他破空而至，便服剧毒自杀，脸上带着一抹凄惨、绝望却又诡异的笑容。

别样红认识这个人。宣文殿的辛教士，当年国教学院能够在京都重现生机，这个人起了很重要的作用。看着辛教士的尸体，别样红继续沉默。

无穷碧看着他愤怒地喊道："你还在等什么！还不赶紧去把陈长生给杀了！"

别样红沉默了很长时间,说道:"陈长生是教宗。"

"教宗又怎么样!难道你怕了吗?"无穷碧痛哭着喊道,"我不怕!我要把那条黑龙宰了……我要抽了她的筋!剥了她的皮!"

南溪斋要合斋十年,就此与世隔绝?

这个消息必然会震动整个大陆,只不过现在暂时还没有传播到很远的地方。昨夜来到圣女峰的朝廷使团以及那些宗派世家都是提前知道了这件事情,为了帮助那三位南溪斋师叔祖抵抗来自国教的压力,自然做了充分的准备。

朝廷使团以相王为尊,这位王爷刚刚突破神圣领域,正在风头正盛之时,而木柘家的老太君与吴家的家主竟然也亲自来了。长生宗也来了一位长老和一些弟子,再加上慈润寺、鸣水观、烈阳宗等三十余家小宗派,竟有千人之众。

离宫方面反应不及,只来得及传书天南道殿由一位主教前来代表。槐院与离山隔得近些,虽然知道消息稍晚,却同时来到,不至于让局面变得太过糟糕,槐院派出了一位副院长以及钟会等弟子,而离山剑宗掌门需要稳定境界,剑堂的那些高手又要在北疆震慑魔族强者,来的是苟寒食以及十余名弟子,苟寒食只是二代弟子,但他性情沉稳,通读《道藏》,学识渊博,剑道精深,被很多人看好,尤其是秋山君已经失踪了五年时间,很多人都觉得他会是以后的离山剑宗掌门。

数十年来,圣女峰难得如此热闹,真可以称得上是南北合流庆典之后,大陆的又一件盛事。

举行合斋大典的地点,并不在南溪斋前,而是另一座峰顶,那座山峰极为独特,峰顶乃是一大片平坦的石面,光滑如镜,极为宽阔,可以容纳数千人同时入座,根本不显拥挤,只会让那些人数少的宗派显得格加醒目。比如今天凌晨才匆匆赶过来的天南道殿大主教以及随侍的数名教士。

离宫与圣女峰同属国教一脉,遇着这样的大事,居然只来了这么些人,很多人都看出来了问题。无论是朝廷的诏书还是私下的言论,南溪斋合斋一事明显是刻意把离宫排除在外。南溪斋三位师叔祖与朝廷使团最初对诸方的解释是,教宗陛下不在离宫,难以及时请示。谁都知道这只是借口,问题在于,离宫真的一个大人物都没有出现,这是怎么回事?

看着远处被云雾遮掩的山道,苟寒食沉默片刻后对师弟们说道:"看来今日之事无法挽回了。"

听着这话，离山剑宗弟子们的脸色变得有些难看。

离山与圣女峰相距不远，尤其是某几座崖峰，更是隔河相见，两个宗派的弟子平日里很相熟，以同门互称，现如今知道那些师姐师妹们要与世隔绝十年之久，便是他们剑心如洗，也难免心生悯然之感。

谁都像苟寒食一样认为南溪斋合斋这件事情无法改变了。因为圣女徐有容正在闭关，因为唯一能与朝廷以及这么多势力对抗的离宫，很明显因为某些原因，被打了个措手不及，居然没有一个大人物到场。

于是，当峰顶崖坪上的千余名修道者，忽然看到教宗陈长生从云雾里走出来时，都吃惊到了极点。

人海渐成人潮，那是拜倒见礼。人潮静如人海，那是千余名修道者行礼结束，在南溪斋怀仁师叔祖的温和言语下各自入座。

槐院十余人坐在离山剑宗不远的地方。当年这两个气质特异并且强硬的宗派学院，互相看不顺眼，必然不会坐在一起。但随着浔阳城那件事，以及王破在京都洛水破境，槐院的自卑少了些，离山剑宗的自矜少了些，彼此看彼此稍微顺眼了些，至少不会打起来。

"朝廷想得美，以为这样的大事可以不带着离宫玩？"槐院副院长看着远处的相王嘲弄说道，"也不想想教宗陛下和圣女什么关系，南溪斋的事情怎么可能瞒得过他？"

说完这句话，他有意无意地看了离山剑宗众人一眼。简单的一句话，竟是同时嘲笑了朝廷与离山剑宗，槐院在天南起势如此之快，果然气魄非常。

钟会的性情稍嫌阴沉，但却没有副院长那些心思，根本没想到这句话也是在羞辱离山，问道："难道传闻那事是真的？"

"寒山之上的事情你应该亲眼见过，教宗陛下当时被关白所伤，是谁舍身去救？其后由寒山回京都，一路上多少双眼睛看着的？教宗陛下与圣女同食同饮，同起同居，俨然便是一对道侣。"槐院副院长冷笑说道，"朝廷推动南溪斋合斋是什么想法谁都知道，但既然教宗陛下到了，这件事情可不见得能成。"

相王在东面的正位上坐着，离得很远，自然没有听见他的说话，神色如常与木柘家的老太君及吴家家主说着话。

苟寒食等离山剑宗弟子，却是把这位副院长的话听得清清楚楚，神情变得有些不自然。

25 · 大典开始

离山剑宗大师兄秋山君失踪五年，最近才刚刚归山，谁都知道那是因为什么。

苟寒食苦笑摇头，心想槐院总是不甘下风，想要在这些方面占些便宜，与王破哪有半分相像？这时他感知到有谁正看着自己，向那边望去，微微一怔后笑了起来，与对方行礼。陈长生笑着回礼，说起来，他与苟寒食也有近四年时间未见了，偶尔会有些想念。

南溪斋以南为尊，他坐在南面的高台上，与离山剑宗弟子们隔着十余丈，只是不便起身过去。他望向苟寒食身边那个神情略显憨拙的青年，有些好奇地用眼神询问。

别的离山剑宗弟子站在苟寒食身后，只有那个青年与他并排坐着，明显在山门里地位不低。

苟寒食示意那个青年站起来，向他介绍道："六师弟，白菜。"

陈长生这才知道原来是神国七律里自己唯一没见过的那位，温和一笑，点头致意。白菜却是高昂着头，一脸孤倨模样，理都不理他，便是苟寒食渐趋严肃的眼光都无法让他低下头来。陈长生有些不解，下一刻才想明白是怎么回事，感觉很是无奈。他忽然觉得白菜这个名字有些耳熟，然后才想起来那个家伙的化名叫作罗布……不由更觉无奈。

萝卜白菜，那个家伙还真是够懒，或者说够潇洒。

陈长生不方便，唐三十六这辈子就没觉得什么事情不方便，直接朝离山剑宗弟子们走了过去。

看着他过来，坐在这片座席上的诸多宗派山门的人都纷纷起身行礼，有的是知道他的身份，有的是被旁边的人提醒。

唐三十六挥了挥手，表示知道了，来到苟寒食身前说道："那个家伙回去没？"

苟寒食知道他问的是关飞白，说道："前两天才到，对了，恭喜你。"

唐家家主之争以及唐三十六被囚禁祠堂半年的遭遇以及随后发生的事情，现在已经传遍了整个大陆。

唐三十六说道："我是谁？这些破事哪里难得住我。"

苟寒食笑了笑，没有说什么，白菜在一旁却觉得这话仿佛在哪里听到过——虽然次数不多，但印象深刻。

"师叔祖的口头禅。"苟寒食对他说道。

白菜恍然大悟，想起几年前师叔祖召集离山弟子们开大会时的场景，不由连连摇头。

唐三十六说道："别误会，我可不是跟他学的，只不过大家爱好差不多。"

白菜嘲讽说道："师叔祖他老人家有说这话的底气，你要不是靠着教宗陛下庇护现在只怕还被关着，哪里差不多？"

唐三十六挑眉说道："我有这样的朋友就是我的本事，说句不客气的，谁能比我更慧眼识人？"

这说的自然是当年在天道院以及随后在李子园客栈他与陈长生相识的过程。要说接下来是谁发现陈长生的非凡之处，应该是落落，再往后便是苟寒食。当时离山剑宗弟子与国教学院的人是对手，但苟寒食从来没有轻视过陈长生。

苟寒食自然不会与他争辩谁的眼光更好，指着台上说道："要开始了，你还不回去？"

"你这是逐客的意思？三四年没见，再多聊两句又如何？"

唐三十六根本没有回去的意思，直接从旁边的槐院处拿了把椅子过来，就在苟寒食身边坐下。他用很轻的声音与苟寒食说了几句话，即便是白菜也没有听到。

苟寒食神情不变，平静说道："知道了，你可以走了。"

唐三十六知道苟寒食是真正的君子，既然说知道了，自然会做到，放心下来，但还是不肯离开。

他对苟寒食感慨说道："你看陈长生孤零零地坐在那里多么难受，我才不要。"

白菜插话道："我怎么觉得，你是担心去那边要站在教宗陛下身后没有座位。"

唐三十六面不改色说道："既然懂得，为何还要这么不懂事，非要拆穿呢？这方面你真要跟你二师兄学学。"

唐三十六自然是不想站的，但他的那句感慨也并不全然虚假。

教宗到场，那位天南道殿主教自然不能再安坐席中，早已过来与户三十二侍立左右，再加上那随侍在旁的十余名教士，陈长生的身影在台上看着并不是太孤单，但……有些孤单。

云雾遮日，十余里方圆的峰顶崖坪被阵法招来的清风轻拂，十分舒服怡人。三位道姑来到了场间，百余名南溪斋内门弟子随之而至。清风拂动道袍，微微作响。众人纷纷起身行礼，相王与两位家主也站起身来，只有陈长生没有动。

他想对这三位南溪斋的师叔祖行礼也不行，因为不符教典规矩与礼数。与众不同，或者便是孤单的原因？

怀仁先感谢了教宗陛下的到场，然后提到相王及两位家主，又把诸宗派山门说了说，才开始讲述今日事宜。

她的第一句话便非常清楚：“南溪斋决意合斋十年，请诸位同道见证……"

苟寒食来之前已经猜到南溪斋合斋的意图，但想着陈长生到了事情必然另有转机，没料到这位辈分极高的南溪斋师叔祖竟然还是坚持合斋，然后他又注意到陈长生的位置与南溪斋竟然隔着一段距离，不由更是担心。

"你们既然昨夜便到了，难道没能说服她们？"他望向唐三十六问道。

唐三十六看着怀仁冷笑说道：“这些老东西表面上悲天悯人，不想让南溪斋被拖进这摊浑水，实际上不过是寂寞久了，不肯甘心，就想出来搅风搅雨证明她们才是南溪斋真正的主人，怎么可能被说服？"

离山剑宗上下数代，诸峰共计千余名师徒弟子，除了辈分最高的苏离偏生性情最是跳脱飞扬，其余弟子无论贫寒出身还是来自书香门第，都是极端正严谨的人，很讲究辈分高低、长幼有序。听着唐三十六这话，白菜觉得很不舒服，皱起眉来。

26·谁来反对

苟寒食微笑说道：“当年你几位师兄初入京都时也是这般想的，你四师兄更是一看见他便觉得心烦意乱，恨不得拔剑出来砍死他，后来才明白他嘴贱只是令人厌憎，并不代表就是坏人，不然你四师兄前些天为何想去汶水救他？"

"我可不承他的情，下回他要想砍我，尽可继续。"唐三十六无所谓地说道。

苟寒食忽然想着一件事情，问道："那位呢？"

唐三十六知道他问的是折袖，说道："去离山了。"

苟寒食微惊，片刻后才想明白他是在吓自己——遇着南溪斋合斋这样的大事，折袖必然要随在陈长生左右，想必此时应该是隐匿在暗中以防有何突然的变化，又怎么会忽然去离山。

"过去了好几年，你何时能成熟些？"他看着唐三十六无奈说道。

唐三十六嘲笑地说道："觉得很幼稚？那你为何会被我吓到？说明你也知道这件事情是你们理亏。"

苟寒食想着这几年小师妹日渐沉默，轻叹一声，师叔祖离开前的严令自然无人敢破除，那这件事情该怎么办呢？

怀仁的讲话很平静，她用淡然的声音与和缓的语调讲述了合斋的历史由来、今日合斋的现实需要，虽然没有点明，但谁都知道那是为了避开国教与朝廷之间的战争，同时她隐晦地表明自己与二位师妹对南溪斋的斋务没有任何染指之心，只待合斋开始，她们便会正式闭关，再也不会对斋务发表任何意见，而如果圣女提前结束闭关，随时可以宣布开斋。

淡白色的祭服与清淡的天光相得益彰，再配上她温和的神情与慈悲的气息，显得非常有说服力。

一些最开始对南溪斋合斋感到震惊不解、生出抵触的修道者，尤其是那些与南溪斋休戚相关、反对意愿最为激烈的附属宗派，也渐渐觉得对南溪斋和自己来说似乎这是最好的一种选择。

接下来怀仁道姑的谈话进入到了合斋之后的具体事宜安排。圣女峰乃是圣地，天南道门祖庭，并不是一峰一斋这般简单，也不是数百名弟子不与尘世交流便完事，南溪斋下辖着无数附属宗派，拥有无数产业与田地，这些都需要事先做好安排，才能避免出现大的动荡。

她首先向着朝廷使团那边说了一番话，大意便是望朝廷以天下黎民为重，切不要浪费了南溪斋合斋的良苦用心。相王起身代表皇帝陛下与朝廷做出了庄严的承诺，一定会如何云云。

接着，她对天南诸同道说，圣女峰所有附属宗派以及产业田地园筑，尽数交由离山剑宗管理。苟寒食闻言很是吃惊，但还是起身点了点头，没有做更多的表达，因为他知道这件事情不会就这样简单结束。

"如此安排，不知还有什么意见？"

怀仁道姑望向那名长生宗长老问道。长生宗早已凋敝，这位二代长老比怀仁等三位道姑要晚上一辈，但毕竟长生宗与圣女峰一样都是道门的南派祖庭，表面上总要征询一下意见。

当然没有任何意外，这位长生宗二代长老直接表示了同意，还不忘赞美了数句。

苟寒食没有说话，天南修道界以圣女峰与长生宗两地为尊，便是离山剑宗也不便说些什么。

最后，怀仁道姑望向了陈长生。陈长生是教宗，名义上代表着整个国教或者说道门，南溪斋合斋，名义上需要他表示认可。但终究只是名义上的事情。无数双视线也落在了陈长生的身上。他是教宗，坐在最高的地方。他看似高高在上，实际上有些孤单，看似很有权势，却很难阻止这一切。除非国教在与朝廷开战之前，就先与南溪斋战上一场。

"不知道陈长……不，教宗陛下会怎么说。"白菜看着那边，有些紧张地说道。

苟寒食说道："一般情况他都不会说话，在人前他的话向来不多，而且有唐棠在的时候，都是唐棠说。"

果不其然，唐三十六站起身来，从离山剑宗的座席处走到了场间。

无数双视线从陈长生处移到他的身上，他却仿佛没有感觉，对怀仁道姑问道："贵姓？"

怀仁道姑平静说道："道号怀仁。"

如果唐三十六想要通过激怒她找到某种突破口，她不会给这个唐家晚辈任何机会。在南溪斋修道百余载，在世间云游更多年，她的境界虽然还没能突破那道门槛，道心早已通明。她没有想到，唐三十六根本就没有想过激怒她，只是想借此说出自己的话。

"原来你不姓徐，那你肯定不是徐有容她亲姑。"唐三十六看着她说道，"当然，就算你是圣女她亲姑，刚才说的这些话也没有任何用，都是废话。"

此言一出，满场哗然。怀仁道姑先前那番有情有理，甚至感人的话语，在他看来，都是废话？这三位道姑是南溪斋辈分极高的师叔祖，无论是相王还是两位家主对她们都是礼敬有加。谁会想到，唐三十六对她们说话竟是如此不客气。

"你们就算辈分再高，又凭什么决定南溪斋的前路？"唐三十六看着她冷笑说道，"这里是圣女峰，不叫怀仁峰，你什么时候做了圣女，再来开这么一场莫名其妙的大会不迟。"

这句话很刻薄，也很难抵挡，怀仁道姑静静地看着他，没有说话。

唐三十六望向那名长生宗长老说道："同意合斋？现在的长生宗有这个资格说这样的话，还是你觉得自己说话管用？"

这位长老默然片刻后说道："不错，我说话确实不管用，刚才那句就算我没说。"

听着这话，怀仁目光微凝，怀璧与怀恕更是神情微变。长生宗的实力已经大不如前，但毕竟与圣女峰一样都是南派祖庭，底蕴犹存。就算唐三十六是唐家长孙，这位长老又何至于因他一句话便被吓退？

27·如果你来问我，答案就是不行

只有那位长生宗长老明白唐三十六这句话的意思。唐家大爷中的毒来自除苏，除苏是长生宗一手养大的怪物。如果这位长老回答唐三十六自己的话可以管用，那么唐家的怒火便也要由他来承受。他不敢，所以他只能说自己的话不管用。

唐三十六望向相王和那些大人物们说道："没有任何效力的言语，哪怕再如何动听也都是废话，长生宗再如何落魄，也不至于白痴到要去赞同一堆废话，我想这个道理对诸位也应该一样适用。"

吴家家主望着唐三十六说道："贤侄此言未免太过，毕竟这是南溪斋的事情。"

唐三十六说道："您是长辈，说得有理，既然与我们这几家没关系，何必提前表态？朝廷与国教想打架让他们打去，等看着谁快打赢了，咱们再站边也来得及，何必提前就坐到椅子上？"

木柘家老太君叹道："老太爷在信里可不是这样说的。"

唐三十六微笑说道："您也知道，最近汶水城里出了些事，老人家的心意当然会有所变化。"

怀仁这时候终于说话了。她看着唐三十六平静说道："这终究是我南溪斋自己的事务，他人的态度虽然也很重要，但终究不是关键。"

唐三十六看着她微笑说道："既然如此，前辈又何必喊这么多人来给自己助声威？"

怀璧闻言大怒，喝道："你一个外人，凭何对我南溪斋的事情指手画脚！"

怀仁举手示意她不要再说，看着唐三十六说道："我知道你一直觉得，圣女闭关之前既然把斋务托付给两位弟子处理,我们这些云游归来的老人便不应该妄加干涉,尤其是像合斋这种大事,我说得对吗?"

她这句话是对唐三十六说的,自然也是对陈长生以及离山剑宗、槐院的人所说。唐三十六觉得有些不对,微微皱眉,没有说是,也没有说不是。

"凭轩,逸尘,圣女闭关前降下谕旨,斋务由你们管理。"怀仁神情温和说道,"那当着天下同道的面,我问你们一句,你们是否同意合斋?"

随着这句话,很多道视线落在了人群前方那两名南溪斋女弟子上。无论离山剑宗还是槐院或者那数十个宗派山门的修道者都知道这两位便是凭轩与逸尘,也就是圣女亲自选定的代掌斋务的人选。

听着这句话,叶小涟等南溪斋少女对视,有些惊喜,心想师姐或者说师叔自然不会同意。

唐三十六忽然有些不安。凭轩脸色苍白,很长时间没有说话。

她想着昨夜师父怀仁与自己的那番长谈,想着师父讲述的千秋传承、斋道存亡,想着师父以命殉道的决心与魄力,根本不知道应该怎么办。按照她自己的意愿以及对圣女的了解,当然会反对合斋,但难道自己就要逼着师父当着天下人的面去死?

逸尘面临着与她完全一样的情形,想着昨夜师父平静而坚定的眼神,道心渐渐摇晃起来,再也无法保持平静自守,泪水从眼里落下,在心里默默对圣女说了声抱歉,颤声说道:"我同意。"

凭轩看了她一眼,双唇微动,想要说些什么,最终还是什么都没有说。峰顶崖坪变得异常安静,除了清风拂动白色斋服,再没有别的声音。

人们很震惊,便是连相王与两位家主都没有想到,这两位执掌斋务的二代师姐居然会同意合斋。

怀仁看着她们,脸上满是欣慰的神情,和声道:"你们都是为师的好徒儿。"

满场俱静,一切已成定局。谁也没有想到,在这个时候,一个不起眼的南溪斋少女站了出来。无论在天南还是京都,修道界认识她的人都很少。站出来的是叶小涟。

她跪到地上,鼓足勇气说道:"三位师叔祖,我不同意合斋。"

怀璧冷哼一声,喝道:"放肆!区区一个三代弟子,也敢妄议斋务?赶紧退下!"

便在这时，又有数十名南溪斋女弟子站了出来，跪在了叶小漓的身后。这些女弟子基本上都随徐有容去过寒山，到过京都，在国教学院里待过很长一段时间。

"还请师祖三思！"

"请师叔祖收回成命！"

怀璧没有想到竟然会有这么多的晚辈弟子站出来反对，指着她们的手指微微颤抖。

怀恕看着这些弟子里有两名自己非常看好的晚辈，不由觉得好生失望，甚至有些痛心。

看着这幕画面，怀仁却是想起了昨夜陈长生对自己说的话，神思有些恍惚。

然而下一刻她想着战争爆发之后血流成河的画面，很快便重新强硬起来，对这些弟子说道："南溪斋不仅仅是弟子的，更是从列代祖师手里传下来的，你们若不想留在斋内，尽可以离开，想来无论国教学院还是离宫都会收留你们。"

这句话的意思非常清楚，如果这些弟子坚持反对合斋一事，那么就会被逐出圣女峰，失去南溪斋弟子的身份！叶小漓与那些少女们神情凄楚，不再言语，她们不愿意与世隔绝，但又如何能够承受被逐出师门的痛苦？至此，南溪斋内部的声音终于在三位师叔祖的强硬手段下得到了统一，再也听不到反对的话语。

相王站起身来，微笑说道："恭喜诸位道友就此远离人间是非，专心修行，真真令人羡慕。"

随着这句话，无数修道者站起身来向南溪斋表示恭贺，到处都是道喜的声音。只有离山剑宗与槐院的座席保持着沉默，白菜很生气，想要说话，却被苟寒食阻止。

唐三十六坐回椅中，眯眼看着台上那位神情始终平静的怀仁道姑，不知道在想什么。

"闭关乃凶途，圣人不得已而为之，如果这也值得羡慕，王爷今年何必出关？"

一道声音在峰顶的崖坪上响了起来。峰顶崖坪间的声音渐渐小了起来，于是显得那道声音更加清楚。那道声音很平静，很淡然，却又无比坚定。

"如果来问我合斋可不可行，我的答案自然是不行。"

怀璧闻言大怒，转身望去，喝道："谁说的不行？"

"是我。"陈长生站起身来，看着她说道，"因为你们始终不曾问我，我只好自己说了。"

崖坪间一片哗然，无数双视线投了过来。

28 · 这就是圣谕

相王看着远处台上，眸子里隐有寒芒掠过。吴家家主与木柘家的老太君平静如前，仿佛什么都没有听见。苟寒食看着白菜微微摇头，示意他少安勿躁。槐院副院长微微挑眉，脸上流露出有些意外的神情。像他们这样的人物早就已经料到，离宫必然会反对南溪斋合斋，陈长生必然会站出来说话。

南溪斋那三位师叔祖心情太过激荡，加上以为很了解陈长生的性情才没有想到这点。只是此时南溪斋的意志已经统一，他又能如何做？

陈长生的做法非常简单。没有人问他，他便自问自答。他的答案就是两个字。

"不行。"

看着这幕画面，唐三十六想起了前些天在汶水城老宅的那个牌局，不禁有些感慨。当时唐老太爷说自己可以杀了唐三十六时，陈长生同样也只说了两个字。

"不行。"

无论那时还是现在，陈长生的声音都很轻，但要比千万人齐喊还要响亮，仿佛雷声自高天落下。因为他是教宗陛下，他说的话就是圣谕，自有亿万信徒追随。

"她们不会去国教学院和离宫。"陈长生指着跪在地上的少女们说道，"因为南溪斋不会合斋，而这里才是她们生活修道的地方。"

怀璧见他出言如此强硬，恼怒说道："这是我南溪斋的斋务，请教宗陛下不要妄加干涉。"

无论何时，怀仁的神情永远是那样的平静温和，即便是先前看似合斋一事已经成了定局的时候。因为她已经预料到，陈长生必然会站出来，但她没有想到陈长生的态度竟是如此直接，甚至可以说粗暴。

"教宗大人，我昨夜与您说的那些，只是尊敬您的身份，并不代表南溪斋的斋务需要您的同意。"

怀仁神情凝重看着陈长生说道，声音温和但态度非常坚决。

圣女峰本就源于国教内部的分裂。从第一代圣女创建南溪斋开始，离宫便对天南道门再没有任何发言权，更不要说南溪斋自己的事务。即便是教宗陛下，也没有资格管理圣女峰的事情。这就是历史，谁都必须尊重的历史。

听到怀仁的这句话，峰顶崖坪上很多天南修道者都连连点头，即便是苟寒食也觉得棘手，不知该陈长生该如何应对。

这个时候，又有一个谁都没有想到的人站了出来。槐院副院长笑着说道："前辈此言差矣，您这些年云游四海，少理世事，大概不清楚教宗陛下与圣女之间的关系，但整个大陆又有谁不知道？这圣女峰他能当一半家，南溪斋斋务又怎么能避过陛下呢？"

听着这话，相王微微皱眉，木柘家的老太君但笑不语，吴家家主连连摇头，别的修道者则是神情有些古怪。

且不提当年轰动大陆的那份婚约，只说奈何桥雪战后，京都便生出传言，说陈长生对徐有容再生情意，意图重续婚约，如果说那时世人还以为是陈长生单方面的想法，后来在寒山煮石大会上，徐有容在关白剑下救了陈长生的画面，目睹的人可不少，更不要说后来由寒山到京都的数万里路上的那些事情早已传得沸沸扬扬，若不是随后发生了天书陵之变，只怕那两年整个大陆都会讨论这件事，到如今谁还不知道教宗陈长生与圣女徐有容情投意合，乃是天造地设的一对道侣？

听着槐院副院长略显轻佻的这句话，怀璧气得满脸通红，双眉倒竖，喝道："放肆！谁敢毁圣女清誉，问过我剑！"

崖坪上的议论声渐渐低去。怀璧手握道剑，望向陈长生厉声喝道："教宗大人，难道你真要逼老身血溅三尺吗？"

陈长生反问道："这是在威胁我？"

就算是相王，这位已经进入神圣领域的朝堂第一权者看见他也要主动请安，不敢在这么多人面前对他稍有失礼之处，更不要说威胁，她虽然是南溪斋辈分极高的师叔祖，又如何能有这胆魄？

怀璧好生愤怒，偏生不能出剑，伴着一声充满怨恨的剑吟，剑意离鞘而出，把四周的青石切割出无数道裂缝。郁愤之下，她竟是险些受了内伤，怀恕赶紧把她扶住，度去一道精纯的真元，助她守住道心。

怀仁看着陈长生的眼睛说道："魔族已经暂退，南溪斋意欲合斋，只是想置身事外，不愿被某些野心勃勃之辈利用，待圣女出关后，随时可以开斋，老身这等行事，究竟有何不妥之处？"

"昨夜您说过这些话，我没有来得及回答，我的答案就是不行。"陈长生看着她说道，"即便你们同意合斋，依然不行。斋务和合斋是两件事情，有容把斋务交由你们暂掌，不代表你们就有资格决定合斋这样的大事，所有南溪斋弟子都没有资格做决定。"

然后他望向怀仁与凭轩说道："当然也包括你们。"

怀璧冷笑说道："那谁有资格？难道是教宗大人您？"

陈长生说道："不，我也没有资格，唯一有资格决定合斋的人是有容。"

一直保持着沉默的相王忽然开口说道："陛下此言有理，如此大事，确实应该请圣女出关以做定夺。"

陈长生的心里生出一抹警意。昨日在圣女峰顶石壁前，他隐约感觉到有些问题，现在看来，问题便要渐渐显现出来了。

难道朝廷与师父就是想通过这件事情强行打断徐有容的闭关？

谁都知道，闭关如果被强行打断，极有可能造成极大的伤害，更不要说她现在是在做前人从未尝试过的事情。

"不用，我来处理就好。"陈长生没有给相王任何借题发挥的机会，望向怀仁继续说道，"我很清楚，圣女峰对她来说有多么重要，现在她在闭关，无法像她承诺她老师的那样继续照顾圣女峰与生活在这里的弟子们，那么这件事情自然应该由我来做。"

徐有容闭关潜修很大部分原因就是为了他，那么他当然要承担起本应该由她承担的责任，比如守护这座山峰。

怀仁沉声说道："难道我圣女峰的规矩，也要教宗大人您来判定吗？"

陈长生说道："圣女解碑，教宗解律，无数年来，皆是如此，还是说您认为圣女峰不是国教一脉？"

前一刻怀仁想用历史规矩令他退让，这一刻他就要用历史规矩令对方不得不接受自己的说法。圣女峰虽然是南派，但在亿万信徒与弟子眼里当然是国教一属。不要说这三位南溪派的师叔祖，就算历代圣女活了过来，也不敢否认这一点。

怀仁沉默了，不再说话。怀璧见师姐如此，更加心急，大声喊道："至少我们不是离宫的下属，凭何要受你管辖？"

想着道尊的承诺，她太过着急，竟是连称呼都变得失礼起来。

陈长生看着她说道："我是教宗，解的是教律，难道圣女峰不是国教的一部分？"

还是那句问话，再次重复，更显强硬。

怀璧被逼得道心不稳，极度烦躁，喝道："就算不是，那又如何？"

陈长生看着她的眼睛说道："若圣女峰不是国教一属，有何资格解读天书碑？明日我便诰令天下，明言此事，再派国教骑兵围了圣女峰，取走天书碑拓本，断了南溪斋的传承，让你知道什么是真正的合斋。"

怀仁想着昨夜的那番谈话，神情骤变。她对陈长生说过，南溪斋有三种合斋。陈长生此时说的，自然是最后那种。南溪斋断了传承，与离宫合而为一，重归国教正统！

29 · 风雨落山崖

群山俱静。南溪斋弟子们面面相觑，不知该如何言语，尤其是叶小涟等少女。那些以往未曾接触过陈长生的弟子，反而平静得多。在她们想来，教宗陛下是世间最尊贵的人物，自有威严气魄，便是对着师叔祖，呵斥几句又算得什么？

叶小涟等人却知道陈长生的性情向来平静温和，为何今日却是如此强硬？难道真是位置改变人？又或者是时间的力量？

和位置无关，也与时间无关。

唐三十六和户三十二清楚昨天陈长生也不是这样，不由微惊，心想峰顶究竟发生了何事？

圣女峰顶石壁前的警兆，以及先前相王那看似随意的一句话，才是陈长生态度变化的根本原因。更何况这三位南溪斋师叔祖做的事情，已经超过了他的接受程度——无论她们对斋中弟子的态度，还是她们强行推动合斋一事有可能惊动到闭关修行的徐有容——后者甚至可能是她们刻意为之！

"合斋一事就此作罢，休要再提，一切待圣女出来之后再说。"他看着怀仁说道，"不管你们是出于恶意还是善意，这件事情都不行。"

哪用管你辈分极高，威望极重，代掌斋务的都是你的徒弟，你晓之以理，动之以情，迫之以道。哪用管朝廷全力襄助，道尊亲自谋划，无数人都想看到那幕画面的发生，众志成城。他说不行，那这件事情就不行，行也不行。

因为他是教宗。

"等圣女出来？"

"那她什么时候能出来？"

"十年？二十年？还是五十年？"

"如果她一辈子都出不来呢？"

"如果她死了呢？"

山峰间忽然传来一道尖厉的声音。

最开始的时候，人们以为那个声音的主人是在询问，后来才发现不对。那道声音无比怨毒，充满着恶意，哪里是真的想知道答案，只是寒意入骨的诅咒。那人在诅咒徐有容永远不能出关，甚至横死！

听着这话，怀仁等三位道姑都忍不住神情一变，更不要说那些南溪斋的弟子们。锵锵锵锵，无数声响，寒剑纷纷出鞘，剑意弥漫崖坪之上，警惕而愤怒地对准了山道处。

无数道目光也随着这些剑意望了过去。山道与峰顶相接之处，渐渐有两道身影显现出来。一位中年文士，还有一个道姑。

看着这二人，很多人霍然起身，满脸惊容，相王微微挑眉，看了眼身旁的一位神将，也缓缓站起身来。这片大陆有资格让相王起身相迎的人很少，这位中年文士与这位道姑皆在其间。

八方风雨之别样红、无穷碧。他们的身份，很快便在峰顶崖坪上的千余名修道者里传开。人群如潮水一般站起，纷纷行礼，然后心里生出很多惊疑。为何这两位大陆强者会忽然出现在这里？

很多宗派山门都知晓无穷碧与陈长生及国教学院之间有旧怨，但何至于一来便以如此怨毒的语气诅咒徐有容，就算她就像传闻里那般暴戾粗鄙，别样红又是何等人物，怎会让自己的妻子如此失态？

难道说最近又发生了什么事情，双方旧怨未消，再有新仇？在无数道视线的注视下，无穷碧走到崖坪中间。她用怨毒而冷漠的眼光看了眼四周，最终果然落在了陈长生的身上。

"那个魔族公主呢？被你藏进了周园？"

周园如今在陈长生的手里，这已经是修道界很多人都知道的事情，只不过大部分人以为他只是拿到了周园的钥匙。魔族公主南客在陈长生的身边，这也已经是公开的秘密。但再如何狂妄贪婪的人，也不敢想把周园从陈长生手里夺过来。再如何古板热血的人，也不敢把后一件事情当众点破，以此质疑陈长生的德行。因为陈长生是教宗。

而且虽然并非本意，但他的声望在朱砂丹一事后越来越高。

如今在北疆，他已经是很多信徒心里慈爱与牺牲精神的化身，敬畏不已。

即便是在南方，因为苏离与王破的关系，民众们也觉得他比以前的教宗更值得信任。

今天，无穷碧忽然把这两件事情直接点破，她要做什么？崖坪上异常寂静。

无穷碧盯着陈长生的眼睛说道："那个魔族公主曾经杀害过不少人族强者，教宗大人你收留她是何意思？"

很早的时候，陈长生便知道会面临这样的质问，心里早有准备，说道："雪岭一战，南客为了助我脱困识海受创，如今神志不清，我当时承诺要替她治病，待病治好，我自然会让她逐走，再相遇时，自是敌人。"

"待病治好？如果她的病永远治不好了呢？如果直到死，她还是个白痴呢？"

无穷碧说出来的话还是那样的恶毒，充满了诅咒的意味。陈长生心性再平和，也忍不住微微挑眉，心想究竟发生了何事，竟让此人有些疯癫的感觉。

"南客你不愿意交出来，那只天杀的黑龙，你总应该交出来吧？"

无穷碧盯着他的眼睛说道，唇角带着一抹笑意，神情却又是那样的悲伤，笑得像哭一样，很难看。

她的笑容渐渐敛去，面无表情说道："我要剥了她的皮，抽了她的筋，把她的肉一片片割下来，或者生食，或者煮汤，全部吃掉喝掉，我要一片不留，一滴不剩，便是连肉碟与汤碗都要嚼碎了吞下去。"

她的声音寒冷得仿佛是雪老城后那条深渊里冒出来的寒气。她的话怨毒到了极点，冷酷到了极点，在崖坪上回荡着，仿佛阴风阵阵，令所有人都感到不寒而栗。

至此，哪怕再迟钝的人也已经能够猜到，无穷碧对陈长生那滔天般的恨意。

陈长生沉默了会儿，没有说话，转而望向别样红问道："别先生，究竟出了何事？"

天书陵之变，让很多大陆强者道消命殒，八方风雨更是飘零渐凋，即便如今把相王、离山剑宗掌门与王破排进去，也凑不足当年之数，而在这些人里，别样红的声望一直不坠，深受敬重，与他的妻子无穷碧形成了鲜明的对照。

当年天海圣后便很欣赏别样红，陈长生也愿意信任他。

别样红沉默不语，没有回答他。

"出了何事？"无穷碧看着陈长生幽厉喊道，"教宗大人，你让那条恶龙杀了我的儿子，居然还有脸问我出了何事！"

听着这话，崖坪上骤然响起无数惊呼声，再也无法安静下来。

30·问　罪

别天心死了？此人的境界天赋虽然及不得逍遥榜、点金榜前列那些真正的天才，但同样也是大陆的名人。毕竟不是谁都能像他一样，父母都是神圣领域的强者，事实上除了落落殿下再也找不出第二个这样的出身。

这样的一个人居然死了？谁敢杀他？想及此，崖坪上千余道目光再次望向了陈长生。

谁都知道，陈长生与国教，或者准确来说是当年的国教学院与无穷碧、别天心这对母子积怨颇深。而且敢杀别天心且有能力杀死别天心……放眼大陆确实太少，除了教宗陛下还会有谁？

陈长生看着别样红眼里的那抹戚意，知道无穷碧说的话是真的，原来别天心真的死了。他心情微沉，发现今天的事情比昨日用慧剑推演的更加麻烦。

当年在京都，离宫推出诸院演武，他与国教学院与别天心及那位仆人曾经有过对峙，但此事随着别样红非常及时的一封信以及苏墨虞由离宫附院转至国教学院，很快便得到了平息。那之后无穷碧曾经夜至国教学院，意图杀轩辕破立威，被苏离的一封信斩成了丧家之犬。

前后两次，陈长生与国教学院都不算吃亏，所以他从来没有想过要向无穷碧与别天心进行报复，甚至随着时间的流逝、无数大事的发生，已经快要忘记当年的这些过往，前些天在汉秋城里遇见别天心的时候，他甚至连看都没有看一眼。

"到底发生了何事，请先生明言。"陈长生看着别样红说道。

别样红深深地看了他一眼，说道："吾儿不肖，但我想罪不至死，今日我来便是想知道为何要杀死他。"

陈长生说道："我最后一次见到别天心是在汉秋城，之前三年未见。"

苟寒食起身说道："先生还请节哀，晚辈以为此事或者有些误会，冒昧请前辈说一下细节。"

别样红背着双手，望向崖外原野上的桐江，神情渐趋清冷。

"吾儿昨日死在奉阳县城东二十里的峡江上，尸骨被挫骨扬灰抛入江底，若非我夫妻在他身上留下过烙印，还有别的隐秘手段，只怕根本不会察觉，待日后发现有变，也再无法找到他在哪里，下手之人心思酷毒缜密，真是令人佩服。"

这位强者怎会佩服杀死自己儿子的凶手，自然是反话。他越是佩服，就越想那个人死，而且要很惨地死去，必须比被挫骨扬灰狠上无数倍。

崖坪很安静，所有人都神情凝重地听着这番话。当听到奉阳县城时，唐三十六与户三十二对视一眼，生出很多不安。

陈长生说道："我确实去过奉阳县城，但没有见过令郎。"

别样红并不意外他会承认自己去过奉阳县，万余信徒亲眼所见，谁又能否认呢？

他看着陈长生的眼睛问道："南客是否带着你在某处江面飞过？"

陈长生回想起当时的画面，说道："不错。"

别样红沉默了会儿，说道："他的尸骨残灰，便在那片江面之下。"

听着这话，陈长生沉默不语，没有说话。作为当事者，他自然知道这必然是一个阴谋，问题是，这个阴谋实在是很厉害，他无话可说。

无穷碧冲着别样红喊道："你还与他说这些废话做何！"

微寒的山风在崖坪上来回拂动她的白发，看着有些狼狈。

陈长生从来都不喜欢她，但看着她悲痛的模样，同情自生，说道："确实不是我。"

无穷碧转身盯着他，眼神怨毒至极，直欲噬人一般，说道："那你把那条恶龙交出来！"

陈长生有些不明白，为何无穷碧一直把目标指向吱吱，问道："难道有人亲眼看到她杀了别天心？"

"不，就算是亲眼所见的证人，也可以被人收买，我不见得会信。"别样红看着他说道，"而有些证据虽然不会说话，却更加值得信任，因为它不会被收买，也无法被伪装。"

说完这句话，他伸出了右手。那朵著名的小红花，还悬在他的尾指上，在清风里徐徐摇摆。但所有人的注意力都不在小红花上，而是在他的掌心上方。一道极为凝纯的星辉，从他的掌心散溢而出，罩住了十余粒极为细小的冰粒。那些冰粒太细微，隔得稍远，便无法看清，但当这些冰粒出现的时候，数里方圆的峰顶崖坪，温度竟瞬间下降了些许。别样红身边的草地上甚至生出了一层浅浅的霜。

这是什么东西，竟然如此寒冷？

陈长生不认识这些东西，但他对这道寒冷的气息非常熟悉。

下一刻，他神情微变。这个阴谋果真难以破解吗？

"这是只有玄霜巨龙才有的深寒龙息，无法伪造。"别样红看着陈长生说道，"陛下如何解释？"

此言一出，场间响起很多议论声，然后渐渐恢复安静。无数双眼睛，望向了陈长生。苟寒食与槐院副院长的神情变得凝重起来。相王与那位神将对视一眼，依然沉默。怀璧则是冷笑了一声。

很多大人物都知道，如今大陆只有一条玄霜巨龙。那些不知道的修道者，通过先前的议论，也已经知道了这件事情。那条玄霜巨龙，就是京都北新桥传说的主角，也正是当代教宗陈长生的守护者！

"谁说深寒龙息就一定是玄霜巨龙的？"

"就算是玄霜巨龙，谁又能断定一定就是陈长生那条黑龙的？"

"龙族生活在南海群岛上，黄金龙族走了，玄霜巨龙一族可还在，谁知道有没有另外一条玄霜巨龙来到大陆？"

在如此紧张压抑的气氛下，依然能够用如此轻佻语气说话的人，自然只能是唐三十六。他已经感觉到今天的事情会非常棘手，无论是陈长生还是他都想不出方法破解局面。于是，他只能试图用胡搅蛮缠的手段把局面弄得更加混乱一些，想看看能不能从中找到方法。

很多人在面对唐三十六这种手段时都会有些被动，然后出现应对不当的情况。

但别样红的应对非常简单，他对唐三十六认真地说道："我的儿子死了，请不要这样。"

唐三十六沉默了很长时间，然后退了回去。

31 · 谁会站在他的身前

"现在所有的证据都指向朱砂。"别样红看着陈长生说道,"请教宗大人把她交给我,我想问问她。"

朱砂,是很多年前王之策为小黑龙取的名字。也是别样红这些大陆强者对她惯常的称谓。

"别天心不是我杀的,更不是朱砂所杀。"陈长生对别样红说道,"这是一个阴谋,我上次见到别天心,是在汉秋城。如果你还肯相信我的话,不妨去查查看,最近这些天,别天心究竟和谁在一起。"

别样红静静看着他,不知道听进去没有。

苟寒食说道:"不错,世兄高才,又有二位前辈亲手所种的神魂烙印,非普通手段能够伤害,除非被亲近之人偷袭或是神圣领域强者隔绝气息……而据闻朱砂至今未能破除王之策大人的禁制,应该无法做到。"

无穷碧眼睛都红了,哪里还听得进去这些,厉声喝道:"那只恶龙做不到,但不要忘了我们的教宗大人还有神杖在手!除了你还有谁对我这老太婆与我那可怜的儿子恨之入骨!我就问你今天到底肯不肯交出那条恶龙!"

陈长生沉默了会儿,说道:"恕难从命。"

无穷碧怒极反笑,喝道:"那你就休要怪老身今日对你不客气了!"

天南道殿主教闻言色变,上前两步来到台边,喝道:"放肆!谁敢对教宗陛下无礼!"

无穷碧厉声喝道:"为了私怨,纵使恶龙阴杀无辜,这种人何德何能做教宗!"

此言一出,满场哗然,谁都明白了她的意图。无穷碧一直坚持要陈长生交出黑龙,如果陈长生不同意,她就要借此事向陈长生发难。在她看来,黑龙是杀死她亲生儿子的真凶,而陈长生才是真正的元凶,她哪里肯放过!就算与国教为敌,与世间亿万信徒作对,她今日也要杀了陈长生,替自己的儿子报仇!

"我倒要看看,今天谁还能护住你!"无穷碧盯着陈长生的眼睛,怨毒说道,"你不肯交出黑龙,那你就代替她被我抽筋剥皮,挫骨扬灰吧!"

如果两位神圣领域强者同时发难,那威势将会是何等样的恐怖。如果是在离宫有国教巨头持重宝相护,陈长生或者不惧,但这里是圣女峰,天南道殿主教与户三十二这等国教强者与别样红、无穷碧的差距太大，起不了太大作用。当然，如果相王与朝廷使团里的那些强者愿意出面情形又会不同，问题在于谁知道这件事情的背后有没有朝廷的影子，就算没有，朝廷又怎么会为离宫出头？

"王破，你出来！"无穷碧望向灰冷的天空，寒声喝道，"你今天还护得住他吗！还有脸护他吗！"

听着这话，崖坪上的修道者们又是一惊，心想难道王破也来了？那他此时在何处？无穷碧为报杀子之仇向陈长生发难，以王破平日里的行事，究竟会如何做？

不知道过了多长时间，天空依然灰冷，无人出现，也无人应答。看起来王破今日并没有来圣女峰，对崖坪上的很多人来说，这是一个很好的消息。如果他这时候已经来了圣女峰，却没有出现，对他们来说则是更好的消息。因为这说明，在王破看来陈长生也应该先交出那只恶龙。

无数道视线从灰冷的天空收回，再次望向台上的陈长生，情绪各自不同。有窃喜的、有紧张的、有冷漠的，也有不多的愤怒。

无穷碧向着陈长生走了过去，眼神寒冷到了极点，手里的拂尘无风自动，带起无数湍流，显得格外恐怖。

户三十二与天南道殿主教还有十余名教士，已经来到了陈长生的身旁。但凭他们这些人，如何是神圣领域强者的对手？

槐院众人沉默不语，离山弟子对视无言，苟寒食若有所思，唐三十六看着别样红，不知道在想什么。难道真如无穷碧所言，今天再无人能护得住陈长生？

这里是圣女峰，如果说谁还有能力改变当前的局面，自然就是南溪斋。国教南北两派分流，但在涉及道门尊严以及对外事宜方面，向来同进同退。

若是以往，南溪斋必然要护住陈长生的安全，因为他是教宗，但先前因为合斋一事，双方的争执非常激烈，陈长生的态度更是前所未有的强硬，想来南溪斋，至少那三位师叔祖的态度会有所变化。果不其然，就在凭轩与逸尘想要说些什么的时候，一声冷哼响了起来。

"既然是杀人凶嫌，那只恶龙理当出面说个明白，哪怕它是我国教的守护者。"怀璧看着陈长生说道，"若教宗陛下你一力维护，不免令人怀疑……那恶龙真是被你主使。如果为真，你德行有亏，如何还有资格坐在教宗的位置上？如何还有资格解说教律，管我南溪斋的事情？"

她的这番话很刻薄，也可以说很恶毒，直接让南溪斋置身事外，同时也置陈长生于极被动的境地。

听完这番话,叶小涟再也无法忍下去,她视陈长生为偶像,哪里会相信这些指责,提着剑便掠到台前,对着崖坪上的人们生气地大声喊道:"教宗陛下才不会是这种人!"

怀璧大怒,厉声喝道:"孽徒,你要做什么!"

叶小涟没有回头。无穷碧挟着难以形容的威压渐渐行来。她如今是通幽上境,以修道时间来说,相当不错,但又如何能够正面对抗一位神圣领域的强者?哪怕还隔着百余丈,哪怕无穷碧并不是刻意地以威压制敌,她的小脸便瞬间变得雪白起来,握着剑的手微微颤抖。

但她没有退避,而下一刻又有数名南溪斋少女掠到了陈长生的身前。看着这幕画面,哪怕议及合斋之事依然低头沉默的凭轩,终于抬起头来。

她很清楚,如果圣女在场会怎样做。她平静说道:"结剑阵!"

无数道破空声响起。无数道剑光照亮灰暗的天空。数十名少女掠到陈长生身前,组成了闻名天下的南溪斋剑阵。

就像当年在寒山时那样,又像在国教学院时那样。

32 · 南溪斋剑阵

怀仁看着凭轩的侧脸,面沉如水说道:"你真的想清楚了吗?"

凭轩平静说道:"师父,圣女把南溪斋交给弟子暂掌,弟子一直很苦闷应该如何做,现在想来,却是想得有些过多了。似我这等愚鲁之人,不需要想太多,只需要按照圣女的意思去做便好,那样便不会出错。"

怀仁喝道:"难道你以为圣女是个不辨是非之人?"

凭轩说道:"我只知道如果圣女此时在场,她绝对不会让任何人用任何理由威胁到教宗陛下的安全。"

从寒山到京都,数万里路尘与土,这是她和很多南溪斋弟子亲眼所见,绝对不会出错。

怀仁寒声说道:"哪怕别天心真是他所杀?"

凭轩说道:"师父,我说过任何理由都不行。"

怀仁难掩失望之情,说道:"哪怕你明知道这样会把我圣女峰带入万劫不复之地？"

凭轩说道："如果这就是圣女的意愿。"

无穷碧来到台前十余丈外。

她看着那些南溪斋的少女们厉声喝道："想仗着人多欺负我们这两个老来丧子的可怜人？"

白发人送黑发人确实值得同情，但她与别样红乃是世间有数的强者，谁能欺负他们？南溪斋少女们很紧张，这是她们此生遇到过的最强对手，但剑阵之势却依然稳固如崖。峰顶千余名修道者，都紧张地注视着这边。一边是真正的大陆强者，在神圣领域浸淫了不知多少年。一边是传说中的剑阵，曾经创下过无数难以想象的战绩。二者相遇时，谁会更强？

一声厉啸响彻峰顶。无穷碧手里的拂尘，自天而落，向着台上砸了下去。拂尘破空而起，带出无数道丝缕，每道仿佛都是闪电，割开空间，生出白色的湍流。无数寂灭的意味，在那些闪电与空间湍流里，若隐若现，显得无比恐怖。

站在最前方的叶小涟，举剑相迎，台前亮起一道剑光。

在无穷碧带来的恐怖威压下，峰顶骤然寒冷，昏沉暗淡，这道剑光相形之下，显得格外脆弱渺小。就像是滔滔汪洋里的一条小舢板，随时可能翻覆，就此湮灭无踪。

紧接着，又有数道剑光亮起，把昏暗的天地照得更亮了些。汪洋里的那数条小舢板，仿佛组成了一艘小船，依然不是很大，但相对坚固了些。下一刻，数十道剑光同时亮起，峰顶骤然明亮，仿佛回到白昼。

那些舢板、小船被浪花卷在一起，变成了一艘大船，越过了极陡高的狂潮，刺破了厚重的雨云，挣出一道天光。

这不是简单的拼凑。就算千万块木板堆在一起，堆成一座小山，只要进入海里，便会零散，根本无法承受任何风浪。只有真正地组合在一起，才能变成迎风破浪的巨舟。数十道明暗不一的剑光照亮峰顶，数十记不同的剑招破空而起，彼此回应着，交流着，变成了一个整体。

这个过程非常迅速，而且仿佛水到渠成，水落石出，暗合自然法理，最神奇的是，就像合木为舟一般，数十记剑招的叠加竟然生出难以解释的量变，剑势陡然而涨，威力要比一名南溪斋弟子的剑招强大了无数倍！

这就是闻名天下的南溪斋剑阵！

无比恢宏的剑势，笼罩了峰顶崖坪，剑光照亮天地，撕裂乌云，与那记超越凡俗的拂尘相遇。凌厉森然的剑意勃发而生，斩在那些闪电与空间裂缝之间，敌住了那些恐怖的寂灭气息。无数道声音几乎同时响起，有撕裂的声音，有爆破的声音，更多的相遇则是真正的湮灭，悄然无声，却更加凶险。狂风呼啸而作，崖间的青树向着西方弯去，仿佛要承受不住这种威力。

距离较近的离山剑宗与槐院及数个天南宗派，纷纷释出气息，动用法器，护住弟子的安全。

烟尘渐敛，无穷碧的身影显现出来，还在原先的位置，竟是没能前进一步！数十名少女组成的南溪斋剑阵，竟然真的挡住了神圣领域强者的一击！

有三名弟子，被无穷碧声势所慑，道心微乱后受了伤，无力再战。破风声再次响起，很快便有别的南溪斋弟子，替换了这三名弟子的位置，而且要显得更加自信。

这还没有结束。凭轩平静说道："结大阵。"

话音未落，先前那些没有来得及出手的南溪斋弟子疾掠而去。一时间，峰顶崖坪之上剑光不绝，剑吟不断。三百余名南溪斋弟子组成的完整剑阵，就此成形！

白裙飘飘，仿佛浪花，永世不灭。剑意森然，仿佛千峰，永世不倒。这才是闻名天下的南溪斋剑阵！

峰顶崖坪无比安静，所有人的眼里都还残留着震惊的神色。听说过南溪斋剑阵的人很多，但有机会目睹的人却很少。南溪斋剑阵果然如传说中那样强大，只凭着一些通幽境的弟子，便能挡住像无穷碧这样的神圣领域强者！

无穷碧的脸上满是暴戾的情绪，她知道南溪斋剑阵的厉害，相传千年之前周独夫这位星空之下最强者闯圣女峰时，为了破掉南溪斋剑阵也耗费了不少时间，她虽然还有很多手段没有施出来，也不可能比周独夫更强，不过南溪斋剑阵再如何厉害，也不能阻止她的脚步，因为她要为自己最疼爱的儿子报仇，她今天一定要杀死陈长生！

就在她准备再次冲击南溪斋剑阵的时候，场间的局势发生了某些变化。

"本王以为，现在最应该做的事情，是让朱砂赶紧现身把当日的情形说上一番，无论是误会还是如何，自有分论。"相王从椅中站起身来，扶了扶腰间的明黄系带，喘了两口气，看着台上的陈长生微笑说道，"世人皆知，教宗陛下与守护者之间自有感应，想来通知她不是难事，而玄霜巨龙瞬行千里，无论她这时候在大陆何处，想必都能在今日之内赶回，如果教宗陛下觉得本王这个提议不错，那大家不妨先喝几杯茶，等她回来再说。"

别样红沉默片刻，说道："可。"

无穷碧自然不想如此，满脸怒容，但终究还是没有说什么。所有人都望向了陈长生，在他们看来，相王的提议没有任何问题，确实是持重之言。只是教宗陛下会不会担心黑龙的安危，不愿意召她回来，又或者是……不敢召她现身？

陈长生沉默了片刻，说道："我不会召她现身。"

满场哗然。相王笑容渐敛，淡然说道："那本王实在是不能再支持陛下了。"

不支持便是反对，不能明言但态度清晰。这是他的态度，也可以理解为朝廷的态度。

当相王的声音还在峰顶崖坪里回荡时，已经有很多人缓缓站起身来。那些人是朝廷高手、数位来自洛阳长春观的青衣道人，是那些早就已经投靠朝廷的宗派山门强者，已有数百之众。

最显眼的，则是那名一直坐在相王身边的神将。那位神将从始至终一言不发，神情漠然，却吸引了很多人的目光。因为他生得极有特色，双眉如同被染过一般，霜白如雪，令人睹之生寒。也正是因为他的特异容貌，所以很多人都认出了他的身份。

白虎神将，聚星巅峰境界，天下神将排名次席！

33·千万人，我在溪边烤鱼

朝廷已经表明了态度。与白虎神将一道站起来的那数百名修道强者，也是一种态度，并且是非常实际的威慑。

人群变得有些混乱，很多宗派山门望向四周的同道，想要知道对方的选择。陈长生看着这幕画面，沉默不语，不知道在想什么。

苟三十二也觉得，教宗陛下如果这时候能够召回黑龙守护者解释清楚这件事情，那是最好不过，但不知为何教宗陛下竟是坚持不肯这样做，走到陈长生身边，轻声说道："趁南溪斋剑阵能护着一段时间，请陛下唤出南客遁走为上。"

陈长生依然沉默。他没想到昨天在圣女峰顶石壁前生出的警兆，原来竟然是落在了自己的身上。

这个阴谋确实很可怕，至少到现在为止，都看不到什么明显的漏洞。他现在已经看得非常清楚，这个阴谋并非只是别天心之死，而有更深层次的一些东西。

首先那人利用南溪斋合斋一事成功让他心乱，孤身冒进，才会今日在峰顶陷入重围，不然若像汶水城时那般，他带着数千国教骑兵，更有凌海之王与桉琳两位国教巨头持重宝在侧，何惧之有？

然后那人用玄霜巨龙的深寒龙息杀死别天心，让别样红与无穷碧坚信真凶便是黑龙，而那人事先便知道他无法召来吱吱对质，别样红与无穷碧才会确定他就是这次谋杀的主使者，从而造就当前的局面。

只有别样红与无穷碧这样的神圣领域强者，在丧子的悲痛之下，才敢向他这位教宗发起攻击。也只有在这种情况下，才会让相王与朝廷找到足够的借口，让很多人敢于流露敌意，形成围攻之势。

是的，陈长生不是不想召唤吱吱到现场来对质，而是他现在没有办法召唤她。就在别样红伸出右手，把那些残留着深寒龙息的碎骨给他看的时候，他已经通过神魂向远方发去了信息。但一去杳然。

按照事先的计划与对行程的计算，吱吱这时候应该在白帝城里，应该没有什么危险。但在那一刻他只能感觉到她还活着，却无法联系到她，更没有办法让她来圣女峰。

很明显对方事先做了极为缜密的安排，甚至可以说把他和所有的事情都算得清清楚楚。那个人究竟是谁？

陈长生看着相王与白虎神将，还有那些青衣道人与朝廷高手，心想就算主使者不是师父，但师父必然知晓这件事情，并且参与得很深，只是……师父你就真的这么想我死吗？

现在看来，这确实是他离开的最后机会。但他无法离开，因为他不能让站在自己身前的南溪斋弟子们苦撑，因为他答应过徐有容会帮她把圣女峰守住。

崖顶一片死寂。白虎神将在远处面无表情看着他。那几名长春观的青衣道人面无表情看着他。数百名朝廷高手与修道强者面无表情看着他。相王面无表情看着他。无穷碧面无表情看着他。所有人都面无表情看着他。画面仿佛在这一刻凝滞了,失去了所有颜色,云峰树崖在这一刻失去了所有生动。崖顶的气氛无比压抑紧张。

"师兄,我们应该怎么办？"白菜看着四周的人群,紧张地问道。

他不认识陈长生,更不认识那条传说中的恶龙,自然不愿意出头,但作为离山剑宗弟子,他当然想要护着南溪斋的师姐师妹们,只是此时崖顶似乎所有人都站在了陈长生与南溪斋的对立面,离山人少,能有何用？

苟寒食看着台上那些神情紧张的南溪斋弟子们,说道："若生变故,自然要拔剑相助。"

现在所有证据都对陈长生不利,但他从来都没有想过,别天心真是陈长生杀的,因为他知道陈长生不是这样的人。

白菜以为明白了师兄的意思,右手落在剑柄上,沉声说道："师兄放心,便是舍了性命,我也会护住师妹们的安全。"

苟寒食说道："我说的是教宗陛下。"

白菜很是吃惊,望向他说道："那……大师兄会怎么想？"

"如果师兄在,也会这样做的。"苟寒食说道,"当然,师兄的智慧远超你我,如果他这时候在,或者已经找到了解决这件事情的办法。"

那座山峰上的局势异常紧张,极有可能便是一场惨烈的混战,但这并没有影响到圣女峰别的地方。

在圣女峰脚下有条清澈见底的山溪,有两个人正坐在溪畔的石头上烤鱼吃。微带焦味的鱼肉香味,飘得很远,引来了树林里几声鸟叫,还有草丛里几处窸窸窣窣的声音。

秋山家主接过一条烤鱼,认真地端详了片刻,确认没有被下迷药,才咬了一口。

"这是何苦来哉？要知道,像今天这样好的机会如果错过,那是真会遭天谴的。"他看着篝火旁的那人说道,"你自我放逐了五年,如果再不做些什么,任由局面这么发展下去,世人只会知道徐有容与陈长生,哪里还会记得你秋山君的名字。"

在烤鱼的男子正是秋山君,也就是阪崖马场的罗布。离开汶水城后,他回了趟离山,在小师妹的强烈要求下,终于把所有的胡须都刮掉了,露出了真容。很难描述秋山君的容颜,总之,就连秋山家主每次看见他得意之余也有些犯嘀

091

咕，自己的儿子怎么能生得这般好看呢？

秋山君把第二条烤鱼取了下来，美美地咬了一口，含混不清说道："我活着又不是为了让别人记住。"

秋山家主没好气说道："那你闭关去，来这里做什么？"

秋山君笑了笑，没说话。

秋山家主见他这样子，更是恼火，说道："如果不是我专门来堵你，只怕你这时候已经到了山上。"

秋山君说道："山上这时候想来很热闹，我就是想去瞧瞧。"

秋山家主幽怨说道："你以为这话能骗过为父？你不过是想去帮陈长生破局罢了，也不知道我这么自私狡诈、浑身冒着坏水的家伙，怎么就生出了你这么一个古道热肠、品行高洁的家伙？"

秋山君忍不住笑了起来，说道："父亲大人这话着实有趣。"

秋山家主恼火说道："别管有趣没趣，你就说我说得对不对。"

"不错，我确实是准备上山破局。"秋山君说道，"因为我觉得设局的那人，是在侮辱我的智商。"

34·放弃还是投降

秋山家主有些吃惊，问道："虽说我不知道设局者是谁，但却知道此事哪里与你有关系？"

秋山君把烤鱼放到石上，很认真地解释道："您看，如果这个局成功了，是不是说明陈长生很蠢？"

秋山家主说道："陈长生在剑道修行学识方面或者有些天赋，但在智谋方面给你提鞋都不配。"

秋山君有些无奈说道："我不准备上山，所以您不用想着用这些方法拖时间。"

秋山家主眉开眼笑说道："蠢。"

这还是回答先前那个问题。

秋山君说道："世人皆知，有容很喜欢陈长生，如果陈长生真是个粗鄙愚笨的家伙，那有容是不是也会显得很蠢？"

秋山家主想了想，说道："这种推论没什么道理，但也碍不住有些人真会这样想。"

　　秋山君说道："这就结了，如果有容很蠢，那么很喜欢她的我，岂不是更蠢？"

　　秋山家主无言以对，说道："就算你想替陈长生破局，也没有证据，难道又准备像汶水城里那样消耗自己的声望，养望不易啊，可不能随便抛掷在这些小事里，更不要说那个家伙还是你的对手。"

　　秋山君笑了笑，没有再说什么，开始专心致志地吃烤鱼。

　　圣女峰顶，清光普照，微风拂动石壁上的青藤，发出簌簌的声音。紧接着，茂密的森林里也响起很多簌簌的声音，无数灵兽从草丛与松针底冒出头来，睁着乌溜溜的眼睛，望着石壁方向，似乎预知到了即将发生一件大事，更有无数珍禽飞鸟从落梅山脉的千座青山飞来，围着峰顶不停飞着，变成了一条美丽的缎带。

　　在石壁那头的洞府深处，如沙粒般铺在地面上的晶石依然闪耀着夺目的光泽，整块寒玉雕成的平床比满地晶石还要更加引人瞩目，但真正能够吸引所有视线的，还是盘膝坐在玉床上的那位绝美女子。

　　徐有容闭着眼睛在冥想参悟，肌肤极白如雪，吹弹可破，被洞里的晶石明珠一映，竟仿佛透明一般，细长的睫毛静静地搭在上面，就像是峰崖间那些香樟树生出的最初几片青叶，美极了。

　　不知道在哪个具体的时刻，应该是在微风拂动石壁外的青藤时，她的细长睫毛仿佛也被拂动，轻轻地眨了眨，然后她醒了过来。初醒时，那双动人的眼眸还残着些惘然的情绪，看上去就像孩子一般天真憨然。

　　时光如水在她的心灵与身体上流淌而过，她眼里的微惘情绪渐渐淡去，恢复以往的淡然与平静，就像被清明时节落下的微雨洗过的山林，充满了清新的意味，只要看上一眼，仿佛便会再也不愿离开。

　　她的目光落在身前的命星盘上，命星盘上那些复杂的星轨，开始自行运转起来，悄无声息地组合消散，在很短的时间里先后拟出了三十余种星图，而最终指向的那片星海是那样的浩瀚神秘而又凶险。

　　她的神情变得凝重起来，望向右手方的一盆花。那盆花非常鲜艳，极嫩绿的青叶间生出一朵无比蓬勃的大红花。青叶红花相映，本应该是最俗艳的画面，却因为这种俗艳进入到一种极致的境界，反而升华出某种高于表象的美感，甚至隐藏着某种天地法理，令人动容。

大俗不见得就是大雅，甚至在很多时候都无法成为大雅，如果能够做到，那或者可以说，大道不远。

看着那盆青叶红花，徐有容的情绪有些复杂。片刻后，她所有的情绪尽数消失，只余淡然与平静。那是真正的坚定与不动摇。只是难免还是有些遗憾。

她微笑说道："未能全盛，可惜了哉。"

合斋观礼并不在圣女峰，而是在十余里外的另一座峰顶崖坪。

当秋山君在烤鱼吃的时候，当徐有容在赏花悟道的时候，陈长生正在面临着一次极为凶险的考验。

现在所有人都认为是吱吱杀死了别天心，陈长生当然知道不是，但拿不出任何证据，甚至没有办法让吱吱出现对质。于是在很多人看来，他这是心虚的表现，甚至可以直接证明，他才是那场峡江谋杀的真正主使者。

南溪斋弟子们结成剑阵，护在他的身前，相信还有一些人会愿意支持他，比如苟寒食和离山剑宗的弟子，比如槐院，但与相王代表的朝廷势力还有那些唯朝廷之命是从的宗派山门来说，这些人的数量实在是太少。最关键的是，他这一次的对手是别样红与无穷碧这两名神圣领域强者，而且对方深受丧子之痛，根本不会在意他的身份。

陈长生如何才能破解当前的局面？难道真的要靠南溪斋剑阵抵挡，然后趁乱逃走？要知道南溪斋剑阵就算再强大，也不可能同时抵挡这些真正的强者太长时间，更不要说她们今天的敌人是如此之多。

所有人都想知道他会如何选择，在心里不停地猜想。但他做出的选择依然出乎了所有人的意料。

陈长生看着别样红说道："我明白所有证据都对我和朱砂很不利，但我自己当然知道这件事情不是她做的，更不是我让她做的，不过我愿意跟随你离开，在这件事情没有查明真相之前，我会一直跟着你。"

听到这句话，很多人都吃惊得说不出话来。

所谓跟着走，当然不是一个简单的动作，而是意味着他放弃抵抗，把自己的生命完全交到别样红的手里。

对教宗来说，当然是极大的羞辱，更关键的是，如果别样红直接把他杀了怎么办？

天南道殿主教神情骤变,颤声说道:"陛下,万万不可!"

凭轩与一些南溪斋少女很是吃惊,心想这如何能行。户三十二也流露出不赞同的情绪,作为一位主教,无论如何他也不能允许教宗陛下的安危被他人操于手中。唐三十六与苟寒食却是沉默不语,若有所思。

在场最了解陈长生的人,就是唐三十六和苟寒食。他们知道陈长生不可能为了自己的安危,让今天的圣女峰血流成河,死伤无数,那么想要解决这件事情,这可以说是唯一可行的方法,只不过没有人知道,他把自己交到别样红的手里,究竟是一次成功的冒险,还是愚蠢的赌博。

别样红性情沉稳,品行高洁,可他毕竟是一位父亲,丧子之痛会不会让他做出一些疯狂的事来?

35·破阵者,蚁也

崖坪渐渐安静,人们望向别样红,想知道他会不会接受陈长生的条件。
按道理来说,别样红没有任何道理不接受,因为这对他没有任何坏处。
别样红看着陈长生平静说道:"你就这么确定,我不会当场就杀了你?"
陈长生平静说道:"如果前辈您不想真正的凶手就此走掉,自然不会杀我。"
无穷碧厉声说道:"休得故弄玄虚!我才不会信你这个奸人!只要你敢从剑阵后走出来,我一定会拍死你!"

陈长生没有理她,只是静静地看着别样红,等着他的答复。别样红沉默了很长时间,似乎有些意动。

崖坪非常安静,谁也没有想到,陈长生居然会用这样的方法,来破掉这个看似已经无解的死局。他用的这个方法看似简单,但实际上有着难以想象的坦诚与无畏,非大智大勇者不能用之。

但有些人不会允许这样的事情发生。比如这个阴谋的发起者,比如这个阴谋的参与者。

相王站在远处崖畔,负手看着台前的动静,眼里生出一抹警意,轻轻向前走了一步。对很多人来说,这只是很不起眼的一小步,也许只是王爷急切地想要知道别样红的答案。但对某些人来说,这一小步却是一个明确的信号,意味着当前的局势必须再往前踏出一大步。

呼啸声里，有山风自崖下而来，破开阵法，吹得青树一阵摇晃，烟尘微起。白虎神将抬起右脚，向前走去，靴底落在地上，踩碎了青石表面，生出蛛网状的裂纹。他破开烟尘，来到了数百丈外的场中。

这一步，真的很大。他眼瞳漆黑如渊，幽冷暴烈之气笼罩全身，举起铁枪，便向南溪斋剑阵刺了过去。

作为当今第二神将，他虽还不及当年薛醒川的水准，但已经足够恐怖。铁枪所向的空中出现了一条笔直的通道，无数白色湍流在其间高速旋转，远远地轰向台前的南溪斋弟子们。

面对这位聚星巅峰的真正强者，面对着这记暴烈无双的枪意，南溪斋弟子们调整方位时略显混乱。不是因为白虎神将比无穷碧更强，而是因为他的出手更突然，而且所有人都知道，他的出手代表着朝廷的意志，这一枪刺的是剑阵，何尝不是落在南溪斋弟子们的心间？

别样红依然没有理会，只是静静地看着陈长生的眼睛，仿佛要看穿他的识海一般。

相王双手扶着有些臃肿的腰身，眼中戾意忽现，厉声喝道："先生请三思！"

谁也不知道他让别样红思的是什么，不要对陈长生下杀手，还是不要接受陈长生的提议？但整个崖坪上的人都听到了他的声音，因为他的声音无比宏大，仿佛钟声。

尤其是高台附近的那些人们，一些修为较浅的离山剑宗弟子与槐院书生脸色顿白，心烦欲呕。剑阵里的南溪斋弟子更是觉得仿佛有五道雷霆在耳畔炸响，道心微乱，握着剑的手都颤抖了起来。

焚日诀！大音至！白虎神将枪势暴烈临身，相王以皇族秘传功法相迫，南溪斋剑阵感受到了极其可怕的压力。

但如果只是这样，南溪斋的弟子们依然可以支撑，依然可以把陈长生紧密地护在身后，因为白虎神将与相王并没有真正出手，只是凭借着枪势与焚日诀遥攻，并不足以破开这座闻名天下的剑阵。

但南溪斋的弟子们没有想到，陈长生也没有想到，就在剑阵复稳的那一瞬间，发生了两件事情。

相王的焚日大音忽然消失，连本应有的余音也不知去了何处，只见他微笑不语，仿佛先前没有开口一般。

白虎神将的枪势也是骤然消失，铁枪复落于地，仿佛先前未曾出手一般。

南溪斋剑阵此时正运转至轸星之势，剑势森然而起，正要出击，忽然发现对手消失了，运转之间微显凝滞。

便在这一瞬间，一道如轻烟般的身影，从剑阵后方掠了进去！那人竟是怀璧！世间最坚固、防御力最强的雄城，往往都是从内部被攻破的。谁也没有想到，这位南溪斋辈分最高的师叔祖，居然会与外人联手，试图破掉自家的剑阵。

即便是怀仁与怀恕两位道姑，神情都显得有些惘然，心想师妹难道是不愿见到自家弟子为离宫搏杀，所以出此下策？

如果说敌人强行进入，便能成功破掉剑阵，那南溪斋剑阵也不会在世间享有如此盛名。

如果有人试图进入剑阵内部破阵，反而会遇到剑阵最大的杀招，就像此时，怀璧借着相王与白虎神将的帮助潜入剑阵，只要剑阵运转起来，那笼罩崖坪的森然剑气，只需要几个照面，便能把她绞杀。

然而剑阵里的这些弟子有的是怀璧的师侄，有的是她的真传弟子，更多的是她的徒孙辈，如何能向她下杀手？一众弟子面露惊惶之色，根本不知该怎样应对，若全力出剑，岂不是要把师叔祖或者师祖杀了？

南溪斋弟子们不知如何办，怀璧却是毫无忌惮，出手如电，指落如山，只是数息之间，便伤了数名弟子，顺手把十余名弟子手里的剑夺了下来，化作流光，扔下了山崖。无剑在手，如何能成剑阵？声震天下的南溪斋剑阵，竟然就这样乱了起来，中间出现了一道极大的缺口。

站在崖坪中间的无穷碧，再一次看到了剑阵后方的陈长生，恨意再生，怒火中烧，哪里肯放过如此好的机会，更不会理会陈长生先前说的话，破空飞去，拂尘掀起一片寂灭恐怖的寒涛，向着陈长生拍将过去。

"狗贼，拿命来！"

如何正面抵挡一位神圣领域强者的全力一击？这个问题没有答案。

无论是当年王破在浔阳城，还是他在雪岭那夜，以凡俗之身面对神圣领域强者时，看似能够支撑一二，但那都是因为一些别的原因，比如朱洛当时根本没有向王破全力出手，比如魔君已然身受重伤，不复全盛时十分之一的威能。

今天则不然，无穷碧没有受伤，她为了报杀子之仇，战意正在最强之时，甚至可以说这是她此生的最强一击。

陈长生还隐藏着无数手段，还有无数至宝，还有无数帮手。但这一刻，都没有任何用处。

36 · 三剑后的绝境

陈长生知道，哪怕把那些手段全部施展出来，自己也绝对无法抵挡这片带着寂灭意味的寒涛。他只有一个选择，那就是退。

问题是，神圣领域强者能于千山万水之间自由穿行，速度快到了普通人无法想象的程度，南客、徐有容、金玉律这些天赋异禀的人，或者能够在速度上勉力支撑一段时间，谁还能够更快？

无穷碧飞到了台前，拂尘将落。陈长生忽然从原地消失，出现在数十丈外的山道前，无垢剑握在手中。

无穷碧威压继续向前，寂灭意味铺天盖地而至，山道骤碎，石阶上出现无数裂痕。

峰顶崖坪上清晰地出现了一道剑光，陈长生出现在剑光的那一头，已经是两百余丈外的场间。那片带着寂灭意味的气息，如雨云般追缀而至。

眼看着要被那道气息击中，陈长生再次消失，带着森然破空的剑意，来到了崖坪边缘突起的石堆前。无穷碧的拂尘始终没有能够落下，因为无法准确地锁定他的身影。

他没有南客与徐有容的速度，之所以能够如此快，是因为他用的不是身法，而是自己最擅长的剑道。就在南溪斋剑阵生乱，无穷碧破空而至的那一刻，他便抽出了无垢剑。

然后，他毫不犹豫地连续施出了三招剑法，在这个过程里，他没有任何停顿，就连想都没有想。

这三招剑法分别是国教真剑、离山法剑最后一式、汶水三式里的夕阳挂。这是他所能掌握的最决然的三招剑法，当然，他还在里面加入了耶识步。

看到这幕画面的所有人都很震惊。很多人都知道陈长生在剑道方面的天赋，甚至有些人认为他虽然年轻，但已经称得上是剑道大师。

不过曾经目睹他用剑的人并不多，直到今天他们才知道，原来教宗陛下的剑道修为果然深不可测，竟能在一位神圣领域强者的全力追击之下，以自身剑势动人，应对得如此随意自然。

转瞬之间，陈长生便到了数里之外，乱崖之前，成功地避过了无穷碧最狂暴的杀招。但他剑势已尽，更麻烦的是被无穷碧逼入了地势里的死角，还能如何远避？无穷碧飞临到他身前空中，威压较诸最开始的时候稍有减弱，但杀意却反而更盛！

天地生出感应，阴云笼罩崖顶，光线一片晦暗。一声怨毒意味的厉喝，撕破阴沉的云层，响彻天地。

"死！"

她挥动拂尘向着陈长生打落。无数道细微的电光，在拂尘的丝缕里不停亮起，发出恐怖的啪啪声。那些电光照亮了她满是怨恨的苍白脸颊，看着就如厉鬼一般，令人睹之生畏。

便在拂尘将要落在陈长生身上的时候，一道剑光再次划破晦暗的天空。这道剑光并不是特别明亮，甚至有些暗沉，但给人一种特别可靠的感觉。无垢剑已经与藏锋剑鞘相连，变成了一把长剑。这是无垢剑最强的形态，也是陈长生在绝境里时会选择的形态。

那道剑光，不是来自于这把剑的挥动，而是来自于它本身。陈长生左手握着剑柄，左手握着剑锋之首，横剑于前。

他的双手稳定至极，没有一丝颤抖。这一横便是铁链，是江堤。这便是苏离传给他的第三剑，现在已经声震天下的笨剑！

拂尘落在了剑上。瞬息之间，明亮如水洗过万遍的剑身上，便出现了一些极细微的蚀痕。

无垢剑乃是黄金巨龙最珍贵的真龙须炼制而成，绝对光滑，不会有任何污垢与血渍残留，绝对坚硬，不可能被任何事物划出裂口，可以说是堪称完美的剑材，初一出世便能排进百器榜里，这一刻却似乎承受不住了，为何？

那些蚀痕来自于拂尘里挟着的电光与寂灭狂暴的气息。那些电光与气息，并没有真正破坏无垢剑的材质，但已经摧毁了陈长生在上面附着的剑意。来自无穷深海底的寂灭狂暴气息，轻而易举地摧毁了来自西宁镇旧庙的澄净剑意。

这并不意味着前者要比后者高妙，而是因为无穷碧的境界要比陈长生的境界高太多。那道门槛很高，而且是铁铸的，无法随意逾越，任何勇敢地试图这样做的人，往往都会摔得头破血流。

轰的一声巨响。

狂风在崖坪上呼啸着，数棵梧桐树被绞成碎絮，十余名没有来得及避开的修道者直接被震飞到了崖外，惨号之声骤然而起，戛然而止，想来是在半空里便经脉尽断，生机尽绝。

剑意被摧，无力可继，无垢剑带着藏锋剑鞘被震回，击打在陈长生的胸口。闷响声里，陈长生重重地撞进了崖石堆里，溅出无数石砾，脸色苍白，神情微黯。如果不是他凭三剑避开最盛之时，无穷碧其势已衰，他必然会身受重伤，难以再起。当然，还有个最重要的原因，是因为他浴过玄霜巨龙的真血，不然就算他是完美洗髓，也承受不住。

一声带着暴戾意味的尖啸，从无穷碧的薄唇间迸发而出。

这声尖啸里带着杀死仇人的快意，还有无尽的怨毒。她根本不会给陈长生任何还手的机会，也不会给场间任何人救援的机会。那柄拂尘散出无数道寂灭的气息，向着崖石里的陈长生落下。无数青色的莲叶，自虚空里浮现，隔绝了四野。

苟寒食神情微变，带着满身星辉，破空掠去，剑已在手，却明显已经来不及了。户三十二与天南道殿主教也往那边疾掠而去。南溪斋弟子们更是惊得花容失色，惊呼声声，想要赶过去，却是更慢。

这时候谁还能救得了陈长生？很奇怪的是，唐三十六没有动，他盯着崖坪中间的别样红，手里握着自己威力最大的保命法器，不知道在想什么。很奇怪的是，别样红也没有动，他静静地看着崖外某处，仿佛还在思考陈长生先前说过的那番话。

眼看着妻子就要杀死自己的杀子仇人，无论是何情绪，他都应该看着那边。他到底在想什么，在看哪里？或者说，他在等谁？

37·大光明里凤凰来

在相王与某些自以为知晓内情的人看来，别样红是在替无穷碧压阵。

陈长生毕竟不是普通人。他是教宗。想要杀死一位教宗，极有可能遇到无比意外的情况。而要杀死一位教宗，那就一定要阻止所有意外的发生。

比如那把刀。

到此刻为止，依然没有人知道，那把铁刀到底有没有来圣女峰，但同样，谁也不知道，就在下一刻，那把铁刀会不会就那样毫无先兆地从天空里落下，然后斩落世间一切他想斩落的事物，就像当年在京都洛水畔那样。

这时候谁能来救自己？陈长生没有想这件事情。

汶水城的时候，他知道那把铁刀一直都在城外，因为那是他的请求。其后从奉阳县城到圣女峰，他来得太急，没有机会通知对方。而且从十岁时知道自己的命运之后，无论再如何凶险的局面，比如那片代表着死亡的夜色，他都习惯了自己一个人独自去面对。

如果把自己的命运寄望于他人，那么这就意味着你无法掌握自己的命运。他不想做这样的人，他不是这样的人。从始至终，他都把希望放在自己的手里。

看着那片隐藏着无限凶险的莲海，感知着那道充满寂灭意味的气息，他知道自己不能再隐藏实力了。面对着一位神圣领域强者，任何的计谋或者隐藏，都意味着轻视，而那一定会受到惩罚。他的右手依然握着剑柄，剑鞘里的无数把剑已经做好了准备，随时可以化作漫天流光杀将过去。他的左手已经抬起，周园里的无数妖兽已经做好了准备，随时可以化作漫山潮水扑将过来。

在周园里，南客已经做好了准备。在手腕上，天书碑已经做好了准备。他相信一直没有出现的折袖，应该也已经做好了准备。还有黄纸伞，还有落星石，还有国教神杖。从来没有人见过陈长生所有的手段。

哪怕是雪岭那夜，对着传说中的魔君，他还有很多手段没有施展出来。在他原先的想法里，这些手段是应该用在某位长辈身上的。

现在看来，不得不提前出现在这个世界上。就算这样，他便能挡住神圣领域强者的全力一击吗？他没有信心，因为那道门槛真的很高。天地也没有信心，不然其间为何有那么多人疾掠而来。那些人或焦虑，或绝望，或者提前开始悲痛。

忽然，天地变色。厚重的乌云被涂上了一抹金光。晦暗的天色变得无比明亮。山间的树林开始燃烧。焦虑的、绝望的、悲痛的神情被震惊所取代。

所有人都望向了天空。天空里出现了一道笔直的火线。那道火线很长，起始处在云雾遮掩的那边。来过南溪斋的人都能猜到，那里应该便是圣女峰顶。

火线以难以想象的速度向崖坪延长，看着就像是一颗从天空坠落的陨石燃烧的痕迹。没有人来得及做出反应，只能看到那根火线落在了崖坪边缘。

先前被震碎的梧桐树碎片，砰的一声燃烧起来，溅射出无数火苗与光热。一双美丽至极的凤翼在火中翻飞舞动！一声清亮至极的凤鸣响彻天地之间！难以想象数量的充满生命气息的火苗，向着那片充满寂灭意味的莲海而去。无数道剑影在其间时隐时现，此起彼伏，却没有什么诡谲之感，反而让人觉得堂堂正正，庄严神圣至极。

两道气息撞到了一起，仿佛无形的巨钟被星海归来的神明敲响，猛烈的响声直接传到了数十里外的桐江上。

江面生起无数波涛，渔舟里的渔民以及镇上的居民，惊恐地跪到地上，不停地祷告。崖坪上那些距离稍近些，又修为较弱的修道者，更是被直接震得昏了过去。

不知道过了多长时间，恐怖的气息湍流渐渐平静，燃烧的火苗渐渐敛灭，光明的痕迹却久久没有消退。

看着光明里那些依然庄严凌厉的剑意，那些无比精妙的剑痕，很多人想起了一个著名的画面。那是数年前在京都奈何桥上，风雪中的那一战。看着烟尘里那道纤细的身影，人们震惊异常，隐约猜到了些什么。

无数剑意在光明里，直至烟尘落尽，方始归一，合为一剑。果然是传说中的大光明剑！果然是圣女徐有容！

徐有容与陈长生并肩站在崖畔，面对着无穷碧。陈长生的手里握着无垢剑，徐有容的手里握着斋剑。他们的脸色有些苍白，应该是受了伤，但神情依然平静。崖坪上鸦雀无声，众人震惊无语，完全不敢相信自己的眼睛，觉得所见并非真实。

圣女提前出关！

难道她不知道这样会付出多大代价？这有可能为自己的修道带来难以逆转的伤害？人们望向她身边的陈长生，猜到了她提前出关的原因，才知道那些传言果然都是真的，情绪不由变得极为复杂，有些羡慕，有些向往，更多的当然是嫉妒。

当然还有一种可能，那就是徐有容已经进入神圣领域，所以才会破关而出。问题是，谁能在短短两载时间里做到这一点？当年的陈玄霸不行、太宗皇帝不行，王之策不行，就连周独夫也做不到。

事实证明，徐有容确实没有能够成功，随着光明渐渐淡化，她散发出来的气息愈发清晰，虽然圣洁高妙，但距离那道门槛还有一段无法逾越的距离，如果是这样的话，那她凭什么能够挡住一位神圣领域强者的全力一击？这才是人们最震撼的事情。

最震撼的是无穷碧，因为她是当事者。她看着并肩而立的徐有容与陈长生，脸色微白，眼神幽深到了极点。

斋剑确实厉害，隐无限剑意于无限光明之中，单以招式论，可以说是世间最厉害的剑法。但如果只是这样，徐有容根本不可能挡住她的全力一击。在绝对的境界差距碾压下，再如何精妙的剑法，都没有意义。

但先前就在她准备用莲海里的寂灭道法直接镇压对方时，又有一道剑意加入了战局。

那当然是陈长生的剑。随着陈长生那道剑意的进入，徐有容的大光明剑意竟变得更加圆融，堪称完美。甚至她的斋剑挥动时，竟隐隐有了几分神圣的意味！

更令她感到震惊不安的是，大光明剑的剑势在那一刻也忽然暴涨起来，变强了数倍有余！

这到底是怎么回事？

38·合剑术

无穷碧想不出来答案，不明白为何这两个晚辈联手，能够正面抵挡自己集毕生修为的一击。作为当事者的她都想不明白，崖坪上那些看都没有来得及看清楚的人们自然更想不明白。事实上，就连陈长生和徐有容自己这时候也都没有想明白这一切到底是怎么发生的。他们对视一眼，有些猜测，却不敢确信。

"这不可能！"

无穷碧愤怒不甘到了极点，手持拂尘再次向地面打落，青色的莲叶狂舞招摇，散出无数道寂灭的意味，海上仿佛生出无数巨澜，向着岸边肆虐而去，仿佛天地法理一般，笼罩住了这片崖坪。

换作境界稍弱些的修道者，不要说抵挡，便是看着这幕画面，道心都会被震为齑粉，根本提不起战意。

荀寒食与户三十二等人知道这样境界的战斗已经无法被打断，停在了外围。这场战斗进入到了最关键的时刻，唐三十六也再无法控制自己的情绪，不再盯着别样红，而是望向了那边。南溪斋的少女们、朝廷的强者们、两大世家的供奉们、天南诸宗派的长老们……所有人都望着那边。崖坪上的修道者们各有立场，各有倾向，但在这一刻，很奇妙的，所有人都隐隐生出相同的某种期待。

那样的事情以前从来没有发生过，太过惊世骇俗，按道理来说，想想都觉得荒唐。但今天所有人都已经亲眼看到了那幕画面，既然已经发生了一次，那么会不会再次发生？

狂风呼啸，无穷碧的拂尘带着那片似虚似真的寂灭莲海，轰向了陈长生与徐有容。斋剑破空而起，向着那片莲海洒下无数道圣洁的光线，格外明媚。

同时又或者只在某个极短暂的时光碎片后，无垢剑也破空而起，紧随着斋剑而去，生出无数火焰，格外亮丽。

两道剑光相互映照，照亮了幽暗的莲海。两道剑意相互印证，凌厉更胜先前，森然无比，把笼罩崖坪的寂灭意味斩出了一道大口子。

陈长生与徐有容的两招剑法，仿佛合成了一招剑法，不，更准确地说，他们的剑仿佛变成了一把剑。剑势陡然增长了无数倍，即便那片莲海是真的天地法理，似乎也能切开！

烟尘骤起，然后渐落。陈长生站在徐有容身前，唇角溢出一道鲜血，衣服上出现了数个破口，受了不轻的伤。徐有容的鬓角也有些微乱，数缕青丝随风轻飘，半遮美眸。无穷碧也有些狼狈，道袍前襟已经断落，道髻已散，头发披散在肩上，随风到处乱飘。

这些都不重要。重要的是，陈长生与徐有容一步未退。无穷碧一步未进。双方战成了平手。

这是谁都能看得出来的事情，也是谁都无法相信的事情，哪怕已经是第二次看见。两名尚未踏入神圣领域的修道者，居然在正面战斗里与一位神圣领域强者战成了平手！他们没有依靠任何神器手段，只凭自身的剑道修为与境界便做到了这一点！

这是历史上从来都没有发生过的事情！

从天书碑落到中土大陆之后，便从来都没有发生过！

崖坪上依然安静，没有任何声音，因为人们太震惊了。

无论是苟寒食还是槐院副院长，无论是木柘家的老太君还是吴家家主，无论是白虎神将还是相王，都震惊得无法言语。

没有人注意到崖坪一角，某个天南小派里有个身着青衣、戴着笠帽的修道者，向着场间靠拢了些，也没有人注意到在朝廷使团里，有个非常不起眼的随行军士，向着白虎神将的位置靠拢了些。

无穷碧落到了崖坪上，看着手里的拂尘，神情显得有些惘然。她在神圣领域已经浸淫多年，修道的历史更是无比漫长，不知见过多少奇异的事情。但没有哪一件事情，能比这两天发生的事情对她精神世界的冲击更大。怎么会有人敢杀我最疼爱的儿子？怎么这两个晚辈居然能够与自己打成平手？她在识海里回忆此生见过的所有剑法，都想不明白这是怎么回事。

先前徐有容用的应该是南溪斋剑法里的开斋八式，而陈长生用的应该是苏离传他的燃剑，这两种剑招不要说有何相似之处，甚至可以说从剑意到招式方面都有些截然相反，格格不入，那为何当两招剑法合在一起的时候却能配合得如此之好？

这绝对不是普通的联手剑，这种配合的完美程度，甚至可以说已经远远超出了有意配合的程度，更像是某种暗自迎合天地法理的自然行发，防御起来称得上是天衣无缝，进攻起来玄妙难言，剑势陡涨，威力变大了何止数倍！

像无穷碧一样，崖坪上很多有眼光的真正强者，都在思考这个问题。陈长生与徐有容也在想。

第一次时，徐有容破关而出，火凤疾舞，本是想凭借这两年的闭关静悟积蓄的剑意强行。她没有想到，陈长生随之而出的那一剑，会带来如此大的影响。当他的剑与她的剑在天地之间遇见时，彼此之间仿佛建立起了某种联系。那是一种很玄妙的联系，很难用言语去描述，只能感知。他们用的剑法不同，却因为那种联系，自然生成某种配合，就连彼此的剑意，仿佛也融为了一体。

第二次时，这种感觉更加明显，而且清楚。他们能够准确地察觉到对方的所思所想。双剑之间，似乎也能够彼此确定下一刻的轨迹与角度。剑招依然不同，但剑意却能相通。就像两块隐藏在青苔石皮下的美石，通过彼此的磨砺，显现出了真容，然后合成一块绝世美璧。

只是这到底是怎么回事？这一切是怎么发生的？

徐有容看着他微笑问道："你什么时候学的合剑术？"

陈长生说道："昨天去峰顶看你，闲来无事，看了几本书。"

39·一起上

有些宗派山门的人这时候急急下山去寻那些被震下山崖的弟子,大多数人还留在原地,依然沉浸在先前那些画面带来的震惊中,忽又听着徐有容与陈长生这两句对话,更是惊骇无言。

相王神情一凛,心想陈长生果然不愧是剑道天才,居然只用了两天时间便学会了南溪斋的合剑术。白虎神将的眼神愈发森然,隐有一抹杀意掠过,明显是因为陈长生展现出来的剑道水平杀机更盛。

南溪斋的弟子们更是震惊之余,生出自惭之意,心想己等自幼修行合剑术,却远远不如教宗陛下两天所悟,怀仁与怀恕甚至觉得有些心惊,怀璧则是带着不可置信的神情尖声说道:"这不可能是合剑术!"

合剑术是南溪斋秘剑,更是南溪斋剑阵的基础,对施剑者的要求极高,她根本不相信陈长生能够在短短两天时间之内就能学会南溪斋的秘剑,而且就算是合剑术,也不可能有如此大的威力,居然能够正面对抗一位神圣领域强者。

崖坪上忽然卷起一阵狂风,沙砾与碎叶遮蔽四野,惊呼之声再次响起。谁都没有注意到,无穷碧悄然无声遁至乱石堆上方,再次向陈长生与徐有容攻了过去,竟是完全不顾身份偷袭!

两道剑光不分先后地掠起,就像是两道澄净的彩虹,挂在群峰之间,清脆的剑鸣连绵而作。陈长生与徐有容的双剑相合,这一次要显得更加随意自然,其间蕴藏着的剑意更加高妙难测。无穷碧发出一声愤怒不甘的闷哼,根本无法破开那两道剑虹,被生生逼回,落在了地面上。啪的一声轻响,崖坪地面上出现一个约半尺深的坑。

石坑四周到处都是笔直锋利的剑痕。崖坪方面的云朵也被冲天而起的剑意撕开,丝丝缕缕,悬静不动,也仿佛是剑痕。那些剑痕都是剑意的残影,居然能够显形于天地之间,可以想见这道剑意何其森然。

依然只是平手。无穷碧想着惨死的儿子,脸色苍白,不甘愤怒到了极点,望着碧空厉声喝道:"难道你不长眼吗!"

陈长生与徐有容并肩而立,相视一笑。二人回思双剑相合时的感觉,只觉好生畅快,胸襟一片宽广,人生之美妙,莫过于此。

106

他们用的确实是合剑术，但又没那么简单，因为就像怀璧不肯相信的那样，南溪斋的合剑术固然能够让剑招的威力成倍数地增加，却无法做到他们今天如此惊世骇俗的程度。

陈长生昨日在山门处看到那两名南溪斋少女施展的合剑术便觉得有些问题，在圣女峰顶偶有所感，已经隐约猜到此事的来源，今日终于证明了他的猜想，感慨说道："没想到居然能倒着用。"

徐有容说道："我只是闲来无事想试试，没想到居然能与你配合着用。"

陈长生说道："可能因为当初我是倒着背下来的。"

徐有容说道："我倒忘了。"

陈长生说道："很是冒险。"

徐有容对合剑术的改造很大，非常冒险，甚至可以说是一种赌博。

这种改造后的合剑术，需要施剑者绝对信任对方，若能做到完全心意相通，那么威力便会变得极大。相反，如果对彼此稍有怀疑，那么这套剑术非但无法成立，反而会给施剑者带来极大的凶险。

绝对信任与心意相通，这本来就是很困难的事情，就算是修行合剑术多年，能够组成剑阵的南溪斋弟子，也只有极少数人能够做到。按道理来说，以徐有容圣女的身份，应该不会做这样冒险的变化才对，但现在陈长生已经知道，自己喜爱的这个女子并不是世人眼中圣洁不沾红尘意的仙子，而是一个很喜欢赌博的姑娘，所以对此不觉意外。

当然这只是修行这种合剑术的基础，比如昨夜山门那两名南溪斋的小姑娘，能把合剑术的威力增强数分，却绝对无法做到徐有容与陈长生这样，因为这种合剑术对施剑者的要求实在是太高了。

徐有容对合剑术的改造，源于多年前在周园里她与陈长生共同修行两断刀诀的经历。当时她从两断刀诀的第一招开始背，陈长生从最后一招开始背，直至最后相遇。她把这段经历里的感悟全部放进了改造后的合剑术里。

又一年，她与陈长生在天书陵里约会，于碑庐前静思商讨参悟。她把那些所得也全部放进了改造后的合剑术里。

这是一个修道天才对此生最精华知识的再凝练，也是对当年的回忆，对某人的想念。陈长生与她心意相通，彼此绝对信任。他是那些经历的当事者，学过两断刀诀，分享过对碑文的认知。那些感悟与道识是他们共有的回忆与过往，他能准确地知道她想做什么，能够随之而行。

想要学会这种剑法，首先要学会合剑术，其次要在天书碑前同修共悟，最后，要学过两断刀诀。所有的基础，则是彼此绝对的信任。

放眼世间，上溯千年，能够满足这些条件的人，只有陈长生与徐有容。所以，这个世界上只有他与她能够施展得出来这套剑法。就像这时候的崖坪上到处都是人，他们的眼里却只有彼此。

那些人都在看着他们。清风徐来，陈长生与徐有容并肩而立，神情平静，眼眸清亮，衣袂轻飘，自有离尘意。

真是一对璧人。不愧神仙眷侣。

一道声音在崖坪上响了起来。

"《道藏》上曾经记载过双剑合璧之术，每多神奇之语，然千年以降，从未有人亲见，今日一观，果然玄妙无双。"别样红说道，"不得不承认，二位真是天作之合。"

听着这话，很多人都觉得非常有道理，这四字用在陈长生与徐有容的身上实在是再合适不过。

一位是教宗陛下，一位是南方圣女，双方之间曾经有过婚约，发生过无数故事后，彼此依然情投意合，都是最具天赋的修道奇才，年少时便聚星成功，如今双剑合璧，甚至能够对抗神圣领域强者。无论从哪个方面看，陈长生与徐有容都配得上天作之合这种形容。

苟寒食与白菜等离山剑宗弟子，正自为陈长生与徐有容的剑术震惊，听着这话，不禁生出不一样的感慨。这要让大师兄看见今天的场景，听着这话，不知该做如何想法。

"若在平时，能目睹这般神奇的剑法，赞叹之余，当饮酒三盏助兴，但可惜今日不行。"别样红稍一停顿，继续说道，"我那儿子虽然不贤亦不肖，但我是他的父亲，总要替他做些事情。"

第二章

青衣客在大西洲生活多年,虽然远在海外,但一直都在观察大陆上的强者,凭借着权势与白帝城的帮助,暗中收集了很多情报……

40 · 本应斩断一切的把一切联系起来

通过命星盘，徐有容已经推演出了些问题，这时候听陈长生的讲述，很快便明白了到底发生了何事。她当然相信陈长生的话，然而就在她准备出言时，忽看着别样红脸上的那抹疲惫和鬓间的斑点白发，不由微怔。

丧子之痛，确实是人世间最难承受的事情。别样红走到无穷碧身后，轻柔地拍了拍她的肩头，说道："你先歇会儿。"

无穷碧没能杀死陈长生，甚至无法击败他与徐有容的联手，正自愤怒不甘，心情暴躁到了极点，听着这话，又是觉得委屈又是觉得痛苦，带着哭声喊道："你还愿意出来啊！"

这话不假，以别样红的实力，如果今天一开始的时候他就全力出手，不要说徐有容和南溪斋的少女们，就算那把铁刀真的已经来到圣女峰，也不见得能够阻止他们夫妻二人杀死陈长生。

这时候他终于出来了。在当年的八方风雨里，别样红的战斗力都要排在最前列，就连天海圣后都很欣赏他。这样真正的大陆强者出手，陈长生与徐有容还能接得住吗？

"如果再给你们一天的时间，不，可能只需要数招，你们的合璧双剑便会完全纯熟，再也没有任何漏洞，无论是我还是谁都再也奈何不了你们，所以很抱歉，我不能给你们这种机会。"别样红看着陈长生与徐有容说道，"我会争取在一招之内把你们分开，然后击败你们。"

话音刚刚落下，他已经对着陈长生出手。他的右手尾指上系着一朵小红花。整个大陆都知道，这朵小红花便是别样红最强大的武器，也可以说是他的毕生修为的精华。当年在天书陵下，天海圣后拳惊风雨，一拳击杀观星客，别样红便是靠着这朵小红花勉强接下了另一拳。

当别样红出手时，那朵小红花很自然地荡了起来，来到了他手指所向的前方，约半尺左右。

那朵小红花比他的手更快来到陈长生的身前。

陈长生已经能够看到花瓣上的那些晶莹水珠。

他想都来不及想，无垢剑便刺了过去，破风无声，于崖坪之上拉出一道明亮的光芒。这一次他用的是慧剑，取的是轨迹无方，避的是那朵红花，最终的目的是别样红的眉心。同时，徐有容的斋剑也破空而起，寂然无光，迎风微颤，竟似有些柔弱。

她用的是小筑剑，据说当年某位南溪斋前辈居住在花溪上游的一间别筑里，某冬日观蜡梅悄无声息开放有感才创出了这门剑法。这门剑法以巧取胜，无声而华，看似纤弱，实则非常有韧性。

慧剑与小筑剑之间没有任何联系，剑意也没有任何相通之处，然而就像先前那几次一样，当陈长生的剑与徐有容的剑同时出现在崖坪上时，两种剑法仿佛发生了某种神奇的变化，完美地融合成了一个整体，再也找不到任何漏洞。

陈长生、徐有容与无穷碧数次对剑，别样红都在旁边看着，看出这应该是基于南溪斋合剑术的某种联璧剑法，却并不确切明白为何这种联璧剑法能够让两种截然不同的剑招与剑意融合在一起，并且威力陡然暴涨。

直到此时，面对着那道明亮的剑光以及随之而至的纤弱剑影，身在局中，他才隐约捕捉到了其中的道理。那种玄妙而难以描述的感觉，不是剑法也不是剑招，更像是一种与剑道截然不同，更加直接的法门。那个法门无比强大高妙，仿佛天海之间的暴雨，又仿佛是飞雁落下看到的满地岩浆，暴戾到了极点，杀机森严，一旦施展开来，竟似乎足以切断世间的一切事物，一切联系。陈长生和徐有容却似乎是把那个法门倒着在用！

暴雨落入岩浆里，潮湿的热雾渐渐变成平静的清水，山口凝成一座碧湖，湖畔生着无数绿色的植物，生机盎然！本应该斩断世间一切联系的法门，在他们的手里变得可以把世间一切分离的事物重新联系起来！

别样红想不起来在圣女峰或者离宫、万寿阁里有这样的道法，就连类似的记载都没有见过。

当今世间，除了陈长生和徐有容自己，只有王破或者王之策忽然回到人间，才能识得这种法门。

但对别样红来说,此时想要破解陈长生与徐有容的剑法,最重要的不是解,而是破。

就算暂时不能尽解,凭借他远高于对方的境界和无比雄厚的真元,也能强行破掉对方的剑法。

那朵看似娇弱的小红花,来到了漫天剑影里。忽然,那朵小红花仿佛变得无比沉重,前行变得缓慢了很多。就连空间仿佛都因为小红花的重量,发生了某种扭曲,沙石狂滚,狂风呼啸。

漫天剑影受此影响,出现了一瞬间的凝滞,剑势依然有若磅礴大山,但已经不再像先前那般完美,如山脉连绵不绝,变成了隔着峡江对望的两座青山,中间出现了一道缺口,或者说通道。

这个缺口转瞬即逝,如果是别的修道强者,就算能够看到,也无法加以利用。但别样红是何等样境界的大强者,更不要说对方剑势里的缺口,本来就是他造成的结果。本来变得有些缓慢的小红花,骤然加疾,带来一抹殷红的光影,袭向陈长生的面门。

如果陈长生与徐有容继续先前的剑招,即便能够让剑势重新变得不可撼动,也已经没有办法把小红花隔绝在外。陈长生毫不犹豫舍了慧剑不用,闪电般回剑于眼前。他用的不是笨剑,而是借剑斩空而鸣。

一声极为清亮,甚至给人锋利感觉的剑鸣,响彻崖坪。正是当初在京都奈何桥上,他与徐有容比剑时用过的天音落!

就在陈长生回剑的那一刻,徐有容与其心灵相通,也是毫不犹豫地散了小筑剑,以斋剑向着空中某处刺入。她不及回剑于鞘,便把天地当作了剑鞘,这个动作便是归剑。她归剑的动作,仿佛被分解成了无数个画面,然后重新组合在一起。

附着真元的剑身,与天地间的空气不停地撞击、摩擦,发出无数声剑鸣。这些剑鸣合在一处,便是一声悠长而沧桑的剑吟。正是当初在京都奈何桥上,她出的第一剑——南海剑吟!

41 · 离开细绳的小红花

当年在奈何桥的风雪里,她的南海剑吟与陈长生的天音落乃是对手,今天却是同伴。而这两种剑法，本来都出自南溪斋，天然亲密。

剑吟与剑鸣相伴而起，缠绵而变，声音愈发激昂高亢，直至尖细，然后不闻。听不到并不代表就没有声音，只是二人的剑颤动的频率太高，已经超过了普通人能够听到的范围。

人听不到，花却能够听到。

随着无声的音浪来袭，小红花骤然悬停，仿佛被风拂动，开始摇晃。

那些花瓣以肉眼都看不清的速度微颤，那些晶莹的水珠被震成更细的微粒，向着四面八方溅射而去。看似柔弱的水滴，实际上蕴藏着别样红的雄浑真气，陈长生与徐有容的森然剑意，去势极疾，威力不下利箭。崖坪上只听得无数声凄厉的破空声与皮囊破掉的轻爆声，坚硬的崖石与地面上出现了无数密密麻麻的小洞。

看着这幕画面，人们震惊无语，脸色苍白，心想若在场间的是自己，那该是何等样的凄惨。

小红花静静地悬在空中，依然娇弱，因为水滴的离开，略显委顿，但远没有到散开的程度。而无论剑吟还是剑鸣，总有一刻会停止。到那时候，陈长生与徐有容还靠什么来对抗别样红的强力攻击？

陈长生知道不能任由情形这般发展下去，神识微转，一块石头从袖子里激射而出，向着小红花砸了过去。那不是天书碑化成的石珠，而是与天书碑有极深联系的一颗白色天石。那颗白色天石无比浑圆，周边镶嵌着极其复杂的黑金阵法，看着极为美丽，正是国教重宝——落星石！

以陈长生现在的境界修为，远远不能发挥出天书碑的真实力量，所以他选择了落星石。在他的认知里，落星石似乎正好可以对付那朵小红花。

一道仿佛来自远古的沧桑力量，随着落星石出现在崖坪上。无数寒风向着落星石灌注而去，地面那些刚刚停止滚动的石砾，又再次滚动起来。就连周遭的天地法理，都开始扭曲，就像小红花先前曾经做到的一样。

一个无比幽深的黑洞出现在空中，正在渐渐变大。落星石悬在其间，散着幽光，如星辰一般。果然，小红花没有再继续前行，而是停留在了外围，仿佛与落星石对抗。

如果陈长生想要离开，只需要再等片刻，便能经由落星石强行破开的空间通道，去往数百里外的原野。但他没有想过离开，同时，别样红也不会给他任何机会。

一个拳头破空而至。尾指上系着的那根细绳绷得笔直，仿佛铁铸的一般。小红花带着向前移动。那根细绳，穿过了落星石形成的黑洞旋涡。

啪的一声轻响，细绳断成了两截。这根细绳系在别样红的尾指上，已经不知道多少年，即便是天书陵之变那夜也没有断过，必然不是寻常物。

此刻它终究还是没有抵挡住空间的切割，就这样断了。不过落星石形成的黑洞旋涡，也被这根奇异的细绳切成了两半，然后迅速变淡。别样红的拳头已经来到了小红花的前方，直接轰破了残余的黑洞旋涡，来到了陈长生的身前！这是怎样的一个拳头，竟然蕴藏着如此恐怖的威力，竟能直接打破国教重宝形成的空间屏障！

一声凤鸣响起，青树光影于虚无之间显现。白色斋服轻飘，徐有容解弓，握于手中，变作桐宫。

然而别样红的拳头来得太快，桐宫尚未成形，便已经被轰破！一道血水从徐有容的唇角溢出，已是受伤。别样红神情不变，继续向前！

看着那个离眼前越来越近的拳头，陈长生想起了天书陵的那个夜晚。当夜，别样红便是在天海圣后的拳头下受了重伤。他这时候才知道，重伤后的别样红，竟是因此有所感悟，不再将心思尽系于外物，而学会了凝天地于己身！别样红的拳头竟有了几分天海圣后拳头的意味！与那夜相比，现在的他无论境界还是战力，更上一层！以前的他已经是极强大的神圣领域强者，现在居然还能变得更强，这还能如何应对？

别样红说的没有错，陈长生与徐有容虽然天赋惊世骇俗，毕竟今天是第一次使用合璧剑法，无法做到完美。到了此刻，无论是合璧剑法还是国教重宝，又或是徐有容，都已经无法帮助陈长生。现在他只能凭自己的实力接下别样红的这一拳。

怎样接？陈长生用的也是拳头。前一刻他回剑于前，鸣出天音落。这一刻，他横剑相守，便是笨剑。

然后他握紧左拳，向着别样红的拳头砸了过去。拳头破空而起，呼啸尖鸣，手腕上的五颗石珠不停颤抖着，显得无比沉重。一声难以形容的巨响，响彻崖坪，直至数十里外。

两股巨大力量的对撞，直接把地面震得向下沉入尺许，一个半圆形的气罩刚刚出现，旋即破开，释放出无数气浪。狂风呼啸，近处的修道者哪怕早已疾掠而走，依然被波及，震翻在地。

　　向四周喷涌的气浪里，可以看到一个高速后掠的身影，然后重重摔落在数百丈外的崖坪正中。崖坪地面上出现一道深深的沟道，仿佛被犁出来一般。陈长生站在这道沟道的尽头，脸色苍白，神情微惘，似是受了极重的伤。

　　烟尘微落，别样红收拳而回，作势欲掠，忽然停下脚步，右手一挥，把一支不知从何而来的箭震飞。只见徐有容身着白色祭服，手持桐弓，黑发微飘，十余支梧箭静悬空中，时刻准备击发。这是很多人第一次看见这样的徐有容。只有很少人知道，这才是徐有容最强的手段。

　　若别样红执意追击陈长生而去，必然要背对着无数梧箭如暴雨般的攻击。即便他是神圣领域的强者，也要考虑一下，这样做是否划算。

42 · 铁刀落，青衫湿

　　崖坪出现了瞬间的绝对安静。从别样红出手开始，无论南溪斋弟子还是苟寒食或是户三十二，都停下了脚步，哪怕再如何焦虑紧张。

　　别样红向陈长生与徐有容发出挑战，意味着他认可陈长生与徐有容联手，已经有了与神圣领域强者一战的资格。既然这是一场平等的战斗，那么便应该得到尊重。

　　那根细绳已经断开，别样红的尾指上只剩下数寸，小红花在空中轻飘，仿佛无根之萍，看着有些娇弱可怜。按道理来说，他最擅长的手段已经被破掉，众人应该更看好陈长生和徐有容。但目睹了别样红那一拳的人，谁敢做这样的判断？

　　更关键的是，别样红凭借神圣领域强者的绝对实力与丰富经验，成功地把陈长生和徐有容分离开来。

　　现在陈长生已经身受重伤，如果不能和徐有容使用合剑之术，还能继续支撑下去吗？所有人都紧张地注视着场间，想知道接下来的局势将会如何发展时，一个谁都没有想到的情况发生了。有人向陈长生发起了偷袭。那人是一位真正的聚星巅峰境界强者。大周第二神将白虎！

一声极其冷厉的暴喝响起。白虎神将掠至陈长生身后，双手握住铁枪，向着陈长生的后背扎去！铁枪破空而出，其势极为威猛，又极为凶残，仿佛要把陈长生的身体扎穿，甚至想要把他钉死在地上！

陈长生这时候身受重伤，神情微惘，明显还没有从与别样红的惊天对拳里清醒过来。白虎神将这一记蕴藏毕生修为的铁枪，如果能够破开他的身体防御，将会直接刺穿他的幽府。到那时，就算天海圣后重生，王之策忽然到场，只怕也无法救活他。

现在，还有谁能够改变这一切？

一把铁刀。从天空落下。给出了自己的答案。

那把铁刀无视天地之间的距离，从天空直接来到峰顶崖坪，带着一往无前的气势，斩向白虎神将的头顶！看到那把铁刀，崖坪上的所有人都猜到是谁来了，惊呼之声骤起。

天凉王破！

相王微微眯眼，双手轻轻地抚摸着被腰带系得有些不舒服的赘肉，没有出手，不知道在想什么。前些日子在汶水城外的鸡鸣山上一晤，今天他也一直在等着王破的出现。像相王这样的人还有很多，他们都在等着王破的出现。无穷碧便是其中一人，最开始她向陈长生出手之前，对天空发出过愤怒的喝问。

王破终于来了。果然来了！

无穷碧一直准备着王破的到来。她不知道白虎神将为何会忽然要暴杀陈长生，但她不在意。只要陈长生去死，是谁杀的并不重要。

她一声厉啸，飞至空中，手里的拂尘带着无数寂灭意味，向着那把铁刀裹去。同时，她的道袖也自翻飞，灵动如龙，缠向那把铁刀。在这一刻，她把自己的毕生修为催发到了极致，在那把铁刀之上，层层**叠叠**，至少布下了数百道防御！她很清楚自己不是王破的对手，最多只能阻得这把铁刀片刻。但片刻足矣！她相信白虎神将一定能杀死陈长生。

就算陈长生还有压箱底的法宝，她也相信自己的夫君，能够在最短的时间里战胜徐有容，过来把陈长生杀了！

崖坪上的局势变化得太快，画面疾转，仿佛流光，除了局中人，根本无人能够看清楚，更不要说出手。

没有人注意到，一个看似很不起眼的男子，向着场间悄无声息地移动了十余丈。更没有人注意到，在崖坪角落里，天南数家小宗派的修道者中，有名头戴笠帽的青衣客曾经抬起头看了一眼天空。

那时候，陈长生还在倒掠的途中，白虎神将刚刚踏出第一步，徐有容挽了桐弓。戴着笠帽的青衣客却没有看着场间惊心动魄的战斗，而是望向了天空。那时候的天空里还什么都没有。崖坪上有千余名修道者，青衣客第一个望向天空，就连相王都要比他晚了片刻。

他站在一棵树下，眼中的天空应该会被切割成很多碎片，是在看哪片？应该是那片像刀一般的天空。他感觉到，王破终于来了。

只有与他极近的人，才能看到青衣客的笠帽下有一张铜面具。铜面具看着很神秘，不知何时缺了一个小角，但依然把他的脸遮得严严实实，只露出了眼睛。青衣客望着天空，眼神异常幽深漠然。他已经等了很长时间。

那把刀终于来了。

那么，他就要开始动了。因为他知道，那把刀只需要三息时间便能破开无穷碧的阻拦，把白虎神将的头颅斩下来。而在这三息时间里，白虎神将没有办法杀死陈长生，陈长生既然是教宗，必然还有保命的手段。至于别样红就算在这三息时间里震退徐有容赶过来，应该也只会制住陈长生而不杀死他。只有他能够在这三息时间里杀死陈长生。

在最开始的计划里，青衣客从来没有想过自己出手，因为那会增加自己暴露的危险。但他没有想到相王居然如此沉得住气，自始至终，除了用焚日诀喝出一道清音之外，便再也没有出过手，现在王破已经到场，相王更加不会出手。

真正最大的意外，是徐有容居然不顾修道生涯可能会遭受极为严重的挫败强行出关，而她与陈长生联手施出的剑法竟然如此神妙，甚至能够对抗神圣领域的强者，不然在最开始的时候，陈长生只怕便已经被无穷碧杀了。

所有这些意外加在一起，最后变成他不出手，陈长生便可能活下来。好在局势依然还在他的掌握之中。王破被无穷碧所阻，徐有容被别样红所阻，白虎神将的暴击陈长生便已经很难应付。至于苟寒食等离山剑宗弟子还有南溪斋弟子，又或者是那些教士还有一段距离，也不在他的眼里。他相信只要自己出手，陈长生必死无疑。现在是最好的机会。这种机会不能错过。

43 · 花重天下事

无穷碧的拂尘与道袍层层叠叠裹住了那把自天而落的铁刀。别样红的身边到处都是梧箭破空、如暴雨般的痕迹。白虎神将的铁枪刺了下来。

正如青衣客预料的那样，这一枪没能刺穿陈长生的身体。一道无比神圣的气息散发开来，国教神杖出现在他的身后，挡住了如此暴烈却又阴险的一击！白虎神将厉喝一声，真元暴起，铁枪刺破那片神圣的光辉，向陈长生而去。铮的一声轻响，陈长生横剑于前，与白虎神将硬拼了一记，脸色更加苍白。

便在这时，一道气息出现在崖坪之上。这道气息很难用言语形容，有着某种奇特的味道，腥味很浓，却并不臭，只是令人觉得无比恐惧。仿佛带着海水的腥味，又像是海水里那些被割掉鱼鳍后的兽鱼流出的血的腥味。

这道气息是如此强大，强大到了可怕的程度，就连国教神杖散发的神圣气息，都被镇压了下去！这道气息来自青衣客。到了最后的时刻，他再也不用遮掩，狂肆地向天地散发出气息，显示出难以想象的强大境界！那些站在他身边的小宗派修道者，被这道狂霸至极的气息震得纷纷吐血倒地。

隔着很远的距离，青衣客一掌袭向陈长生的后背！崖坪上的天空里，出现了一只青色的巨掌，带着海风与血水的腥味，呼啸破空而落，袭向陈长生的头顶。这只青色巨掌里蕴藏着极为可怕的力量，就像是一片海般砸落下来！与青衣客的手段相比，无穷碧的接天莲海相形之下要显得弱小很多！

感受着这道气息，看着那名青衣客，徐有容脸色雪白一片，心想这是哪里来的强者！青衣客要比无穷碧的境界实力强上很多，当然是神圣领域里浸淫多年的真正强者。问题是这样的强者，整个大陆都没有多少位，谁人不识？这位青衣客的气息，明显不属于任何一位，此人到底是从哪里冒出来的？

唐三十六与苟寒食，户三十二等教士与南溪斋弟子们，都惊呆了，甚至无法发出声来。以重伤之躯对抗白虎神将，又被如此可怕的神圣领域强者偷袭，任谁看来陈长生都已经陷入了绝境。这时候谁还能救他？

周园里的兽潮还是南客？又或是他手腕上的那些天书碑？不，这些都不行。那名青衣客的境界实力太过可怕！

忽然,天空里刀势骤盛,洒落的清光仿佛镀上了一层寒芒。很明显,王破感知到了那名青衣客的气息与杀机,要破莲海而出来救陈长生。

拂尘丝丝崩断,铁刀将落。但依然未落。清光落在崖坪上,凌厉的刀意也同时落下。青衣怪客却是毫不动容。他算得很清楚。三息就是三息。

无穷碧至少能拦住那把铁刀三息时间。当他杀死陈长生后,自天而落的刀势,可能会让他受些伤,但那又算得了什么?无穷碧与别样红夫妇,要承担起杀害教宗的罪名,便必须和他联手。三位神圣领域强者联手,就算那把铁刀再强,还能如何?

相王再如何谨慎,到那时难道还看不清楚场间的局面?以陈氏皇族的性情,他必然也会亲自落场,图谋首功。王破必死无疑!

王破死了,教宗死了,圣女死了,离宫破了,圣女峰沉寂,国教势衰,白帝城已在吾手,挟雪老城以制朝廷,当三分天下,再平分天下,最后独占天下!

这幅无比美好的图景,已经被他和他的族人想象了很多年,暗中勾画了很多年。今天终于迎来了一个无比盛大的开端。

青衣客的眼神依然幽冷,最深处那团名为野心的火焰却已经开始燃烧起来。只要他的手掌落下,无论陈长生还带着什么法宝甚至是国教的神器,都会被一道拍成齑粉。为此他已经做好了失去数根手指的准备。

然而,下一刻,那幅无比美好的图景上忽然出现了一抹殷红的颜色!

所有的图案,比如金戈铁马,比如神道信步,比如临渊窥魔,都被那抹红色涂染得有些模糊,再也无法看清!那抹红色越来越鲜艳,仿佛要变成鲜血。青衣客眼里深处的那团火焰,忽然间熄灭了。因为他的手掌没能落下。

陈长生没有死。挡住他手掌的是一朵小红花。他看到的所有的红,都是来自于此。

一声极沉闷的声音,落入崖坪上所有人的耳中。那声音如击湿絮,如落稀泥,如红湿一片。

一朵小红花出现在陈长生的背后。然后,它开始盛开,绽放,生出无数花瓣,招摇而起,承住了自天而落的那只青光巨掌。

光影骤乱,杀意骤起,青衣客眼瞳骤缩。他当然识得那朵小红花。所有修道者都识得那朵小红花。这朵小红花在过去的很多年里一直都系在别样红的尾指上。直到今天那根细绳与落星石形成的黑洞旋涡一道毁灭，小红花才得到了自由，可以随意而行。但小红花去哪里，做什么，当然还是要听从主人的意思。

它忽然出现在陈长生的身后，挡住青衣客的必杀一击，自然是别样红的意思。别样红为什么会忽然出手救陈长生？要知道陈长生可是他的杀子仇人，就算先前陈长生最后一次表态愿意随他离开，让他产生了某些疑心，又何至于此？

青衣客想不明白这是为什么，也没有再继续去想。因为想也是需要时间的。作为神圣领域强者，只需要微一动念，便能在极短的时间里推算出很多事情的前因后果。

但青衣客知道自己这时候就连这点时间都不能浪费。三息的时间真的很短，转瞬即至。青衣客毫不犹豫向崖外飞去，再没有看一眼场间。白虎神将是否能够杀死陈长生，相王是否准备出手，他都已经不在乎了。他的去势有如风雷，衣袂飘起，震碎那棵青树，瞬间便去了数百丈外。

然而，那朵小红花仿佛具有某种灵性一般，震碎自天而落的青光巨掌后，忽然从原地消失，倏乎间去往山崖之外的空中，花瓣片片飘散，如雨般笼罩住了数里方圆的天空，封住了青衣客的去路。

每片鲜红的花瓣里都蕴藏着极恐怖的威能，其重仿佛如山。

44 · 三息之间

花瓣随风轻飘，密密麻麻，仿佛海洋。别样红的身影出现在花海之中，脚踏虚空，向青衣客袭去。

当年魔君入寒山，天机老人传讯天下，其时别样红远在南方的万寿阁，却最早抵达寒山。就算在大陆神圣领域强者里，他的速度与长途奔袭能力亦是最强者。

看着漫天鲜红的花瓣封住去路，青衣客知道时机已逝。如果他不能强势击退别样红，必然会被此人追上，再也无法摆脱。青衣客厉啸一声，运起毕生功力，转身双掌疾出。无数道森然的青光从他的手掌边缘溢出，变成极其锋利的飞刃，带着凌厉的破空声袭向别样红。青刃破空而起，呼啸作响，仿佛飓风，阴寒至极，竟让空气里的湿意在极短的时间里凝成了水珠，化雨而落。仿佛海雨天风，其势无比恐怖。

对神圣领域强者们来说，如果不是像霜余神枪或遮天剑这等真正的神器，普通的兵器对他们来说还远远不如自己用星辉真元化出的兵器强大，比如这些泛着森然青光的飞刃，哪怕是聚星境的修道者，甚至经历过完美洗髓，但只要被擦着丝毫，便会骨断肉飞，识海被割裂，幽府被斩成废墟，毫无还手的机会，便被杀死。

别样红不识青衣客是谁，但知道对方的境界实力绝对不在自己之下，自然很是谨慎。他的右手伸进鲜红的花海里，仿佛握住了某样事物，然后抽了出来。无比明亮的星辉，从他的眉眼间、微白的鬓角里溢出。他从花海里抽出来的，竟是一把由星辉凝成的虚剑。

一道明亮凝纯至极的剑光，照亮天空与其间的花海，破开无数道元气湍流，向着青衣客斩了下去。

任海雨天风如何狂暴，且看能不能挡住我这一剑！

青衣客在大西洲生活多年，虽然远在海外，但一直都在观察大陆上的强者，凭借着权势与白帝城的帮助，暗中收集了很多情报，对大陆强者的战斗风格与最强功法，都非常了解。就在别样红一剑斩来的时候，他的识海里至少出现了十七种方法可以应对。问题在于，那十七种方法应对的都是他所知道的别样红，更准确地说，是天书陵之变前的别样红。今天的别样红，明显要比那些资料上以及他的认知里更加强大。比如别样红破掉陈长生与徐有容合璧剑法的拳头。比如他的那朵小红花，谁都没有想到居然可以断绳而去，还能化作花海，让天地间的万千通道都封死。这些手段，明显是别样红在天书陵之变后新悟得的道法。

如果只是这样，青衣客依然有信心击退别样红，或者会付出一些伤势，但至少不会被困在此间。但今天的别样红与以往最大的区别，并不在于道法更加精深，手段更加神妙，而是他的战斗风格的改变。在修道者的心里，别样红是一位温和、沉稳的前辈强者，即便出手，也极有分寸，深得中正平和之意。

今日的别样红眼神依然平静，神情却不再温和，踏空疾掠时，无数真元从衣袂里喷涌而出，举手投足间，自有撼山动地的力量，仿佛每一招都要见天地、见生死，狂肆到了极点，也暴烈到了极点。

这是为什么？青衣客看到了别样红的眼睛，发现他的眼神幽静，最深处却有着一抹极为决然的杀意。然后，他看到了别样红鬓间的那些白发。青衣客明白了原因，心情微沉，暴出一声厉喝！

无数青刃随这一声厉喝，尽数碎成粉末，然后在空中凝结成了一根杆戟！

那杆长戟色泽幽暗，前端有三处极锋利的尖刺，散发着极其森然恐怖的意味。这极有可能是大西洲神器定海戟的器灵再现！

别样红却是神情不变，手里握着那道由星辉凝成的虚剑，向着那杆青戟便斩了过去！这道虚剑是他从花海里抽出的，并无实质，故而可以做到绝对锋利与光滑，与陈长生的无垢剑差相仿佛。

但不知因何缘故，有一片很鲜艳的花瓣，却黏在了剑身上，看着很是醒目。

星辉虚剑与幽暗青戟，在天空里相遇。一道气团从相接处生出，表面上是白色的絮流，紧接着，气团被相接处生出的无限光热撕扯成无数碎片。气浪与光热向着四周横扫而去，崖间的泥石簌簌落下，数百棵很粗的古树伴着咔嚓声折断，然后开始燃烧。

崖坪上的修道者们根本无法看清楚，那片炽烈的光线里正在发生什么，只能隐约看到两道身影。相王静静看着那处，微微挑眉，不知道在想什么。无穷碧没有回头，但感觉到了那边的变化，惊疑不定，手下也慢了起来。嘶啦声响里，束缚在铁刀上的那些拂尘细丝，根根断裂，道袖上也出现了一道裂口。

天空里的光线依然刺眼。鲜红的花瓣狂舞而退，看着就像是一片花瓣雨，很是美丽。一道略带着些金色的血水，从别样红的耳朵里淌了出来。他却仿佛无所察觉，依然用幽静的眼神看着青衣客。

星辉虚剑与幽暗青戟格在一处。两位神圣领域强者无比雄浑的真元与气息，正在做着最凶险的比拼。

忽然间，星辉虚剑的剑身上那片鲜红的花瓣砰的一声碎成了无数粉末。这片花瓣来自小红花，内蕴无穷神威，暗循天地法理，竟然被两位强者的真元对撞生生给震碎了！无数花瓣碎屑向着青衣客射去，其势疾若利箭，威力更是远胜于此。

青衣客正持戟与别样红战，无法避开，只得闷哼一声，凭借本身的修为硬撑。只听得一阵噼噼啪啪的密集响声，青衣客的笠帽上出现了无数孔洞，然后散成碎片，被风吹走无踪，露出了那张形状狰狞的铜面具，而他的身上也出现了很多痕迹，隐隐有血水渗出。

别样红哪里会放过这样的机会，唇间迸出一声清啸，天空里的花瓣闪电般归来，不停地向着青衣客袭去。青衣客闷哼一声，真元狂出，拼着伤势加重，把别样红的剑震离，双袖翻舞便向碧天飞去，看着就像一只巨大的海鸟。漫天鲜红的花瓣已经被别样红召回，他只需要避过最后这一击，便能飞入高空遁走。

从别样红出手到此时他终于找到离开的可能，看似发生了很多事情，其实只过去了极短暂的时间。若有人拿着时计在旁一直盯着看，便能知道，距离三息还有极短暂的片刻时光。青衣客也一直默数着，他确定自己不会出错。

漫天花瓣此时已经重新组成了那朵小红花，闪电般飞掠而出，重重地击打在青衣客的身上。只听得咔嚓一声脆响，青衣客不知断了几根肋骨，喷出一口鲜血，但他若无所觉，哼都没有哼一声，提着青戟冲天而起。他把速度催到了极致，迅速变成众人视线里的一个黑点，仿佛下一刻便会融化在天空里。

下一刻，那个黑点又变得越来越大，渐渐显现出了身影。青衣客又回来了。被一把铁刀从天空里逼了回来。

45·神圣之间

之所以会出现这种情况，是因为青衣客出现了一次误算。无穷碧确实最少也能把那把铁刀拦住三息时间。问题在于，当别样红以前所未有的无畏姿态向他发起进攻的时候，作为妻子，无穷碧自然有所感应。其后无论她是真的想明白了别样红为何这样做，又或是依然不解惊疑难安，出手理所当然会放缓。最终，那把铁刀斩断那些拂尘丝缕、划破道袖没有用到三息时间。所以，当青衣客以为自己终于能够成功遁走时，却在天空里看到了那把铁刀迎面而来。

一声满是愤怒不甘的厉啸，响彻天空，落至群峰之中。随之而至的是呼啸的破空声。一道笔直的线条从高空直抵崖间某处，隐约可见最前端有两个人影。

轰的一声巨响，崖间生起无数烟尘，出现了一个洞口。整座山峰微微震动起来，数息之后，峰顶崖坪某处忽然高高隆起，然后猛地裂开，喷出无数烟尘。那两道身影随烟尘而出，然后重重地落在地面上。二人从高空落下，斜着进入崖间，却从峰顶而出，竟是把这座孤峰生生凿穿了！

烟尘微落，能够清楚地看到，青衣客单膝跪地，双手相合，夹住了一把黝黑无光的铁刀。握着铁刀的那名男子自然是王破。他没有转身，人们从他的背影里仿佛便能看到江山之险峻。

别样红此时也已经回到了崖坪上，破烟尘而出，一拳向着青衣客轰去。随之而去的，还有那朵小红花。小红花少了片花瓣，看着略有缺损，威力依然恐怖至极。

青衣客双手一翻，横戟挡住铁刀，一跺脚，激起一道烟尘，袭向那朵小红花。小红花再次绽放，娇艳至极，发出凌厉的破空声。那把铁刀更是毫无道理地再次斩落！啪的一声脆响，青戟就这样断开了！

青衣客厉啸一声，双袖拂起无数烟尘，试图暂阻片刻。但那烟却掩不住小红花的颜色，更无法敛没那道刀光。

红花再盛！铁刀再斩！擦擦擦擦！

三道难以想象的恐怖气息，从崖坪上生出，直冲天穹。碧天上的云朵惧而避走，有些飘得稍慢些的云，直接被撕扯成了碎絮，然后消散无踪。

神圣领域强者之间的战斗，足以令天地变色。轻柔的开花声与凌厉的刀落声，在烟尘里不停响起。鲜艳的红与明亮的光不停地交替。

忽然间某一刻，所有的颜色与光亮都消失了。轰的一声巨响，烟尘再作。崖坪中间约两里方圆的地面极其整齐地向下陷落了半尺！然后是长时间的死寂，没有任何声音。

烟尘缓缓飘落。首先被看到的是仿佛被碾压过无数遍，光滑平整至极、仿佛玉石铺成的地面。然后显出身影的是别样红。

他的衣服上到处都是口子，带着淡淡金泽的血缓缓地流着。他摇晃了两下，脸上出现一抹极其鲜艳的红色，然后迅速变得苍白无比，应该是受了极重的内伤。

接着，王破从烟尘里走出来，右手提着那把铁刀，左边的袖管在风里轻轻摇摆。他还是像以前那样习惯性地耷拉着眉毛，耷拉着双肩，看着有些寒酸。只不过因为断臂的缘故，现在他的左肩要耷拉得更低一些，看着有些不自然，上面有血正在渗出。在刚才的战斗里，他用自己的断臂处硬接了青衣客一掌，也不肯让铁刀慢上一瞬。

在大陆神圣领域强者里，王破与别样红堪称战力最强的二人。今天他们联手而战，出手竟这般强硬，杀意决然，不留半分余地，意图非常明确。他们不会给青衣客任何离开的机会。

他们要青衣客死。

青衣客的笠帽已经被震碎，露出了那张带着神秘感觉的铜面具。

铜面具的正中间有道裂缝，从上到下裂开，笔直而清楚，应该是被铁刀所破，而其余的地方还有着无数裂纹，看着就像某些瓷器表面一般美丽，却已然不如先前强硬，显得非常脆弱。

青衣客的身体摇晃了两下，铜面具下传来一道沉闷的声音。血水从那道笔直的裂缝里淌落，然后从那些细碎的裂纹里溢出，画面看着极其诡异，异常恐怖。

他的身躯已然被王破的刀与别样红的花切断了所有生机，内部出现了无数裂痕，就连幽府、星窍甚至识海都已经遍布蛛网般的细痕，随时可能崩裂，至此他再也没有生还的可能。

崖间倒塌的数千棵古树还在燃烧着，只是在云雾湿意的包围下，火势渐渐小了，想来不久便会熄灭。齐齐下陷半尺的峰顶崖坪上冒着数百道极细的烟尘，看着就像缩小了无数倍的龙卷风，渐渐变淡，将要湮灭。

这位神圣领域强者来到了生命的尽头，而到这时依然没有人知道他是谁。

崖坪无比安静。别样红看着那名青衣客。所有人的视线则是在别样红与青衣客之间来回，震惊而且惘然。

这一切究竟是怎么回事？刚才别样红与无穷碧不是正在追杀教宗陛下，想要报杀子之仇吗？

为何忽然会出现一个神秘的青衣客？为何当这名青衣客想要杀陈长生的时候，别样红非但没有帮忙，反而阻止了对方，甚至不惜身受重伤，也要用如此决然的姿态向此人出手，甚至给人一种不惜同归于尽的感觉？

"你，是如何知道的？"青衣客终于说话了。

他盯着别样红，铜面具的眼神里依然幽深，但已经有了死亡的味道。

当他说话的时候，泛着金泽的血水不停地从面具上的大小裂缝里溢出，看着有种妖异的感觉。

"辛教士不应该在奉阳县城出现。"别样红伸手抹去唇角的鲜血，说道，"他的出现太过刻意，感觉就像有人刻意让他被我们看到。"

"这确实是个漏洞，或者说是不够完美的地方。"青衣客说道，"这并不是我的安排，而是你们朝廷里有人想要顺便把他洗掉。"

崖坪上的人们听不懂这番对话，但自然也有能够听懂的人。相王的双手已经离开了自己的腰带，眼神微动，不知道在想什么。

46 · 父子之间

青衣客说道："但我想，只凭这一点并不足以让你相信陈长生不是凶手。"

别样红说道："不错，玄霜巨龙的气息无法伪造，所以直到刚才我还是认为这件事情是教宗陛下所为。"

青衣客问道："那你如何确认，你儿子是我杀的，或者说疑到我的头上？"

听着这话，崖坪之上一片哗然。已经有人隐约猜到，这可能是一个针对教宗的阴谋，但听到青衣客亲口承认，难免还是很震惊。

"之所以会起疑心，是因为在上山的途中，有人给我看了一些东西。"

别样红挥手，数张纸从袖中飘出，静静地悬浮在了四周空中，被山风拂动，发出簌簌的声响。那些纸是白纸，上面是有人用炭笔作的画。那些画里的线条并不复杂，但细节非常丰富。

在第一张画里，有小巷有古槐，有个年轻人。年轻人的脸被画得栩栩如生，两道眉毛仿佛要飞起来般，就像是真人。看着画中的年轻人，别样红的脸上现过一抹痛意。小巷与古槐是汉秋城一角，那个年轻人是他的儿子别天心。

在第二幅画里，有一辆车辇，在画者落笔的时候，应该恰好有阵风至，把窗帘掀起一角。本应是惊鸿一瞥，却在那位画者的炭笔下，变成了静止而不变的记录。车窗里有一位美丽而傲然的少女，还有一位戴着铜面具的青衣客。正是今日崖坪上这位青衣客。

其余的画里，内容各自不同，比如汉秋城外的那条破凌而出的河瀑，比如并肩而行的年轻男女。每一张画都是一个无比准确的记录，可以清楚地知道，在那几天别天心做了些什么，见过了谁。

当别天心死后，这些记录便变成了线索。

青衣客看着那些画，沉默了很长时间，忽然问道："你相信这些画？"

别样红说道："我相信画画的那个人，但依然只是将信将疑，最后你现身才是真正的证据。"

"现在想来，我今日出手确实不智，但若你未动疑心，必不能决断得如此迅速，我还是有机会杀死陈长生后离开。如此想来，我还是败在这个画画的人手中。"青衣客看着那些画,皱眉说道,"我自谓算珠在握,此局无人可破,却哪里想到自己的行踪竟然全部落在此人眼里,不知是谁竟能在暗中窥视我如此之久,却没有让我发现。"

别样红说道:"秋山君。"

青衣客微微一怔,有些没有想到。听着这个名字,崖坪上的人群骚动了起来。秋山君当然是名人,但他已经失踪了五年时间,有很多人已经快要忘记他的存在。没想到,他再次出现的时候,居然已经做出了这样的大事。

白菜听着这话更是吃惊,看着苟寒食说道:"大师兄?这是怎么回事?"

苟寒食摇了摇头,表示不知。

圣女峰下的那条山涧旁,烤鱼的香味飘得越来越远,树林里的窸窣声越来越近,有些胆子大的野兽甚至已经探出了头来。

秋山君撕下一道鱼肉扔了过去,然后回身说道:"父亲,你把我拦在这里也没有用。"

秋山家主把他手里的烤鱼拿过来,咬了两口,得意说道:"你别想骗我。"

秋山君无奈说道:"真的,你来晚了,我刚才已经见过了别先生。"

秋山家主张着嘴,不知道该说些什么。

如果是别人,或者还会想别样红不会因为你几句话就相信你,但他是秋山君的父亲,知道自己儿子的名声极佳,最关键的是自己这个儿子行事向来周密,除了说话必然还有些别的手段。

秋山家主有些不安问道:"你有几分把握?"

秋山君说道:"毕竟没有直接证据,而且事涉杀子之事,我想别样红最多信我三分。"

秋山家主稍微放下心来,说道:"如此还好,希望不要生出变故。"

秋山君说道:"如果青衣客今日忍不住出手,三分便会变成九分。"

秋山家主神情微凛,说道:"我若是他,今日根本不会上圣女峰,更不要说出手。"

秋山君说道:"青衣客境界深不可测,行事冷酷无情,但要说到谋略隐忍不及父亲远矣。再说这里毕竟是圣女峰,陈长生必然还有手段,再加上王破可能也来了,他说不定真会出手。"

虽然言语里对自己颇有赞美，秋山家主的心情依然沉了下去。按照秋山君的说法，青衣客如果出手，别样红必然会生疑，到那时陈长生还真可能活下来。

秋山家主幽怨地看了他一眼，说道："如果事已至此，那只好想些别的方法了。"

秋山君不解问道："您还要做什么？"

秋山家主强自振作精神，说道："若真如你所言，待此间事罢，当然要好生宣扬一番你的功绩。"

秋山君无奈说道："我今日就在溪边陪您烤了几条鱼吃，何功之有？"

秋山家主正色说道："你想过没有，如果大西洲的阴谋得逞，教宗陛下会冤死。更重要的是，别样红夫妻杀死教宗后必然导致天下大乱，魔族必然入侵，人族必然风雨飘摇，而现在这一切都因为你而不会出现了。"

秋山君说道："这个逻辑听上去有些略怪。"

秋山家主越说越是激动，大声道："哪里怪了？儿子，如果说你是我人族的救世主这也不为过啊！"

秋山君无奈说道："父亲，这未免太夸张了些。"

秋山家主说道："你懂什么？难道你就能确定我先前的推论就一定不会变成现实。"

秋山君忽然沉默了。溪里的鱼儿向着远方无声而避。树林里的野兽也不知去了何处。不知过了多长时间，秋山君说话了。

他看着秋山家主的眼睛，认真问道："父亲，既然你也知道那些推论可能为真，那么你为何会这么做呢？"

这个阴谋是针对国教和陈长生的阴谋。实行这个阴谋的人是来自大西洲的青衣客与牧酒诗。但谁都清楚，朝廷事先必然已经知晓此事，只是不知道参与了多深。秋山君更是非常确定，父亲一定是知情者。

听着问话，秋山家主也沉默了很长时间。到最后，他还是没有回答秋山君的这个问题。他站起身来，摸了摸秋山君的头，便离开了溪边。

47·东西之间

无穷碧掠至崖坪中间，扶住别样红摇摇欲坠的身体，盯着那名青衣客，眼神怨毒至极,直欲噬人,厉声喝道:"原来是你!我夫妻与你素未谋面,无冤无仇,你为何要毒害我家心儿!"

"你那儿子本就是横死之命,我本想借他之死让这片大陆风云激荡一番也算不错,只是可惜……"青衣客遗憾说道,"没想到教宗陛下与圣女如此年轻,手段却是如此了得,如若不然,我何必现身。"

这话确实,如果陈长生和徐有容不是双剑合璧击退无穷碧,他确实没有必要出手。到那时或者陈长生被无穷碧所败,或者别样红不会相信秋山君的话,最终的结果,陈长生都会很危险。

"还有那位秋山君。"青衣客感慨说道,"中土大陆果然年轻俊彦极多,我们远在海外,不免有些井底窥天。"

王破说道:"前些天在汉秋城外我便曾劝过你,虽然不知尊驾身份,但请不要插手大陆之事。"

别样红看着青衣客忽然说道:"如果我没有猜错,你应该就是牧?"

与王破相比,他进入神圣领域的岁月更久,对某些久远的故事还有些印象。听着这句话,无穷碧以及怀仁等三位南溪斋的师叔祖神情大变,显得很是吃惊。

木柘家老太君今日一直没怎么说话,尤其是别样红与无穷碧出现后更是沉默了很长时间,这时候忽然拄拐而起,对青衣客厉声呵斥道:"你们这些西人居然又来搅风搅雨!"

青衣客居然是牧!牧是大西洲的皇族姓氏。以单姓为名,是人族世界远古时期最尊贵的意思,到现在还有这种习惯残留。比如寅,比如商,比如天海。青衣客单名一个牧字,是大西洲皇族里最了不起的人物。以辈分论,他现在应该是大西洲的皇叔,比白帝城里那位皇后娘娘还要高一辈。据说此人境界高深莫测,实力极为强大,性情高傲冷酷。

当年大西洲那位大公主被迫远离故土,跨海至大陆变成如今的妖族皇后娘娘牧夫人,据说便是因为这位皇叔认为她的天赋过于惊人、气质才华过于强大,威胁到了皇族正统继承人的地位,强行让她离开。

现在想来,这个传闻却未必是真的。玄霜巨龙的龙息确实无法伪造,至少以往从来没有出现过,但妖族当年能够建国与玄霜巨龙一族有着非常密切的联系,如果说牧夫人在白帝城里找到了某种秘法,并不是那么难以相信。

别样红看着青衣客说道:"画中那位少女想必便是牧酒诗?"

青衣客说道："白夜行和我的关系很糟糕，但向来很疼这个姨妹，难道你们还敢去白帝城找她？"

别样红说道："莫说白帝城，就算她躲进雪老城后的那道深渊，我也要杀了她。"

青衣客说道："那我先行一步，去那处等你。"

说完这句话，他望向西方某处。那里有烟雾蒸腾，有海雨天风，却在视线之外，无法看见。噼啪碎响里，染着金血的铜片剥落，落在他的脚下，仿佛金叶。直到最后时刻，依然没有人看到这位大西洲皇族最强者的脸。无数道金色的光线里，隐约可以看到些苍老的感觉。

光线越来越盛，然后骤然消失。世间再无此人。

只有地面的那些铜片，表明这里曾经发生了些什么。

这是一个漫长的冬日。因为发生的事情太多，时间的流转于是显得格外慢。

事实上，从南溪斋三位师叔祖说要合斋，到陈长生强硬反对，再到无穷碧怨毒的声音响起，再到此时，根本没有多长时间。在这段并不长的时间里，青衣客出手后的三息时间最为关键。

青衣客之所以会出手，是基于对崖坪局势的判断。如果王破没有出现，他绝对不会出手。王破的铁刀之所以会出现，是因为白虎神将向陈长生发起了偷袭。这种境界的强者居然用偷袭的手段，连他都以为陈长生会接不下来。

青衣客不这样认为，他相信身为教宗，陈长生必然有无数保命的手段，所以做好准备，趁乱出手。王破的刀已经出现了，那么谁还能阻止他？他没有想到，自己一直在等着王破的铁刀出现，有个人也一直在等待着他的出现。而那个人是他怎样也没有想到的别样红。

这就是三息之间的故事。

往回望去，这个故事始于白虎神将的那一枪。如果白虎神将没有试图杀死陈长生，那么之后的这些画面可能都不会出现。那么，这个故事会在哪里结束？会就这样结束吗？不。

这场神圣领域强者间的惊天战斗结束了。青衣客死了。但陈长生还活着。

白虎神将收起铁枪，看了陈长生一眼，转身向回走去。他看陈长生那一眼时，脸上的情绪很漠然，想要表达的意思却很清楚——陛下，您的命真不错。

陈长生看着他的背影，神情平静，但没有放下手里的剑。剑意起始淡渺，然后凝纯，由平实而凌厉，直至森然。四周的野草生出感应，无风而起，刺向天空。

白虎神将当然也感觉到了这道剑意。这道剑意想要表达的意思很清楚——将军，你就想这么走吗？

白虎神将没有停下脚步，对此不以为意，唇角露出一抹嘲弄的笑容。教宗陛下，我刚才确实是想杀死你，可是那又如何呢？你的境界不如我，战力不如我，身受重伤，就算身边带着无数法器宝物，难道还能杀死我不成？当然，那把铁刀可以杀死我，虽然王破也受了极重的伤，可是难道你以为王爷他会冷眼看着？至于以后……我可以回京去做兵部尚书，教宗陛下你敢回京都吗？或者我回白虎关，麾下有数万将士、无数强者阵师，教宗陛下你又能拿我如何？

这些都是他的心理活动，自然无人能够听到。但无论是他漠然而骄傲的神情，还是陈长生不肯落下的那把剑，已经足够说明此时的情形。

数名长春观道人，从朝廷使团里飘掠而出，来到崖坪中间接应。青衣飘飘，挡在了陈长生的视线与白虎神将的背影之间。

忽然，有青叶落下。那些青叶的颜色，比那些道人穿着的青衣颜色淡些，于是显得轻些。那是梧桐树的树叶。

数百丈外，徐有容双手执弓，弦上无箭，梧箭已发。

正是那些青叶。

48·生死之间

青叶骤然疾飞，化为利箭，射向那几名青衣道人。青衣道人们感觉到梧箭里蕴藏着的威力，神情骤凛，不敢怠慢，幽暗的剑光罩住前身。

趁着这个机会，陈长生动了，脚踏耶识步，由斗轸而转牛宿，如一道轻烟，刺向白虎神将的后背。白虎神将不及转身，神情微挑，铁枪破风而起！他有些意外于徐有容会忽然出手，对陈长生出剑则是早有准备。

无数星辉从他的盔甲缝隙里溢出，无比明亮，凝成一片光面，表面极其光滑，形态无比完美，竟然没有任何漏洞。陈长生的剑如闪电一般，避开铁枪的格挡，刺了过去，却未能刺破这片光面。

自从当年在荒原上跟随苏离学剑以来，这还是他第一次遇到这样的情形。在此之前，无论是薛河神将还是像小德这样级数的强者，他的慧剑都能穿过对方的防御。难道此人竟然拥有完美星域！

无数剑痕与光热在二人之间溅射而出。隔着这些光线，陈长生看到了白虎神将那张漠然至极的脸。

当年苏离在荒原上评价当代修道强者们时曾经说过，现在的这些家伙根本没有真正完美的星域。今天白虎神将的表现似乎推翻了这个论断。

陈长生能够感觉到此人的境界确实强大，甚至已经无限接近当初的薛醒川！无论他用慧剑还是燃剑，都很难突破此人的防御，至少在短时间里。白虎神将自己当然更清楚，他隔着光线看着陈长生，眼里带着淡淡的不屑。

忽然间，一抹痛楚的意味在他的眼中出现，把那些不屑尽数击散，然后变成无限震惊。他堪称完美的星域，竟然被撕开了一道裂口！

这是怎么回事？

在陈长生的剑与白虎神将的铁枪相遇之前，便有个人从朝廷使团的队伍里走了出来。无论衣着还是长相，那个人都非常寻常，毫不起眼，以至于最开始的时候没有引起任何注意。那个人的脚步看似很慢，却很快便来到了数百丈外的崖坪中间。那个人的脚步很轻，轻到没有任何声音，没有带起任何风声，似乎就连呼吸与味道都没有。就连聚星巅峰境的白虎神将，都没有察觉到他来到了自己的身后。

那个人就像一个真正的幽灵，安静地站在白虎神将的身后，漠然的视线盯着白虎神将的颈后。终于有人注意到了这个诡异的画面，生出无限寒意。朝廷使团里有人反应了过来，想要示警，但已经晚了。

那人举起双手，向着白虎神将的颈后袭落。数道凌厉至极、只凭肉眼去看都觉得寒意刺骨的痕迹，在他的双手前方显现，看上去就像两只狼爪。

这是最冷静的偷袭，也是最智慧的战斗手段，就算你的星域再如何完美，我在其间，以力破之。锋利的狼爪落下，把白虎神将那片由星辉组成的完美而光滑的表面，撕开一道缺口。那道缺口很小，如果不仔细观察，甚至无法发现。那两道狼爪的杀伤力，看起来似乎很难伤害到白虎神将。但在场间那些境界真正高深的大人物们眼里，这两道狼爪却是最危险的存在。

他们隐约看到了一只凶残的野狼悄无声息地来到一只猎物的身后，神情漠然地低头咬住猎物的颈部。直到锋利的狼牙刺穿了猎物的血管，甚至直接把猎物的头颅咬了下来，猎物才知道发生了什么事情。

如此凶险且擅于隐匿偷袭，那人还能是谁，自然是折袖！

相王的眼神骤然寒冷，深处有火焰燃烧，周转而成大日，仿佛有电光溅射而出。寒风起于他的脚下，在臃肿的腰身外高速呼啸，仿佛要变成一条新的腰带。他感觉到了白虎神将可能出事，决意出手相救。

但王破的视线落在了他的身上，空荡荡的袖管被风带起，看着就像将要坠落的纸鸢下面系着的线。别样红也望向了相王，悬在尾指上的断线轻轻地飘着，鲜红色的花瓣在身后舞动不安。相王的眼睛眯了起来，双手扶住腰带，不知道接下来会不会出手。

三位神圣领域强者之间的对峙只维持了很短的一瞬间。因为在很短的瞬间后，场间便已经分出了胜负，决定了生死。

陈长生的剑仿佛自高空飞来的白鹤在峰间寒潭上留下的影子，掠过如山道般的铁枪，向着前方飞去。折袖的双手就像北方魔族月亮洒落的寒光埋葬的花枝，不曾惊动如鸟般的铁枪，落在了对方的颈后。

白虎神将知道有人来了，破掉了自己的完美星域，但不知道那个人在何处。他这时候也没有任何精力去管那个人在何处。因为陈长生的剑已经到了。那把如秋水洗过般无比明亮干净的短剑，与藏锋剑鞘组合在一起，杀意更明，更显锋锐。

白虎神将星域上被撕开的那道缺口很小，但只要有口子，便能被无限锋利所刺穿。无垢剑穿过那道缺口，来到了白虎神将的身前，带起一道鲜血。

白虎神将厉喝一声，真元狂运，星辉如同怒放的花朵般，向着天地喷涌而去。

下一刻，那些明亮的星辉忽然间变得暗淡起来，因为有更明亮的剑光，出现在天地之间。无数道剑光，从陈长生的手间奔涌而出，就像是无数鱼儿在逆流而上，就像是京都某夜的烟花。这画面无比美丽，非常壮观。

无数声剑啸此起彼伏，吟鸣不绝，带起无数道锋利的剑意，切割着崖坪中间的一切事物。无论是坚硬的地面，还是盔甲，都被斩成碎片，完美星域上的那道缺口在耀眼的剑光里，逐渐扩大。峰顶死寂一片，只能听到剑鸣声与破风声不绝于耳。

很多人都知道教宗陛下最著名的千剑齐发，但目睹这个画面依然让他们震惊得无法言语。这些剑光便是周园剑池里的千秋名剑？这种剑术便是教宗陛下的最强手段？

至少数百道名剑，如江水般绵绵不绝地向着白虎神将斩去。即便白虎神将的境界实力强大，完美洗髓，真元雄浑至极，又如何能够承受？只是瞬间，他雄壮的身躯上便出现了数十道剑伤，鲜血溅射而起，仿佛暴雨一般。

49·最决绝的态度

从某种意义上来说，陈长生的剑道有些不讲道理。只要他能够破掉对手的星域，那么就算对手的境界远胜于他，也会觉得很麻烦。三年前在京都落雪那天，他提剑闯进北兵马司胡同，像小德这样的逍遥榜强者还有数十名天机阁与清吏司的高级刺客同时出手，也拿他没有办法，便是这个道理。

白虎神将的眼里生出一抹悔意，然后被剑光斩碎。他知道自己轻敌了。但他不会放弃，一面挥动铁枪，在身前布下道道铁幕，一面眯着眼睛，盯着陈长生的眼睛。

驭剑的数量越多，对真元与神识的消耗便越剧烈，这是谁都知道的道理。在他想来陈长生的真元再如何雄浑，神识再如何宁柔，数百道剑如暴雨般落下也不可能支撑太长时间。他相信自己只要再坚持一段时间，甚至只需要数息，陈长生的真元神识便会消耗殆尽，那么便到了反击的时候。

他手里的铁枪带着凌厉的感觉挥动更疾，防御得更加严密，甚至不再在意那些斩向双腿与手臂的剑光，只是护住了要害，把陈长生的这数百道剑与那个无法确认方位的敌人拦在了外面，等待着反击的时刻到来。

这种想法没有错，甚至可以说是最稳妥的战法。但数息之后，他却震惊地发现，陈长生的真元与神识没有任何枯竭的感觉，甚至就连衰退的前兆都没有！这究竟是怎么回事？就算他从娘胎里便开始修行、冥想、坐照，也不可能拥有如此多的星辉真元啊！而且他的神识为何会如此平静，感觉根本不像是一个年轻人，更像是一个在道观里闭关数百载的老教士！

剑光漫天，绵绵不绝。剑声破空，不绝于耳。白虎神将震惊无语，继而生出极大的警兆。

如果先前，他拼着受伤，强行退走，或者还能避开这漫天剑雨。但他想着守而反攻，所以错过了最好的机会，而现在竟再也找不到离开的机会了。

就像是溪里的水蛇，随着冬天的到来水温渐低，它却因为贪恋可能被低温降低游速的鱼儿的美味，几番犹豫之后没有离开山溪，最后没能吃着鱼，却被冻进寒冰，就此一命呜呼！

看似很漫长的过程，实际上对旁观者来说，只是很短的数息时间。一盏茶绝对还是滚烫的，一炷香刚刚开了个头。

白虎神将知道必须搏命了。他真元狂运，铁枪横空而击，使出最强大的问山一击，想要迫使陈长生回剑防御。

漫天剑雨骤然一收，悬在陈长生四周空中，溅出无数火花，极其勉强地把这一枪挡了下来。

雨过便是天晴。一道青色的光芒闪过，两只带着黑色毫毛的手，落在了白虎神将的颈后。白虎神将闷哼一声，铁枪重重轰到地面上，狂暴的真元借地势而回，击向身后。

然而，剑鸣再作！无数道凌厉至极的剑意，切断了崖坪地底的岩脉，把他的枪势生生地斩断！

白虎神将一声厉啸，借残余枪势便要飞起，脱离被前后夹攻的险境。一道明亮至极的剑光，在他的眼前掠过，然后遁入高空。

十道青色的厉芒在他的头顶乍现，隐入空气之中。白虎神将的厉啸声戛然而止！崖坪之上一片安静。一道剑刺进了他的胸口。那里出现了一个洞，鲜血从里面汩汩而出。

咔嚓一声轻响。一双手拧断了他的脖子。他的头颅绵软无力地垂向一旁。

大周第二神将白虎，聚星巅峰境界，修为实力已然接近当年的薛醒川。无论从哪方面来看，他都要比陈长生与折袖更强。但今天他被陈长生与折袖合击，不要说获胜，竟连反击的机会都没有找到一个。他倒在了崖坪上，溅出无数鲜血，就这样带着不甘与绝望还有惘然死去。崖坪上依然死寂一片。

今天发生的事情太多，局势转换得太快，以至于到现在为止，还有很多人反应不过来。

南溪斋决意合斋，召开大典，请了朝廷与诸宗派山门前来观礼，被教宗陈长生极其强硬地否决，但陈长生却忽然变成了杀死别天心的幕后真凶，成了别样红与无穷碧夫妻的复仇目标。

眼看着无穷碧便要杀死教宗陈长生，圣女徐有容忽然破关而出，二人的合璧剑法震惊全场。待别样红破了合璧剑法，却被徐有容桐弓梧箭所阻，白虎神将趁机偷袭陈长生，王破天外一刀想要救人，却又被无穷碧拦下。

便在这时，来自大西洲的神秘强者青衣客向陈长生发起了看似无人能阻的雷霆一击。看似无人能阻，是因为当时看起来，在场间的有能力阻止他的人或者被人所阻或者没有道理去阻。

别样红是后者，他的出手直接改变了场间的局势，并且揭破了真正的谜底。

青衣客阴谋败露，然后身死，按道理来说，这个故事到这里便应该可以结束，但并没有。

如果说白虎神将最开始的出手，代表着朝廷与道尊商行舟的态度。那么白虎神将的死，自然便代表着国教与教宗陈长生的态度。陈长生亲自出手杀了此人。世间再没有比这个更鲜明的态度。

相王微微眯眼，看着陈长生说道："陛下，你就这么杀了他？"

陈长生没有说话，回答相王的人是户三十二。

这位主教断声喝道："此人意图谋刺教宗陛下，大逆不道，罪该万死。"

就像前些天在汶水城老宅里一样。唐三十六要唐家二爷必须死，必须立刻死，太阳落山之前就要死。白虎神将敢向陈长生出手，那么也就必须死，必须当场死，死在万众瞩目之下。相王不再说话。

别样红看着他说道："待我去白帝城杀了牧酒诗，会去京都问问道尊，此事他是否知情。"

然后他望向陈长生与徐有容，说道："抱歉。"

最后，他与王破互相致意，便与无穷碧离开。看着破空而起，消失在云海里的这对夫妇略显萧索的身影，崖坪上的人们情绪各异，有的生出些同情。

50·风流如云散，林中有回响

相王准备离开。徐有容说道："王爷请留步。"

相王停下脚步，望向她说道："不知有何圣谕？"

徐有容说道："年幼时对王爷评价不高，如今想来，那是我见识不够。"

相王平静说道："圣女谬赞，愧不敢当。"

朝廷使团离开了峰顶，王破也不用再留下。

"我要静养一段时间，大家各自保重。"他对陈长生与徐有容说道。

神圣领域强者，已然参透天地法理，就算败在同领域强者的手下，也很难被杀死。今日他与别样红联手，为了杀死青衣客，不给对方任何机会，也付出了很大的代价。

徐有容说道："不如就在南溪斋静养。"

"槐院不远，再说还有些事情没有完，不便打扰。"

王破说这句话的时候，看了三位南溪斋的师叔祖一眼。在场的众人知道他的意思，怀仁神情淡然不变，怀恕微有怒意，怀璧则是脸色微变。怀璧很清楚，自己今日做出的那些事情必然会被责难，本想与朝廷使团一道离开，没想到相王竟是没有出声。

槐院副院长与钟会等弟子上前，与陈长生及徐有容行礼后，簇拥着王破向峰下走去。接着离开的是木柘家的老太君和吴家家主。二位世家之主与陈长生徐有容告别的时候，神情很谦和，态度很端正。数千年来，这些世家站队的时候从来没有站错过。无论是梁陈之间，还是太宗皇帝与楚王之间，又或者是天海圣后与皇族之间。今日之前，他们当然是站在道尊商行舟与朝廷一边，但今天发生的这些事情，想必会对他们的态度带来一定影响。

大陆与大西洲之间的东西合璧，是人族继南北合流之后的又一件大事，由商行舟与朝廷全力推动。然而，随着陈长生与徐有容合璧，东西合璧一事已然尽数成了泡影。

大西洲的阴谋已然败露，青衣客身死，但谁都知道这个阴谋的背后肯定有着朝廷的影子。不然别样红不会在离开之前，留下那样一句充满杀意的话来。

包括南溪斋三位师叔祖忽然归来、强力推动合斋一事，也必然与朝廷有关。现在看起来，在这两件事情上，朝廷都失败了。这必然会动摇世家的想法。唐家如果真如传闻里那样决意在今后保持中立，他们也要做出新的选择。

"我去送送二位长辈。"唐三十六看了陈长生一眼，然后堆起笑容搀着木柘家老太君向辇驾走去，也没忘与吴家家主聊上几句闲话，比如小姑奶奶现在身体如何，梅表姐还是像小时候那般苦夏，天气一热就不爱吃东西吗？

随后各宗派山门的修道者纷纷走上前来，对陈长生与徐有容行礼，然后告辞。今日众人前来圣女峰为的是南溪斋合斋观礼，但这时候还有谁敢提这个话？

三位南溪斋师叔祖的神情便显得有些沉凝，尤其是怀璧的脸色更是阴沉至极，非常难看。从破壁出关、落入崖坪再到现在，徐有容没有对她们说过一句话，甚至看都没有看一眼。

最后告辞的是离山剑宗弟子一行人，荀寒食对徐有容行了一礼，说道："本应留下看看有什么需要帮手的事情，但……师兄可能已经来了，为稳妥起见，我还是要先去寻着他。"

别样红既然是在上山的时候收到了秋山君的传信，那秋山君今天当然已经来了。至于为何他始终没有现身，不同的人有不同的猜测，但想来都应该与徐有容和陈长生有关。

徐有容沉默了会儿，对荀寒食说道："师兄路上小心些，见着他了，代我说声谢谢。"

荀寒食说道："师兄不见得想听这声谢。"

徐有容说道："那就问问他为何不来见我。"

说这句话的时候，她没有看陈长生。叶小涟等南溪斋少女则是下意识里望向了陈长生，有些紧张。在她们想来，当着教宗陛下的面，圣女你怎么能这么说话呢？

陈长生没有注意到这些眼光，他正和折袖在树下谈话。不知道他们在谈些什么事情，陈长生的神情有些凝重，折袖则是沉默不语。

荀寒食本想与他们当面告辞，看着这画面若有所思，没有上前，带着离山剑宗的弟子向崖坪下走去。

朝廷使团已经离开，来自各宗派山门与世家的修道者们也已经退走，石道上很是安静，微带森然之意的山林里听不到任何声音，想来栖息在林中的飞鸟与走兽早就已经被先前数场惊天动地的战斗给吓走了。

离山剑宗弟子们一面往山下走去，一面回顾议论着今日发生的这些事情，说得极为热烈。

"谁能想到局势变化得竟是如此之快，我听了师兄的话，正准备提着剑便去杀将一番，谁知道连剑都来不及出。"白菜想着那些惊心动魄的画面，兴奋说道，"五位神圣领域强者，亲自落场四人，像白虎神将这样的凶人，居然就这么死了。回去后一定要把这些事情讲给小师妹听,她要知道最后出手的是折袖,肯定很高兴。"

苟寒食笑了笑,没有说话。

白菜接着说道:"陈长生果然厉害,徐师妹……圣女也厉害,两个人的合剑术更厉害,但最厉害的还是大师兄,今天如果不是他,大西洲的阴谋怎么可能如此轻易被揭破,令别样红前辈与王破直接设局杀了青衣客?"

在他想来,今天自始至终都没有出场的大师兄才是最重要的那个人,说话时的神情好生骄傲。

听着这话,离山剑宗弟子们纷纷点头应和,说道如果没有大师兄,今日陈长生根本无法破局,就算他有王破相助,只怕最后也是一个死字。就算我离山剑宗弟子拔剑相助,可以不死,但结局不免也会有些狼狈。

便在这时,一道清朗却又显得过于疏懒的声音,从山林深处传了过来。

"这又是从哪里来的屁话。"

白菜闻言神情骤冷,正想找出对方质问一番时,忽然觉得这声音好生熟悉,神情再变。

51 · 溪南有人说话

山林深处有一条清澈浅平的小溪,溪畔的石头上搁着烤架,还有些吃剩的鱼肉。

秋山君从烤架上取下新烤好的一条鱼塞到白菜手里,说道:"吃鱼的时候我看你能不能学会闭嘴。"

白菜有些紧张,接过烤鱼便认真地吃了起来,哪里还敢发出任何评价。离山剑宗弟子们抽出剑,便去溪里刺鱼,一时间水声哗哗,笑语不断。秋山君用溪水洗净手,与苟寒食坐在了石头上。

苟寒食说道:"没想到,你离开松山军府后,竟是从汉秋城那边一路绕回来的,比信里说的晚了好几天。"

秋山君说道:"离开阪崖去了松山军府,瞧见了家里的人,便一路跟了上去。"

苟寒食何等样聪慧,立刻发现了这句话里的问题,问道:"是谁?"

秋山君沉默片刻,说道:"陈长生。"

当他与苟寒食开始谈话的时候，溪里的喧闹声便小了很多。当他说出陈长生的名字时，更是吸引了所有师弟的眼光。而当他把阪崖马场的那段故事讲完后，溪里更安静无比，所有人都沉默了很长时间。苟寒食也很无语，看着他想说什么，最终没有说出口。白菜的脸更是涨得通红，险些被还没有嚼碎的鱼肉给噎死。

"你们想说什么？"秋山君面无表情问道。

苟寒食笑着摇了摇头，表示自己对此事不做任何评价。白菜极为困难地把鱼肉咽了下去，连连摇头，表示自己不敢对大师兄做任何评价。

秋山君看着他说道："想说就说。"

白菜犹豫了很长时间，低声说道："大师兄……你们俩的眼神儿也太不好了吧？"

"陈长生是个不错的人。"秋山君顿了会儿，然后继续说道，"可惜，不能做朋友。"

他不知道陈长生也有过相同的感慨。

苟寒食微笑说道："这一点我比你们都强，因为我和你们都可以做朋友。"

白菜挤到石头上，蹲到秋山君身边说道："大师兄你才真正了不起，陈长生再厉害，今天也要靠你才能全身而退。"

这说的是秋山君用十余张画便说服了别样红，破解了大西洲阴谋一事。但在秋山君的脸上看不到任何骄傲与得意，反而有些黯然。

"我不喜欢别天心，所以开始的时候没有太过在意，把这件事情看得太小，没想到大西洲的人居然敢对他下手。"他沉默片刻后说道，"如果我再警醒一些，或者他可以不死。"

苟寒食沉默片刻，拍了拍他的后背，转而问道："南溪斋合斋，我们要不要做些什么？"

"师妹做事，从来不需要人担心。"

"折袖好像出了些问题。"

"回去再说。"

秋山君起身向山林外走去。溪里的离山剑宗弟子赶紧出水，用真元烘干衣服，提着十几尾鲜活的鱼儿跟了上去。

山道依然清幽，鸟儿觉得已经安全，重新回到了林子里，到处可以听到清脆悦耳的鸣叫声。不知何处的峰崖间，传来几声猴儿打闹的嬉叫声。秋山君侧耳听了片刻，拎着酒壶饮了一口，带着师弟们顺山道而下，衣袍轻飘。

那座峰顶的崖坪已然人去一空，南溪斋前的崖坪上却站满了人。青树与花丛之间，数百名南溪斋内门弟子安静地站着，已经不像前些天那般紧张，当闻到袭人的花香时，有些年轻的少女还会忍不住轻轻嗅一嗅。

问题还没有解决，但圣女既然已经出关，她们这些弟子哪里还会担心什么？南溪斋建筑的最深处，草堂的最上方摆着两张蒲团，徐有容与陈长生坐在上面。看着这幕画面，怀恕微微皱眉有些不悦，怀璧沉默着不知道在想何事。

怀仁缓声说道："教宗陛下受了不轻的伤，还是先去休息吧。"

这位辈分极高的南溪斋师叔祖意思非常清楚。无论徐有容对合斋一事持什么看法，对她们云游归来的这些行为有何看法，这终究是南溪斋内部的事务。既然是内部的事务，就应该由南溪斋自己解决，陈长生哪怕是教宗，也不应该坐在这里。

然而，她的这句话没有得到任何回应。草堂内外、花树之间站着的数百名南溪斋弟子平静不语，就像是没有听到。徐有容也像是没有听到这句话，只是静静地看着凭轩与逸尘。在进入峰顶石壁闭关之前，她把南溪斋的斋务交到了这两位师姐的手上。现在她平静的视线，很明显就是要她们对今天的事情做出解释。

怀仁叹息一声，想要说些什么。徐有容依然不理她，只是静静地看着凭轩与逸尘。

虽然都是同代弟子，但凭轩与逸尘哪里还站得住，早已跪了下来。

逸尘眼睛微湿，颤声说道："我实在不知该如何办。"

只是说了这样一句话，泪水便从她的眼眶里流了下来。

徐有容知道她的性情向来柔顺，想来必然是昨夜被老师逼得招架不住，今日才会在崖坪之上同意合斋一事。

凭轩相对要平静很多，说道："弟子知罪，只是师父她老人家毕竟年老体弱，而且未存恶念，还请斋主降恩。"

怀仁微怔，没有想到这个今日在崖坪上数次违逆自己意愿的徒弟，这时候竟然会替自己求情。

但她并不接受这番话，因为直到此时，她依然认为自己是正确的。

她把这些天的事情向徐有容平静地讲述了一遍，如昨夜与今日那般，阐明自己为何会想让南溪斋合斋十年。自始至终，徐有容都没有说话，只是静静地听着。

怀仁说道："今天的事情看似平静解决，但圣女你破关而出，必然付出了极大的代价。"

陈长生看了徐有容一眼。

怀仁继续说道："如果以后这样的事情不停发生怎么办？圣女你还能付出几次这样的代价？圣女峰还能付出几次这样的代价？朝廷与离宫，他们师徒之间的战争，为何非要我们斋中弟子去流血？"

到这个时候，徐有容终于开口说话了。她的声音很轻，却很清亮，可以让花树间所有南溪斋弟子听得清清楚楚，更是直接进入了怀仁的心里。

"师叔是长辈，关心斋务理所当然，但你不是斋主，还是说……你想要坐我的位置？"

52 · 相看两厌

南溪斋内外一片安静，没有任何声音。

怀仁无法回答这句话。她知道事情至此，已然没有挽回的余地，但想着将来斋破人亡的画面，依然想要试图做最后的说服。

"我知道这样做确实有违教律，但是我不能眼睁睁地看着你们把我南溪斋拖进深渊之中。"她看着徐有容与陈长生说道，"你们没有资格这样做。"

徐有容站起身来，看着她的眼睛平静说道："老师走之前，曾经对我说过，南溪斋尽是女修，性本柔弱，想要在乱世之中求存极不容易，而想要静守道心渡世更是天真的想法，绝非南溪斋本道。"

怀仁说道："难道师姐和你就没有想过，天下大势有若恨河泛滥，稍不留神，便会舟翻人亡？"

徐有容说道："修道本是逆天事，便是柔弱女子，也当持道前行，站在河畔看风景一世，固然清妙自在，但连鞋底都舍不得湿，又如何能够踏波而去，最终登临彼岸？"

此言一出，花树随风轻摆，南溪斋少女们的眼睛都明亮了起来。

"小时候在京都北新桥我往那口井里跳，站在桥上我往洛渠里跳，都以为我是在寻死，却不知道我只是想跳进去看个究竟，到底有没有月亮，到底有没有那条传说中的恶龙，连这些我都敢做，更何况是下河？"

徐有容说到这里时，陈长生看了她一眼。

当初在京都奈何桥一战前，他曾经仔细地研究过她，很清楚这些是她童年时在京都的佚事趣闻。

"师父选择我做圣女，便是因为她很清楚我的性情，知道我会带着南溪斋往何处去。"徐有容看着怀仁说道，"你不喜欢我的行事，不喜欢老师的选择，我可以尊重，但想要改变这一切？不行。"

她的声音依然很轻，就像静谷里最动听的鸟鸣，没有刻意的威严释放，却给人一种不容置疑的感觉。尤其是最后两个字，让包括凭轩、逸尘在内的很多南溪斋弟子都想到了早前在那片崖坪上，陈长生曾经说过相同的两个字。可以尊重，可以理解，但不会接受，不会被你说服，更不会被你改变，不行就是不行，行也不行。

陈长生却想起来前些天在汶水城的风雪里，从老宅里传出来的那声断喝——你儿子勾结魔族啊！

所谓名望，他是从大朝试之后才开始慢慢累积。而徐有容与秋山君，则是从刚出生的那一天便开始养望。

他们在这个世界上生活的时间远没有那些前辈强者们长，但要说到声望，又有几个人能及得上他们？

一应争论，至此结束。徐有容，就是南溪斋的意志。

在这十余座青峰里，没有任何人可以动摇她的地位，甚至连接近都做不到。

哪怕今天反对她的是三位辈分最高的师叔祖。

怀仁叹息了一声，看着徐有容平静如水的神情，心如死水，说道："那斋主准备怎样惩罚我们？"

"我说过可以尊重，可以理解，既然如此，师叔并没有什么太大的错处，何须惩罚？"徐有容说道，"师叔本就喜欢云游四海，为了南溪斋的前途，才被迫中断修行归来，如今我已破壁出关，斋务不需要操心，那么便请师叔继续云游去吧，相信世外的风景不会比这里的风景差多少。"

怀仁的辈分摆在这里，如果她真要按照教律斋法来处置，确实有些不妥。但让这些师叔祖继续留在圣女峰，当然更是不妥。所谓云游，不过是个请你离开，免得相见两厌的意思。

徐有容如此处理，真可以说是举重若轻、心胸宽广，相信怀仁应该都能接受。逸尘与凭轩望向怀仁的眼中都多了些喜意。

就在怀仁准备说些什么的时候，徐有容忽然想起一件事情。

"不过我不希望师叔隔段时间就会回来一次，那样真的会很烦，那么便以十年为期吧。"

听着这话，逸尘与凭轩的神情微变，心想师父会接受吗？请你出门云游，可以理解为后辈弟子的礼遇，但只准十年归来一次，这便是明确的放逐。怀仁却清楚，圣女所言十年为期，指的是南溪斋每十年一次的星桂大祭。想着对方没有剥夺自己参加星桂大祭的资格，她还能说些什么呢？

她感慨一叹，便往草堂外走去。怀恕向徐有容与陈长生行礼，然后转身随之而去。

怀璧已经跟在了怀仁的身边，神情看似沉稳，睫毛却在微微颤动，眼里有着不安与解脱。

就在下一刻，她眼里的不安与随之而来的解脱尽数消失不见，变成了震惊与随之而来的恐惧。

徐有容的声音再一次在南溪斋内外响起。

"袁月琴，你以为自己也能走吗？"

所有南溪斋弟子都抬起了头。

有的面面相觑，有的四处寻找，心想袁月琴是谁，以前没听说斋里有这样名字的弟子啊？

那些反应快些的弟子，却已经隐约猜到了些什么。怀仁停下脚步，回身望向徐有容，沉默不语。怀恕的神情有些微惘，似乎没明白发生了何事。怀璧的脸色则变得极为难看。

越来越多的弟子明白了，原来袁月琴是怀璧师叔祖的俗家姓名。

怀仁有些不安。徐有容没有喊师叔，也没有称道号，而是直接喊出了三师妹的俗家姓名，其间隐藏着的意味不问而知。

怀璧老羞成怒，看着徐有容喝道："圣女你要做什么？"

怀恕到现在还没有反应过来，对徐有容说道："她毕竟是你师叔，怎可如此？"

徐有容知道这位师叔就是这种性情，也不理会，只是看着怀璧说道："袁月琴，你与外人勾结对斋中弟子出手，难道你以为做了这样的事情，我还会让你离开南溪斋？"

听着这话，怀恕终于醒过神来，看了怀仁一眼，想要说些什么，却又不知道该说些什么。

对于先前在崖坪上的那些南溪斋弟子们来说，徐有容的这番话让她们想起了当时的那些画面。当时她们结成剑阵，众志成城，正在对抗神圣领域强者无穷碧，局势极其危险。就在这个时候，她们的师叔祖怀璧忽然出手把她们击伤，于是阵破。这样的画面，她们怎能忘记？

53 · 斋中生变

随着其后青衣客忽然出手，大西洲阴谋败露，王破与别样红联手发出雷霆一击，怀璧的出手变得不那么引人注意。但很多人并没有忘记。

比如南溪斋的弟子们，比如徐有容。

她看着怀璧平静问道："商行舟到底给予了你什么，竟让你做出这样的事情。"

怀璧知道自己这时候面临着最麻烦的局面，咬着牙说道："我不明白你的意思。"

徐有容不再问她，转而望向陈长生问道："请教宗陛下解律。"

当时在崖坪上陈长生阻止南溪斋合斋一事时，凭的就是教宗解律的资格。

徐有容这时候请他发言，一方面是借势，另一方面则是要证明给南溪斋弟子们看他就是有这个权力。哪怕是圣女，终究是女儿家，小心思颇多，难以尽述。

无论怀仁想要南溪斋合斋基于怎样的考量，怀璧在崖坪上的所作所为都是无法接受的。

放在任何宗派山门，她的行为都无法被接受，教律里面对此自然也有明确的说法。

"或者废掉功法，被逐出山门。"陈长生想着小时候背下的《道藏》教典，说道，

"或者处以幽禁思过之罚。"

怀璧的脸色顿时变得苍白起来，望向怀仁欲言又止。怀仁想要替她求情，却忽然想到自己与怀恕、怀璧两位同门在世间云游多年，忽然被长春观的道人寻找，才有京都之行与道尊商行舟面晤，不禁生出些疑虑，神思微怔。

徐有容看着怀璧说道："袁月琴，你选哪个？"

怀璧见怀仁沉默，以为师姐放弃了自己，恨从心头起，咬牙说道："幽禁？你准备把我幽禁多少年？"

徐有容说道："你哪天能够明白自己的错处，便放你出来。"

怀璧冷笑了两声，声音尖锐喊道："你就想把我在圣女峰关一辈子！我怎能如你所愿！"

徐有容神情不变，平静说道："看来你是想要选择前者？"

所谓前者便是废掉功法、逐出山门，也正是牧酒诗当年在离宫里经受过的惩处，只不过那位大西洲公主即便被废掉国教功法还有自家功法护身，而怀璧修行的尽数都是南溪斋道法，如果全数废掉，她与废人有什么区别？

怀璧的脸色变得更加苍白，眼神变得怨毒至极，说道："如果我都不选呢？"

徐有容平静说道："那我就要替历代祖师直接执行教律斋规了。"

听着这话，怀恕神情微变，向前踏出一步，站在了徐有容与怀璧之间。这位性情暴烈如火的道姑并不是想要与当代圣女刀剑相向，只是下意识里不希望看到接下来可能发生的事情。

南溪斋弟子们的反应却又是不同，只听得剑鸣清亮而作，剑意纵横而起，数百名弟子看似散乱地站在各处，却已经组成了一座极其复杂的剑阵，剑势磅礴却又森然至极，拦住了通往山下的各个方向。

看着这幕画面，怀仁叹了口气，看着怀璧劝说道："如果你问心无愧，便去自省数日，我在山下等你。"

"师姐，你怎么如此……愚蠢！"怀璧的神情显得极为痛苦，说道，"很明显，圣女这是要用我立威，哪里还需要什么证据，反省？"

怀仁见她情真意切，不禁有些动摇，向前踏了一步想要对徐有容说些什么。

忽然间，草堂里寒风骤起，剑意纵横却敛而未动，一道极其凌厉却又凄冷的气息，笼罩其间。那是一把剑，一把很细很长很直的剑，剑身通体黝黑，表面光泽极顺滑，仿佛黑玉一般。这把黑玉般的剑，被怀璧握在手里。锋利而寒

146

冷至极的剑身,横在怀仁的颈前,距离她的咽喉只有一根发丝的距离!怀璧竟是趁着怀仁向前踏出那一步的机会,直接偷袭制住了她!怀仁的脸色有些苍白,不知道是被剑意所侵受了内伤,还是被师妹偷袭伤了心情。

一阵嚣张的笑声在草堂里响了起来。怀璧看着徐有容与陈长生,脸上满是得意的神情,笑容却渐渐敛去,声音也变得寒冷无比。

"不错,你说得不错,这一切确实都是我的安排。道尊承诺过我,只要南溪斋合斋十年,我便是圣女。"

陈长生问道:"如果有容破壁出关呢?"

怀璧冷笑一声,说道:"你觉得如果我做到这一切,她还有正常出关的可能?"如果不能自行破壁出关,那么等待徐有容的自然只有死亡。

"我确实没有想到,你居然会为了一个男人弃了大道,就此破壁出关。"怀璧说道,"至于别的事情,其实都很简单,想要用南溪斋的千秋存续说服我这个像石头一样的师姐其实并不难,想要骗取这个暴脾气却头脑简单的师姐更是再容易不过。"

直到此时,怀恕才明白这一切究竟是怎么回事,愤怒至极,身体微微颤抖,却不敢做什么。

那道寒冷至极的黑剑就搁在怀仁的咽喉之前。怀仁的脸色更加苍白,眼神更加黯然,最深处隐隐有抹难过的意味。啪啪啪啪,数道声音响起,怀璧指落如风,封住了怀仁的几处经脉,更是困死了最重要的幽府。

草堂里响起一阵惊呼:"天下溪神指!"

"不错,我用的就是天下溪神指,师姐她再也没有任何反击的可能。"怀璧厉声说道,"你们这些晚辈,居然胆敢对我不敬,若是可能,我定要让你们尝尝万蚁穿身的滋味!"

随着她的声音落下,怀仁的脸色由苍白转为青色,显得极为痛苦,很明显正承受着天下溪神指带来的痛苦。

凭轩、逸尘等南溪斋弟子见此画面,无比惊怒,却忌惮于那道黑剑,不敢上前。

"当然,我不会指望这样就能逼你退位。"怀璧看着徐有容冷声说道,"你是最忘恩负义、冷酷无情的周人,不是吗?你让我离开便是。"

徐有容没有理她,看着被她胁持着的怀仁说道:"您看,您的心意或者是好的，但是，这个世界从来都是坏的。"

怀璧没有听懂她的意思，神情愈厉喝道："还不赶紧把剑阵撤了！"

徐有容依然没有理她，只是静静地看着怀仁。怀仁的神情愈发黯然。天下溪神指带来的痛苦，与被疼爱了数百年的师妹背叛带来的痛苦相比，真的算不得什么。

54·知易守难心而已

怀恕看着怀璧愤怒说道："你还不赶紧把师姐放了！"

徐有容的视线忽然上移落在了怀璧的脸上。怀璧仿佛感觉到了两道有真实热度的光线，眼前一片光明，无比刺眼。

轰的一声巨响，草堂里狂风呼啸而作，那些白色的茅草随风飘舞，十余丈的火翼占据了所有人的视线。徐有容显露出了真凤之身！无限的光明向着四周散溢而去，温度急剧升高，整个草堂似乎都要燃烧起来。怀璧更是感觉到了难以想象的威压，惊怒万分向后退去，却没有放过怀仁。

忽然间，怀仁的脸色变得无比苍白，噗的一声吐出一口猩红的鲜血！怀璧微微一怔，低头望去，生出警惕。但已经来不及了。怀仁看似瘦小的身躯里，迸发出一道无比雄浑精纯、仿佛被南溪洗过数百载的力量！那道寒冷至极的黑剑，直接被震飞。

怀璧感觉一座青山直接砸到了自己的胸腹处，厉啸声里向后疾掠。怀仁转身，身影如烟，亦如花香，袭人而去。她的双手落下，看似轻描淡写，却暗蕴天地至理，根本无法可避。

十余道轻微的声响，在南溪斋的花树间响起。那是她的手指落在怀璧身上的声音。一声闷响，狂风呼啸，然后渐敛。南溪斋的花树之间出现了一个约三尺深的土坑。怀璧站在土坑底，浑身是血，脸色苍白。

"这怎么可能？"

她有些疯癫般地喃喃说道。

怀仁静静站在她的身前，说道："知其雄，守其雌，始为天下溪。师妹，这套指法你从来就没有练对过。"

怀璧尖啸一声，转身欲走。破风声起，一道身影如雷霆般落下，轰在她的身上。怀璧痛呼一声，落向花树深处。那道身影显现出来，正是性情暴烈如火的怀恕。

花树深处不止有香气，也有剑意。十余道剑意森然而起。怀璧惨叫连连，身形骤挫，终于再也无法支撑，被那些剑光逼了回来。

花落成冢。她就落在了那道土坑里。她左臂已断，浑身都是剑伤，鲜血淋漓，看着无比凄惨。

她看着怀仁，艰难地向上爬去，带着哭声喊道："师姐，你饶了我吧。"

怀仁静静地看着她，始终没有说话。带着痛楚意味的哭喊声，渐渐低落，那意味着绝望。怀仁沉默了很长时间，转身望向草堂对徐有容与陈长生行了一礼，然后向外走去。怀恕向坑底看了一眼，跟着离开。

南溪斋弟子们走进土坑里，把怀璧拖了出来，向崖坪后方走去。

怀璧想着迎接自己的悲惨命运，终生幽禁真是生不如死，生出无尽怨毒，嘶声喊着："道尊会来救我的！到时候你们这些小婊子没有一个有好下场！到时候我要让你们跪下来求我！"

南溪斋弟子们面面相觑，不知道该如何办，毕竟这是她们的师叔祖，哪怕再如何生气，也不好如何。

怀璧依然不停地咒骂着，说的话越来越难听，污言秽语不绝于耳，极其阴毒。唐三十六与折袖站在草堂外的一座凉亭下，他看着这幕画面，忍不住连连摇头。便在这时，徐有容看了陈长生一眼。陈长生微微一怔，看了唐三十六一眼。

唐三十六感慨道："真是好一对……"

然后，他看了折袖一眼。寒风忽起，亭上的落叶飘舞不停。折袖来到了花树之间，只听得铿的一声响，魔帅旗剑破空而起，耀起一道暗沉的剑光。

怀璧怨毒的咒骂声戛然而止，她捂着溢血的咽喉，眼里满是不可思议的神情，缓缓倒在地上。

群峰之间的暮色要比平原上来得早很多。天时尚早，太阳已经靠近了山峦线条的上缘，光线变得有些微暗，花树仿佛要燃烧起来一般。

在南溪斋前的那条山道上，凭轩与逸尘带着百余名直系弟子，在为怀仁与怀恕二位师叔祖送行。虽然隔得有些远，隐隐还是能够听到一些哭泣的声音，气氛显得很是低沉哀伤。

"没有想到你这位师叔的境界实力竟是如此之强。"

陈长生站在崖畔，看着那处的画面说道。

先前在草堂怀璧暴起偷袭，用天下溪神指封住了怀仁的经脉与幽府。谁也没有想到怀仁的性情竟比平时表现得暴烈无数倍，境界实力更是高深莫测，强行调运真元与神识冲破禁制轻而易举制住了怀璧，只用了一招便让对方再也没有任何战力。

她用的天下溪神指要比怀璧的指法高出无数倍，高妙难言，颇有脱尘之感，甚至隐见神圣意味。如果她不肯听从徐有容的意思离去，凭境界修为强行对抗，今天还真不知道最后会是什么情形。

"我南溪斋无数年岁月，虽然低调，但底蕴极深，怀仁师叔一生痴于修道，神圣可期，自然厉害。"徐有容说道，"只是不知道她怎么会被你师父说服。"

陈长生在旁看着，只见她美丽不可方物的小脸无比平静，却自有威严，或者是因为她负起双手站在崖畔？

事情至此，他已经非常确认，昨日在圣女峰顶感应到的那抹警兆，便是从自己而来。

换句话说，他就是徐有容最大的问题，如果他不是来到圣女峰，徐有容不见得会被迫提前破壁出关。

想到这点，他说道："抱歉，以后做事情我会再冷静些。"

徐有容转身看着他微笑说道："如果我的事情都不能打破你的冷静，那才是你应该抱歉的事情吧？"

陈长生想了想，说道："有理，那我就不改了。"

他与她已经数年未见，通信也断了两年，按常理，应该有些陌生感才是。但事实上他与她生死与共的次数太多，血水交融，你中有我，我中有你。就像在世人眼中那样，他们是真正的天作之合。

此时相处起来，依然如往年那般平静淡然。徐有容闭着眼睛，不知道在想些什么。

崖外的山风轻轻拂在她的脸上，惹得睫毛轻颤。与之一道到来的还有暮光。看着她的脸，陈长生微微心动，慢慢低头。徐有容依然闭着眼睛，神情却有极微小的变化。

不知道她是不是察觉到了什么。

55 · 随心所安情而已

噗的一声。不是笑声。一口鲜血从徐有容的唇间喷了出来，尽数落在了陈长生的身上。陈长生看着很是狼狈。

徐有容睁开眼睛，看到的便是这幕画面，略一思忖，便猜到先前发生了什么事情。她抬起衣袖擦掉唇角的血渍，露出一抹调皮的笑意。

陈长生顾不得自己，看着她略显苍白的脸，担心地问道："没事吧？"

徐有容知道他有些轻微的洁癖，看着他毫不理会，微微感动，取出手帕替他仔细擦掉脸上的血水。

"瘀血逼了出来就好。"

她迎着暮光闭着眼睛是在冥想治伤，却被陈长生会错了意。陈长生略觉尴尬，但更多的是担心，哪怕听到她说已经没事。

合斋闭关是件非常重要的事情，今日徐有容因为他的缘故被迫提前破壁出关，修行必然会受到极大的影响。最关键的是，她的道心将会蒙上一层难以去尽的痕迹，甚至极有可能再也无法找到破境的契机。想到这一点，陈长生的心情变得愈发沉重。

徐有容知道他在想些什么，说道："很多修道者遇到我这样的情形，一朝受挫便道心动摇，至此再无问道神圣的机会，但你不用担心我，因为我比谁都更有自信，我还很年轻。"

所谓修道，修的便是岁月。作为有史记载以来最年轻便能看到那道门槛的修道者，她还拥有很多岁月可以去感悟品味。最重要的是，她自己对这一点有非常清醒的认识，从而确保这些岁月不会虚度，她的道心不会受到任何影响。

听着这话，陈长生的心情稍微好了些。

他脸上的血水已经被徐有容擦干净，偶有残余，随暮光而化为凤火消失无踪，但衣服却没办法处理。他很自然地从藏锋剑鞘里取出一套干净的道衣，然后转过身去换上，整个动作显得特别熟练，仿佛重复过无数次一般。

徐有容问道："你身边向来都习惯带着干净衣服？为何会换得如此熟练？"

陈长生想着当年国教学院墙上被打穿的大洞，那个扶着大木桶边缘盯着自己的眼睛、明明小脸已经通红却要装作毫不在意的小姑娘，忽然生出很多想念，却哪里会提，只是把北新桥底通往冷宫寒潭的那些事情说了说。

徐有容自幼便知道北新桥底的故事，不以为意，问道："小黑龙到底是怎么回事？"

这问的是别天心被杀死一事。

虽然说现在谁都已经知道，这是大西洲的一个阴谋，问题在于，阴谋没有被揭破之前，陈长生始终没有同意让小黑龙出来对质，冰雪聪明如她，自然已经猜到必然有事情发生在了小黑龙的身上。

陈长生说道："现在无法确认，但她应该没有危险。"

徐有容说道："需要做些什么？"

陈长生摇了摇头，说道："等一段时间再说。"

徐有容不再多言，问道："你可曾在这里逛逛？"

陈长生说道："见过些你在信里提过的风景，但没有时间细看。"

徐有容微笑说道："我带你去看看？"

陈长生说道："好的。"

山风微作，花树摇动，香气袭人，白鹤破暮色而至，落在他们的身前。

伴着一声清唳，白鹤背着二人腾空而起，以极快的速度再次撕破暮色，穿云破雾，来到了峰顶。站在崖畔，看着暮光下的原野与桐江还有那些已然变成水墨色的山峰，陈长生感慨说道："小时候你在信里说这里风景极好，果然不假。"

徐有容强自镇定说道："小时候我有给你写过信吗？你或者记错了，几年前我倒是写了不少信给你。"

陈长生微笑说道："白鹤应该都还记得，你怎么就忘了？"

听着这话，白鹤在旁轻鸣了两声，表示确实如此。

徐有容的脸上流露出微恼的神情，说道："也不知道你是怎么骗得它的信任，竟是连我的话也不听了。"

陈长生牵着她的手在崖畔最突出的那块青石上坐了下来。

"从小我就喜欢在这块青石上冥想静修。"

"嗯，九岁那年你在信里面说过。"

"喂，你真的记错了。"

"我没有记错，因为信里面你描述的风景，就和这里一模一样。"

"我不想和你说话了。"

"好吧，那三年前你在信里说，这里有很多鸟，为何我没有看到？"

"你想看吗？我可以让很多鸟儿过来玩。"

"这就是所谓的万鸟朝凤？"

"是啊。"

"还是算了，夜色将至，都要休息，何必打扰。"

"也好。"

"不过那只山鸡呢？"

陈长生说的自然是周园里那只远没有长成的金翅大鹏鸟。

"它喜欢吃肉，我把它送去草原了。"

"草原？"

"就是你送给我的那片草原。"

"嗯……找机会我们一起去看看吧。"

"去看什么呢？"

"周园里的妖兽们如果喜欢，可以在那里生活，我们……也可以。"

"……"

昨日自奉阳县城一路疾奔至此，忧心难解，又遇着南溪斋合斋、别天心死亡这两件大事，数场惊心动魄的战斗，已经让陈长生疲惫到了极点，倦意渐渐袭来。

他与徐有容坐在崖畔的青石上，彼此靠着，就像在周园里那样，非常放松、舒服，很快便闭上了眼睛。

不知道过了多长时间，徐有容忽然睁开了眼睛。

她静静地看着陈长生的脸，似乎想要在上面找到除了疲惫之外的一些什么情绪，却一无所获。

他还是像当年那样，从内到外都无比的干净，不惹尘埃，也无杂念。

"陈长生，为什么十岁之后你就不肯回我的信了呢？"

徐有容看着他轻声说道。陈长生已经睡着，没有办法回答她这个问题。

忽然，徐有容睁大眼睛看着陈长生，脸上流露出好奇的神情，然后不知道想到了什么事情，变得有些紧张。她看了看四周。峰崖间的鸟鸣骤然静止，那些异兽纷纷低头，便是白鹤也扭颈望向了远山。

徐有容低头亲了下去。嗯，就像糯米糕的味道，还算不坏。就在这时，陈长生睁开了眼睛。但没有分开。

56·饮食男女神圣事

他们就这样以最近的距离看着彼此的眼睛，看着对方眼睛里的自己。

一片安静，没有任何声音。又不知道过了多长时间，两个人分开了。

"我有些饿。"徐有容看着他认真说道。

陈长生的声音有些微颤，问道："你想吃些什么？"

白鹤再次腾空而起，破云雾而出群山，来到离桐江不远的那座小镇上。徐有容带着他来到一座很不起眼的宅院前，然后被一名中年妇人惊喜万分地迎了进去。

陈长生和徐有容都很想吃京都福绥路的牛骨头。

那名中年妇人说道："北方人的吃食我可不会做，今天刚好起了几尾三花鱼，要不然给你们做一锅豆花鱼？"

陈长生与徐有容对视一眼，没想到那年遗憾错过的，却在这里补上了。

鲜嫩的鱼肉与更鲜嫩的豆花合在一处，会形成一种难以形容的鲜美口感，加上那些红艳的辣油，更是令人叫绝。就像当年在福绥路一样，陈长生与徐有容先是安静地吃了很长时间，待口腹之欲稍微满足些了，才开始闲谈。

各色小菜摆在鱼锅的四周，看着很漂亮，徐有容专门要的一份糯米糕便显得有些突兀。

"看起来你确实喜欢吃甜食啊。"

陈长生想起在寒山天池畔她随身带着的蜜枣。徐有容没有回答他的话，小脸有些微红，不知道是不是被辣的。

他们把最近这段时日发生的事情全盘梳理了一番。朝廷的想法已经非常清楚，对此陈长生早有心理准备，只是辛教士的死亡还是让他有所感慨。

当年国教学院从废墟中新生，辛教士可以说是最早的见证者，谁能想到此人竟然还有这样的身份。再就是大西洲的阴谋已经被揭破，但谁都知道，这件事情还没有完结，别样红与无穷碧去了白帝城，不知道结局会如何。

"白帝应该在与魔君的一战里受了重伤，这几年一直在闭关养伤，白帝城现在等于就在牧夫人的手里。"

徐有容看着他说道,没有掩饰自己的担忧,因为她已经知道了小黑龙去白帝城的原因。

"妖族当年能够立国,玄霜巨龙一族出了很大的力,吱吱在那里应该是安全的。"陈长生说道,"我只是有些担心别样红前辈。"

徐有容想着白日里别样红与无穷碧踏云而去的萧索背影,也自沉默不语。

世间依然不太平,像这两位神圣领域强者也要遇着伤心事,谁能置身事外?更不要说陈长生是教宗,她是圣女,各有责任,想要归隐草原,至少现在看来是不可能的事情。

陈长生说道:"说起来,今天我最应该感谢的人是秋山君。"

徐有容说道:"师兄确实是个很了不起的人。"

说这句话的时候,她的神情很平静,语气很自然,透着一分亲近与信任。如果换做普通的年轻男子,听着这样的话,难免会有些不愉快——陈长生不是普通的年轻男子,但他还是觉得有些不舒服。

不过他没有办法说些什么,因为秋山君今天做的事情值得他感谢。而且他在阪崖马场亲眼见过,感受过,秋山君确实是个很了不起的人。

听陈长生说完阪崖马场的那段过往,徐有容有些吃惊,很是无语,心想你和师兄这眼神儿真是简直了……

"我和他在溪边喝酒的时候,他曾经提过自己喜欢一个姑娘。"

陈长生看了徐有容一眼,看似无意地说了一句。

徐有容很平静地说道:"你的身边一直有很多姑娘。"

这话确实。从最早自百草园里翻墙到国教学院拜师不肯走的落落,到北新桥底用真血救他性命再为守护者的小黑龙,再到夜夜潜入国教学院贪枕上一缕清香的莫雨,直到现在魔族小公主南客还一直牵着他的衣角。

陈长生不知该如何解释,只好低头吃东西,准备夹一块糯米糕尝尝。徐有容不让他尝。他不解地问为什么。

徐有容有些微羞,不知该如何解释,只好把盘子里的糯米糕都拨到了自己的碟子里。

陈长生以为她是真的生气,想着那些姑娘们不好解释,但有件事情应该可以解释清楚。

"十岁那年，我才知道自己原来一直有病，没法治，活不过二十岁……所以就没给你回信了。"

徐有容这才知道原来刚才他没有睡着，把自己说的话都听了去，羞意更浓，低头不语。

陈长生看着她很认真地说道："这件事情你就不要生我气了。"

他与徐有容是同龄人，生辰只差三日。当年他们六岁半的时候，彼此之间便有了婚约。

徐有容是何等样人物，五岁时天凤血脉便已苏醒，由圣后与圣女悉心教养成人。虽然她那时候才六岁半，但不要说她的爷爷太宰，就算是圣后娘娘想要她嫁给谁，也要听从她的意见。

从知道自己有婚约的那天开始，她就对婚约的另一方生出很多好奇，遣了白鹤带了书信去了西宁。陈长生收到她的信后，便开始回信，如此往来，直至他十岁那年才中断。他们从来都不是陌生人。

只不过书信断绝之后，徐有容很不喜欢那个小道士，不愿意记得这些事情。现在，这些小时候的事情，比如竹蜻蜓似乎都可以慢慢记起来了。

"当初你在第一封信里问我是谁的时候，语气真的很糟糕。"

"哪里糟糕？我是真的很好奇。"

"那最后一封信里，你骂我骂得可是真凶啊。"

"谁让你不回信的。"

"因为不想连累你，而且那时候你又不喜欢我。"

"嗯，其实是喜欢的。"

"你说什么？"

"我说从那时候到现在，都是喜欢的。"

"我也是。"

"接下来你要去哪里？"

"离山。"

听到这话，徐有容神情微凝，看着他好奇问道："你要去找师兄？"

陈长生想了想，说道："我要去找师兄。"

这是句俏皮话，如果不是徐有容这样冰雪聪明的人，很难在短时间里想明白。

她认真问道："那白帝城那边怎么办？"

陈长生想着折袖现在的情况，说道："事有轻重缓急，我先把这件事情处理好再说。"

57·心血何处可安放

南溪斋的合斋大典无疾而终，其间发生的事情却震惊了整个天下。

神圣领域强者之间的战斗、大西洲阴谋的败露、青衣客身死成为最近一段时间所有人讨论的话题。圣女徐有容破壁出关，她与教宗陈长生联手居然能够与神圣领域强者正面对抗，更是引发了无数议论与敬畏。唐家、秋山家、木柘家与吴家这四大世家行事变得极其低调，自然离不开唐三十六在其间发挥的作用。长生宗传来了最新消息，正式向唐家赔罪，派出长老替唐家的长房大爷解毒疗伤。

但除苏却消失了。谁都看得出来，日渐凋敝的长生宗已经无法控制这个怪物。

大周朝廷依然强大，商行舟依然稳稳地坐在世间最高的位置上。按照当年的协议，教宗陈长生还是不能回京都，只能在世间游历，不知何时才能破局。但谁都看得出来，天下大势就像是雨后的星空一般，正在隐隐发生着某种变化。

吃完那锅豆花鱼后，陈长生没有多做任何停留，第二日清晨便带着唐三十六等人离开了圣女峰。至于那天夜里，他与圣女徐有容在南溪斋里说了些什么，做了些什么，自然没有人知道。

桐江上游，诸峰林立，或在阳光下，或在云雾中，各有其美。慈润寺所在的灵樟峰里生着很多香樟树，满眼皆是青秀之色，很是令人心情愉快。

往灵樟峰间行去，约十里便来到一处崖边，崖外云雾缭绕，难以见底，对面隐约可见一座孤峰，两边之间由一道铁链相连，随着涧里的山风摆荡，看着便令人心生悸意，更不要说行走于其上。

"那座山峰何名？"唐三十六指着对面问道。

送他们来此的叶小涟说道："此峰名为独一峰，乃是离山三十六峰里最靠东的一座山峰，当年秋山师兄便常在这座峰上练剑，有时云雾散去，天光大盛，站在这边便能看得清清楚楚。"

唐三十六听着她言语里的感慨，打趣说道："你小时候在这里看见了，便对秋山君一见倾心？"

当年在离宫神道上，他与叶小涟曾经有过一场极著名的争吵，自然知晓她的那些情思。

叶小涟早已不是当年的小姑娘，听着这话也不着恼，平静说道："是又如何？"

唐三十六凑到她身边，压低声音问道："冒昧打听一下，那你现在喜欢谁？"

叶小涟不易察觉地看了远处的陈长生一眼，微笑说道："我最喜欢斋主了。"

唐三十六听着这答案觉得好生无趣，说道："女人真是善变。"

折袖在旁听着这番对话，觉得好生无趣，向崖畔走去，看着云雾里那条随风摆动的铁链，觉得这才有趣。

孤峰在眼前的云雾里若隐若现。陈长生看着那处，却想着别处的事情。

户三十二知道他在担心什么，低声说道："白帝城那边还没有消息回来。"

陈长生说道："就算找不到吱吱，为何金长史那边也没有接触上？"

户三十二说道："因为事发突然，没有太多细节呈报，但属下记得两年来看过的摘录，那位金长史再次被贬，如今在白帝城外耕作如故，就算联系上他，只怕也解决不了问题。"

陈长生没有说话。雪岭那夜之后，他在阪崖马场养伤的时候，便已经与吱吱重新建立起了联系。

其后他通过松山军府往汶水城，吱吱则是独自去了八万里外的白帝城。

国教要与朝廷争天下大势，他要与师父商行舟布局争子，首先需要考虑的就是各自的外援。他去汶水唐家，来圣女峰，以及接下来的行程，都是因为这方面的考虑。吱吱在这件事情里扮演的角色最为重要。

对国教与朝廷来说，最重要的外援是什么？不是以唐家为首的四大世家，不是天南诸宗派，不是圣女峰，而是妖族。甚至在某种意义上来说，白帝城的态度可以决定很多事情。牧夫人的态度已经非常明确，他只能希望与白帝城有极深渊源的吱吱，能够暂时稳住对方。

按道理来说，就算牧夫人参与了大西洲的阴谋，站在了师父商行舟一边，吱吱在白帝城也应该是安全的。但他现在越来越觉得不安，不知道为什么。可能是因为他与吱吱的神魂联系被切断。可能是因为国教中人无法接触到金玉律。也有可能是因为他已经好几年没有听到那个家伙的消息。这几年你到底在哪里，在做些什么呢？

唐三十六走到他身边，看着他安慰说道："不用担心，那个熊孩子皮糙肉厚，不会出事，最多就是受些苦。"

折袖想着国教学院里那个天天用背砸树,偷偷藏食物的熊族少年,坚硬的脸部线条极其罕见地变得柔和了些。

唐三十六问道:"接下来去哪里?"

陈长生指着对面的山峰说道:"离山。"

云雾里的那座孤峰便是离山。落梅山脉的最北端,人族世界最肥沃的原野旁,有三十六座山峰,如利剑般指着北方。那些山峰都是离山。

唐三十六神情微凛,问道:"真要去?我们现在没时间了。"

陈长生看了折袖一眼,心想确实没有时间了。

忽然间,一道震动在崖畔生出。这道震动很剧烈,崖外的云雾被震成了丝缕,悠悠散去。那根铁链变得清楚了很多,甚至可以看到上面的锈迹。

紧接着,又一道震动响起,地面上的灰尘被震了起来,慢慢飞舞着。这震动是从哪里来的?唐三十六的神情变得凝重起来。陈长生有些紧张。

他们都在看着折袖。震动来自折袖的身体。

如潮水一般,如雷霆一般。折袖的脸色变得异常苍白,就像刚刚受过一次重伤。

白帝城里明显有问题,陈长生还想着要去离山,不是因为他心血来潮。而是因为折袖心血来潮发作的频率越来越高,病情越来越重。

"不用着急,应该还能活个十天半个月。"

折袖很罕见地说了个笑话。但没有人能笑出来。

58 · 白帝城里道前事

在遥远的大陆西方有一个美丽却又凶险的世界,那个世界里有无数山峰,四季可见白雪,有无数滔滔大河,有无数原始的山林,无论水底还是林中都生活着无法计数的凶兽,这便是世人所说的妖域。

在妖域深处有座极为雄奇的大城,**矗**立于山峰之间,被八百里红河围绕着,城墙由如玉般的白色硬石砌成,加上终年不散的云雾,远远望去,壮丽得难以形容,令人心生敬畏之感。这座雄城里没有京都的皇舆图,也没有离宫地底的那种阵法,抵抗外敌靠的就是坚硬的城墙,以及妖族更加坚硬的意志与暴烈的性情。这就是传说中的白帝城。

相传无数万年前，天书碑落在了东土大陆上，人族智识开启，同时妖族也开始觉醒，发展出了自己的文明，只是距离天书陵相对较远的缘故，文明进步的速度要比人族慢一些，某些常年居于荒山野岭的妖族直到今天都还野性犹存。

因为性情直接而简单，正式建国之前，妖族在大陆的日子并不好过，深受魔族的歧视与压迫，现如今已经近乎凋零的秀灵族便是那段悲惨历史的具体见证者，而人族在这段历史里扮演的角色也并不光彩。

直至一千多年前，为了抵抗日渐强大并且暴虐无比的魔族，妖族与人族的前后数代伟大领袖，付出了极大的耐心与智慧，终于说服双方摒弃旧怨联起手来，并且最终在太宗皇帝陛下时期建立了联盟。

经过漫长的岁月，妖族与人族之间的仇怨渐渐淡去，但因为更久远的那些历史以及无法完全弥合的差异，双方之间依然还留存着些许敌意或者说警惕，比如最近这一次战争，人族的军队与魔族在雪原里打了整整两年时间，妖族除了象征意义上调动了两个部落向东移动了千余里，便再没有做任何事情。

关于这一点，京都里已经生出很多议论，人族的大臣与将军们担心妖族有别的想法，坐在最高处的道尊商行舟却依然平静，因为他对整个局势都非常有信心，因为他认为自己很清楚牧夫人想要什么。

"其实我自己都不清楚，到底我想要什么。"

"我们以怎样的身份活着，其实就是在扮演怎样的角色，无论是公主、皇后、妻子或者是母亲。"

"只不过随着扮演的时间越来越长，扮演的角色越来越多，往往会让你忘记你究竟是谁。"

"连自己的角色都不清楚，又如何判断自己究竟想要什么呢？如果想要得到清楚并且真实的答案，那么我们就必须向来时去看，回溯到时光的最初，记起当你睁开眼睛看到这个世界的时候，看见了什么。"

"我当时被父亲抱在怀里，站在海边，惊涛骇浪就像翻滚的墨水，其间有一个白点在不停地飞舞，很好看。"

"你呢？"

八百里红河围绕着白帝城，两岸原野肥沃，山林郁郁，生活着无数部落。在一处非常隐蔽的山崖深处，有着一幢仿佛与天地融为一体的小楼。小楼前方是片草甸，草甸下方是断壁绝崖，远处便是滔滔红浪，可以看到云雾里的雄城。

一个妇人站在崖畔，看着红河白城缓声说着话，语气淡然。一名黑衣少女站在她的身后，脚踝上系着铁链，铁链的另一端深入地底深处，正是小黑龙吱吱。她看着那名妇人的背影，很自然地想起了自己以前最畏惧的天海圣后。

或者是因为那个妇人的身影也给人一种高不可攀的感觉，或者是因为那个妇人也习惯性地负着双手。能够与天海圣后相提并论的女子，在当今世间只有一人，那便是白帝城的皇后娘娘牧夫人。

听到牧夫人的问题，小黑龙很认真地想了想，说道："我看到了一颗珍珠。"然后她张开双手在空中比画了一下大小，"这么大一颗珍珠。"

如果她没有夸张，那么这颗珍珠真是大得有些夸张。

小黑龙继续说道："母亲说我生下来就爱哭，怎么哄也哄不好，直到把那颗珍珠抱在了怀里才安静下来。"

牧夫人说道："想必那便是传说中的鲛人泪？"

龙族的聚居地在极为遥远的南海深处，大西洲也是海洋里的国度，二者之间有相同的传说，彼此也算了解。

小黑龙说道："后来在北新桥被王书生抢走了。"

牧夫人说道："只知道欺负你这个小孩子，王大人也算不得什么英雄。"

小黑龙很赞同这句话，神情无辜说道："娘娘你是了不起的人，就不要欺负我这个小孩子了。"

牧夫人说道："我不是英雄，只是个女人。"

小黑龙委屈问道："那你准备把我关多长时间？"

牧夫人说道："我不是王大人，也不是天海，对囚禁你没有兴趣。"

小黑龙沉默片刻后说道："那你准备什么时候杀我？"

"当年妖族能够立国，全靠你们玄霜巨龙一族，如果我不想被整个妖族所唾弃，便不会杀你。"牧夫人看着红河对岸那座白色巨城平静说道，"再说了，你的境界实力虽然不复全盛时期，但也不是那么好杀的。如果不是你的神魂曾经被抽取过一次，我甚至很难悄无声息地制住你。"

听到这句话，小黑龙想起当年在北新桥底的那些画面，尤其是被天海圣后抽取神魂时的痛楚，小脸变得有些苍白，而当她想起前些天体内的深寒龙息被此人强行抽离的痛楚时，竖瞳微缩，一抹怨毒之意闪过。

"你到底想做什么？"她盯着牧夫人的背影说道。

牧夫人没有转身，轻声说道："这个问题应该我来问你。雪岭一战，魔君陛下看在与你父亲的情分上自然不会杀你，你却伪死潜行来了白帝城，陈长生要你来做什么？"

小黑龙沉默不语。她奉陈长生之命前来白帝城，首先想见白帝陛下，白帝却在闭关潜修养伤，她只好想办法见落落，然而还没有来得及入宫便发现情形不对，准备离开时已经来不及了，被牧夫人制住带到了这里。

陈长生事先的吩咐很清楚，无论是见白帝还是见落落，都必须瞒着牧夫人。朝廷、国教、白帝城之间的问题谁都清楚，但她没有想到，牧夫人的态度竟是如此强硬，只凭她与商行舟之间的默契根本无法解释。

她忽然想到一种可能，声音微沉说道："难道是大西洲的人想来大陆搅风搅雨吗？"

牧夫人微微一笑说道："我们准备了数百年的时间，岂是一场风雨便够的？"

猜想终于得到了证实，小黑龙沉默了很长时间，说道："牧酒诗当年被逐出离宫，难道你现在还没有看明白真正的原因是什么？教宗一直在警惕你们，还有很多人也一直在警惕你们，没有忘记你们。"

牧夫人缓缓转身，看着她笑容微敛说道："那又如何？"

小黑龙盯着她的眼睛说道："我不知道你们的阴谋是什么，但我知道昨天有个人死了，但陈长生还活着。"

大陆上生活着亿万人，每时每刻都会有很多人死去，因为各种各样的原因。如果只是普通人的死亡，自然不会被她留意，更不会被她刻意提起。

神圣领域强者之间自有某种冥冥感应，她的境界跌堕得厉害，但这种感应没有失去。她感觉得很清楚，就在昨日，有位神圣领域强者回归了星海。

她不知道那位神圣领域强者是大西洲皇叔。但牧夫人知道，脸上的笑意顿时荡然无存。

59·小酒馆里见故人

牧夫人的眼神变得极其幽深，仿佛最深的海底，有巨大如山的鲸鱼正在缓缓游动，将要摆翅巨尾，掀起惊天的怒涛。

忽然，她闭上眼睛，下一刻睁开时已经看不到任何怒意，只是绝对而令人心悸的平静。依然是最深的海底，没有怒涛，却有着凡人难以承受的压力。

"当年我睁开眼睛，看到了惊涛骇浪里的那个小白点，以为那是海鸥，代表着我这一生的自由。"她沉默了会儿，继续说道，"很多年后，直到被皇叔逐出大西洲之前我依然是这样认为的，所以并不觉得失落，反而以为这是得偿所愿，然而也就是在那一天，我才知晓当年看到的那个小白点并不是海鸥，而是船帆。"

"周独夫单人乘舟破浪而来，无趣而归——直到知道了这个故事的真相，我才明白原来我的人生从来都不是自由的，那张白帆代表的是来往，意味着我们必须要回到曾经的故乡，这才是我的生命意义之所在。"

小黑龙不明白牧夫人这段话的意思。牧夫人也没有继续解释的想法，直接从断崖前离开。

无数年前，她被皇叔寻找借口逐出了大西洲，开始在大陆游历，认识了很多了不起的人物，最终成为妖族的皇后。

凭借着冰雪般的聪慧与手段，她得到了白帝的信任与爱情，得到了天海圣后的信任与友情，然而没有想到的是，白帝与魔君在寒山北的雪原里一场大战两败俱伤，隐藏多年的商行舟忽然起势。

她对局势的判断依然准确，毫不犹豫地站到了商行舟的一边，得到了对方的承诺。

眼看着局势渐入掌控，筹谋多年的大事即将成功，她自幼信任甚至崇拜的皇叔却忽然死了。

圣女峰那座崖坪上发生的事情，已经陆续传进她的耳中。大西洲的谋划已经败露，很多人把视线投向了白帝城，投向她的身上，别样红与无穷碧甚至已经来了。按道理来说，她这时候应该很紧张，至少会有些不安，但没有，她还是像往年那样平静、从容、自信。

白帆迎风而振，在红浊的河水里看着极为醒目。大舟破浪而去，直抵对岸。她走上了石阶，向最上方的皇宫走去。

石阶两旁的数千名妖族将士纷纷行礼。不远处的街巷里，无数妖族子民纷纷跪倒在地，口里喊着各式各样的祝词与问候。

来到皇宫前，她的手在袖中轻轻地抚摩着小腹。然后她转过身来，居高临下看着这座白色的雄城，漠然的脸庞上现出自信的微笑。

这是她的城。就算别样红夫妻、陈长生与国教巨头们还有王破一起前来，同样是死路一条。

妖律很简单，只有十七页。第一页上便写得非常清楚：白帝城，是属于白帝的。第二页上做了一个很好看的补充：白帝城，同样是属于生活在里面的每一位妖族子民的。

事实上，无数年来第一页上的那句话被执行得很彻底，而第二页上的那句话依然只停留在纸上。

对妖族子民们来说，妖族的荣耀会让他们以生活在白帝城自豪，但成为白帝城真正的主人？那只能是想象，甚至连想都不敢想，除非他们已经喝了很多酒，烂醉如泥。

可能是因为有这方面的原因，更多的是因为性格原因，绝大多数妖族都非常喜欢喝酒，尤其是烈酒。

白帝城沿河一带的外城便遍布着各式各样的小酒馆，这些酒馆贩卖着廉价却足够劲道的酒水，味道糟糕却相对极贵的吃食，从底层民众以及前来贩货的部落青年里攫取着大量的金钱。

像这样的地方，每天都被兽皮的腥味、脚臭、酒后的呕吐物味道所包围，自然极其难闻，如果不是离河面极近，每天卫生署都会派人用红河水进行粗暴的冲洗，只怕就连高岭部落的猎户都受不了。

河边某家很普通的小酒馆，就像别的小酒馆一样吵闹，后门靠墙处也像别家一样冷清，堆着如山般的碗碟与酒杯，唯一的区别在于蹲在盆前洗碗的那个身影极其魁梧，看着就像是一座真正的山。

那个如山般的男子低着头，沉默地洗着碗，仿佛身后的嘈杂世界与自己没有任何关系。

酒馆的后门嘎吱一声被推开，两名喝醉了的酒客跟跟跄跄地走了出来，似乎是没有看到洗碗的男子，解开裤带便开始撒尿，那名男子赶紧把盆子端远了些，同时提醒了一声。

两名酒客这时候才注意到洗碗男子的存在,其中一人骂道:"没长眼睛啊!还不赶紧躲远点!"

他的同伴喝得稍微要少些,拍了拍他的肩膀,指了指那名洗碗男子,低声说了句话。那个骂人的酒客稍微清醒了些,紧接着又是一阵夸张的笑声,说道:"哎哟,这就是那个传说中的熊崽子?"

同伴笑了笑,示意他赶紧完事回去继续喝,那名酒客又笑骂了两句才依言离开。那名男子抱起一个大水缸,把沿墙的地面冲洗干净,摇了摇头,继续沉默地洗碗。

很明显,他很擅长洗碗,盆里如山般的碗碟在他看似粗笨的双手间飞舞翻腾,很快便被清洗干净。他端着洗干净的碗回到酒馆后厨,正准备去洗灶,却被老板喊住,说今天生意太好,前面太忙,要他去帮着上酒。

当他来到酒馆前厅时,嘈杂的吵闹声忽然停止,无数道视线投了过来。酒馆里的灯光有些昏暗,但能够看清楚脸,只见那个魁梧如山的男子虽然满脸胡须,但眼睛干净透亮,明显还很年轻,联想到熊族粗豪老气的传闻,此人应该还是位青年。

让酒馆里的嘈杂声忽然消失的原因,是因为这名熊族青年表现出来的臂力。整整十二壶烈酒,就像沉甸甸的果子般挂在他的左臂上,没有任何颤抖,看着十分稳定。

"不愧是熊族当年出名的少年猎人,这力气真够大的。"

"他就是那个轩辕破?"

是的,他就是轩辕破。在河边小酒馆里洗碗的熊族青年就是轩辕破。五年时间过去了,憨厚老实的他似乎还在做同样的事情。

对整个大陆来说,轩辕破这个名字早就已经被忘得干干净净,但对经常出入这个小酒馆的酒客还有周遭的街坊们来说,这个名字很出名。因为他曾经去过京都,对妖族部落来说人族的世界无比遥远,任何去过那边的人都有值得夸耀的资格。

那名去后街撒尿的醉汉怪声笑着说道:"这不就是一个废物吗?"

随着这句话,很多视线落在了轩辕破的右臂上。轩辕破的左臂强壮得就像是一根巨树,他的右臂则不知道因为什么原因有些萎缩,看上去就像是枯死的树枝。两只手臂的对比非常清楚,愈发显得这画面很凄惨。

60·观菜而知殿下

有些知道轩辕破当初在京都经历的酒客低声说了几句什么，人们才知道原来轩辕破的右臂受过伤，看起来应该是废了。

"这样的一个废物吹牛，你们也还真信啊？还天海家的高手……干脆说是天海胜雪好了！"

那名醉汉带着满身酒气喊道，呸的一声把痰吐到了轩辕破的脚前。

轩辕破沉默着，没有说话，更没有反击，用右手有些艰难地把左臂上挂着的酒壶取下来，依次放到酒桌上。

见他不理会，那名醉汉更是生气，不停地骂骂咧咧，说的话越来越难听。有些酒客也随之开始起哄，对着轩辕破不停地奚落嘲笑着。轩辕破还是不理会，把酒壶放完后，便转身准备回去。

那名醉汉忽然站了起来，喊道："喂，熊崽子你给我站住。"

轩辕破停下脚步，望了过去。

那名醉汉打了个酒嗝，口齿不清问道："你真去过京都？"

轩辕破点了点头。

那名醉汉接着问道："你真和教宗大人是同窗？"

轩辕破想了想，纠正说道："最开始的时候，他和我都是学生，后来他做了院长，我做了主管。"

听到这句话，那名醉汉哈哈大笑起来，很多酒客也笑了起来，觉得这话实在是太过荒唐。

那名醉汉指着他的右臂嘲笑说道："你们看看他的手，这就是个废物，没半点力气，也就只配洗个碗，还说自己是国教学院的主管？那可是国教学院！你要有那本事，还会待在这里洗碗？"

大周京都距离妖族的世界太过遥远，那里发生的很多事情的具体情形都很难传到白帝城的小酒馆里，但是无论哪家小酒馆里的酒客，无论他们喝了再多酒，都知道国教学院这个地方。

他们最敬爱崇拜的公主殿下曾经是国教学院的一名学生，而且她的老师就是现在的教宗大人。轩辕破如果真的曾经在国教学院里停留过，甚至还做过主管,那么现在怎么可能会在这样一间脏脏的小酒馆里洗碗?

在角落里有张酒桌,桌上的几名酒客听得连连皱眉,对视数眼,觉得好生不解。这几人是红河商行的底层执事,曾经随商队去过京都,知道轩辕破并没有撒谎,只是不知道他为何现在竟会沦落到了这等地步。

"教宗大人离开京都之后,便再也没有现身,只怕自顾不暇,哪里有精神管他?"

"那公主殿下呢?"

"毕竟都是好些年前的旧事,贵人哪里还会记得这么久,而且……听说轩辕破是当初天书陵之变前离开的京都,按时间推断应该是看着势头不对便走了,等于是逃跑,哪里还有脸去见公主殿下呢?"

酒馆老板看着场间局面越来越混乱,沉声训了轩辕破几句,把他赶回了后厨。轩辕破没有什么反应,端着一盆脏碗去了门外,继续沉默地洗着。

被人取笑嘲讽,被骂作废物,这三年时间里,像这样的场景已经发生过很多次,他从来没有理会过,不是因为麻木,也不是因为性格木讷,而是因为他知道自己不是废物,而且他不觉得这是沉沦。

当初他的右臂被天海牙儿废掉,主动离开了摘星学院,便去京都街上的夜市摊子里洗碗,现在只不过是重操旧业。他记得很清楚,当年陈长生说过,靠劳动挣钱,没有什么丢脸的,是很光荣的事情。

他也不是因为在天书陵之变前离开国教学院,所以无颜去见国教学院的旧人,比如落落殿下。当初他离开国教学院,只用了十七天时间,便从京都跑回了白帝城,八万里路尘与土,直接让他消瘦得不成人形,魁梧如山的身躯变成了一根竹竿,这当然不是逃跑,他是知道陈长生快要死了,所以想要求援。

他没有想到的是,哪怕拿着落落殿下专门留给他的印章,自己依然没有办法进皇宫。在第二天清晨,他去了白帝城外的那片山坡想要找金玉律帮忙,却发现这位妖族大将的庄园竟是被皇宫里的侍卫带着人围了起来,山林里还隐藏着很多眼线。

轩辕破没有任何办法,好在没有过多长时间,便听到了京都之事的后续。天海圣后死了,陈长生没有死,国教学院还在,陈长生甚至做了教宗陛下,然后陈长生离开了京都,再也没有了音讯。

对轩辕破来说,他可以回京都国教学院,也可以回自己的部族,无论哪一种,都是很好的选择。但他选择了留在白帝城。

因为很明显这里发生了一些事情。他还没有见到落落殿下,也还没有见到金玉律。就这样,他在白帝城里默默地生活了三年时间,渐渐成为被人嘲笑的对象,渐渐被人遗忘。

但他从来没有忘记自己留在这里是要做什么。

夜半时分,酒馆终于人去一空。

轩辕破结束了辛苦的劳作,用冷水把身躯冲洗得干干净净,换了一身干净的衣裳,走到皇宫后门外的肖家巷里,与菜行的执事熟悉地打了个招呼,开始了另一份工作——往皇宫里送菜。

皇宫自然戒备森严,送菜也只能送到外城外的执事处,不可能走进宫里。

轩辕破没有攒下太多钱可以收买那些侍卫,也不够机灵到可以巴结上什么贵人,自然无法知晓宫里的准确消息,但他可以用笨方法达到自己的目的,就像过去这三年时间一样。

执菜司里有每日用菜的清单,他每天都会认真地看三遍,回家之后还要记录一遍。他很清楚落落殿下最喜欢吃什么菜,那些菜往往产自远方的人族世界,在菜单上非常醒目。他会记得如此清楚,是因为他是国教学院的后勤主管,从最开始的时候,国教学院的饭菜都是他做的。

通过那些菜单,他可以确认落落殿下在不在宫中,可曾无恙,心情如何。

是的,这就是他留在白帝城的原因。

如往常一样,轩辕破看完了菜单以及赐菜的数量,确认落落殿下无事,眉头皱了起来。

深冬时节,雪里蕻最是清脆。前日送进宫里的小半筐雪里蕻,是落落殿下当年最喜欢吃的菜,无论是清炒还是上汤做法,按道理来说,今日便应该要补充才是,为何没有看到?落落殿下的心情有些不好?发生了什么事情?

就在轩辕破准备冒险打听一下的时候,消息很快便从皇宫里传了出来,并且很快便传遍了整座白帝城,相信用不了多长时间便会传遍整个大陆,因为很明显,这是宫里某位大人物刻意放出来的消息——落落殿下要嫁人了。

61·天要落雨，不准嫁人

按照白帝一族的规矩以及妖族传统，如果不能把皇族功法修行到最高处，便没有资格继承皇位。过往的数万年里，没有任何特例，而从来没有一位妖族公主能够把皇族功法修至最高处。如果没有别的皇子，那么皇族便会进行招亲，驸马受封亲王，待把皇族功法修至最高处后，便会成为妖族皇位的继承者。

落落殿下要嫁人，在很多妖族臣民看来是很理所当然的事情，而她嫁给谁才是真正的关键。因为她选择的那位男子，极有可能便是下一代的白帝。

轩辕破不这样看。他和落落殿下一样，都是国教学院的学生，同时也都是陈长生的"病人"。

他比谁都清楚，落落殿下的经脉问题，早就已经被陈长生治好了，只要给她足够多的时间，她当然可以把皇族功法修行到最高处。到那个时候，她就将是无可争议的下一代白帝，何必还要招亲？

好吧，就算落落殿下会成为下一代的白帝，她还是会结婚。轩辕破坐在红河岸边的石头上，忽然觉得脸上有些微湿。有雨点随晨风一道落了下来。

天要下雨，殿下要嫁人，这都是自然之事。只是为什么自己会觉得这么难过呢？当然不是因为他对殿下有着不为人知的情思。

他是国教学院的人，殿下是国教学院的副院长，他有责任保护殿下。他知道殿下根本不想嫁给别的人。如果她出了事，他哪里还有脸去见陈长生？折袖会多瞧不起他？苏墨虞会不会把他的名字从目录上划掉？还有……唐三十六那张嘴。

想到这里，轩辕破觉得好生可怕，脸色都变得有些苍白。

"殿下，我不会让你嫁人的！"

他重重的一拳砸到了身边的石头上。

他的右臂萎缩得相当厉害，看着没有任何力气，石头上有青苔，只是发出了一声轻响。

只有仔细望去，才能隐约看到，在衣袖下方有无数道极细的电丝缭绕着他的手臂。

轩辕破离开了红河岸。半个时辰后。红河岸边响起了一道雷声。暴雨骤疾。

岸边那块坚硬的大石头，从中间崩裂开来，伴着轰隆隆的声音，落到了江里。石头表面上的那些青苔尽数焦死。

从京都回到白帝城已经四年时间。落落的日子过得很正常。就像从小一样，锦衣玉食，学习修行，琴棋书画，登高望远。

除了担心陈长生和国教学院的那些故人们，再没有别的事情能影响到她的心情。她的笑容还是那样的甜美，眼睛还是那样的灵动，就像会说话一般。

今日落落殿下要学习的是离山剑法里的法剑。数年时间里，陈长生只给她来过一封信，但那封信很长，写了很多的字。在那封信里，陈长生把她五年的功课全部仔仔细细地安排好了。

从这个角度上来说，陈长生这个老师虽然做得不是特别称职，但也不能说半点心思都没有花。

至于为何要学离山剑法，是因为陈长生觉得离山剑法最好，而恰好离山剑法总诀就在落落手里。

晨风夹着雨点落在窗上，落落的视线离开剑谱落在窗上，看着被浸染开来的雨点，又像看着雨丝那边的远处。

这四年时间里，她学习得非常勤奋，没有落下任何时间。只要能够掌握离山剑宗的法剑，陈长生给她安排的功课眼看着便要学完了。这比那封信里估算的时间要整整提前了一年。

"如果把这些都学完，先生就会来看我了吧？至少……应该会再写一封信，布置新的功课。"

落落默默想着，收敛心神，继续观看剑谱。李女史用宠溺的眼神看着她，又是骄傲，又是心疼。

雨点轻敲窗面，有跪拜声与脚步声响起。落落微微一怔，抬起头来看了一眼，发出一声开心的轻唤，便向那边扑了过去。她抱着牧夫人的胳膊，轻轻地摇头，甜甜地笑着，有些像在撒娇，但更多的是想念以及亲近。牧夫人微笑着摸了摸她的脸，和声关心了几句。

说了些闲话，落落开始请教一些修行上的疑难，牧夫人很认真地解答。时间就这样慢慢地过去。

牧夫人离开了。落落看着她消失的方向，小脸上的笑容渐渐敛去，不知为何显得有些忧伤。

"真的已经确认了吗？"

"是的，城里已经传开了……源头应该是渊珠阁里的侍卫。"

落落的忧伤更在于牧夫人直到刚才还没有与她说。

她望着李女史，微带希冀问道："父亲半年之内有没有可能出关？"

李女史低声说道："应该没有。"

当年白帝与魔君在寒山北的雪原里惊天一战，两败俱伤。魔君直接被黑袍与魔帅联手逼下了皇位，打落深渊，最后在雪岭被亲生儿子用星空杀死。白帝受伤同样严重，在这场大战里又有所感悟，回到白帝城后便开始闭关潜修，养伤的同时希望能够再进一步。

到现在为止，这位霸道绝伦的妖族至尊已经五年时间没有出现了。

落落看着剑谱上那些森意凌然的线条，沉默片刻后问道："金长史那边？"

"看守得还是很严，如果想要接触，很难不被人发现。"李女史犹豫片刻后说道，"就算联络上金长史，他也没有办法。"

"有道理。"落落接着问道，"轩辕破还在那家小酒馆里？"

听着轩辕破的名字，李女史的脸上也忍不住露出了一丝笑意，说道："而且每天都还会进宫来看菜单。"

落落笑着说道："你派人盯着他，如果他想做什么，就直接打昏，送回京都去。"

李女史轻声应下，然后忍不住叹息了一声。

落落的身份地位极为尊贵，但是现在当她的母亲想要控制她的时候，她却无法找到任何帮手。

唯一能帮到她，并且一直想要帮她的熊族青年，她却不忍他因为自己而身陷死局之中。

"您知道我最怕什么吗？"落落低声说道。

李女史微怔。落落沉默了会儿，说道："我最怕的就是，母亲这样做难道不怕事后父亲会动怒吗？"

这也是李女史一直没有想明白的事情。

"如果母亲不担心，那么就只有两种可能。一种可能就是他们之间这数百年的感情都是假的，母亲会对父亲不利。还有一种最可怕的推测便是，父亲也

171

知道这件事情。"

说这句话的时候，落落的神情有些惘然，显得非常无助弱小。

李女史终于忍不住问道："殿下，为何我们不送信去人族？"

62 · 年轻人因何而活

送信去人族，自然是说送信给陈长生。

在李女史想来，以教宗陛下与殿下的师徒情分，只要知道这件事情必然会想办法解决，不管是亲笔修封书信还是用别的手段，都会让皇后娘娘承受不小压力，娘娘行事想必会稍有顾忌。但不知为何落落殿下始终不肯同意，若说前三年教宗陛下踪迹难觅，但现在整个大陆都知道教宗陛下已然复出，还做下了好些大事。

"先生……也不知道这几年过得好不好。"落落轻声说道，"他现在还有很多事情要做，我这个做学生的帮不上忙，也不能给他添麻烦。"

李女史有些着急，说道："这怎么能是添麻烦呢？再说当年在京都……"

落落知道她要说什么，摇头说道："当年在京都，从大朝试到天书陵再到周园，你我看似是国教学院最大的靠山，事实上囿于身份根本无法出力，而且先生就像现在一样从来没有要求我做过什么事情。"

李女史有些不明白她的意思。

"为何这几年除了功课，先生连封信都没有，便是这个道理。"落落睁大眼睛，看着她认真说道，"你们都不懂先生的意思，他啊，很宠我的。"

李女史怔住了，问道："那殿下你怎么就能懂？"

落落理所当然说道："因为我是先生的学生啊。"

李女史还想再劝两句，但看着她的神情，最终只是叹了口气。

落落安慰说道："就算母亲有什么想法，也不会对我不利，毕竟我是她的亲生女儿啊。"

李女史心想确实是这个道理，皇后娘娘就这么一个视若珍宝的女儿，哪有不疼惜的道理。

"只是……如果娘娘真要你嫁给二王子怎么办？"

"你说那位大西洲的表哥吗？很小的时候见过一次。"

落落想着童年时的那些往事，笑着说道："他必然是不想娶我的。"

李女史心想那位二王子无法继承大西洲的皇位，如果娶了殿下便有可能成为下一代的白帝，又怎么会不愿意？

"谁愿意娶一个母老虎呢？"落落伸出两只小手，作势欲扑，说道，"如果他胆子真变大了，坚持要娶我，我就咬死他。"

说完这句话，她张嘴嗷嗷叫了两声，只是哪里像老虎，更像是只小猫，可爱得不行。

李女史哪里受得了这个，把她搂进怀里便是一通揉，眉开眼笑说道："我家殿下这么个宝贝，谁不喜欢？"然后她想着某些事情，没好气说道，"也就教宗陛下这个没福的。"

落落见她嗔怨的神情，忍不住咯咯笑出声来，然后眨了眨眼睛，凑到她耳边低声说了几句。

李女史闻言微怔，问道："原来您是这样想的？"

落落睁大眼睛，很是无辜，说道："我可什么都没有想。"

崖外云雾缭绕。

唐三十六看着折袖苍白的脸颊，脸色也变得有些白，说道："你不要吓我。"

折袖说完那句笑话后发现效果不好，于是恢复了平时的模样，不再多言。

唐三十六望向陈长生问道："这到底是怎么回事？"

陈长生说道："就像你看到的这样。"

唐三十六很是恼火，说道："昨天他还意气风发，哪里看得出来是个要死的人？"

昨天在崖坪上，陈长生与折袖联手杀死了白虎神将。陈长生的剑法固然凌厉至极，但真正决定当时局势的人是折袖。所有亲眼看到的人，相信在今后的人生里都再难以忘记那幕画面。当时折袖悄无声息地出现在白虎神将的身后，就像一只真正的鬼。

白虎神将乃是大周第二神将，境界修为已至聚星巅峰，可以说是神圣领域之下最强的十数人之一。

然而当折袖已经来到他的身后时，他竟然全无察觉！这件事情本身就诡异到了极点，可怕到了极点。更不要说随后他用狼爪直接撕开了白虎神将近乎完美的星域。

折袖在崖坪上展现出来的实力境界，要比数年前在京都时不知道强大多少倍，可怕多少倍。

唐三十六很吃惊，以为他是在北方雪原里又有奇遇，或者是这几年与魔族强者作战提升极快，至于病自然是全好了。他哪里能想到折袖的病非但没有好，甚至变得更加糟糕。

心血来潮这种怪病是折袖从娘胎里带出来的，随着年龄渐长，病情越重，发作的频率越来越高。伴着难以承受的痛苦，他的经脉会被拓宽，识海也会变得越来越宽广，境界实力的提升速度会达到一种非常惊人的程度。这并不是好事，就像江里的水渐渐要漫过大堤，看似凶猛不可阻，但大堤崩塌之后，江水又如何能够留下？他的境界实力提升得越快，说明他的身体越来越接近崩溃的边缘。

从现在的情形来看，折袖的境界实力正在以难以想象的速度提升，这也证明他距离那天越来越近。总有一天，如潮水般狂暴的真元会溢破他的经脉，急剧增长的星辉会直接撕裂他的身躯，迎接着他的便是死亡。

唐三十六盯着陈长生说道："四年前你说得清清楚楚，你可以治好他的病。"

陈长生沉默片刻后说道："我没有想到会这么快，而且……"

他没有把话说完，因为不忍再说——这几年时间，折袖在北疆雪原里与魔族强者之间的战斗进行得太过频繁，对身体的损耗太大，而且没有按时吃药，这些都是导致折袖现在这种情况的重要原因。

唐三十六依然看着他。陈长生明白他的意思，摇头说道："第一瓶刚炼出来就送了过去，没有用。"

唐三十六问道："难道就没有别的方法？"

陈长生说道："普通的医术没有太大用处，依我看来，最简单且有效的方法，就像是圣后娘娘当初在天书陵顶，直接把我的神魂与身躯尽数打散然后重铸。"

天海圣后已经死了，世间再难找出第二个神隐境界。隐居世外的王之策有可能抵达了这种传说中的境界，但云深不知处，如何去寻？

"还有一种方法，那就是用足够数量的圣光，直接灌进他的身躯里。"陈长生继续说道，"如果我们能够找到去圣光大陆的方法，那就还有希望。"

听到这话，唐三十六的脸色稍微好了些。虽然依然渺茫，但希望终究是希望。

而且从陈长生的话里，他听出折袖的寿命应该不会像他自己说的那样只有十天半个月。

唐三十六问道："他到底还能活多久？"

陈长生想了想，没有给出一个确定的答案。

"我会想办法把这段时间拉得更长一些。"

确实需要更长的时间，因为要找到去圣光大陆的道路或者说方法不容易。

更重要的是，在此之前，他们必须先把这片大陆的事情解决掉。

折袖说道："我会争取再多活几年。"

63 · 老少年们的离山行

唐三十六的视线在他们两个人之间来回，问道："为什么讨论这么严肃甚至可怕的事情，你们还能如此平静？"

陈长生说道："当初在国教学院我对你说过，我从小就有病，活不过二十岁。"

唐三十六当然不会忘记那件事情。当时国教学院愁云惨雾一片。陈长生所说的每一句话，在他们听来都是遗言。

折袖说道："我这病也是从小就有的。"

是的，从某种意义上来说，陈长生与折袖的人生有着极其相似的悲惨。他们来到这个世界后便知道无法在这里停留太长时间。所谓向死而生，再没有比这更精确的形容。

在过往某段岁月里，他们想必曾经低落过，失望乃至绝望过，日日夜夜凝视着死亡的阴影，直至最后麻木，于是平静。

到今天为止，他们依然还很年轻，但要说到对死亡的态度要比世间绝大多数老年人还要更加淡然。这很令人赞叹，更令人感慨，有些悲哀。户三十二叹了口气。

一直没有说话的叶小涟转过身去，擦了擦眼睛。崖畔一片安静，气氛有些低落。

唐三十六的感觉更是有些怪异，莫名觉得有些抱歉，讷讷说道："我是不是也应该从小就有病？"

折袖面无表情说道："你本来就有病。"

175

唐三十六瞪圆眼睛问道:"什么病?"

陈长生说道:"富贵病!"

唐三十六见他们还有心情打趣自己,知道情形不像自己想得那般紧张糟糕,略放松了些,拍了拍折袖的肩膀说道:"那就走吧,不管前面是龙潭虎穴还是万剑大阵,今天都要陪你走一遭,满足一下你的遗愿。"

这说的自然是对面那座被云雾笼罩的山峰。

折袖说道:"我不见得一定会死,所以不能说是遗愿。"

陈长生说道:"不错,我已经活过二十岁了。"

唐三十六问道:"那为什么我们要去离山?"

陈长生说道:"因为离山就在那里啊。"

为什么要去离山?因为七间就在离山,折袖想要见她,就是这么简单。而且离山与圣女峰很近,用不了多长时间便可以到。

对陈长生来说,这一次离山之行除了满足折袖的想法,更重要的原因在于他曾经在《道藏》里看过某篇剑论,提到过离山剑宗有一种法门应该可以帮助折袖暂时稳定住病情,只是不知道现在的离山有没有人修行过这个法门。

云雾里的铁链若隐若现,随风轻摆,看着极为凶险,但对陈长生一行人来说,算不得什么困难。没有用多长时间,他们便越过了深不见底的山涧,来到了对面那座山峰里。在叶小涟的带领下,他们穿过山崖间陡峭的石道,向着北方诸峰而去。又不知走了多长时间,绕过数座青山,众人终于远远看到了离山的主峰。

离山的主峰被云层隔成两截,下面生着茂密的植被,云上的山峰则尽数都是岩石,就像是一根参天的石柱,在阳光下闪耀着夺目的光线,远远望着就像是一把随时准备刺向天空的巨剑。

看着这座石峰,陈长生等人只觉一道凌厉剑意扑面而来。他们甚至生出一种感觉,那座山峰折射出来的光线随时可以变成纵横天地之间的剑气。

越靠近离山主峰,这种感觉越清晰,不过始终没有看到有飞剑来询,只在云雾深处偶尔看到有剑光亮起——经由叶小涟的介绍,他们才知道这应该是诸峰弟子正在勤勉练剑。

陈长生的剑道天赋极高,对离山剑法更是研究极深,只从那些剑光的痕迹便能判断出云雾里那些离山剑宗弟子练的是什么剑法,修的是何种剑道,如今的造诣已经到了何等程度,很是赞叹。

折袖与唐三十六看到那些剑光的感受，更多来自直觉，觉得那些剑光好生耀眼，剑意好生凌厉，却又无比光明正大，给人一种堂堂正正的感觉，显得特别青春昂扬，有极鲜活的生命力。

　　纵使这几年与离山剑宗有诸多故事，唐三十六从来都不喜欢对方，也不得不承认这让他想起了国教学院。他最喜欢的、他的国教学院。

　　折袖与陈长生也同样如此，甚至想着当初如果没有进国教学院，来离山修行或者也是个极好的选择。

　　沿石道斜斜向上，地势渐高，山林渐寒，树叶渐疏，山风渐疾，云雾被驱散很多，渐能看清楚峰间的景物。只见无数道崖坪上到处都有剑光纵横，有些幽静的洞府前有弟子在盘膝悟剑。

　　叶小涟向他们介绍道那些洞府往往是离山长老的居所，那片生着红枫的楼阁乃是刑堂，更高处的那片石屋则是剑堂，至于那些崖坪中间的数十座白色小院则是弟子院，而往前去……

　　"这是什么石头？"

　　唐三十六指着道旁一块仿佛被水洗过千万年，显得无比光滑的方石问道。那块方石从形状来看并无特殊，但其间隐隐散发着某种剑息，明显不是凡物。

　　叶小涟说道："离山祖师当初磨剑三百年方悟剑中至道，据说这便是那块磨剑石。"

　　唐三十六说道："如果传闻是真，那可真是块宝物，不知弄到雪老城去拍卖，能换回多少晶石来。"

　　叶小涟没好气说道："你需要考虑的不是能换多少钱，而是你能在离山剑宗全力追杀之下还能活几天的问题。"

　　唐三十六满脸无所谓说道："只是开个玩笑，何必如此认真。"

　　说完这话他便准备向前走去，又被叶小涟喊住。

　　"现在这块石头被称为解剑石，任何进离山主峰的修道者，都需要在此除剑以示尊敬。"叶小涟说道，"你这么走过去，稍后出事可不要怪我没有事先说。"

　　"真是好生嚣张。"唐三十六对离山剑宗本就没有什么好感，而且他惯常才是最嚣张的那个人，说道，"我就不解，又能如何？"

　　叶小涟知道他的脾气，没有继续刺激他，说道："不解剑亦可，但需要等峰上的离山弟子来接。"

唐三十六觉得好生麻烦，也不信真会如何，竟就这样直接走了过去。看到这幕画面，陈长生摇了摇头。

便在唐三十六走过解剑石的时候，一道并不凌厉却无比醇厚的剑息忽然从石头里生了出来。

汶水剑的鞘上淌过一道仿佛水纹般的光痕，然后嗡嗡作响，似乎是某种回应，又似是某种解释。

嗖嗖嗖嗖，破空声在峰间密集响起，只见云雾里生出数十道白线。数十道剑来到场间，静静悬停在空中，锋利的剑尖对准了陈长生等人。

64 · 万剑大河见秋山

这些剑散发着寒冽的剑意，凌厉至极。更可怕的是这些剑展现出来的剑势极其沉稳坚定，就像是山，又或者是一座石制的山门。离山没有山门，剑就是山门。看着静止于空中的这些剑，唐三十六不担心，反而觉得很是有趣。

他对陈长生兴奋说道："这和你的那招剑法好像，难道你天生就该来离山学剑？"

折袖对危险的敏锐度远胜旁人，感觉到这些剑随时可能发出雷霆一击，上前把唐三十六拉到身后，右手握住了剑柄。

但他忘了自己的剑是魔帅旗剑，离山剑宗乃是人族正道剑宗，对魔帅旗剑散发的气息何其敏感。

嗖嗖嗖嗖！破空之声密集而作，数百道剑自峰间高速飞来。

陈长生未做反应，但感受到了数百道剑所携的威势与危险，神杖自动现身，向着四周散播无比明亮的光线。神圣气息笼罩住了石道。解剑石不在光明之中。整座离山里响起无数声啸鸣！

无数道剑破山而出，破云而起，形成一道无比壮观的剑河，周游于群山之间，护住了离山诸峰！这便是离山著名的万剑护山大阵！

剑河里的那些剑虽不如陈长生从剑池里取出的那些剑有名，锋锐犹有过之，自有一种强不可当的气势。

不要说是陈长生等人，即便是周独夫与天海圣后复生，也无法正面对抗这座万剑大阵。

好在那道横贯天穹的剑河，只是在群峰之间周游不止，没有立刻向他们发起攻击。

陈长生与折袖没有感受到杀意，隐约明白意思，前者握住神杖，后者松开剑柄，向石道后方退了数步。

剑河远在高天之上，森然剑意已然落下，随时可以把石道上的所有事物切成粉碎，根本无法抵抗。

唐三十六有些生气，心想离山明明应该知道是谁来了，却偏要这样做，难道是想给己等一个下马威？

随着陈长生等人退到解剑石后方，石道四周的数百道剑变得平静些，诸峰间的那道壮阔剑河也渐渐慢了下来。

"真是岂有此理。"唐三十六对陈长生说道，"你是苏离前辈的嫡传弟子，怎么算也是离山剑宗的自己人，甚至与掌门同辈，这些晚辈弟子竟然敢动用万剑大阵来威逼你，难道你不生气？"

陈长生知道他这时候心情肯定很糟糕，无奈说道："那你觉得我应该怎么办？"

唐三十六说道："你应该以教宗的身份加入离山剑宗，然后接任掌门，气死秋山君和那些家伙。"

说这句话的时候，他声音很大，就是故意想要离山上的人们听见。

"你这个家伙，这张嘴怎么还这么贱？"

石道上方响起一道众人有些熟悉的声音。

唐三十六与对方斗嘴多次，哪有听不出来的道理，冷笑说道："难道你觉得我说的这件事情完全没有可能？"

关飞白从石道上走了过来，看着他想要嘲讽几句，但想着如果陈长生真的加入离山剑宗，以他的身份和辈分，唐三十六这看似荒唐的说法还真有可能变成现实，不由神情微变。

便在这时，云雾深处传来了一道温和却又不失威严的声音。

"教宗陛下圣驾光临，离山上下深感荣幸。"

说话的自然是离山剑宗掌门。

关飞白收敛情绪，向陈长生肃容行礼，带着众人向云雾里的峰间行去。没有走多长时间，来到山腰处的一座石亭。苟寒食与梁半湖还有一位剑堂长老，在这里候着他们。

教宗亲自来访，若换作别的宗派山门，想必会迎出数百里地去，而且必然是由掌门亲自出迎。但今日陈长生未摆辇驾，离山剑宗也不是普通的宗派山门，匆忙之间能做到这般，已经算是极有礼数。

苟寒食与梁半湖先与陈长生见礼。梁笑晓这个名字早已经被世人忘记，但陈长生没有办法忘记，他相信梁半湖也没有办法忘记，所以情绪微有异样。但这种情绪很快被接下来发生的事情打破，因为那位剑堂长老竟是向陈长生行了一个大礼。

陈长生很是吃惊，要知道离山剑宗的剑堂长老都是境界高深、战力雄厚的派中长辈，而且性情每多执拗高傲，即便他是教宗的身份，按道理来说，对方也不会以大礼参拜。

很快他便想起来关飞白在旅途中曾经对他说过的一件事情。离山剑宗某位剑堂长老在雪原上的一次战斗里负责断后，被数名魔族强者围攻，险些身死，最后是靠一颗朱砂丹才救了回来。现在想来，那位无比悍勇的剑堂长老便应该是面前这位。

想到这点，陈长生赶紧上前把对方扶起，然后正色还礼。在他看来，像这位剑堂长老为人族浴血奋战，才是真正值得敬佩的对象，与之相比，自己只不过用血做些朱砂丹根本算不得什么。

再无多话，一行人直上峰顶。此时峰顶已经聚集了数百名离山剑宗的弟子，想必此时其余诸峰崖壁上的剑光已经少了很多。

那些离山剑宗弟子看着走过来的陈长生一行人，眼神有些好奇，有些警惕。曾经的对手或者说竞争者，现在已经成了盟友甚至可以说同伴。

离山剑宗与国教学院之间的关系非常复杂，所以那些视线里的情绪自然也很复杂。有趣的是，离山剑宗弟子们的视线只有一小部分落在陈长生身上，还有一小部分落在唐三十六身上，而绝大多数的视线则是落在了折袖的身上，而且低声地议论着什么，显得稍微有些混乱。这自然不是因为折袖在战场上的赫赫凶名，而是因为他与七间之间的关系。看着这幕画面，苟寒食微微皱眉，离山剑宗弟子们神情骤肃，议论声顿时小了很多。

穿过人群，远远便能看到被青藤遮掩的那座洞府，想必便是离山剑宗掌门的居所。

洞府前有道石坪，相对高一些，站在那处的那道身影很容易被人看见。当然，就算站在万千人中,那个人也会最先被看见。秋山君转过身来,望向陈长生等人。

陈长生看着他不知道该说些什么。昨日决定来离山的时候,他当然提前就已经设想过此时的画面。他本以为对方可能会寻些借口避开不见,但直到此时才明白,如果避而不见,那还是秋山君吗?

65·问道于盲,心有剑音

峰顶无比安静,折袖与唐三十六以及离山剑宗的弟子们看着二人沉默不语。年轻一代修道者里曾经最出名的当然就是秋山君与徐有容,后来才有了陈长生的名字。三人之间的关系非常复杂,那个故事可以讲很长时间。

但据世人所知,陈长生与秋山君从来没有见过面。整个大陆都很好奇,如果他们第一次相遇,会发生怎样的事情。今天他们终于相遇了,接下来会发生什么?

秋山君平静行礼,说道:"一路辛苦。"

陈长生平静还礼,说道:"好久不见。"

在汶水城里,秋山君从他的身边走过,并未真的相见。如此算来,这是在松山军府告别后的第一次相见。听着陈长生的话,离山剑宗弟子们神情有些茫然,心想难道大师兄和教宗陛下曾经见过?折袖与唐三十六对视一眼,也有些吃惊。

叶小涟则根本没有想这些,目光在秋山君与陈长生的脸上不停来回,很是陶醉,心想回到斋里后该怎样向师妹们炫耀呢?

只有苟寒食等昨日随秋山君一道回山的人知晓这两个人曾经在阪崖马场相处过一段时间。

想着这件事情,看着场间的画面,苟寒食等人的表情有些古怪,白菜更是憋笑憋得非常辛苦。

唐三十六很是好奇,毫不见外地走了过去,问这究竟是怎么回事。待知晓答案后,他很是无语,望着秋山君和陈长生感慨说道:"你们两个瞎啊?"

秋山君说道:"你就是唐棠?"

"你认识我?"唐三十六神情微异问道。

他心想像秋山君这样的人物居然也认识自己，有些得意，旋即又因为这份得意而感到恼火。

"听说你从祠堂出来的时候臭不可闻，现在看起来，你当街洗澡却忘了漱口。"

秋山君摇了摇头，示意陈长生随自己向洞府里走去。

唐三十六闻言大怒，哪里还管对方是秋山君，这里是离山剑宗，卷起袖子便准备一通骂战。

苟寒食赶紧把他拉住，劝说道："师兄今日心情不好，你就体谅些。"

这话确实，秋山君虽然不是苟寒食这样的温润君子，但也颇有慷慨之气，很少会说出这样尖刻嘲讽的话。

唐三十六看着已经关闭的洞府石门大笑说道："原来秋山君也会恼羞成怒。"

作为年轻一代修道者里最了不起的两个人，居然曾经做过如此愚蠢的事，自然难免窘迫。而这段最窘迫的往事被当众说破，而且还被毫不客气地点评为瞎了眼，自然非常尴尬。而且因为很多原因，陈长生与秋山君之间本来就有很多尴尬。所以直到洞府深处，两个人都没有说话。

"师父，教宗陛下到了。"

说完这句话，秋山君走到一旁坐下。

一位道人坐在蒲团上，正低着头在看一卷剑谱模样的书册，显得极为专注，只能看到满头白霜。

陈长生知道这位便是离山剑宗掌门，下意识里望向对方。恰在此时，离山剑宗掌门也抬起了头来，二人的视线就此相遇。

陈长生发现对方虽然满头白发，眼神却极为湛然通透，没有丝毫沧桑之意，自有清新之意。如此清新通透的眼神，却给人一种深不可测的感觉。

陈长生神情微异，觉得这位剑道宗师并不见得是最近才进入神圣领域。

"小师叔离开之前，我便已经越过了那道门槛。"离山剑宗掌门看出了他的疑惑，微笑说道，"但这种事情没有什么好宣扬的，我又不像曾经的那几位风雨需要为族人弟子谋万顷良田，而且观礼这种事情很是麻烦，所以没有让世间知晓。"

陈长生问道："那为何……"

他要问的自然是为何前些天，离山剑宗会忽然把这件事情昭告天下。

离山剑宗掌门说道："相王破了这道门槛，如果我再不站出来，只怕人心不稳。"

陈长生明白了他的意思，感激说道："多谢前辈。"

离山剑宗掌门说道："不过是些虚名虚势，只是教宗陛下须知晓，我这老道最怕麻烦，若无事情，是万万不肯下山的。"

陈长生说道："若无必要，定不会打扰前辈清修。"

离山剑宗掌门说道："如果不想打扰我清修，陛下这时候怎会坐在我面前？"

陈长生有些不好意思，说道："但那件事情总要解决。"

离山剑宗掌门看着他似笑非笑说道："那个狼孩子的病好了？"

陈长生摇头说道："非但没有好，而且有恶化的迹象。"

离山剑宗掌门叹息一声，说道："既然如此，相见不如不见。"

陈长生说道："我们这次来离山，除了见人，同时也是来求医。"

离山剑宗掌门问道："此是何意？"

陈长生把折袖的病情讲解了一番，接着说道："我以前在《道藏》里曾经看到过一段记载，据闻离山剑宗当年曾经有一门道法，蕴清正妙音于剑道之间，最是中正平和，相信这种道法可以帮助折袖暂时控制住心血来潮。"

离山剑宗掌门微微眯眼，说道："您的意思是要让那个狼孩子学我离山剑宗的道法？"

陈长生说道："不错，还请前辈成全。"

离山剑宗掌门说道："正剑清音这门道法我倒是听说过，但已失传多年。"

陈长生也知道这件事情，但仍然抱着最后的希望，说道："若剑音双谱还在，或者能够习得正法。"

离山剑宗掌门微笑不语，但似乎无意间把先前一直专注观看的那本书册合了起来。

陈长生的视线落在那本书册的封面上，很是惊讶，原来这就是正剑清音的双谱！

离山剑宗掌门微笑说道："正剑清音确实已经失传，我昨日才开始学，不能确定何时能够学会。"

至此陈长生哪里还会不知，原来离山剑宗对此事早有安排。

他对着离山剑宗掌门深深一揖，神情真挚说道："多谢前辈成全。"

能有一位神圣领域境界的剑道强者重续正剑清音传承，再传授给折袖，当然要比折袖自己拿着剑谱修行强上无数倍。

离山剑宗掌门微笑着，但没有接话。

66·苏离的剑道

陈长生修道天赋极高，俗世智慧却很普通，怔了很长时间才反应过来，又很认真地想了一段时间才说道："若有契机，我自当说服白帝陛下，把离山剑法总诀送回来。"

数百年前，人族与妖族联军北伐魔族，离山剑宗数位长老运粮失机，论罪当斩。离山剑宗无可奈何，把剑法总诀送于白帝城，才让白帝颁下圣旨，迫使金玉律松口。对离山剑宗来说，如果能够不与白帝城翻脸便能把离山剑法总诀拿回来，当然是极好的事情。而现如今最有可能做成此事的，当然就是陈长生。

听着陈长生的承诺，离山剑宗掌门很是满意。秋山君则是微微挑眉，有些不满意——他的师叔祖苏离当年曾经说过，离山失去的东西当然应该由离山自己拿回来。

不过既然是掌门师父的意思，他也不好当着陈长生的面表示反对。

解决了折袖病情这个最大的问题，陈长生的心情好了很多，说道："现在可以让他们见面了吗？"

离山剑宗掌门摇头说道："就算那个狼孩儿学会正剑清音，也不过是暂时压制病情，不算治好，自然不能见面。"

陈长生很是无奈，说道："何必如此？"

离山剑宗掌门也很是无奈，说道："这是小师叔的意思，谁敢违逆？"

陈长生想着苏离的性情，也自无语。

秋山君忽然说道："我觉得师叔祖这件事情做错了。"

离山剑宗掌门说道："但他毕竟是你的师叔祖，你须敬他爱他。"

秋山君说道："似师叔祖这般性情，实在很难令人生出敬爱之心。"

陈长生想着当年自雪原万里归来途中的那些画面，与秋山君对视一眼，便知道对方在想些什么，心有戚戚。这一瞬间，他们仿佛回到了阪崖马场。但只是一瞬间，很快他们便再次感觉到了不自在，分开了视线。

"难道真的没有别的方法可以通融一下？"陈长生向离山剑宗掌门问道，"反正苏离前辈现在也不在。"

离山剑宗掌门说道："小师叔虽然走了，剑还在山中。"

陈长生听出这句话里似乎隐藏着些什么意思，问道："剑？"

离山剑宗掌门说道："小师叔留下了一道剑，如果有人能够胜过这一道剑，便可以无视他的法旨。"

陈长生想了想，说道："我想试试。"

"我不想瞒你，想要破掉那一剑非常危险。"离山剑宗掌门看着他正色说道，"小师叔是你在剑道上的老师，算起来你就是我的师弟，我不愿你去冒险。"

陈长生说道："晚辈末学，实不敢应。"这说的是师弟这个称呼。

离山剑宗掌门笑着说道："确是失言，就算你敢应，我也不敢真这般唤你，不然有人会不高兴。"

如果陈长生成为离山剑宗掌门的师弟，那么岂不是要成为秋山君等神国七律的师叔？谁会不高兴，自然不问而知。陈长生看了秋山君一眼。

秋山君没有理他，看着离山剑宗掌门说道："若让小师妹听到这番话，师父你的胡子还能剩下几根？"

离山主峰后麓有片崖坪，崖坪之前是片石壁，上面覆着青藤，藤间杂着些野花。只有走到近前，才能看清楚，原来在那片青藤之间有道约莫两尺宽的石壁通道。隐隐可以听到石壁通道那头有清脆的鸟鸣传来，还有花香传来，若仔细望去，还能看到满眼绿意。那边竟似有一片青翠山谷。

秋山君与苟寒食等离山弟子带着陈长生一行人站在崖坪前。

折袖看着那道石缝沉默不语。

"小师妹这几年便在那边静修，如果想要见她，便要从这里走过去。"苟寒食对陈长生等人说道，"这条石道是当年师叔祖破境入神圣之前用手中剑斩破山崖而成，石壁之上自有剑意杀机存留，极其危险，而这也就是你们要破的那一剑。"

陈长生很清楚，遮天剑失落于周园之后，苏离一直用的是离山下小镇某个铁匠铺打造的普通青钢剑，想着当年此人竟是用这样一把普通剑在山崖间生生斩出一片洞天，不由震撼无语。

他的视线落在青藤里的那条石壁通道上。石壁上残留着无数道剑痕，非常深刻，即便经历了数百年风雨，依然没有磨灭。此时距离石壁入口处还有十余丈距离，他便能清晰地感觉到那些蕴藏在剑痕里的凌厉剑意。

白菜和唐三十六等人多看了那片石壁几眼，甚至觉得眼睛有些刺痛，想要流泪。折袖始终盯着那道石壁，沉默不语，异常专注，眼睛渐渐微红，却依然眨都没有眨一下。

有阵山风自崖坪外吹来，拂动地面的落叶，掀起了陈长生的衣衫。只听得嘶的一声轻响，他的衣袂上出现了一道笔直的裂口。衣袂一角随风飘起，落入崖外。

陈长生低头向崖坪地面望去，只见那道石壁通道入口处的十丈方圆内，地面无比光滑，而且连片落叶都没有。想必是石壁里的凌厉剑意随岁月散溢而出，将落于此间的所有落叶与石砾都尽数斩成了碎屑。

如此森然可怕的剑意，真是举世罕见。不愧是千年来的剑道最强者。折袖动了。然后被陈长生拦了下来。

"我随苏离学过剑，我对他的剑道非常了解，你应该让我先去试试，就算没办法通过，我应该也有机会退回来，而你需要做的事情是观察。以你观察和分析战斗的能力，接下来的成算会大很多。"

陈长生看着他的眼睛认真说道。他说的没有错。虽然只需要走过这片遍布剑痕的石壁通道，但同样是一场极其艰巨的战斗。这是他们与数百年前的苏离之间的战斗。

折袖沉默了会儿，停下脚步，说道："谢谢。"

很多事情不需要说太多。以折袖的性情，一声谢谢已经足以说明很多事情。

陈长生取出无垢剑，反转剑柄，与藏锋剑鞘组合在一起。这是他的剑的最强形态。

当年在浔阳城里面对朱洛，后来在京都独闯北兵马司胡同，以及在雪岭里面对两代魔君时，他都是这样做的。今天他要闯的是石道，同样如临大敌。

数百年前的苏离，在斩开这片洞天的时候，还没有达到神圣领域，更不像后来那般强不可言，但剑道上的修为已然强大到了极点，对现在的他与折袖来说，依然是难以企及的存在。

陈长生提着剑向前走了一步。只是一步，他的衣衫上便多了数道裂口。

67·闯剑道

他沉默了会儿，又向前走了一步。微寒的山风拂动他脸前的发丝，然后飘落。凌厉而无形的剑意，随风而生，无声而至。这一次，他沉默了更长时间。

他需要做出选择，是用三百六十五处气窍里的星辉凝结星域相抗，还是用剑意相抗。最终，他选择了后者。因为苏离是他在剑道上的老师。今日他当然要用剑道来挑战对方，如此才能算作交出一张合格的答卷。

无数道剑意离开剑鞘，来到崖坪之上。那些剑意气息并不相同，显得有些驳杂，但神奇的是，彼此之间竟是毫无冲突，反而显得格外融洽。看着这幕情景，苟寒食微微动容，眼里生出赞叹之意。

陈长生的剑道修为再高，但以剑意论依然不及苏离凝练精纯，想要在质量方面战胜对方很困难。所以他选择用数量来弥补质量上的不足。

这看似很普通，但细思却极不普通。除了他，这个世界上还有谁能够同时拥有如此多数量的剑意，并且能够如此随意地驭使自如？

崖坪上忽然响起无数声轻微的摩擦声。山风骤然消失，石壁上的那些青藤却摇摆起来。与剑意共生数百年的青藤，自不会受到剑意的侵袭，然而此刻却纷纷断裂，然后落下。

明明什么都看不到，石壁之前却仿佛有无数道剑正在无声地相争。无数道剑意在极小的范围内做着最细微的较量。天地间的气息都随之变得森然起来，便是天光都忽然变得幽暗了很多。

陈长生走到了青藤之前。青藤片片碎裂，露出了石壁通道的入口。他没有任何犹豫，就这样走了进去。

剑意的搏杀还在他的身后继续，石壁通道入口处的空气里出现了无数道裂口与白色的湍流，遮住了里面的画面。

片刻后，石壁里剑鸣大作。

石壁通道很狭窄，天空在极高的上方被切成一条线，陈长生走在其间，视野有些幽暗。

石壁上到处都是笔直的剑痕,两端极细,中间略粗,看着很圆润,却又极其锋利。每道锋利的剑痕都代表着一道剑意。

那些剑意自石壁里浮现,凌厉无比地斩向陈长生的面门,同时向着他的幽府以及识海侵袭而去。陈长生没有任何慌乱,脚步沉稳至极,横剑于身前,将要齐眉,就像是一道铁链。正是苏离传授给他的第三剑——笨剑。这一剑首重心性,以陈长生坚毅沉稳的心性,在他的手中施展出来,真可谓是坚若磐石。

啪啪啪啪,石道里响起无数清脆的剑鸣,听上去就像是两把剑在不停地碰撞。陈长生的眼前尽是横直的剑身,剑身边缘到处都是飞溅的火花,两侧的石壁上瞬间便添上了数十道新的剑痕。

他的剑挡住了有形的剑意,却无法阻止无形的剑意向着身体里侵袭而去。随着向石道里愈深,那抹森然的感觉愈浓烈,尤其是识海里已然生出无数狂澜,然后被那些剑意斩成泡沫。

随着这些泡沫出现然后消亡,他的眼睛开始生出刺痛的感觉,身体皮肤上的切割感更是清晰无比。这些剑意才是真正的考验,非意志坚毅、神识澄净之人,根本无法承受。陈长生横剑于前,继续向前走去。

通道入口处极窄,随后渐行渐宽,但这并不意味着更加好走,反而石壁上的那些剑痕越来越密集,显现出来的剑气越来越磅礴,剑意也越来越森然。更可怕的是,那些剑痕之间渐要生成某种联系,源源不绝而至。

一道剑痕便是一剑,若能相连,便是成套的剑招。这个时候,陈长生才真正地开始直面苏离的剑道修为。

无比森然的剑意从石壁上溢出,遮蔽头顶的天光与前方远处的那抹翠色,如汪洋一般涌来。陈长生身体微微摇晃,险些没有站稳,脸色也变得苍白了数分。

如果不是当初他曾经在藏锋剑鞘里无数次经历过剑意海洋的磨砺,只怕在这一刻就已经败了。

怎样才能穿过这片堪称浩荡的剑意海洋?怎样才能破掉苏离的这些剑招?

陈长生专注地听着密集的剑意破空声,静静地看着那些剑意在空中斩出的裂缝,感知着剑意的细微变化。他的眼神如往常一样,依然干净得仿佛小溪,没有任何尘埃,映照出天空里的流云,掠过云间的剑光。

他的剑已经不再横于眼前,而是平直伸于空中。笨剑只能防守,怎样才能

188

破掉苏离留下的剑招？当然只能用剑招。

一道剑光撕裂空气，斩碎自天而落的一道剑气，那是天道院的临光剑，快到天机都无法捕捉。数道剑花颤颤现于山风之间，挡住自斜上方落下的海天一剑。剑影分作十三道，每道都是一根柳杨枝，看似柔弱，却极坚韧，任你剑落入山，也能承受。还有繁花似锦、山鬼分岩、法剑肃杀、转山亦兼迎宾，最后燎天而起。这都是离山的剑法，当然可以破掉你的离山剑法。

还有国教学院的倒山棍、真剑，他是教宗，亦是国教学院院长，自有神圣意味相随！就像当初在奈何桥上面对徐有容的大光明剑时一样。陈长生把自己这辈子学过的所有剑法都施展了出来。

剑光照亮了幽暗的石壁通道。无数著名的，或者无名的，或者极其偏门的剑招，在他的手里出现。

时间慢慢地流逝。陈长生执剑前行，不知道已经过了多长时间，终于来到了石壁通道的后段。哪怕有无数剑光遮掩，剑意森然刺目，他也能够看清楚通道外面那片翠谷。然而，似乎只能走到这里了。

他把自己这辈子会的所有剑法都用了出来，依然没能破掉石壁上的所有剑招。直到这个时候他才想明白一件事情。

说到剑道修为，当今世间可以说找不出来几个人比他高，更没有谁比他会的剑法更多。但今天他面对的是苏离，苏离会的剑法比他还要多，剑意更是凝练强大不知多少倍。苏离是他在剑道上的老师，他又如何能够在剑道一途上胜过对方？

陈长生停下了脚步，放下了手里的剑。那些剑意感受到了他的心情，也停止了攻击，静静地悬在石壁间的空中，等着他的决定。

退出或者继续前进。

68 · 最后一课

那些剑意很安静，依旧不失森然，哪怕用神识感知，都可能被伤到识海。

被先前这场剑斗所震，石壁上方有块石头松动，骨碌碌滚落下来，却没能落到地面，还在半空中，便被那些无形的剑意切割成了无数片，最后化作最细的粉末，被山风吹向出口外的翠谷，再也没有踪影。

陈长生看着这画面，沉默了很长时间。然后他低头认真地想了很长时间。

他在回忆当年在荒原上苏离传剑的那些画面，以及后来发生的一些事情。苏离带着南方圣女去圣光大陆之前，给这个世界留下过几封信。一封信斩断了长生宗最后的气魄，一封信断了朱洛一臂。这些信自然是极其珍贵可怕的事物。

陈长生得了两封。从这一点可以看出，苏离真的很看重他，甚至是把他当作衣钵弟子在看待。这两封信救了陈长生两命，同时对他的剑道修为也有极大的提升。

现在通道里到处都是剑意，凝而未发，却是世间最锋利的存在，可以斩碎一切事物。这让他想起当初在国教学院厨房里拆开苏离那封信后的情况。

当时他站在这些剑意里，一动都不敢动。现在，他还是只能一动不动。就只能走到这里了吗？陈长生忽然想起来，苏离临走前也曾经留过一封信给秋山君。但秋山君没有要。

或者，这便是他与秋山君之间的差距？当年在荒原上苏离传剑于他时，曾经说过他很不错，只比秋山差一点。在浔阳城里分别时，王破也对他说过，他很不错，只比秋山差一点。从西宁到京都，类似的话他听过很多。

最开始的时候在别人的议论里，他与秋山君的差距有若天壤之别，后来这种差距逐渐缩小，但哪怕他现在已经是教宗，秋山君还只是离山剑宗的普通弟子，并且销声匿迹五年，但依然没有人说过他已经超过了对方。

陈长生看着那些其实看不见的剑意，就像看着苏离本人，说道："我还想试试。"

他想试试还能不能再往前走一步，直至走出这条石壁通道。他想试着证明给苏离看，当初选择传剑于自己是正确的。他想试着证明给天地看，自己或者不比秋山君强，但也不会比他差，至少在某些方面。

心意既定，气息自静。他这时候的心境一片澄清，仿佛被水洗过无数年的剑。无数剑自鞘中无声而出，仿佛跃出池面的鱼，将要成龙。无数道剑光照亮了晦暗的崖壁，夺去了天地间所有的颜色，向着那些无比强大的剑意斩将过去。

清脆的剑鸣密集而作，渐要连成一道线，仿佛海天之际的那道线，然后骤然静寂无声。

崖坪上的人们一直紧张地注视着通道里的动静。有青藤隔阻视线，有剑意乱了天光，无法看清楚里面的具体画面，但可以隐约看到那些剑光。

忽然间，剑光大盛，反而什么都看不清楚了。剑鸣大作，反而什么都听不见了。

只能看见山风呼啸而起，卷起无数石屑烟尘，在石壁通道之间不停冲突，挣扎，仿佛一条活过来的龙般。

看着这幕画面，感受着山崖里传来的震动，那些普通的离山剑宗弟子脸色微白，震惊想着，教宗大人不愧是苏离师叔祖的衣钵弟子，剑道修为果然如传闻里这般强大，难道他真能走得过去？

白菜有些担心，问道："他是准备把这条石道给毁了吗？"

陈长生开始以剑破壁后，秋山君一直保持着沉默，神情没有任何变化，显得非常平静。

直到这时候，他的脸上终于第一次现出凝重的神色，说道："如果他能把这条石道毁了，自然算是成功。"

这条石道乃是离山主峰的真崖，当年被苏离以难以想象的剑威斩开一处洞天，其后数百年间，石壁上的剑痕不停添加，剑意浸润入山崖，无比坚硬，即便是国教重宝也很难毁掉，陈长生自然也没有这种能力。

但他走了出来。不知道过了多长时间，他终于走过了这条石壁通道，来到了出口外的草甸上。他的衣服上到处都是破口，发带也早已不知何时断裂，黑发散在身后，显得有些狼狈。鲜血从衣服上流出，被清风一拂便渐渐淡化，好在天书陵之变后，他已经掌握了某些法门，没有生出什么异变。

他天生无垢，神识宁静强大至极，冥想效率极高，星辉数量极其丰沛，坐照时曾经浴过玄霜巨龙真血，凝结星域时更是同时点亮了三百六十五处气窍，可以说拥有世间最完美的修道之躯。

今天却受了这么多伤。除了满身剑痕，他的脸上也有数道极细微的血口，左边的眉毛更是被切掉了小半截，如果稍微偏一些，只怕便会伤到眼睛，可以想见当时的场景何等危险，而苏离留在石壁上的那些剑意又是多么可怕。

站在石道外，看着满眼翠谷以及无云碧空，陈长生觉得畅快至极。今天面对着苏离留下的剑意，他把平生所学尽数施展出来，没有任何保留，不需要任何隐藏。这不是他修道以来最凶险的一场战斗，却是最痛快的一场战斗。无数剑法尽情施展，斩开石道与天地，也壮阔了他的心胸。他甚至很想对着翠谷碧天大声喊上几声。只不过这有些不符他的性情。最终他没有喊，而是转身望向了那条石道。

他看着那条石道沉默了很长时间。他仿佛看到了一些画面。数百年来，苏离偶尔回山，便会来到这里，看似随意地在石壁上斩了一剑。那些剑道修为高深的剑堂长老，抱剑于石道里冥思苦想，只为多进一步，偶有所得，也在石道上斩落一剑。

数百年来，苏离的剑道精华尽在其间，离山剑宗的气魄意志也尽在其间。这条石道就是离山剑宗弟子用来磨砺剑心的地方。

苏离把自己的女儿留在这片翠谷里，必然会想到陈长生和折袖一定会尝试走这条石道。换句话说，这本就是他留给陈长生的最后一课。

69 · 欲入吾门，必受其剑

那折袖呢？陈长生心想难道苏离逼折袖走这条布满剑意的石道，只是想教训他一番。

又或者这就是老丈人对女婿的考验？

"我父亲没有你想得那么好，他就是不想让折袖见我。事实上，他肯定也想不到你居然真的可以闯过来。"

听到声音，陈长生转身望去。然后他看到了已经很多年没有见到的七间。

那年在天书陵以及随后在周园他认识的七间都是个瘦瘦小小、看着有些怯弱的小男生，所以哪怕早就已经知道她的真实身份，看着她一身青色衣裙女儿家的打扮，他还是愣了很长时间才醒过神来。

"好久不见。"陈长生对她说道。

七间把乱发撩到耳后，问道："几年了？山中不知岁月，我也懒得记日子。"

现在的她是个神情明朗的少女，甚至比小时候还要显得更健康些，并没有陈长生事先想着的那种郁郁之感。

陈长生望向四周，发现翠谷里植被茂密，远处有流瀑，隐见水潭，鸟鸣之声不绝，风景极美。但即便是仙境，终年被幽禁在此也是极苦。想着此事，听着她的话，他对苏离以及整座离山的不满更强了些。

看着他的神情，七间轻声说道："教宗大人您是不是误会了什么？"

陈长生微怔问道："难道你不是被幽禁在此？"

七间说道："这几年我确实一直在这里静修剑法。"

陈长生说道："那你何必还要替师门解释？这地方想要进出可不容易。"

想着先前石壁山门里的那些凶险剑意，他余悸未消。如果每天都要承受一次这等考验，哪怕这翠谷风景再好，他也是不愿来的。

七间知道他是关心自己，微笑说道："除了像你这样，自然有别的法子。"

陈长生微怔，心想难道还有别的通道出入，问道："那你这时候可以出去吗？他……在那边。"

七间敛了笑容，平静而坚定地说道："他如果真的想见我，自然能过来见我。"

陈长生隐约明白了这句话的意思，只是无法确定。

如龙般的烟尘渐渐敛去，天光重新洒落崖坪，石道里恢复了真正的安静。众人神情微凛，不知道里面的情况究竟如何。折袖看着那边，沉默不语，若有所思。

秋山君说道："他过去了。"

听着这话，关飞白看了眼天光，脸上流露出吃惊的神色，说道："居然只用了三刻钟的时间？"

唐三十六不知道那条石道究竟有多难行，但看关飞白的反应便知道陈长生用的时间应该极少，得意说道："你也不想想他的剑法可是你们师叔祖亲自教的，过这条石道对他来说算得了什么？"

白菜冷笑一声说道："大师兄五年前过这条石道的时候，只用了两刻钟的时间。"

听着这话，折袖看了秋山君一眼，唐三十六也有些吃惊。秋山君的声名早已传遍世间，但很少有人见过他出手，折袖与唐三十六也没有。他们其实一直很想知道，都说秋山君很强，到底强到什么程度。

汶水城里的那声喊，圣女峰上的几幅画，证明了秋山君确非常人，可是那终究不是修行与战斗。直到此时，他们才知道原来此人真的很强。五年前的秋山君比现在的陈长生还要小些，境界只怕也稍有不如，居然能够只用两刻钟便

193

走过这条石道?

苟寒食说道:"师兄自幼在山中学剑,并非第一次闯剑道,自然要占些便宜。"

离山剑宗弟子知道二师兄的行事风范,见他替陈长生说话也不以为异。倒是唐三十六不知道该如何接话了。

折袖没有理会这些人的对话,直接向着那条石道走了过去。那些从石壁里溢出青藤的剑意,飘落在他的身上,瞬间撕裂了他的衣衫。但他毫不在意,神情都没有任何变化。离山剑宗弟子与唐三十六等人的视线都落在了他的身上。

事先便已经有很多人想到陈长生应该可以闯过这条石道,因为他修的本来就是离山剑道。那么这个自幼便凶名极盛的狼族强者呢?他才是这件事情的主角。

对陈长生来说,走过这条石道是一场战斗。对折袖来说,走过这条石道是一次狩猎。从某种角度来说,他的身上确实保留着很多原始的意味。

作为妖族与人族的混血,他的身躯坚逾钢铁,天赋悟性极强,智商极高,神识极其强大,真元无比充沛。随着心血来潮这种怪病越来越重,他的经脉越来越粗,神识更加狂暴,真元数量更是陡增。就像北方原野里的某些妖兽,在即将死去的时候,它们会变得无比强大。

折袖现在就很强大,而且当陈长生走过石道的时候,他就像真正的野兽一样在不停地观察,没有漏过任何细节。他确认已经找到了猎物的弱点,那么便要节约所有的力量与不必要的消耗,直接扑过去,咬断对方的咽喉。

拉开青藤,他走进了石道里。他看着铺天盖地而来的剑意,没有摆出任何战斗的姿态,说道:"我不是来向你学剑的,也不想证明我比你强,我只是想来见她,谁都不能阻止我。"

这句话他是对着石壁上的那些剑痕说的,自然是想说给这些剑痕的主人听。

无数剑鸣声冲天而起,显得极为愤怒,然而没有过多长时间,这些剑鸣便消失了。石道里一片安静,无论是崖坪上的唐三十六等人,还是山崖那边的陈长生,都非常紧张。

等了很长时间,再没有剑鸣响起,陈长生明白过来,说道:"这就是那个方法?"

七间平静说道:"剑识通灵,无法欺骗,只要心诚,便能传达信息,既然非敌,为何要拦。"

陈长生说道:"那先前的剑鸣又作何解?比我遇着的似乎更要狂暴。"

七间嘴唇微抿,看似不在意,实际上很紧张。脚步声越来越近。折袖从石道里走了出来。

70·草原枯荣人如昨

折袖的模样比陈长生先前还要更加狼狈,坚逾金石的身躯上到处都是伤口,更是满身灰土。

陈长生从袖子里取出手帕递了过去,好奇问道:"你是怎么过来的?"

折袖面无表情说道:"打不还手,骂不还口,就是往前走。"

陈长生说道:"这样也行?"

折袖说道:"或者他直接杀了我。"

陈长生说道:"……这可不符合你的性情。"

折袖说道:"可以改。"

自幼便被视为妖邪,被逐出部落,在生死之间挣扎,艰难求存。折袖从来都不是一个在意他人眼光的人,更不知道变通这个词怎么写,性情冷硬到了极点。但为了某些事情,他愿意改变自己,哪怕要违逆自己的本心和最强大的习惯。比如这个时候,他拿着陈长生递过来的手帕很认真地擦拭脸上的污迹。

片刻后,他看着陈长生很认真地问道:"擦干净了没有?"

陈长生看了会儿,说道:"还可以。"

折袖看了眼身上被剑意斩破的衣裳,对他说道:"我知道你随身带着很多衣服,借我一套。"

"没事的时候,我做了几套衣服,你一会儿看看合不合身。"

七间的声音从陈长生身后响了起来。她的声音很轻,有些微颤。陈长生让开了位置。看着那个一身青裙的少女,折袖怔住了。七间看着他,有些紧张。

一片安静。已经有好多年没有见面了。有些陌生。有些不习惯。他还是那样。她已经变成了大姑娘。

七间提起裙摆行礼。作为苏离的女儿,掌门的关门弟子,她是离山身份最特殊的小师妹。她很少向人行礼，所以动作显得有些笨拙。

折袖揖手回礼，动作更是僵硬，因为他从来都没有给人行过礼。气氛也有些僵硬。二人沉默了很长时间，不知道该怎么开口说话。

"我的时间不多了。"折袖忽然说道。

七间知道他的病情正在恶化，听着这句话以为他像以前那样，不禁有些生气。

折袖却接着说道："所以我想更珍惜时间一些。"

七间微怔，问道："你想做什么？"

折袖看着她认真说道："我想抱抱你。"

七间的小脸变得通红，不知道该怎么回应。折袖有些笨拙地张开双臂。

七间有些想哭，说道："我要你背我。"

折袖转过身来，在她的身前蹲下。七间靠了上去，抱紧他的脖颈，然后就哭了起来。

"不要哭了。"折袖有些不安。

七间有些委屈，说道："我就要哭。"

折袖想了想，问道："你住在哪里？"

七间有些紧张，问道："你要做什么？"

折袖说道："你不是说给我做了几套新衣服？"

七间靠在他的背上，轻轻哼了声，说道："谁说我是给你做的衣服？"

折袖笑了笑，没有说话。

七间低声说道："南野，轸星位，四里。"

折袖怔了怔，然后缓缓闭上眼睛。他背着她往那边跑去。那片是一大片草原，在阳光下仿佛麦田，泛着金浪。看着就像周园里的那片草原一样。

陈长生退开后便尽可能地保持着安静，以免打扰到他们。紧接着他发现这是多虑，因为折袖和七间的眼里明显只有对方，再无旁人。不然以警觉著称的折袖，怎么会没有听到如此密集的脚步声还有人声？

秋山君等人与唐三十六走过那条石道，来到了陈长生的身旁。就像七间说的那样，那条石道有很多通过的方法，而且离山剑宗弟子自然有办法让那些剑意平息。他们到的时候，正好看到折袖笨拙地张开双臂，想要把七间抱进怀里。

唐三十六大笑说道："这家伙是想冒充轩辕破吗？"

秋山君挑了挑眉。苟寒食摇了摇头。关飞白面若寒霜。梁半湖皱眉不语。白菜差点骂脏话。

捧在手掌心带大的小师妹，忽然要被别的男人拥进怀里，任谁看到这样的画面，心情都会变得有些糟糕。哪怕是温润君子如苟寒食，又或是胸怀高远如秋山君。

折袖背着七间往翠谷下方奔去。关飞白等人面色稍和。

陈长生走过来，对秋山君说道："谢谢你。"

秋山君指着翠谷下方说道："若是此事，免了。"

对小师妹的同情怜惜自然是有的，尤其是他，但要说他真心愿意让这对有情人成眷属，亦是违心之言。所以他说免了。但陈长生说的并不是这件事。

"听闻苏离前辈临走前曾经想给你留一封信，但你没有收。"陈长生说道，"先前过石道之时，才明白其中意思。"

秋山君说道："我此举并无深意，只是不喜欢师叔祖当日行事，有些恼火，所以不收。"

陈长生沉默了会儿后说道："前辈行事确实有些不负责任，我也不喜欢。"

"都说我和苏离前辈很像，想来我若见了他必然喜欢。"唐三十六带着遗憾说道，"可惜缘悭一面，不然前辈定会传我些好东西。"

关飞白冷笑一声说道："你怎么不去照照镜子？"

唐三十六挑眉说道："我每天清晨醒来都会照镜子，很是丰神俊朗，难道你师叔祖生得很丑？"

说俏皮话这种事情，离山剑宗诸峰弟子加在一起也不是他的对手。

苟寒食示意关飞白不要多言，对陈长生说道："教宗大人以剑破道，依规矩，自此便可算作我离山一脉。"

如果是世间普通的修道者，能够算作当今最强势的离山剑宗弟子，自然是求之不得。然而陈长生不是普通人，身份更是尊贵至极，便是离山剑宗掌门都无法比拟。苟寒食此言并无他意，只是做个告知，在他想来，陈长生自然不会接受。

确实如此，陈长生对离山剑宗没有抵触，这些年来双方之间的牵扯极深，他与苟寒食等年轻辈弟子也颇为投契，只是他作为教宗无论如何不可能拜入离山门中，不然让离宫里的那些教士如何自处？

陈长生说道："本就是同道中人，自然同门。"

苟寒食赞道："此言有真义。"

便在这时，翠谷外面的草原上传来了七间开心的笑声。看着草原上那条清晰至极的烟尘线条和前方那两道身影，众人各有感慨。

陈长生和秋山君摇了摇头，异口同声道："也不知道那个家伙到底是怎么想的。"

此言一出，满场俱静。众人都知道他们说的那个家伙是苏离，安静却不是因为这句话里的不恭敬。

苟寒食看着陈长生和秋山君神情微异说道："你们很默契啊。"

其余的人也都在看着他们。陈长生与秋山君对视一眼，然后很有默契地转过身去，不再说话。

71 · 分别只在一信间

当天夜里，离山剑宗就在翠谷里安排了一场晚宴，用篝火烤肉。这样的招待对教宗这样身份的人来说，未免有些不够尊敬。陈长生没有意见，他知道这是因为七间有些害羞，不愿意离开翠谷去面对太多同门。而且篝火烤肉自有野趣，他很是喜欢，只是想着当初在阪崖马场烤肉喝酒的画面，发现秋山君没有出席，心情有些复杂。

唐三十六端着一碗酒与叶小涟在说些什么，把小姑娘逗得花枝乱颤。苟寒食与户三十二坐在一起低声说着话，应该是在筹谋布置一些日后重要的事项。关飞白、白菜等人则是坐在陈长生的身边，盯着对面，一动不动。

在篝火堆的对面，折袖与七间坐在一起。七间靠在他的肩上，在火光的映耀下，小脸上的笑容显得格外幸福。折袖身上的新衣服也很引人注目，可以看出做衣服的人手艺很一般，但针脚很密，说明费了很多心思，下了很多功夫。

看着这幕情景，陈长生很是欣慰，关飞白等人的心情自然糟糕到了极点，很快便离开了翠谷，叶小涟也随之而去。

夜深人静，篝火在夜风里呼呼作响，七间靠在折袖的肩旁，轻轻地哼着什么小曲。

陈长生看了看四周，心神微动，便把南客从周园里带了出来。看着忽然出现在篝火旁的南客，七间神情有些紧张，下意识里握住了腰畔的剑柄。

"你应该喊她小姨，不用这么紧张。"陈长生说道。

七间怔了怔才明白这句话的意思，看着南客的脸，情绪有些复杂。

唐三十六的视线在南客与七间之间来回转，最后落在陈长生的身上，说道："感觉这辈分这么乱啊。"

陈长生不理他，对七间表明了自己的意思——今后一段时间，南客也会在离山里生活，他希望七间能够帮忙照顾。七间确认这是掌门师父默允的事情，自然不会拒绝，应了下来。

把南客留在离山剑宗，这是陈长生深思熟虑之后的结果。首先是为了南客的安全着想——圣女峰上无穷碧的质问犹在耳边，而离了他的身边，也只有离山剑宗有能力，并且愿意收留这名魔族公主，再就是离山剑宗的正剑清心对南客恢复神志也应该有所帮助。一个是治，两个也是医，反正折袖要留在离山治病，那就干脆让南客也一起好了。

陈长生与七间说话的时候，南客怔怔地看着他，不明白他为什么要和自己分开。就像过去的那些天一样，她抓着他的衣角，只是这一次抓得更加用力。

看着她的眼睛，陈长生的心情有些低落，但没有办法，只好低声哄了很长时间，才终于让南客松开了手。

七间一直看着这些画面，忽然认真说道："我可不想喊你姨父。"

听着这话，陈长生怔住了，唐三十六的笑声传到了翠谷外的草原深处，惊起无数夜鸟。

"我爸肯定也不想喊你妹夫。"七间看了眼静静坐在陈长生身边的南客，说道："你能不能别这样？"

陈长生的性情向来温和，这时候终于忍不住有些不悦，说道："我到底怎样了？我什么都没做过。"

七间说道："你明白我说什么。"

折袖说道："她的意思是，你不要对别的女孩子太好。"

唐三十六说道："你们以为陈长生自己心里不清楚？他清楚得很，所以才会老羞成怒。"

办完离山的事情，第二天清晨陈长生等人便告辞沿原路返回。

白帝城那边到底出了什么问题，到现在为止还无人知晓，他的心里一直有一道阴影，很是担心。他和徐有容约好在圣女峰下的小镇见面，相信那时候，应该会有最新的消息抵达。到时候他们会再决定接下来如何做。

晨光刚刚落在青山上，桐江上的风还有些微寒。陈长生看着江对岸的小镇，知道徐有容应该已经到了那处，心情略好。便在这时，天空里响起一声雁鸣，有红雁化作一道红线自北天破云而至，落在他的身前。

户三十二解下红雁脚下绑着的信筒，按照约定的法门去除符记，取出信纸递到陈长生的面前。看着信纸上那些密密麻麻的字迹，陈长生神情未变，但所有人都感觉到，他的情绪有些紧张，而且有些生气。

桐江畔的草地上覆着浅浅的霜，就像他此时的情绪。

陈长生拿过一张信纸草草写了数句话，让叶小涟转交给江对面的徐有容，说道："我有急事先行一步。"

说完这句话，他再没有任何犹豫，登上天南道殿早就已经准备好的车驾，顺着桐江西岸的官道，向北方疾驰而去。叶小涟不知道发生了什么事情，踏波过江，见着徐有容，把信递了过去，不免有些惴惴不安。

徐有容这时候已经知道发生了何事，对陈长生忽然离去也不生气，只是看着信纸上的那些字，难免还是有些不悦。

"去便去吧，我也不会说你什么，只是骑我的鹤去看别的小姑娘，这就有些过分了。"

顺桐江北上，出落梅山脉东麓，陈长生一行到了大周朝最南方的汝南郡。

辇驾进入汝南王府的时候，太阳才刚刚越过树梢，可以想见这一路来得多急。

唐三十六和户三十二都觉得疲惫到了极点，同时也好奇到了极点。陈长生离开阪崖马场之后，一直有人给他送信，离宫的所有安排都与那些信件有关，写信的人究竟是谁？为何陈长生会言听计从，而今天这封信里又写了什么内容，竟让陈长生如此着急，甚至让他们想起了当时在奉阳县城陈长生知道圣女峰生变后的情形。

对陈长生来说，世间有谁的地位竟与徐有容差不多？

来到汝南王府深处，唐三十六与户三十二并没有找到答案，而且等着他们的并不是汝南王，而是……娄阳王。这位陈氏里最窝囊的王爷看着极为疲惫，满身尘土，应该也是刚刚从北方赶到这里。看着陈长生走了进来，娄阳王赶紧参拜，跪到地上，屁股撅得极高，显得极为恭顺。

72 · 商行舟来信

看着这幕画面，唐三十六心情微异——就算陈长生是教宗陛下，就算这位王爷再胆小懦弱，何至于行此大礼？

陈长生看着娄阳王微显笨拙的动作与笨重的身躯，微微失神，不知道想到什么，竟没有立刻让对方起身。

唐三十六再次觉得不对，很明显陈长生对这位王爷的态度或者说心态有些问题。在陈家诸王里，这位娄阳王可以说最低调老实，哪怕朝廷与国教争执得再如何厉害，对离宫的态度向来恭谨，先前的画面也证明了这点。按道理来说，以陈长生的性情与行事就算不对这位王爷如何亲热，也不应该如此冷淡才是。

没有听到陈长生的声音，娄阳王的神情显得极度不安，汗水涔涔而下，用可怜的眼光看了唐三十六一眼。唐三十六用手指轻轻地戳了一下陈长生的后背，陈长生终于醒过神来，赶紧请娄阳王起身。娄阳王明显松了一大口气，赶紧从怀里取出一封很薄的书信，就像捧着传家宝般小心翼翼地递到了陈长生的身前。

户三十二看着那封信的封皮，确认不是平时以及今晨的那些书信，那么这封信又是谁写的？

窗花纷繁，仿佛真实之物，天光从屋外进来变淡很多，有些幽暗。陈长生看着信封上的符印，停顿了片刻，然后很熟练地拆开。

信纸上的笔迹已经多年未见，但依然熟悉，就像写信的那个人一样。笔触顺滑而流畅，仿佛镇外的溪流，看似秀媚，实则风骨暗蕴，如雾中的孤峰。陈长生看到第一行字，面色微沉。晨间收到的那封信上说的事情果然是真的。他皱眉，再也没有松开过。

唐三十六与户三十二看着他，用视线相询。

"这是老师写给我的信。"陈长生说道。

听着这个答案，二人震惊无语，娄阳王不停擦着冷汗，屋里一片安静，整座汝南王府都没有任何声音。朝廷与离宫之间，商行舟与陈长生师徒之间，已

201

然对峙数年，局面极其紧张。忽然，商行舟来了一封亲笔信，这是要做什么？当然不可能是因为他昨夜饮了两壶酒想看一眼北方魔族的月亮所以决定与学生化干戈为玉帛。这只能说明大陆有非常重要的事情发生了。这件事情甚至比国教与朝廷之间的战争更加重要。重要到连商行舟这样强大清冷的人物，都不得不暂时放下与陈长生之间的问题，甚至求助于他。

商行舟的信写得很简洁，陈长生很快便看完了，对娄阳王道了声辛苦。娄阳王很高兴，却不知道接下来该怎么做，愣愣地站在原地。唐三十六给他使了个眼色。娄阳王反应过来，赶紧躬身告退。

待他离开后，唐三十六第一时间问道："到底发生了何事？"

陈长生说道："白帝城要举办天选大典。"

唐三十六觉得天选大典这个名字有些耳熟，却忘了是在哪里看过，不知道是何意思。

户三十二则是神情骤变，厉声说道："岂有此理！妖族到底在想什么？"

唐三十六听完户三十二的解释才明白天选大典的意思，神情也变得凝重起来。

"落落殿下指亲的对象，就会是下一代白帝？"

"不错。"

唐三十六望向陈长生问道："你不是把她的经脉调理好了吗？为什么她还不能继承白帝之位？"

陈长生沉默片刻后说道："自然是有人不想让她成为下一代的白帝。"

唐三十六明白他说的是谁，不解问道："牧夫人是她的亲生母亲，这样做对她来说有何好处？"

户三十二关心的是另一个问题："牧夫人准备让落落殿下嫁给谁？"

陈长生想着清晨那封信里的内容，说道："白帝城里传闻很多，现在看起来，应该是大西洲的二皇子。"

"大西洲的皇族果然贼心不死。"户三十二沉声说道，"青衣客前日才死，他们居然又来了这样的手段。"

"牧夫人嫁与白帝已经数百年，据闻二人向来恩爱，谁知她竟还是一心向着娘家，便是连自己女儿的好处都要夺了去，过往我只以为只有那些不开化的偏村陋寨才会有这样的愚妇，真是没想到……"

唐三十六很是厌憎。

户三十二不解说道："她这样做，难道白帝会同意？"

陈长生说道："白帝陛下闭关不出，没有人知道他的态度。"

唐三十六忽然觉得这件事情有些不对。前些日子大西洲的阴谋背后，明显有朝廷与商行舟的影子。换句话说，这本来就是商行舟与牧夫人联手，想要除掉陈长生的一次尝试。如果牧夫人是想借此次联姻，让大西洲皇族成功登陆，商行舟应该会乐见其成，为何会如此激烈地反对？

商行舟写信给陈长生，自然是希望他破坏掉这次的天选大典。想阻止白帝城与大西洲联姻，陈长生当然是最好的人选，因为他的地位足够尊贵，而且与妖族的关系非常特殊。

在这件事情上，他比商行舟更能发挥作用。问题在于，商行舟是事实上的天下第一人，陈长生是他最想杀死的学生，二者之间的关系异常复杂，他给陈长生写这封信必然经过了很长时间的思考，非常不容易，而越不容易，越能说明他对此事的态度有多激烈。为什么他的态度会如此激烈，甚至不惜向自己的学生求助，哪怕事后可能还要因此事向自己的学生做出一些让步？

"黑袍现在不在雪老城。"陈长生说道，"而且二十余日之前，魔宫里曾经举行过一次星空祭，动静非常大，但不清楚是怎么回事。"

听到这句话，户三十二便懂了，脸色变得有些苍白。唐三十六的神情也变得异常凝重。如果商行舟的判断没有错，人族将会面临千年前洛阳之围后最危险的局面。

都在说落落可能嫁给大西洲的二皇子，如果不是呢？如果与白帝城联姻的对象另有其人？如果那人来自北方？

73 · 一庙治天下，西宁？

唐三十六看着陈长生的眼睛，非常认真问道："你相信你的老师？"

陈长生说道："师父他智谋绝世，眼光敏锐，即便是黑袍也没办法遮蔽所有天机，我相信他的判断不会错。"

唐三十六说道："你知道我不是这个意思。"

陈长生沉默了会儿，说道："对师父来说，杀死我、收服国教是最重要的事情，但消灭魔族、由人族统一大陆才是他毕生的愿望，终生追求的理想，在这方面我对他绝对信任。"

对大陆历史来说，最重要的一次变化便是人族与妖族的结盟。

正是基于此，太宗皇帝当年才能带领两族联军北伐成功，把魔族赶回了风雪连天的荒原上。随后数百年，人族得到了足够多休养生息的时间，变得越来越强大，以至于魔族再难南下。如果妖族忽然撕毁与人族之间的协议，倒戈而向，那会发生什么事？

商行舟与陈长生这对师徒间没有理念之争，是道法之争。陈长生是商行舟的道里唯一的缺点，所以商行舟一定要想办法抹掉他的存在。然而与这件大事相比，这算不得什么。

就像商行舟在信里说的那样。白帝城不容有失。

唐三十六的脸上难得流露出严肃的神情，说道："那我们必须阻止这件事情的发生。"

好在这一切都还只是猜测，还没有成真。人族还有时间做出反应。

如果不是商行舟极其敏锐地感知到那些问题，并且以极强势的魄力做出判断，局面会变得非常糟糕。想到这一点，即便立场阵营不同，唐三十六对这位道尊还是难以抑制地生出敬佩之意。

陈长生走到窗边，举起手里的无垢剑，沉默地以慧剑推演良久，依然没有得到确定的答案。

"妖族……真有可能与魔族结盟吗？"

往史书上望去，妖族与魔族之间到处都是斑斑血渍以及妖族的悲惨遭遇。按道理来说，妖族绝不可能忘记那些仇恨，更不要说与魔族结盟。

户三十二说道："其实这件事情并不全然不可能，不要忘记，千年之前人族与妖族之间的关系也很糟糕，如果魔族愿意付出足够多的代价平息妖族的恨意，那么妖族真有可能倒向他们那边。"

唐三十六说道："问题是动机。如果说牧夫人因为大西洲而愿意冒险，妖族的君臣大将又怎么会同意？"

户三十二的视线落在陈长生手里的那封信上，说道："或者这就是原因。"

唐三十六也望了过去，却不明白何意。

"魔族衰落千年，就算新君即位，短时间内想必也无法再次恢复到当年的恐怖实力，而我们人族这千年来却变得越来越强大，就像青衣客在峰顶感慨过的那样，我们这边的天才强者太多了。"

户三十二看着陈长生认真说道："您先前也说过，道尊他老人家一心想着要继承太宗皇帝遗志，消灭魔族一统天下，那到时候妖族又该如何自处？称臣纳贡还是像古时候那样变成魔族的奴隶？"

唐三十六说道："当代白帝乃是一代霸主，难道连这点信心也没有？"

户三十二沉默了会儿，说道："这数年里，整个大陆都在流传一句话。"

陈长生微怔，问道："什么话？"

户三十二说道："西宁一庙治天下。"

陈长生沉默了，唐三十六也沉默了。

这句话的意思非常清楚，这说的是十余年来的这个故事，以及现在这段历史。那么再往远处望去，会看到什么？如果商行舟与陈长生和解，再加上皇帝陛下，三人同心合力，这片大陆还有谁是人族的对手？即便是白帝，看着这来自西宁镇庙的师徒三人，也必然会感到强烈的忌惮与不安。

如果这是不可能的事情或者还好，但在很多人看来，商行舟与陈长生之间的问题本来就不应该存在。白帝这样的大人物甚至可能觉得，商行舟与陈长生之间的对峙是这对师徒自行营造出来的一个骗局。

陈长生没有回应户三十二的目光，视线落在信纸上。商行舟在信的末尾写了四个字：静观其变。想要观，便必然要到场。

他说道："我们先把这件事情处理好。"

户三十二说道："理所当然，只是不知道白帝城何时召开天选大典，既然是离宫出面，国教使团的组建要快些。"

陈长生说道："天选大典的时间应该还没有定，但白帝城方面的想法很清楚。就算不能一直瞒着这件事情，他们也不会想我们突然插手，不会给我们时间做安排，所以我会先行一步，使团随后赶过来。"

户三十二说道："明白。"

唐三十六说道："我先回汶水一趟。"

妖族生意有很大一部分都是由唐家负责处理，汶水城与白帝城的关系向来不错。此次事涉人族将来，唐老太爷自然不会置身事外，应该会做出一些相应的安排。

陈长生点头说道："那我先行一步。"

便在这时，王府上空忽然传来一声清亮的鹤鸣。冬风呼啸，庭院间的青树乱摇，一只白鹤落了下来。娄阳王远远地跪在门廊处，恭送陈长生离开。

唐三十六终于忍不住问道："为何道尊会让王爷来送这封信？"

陈长生说道："王爷昨夜在崤山过冬，离这里最近。"

唐三十六心想这明显不合逻辑。朝廷想要传书，无论红鹰还是红雁，又或者是阵法传书，都能直抵汝南王府，何至于需要辛苦娄阳王走这一遭。

陈长生知道无法说服他，沉默片刻后说道："师父知道我比较信任他。"

唐三十六更是不懂，心想你为何信任这位以窝囊出名的王爷。

陈长生不再解释，乘鹤而起。一人一鹤飘摇之间，便到了云上。

桐江变成条无法看清楚的细带，落梅山脉在左后方就像是盆景。极西处隐有云雾缭绕，青山遥遥，不知会有什么在等着他。

青山处处，云海于其间，看着就像湖对面的雾，又像深冬清晨京都街巷里生出的炊烟。

落落坐在山边，看着崖下的云雾，娇小的身影显得有些柔弱。如果看到她的正面，想必有这样的感觉，因为如画的眉眼间虽然有很多追忆，但依然平静。

李女史看着她，眼里生出怜惜的神情，因为在她看来，殿下这几年一直很孤单，而且越来越孤单。

74 · 有人破云，伴天光而落

落落问道："母后今天又出宫了？"

李女史低声回答道："好像有些事情去了对岸。"

落落接着说道："小姨前些天便回来了吧？"

李女史说道："应该是的。"

落落问道："南溪斋那件事情是真的吗？"

李女史有些犹豫，但还是回答了声是。

落落沉默了会儿，说道："那她们这是想要害先生啊。"

听到这句话，尤其是感知到她声音里的情绪，李女史不敢回应。

"没想到北新桥的传说是真的，先生原来一直与那条黑龙相识。"落落看着云雾深处若隐若现的对岸青山，说道："只是现在她被母亲关在哪里呢？"

李女史低声说道："没办法查出来。"

落落叹了口气，说道："我是不是很没用？"

李女史不知道该如何接这句话，虽然在白帝城里，殿下是最尊贵的人物，但皇后娘娘做的事情，又岂是她能影响到的？

落落忽然精神一振，清丽的小脸上露出高兴的神情，说道："不过无所谓，先生说过，活着啊，最重要的事情不是看我们有用没用，而是看我们能不能活得顺心顺意，能不能活得开心。"

同样的一片云海里，另一座山崖边，也有一个娇小的身影，却不会让人觉得娇弱——或者是因为自幼便没有受过苦，所受教育不同，牧酒诗美丽的小脸上总是写满了自信，显得格外明朗，贵气逼人。

牧夫人自然看得清楚，自己这位幼妹的心情非常低落，只是装作不在意罢了。

她走到崖畔把牧酒诗抱进怀里，怜惜说道："作为牧家的女儿，确实很是辛苦。"

听着这句话，感受着姐姐身体的温度，牧酒诗再也无法伪装，靠了过去，委屈难过说道："我也不知道那个家伙是什么时候跟住的我们，姐姐，我是不是太没用了？"

这句话说的自然是秋山君。

牧夫人说道："皇叔的这个计划从一开始就是错的，哪里怪得到你的头上？"

牧酒诗仰起小脸，有些不解问道："错的？"

牧夫人说道："就算没有秋山君，当时峰顶崖坪上的所有人都相信是朱砂杀死了别天心，又能如何？皇叔想要用朱砂的名义把这把火烧到陈长生的身上，却没有想过人族的教宗又哪里这般好杀。"

牧酒诗没有去南溪斋，但对峰顶崖坪上发生的事情非常清楚，睁大眼睛问道："可那时候陈长生真的差点死了。"

牧夫人摇了摇头，说道："从一开始商行舟就是在利用皇叔，并没有打算亲自落场。没看相王从始至终都没有出手，静观如客？也只有白虎这个愚蠢的家伙才会在局势明确之前出手。"

牧酒诗神情微异问道："相王没有出手难道不是被王破所慑？"

牧夫人说道："已然越过那道门槛，举手投足之间自有深意，岂会因为外力而动摇？"

牧酒诗想着那皇叔岂不是白死了，带着恨意说道："周人果然狡猾阴毒。"

牧夫人说道："千秋之事，本就不能急于一时，皇叔他老人家是因为寿元将尽，才会行此险招，看看能不能得些造化，而你我不用如此着急，待把这边的事情处理妥当之后，再做安排。"

牧酒诗想着姐姐所言的那件大事，也不禁有些心情激荡，说道："只是担心姐姐你孤立无援。"

牧夫人微笑说道："我可不是天海那种孤家寡人。"

牧酒诗依然担心，说道："但这件事情实在太大，妖族与魔族之间有血海深仇，你怎么说服那些元老大臣？"

牧夫人说道："如果是往年，这件事情自然难办，但现在则是最好的时机，因为商行舟的野心太过明确，谁都知道他要一统天下，而且谁都知道他有这个能力，再加上陈长生如此天才，名望极隆，那位皇帝陛下也是位了不起的人物，这一门三师徒如果联起手来，不要说魔族隐惧，难道你姐夫和那些元老大臣不担心？"

牧酒诗说道："道尊自然可怕，陈长生……也算不差，但那位皇帝陛下深居宫中，实在看不出来有何非凡之处。"

牧夫人说道："善战者无赫赫之名，牧人手段如何只需要看羊群生长得如何。那位皇帝陛下亲政以来，朝堂清明，野无遗贤，政事顺畅，民众安居乐业，比他母亲还要更了不起，太宗皇帝当年也不过如此。"

牧酒诗若有所思，说道："原来如此。"接着她又想着一件事情，担心地说道，"那别样红与无穷碧怎么办？过些天他们只要养好伤便一定会来报仇。"

牧夫人说道："不，你错了。"

牧酒诗不解说道："难道他们畏惧姐姐你的威严还有妖族强者，不敢前来？"

牧夫人看着云海深处，淡然说道："我说你错，不是说他们不会来，而是说他们已经来了。"

话音落处，忽有一道雷霆在天空里炸响。轰！山前的云海生起无数波浪，向着四周蔓延而去，但没有裂开。云海下方阴暗而潮湿的密林里，无数妖兽拼命地奔跑躲避，微浊的红河水深处，十余只巨大的水生妖兽低吼数声，然后低下了头。

　　高空里的那片云海向着大陆边缘扯动，中间变得越来越薄，直至出现了一个破洞。一道天光从那个云洞里洒落，同时落下的还有两道身影。这画面非常美丽，而且神奇。

　　看着那两道身影落在西面不远的一座青山上，牧酒诗神情骤变，牧夫人平静不语，不知道在想什么。

75 · 以山禁龙

　　破云而落的是别样红与无穷碧。

　　八万里路的尘埃，被高天上的罡风尽数拂走，却拂不散他们眼里的沉重与凝重。从圣女峰离开后，他们稍作调息，不待伤势完全复原，便赶来了白帝城。纵是神圣领域强者，他们为此也付出了不小的代价，脸色有些苍白，显得很是疲惫。

　　站在青山上，别样红环视四野，眼神微湛，便把数十里的动静看得清清楚楚。对岸的白帝城里略显杂乱，应该是感知到了他们的到来，妖族急着调动军队与强者。

　　别样红举起右手，松开手指。数粒带着无尽寒意的幽蓝冰晶，从他的掌心飘起，被山风拂动，却没有随着风向而走。那几粒冰晶轻若无物，向着山后某处飘去。别样红与无穷碧随在后方。

　　没有过多长时间，便看见了一株千余丈的大树参天而起，树顶破云而出，不知去向何处。大树极粗，迎面望去就像是一堵城墙，树底有一个洞，洞里居然修着一座房子。一个黑衣少女便坐在房间的石凳上，撑着下颌，显得有些忧愁。

　　那数粒幽蓝色的冰晶，仿佛看到了亲人般，化作数道流光，向着黑衣少女疾掠而去。黑衣少女生出感应，抬起头来。那数粒幽蓝色的冰晶钻进她眉心里的那抹红痣，就此消失不见。

　　黑衣少女看着随后出现的别样红与无穷碧二人，清冷美丽的小脸上流露出警惕的情绪。她是高傲强大的龙族，但可以清晰地感觉到，这两个人类强者都有伤害到自己的能力。

　　别样红的视线下移，落在黑衣少女的脚上，看着那道铁链，微微皱眉。看着黑衣少女，无穷碧的脸色变得极其难看，在她想来，就算别天心的死与对方无关，但终究是死在对方的龙息之下，便准备上前发泄一番，却被别样红用严厉的眼光止住。

"朱砂姑娘,我会想办法把你救出来。"别样红看着黑衣少女说道。

这位黑衣少女自然便是曾经北新桥底的传说,当今教宗陈长生的守护者。

她有很多名字,陈长生喜欢叫她吱吱,但别样红这等辈分的大陆强者还是习惯用王之策当年给她起的名字——朱砂。

看到黑衣少女脚下的铁链,别样红便确认自己儿子的死亡与她没有任何关系,因为她无法离开这座青山。既然如此,他自然要想办法把她救走。

吱吱这时候已经猜到了别样红与无穷碧的身份。实在是因为别样红的那朵小红花太出名,而且无穷碧的拂尘与脸色一样难看,这件事情也非常出名。她被困在这座山崖已经有了段时日,隐约猜到了些什么,前天甚至感知到了一位神圣领域强者的死亡,但毕竟不知道具体发生了何事,更不知道这两位大陆强者为何会忽然出现在这里。

听着别样红的话,她想了想说道:"那就谢谢你了,不过好像有些困难。"

别样红的视线继续往下,从她的脚踝处深入山崖,神情微异。那道铁链看似被拴在地面的一个石眼里,但他的眼光何其厉害,只看了一眼便看出来那个石眼其实是一块石胎的最顶端,而那块石胎深在山崖的最底部,换句话说,这道铁链连着整座山。想要把小黑龙带走,或者把这座山崖连着里面坚硬至极的石胎崩碎,或者斩断那道铁链与石胎的相连处。

前者并不可行,虽然他如果施展全部的修为境界,应该可以做到,但那样的动静太大,而且会损耗很多星辉真元,对稍后真正的战斗会造成极大的影响,至于后者……铁链与石胎的相连处气息明显有些问题,仿佛有道无形的锁般。

别样红神情微凝,说道:"虎柙?"

吱吱说道:"我不知道叫什么名字,这个名字不错。"

别样红心知必然不错,把铁链与崖中石胎锁死的那个事物,必然便是传说中的妖族禁器虎柙。这是白帝一族用来惩罚族中叛徒的禁器,白帝一族天生神力,却绝对无法挣开虎柙,被用来囚禁小黑龙,最合适不过。

即便是别样红这等层级的强者,想要破开虎柙都非常困难。不过既然是禁器,必然有钥匙,而现在那钥匙当然就在牧夫人的手里。

"待我杀了她后,便来放你。"别样红说道。

吱吱说道:"那就真的太谢谢了。"

别样红忽然有所感应，转身向崖外的云海看去。有风从海上来，拂得云海生波，震动不安，出现了很多道裂缝。

看着某道裂缝里出现的那片草甸，还有草甸上的那两位女子，别样红觉得风里的咸味与湿意陡然重了无数倍。

看着牧夫人与牧酒诗有些相似的容颜，别样红略一沉默，揖手为礼。牧夫人平静还礼。

无穷碧自然不会向她行礼，也没有说话，只是盯着牧酒诗，眼神怨毒至极，就像地底深处的毒火。牧酒诗再如何家世不凡、心高气傲，被一位神圣领域强者以这样的目光盯着，又想着别天心那件事情很是心虚，顿时觉得身心俱寒，有些害怕，移动脚步躲到了牧夫人的身后。

别样红看着牧夫人问道："皇后娘娘准备护着她？"

牧夫人说道："这里是白帝城，她是我的妹妹，你觉得我会让你动她？"

无穷碧指着云海对面的白帝城喝道："你以为靠着妖族里那些憨货就能挡住我们夫妻吗！"

她的声音异常尖厉，就像是两把剑在不停地摩擦。

与之相比，别样红的声音还是那般的温润平和，却更加坚定："白帝陛下在闭关静修，你只有一个人。"

牧夫人平静说道："所以你们才会不顾伤势加重，在最短的时间内赶过来。"

别样红说道："是的，我要确保没有人比我们更快。"

牧夫人神情不变说道："你以为只要大西洲来不及相援，我便要陷入以一敌二的局面？"

别样红说道："不错，这不是公平的较量，而是为父母者的复仇。"

牧夫人微笑说道："那你有没有想过，我那夫君虽在闭关静修，但绝非与世隔绝，若我真要死了，难道他还会不出手？而且就算你们两个人联手，就一定胜得过我吗？"

76·风卷树影成黑袍一角

说这句话的时候，她的神情很平静淡然，却又显得无比自信而强大。她是大西洲的公主、妖族的皇后娘娘，多年之前便已经是圣人。

天海死于天书陵顶，寅回归星海，南方圣女随苏离远赴圣光大陆，五圣人如今只剩下她和白帝。

毫无疑问，她与白帝可以说是当世最强者之一。就算白帝闭关静修，她以一人战别样红与无穷碧，也不见得一定会输。

更不要说这里是红河岸边，白帝城里还有无数妖族强者，只需要她一声令下，便会像潮水一般涌来。

"皇后娘娘你误会了。"别样红说道，"我们夫妻从来没有奢望过在今天杀死你，我们只想把牧酒诗带走，问她几句话。"

听着这话，牧酒诗的小脸变得有些苍白，哪里敢回应。

牧夫人微笑说道："你们要把我幼妹带走，问几句别公子的遗言，然后呢？"

无穷碧终于按捺不住情绪，厉声说道："若她给不出解释，自然会被老身我碎尸万段！"

牧夫人敛了笑容，看着别样红说道："你觉得我会同意吗？"

别样红说道："你应该很清楚，我有能力拖住你一段时间，这段时间，足够贱内做完她想做的事。"

牧夫人静静地看着他看了很长时间，忽然笑了起来。山崖间与云海间到处回荡着她的笑声，听不出来愉悦的情绪，尽是强硬与漠然。

"我想，别先生你也是误会了。"牧夫人敛了笑容，看着他说道，"我从来都没有想过护着小诗。"

别样红目光微凝，问道："皇后娘娘何意？"

"都说我是被皇叔逐出了大西洲，数百年来，不知有多少人为我不平，比如天海，比如寅老，但他们其实都不知道，我是心甘情愿离开，而我的这一身本事，其实都是皇叔所教，对我来说，皇叔亦师亦父，是我最尊敬的人。"牧夫人面无表情说道，"你们杀了他，我当然要替他报仇把你们都杀死，除此之外我没有考虑过别的任何可能。"

别样红沉默了。以他与无穷碧的实力，虽然说很难直接杀死牧夫人，甚至连留下对方都做不到，但反过来同样如此。除非对方还有帮手。问题是谁会帮她？

青衣客身死，大西洲阴谋已经败露。他与无穷碧身为人族风雨，前来为亲生儿子复仇，就算商行舟也不会在这种情形下出面。而且他们来得如此之快，相信白帝城根本来不及设下任何陷阱。

海风自天外边，未曾断绝，高空里与崖外的两层云海不停绞动，却未散去。先前别样红与无穷碧破开的那道云洞，渐渐被掩上，天光被收，崖间一片幽暗。在崖畔有棵树，与囚禁小黑龙那座山崖上的巨树相比，显得格外渺小。

树有影。在如此幽暗的光线环境里，那棵树的倒影应该极淡，然而却渐渐浓了起来。悬在他尾指上的那朵小红花感应到了些什么，呼啸破空而去，遥遥指向了那棵树，显得格外警惕。

别样红看着牧夫人说道："皇后娘娘的野心与魄力果然可怕。"

"皇叔坚持要设局杀陈长生，以此挑动周朝内乱，我却知晓这并非易事，极可能事败。"牧夫人平静说道，"既然如此，当然会提前布置一些后手。"

别样红叹息了一声。他事先做了无数手段准备，以天心推演多时，未料到依然没有算过对方。

他对无穷碧说道："稍后我若能寻机斩开通道，你便离开，我随后来。"

听着这话，无穷碧无由一阵心惊，想着到底发生了何事？牧夫人就算再强，他们夫妻联手亦可一战，何至于如此悲观，未战便先言败？若真是如此，那他们何必破云万里来到白帝城？无穷碧性情暴戾粗野，但终究是神圣领域强者，稍一念动便明白发生了何事，望向崖畔那棵树。那棵树留在地面上的阴影越来越浓，渐要变成墨色，又像是要变成一块黑布。

来自西海的风拂动着树梢的叶片，也拂动着地面上的阴影，仿佛被掀起的一袂衣角。那是真实的衣角。那件袍子是黑色的。在风中微微颤动。一个人在树下出现，全身笼罩在黑袍里。

无穷碧的脸色有些苍白。别样红的神情异常凝重，前所未有的严肃。他知道自己夫妻二人面临着此生最危险的局面。因为他们将要面对除了天海圣后之外最可怕的对手。

崖间一片死寂，没有任何声音，就连风声都没有。黑袍随风轻摆，给人一种异常阴森的感觉。看着这位传说中的魔族军师，牧酒诗都感到了极深的恐惧，避到了远处。

别样红看着牧夫人说道："你居然与魔族勾结，白帝知道吗，妖族的长老们知道吗？"

牧夫人平静说道："你是第一个亲眼看到的人。"

别样红说道:"你有没有想过,这件事情被人知道后,你还怎么当这个皇后?"

牧夫人说道:"白帝城的事情,就不用你操心了。"

别样红说道:"还是说你有自信这件事情不会被旁人知晓?"

他和无穷碧想要杀死甚至只是击败牧夫人都很难,同样,对方想要杀死他们夫妻也是很难的事。哪怕牧夫人是圣人,哪怕她今天请来的帮手可以说是这片大陆最神秘可怕的魔族军师。想要杀死一名神圣领域强者,不是那么容易的。当初在南溪斋峰顶崖坪,青衣客之所以会死去,是因为局势陡转,他由设局者变成了局中人,准备严重不足。但即便是那样的情形,别样红与王破为了杀死此人,也负了极重的伤。

牧夫人确实强大,黑袍当然可怕,但别样红在天书陵之变后又有感悟,境界再升。他相信自己能够抵挡住对方片刻。只需要片刻时间,或者是丝毫缝隙,他便有机会对外示警。妖族有可能与魔族勾结,这样的大事必然会惊动整个天下。

无论大周朝廷与国教对峙得再如何紧张,争斗得再如何激烈,面对这样的事情都只会有一个态度,那就是坚决的镇压。所有的强者都会往这边赶过来,无论是那些世家之主,还是离山剑宗的掌门,又或者是王破。

甚至道尊商行舟都可能会亲自出手。

77·灭世之景

牧夫人很清楚别样红想要表达的意思,说道:"你们没有机会。"

别样红不再多言,右臂一振,衣袖破空而起。无数道气浪带着沉闷如雷的声音,向着牧夫人袭了过去。

很难有人注意到,与他的动作相反,一支翠玉所做的小箭,悄无声息向着红河上方的天空飞去。如果让这支翠玉小箭破云而出,借风而遁,便要去八万里外通知京都以及天南的人族强者们。那支翠玉小箭上附着他的一缕神魂,不需文字,自有信息。

然而就在那支翠玉小箭于高天散出光泽的第一刻,天空骤然暗沉,仿佛来到了夜间。黑袍于树下拂袖,化作夜色,不止阻住了这支翠玉小箭的去路,同时也遮蔽了周遭的天机。

无穷碧厉啸一声,拂尘化作无数道湍流,笼住崖坪四周,寂灭的气息随之而远，变作一大片莲海。莲海深处，有一枝莲花生出，借风而招摇，借水势而飘，看似缓慢，实则极为迅速地向着天边而去。

牧夫人神情淡然，双袖翻飞而起，便卷动了高空里的风。那风来自西海，湿意里透着寒意，仿佛真实的利刃一般，把厚重的云海切成了无数片。无数朵白云如羊群而至，落在潮湿荒蛮的原始森林里，天地间的气机顿时凝滞了无数倍，显得黏稠至极。

无穷碧闷哼一声，感觉到真元化作的那朵莲花速度陡然变慢，虽然没有破灭，却已经无法离开。别样红神情平静如前，没有受到任何影响。那支翠玉小箭并不是别样红的真实手段，更不是他的最强手段。他用翠玉小箭吸引黑袍的注意力，无穷碧用莲海吸引了牧夫人的眼光，然后出手。修道者的手可以握剑，可以持杵，可以并指为掌，但最简单的姿势是握紧成拳。别样红握拳轰向树下的黑袍。

天书陵之变时，看到天海圣后的那记拳头后，别样红现在最强大的手段也变成了拳头。

他与黑袍之间还隔着数百丈的距离，之间却忽然出现了一道幽暗的通道。崖畔的无名小树剧烈地摇晃起来，一只由星辉凝成的拳头，以超乎想象的速度穿过那条通道，携带着仿佛能劈山分海的力量，轰向黑袍的面门，尚未及体，便震得黑袍的衣衫呼啸作响。

黑袍微乱，天光落下，隐隐可以看到黑袍淡青色的下巴，还能看到如寒星般的两点眼神。看着别样红的拳头，黑袍的眼里生出欣赏而且慎重的神情。

无论是以魔族军师的身份，还是以别的身份，他都见过很多真正的传说级别的强者，自己也是传说级别的强者。别样红的这一拳依然让他感觉到了威胁，他知道自己必须非常认真地对待。

一道幽暗的、没有任何光泽的铁盘出现在他的身前。轰的一声巨响！别样红的拳头重重地落在了那张铁盘上。

这张铁盘本来就曾经受过重创，这时候再次禁受一位神圣领域强者的全力一击，咔嚓一声变形。黑袍的身体摇晃了两下，然后退了两步。嗡的一声轻响，他身后的那株小树，变成无数碎屑，然后被风刮走，就此无踪。距离他的后背约三十里外的红河对岸的一处山崖上，忽然出现数十道极深的裂缝。无数山石簌簌滚落，那片山崖变成了两截，伴着极其沉重的摩擦声，倒在了河水里，震起无数惊涛骇浪。神圣领域强者全力一击的真实威力，果然可以断山塞河！

别样红的警意却更浓了。关于神秘的魔族军师黑袍，大陆一直有很多猜测。所有人都知道黑袍必然是传说级别的强者，究竟有多强却没有人知道。

无论是当年太宗皇帝与王之策那个时代还是现在，除了苏离之外没有人与黑袍交手过。而且苏离那次也是以突围为主，无法以那一场战斗的结局准确地判断黑袍的实力。

直至今天，别样红向他发出了这一拳。别样红不是骄傲的人，但他清楚自己在人族强者里的战力，而这一拳已经用上了他的九成功力。黑袍却如此轻松地接了下来。

那张铁盘应该是一件神器，即便如此，黑袍的实力依然显得有些深不可测。

不过无所谓。因为就算是这一拳，也不是别样红最强的手段，也不是真实的手段。他很清楚，今日这场战斗的重点并不是自己与妻子能否战胜对方，而是自己能否通知人族的强者。所以无论翠玉小箭还是莲海又或是这一拳，都是掩护。

在他刚才出拳的那一瞬间，尾指上的那根细绳已经无声而断。小红花此时已经到了天空里。无论黑袍还是牧夫人，都已经无法阻止它的离开。小红花以难以想象的速度飞走，在碧蓝的天空里画出了一道细细的红线。

有一朵白云，依然静静地悬浮在天空里。如果从最开始的时候便一直有人注意着那朵白云，便会发现，无论是别样红与无穷碧破云而落，还是黑袍显现真身，或是来自西海的风如此肆虐，都没有让那朵白云的形状有任何改变，甚至颤都没有颤一丝。

那朵白云极为厚实，按理来说应该会显得暗沉些，但在四周如洗碧空里，依然洁白无比，仿佛并非真实。小红花飞入了那朵白云里，然后消失不见。不是说它飞出了白云，消失在碧空里或者远方，而是就这样不见了。

别样红开始的时候没有注意到这朵白云，直至此时，才忽然感知到了些什么，霍然抬首望去。

崖坪上一片安静。无论是他还是无穷碧，又或者是牧夫人与黑袍都没有再出手。那朵白云缓缓地流动起来，然后渐渐裂开。白云中间出现了一道裂痕，从地面远远望去，看着就像是一只眼睛。那只眼睛正在俯瞰着这片大陆上的生命。

一道光线从那道裂痕里射了出来。那道光线是金色的，蕴藏着难以想象的光明意味，显得极为神圣。但那道光又肃杀至极，仿佛可以碾压一切事物，毁灭一切事物。别样红隐约猜到了答案，震惊到了极点，喃喃道："难道你们不怕灭世吗？"

78 · 来自异大陆的天使

别样红的这句话自然是对牧夫人和黑袍说的。牧夫人负手而立，如临沧海，神情肃穆至极，没有回答这个问题。

崖畔的那棵树已经被那道拳意尽数摧毁为虚无，黑袍站立的地方却依然残着树影。斑驳的树影洒落在他的身上，看不清楚他的表情，却掩不住他的声音。诡异的笑声从黑袍里溢了出来，然后如雷霆一般向着天地四周滚动而去，震耳欲聋。

别样红的神情渐渐恢复平静，心情已经沉了下去。今天他为报杀子之仇而来，然而现在看来说不定自己也要死在这里了。

当啷一声，他拂袖而起，由无比精纯的星辉凝成的虚剑，从地面生起，划破数千丈远的天空，斩向那朵白云。仿佛真实的摩擦声，就像沉重的山峰在地面上滑行，那朵白云微微摇晃了片刻，陷落其中的小红花觑着机会，化作一道红色的流光，回到地面崖坪之上，静静地悬浮在他的头顶，显得警惕至极。

白云散开，那道金光布满了整个天空，无比明亮，刺眼至极。如果没有黑袍事先布下的禁制，这片光明应该会惊动整座大陆。现在只有红河两岸的很少人能够看到这片光明。但因为太过光明的缘故，他们根本看不到真实的画面。别样红与无穷碧能够看到，神情变得异常凝重。无穷碧的眼里甚至隐隐可以看到些对未知的惘然与恐惧。

无限光明里渐渐现出两个人影。

数十丈的白色羽翼在他们身后缓缓摆动。那两个人未着寸缕，身躯曲线无比完美，无比光洁，看不到任何多余的事物，也无法分辨性别。无数光线从他们的身体以及羽翼里散发出来，显得无比神圣，又充满了毁灭的意志。

这两个人是什么东西？来自何处？

"圣光天使已至，你们还想抵抗吗？"

黑袍的声音显得格外幽冷，但与过往千年相比，却多了些很难形容的情绪。看来光明里出现的这两个被他称为圣光天使的存在，给他的心境也带来了一些影响。

传说变成真实并且出现在眼前，别样红确实很吃惊。但他毕竟是这片大陆的最强者之一，很快便恢复了真正的平静。尤其是当他的视线穿透光明在那两名天使的身躯上扫过之后，神情变得漠然起来。

"就凭这两个不男不女的怪物？"

不知道天空里的那两名所谓圣光天使有没有听懂他的话。战斗就在下一刻开始了。两道流光无视从碧空到崖坪数千丈的距离，似乎直接穿越了空间，来到别样红与无穷碧的身前。随之而来的是无限光明、恐怖至极的威压以及神圣却又极具毁灭意味的攻击。

在明亮刺眼的光线里，别样红与无穷碧第一次近距离看清楚了这两个天使的容貌，虽然只是瞬间。那两个天使的容颜完美至极，神情绝对漠然，没有任何人类的情绪，充满神圣的感觉。在他们的眉心有一道弧状的光痕，非常美丽，而且圣洁无比。

如果以人类的眼光来看，这两个天使长得非常像，只能从气息做出区别。一个极其冷酷，一个极其暴戾，但那同样也不是属于人类的情绪，更像是某种非生命体，比如狂暴的海浪，寒冷的霜雪。

一道剑光撕裂光浪，斩向那名冷酷至极的天使，却被那两道羽翼夹住。别样红感觉到一道如同星空般磅礴的力量传来。由星辉凝成的虚剑，骤然间破碎成无数碎片。小红花尖啸而起，瓣瓣绽开，把那些碎片以及随之而至的光浪尽数挡住。

轰的一声巨响！崖坪表面上出现无数道裂缝，石砾狂飞，出现了一道数丈深的坑。别样红站在坑底，双手上迎。那名天使神情漠然地飘浮在空中，单手下压。

另一边的情形更加危急。看着自天而落的那名天使，无穷碧想着小时候在万寿阁里看过的那个传说，恐惧不安，心惊胆战，道心难守，莲海无风而飘摇不定，防御出现了漏洞。那名天使化作一道流光欺了进来，一道光束如剑般斩落！嚓的一声轻响，无穷碧的左臂整个被斩落，伴着一道刺眼的金血，飞向了天空！

听着妻子的惨叫，别样红怒啸一声，双拳齐出，挟着数百年苦修的星辉真元，把那名天使震退，疾掠至无穷碧的身前，右手一招便再次凝出一道星辉真剑，把那名天使斩退。小红花飞回，围着别样红与无穷碧的身体高速飞行，就像流星一样，散布着强大的气息，暂时维持住了局面。

只是一个照面，别样红便知道这两个来自圣光大陆的天使非常可怕。

这两名天使似乎本能里便能理解并且自如地运用天地法理规则，如果放在这片大陆的修道体系里，那就是先天的神圣领域强者，而且他们的身体仿佛是由最精纯的圣光能量组成一般，无比坚硬，难以摧毁，即便是魔族的皇族都很难及得上，而最可怕的是他们拥有难以想象的速度与反应，就像真正的光线一般仿佛可以违背法理原则般自由进退。

面对如此强大可怕的对手，又没有任何经验，在神圣领域强者中也要排到前列的别样红应付起来都觉得非常吃力，至于无穷碧更是显得有些不堪一击，如果不是别样红的反应神速，只怕这时候已经命丧当场。

无穷碧知道局面极其危险，所以哪怕断臂处痛到了极点，而且里面的神圣力量还在不停地肆虐、阻止她用星辉修复身躯，她死死地咬着牙，没有发出任何声音，只是脸色苍白得像雪一样，眼里的悻意怎样也无法消除。

别样红看着妻子的惨状，眼神微寒，愤怒到了极点。两名天使飘浮在空中，面无表情看着崖坪上的无穷碧与别样红。那名冷酷的天使视线落在无穷碧的断臂上，看着那些正在滴落的金血，忽然开口说了一句话。说话的时候，他的神情一片漠然，声音却显得威严至极。

他说的应该是圣光大陆的语言，音调极其古怪而且复杂。按道理来说，崖坪上应该没有人能听懂他的话。神奇的是，他说的话被山间微寒的风吹拂后便变成了这片大陆的语言。

"果然是盗火者，你们亵渎了神明，必须死。"

79·神圣之战的第一篇章

别样红听懂了这句话，但不是很明白这句话的意思。他不知道什么是盗火者，这些异族的强者们信奉的又是什么神明。他知道自己面临着人生最危险的局面，甚至比当初在天书陵面对天海圣后时还要危险。

对方能够让山间微寒的风把自己的声音变成这片大陆的语言，证明他的猜想是对的。这些来自圣光大陆的怪物果然先天便能理解并且自如运用天地法理的规则。甚至有可能他们的存在就是基于这些法理规则。

但这时候别样红已经变得非常平静，甚至神情都变得极其淡然。身为大陆强者，遇着真正的大事，当然不能慌乱，更要静气。

经过先前的交手，他对这两名天使的作战方式以及对方利用天地法理规则的方法已经有所掌握。如果只是单对单，他有信心至少不会输。问题在于他的妻子已经断臂重伤，而牧夫人与黑袍这两个真正深不可测的强者还一直在旁。

那名气息暴戾的天使忽然落了下来，手里的光剑斩向别样红。虽然他苏醒的时间很短，但战斗意识依然保存完好，感觉到这个人类强者能够威胁到自己。所以他决定先除掉此人。

别样红挥袖出剑，极其潇洒，握着星辉虚剑的手却悄无声息地破袖而出！一个拳头出现空中，直接把那名天使手里的光剑砸成了碎片。同时，高速流转的小红花忽然离开别样红的身边，袭向另一名天使的面门。小红花骤然碎成无数锋利至极的花瓣。密集的厉啸声里，光明大作。然后骤敛。

下一刻再次照亮四野时，已经到了十余里外的天空里。两名天使的脸上出现了数道极细的小口，饱含神圣能量的金色血液像露水一般滴落。他们看着执剑飘在空中的别样红，眼睛里依然没有情绪，没有愤怒，也没有警惕，依旧漠然。

越是这样，越让人觉得可怕。

无数道雷声在高空炸开，气浪喷涌而出，把最后的那朵白云残忍地撕成了碎片。片刻后，无数道流光从天穹里落下，最后变成肉眼可见的火线，看着就像陨石雨一般。

白帝城里的民众惊呼连连，混乱至极，有些胆小的人甚至以为是天罚，跪在地上连连叩首。有些大部落以及富族庄园在第一时间启动了阵法，准备承受那些挟着无穷高温的火浆，而宫里的妖卫与白帝城里的军队还有长老会控制的大量强者，已经做好了随后赶紧扑灭火焰的准备。

然而情形并不像想象得那般可怕，那些流火没有落到地面便消失了，只有残余的天火让白帝城的温度陡然升高了很多，就像忽然来到了酷热的夏日一般，只有非常少的数道流光落在了红河里。

整座白帝城的天空这时候都被禁制封锁，没有任何声音与光线能够传出去，能够看懂那些流光的大陆强者无法看到，而能够看到这些流光的妖族民众与大臣们也并不知道那些流光是何物。

从天空里落下的是血。每一道流光便是一滴血。这些血来自遥远的异大陆强者，也来自这个大陆的强者。他们都是神圣领域里的至高存在，他们的血液里蕴含着无数神圣能量，圣洁如金，比岩浆还要更加炽热。

当有几滴圣血落入红河里后，那些巨大的妖兽沉默地沉入了更深的水底，而智慧不足的很多妖兽则根本无法抵挡本能里的渴望，拼命地向那边游了过去，然后激烈地争夺，抢着吞食。最后吞食那几滴圣血的妖兽，紧接着被更凶残的妖兽吞食，这样的过程残酷而无趣地重复了很多次。直至夜深，这几滴圣血才最终确定了归属，被一只来自天树深处的火蛟尽数夺取。

这只火蛟并不是幸运儿，战斗力堪比聚星境强者的它，根本无法承受这几滴圣血里蕴藏着的神圣力量。

在无比湍急而凶险的水底，火蛟挣扎了整整一夜时间，最终自燃而死，这一夜红河明亮得就像是在燃烧。

那个夜晚有很多妖族民众注意到了红河的异样，他们跪在两岸，不停地祷告着，祈求白帝陛下早日出关，祈求天神能够降下恩泽，祈求隐藏在云雾深处的九棵天树能够替妖族挡住所有的灾难。

那些流光虽然没有落到地面，没有带来恐怖的天火，但白帝城依然混乱至极，因为从高空传来的气浪还是损坏了很多建筑，尤其是靠近左甲天树的几处兽园和牧场的防护栏完全被推翻，不知道多少兽群趁乱逃了出去。

为了维持治安、尽快地稳定局面，白帝城正式戒严，除了沿河两岸跪拜的民众无人去管，城里的大部分区域都已经静街，到处都有士兵在巡逻，靠近皇宫与白石山这些禁地的地方更是由最精锐的红河妖卫亲自看守。

沿河一带的外城的管制相对要轻松些，与平日相比也显得冷清了很多，根本没有人敢出门，即便出门也是去对着燃烧的红河跪拜，哪里还有心情去买醉，小酒馆的生意极差，早早就关了门。

轩辕破离开小酒馆去了岸边，看着河水深处泛起的光线与火焰，感受着里面蕴藏着的神圣气息，他下意识里望了眼天空，心想白天的时候究竟发生了什么事情，难道是神圣领域强者之间的战斗吗？

从摘星院转到国教学院，从京都回到白帝城，熊族青年的修行一直无比勤勉，在别人看来他的手臂早就已经废了，但他自己还是保留着极强的自信，就像国教学院里那些家伙一样。但他很清楚自己现在的境界，距离神圣领域还无比遥远，就算看的时间再长，也无法从河水里的那些神圣火光里发现什么，于是很快便离开了河边，向自己的家走去。

他的家也在沿河外城，一个叫作松町的地方，这里住着很多白帝城的贫民，大部分的建筑都是用最常见也是最便宜的松木所造，勉强还能隔热寒，只是下水经常不畅，行走在其间，不时会闻到一些恶臭。轩辕破对此仿佛无所察觉，沿着坡道沉默地行走，无论是街旁民宅里传出的打骂声，还是远处传来的重骑蹄声又或者是夜空里那些像极了流火的飞辇，也没有让他的神情有任何变化。

80·铁剑依然在，容颜不曾改

在一条叫三和里的小巷处右转，走到小巷尽头，推开略显陈旧的木门，便是他住了数年时间的小院。这间院落的面积很小，方圆只有丈许，但非常干净，地面铺满了白色的石头，白石间种着一棵不足人高的青松，在灰墙黑檐之间别显清美。小院四周是松町的天树侍庙，很是清静，除了晨昏两次钟声，再听不到什么吵闹声。可以说这间小院是松町最好的建筑，只不过没有多少人知道罢了。

轩辕破走过白石铺就的地面，来到屋门前的木地板边坐下，脱掉鞋子，换上一双干净的白袜。进屋之前，他看了眼门边的柴堆。柴堆不高，但堆得很整齐，如果仔细去看，甚至你会发现，每根木柴的长短粗细几乎一模一样。

轩辕破沉默了会儿，伸手从柴堆里慢慢抽出一根铁棍。那根铁棍没有棱角，更谈不上锋芒，看着很寻常无奇。事实上，它是一把剑。无论百器榜怎样排，这把剑都一定会排进前十。谁能想到，传说中的山海剑如今就在白帝城贫民区的一间小院里，还被主人随意地插在柴堆里？虽然当年在国教学院它的待遇也差不多，还要承受厨房里的油烟，甚至还要负责去捅灶里的炭火。

轩辕破提着铁剑，推门走进屋里。屋子里的面积也很小，摆着一方矮几和几个蒲团，中间是一道纸门，隔着起居的地方。轩辕破看着那道纸门，握着铁剑的左手微微一紧，呼吸依然平缓，神情却变得凝重无比。纸门很薄，不要说用山海剑，以他槐梧强壮的身躯，只怕吹口气便能吹倒。他究竟在警惕什么？甚至还隐隐有所畏惧？

忽然间，一道声音从纸门那边传了过来："我不知道你是谁，既然刚进小院便能感知到我们的存在，想必也应该是修道中人，请入内一叙。"

轩辕破没有吃惊的表情，看着那道纸门沉声说道："你们是谁？"

纸门的那边。室内有些幽暗，偶有天空里的飞辇光线穿过高窗落下，照亮一瞬。墙上残着一些血，其间隐隐有些金色，但已经没有气息波动。一名道姑靠墙而坐，容颜清秀，看不出年龄，眉间尽是戾气，眼里却写满了恐惧。一名文士坐在她的身边，脸色微白，神情却平静如常。

正是别样红与无穷碧。如果不是牧夫人要维持白帝城上空的禁制，黑袍要负责遮蔽天机，他们今天很难活着逃出来，即便如此，他们依然在那两名天使的手下受了极重的伤，付出了极大的代价。

听着别样红的话，无穷碧很是惊怒，说道："不赶紧把他杀了，还让他进来做甚！"

"既然是此间主人，哪有被客人拒之门外的道理。"别样红看着纸门上的那道身影平静说道，"我们不能动弹，无法出迎，请进来吧。"

听着这两句话，轩辕破沉默了会儿，提着铁剑上前推开纸门。他首先看到的是地上的一堆晶石，还有两个小塔以及数块灵木。很明显这是一种阵法，可以确保阵里的气息没有一丝外泄，不会被发现。然后他抬头望向靠墙而坐的那两个人。

不是随着年龄的增长，国教学院的熊孩子天然变得细心了很多，而是因为今天白帝城发生了这么多事情，红河妖卫还在到处搜索，飞辇还在夜空里飞行，他不得不谨慎小心一些。

看到那名脸色苍白、警惕不安的道姑，轩辕破怔了怔。待看到她肩上的断臂处与满身的鲜血，他不禁有些恍惚，心想这难道便是天道循环吗？当年某夜，这个道姑来到京都，虐杀了一条流浪狗，被关白拦住，于是她斩了关白一条手臂。

随后这名道姑来到国教学院破墙而入，想要杀他，只为了宣泄情绪。如果不是苏离的那封信，那个夜晚他就已经死了，国教学院也会破灭。在当时他的眼里，这名道姑就像是真正的魔鬼一样，强大而冷酷。谁能想到时隔数年再次相见时，这名道姑身受重伤，手臂也断了一只……

轩辕破没有说什么，望向那名穿着文士服的男子。此人的身上没有伤口，甚至连灰尘都看不到，神情也很平静。但轩辕破感觉到了一道死意。很明显此人受了更重的伤，在身体更深的地方。

想到这一点，轩辕破忽然伤感起来。既然道姑是无穷碧，此人自然就是别样红。这个世界上有谁能够把别样红与无穷碧伤成这样？

以前在国教学院里闲聊的时候，唐三十六曾经和他们讨论过这个问题。能够战胜这对神圣领域强者夫妻，只能是那对圣人夫妻，也就是白帝陛下与皇后娘娘。问题在于，白帝陛下正在闭关，皇后娘娘的帮手是谁？

轩辕破想着这些事情的时候，别样红的视线落在了他手里的铁剑上。山海剑在周园剑池里沉睡多年，随后一直在国教学院，未曾现身，便是他也没有见过真身。但他能够感知到这把铁剑里蕴藏着的能量极为不凡，那么拥有这把铁剑的人呢？

此人必然是个妖族强者。别样红在心里叹息一声，心想命数如此，无可奈何。但轩辕破什么都没有做，没有出手也没有向外示警。

他沉默了会儿，说道："你们需要什么药材？"

听到这句话，别样红怔住了。无穷碧却恨恨说道："你想做什么？休想害我们！"很明显，她已经认出了轩辕破的身份。

她与别样红从崖坪上离开时，已经身受重伤，不要说再战之力，便是站都无法站稳。红河两岸禁制开启，而且无法隐匿踪迹，他们冒险进入白帝城，想要趁乱觅一丝生机。其时白帝城里确实很混乱，但随后便有很多妖族强者开始现身，明显是在追杀他们。他们四处躲避，来到戒备相对较松的沿河外城，走进松町，感觉到某条巷子里有某种灵意，顺之而去找到一间小院潜入，却来不及察探那抹灵意何在，伤势便告爆发，匆匆布置了阵法。轩辕破便回来了。

81·遇见

无穷碧从来没有想到过，会在白帝城里遇见此人。虽然轩辕破已经离开京都数年时间，但在她想来，此人必然不会忘记当年的仇怨，就像她自己一样。那么他说的话以及看似没有敌意的行为背后肯定隐藏着极其险恶的用心，就像她自己平时行事那样。

轩辕破没有说话。无穷碧说这句话时候带着极深的恨意，仿佛咬着牙一般，眼睛里却有着很多的怯意。很明显，她这时候很害怕，害怕轩辕破出手杀了她，或者去通知白帝城的妖族强者。看到这一幕轩辕破没有任何快意，只觉得有些厌恶又有些怜悯。

他对别样红说道："鹿部的药库就在不远的地方，我和管事认识，应该能弄到药。"

别样红说道："如此便麻烦小哥了。"

无穷碧厉声说道："我可不信你。"

轩辕破没有理她，拿着别样红写好的药单离开了房间。听着庭院外传来的闭门声，无穷碧神情微变，带着紧张与恼火的情绪对别样红嚷道："这个熊崽子与我有旧怨，你让他离开他必然要去通知妖廷！你又不识他，为何宁肯信他也不信我？"

别样红平静说道："我虽然不识此人，但知道他是国教学院的学生。"

无穷碧闻言微怔，没有再说什么，只是垂在身边的右手微微颤抖，表明了她此时的心情并不平静。不知道过了多长时间，轩辕破回到三和里的小院里，手里提着一个沉甸甸的包裹，看起来装了很多东西。别样红诚恳致谢，轩辕破摇了摇头，把包裹解开，把药物从里面拿出来。

忽然间，静室里破风声起，一道拂尘拖起无数细痕，袭向轩辕破的面门。轩辕破哪里会想到，不及应对，好在山海剑及时破空而起，横在他的头顶，拦住了那道拂尘。啪的一声闷响，小院微微摇晃，地板缝隙里的微尘被激震而出，到处飞舞。如果不是摆在地上的那些灵木真塔阵法，动静想必会更大。

轩辕破单膝跪在地面上，握着铁剑横挡于前，感觉仿佛有座山压将下来，吃力到了极点，呼吸变得沉重了很多。他抬头看着无穷碧直欲噬人的眼神，愤怒而且不解，喝道："你疯了吗！"

无穷碧厉声说道："当年我要杀你，今夜更不想承你的情，不然岂不是羞辱，所以你必须死，而且只有死人才不会泄密！"

自幼在偏远部落山林里长大，去往京都后也是在摘星院与国教学院这种最单纯的地方学习生活，轩辕破根本听不明白无穷碧这是什么逻辑，恼火说道："你这妇人怎生如此恶毒！"

恶毒也好，疯狂也罢，无穷碧毕竟是神圣领域的强者，虽然断臂重伤，依然要比轩辕破强大无数倍。铁剑渐渐下沉，轩辕破眼看着便要支撑不住，忽然间，静室里多出了一抹颜色。那抹颜色是鲜红的，带着湿意，新鲜无比，原来是那朵小红花。看着那朵小红花，无穷碧的脸上满是震惊与恐惧，闪电般收回拂尘护在身前。

啪啪啪几声轻响，别样红指落如风，封住了无穷碧的两道经脉。无穷碧愤怒至极，调动真元强行冲破禁制，便要还手。别样红收回手指，看着迎面而来的拂尘，没有动作。无穷碧神情微怔，动作微滞。

一口真血从别样红的嘴里喷了出来，脸色骤然苍白。小红花飞回他的身边，静静地悬停着，已经受损严重的花瓣上，渐有露珠生出，仿佛流泪一般。离开崖坪后，别样红用了数个时辰的时间，才再次凝聚起来的一点真元，随着这口真血尽数消散。无穷碧看着这幕画面，终于明白了些什么，惊叫一声，扑了过去，把他抱在了怀里，哭喊了起来。

"你疯了！就为了这么个熊崽子！"

轩辕破的神情很茫然。他不明白这到底是怎么回事。明明自己好心想要救对方，为何无穷碧却要杀自己，而别样红又要护着自己。为何无穷碧先前愤怒得恨不得要别样红去死，看着别样红吐血又是如此的痛苦，似乎恨不得自己替对方去死。这对大陆强者夫妻难道都是疯子吗？

轩辕破沉默了会儿，说道："现在有很多人想要抓你们，这两天白帝城有大事，陆续还会有很多强者到，你们就在这里待着不要出门，我后面两天有些事情要去办，到时候再看如何处理。"

说完这句话，他收起山海剑，把包裹里的药物还有一道买好的食物清水都搁到了地上，起身向外走去。

走到纸门前，他停下脚步，忽然说道："先生你这样的人物，怎么就娶了这么个女人呢？"

别样红没有回答这个问题。庭院的木门再次关闭，恢复安静，只有夜风吹拂那棵矮松发出的轻响。屋里安静了很长时间，直至气氛变得越来越压抑，令人感到尴尬。

无穷碧看着别样红声音微颤说道："师兄，这些年来你是不是一直都后悔娶了我？"

别样红看着她微微一笑，说道："你乱想什么呢？"

"那个熊崽子说的话，想来你不是第一次听了。"无穷碧越想越是羞恼，说道，"你以为我不知道吗？在天书陵前，在圣女峰上，无论是天海那个妖后又或是王破，看着你我时的眼神，不就是这个意思？全天下都觉得我配不上你！"

别样红叹息一声说道："你我之事，何须在意他人如何看法？"

无穷碧喊道："你何尝不是一样，你就觉得我在世人面前经常给你丢脸。"

别样红静静看着她，说道："师妹，我从来没有后悔娶你，只是后悔这些年太过宠你。"

说这句话的时候，他的神情很真挚。无穷碧愣住了。不知道她有没有真的明白这句话的意思。她只知道自己想要说些什么，却发现不知道应该说些什么。

她觉得好生委屈，开始痛哭，心想当初运气怎么如此不好，就偏偏遇见了这个人呢。

82·大西洲使团

妖族强者以及最精锐的红河妖卫，领着皇后娘娘的旨意，在四处搜索别样红夫妻的下落。加上昨天的那些异象，白帝城里的气氛异常紧张，周边小城通往群山荒野方向的城门已经全部关闭。

群山里的云雾难以消散，只有在阳光最盛的时候或者是山风最疾的时候，才能有机会看清楚远处那九棵直抵云霄的巨树身影，而现在更多的目光则是投向了山那边的方向。在茫茫群山的那边便是西海，在西海的极深处便是传闻中的大西洲。最新的传闻是，大西洲的二皇子要来白帝城迎娶落衡公主殿下。

传闻在今天得到了证实，通往群山的那些小城城门尽数打开，官道震动，妖兽躲避。大西洲的使团即将抵达白帝城，使团的代表便是那位二皇子。使团此行所用的名义是为白帝陛下祝寿，加上大西洲与皇后娘娘之间的关系，妖族根本没有理由拒绝。当使团终于进入白帝城后，持续了整整一天一夜时间的紧张气氛稍微松动了些，很多妖族部落的民众都拥到了街上来看热闹。

同样注视着大西洲使团，但无比警惕的目光，当然来自人族。白帝城里有三个人族的重要建筑。分别是大周朝廷的使馆、国教的西荒道殿，还有代表天南势力的唐家商行。

朝廷正使与唐家执事在知道此事后的第一个反应就是，如果白帝城真的想与大西洲联姻，必然早就已经做好了万全的准备，自己除了尽快把这个消息告知朝廷与汶水，没有别的任何办法。

代表国教意志的西荒道殿里的主教们，同样也明白此事难以破坏，但现在整个大陆都已经知道大西洲皇族意图陷害教宗陛下，如今却派人来娶教宗陛下的学生，这如何能够忍受？

大西洲使团进宫的同时，国教西荒道殿措辞极为强硬、堪比战书的抗议信也送进了宫里，同时宴请大西洲使团的晚宴请柬，被西荒道殿大主教当着数千名妖族信徒的面撕成了碎片，然后踩在了脚下，竟是没有给妖族留丝毫脸面。确认这个消息后，大周使馆与唐家商行也拒绝了晚宴的邀请，只是相对而言要表现得温和一些。

无论人族的态度如何，晚宴终究照常举行。当天夜里，白帝城张灯结彩，尤其是最高处的皇宫可以说是灯火通明，烈油烹火，无比热闹。直至晚宴结束之后，热闹依然没有减退，因为主宾大西洲使团的成员去休息了，来参加晚宴的很多宾客却没有离开。

看着依然停留在宫殿里的那些身影，数百名负责皇宫安全的红河妖卫很是警惕，甚至有些紧张，却不敢上前驱赶，甚至就连劝说都不敢，因为那些宾客都是妖族的大人物，有些甚至还是他们的父亲。留在宫殿里的妖族大人物有的是将军，有的是大臣，最多的则是长老会的成员。

妖族的长老会与魔族的元老会有些相似，但是实力更强，地位更高。妖族由三百多个部落组成，其中势力最强大同时也是历史最悠久的二十七个部落的族长自然便是长老会的成员，还有十几个席位由剩下的部落推选而出，至于长老会的席位顺序排列也非常简单，谁活的更久，谁更强便排在前面。

如今妖族的大长老是相族的族长。据闻这位大长老拥有通天神力，虽然未入神圣，但已有与神圣领域强者战斗的能力。大长老如山般的高大身躯在宫殿的前方是那样的醒目，又仿佛真正的大山一般沉默。他的沉默没有平息宫殿里的议论，相反似乎成了某种纵容，殿内的议论声越来越高，气氛越来越紧张。

这些议论，当然与大西洲使团有关，与昨日天地异象有关，也与最近这些天的传闻有关。

落落殿下真的要嫁人了？需要这么着急吗？难道陛下的伤还没有好？问题在于，为何不能是落落殿下？虽然说妖族的历史上确实没有这样的事情发生，但当年不是说教宗陛下已经解决了她的问题？一个传闻会生出很多别的猜测，无论是长老会成员还是那些妖族将军，都在猜测传闻的真假以及更多的问题。

当然，无论落落殿下是否嫁，嫁的是谁，与他们的关系并不大，因为妖族的皇帝永远都是白帝一族。唯一有资格的白帝一族的某些旁支，担心触怒陛下与皇后娘娘，反而更加低调沉默，不敢表露任何意见。只是一定要嫁给大西洲的那位二皇子吗？

牧夫人缓步走进了因为高大而显得有些空旷的宫殿里。宫殿里的妖族长老以及将军大臣们齐齐行礼。高大如山的妖族大长老的声音无比低沉而又浑厚，就像深山里的回音。但他说出来的话却是无比直接，无比符合妖族的性情与议事习惯。

"娘娘，您真准备把殿下嫁给您娘家的侄子吗？"

大长老看着牧夫人，右手握住了斧柄，毫不遮掩自己的动作。

"那样我们会造反的。"

牧夫人在他的身前看上去无比娇小，就像一个小人，气势却更加强大。

她看着大长老淡然说道："那你们反好了。"无比淡然的一句话，却是最为霸道的宣示。

她已经做了数百年的皇后娘娘，与白帝伉俪情深，早已不是当年初入妖域的那个少女，在妖族里的威望极高，无论是那些部落里的族长还是红河两岸的青年猎人，都视她为神明，哪里敢有丝毫不敬。

听着这句话，宫殿里变得无比安静，再没有谁敢说话，只有夜风轻拂着坚硬无比的石墙。即便是大长老也感觉到了强大的压力，沉默了会儿说道："我们需要解释。"

牧夫人面无表情说道："传言只是传言，再者，即便要嫁，长老你为何要反？"

大长老神情不变，淡然说道："娘娘您应该知道原因。"

83 · 魔族来的年轻人

牧夫人的视线在那些高大如山的妖将身躯上掠过。"我明白你们在想什么。

落衡是我的亲生女儿,如果她能够继承皇位,我与陛下还会如此操心吗?传闻终究只是传闻,无论是这几天的还是几年前的,教宗陛下再如何天才横溢,当年也不过是个十几岁的少年,你们真以为他能解决我族数万年都无法解决的问题?不过是人族弄出来的手段罢了。"

这番话极有道理,很有说服力。殿里的长老、将军与大臣们想着这几年时间里的落落殿下还是像小时候那般娇小柔弱、神体四转都尚未成功,确实与陛下当年完全不一样,想来经脉问题确实没有解决,不由在心里遗憾地叹息了一声。

大长老没有被说服,说道:"我要见陛下。"

牧夫人盯着他的眼睛说道:"你知道陛下正在养伤。"

大长老说道:"我知道,但我妖族传承乃是大事,陛下应该能体谅我的打扰。"

牧夫人沉默了会儿,说道:"如果陛下愿意见你,自然可以。"

一个时辰后,大长老回到了宫殿里,石墙上插着的油烛火无风而摇。无数双眼睛落在了大长老的身上,想要知道他到底见到白帝陛下没有,以及陛下又说了些什么。

大长老摇了摇头,说道:"我没有见到陛下。"

殿里的妖族长老以及大臣将军们发出遗憾的叹息。

"但我感受到了陛下的意志,所以我不会再反对这件事情。"大长老望向牧夫人说道,"不过这件事情必须依照我妖族数万年的传承规矩来,公主殿下就算要嫁人,也不能私相指亲,必须由天树荒火自行择主,遵从祖灵与神明的意志。"

听着这话,殿里再次响起议论声,不过这本来就是传闻里的一部分,所以不是太过吃惊。

牧夫人说道:"你的意思是正式举行天选大典?"

"不错。"大长老的手再次落在斧柄上,说道,"不然我们还是会造反的。"

牧夫人盯着他的眼睛说道:"一切都按族中的规矩来,不能有半点差错,你可敢应承?"

大长老说道:"娘娘您深受族中万民敬重,至今已数百年,我老了,只希望一切都能如前。"

说完这句话,他便往殿外走去,如山的身躯在地板上映出一大片阴影。殿里大部分妖族长老和约一半的大臣将军，向牧夫人行礼后，随大长老一道离开。

牧夫人沉默了会儿，挥了挥衣袖，示意殿里那些忠于自己的臣属们离开。大殿里恢复了安静，除了她之外再无旁人。油烛火散发着明亮的光线，却有着淡淡的焦味，而且被夜风吹拂，便有些明暗不均。已经过去了数百年时间，她依然还没有习惯，还是有些想念大西洲皇宫里的那些鲛人珠散发的温和光毫。

石壁被照耀得很清楚，看似打磨得极为平滑，但在她的目光之下，自然能够看出上面的起伏。如此粗粝的石材，怎么有资格进入皇宫？这是她在大西洲做公主的时候，怎样也想不到的事情。是啊，她来到白帝城已经很多年了，还是有很多事情无法习惯。比如说前面提到的这些，比如刚刚发生的那些。如果放在大西洲或者是人族京都，像大长老那样的态度，只怕早就已经被处死了。

但这里是白帝城，数万年来，生活在这里的妖族便是这样过的，议事就是这样直接，或者说野蛮。真是一群不开化的野兽。她无法习惯，也无法真正改变这一切，因为她只是皇后娘娘，不是白帝。

她站在空旷的宫殿正中央，沉默了很长时间。有风自遥远的西海来，呼啸而入群山之中。山后那片碧蓝如海的湖里的鱼儿死了很多。一抹淡然的微笑出现在她的脸上，无比慈爱，就像看着孩子的母亲。她本来就是所有妖族子民的母亲。

光影微动，一个年轻男子走了进来。那个年轻男子很英俊，身材颀长，风采极佳。他就是大西洲的二皇子。

牧夫人看着他怜惜说道："这次要你白走一遭，真是辛苦了。"

二皇子微笑说道："为了表妹的幸福沐些海雨天风算得了什么，再说我也好些年没有看过红河两岸的风景，有些想念。"

牧夫人说道："天选开始后，入天树感悟一番荒火，对你的修行也会很有帮助。"

"难得来一遭，当然要图些好处，只是……您到底替表妹择的佳婿是哪位？"二皇子看着她好奇问道，"您就如此确定他会被祖灵选中？"

牧夫人说道："我只管让他进天树经受荒火洗礼，至于他会不会被妖族祖灵选中，那就要看他自己的本事。"

二皇子想了想说道："是小德吗？"

牧夫人拍了拍他的手臂，说道："不要想太多，多陪你小姨聊会儿，她最近心情不大好。"

二皇子冷笑一声，说道："若不是知晓陈长生不会来，我定要与他过过手。"

大西洲使团抵达白帝城的当天。也就是别样红与无穷碧抵达白帝城的第二天。也就是南溪斋内乱发生后的第三天。也就是天选大典开始的前一天。

那时候陈长生还在离山，还没有收到红雁从京都带来的那封信，也没有从娄阳王处拿到师父商行舟的那封亲笔信。无论朝廷还是国教，都还没有收到白帝城里的任何消息，洞悉天机如商行舟，他的视线也暂时还停留在北方的雪老城里。

没有人知道，在很多天前有一个人从雪老城里出发，然后与大西洲的使团同一天进入了白帝城。那个年轻人很顺利地通过了妖卫的检查，住进了城东的一个院子。那个院子很多年前便存在于此，很是普通，只是很宽阔，满地黄沙，看着竟像是沙漠一般。满地黄沙里残着些血迹，泛着光泽，仿佛混入了金屑一般，只是早已没有了味道。在黄沙深处有一棵树。那棵树并不是很大，树叶也不是很茂密，但落在地上的阴影面积却很大，没有任何光斑，幽暗得就像是真实的夜色一般。

那个年轻人站在树下。虽然阴影很浓，还是可以看得很清楚，他的头上没有魔角，难怪可以如此轻易地进城。

"这就是我神族在白帝城里最后的落脚点？碧血黄沙，有些意思。"

那个年轻人负着双手颇感兴趣地打量着四周，却不知道是在对谁说话。

"如果白帝没有真的睡着，那太危险，赶紧离开吧军师。"

"是，陛下。"

风缓缓吹拂着树叶，阴影摇动不安，仿佛衣袂，又像是谁在说话。满是黄沙的庭院里，只剩下那名背着双手的年轻人。他抬头望向天空。冬天的阳光照在他的脸上。他的脸色有些苍白，看着不是很健康。他眯了眯眼睛。

负手、望天、眯眼，好像世上的大人物们都喜欢这样的动作。是的，这位来自雪老城的年轻人是位真正的大人物。他就是陈长生曾经在雪岭里见过的那位年轻魔君。

84·星空可以杀人，谁来救人

年轻的魔君踩着黄沙，顺着那些看似陈旧的金色血迹，向着某处走去。那里是庭院的后门，铁锁上满是锈迹，不知道多少年没有打开过，看着很是普通。要说有什么特殊的地方，大概便是石阶旁有两座石像。那两座石像应该是两个男性，浑身不着寸缕，身躯线条非常完美，身后有着一双羽翼。石像没有任何神情，却有一种栩栩如生的感觉，仿佛下一刻便会活过来。如果让妖族那些活了无数年的长老看到，或者会联想到部落神话里的某些神明。在魔君眼里这两座石像却像是某种禁忌，满是厌憎与警惕的情绪。事实上，他对这两座石像很熟悉。

很小的时候，他就在魔宫最深处的诸神石刻里看到过它们。这两座石像忽然从雪老城魔宫来到了白帝城，他也不觉得奇怪，因为那夜星空祭的时候，他亲眼看到那两道光柱破壁而至，灌注进了这两座石像。

不知道想到了什么，魔君的脸色变得有些苍白，过了会儿才恢复正常。他对星空祭依然存有很大的警惕与疑虑，只是时势使然，迫得他不得不接受黑袍的提议。只是此时亲眼看到这两座明显没有任何生机、绝对是死物的石像，他再次开始怀疑自己的选择是不是正确的。

"父亲，你的看法可能是对的……星空可以杀人，可以帮我们杀人，也可以杀死我们。"魔君看着那两座石像，背在身后的双手缓缓地抚摸着一样石制的事物，缓声说道，"但是您放心，我不会把他们视为同族，只会把他们当猎犬一样用，如果哪天他们明白过来，我会把这东西毁掉。"

如果陈长生这时候在场，应该能认出他手里的那件事物是什么。那夜在雪岭，正是这样石制的事物刺入了老魔君的腹部，引来了星空那边一道充满毁灭意味的光柱。

落落所在的宫殿，在白帝城的最高处，甚至比白帝夫妇的寝宫还要高。因为她很喜欢登高望远，当然这也说明白帝夫妇是怎样的宠爱她。

只是今天白帝城的云雾要比平时更加浓郁，站在窗边很难看到太远的地方，光线有些幽暗，只能看到熟悉的红河以及对岸的青山，那些仿佛能够闻到味道的潮湿的森林，还有远处若隐若现与天空一般高的巨树。这些都是她看了很多年、早已习惯的风景，不知为何今天却觉得有些陌生。紧接着，她听到了宫外传来的嘈杂声音，听到了战鼓的声音，感应到了兽舞激发起来的荒火气息。

大典真的就要开始了吗？昨夜发生的事情她已经知道了。

表面上看起来，相族族长等大人物表现得极为强势，但她明白，那些都是假象。昨日那场神圣领域之间的战争，很明显母亲获得了胜利，威望或者气势正在最强之时，无论是大长老还是妖族里别的大人物，除了握紧斧柄说出造反两个字之外，竟没有任何办法让母亲做出丝毫让步。

更令她感到伤感的是，大长老很明确地感知到了父亲的意志。这说明父亲也知道这件事情。昨夜大长老离开皇宫之前，曾经来看过她，以血誓保证她的平安，却没有对今天的事情有任何说法。

天选大典会如常进行。就像从高空里落下的雨点那样，她将要嫁人，而这无法改变。母亲到底想要自己嫁给谁？她为何有自信自己选中的对象，就一定能够得到祖灵的选择，熬过树心天火的洗礼？落落看着窗外那些警惕至极的红河妖卫，想着这些问题。昨夜因为在思考很多事情，安排随后的计划，她没有睡好，于是脸色也有些不好。

李女史看着她的脸，以为她是因为伤心的缘故失眠，怜惜之情无法抑制，眼睛微湿。

"从地道走？"李女史端了杯橡子茶到落落的身前，压低声音说道，"我已经把钥匙拿到了。"

落落轻轻摇头，说道："地底那几只天蚕虫可不好对付。"

听着天蚕虫的名字，李女史面色微白，放弃了这个打算，开始思考别的脱困方法。

落落没有说真话。天蚕虫是白帝城地底深渊的守护者，杀伤力无比可怕，而且能够自由穿行于深渊与泥石之中，从某种意义上来说，可以完美地阻止任何敌人从地底潜入的可能，但三年前她便已经试过，天蚕虫无法拦住她。

她摸了摸脖子上系着的那块小石头，想着当时天蚕虫惊恐避让的模样，开心地笑了起来。李女史哪里知道那颗小石头便是传说中的天书碑，看着她发笑以为她是受惊过度，很是惊慌，不知如何是好。落落安慰了几句，才让李女史平静下来。是的，哪怕被那些强悍的红河妖卫重重看管，哪怕白帝城暗有禁制，她如果想要逃走，也不是多难的事情。

在牧夫人的眼里，在相族族长等长老的眼里，在那些妖将大臣的眼里，这几年的落衡公主殿下并没有勤于修行皇族功法，境界实力的提升非常缓慢，还是像去京都之前那样娇弱……没有人知道，她的修行一直很勤勉，她像先生那样，每天五时便会准时醒来，闭目静心五息，然后起床洗漱用餐，随后便开始学习冥想，直至深夜入眠。

是的，她的皇族功法修行速度很普通，甚至显得有些慢，但那不是因为没有悟性，或是经脉的问题没有解决，而是因为她把绝大部分的时间都用在完成先生布置的功课上，换句话说，她绝大多数时间都在学习剑道。

除了天书碑以及日渐强大的剑道修为，她还有很多父亲留下的强大法器，想要吓退那些天蚕虫从地底离开，并不是什么难事，她的伤感更多是在于，石窗外的这些风景再过些天可能就再也无法看到了。是的，如果没有别的变化发生，如果……先生来不及赶到白帝城，那么，她就只好自己离开。

忽然间，石窗外响起一阵极其尖锐甚至有些刺耳的声音，那些空气被撕裂成碎絮的声音，也是禁制被高速事物强行打破的声音，然后殿外响起十数道闷哼声，地面上灰尘微作，清风骤敛，一个身影显现出来。在那个人飘动的衣袂边角还带着空气高速颤动形成的残影，可以想见他来时的速度有多快。

那人穿着件有些旧的长衫，衣料里隐藏着铜钱图案，脸上的神情看着很淡然，就像一个寻常的富家翁，若注意到他靴上的那些黄泥土，又或者会把他认作是乡间喜欢亲自下地种田的大地主。

85·海上牧云可曾记

"金长史，你怎么来了？"看着那人，李女史很是吃惊，又有些担心。

来者是金玉律。这位世间身法最快、资历最老的妖族大将，当年曾经随侍落落去京都求学，在国教学院里还做了很长一段时间的门房，回到妖域后没有入朝复职，而是继续自己的躬耕生涯，直至现在。

落落和轩辕破都曾经尝试过联系他，但没有成功，因为他居住的庄园一直受着极严密的监视。他今天能够离开庄园来到皇宫，殿外那些昏迷不醒的妖卫与宫女，说明了他怎样做到的这一切。

"殿外，请随我走。"金玉律看着落落说道。

作为世间身法最快的强者，又是妖族资历最深的元老大将，即便皇宫戒备森严，到处都是眼线，但如果他带着落落离开，还真可能有机会。

李女史望向落落，眼神里也尽是劝说之意，说道："娘娘最多只会惩戒一番，

235

不会太为难我。"

落落上前牵住金玉律的手，满是感激，却没有答应他的请求，而是低声说了一句话。

"赶紧从殿后的地道下去，我这里……"

她想把父亲留给自己的那些法器交给金玉律，让他有机会从地道离开，然而话没有机会说完，碧空里的那些云朵就如被人牧使的羊群一般聚拢，遮住了日头，让整座白帝城都笼罩在阴影里。

牧夫人走进石殿，看着金玉律平静说道："小孩子都知道事不可成，你又何必非要弄这一出？"

金玉律沉默片刻后说道："皇后娘娘准备用什么名义杀了我？擅闯皇宫还是对圣人大不敬？"

牧夫人说道："你在族里的威望太高，即便是陛下都不能轻言杀之，更何况我。我只是不明白，这么多年来你为何一直对陛下抱有如此大的敌意，对我更是多番针对，难道我夫妻待你还不够宽仁？"

金玉律说道："以前的事情，陛下自然明白，今天的事情，娘娘你也应该明白。"

牧夫人说道："你应该清楚，这不是我一个人的意思，大长老昨夜已经感知过了陛下的意志。"

"这就是我与老相还有别的那些长老不同的地方，或者这也正是为何陛下始终都不喜欢我的原因。"金玉律看着牧夫人面无表情说道，"就算这是陛下的旨意，只要我认为是错的，同样不会接受。"

牧夫人说道："不愧是金长史，且不提你抗旨不遵是何罪过，只说对错二字，你又如何判定？"

金玉律说道："八百里红河，十万里妖域，岂能交给非我族人？"

牧夫人说道："所谓天选，皆是祖灵意志，无论是何族之人，只要能够得到天树接纳，接受荒火洗礼，便会血脉尽化，转为妖皇真身，自此成为白帝一族，哪里算得上是外人？"

金玉律看着她的眼睛说道："这就是你对二皇子的安排？"

牧夫人说道："所有参加天选大典的人都必须听从命运的安排，而这是最公平的方法。"

金玉律说道："你突然宣布此事，人族根本来不及做反应，无法派人参加，这算什么公平？"

牧夫人神情淡漠说道："这与金长史又有何干系？难道你与周人之间有何勾结？"

金玉律看着她沉声说道："殿下在你眼里呢？她拜教宗陛下为师，所以她也有可能勾结周人？所以你明明知道她的经脉已经修复，只要足够的时间便能顺利继承帝位，依然要强行启动天选大典？"

牧夫人说道："她的情形我比你们都清楚，我希望她能获得幸福，但不会给她营造任何错觉。"

金玉律说道："错觉还是谎言？娘娘你的这些话，只怕连自己都骗不了，又如何能够说服殿下？"

说话的时候，他们并没有避着落落，落落全部听清楚了。随着最后这句话，石殿里变得异常安静，因为谈到此时，已经无法再继续谈下去。

牧夫人轻拂衣袖，玉手翻动，石殿里无由一阵风起，一道由清光凝成的巨手便向金玉律拍了下去。殿里出现无数道刺耳的鸣啸，空气被震荡出无数湍流。金玉律化作一道残影，避开那只巨手，退到了石台外。牧夫人神情不变向前踏了一步，衣袖再次翻舞而起。

聚拢到白帝城上空的那些白云忽然向下移动了数里距离，变得无比低矮，仿佛要靠近对岸的那些山峰。如果有些眼力好的人，甚至可以看见云层里面正在凝聚的雨滴。随着云层的下移，一道难以想象的威压落了下来，笼罩住了白帝城，尤其是位于最高处的这座石殿。

台上响起一声闷哼，金玉律身后那道仿佛要融进天地间的残影微微一滞。他的境界实力极强，但想与神圣领域强者对抗，必须把速度发挥到极致，才能有一丝可能。但牧夫人只是挥了挥衣袖，便借天地施威，云层施压，破掉他的身法。

天空里的云层距离地面越来越近，红河对岸几株参天巨树几乎完全不见，落在石殿处的威压越来越大，那些昏迷的妖卫与宫女痛苦地呻吟起来，李女史只觉得呼吸变得极为困难。

金玉律的身影变得越来越清楚。残影越是清楚，说明速度越慢。到身影完全显现的那一刻，金玉律便会迎来牧夫人的雷霆一击。这样的画面没有发生。

因为落落走到了牧夫人的身边。她牵起牧夫人的衣袖，抬着小脸，睁着大眼睛，很认真地说了一句话。

"母亲，请不要这样。"

黑云压城城未摧，连雨点都没有落下，便重新回到高空，然后渐渐散去。金玉律逃离了皇宫，想必无法再回到他躬耕多年的田园，不知去了哪里。

李女史与那些妖卫宫女退了下去，整座石殿无比安静，只有牧夫人与落落这对母女。

"很多人都以为我是为了一己私欲，才会做这件事情。"牧夫人看着落落的眼睛，说道，"你也是这样想的吗？"

落落沉默了很长时间，没有直接回答这个问题，而是问了一句有些奇怪的话。

"母亲……这么多年了，你还是很想家吗？"

86 · 正因多情方自欺

谁都会想家，哪怕当年在京都国教学院，落落度过了自己生命里最开心的那段岁月，但那时候她还是会经常想家，想父亲，想母亲，红河里的那几个大家伙，还有天树上面的那些鸟。她当然不会认为这是错的，只是……

"很好，至少看来你愿意相信我不是为了自己的私欲行事，虽然你现在认为我是为了大西洲。"牧夫人看着她平静说道，"我不否认，大西洲是我的家乡，但你的外祖父外婆都已经仙逝，难道我还会把大西洲看得比白帝城更重？传闻都是假的，我怎么会让你嫁给你表哥？"

听到这句话，落落真的很吃惊。虽然她没有什么实际的权势，但她毕竟是妖族唯一的公主殿下，在白帝城里地位极高，而且像长老会里的相族族长等人自幼便一直很疼爱她，就算她不主动打听，很多事情也无法瞒过她。

比如说她要成亲这件事情，她很轻易地便知道了这个传闻的源头是渊珠阁的某位妖卫，而那位妖卫是牧夫人最忠诚的下属。正因为如此，她从来没有想过那个传闻会出错——母亲不准备让自己嫁给表哥？那大西洲使团来做什么？为何大长老今晨派人来通知自己二表哥的名字已经在天选大典参加者的名录下？"

"这件事情是我与你父亲的意思，为了安全起见没有对任何人说过，包括你在内。"牧夫人说道，"过会儿天选大典便会开始，我想也是时候告诉你了。"

落落问道："母亲，究竟是什么事呢？"

牧夫人揉了揉她的头，说道："当然还是你的婚事。"落落很是紧张，莫名有些不安。

"金长史说的当然没有错，大长老也没有错，你自己当然更清楚……教宗陛下确实修复好了你的经脉，只要给你足够多的时间，你便一定能把白帝一族的功法修至最高处，成为下一代的白帝陛下。"牧夫人神情凝重说道，"但我与你父亲都很担心，时间来不及。"

落落说道："我不明白您的意思。"

牧夫人说道："你是妖族唯一的公主，你应该为这里做些什么。"

落落明白了，于是沉默。从很小的时候，她就知道，自己必须背负的责任。陈长生也很清楚这一点，所以从来没有要求她做过任何事情。如果妖族的局势不好，需要她做出贡献，而没有太多时间等待着她成长为新一代的白帝。那么她就应该像过往数万年里的那些公主殿下一样，通过婚事为妖族谋取利益。

这就是她的婚事，也就是联姻。她的母亲，当年也是这样做的。

"嫁到雪老城去吧。"牧夫人看着落落的眼睛说道。

所有的谜题在这一刻得到了解答。落落的脸色瞬间变得苍白起来，低声说道："为什么？"

牧夫人说道："这一代的魔君是真正了不起的人物，只有他才配得上你。"

落落说道："母亲，你知道我不是问这个。"

这不是简单的一门婚事，不是男欢女爱，不是门当户对的问题。

"为什么？当然是为了妖族的前途。"牧夫人看着她的眼睛说道，"现如今人族气运正盛，本以为天书陵之变后，八方风雨接连死去，人族会安稳一段时间，谁能想到，不过短短数年，王破、离山掌门、相王接连破境，再加上茅秋雨也已经到了门槛之前，更不要说梁王孙与肖张还有你那位先生与徐有容、秋山君，人族强者数量很快会恢复如初，甚至更胜当年，再加上商行舟的手段，到那时候整个大陆还有谁会是他们的对手？当他们灭掉魔族之后会怎么做？难道你愿意看到妖族的子民跪在人类的铁蹄之前？"

落落沉默了会儿，说道："魔族应该比我们更担心这些事情。"

牧夫人说道："不错，所以我们不用怀疑雪老城的诚意与决心。"

落落抬起头来说道："但是双方之间的仇恨呢？母亲您怎么说服长老会还有那些大臣与将军？"

牧夫人说道："我已经说服了很多人，最关键的是，我已经说服了你的父亲，那么谁还敢反对？"

落落想着昨夜大长老入山没有见到父亲，但回来后态度便发生了极大的变化，隐约猜到了些什么。但这并不足以说服她。而且就像牧夫人说的那样，妖族里或者没有谁敢站出来反对这次联姻，但她可以。

她看着牧夫人说道："如果是为了妖族的前途，以我与先生之间的关系，国教必然会支持我们，到时候大周朝廷就算想要发兵相攻，首先也要把内部的问题先解决。"

牧夫人说道："首先你要确定，你的先生陈长生能获得这场战争的胜利，而且你必须确认，他与商行舟这对师徒之间是真的反目成仇，而不是用来欺骗我们与雪老城的阴谋。"

落落说道："先生不是那样的人。"

"你与他已经五年时间没有相见。五年时间足以改变很多事情，而且就算你们是师徒关系，与天下大势相比，这种关系依然不够稳固或者说强大到能够影响人族与妖族之间的关系，你明白我的意思。"牧夫人看着她怜惜地说道，"除非他愿意舍了徐有容娶你，那样我会立刻结束天选大典。"

落落睁大眼睛，神情无辜说道："先生怎么会娶我呢？我可是他的学生啊。"

牧夫人看着她似笑非笑说道："你只把他当作先生看待吗？"

落落用点地点点头，说道："当然啊。"

牧夫人伸手摸了摸她的头，说道："痴儿，就算你能骗得过我，又怎么骗得过自己？"

晨风从窗外吹拂而入，带来兽舞特有的石灰味道，还有越来越激烈或者说欢快的战鼓声。牧夫人离开了，她要去皇宫前的万兽台上主持今日的天选大典。落落坐在石窗前，有些泄气，垂头丧气地撕着今晨新摘的栀子花。就像牧夫人临去前说的那句话一样，她就算能够骗得过大陆上的所有人，又如何能够骗过自己？

87 · 普天同选

李女史走了进来,看着她欲言又止。落落知道她在想些什么,轻声说道:"母亲和我的想法不同……那样对大西洲没有任何好处。"

李女史难过地说道:"难道殿下您真的要嫁到那么远的地方?"

妖族公主远嫁雪老城,这种事情已经有两千多年没有发生过。落落默默想着,如果这样真的能够让战争不再爆发,或者还真是好事,对先生也是好的,只是……那位年轻的魔君应该不会来参加天选大典,那此时宫外的热闹算是什么?那位年轻的魔君就算要与自己成亲,也不会留在白帝城里等待着继承皇位,那么……这个故事怎么结尾?

大西洲的使团到了,天选大典也开始了,红河两岸云雾深处的天树发出低沉的嗡鸣声。

虽然在传闻里,皇后娘娘替落落殿下选定的夫婿是大西洲的二皇子,但还是有很多妖族青年强者连夜离开山林,向白帝城进发,而其中绝大部分人早在数日之前便已经来到了白帝城里,做好了准备。

既然长老会成功地让这件事情按照妖族规矩进行,那么谁都有可能。只要能够成为备选者,接下来的事情便要交给天树荒火,由祖灵选择。难道部落的祖灵还会偏帮那些大西洲的外人吗?

清晨时分,朝阳未能撕开笼罩红河两岸的浓雾,天光依然暗淡,白帝城已经醒来。极富节奏感的战鼓声在各处响起,不同部落的妖族对着远方那些若隐若现的巨树膜拜行礼,然后开始舞蹈。随着祭祀持续进行,那九棵巨树的身影渐渐变得清晰起来,虽然隔着数十里,也仿佛能够感觉到那处的温度升高了很多,仿佛有很多无形的火焰正从地底生出,顺着巨树的身躯散播到天地之间。

伴着不同的战鼓声,不同的部落族旗在白帝城的街巷间招摇,来自广阔妖域的青年强者们在父辈与同伴的陪伴下走出自家部落的会所,脸上带着希冀与紧张的神情,向着最高处的皇宫走去。人们渐渐汇聚起来,黑压压一片仿佛海洋,却没有任何嘈杂的声音,沉默得令人有些心悸。在这片寂静海洋的最深处,有一座辇驾很引人注意,因为辇上插着的不是普通族旗,而是一道王旗,正在晨风里猎猎作响。

无数道视线落在那座辇驾上,无论那些各部落的妖族青年强者如何自信骄傲,在看到那面王旗的时候,都下意识里流露出敬畏的神情,因为那面王旗代表的是妖域南方实力最强大的士族,因为有个男人坐在那面旗下。

那个男人神情漠然,黑发飘舞,眼眸里偶尔闪过一道黄色的厉光,身上散发出来的气息极为强大,甚至有些恐怖。他是妖族两百年来最具天赋的强者,在王破越境、肖张被通缉之后,在逍遥榜上的位置已经升到了第二。

小德是他的名字,士是他的姓氏,他代表着妖族南方势力的意志,更重要的是,他自己的意志也极为强大,而整个大陆都知道,这几年他最坚定的意志就是要迎娶落落殿下,成为下一代的白帝。没有出乎任何人意料,在前些天的风云动荡里一直保持沉默的他,终于出现了。这样等级的强者将要参加天选大典,谁会是他的对手?

大西洲二皇子早就已经醒来,梳洗完毕,手里捧着一卷书在看,不知道听到了什么,他沉默片刻,唇角微扬,露出一抹意味难明的笑容,搁下书卷,接过一道明黄色的腰带系好,向皇宫外走去。

浓雾没有散开,与满地的黄沙仿佛要融为一体。年轻的魔君没有在屋里睡觉,而是躺在黄沙上,双手枕在脑后,翘着一只腿,闭着眼睛,显得格外闲适。如果他被人知晓身份,绝对会遭受最可怕的围杀,但他似乎完全不在意这一点,越来越响亮的战鼓声,也对他没有任何影响,不知道过了多长时间,他才睁开眼睛,起身掸掉身上的黄沙,走到后门。

他静静看着那两座石像,伸手取过一顶笠帽戴到头上,然后离开。那两座石像也不见了,原来的位置空空荡荡,只有黄沙被晨风轻轻拂动,最终掩埋掉昨日的金血。

轩辕破很早就醒了过来,更准确地说,昨夜他根本就没有怎么睡着。因为屋子里那对他无法理解的夫妻,他在小院里坐了整整一夜。但没有睡着与不够舒适无关,只是因为他有些紧张,对于即将到来的这件事情。

战鼓的声音是那样的清晰,声声催促着他踏上征程。只是在此之前,他还有些事情要做。这是在国教学院里跟着陈长生养成的习惯。

越是重要的事情之前,越要平静,就算不能做到心境平静,至少也要把最重要的那件事情做好。他拉开门走进屋里,隔着纸门对里面问道:"我要去买早饭，你们想吃些啥？"

九棵巨大无比的天树在雾气里若隐若现，散播着无形却真实无比的热浪。没有西海来的飓风，红河却开始泛起巨浪，惊涛拍岸的声音无比响亮，令人闻之生惧。没有妖族感到害怕，他们知道那是生活在红河里的巨大妖兽弄出的动静。

生活在红河里的那种巨大妖兽叫作于京，拥有着难以想象的庞大身躯，性情却极为温和，以河水里生生不绝的红藻为食，从来不会伤害任何生灵，被妖族视为保护者，今天红河里的那些巨浪便是于京感受到荒火的变化，做出的庆祝。

白帝城里也是一片欢庆的景象，虽然对于那个传闻，以及这两天的紧张局势还有些不安，但天选大典终究是妖族难得一见的盛事，民众们把那些情绪都抛诸脑后，随着未曾停歇的战鼓声开始舞蹈。

数百道用来分割街区的石墙上站满了妖族民众，看上去就像是一夜之间所有的石墙都被加高了一截，只是不够整齐。民众们看着那些向各处擂台走去的青年，挥舞着手臂，喊叫着，跳跃着，新的石墙仿佛又高了数分。真有一种普天同庆的感觉。

88·改变的理由

天选大典是妖族最重要的大事，相关的祭祀庆典却极简单，非常符合妖族一贯以来的性情。晨光刚刚驱散些许浓雾，祭祀庆典便宣告结束，进入真正重要也是被吸引视线的正式流程，而正式流程也同样简单，分成了三个阶段，首先是通过擂台赛选出九名有资格进入天树的备选者。然后是九名备选者经由天树的躯干深入地底，承受荒火浴身，接受祖灵的考验，如果有多名备选者通过了这一关，那么便需要再次捉对厮杀，直至选出最后的胜利者，也就是所谓天选者。

仔细分析整个流程，更能看出无数年前妖族先祖们的良苦用心。如果只是为了简便行事，当初确定天选规则时，完全可以把第二阶段的祖灵考验放在最后一个环节，现在的这种顺序说明所谓天选最终还是要看自身是否足够强大——妖族在如此荒蛮艰险的环境里生存到现在，并且逐渐壮大，从来靠的都不是祖宗的庇护或者天命的垂怜，而是胜天的意志。

基于这些理念，哪怕明知自己没有机会成为最后的胜利者，还是有很多部落青年强者参加到今天的天选大典里来。数十个擂台，分布在白帝城不同的街区与部落聚集地，等待着这些勇士的到来。

妖族最擅长计数以及最为公正的鲤族部落，派出了很多老成持重的成员负责判定胜负，妖族皇廷以及长老会派出的监督官员，则会全程记录每个擂台发生的事情，并且随时可以提出质疑。

整座白帝城的妖族民众都已经走出了自家的房屋，向着那些擂台走去，准备观看百年难得一遇的热闹。最受关注的几个擂台在皇宫与天守阁附近，四周已经围满了人群，挤得水泄不通。

这几个擂台最受关注，是因为这里距离高处的皇宫观景台最近，最容易被皇后娘娘以及长老会的大人物们看到，敢在这里登擂的自然没有那些庸常之辈，必然能够看到很多已经声名远播的人物，比如小德。人群如潮水一般分开，小德在部落长老与高手们的簇拥下向擂台走去，沿途有很多民众高声地替他助威。

妖族信奉强者为尊，作为现在公认的中生代最强者，小德在红河两岸极有威望，而且他所在的部落势力也极强大，在妖廷与长老会里有很多支持者，在很多妖族民众看来，就算皇后娘娘私心偏向自己的外甥，今次天选大典的最终胜利者毫无疑问还应该会是他，也只有像他这样的人物才有资格迎娶落落殿下，才有资格成为妖族下一代的君王。

小德走上擂台，看了眼自己的对手，面无表情说道："你不是我的对手。"他的性情向来冷傲，而且有些冷酷暴戾，说话自然也不客气。这还是他的性情已经发生了很大改变的缘故，不然他连话都懒得和对方说。

他的对手是一位蒙族的中年强者，如果换在别的擂台或者能够走得极远，但这位蒙族中年强者的运气实在有些糟糕，第一场居然就遇到了传说中的小德，凝重的眼神深处难免会有些遗憾与不甘。

明知不敌，按道理来说应该会认输然后退走，但这名蒙族中年强者没有这样做，因为妖族拥有极为强悍的战斗意志，最为重视名誉，甚至胜过生命。他对小德说道："如果不是对手就要退走，那今天您将会遗憾的不会遇到任何挑战。"蒙族强者的这句话里表明了对小德的敬重，也说明了自己的态度。

小德眼睛里漠然的黄色光泽微敛，脸上露出满意的神情，说道："你不错，我会出全力。"

听着这句话,蒙族强者并不惊慌,反而生出荣耀的感觉,说道:"谢谢。"

小德伸手解掉身后的大氅,扔到擂台外,看着那名蒙族强者说道:"你先。"

天选大典的第一场对战就这样毫无新意地开始了。妖族做任何事情都很直接、简单,也可以说狂暴,无论是吃饭、经商、政治斗争,或者真的战斗。就像红河两岸每天都会发生无数场的战斗那样,今天这场对战的过程也毫无新意。震耳欲聋的撞击声不停响起,烟尘狂作,大地震动,狂风呼啸。

这场对战的结果也毫无新意,小德理所当然地获得了胜利,而且他实现了自己在对战之前的承诺,出拳落腿之际没有丝毫留力,风格狂暴至极,只用了三招便把那名蒙族强者击成了重伤。鲜血在铺满黄沙的擂台上显得触目惊心,那名蒙族强者身上的骨头不知道断了多少根,闭着眼睛,随时可能断气。一名妖廷医官带着几名军医提着药箱匆匆赶到台上,但那名蒙族强者受的伤太重,半晌都止不住血。

如果是别的祭礼庆典与对战,西荒道殿自然会派出教士,圣光术治疗这种伤势有奇效,想来可以保住这名蒙族强者的性命,但今天是天选大典,国教方面不来捣乱就已经算是以大局为重,又怎么可能派出教士来帮忙。

眼看着那名蒙族强者便要不治,擂台周边的喝彩声渐渐低落下来,变得有些安静。妖族最敬重强者,最热爱战斗,这样的场面看的极多,但想着这名实力明显不凡的蒙族强者,将要这样死去,民众的情绪难免还是有些异样。

"把他治好后,记得告诉他,药钱还是要还的。"

小德忽然把一颗土黄色的丹药扔到了那名妖廷医官的手里,面无表情说了一句,然后走下了擂台。看着那粒土黄色的丹药,那名妖廷医官微微一怔,然后脸上流露出不可置信的神情。擂台周边的民众里响起低声的议论声,然后响起好些吃惊的叫喊。

"难道那是黄树棘?"

"不会吧?"

黄树棘是妖域南方一种珍稀植物的树汁熬出来的丹药,有止血生魂的神奇功效,产量极少,也极为珍贵。除了每年送入皇宫与长老会的少数丹药,世间绝大多数黄树棘,都在士族的控制之中。作为士族倾全族之力培养、支持的强者,小德的身上自然带着黄树棘,但没有民众能够想到,他在重伤那名蒙族强者之后,竟会如此慷慨大方地用这种珍稀丹药去救对方的性命。

看着向擂台外走去的小德,民众们震惊至极,觉得他的身影要比传闻中更加高大。无论四周投来的视线再如何灼热,无论议论声里有多少敬畏,小德脸上的神情没有任何变化,还是那样的漠然。擂台赛继续进行,待他下一次上场还有一段时间,他穿过人群,在部落强者们的簇拥下回到自己的车辇。族长一直坐在车辇里。

看着小德,族长脸上的神情有些怪异,欣慰淡然之余,有些不解:"你这几年变了很多。"

小德沉默了会儿,说道:"改变是因为有改变的理由。"

89 · 戴笠帽的年轻人

没有谁知道小德改变的理由,因为没有谁敢问他,哪怕是士族的族长。整个妖族都知道他很冷酷,脾气很坏,虽然他真的已经变了很多。但妖族里有很多大人物,隐约猜到了些什么。

因为小德的改变是从数年前开始的,那时候,他刚刚从遥远的人族京都回来。天书陵之变时,他连同画甲肖张与唐家二爷,直闯大周皇宫,浴血斯杀,精神与意志都禁受了极大的考验。但那不是小德发生变化的契机,因为当时他是胜者一方。

真正让小德生出触动、开始变化的是那年冬天发生的一件事情。京都尽笼风雪中,陈长生要去杀周通。小德奉牧夫人的命令,与大周朝廷配合,不让他杀周通,更想趁机杀死他。

当时的小德无论境界还是实力都要在陈长生之上,更不要说他还有那么多聚星境的刺客帮手。可最后的结局是周通死了,被千刀万剐而死。陈长生没有死,也没有败。虽然那天还发生了很多事情,并不是小德与陈长生之间的战斗,这件事情依然让小德感受到了极大的挫败。

他想不明白这是为什么。为何陈长生比自己要小这么多,境界实力也不如自己,却能做到自己也做不到的事。他很认真地思考这个问题,思考了很长时间,还是没有得出结论。既然想不明白,那么像他那样做,会不会发生什么呢?

所谓改变,大概便是从那一刻开始的。所谓改变的理由,再没有比这个更充分的了。无论性情,还是那粒黄树棘,皆是如此。

天守阁的北面是皇城。那里的擂台离皇城最近。大西洲二皇子就站在那座擂台上。因为他是从皇城里走出来的,而且他不想走太远。只是做些必须做的流程上的事务,结局已经注定,何必走太远,浪费脚力。

就在小德获得第一场胜利后不久,大西洲二皇子也胜了,同样胜得理所当然,轻描淡写。从始至终,他的脸上都带着轻描淡写的笑容。他没有说一句话,也没有拿出珍贵的丹药给败给自己的对手,因为他的对手没有受很重的伤,甚至还可以自己走下擂台。

还能走下擂台,自然可以再战,以妖族的好战欲望以及对名誉的重视,他的对手就这样退走,只能说明在先前的战斗里根本没有找到任何胜利的可能,双方的实力差距大到直接把信心都碾压成了齑粉。

晨雾终于渐渐散去,朝阳像虚假的红球一般,悬挂在远山的深处。皇城观景台位于东面,是整座白帝城除了皇宫里三座石殿之外最高的地方,可以俯瞰城里所有的地方。

今天的白帝城有些怪异,大部分街区都安静至极,人影都没有一个,而有数十个地方则是极为热闹,正是擂台的所在地,石墙上到处都是拥挤的身影,远远看着就像是蚂蚁。数百名红河妖卫警惕地注视着下方的动静,手里紧握着皮索,皮索的那头套在黑鹫的颈上,如果下方有异变,他们便会乘黑鹫而去,用最快的速度镇压,要比昨夜搜捕逃犯用的飞辇更加方便。

观景台上看到整个过程的大人物们情绪微异,很多视线落在了某位长老的身上。那位败者正是来自这位长老的部落,成名已久,手段强硬,本来就是长老会某些势力刻意为大西洲二皇子安排的对手。是的,妖族里有很多大人物都不愿意看到皇后娘娘的外甥成为下一代的白帝。虽然天树荒火真的能改造神魂与身躯,虽然天选大典的公正无人置疑,但不愿意就是不愿意。某些妖族长老本以为可以通过这些安排,很轻松地把大西洲的二皇子拦下来,谁想到第一场就败得如此无话可说。

那位大西洲二皇子还没有展露他真正的实力,后续的那些安排可以奏效吗?很多大人物的视线又落到那座如山般的身影上。大长老不愧是相族的族长,就像他那些长寿的族人一样，珍惜着每一刻休息的时间。在这样的时刻，他闭着眼睛，就像睡着了一般，难道他什么都不担心吗？

忽然，大长老睁开了眼睛，望向天守阁西边草甸上的那座擂台。他的眼睛平静而无波澜，不似最老的井，而是最静的潭，然而在这一刻，潭里却掠过一抹寒意。数位境界强大的长老也感知到了，随他望向草甸上的那座擂台，神情微异。大长老转头望了一眼高处，沉默了会儿，没有说话，闭上了眼睛，继续养神，或者睡觉。

比皇城观景台更高的地方是石殿，牧夫人坐在殿前的石椅上，居高临下地看着白帝城，面无表情，仿佛什么都没有察觉。

天守阁是妖族春祭的场所，如皇宫以及白帝城里绝大多数建筑一样，都是由石块砌成，只是外围多了一道绿色的河流，再加上那些种植超过千年的古树，看着要更加清幽，尤其是斜斜向西的那片草甸，在晨光下更是清美至极。

因为草甸与那道绿河，这座擂台的观众虽然也很多，但被隔在相对较远的地方，所以没有看清楚先前究竟发生了什么事情，甚至还没有远在皇城观景台上的那些大人物们看得清楚，只知道胜负已分。负责断定胜负的一位鲤族老人，看着还站在擂台上那个人，想要说些什么，却忽然觉得心里有些发虚，只是摇了摇头。

对战里输掉的那方已经被抬走，没有任何外伤，却是昏迷不醒，也不知道那个人用的什么手段，显得格外诡异。擂台上的那个人本身也很诡异，戴着一顶笠帽，遮住了全部的容颜，但所有看到他的人都能感觉到，这个人很年轻，而且此人的身上自然散发出一种阴寒的气息，即便是渐盛的晨光与晨风都无法拂淡一分。

一位负责监督的长老会成员，眯着眼睛盯着那个戴笠帽的年轻人沉声问道："你是哪个部落的？"

第三章

与敬意相伴而生的是畏惧。死了才能是传奇,活着便会是压力,因为他终究是人族。

90·此间少年无人知

戴笠帽的年轻人说道:"天选需要报出身来历吗?"

他的声音很平淡,没有任何起伏,就像是水一样,而且还是平静无波的水。但如果有真正境界高深的大人物在场,或者能够听出,这不是水,而应该是冰,非经万年寒霜不能如此。远处的围观民众一片哗然,哪里想到此人的反应如此冷漠强硬。

天选大典名为天选,从规则却能清楚地看出,更看重的乃是自强。无论是祖灵庇护又或是自强而胜,都不需要理会身份与来历,自古以来的所有天选大典,都不需要说明这一点。

那位长老会成员一时语塞,看着那名戴笠帽的年轻人微怒说道:"希望你今天的笠帽一直能够戴着。"

晨光渐趋明亮,虽是深冬,却自有暖意。远山深处的红日越来越高,笼罩着红河两岸的湿雾已经尽数散去,景物清明,美不胜收。

白帝城里的擂台对战也进行得如火如荼,无数精彩的、危险的对战画面不停出现。街巷里、石墙上、草甸旁、皇城前,妖族民众粗豪的喝彩声不绝于耳,惊呼声时而响起。很多知名的妖族青年强者战胜了自己的对手,却也有很多冷门发生。有些深山老岭小部落推选出来的人物,展露出了出乎意料的境界实力。

皇宫与天守阁附近的几座擂台,自然是所有人关注的中心,相对安静一些,视线也更加集中。随着天选大典的进行,绝大多数视线落在了三座擂台上。那三座擂台上分别站着三个人。小德、大西洲二皇子,还有一个戴着笠帽的年轻人。

作为妖族中生代最强者与皇后娘娘的外甥,小德与大西洲二皇子理所当然应该是焦点，但现在更多视线、尤其是皇城观景台上那些大人物的视线，却是落在那个戴笠帽的年轻人身上。

那个戴笠帽的年轻人太过神秘。直到现在为止，除了登记册上那个不知真假的名字，竟没有谁知道他的身份来历。那个年轻人似乎拥有某种魔力，所有对手根本都没有出招的机会，刚刚走上擂台，便会诡异倒下，昏迷不醒。到现在为止，这个年轻人已经连赢了四场，而无论是负责判定胜负的鲤族执事还是负责监督的长老会成员甚至是第三场时专门前去查看的妖廷大将冲星河，竟然都无法看出他用的是什么功法。他究竟是谁，来自哪个部落？

当绝大多数视线都集中在皇城与天守阁时，当极少数知晓内情的大人物情绪复杂看着那个戴笠帽的年轻人时，一座偏僻的擂台上也发生了些事情，只不过当时没有引起任何妖族民众的注意。这座擂台位于白帝城贫民区松町，很是偏远，却离河畔太近，于京们在红河里欢快地翻滚庆祝，无数腥臭被它们从河底的淤泥里掀出，随风来到岸边，令人闻之欲呕，哪里会有什么强者愿意前来。

更早些的清晨，战鼓刚刚在上城敲响，渐渐传至松町，那座连夜由石块砌成的擂台上铺着的薄薄的黄沙微微震动起来，但除了鲤族裁判官、两名监事和相关的吏员外，再也看不到别的任何身影。

天选大典虽然是普天同庆，生活还是要继续过，生活在松町的底层民众依然要做工，不然晚上就会饿肚子，与饿肚子比较起来，擂台对战这种事情虽然很有意思，也只好往后面放一放。在做工之前，当然首先是要填饱肚子。各种粗陋的石灶开始冒起炊烟，已经有些发黑、不知道用了多少天的油锅里，各种面食开始发涨，然后痛苦地吐泡泡，脸都没洗的妖族民众们打着呵欠排着队。

轩辕破昨晚没怎么睡，醒得比较早，所以赶在人群之前便买好了早饭。小巷深处的院落里微有雾气，那是灶上的水壶。屋里纸门后面也微有雾气，那是撕开的牛纸袋里热腾腾的白面馒头与肉馅包子散发出来的。

别样红与无穷碧吃的是馒头。轩辕破吃的是肉包子，那个包子比他的脸小不了多少，被他咬了一口后，香味与肉汁一起淌了出来。

无穷碧的脸色很难看，看着他说道："为什么你吃包子，却让我们吃馒头？"

轩辕破根本懒得理她，继续吃着包子，不时吮掉流到手指上的肉汁，看着极香。

无穷碧的脸色更加难看，声音尖锐说道："你这是专门吃给我们看的吗！"

滚出去！"

轩辕破还是不理她。经过一夜的调息，别样红的精神稍微好了些，但眉眼里的那抹死意还是无法驱散。

他看着轩辕破问道："这包子什么馅儿的？"

"牛肉大葱。"轩辕破含糊不清回答道。

别样红叹了口气，说道："真香啊。"

轩辕破这才反应过来，赶紧把嘴里的食物咽了下去，然后认真解释道："先生，我可不是故意馋你们，只是院长说过，受伤后不能吃太油，您且把碗里的粥喝了，馒头不吃也罢。"

他说的院长自然就是陈长生。陈长生极为注重养生，包括轩辕破在内的国教学院一干人自然也深受影响。别样红笑了笑。

无穷碧恶狠狠说道："吃你的包子吧，撑死你！"

轩辕破没有理她，对别样红继续解释道："今天我要花很多力气，所以要吃饱些。"

别样红虽然身受重伤，但神识依旧敏锐，院外传来的战鼓声以及街上的议论声都听得非常清楚，听着轩辕破的这句话，再想着昨夜他说这两天有事情要做，隐约明白了些，问道："你要去参加天选大典？"

无穷碧性情孤僻，但见识极广，知道天选大典对妖族来说意味着什么，微微一怔，旋即脸上浮现出嘲讽的笑容，看着轩辕破嘲笑说道："就凭你这头憨熊，居然也敢奢望迎娶白帝的女儿？"

轩辕破脾气就算再好，也有些忍不住了，闷声闷气说道："你又知道什么？"

无穷碧的视线落在他明显萎缩无力的右臂上，冷笑说道："我只知道你是个废物。"

别样红也注意到了轩辕破右臂的异样，反应却与无穷碧不一样，神情微异问道："你修的是天雷引？"

91 · 天雷已隐谁能识

轩辕破有些吃惊，从来没有人能看出他修行的功法，此时却被别样红一语点破。

别样红见他神情便知道自己猜对了，问道："这是陈长生替你挑选的功法？"

轩辕破点了点头。

别样红赞道："我一直只以为他自己的修道天赋极佳，没想到眼光同样好，这个院长做得很称职。"

轩辕破想了想说道："那倒也说不上。"

别样红又看了他的右臂一眼，说道："看得出来，你练得不错，但好像有些问题。"

轩辕破没有在意，用纸擦着手指上残着的肉汁。别样红的声音再一次响起，进入他的耳中，然后进入他的心里。

"天雷引就是天雷隐，隐风雷于无征象中，这一点你没有错，甚至可以说修得极好。"别样红说道，"只是有些过于刻意了。"

轩辕破抬起头来，微怔问道："先生您是在说什么？"

别样红看着他说道："深植树根于沃土之中，不使其见天地，不受罡风之苦，以地火洗练，其间暗生雷霆，积蓄渐久，待破土之时，陡然而成参天巨树，枝叶之间尽是雷屑电光，何人能当其威？"

轩辕破的目光随着别样红落在了自己的右臂上。他的右臂明显萎缩，尤其是与粗壮的左臂比较起来，更是刺眼，显得格外凄惨。小酒馆里很多酒客，以为这是当年他在京都被天海牙儿击败后落下的残疾，嘲笑过他很多次。只有他自己知道这只看似残废的右臂里隐藏着怎样可怕的力量。

当然现在已经被人看穿了。轩辕破这时候才反应过来，自己面对的是一位神圣领域强者，是八方风雨级别的传说人物。

他的神情顿时变得认真了很多，请教道："刻意是指什么？"

别样红说道："雷霆乃天地自然法则，隐只能隐其意，不须隐其形，就如同真正的参天巨树，一朝破土而出，携着万千土石，声势看似惊人，却失去了最重要的一点特性。"

轩辕破继续请教道："请问是何特性？"

别样红问道："天雷引的外法是什么？"

轩辕破毫不犹豫说道："拳。"

别样红微笑说道："我刚好对这方面有所了解。"

当年天书陵那场大战，他亲眼看到天海圣后一拳惊天下，生出极大感悟这些年，他也开始用拳，于是天海之后的世界里，再没有谁的拳头比他更强大。自然，再也没有谁比他这方面的见识更广博精深。

"为何圣后娘娘当年没有用木凤，也没有用如意，而是用拳头面对我们这些家伙？"别样红看着轩辕破的眼睛平静说道，"那是因为拳头是我们身体的一部分，可以随心意而起，随心意而落，较诸剑与枪这等外物来说，至少在起合之时的速度更快，而速度……就是力量。"

轩辕破的眼睛亮了起来。妖族要比人族与魔族更加重视纯粹的力量，他身为妖族一员，当然也不例外，但别样红的这番话对他产生的触动却并非缘自于此，而是因为这番话隐隐间揭示了一个很重要的道理。无论道法剑法阵法，终究是要用于战斗，万法不离其宗，最终指向的就是速度与力量，哪怕呈现出来的画面再如何瑰丽夺目，气势再如何撼动山河，本质上没有任何区别。

隐风雷确实可以把力量蓄积到最大，但就像别样红说的那样，会影响到出招时的速度。如何才能同时把这两点发挥到极致呢？轩辕破提出了自己的疑难。别样红用自己数百年的修道生涯与无数场战斗得出的珍贵经验开始替他讲解。

轩辕破的神情越来越专注，甚至忘了呼吸。屋子里变得异常安静，晨风穿过纸门的缝隙，轻轻拂动着地面上的晶石与那三座小塔。如果不是响起了无穷碧不耐烦的冷哼声，这场授道或者还会继续很长时间。轩辕破醒过神来，对别样红拜倒行礼，然后起身离开了房屋。

站在屋前的木板上，看着院落外不时升起的炊烟，他沉默了很长时间。别样红说的那些话，与他这些年的苦修经验，渐渐地融在了一起，让他破解了很多修行时的疑难，甚至隐隐快要触到了某个边界。

他深深地吸了口微凉的空气，踩着微凉的白色鹅卵石走到墙前，用小木勺盛了清水浇到矮松里，又低头捧起微凉的井水用力地洗了几把脸，确认精神已经完全清醒过来，擦掉脸上的水渍，走出了小院。

战鼓声依然不停地从上城传来。红河里的涛声越来越响亮，而且隔得极近。松町已经醒来，街坊们打着呵欠，抠着眼屎，拿着瓦罐，还在排队等着买早饭。有些已经吃完早饭的苦力坐在粥铺外的长板凳上，跷着脚聊着闲话，仿佛根本听不到上城传来的战鼓，也听不到并不远的红河怒涛声，但并不意味着他们对天选大典就不感兴趣，好些人议论着下工后应该去哪个擂台看热闹。

轩辕破从街上走过。有相识的邻家姑娘问他吃过早饭没，他笑着点了点头。有相识的苦力汉子问他，小酒馆最近生意这么差，老板什么时候愿意再卖两个钱一杯的粗劣麦酒，他摇了摇头，表示不知道。

然后，很随意的，包子铺的老板问他大清早地要去做什么。

他停下脚步，回答道："我要去参加天选大典。"

街上安静了一瞬间，就连铺子里蒸锅边缘溢出的热雾，都凝滞了片刻。下一刻笑声响了起来，很久都没有停下，而且越来越响亮，带着嘲弄或者有趣，带着善意或者恶意。

轩辕破摸了摸后脑勺，也憨厚地笑了起来。

轩辕破去的擂台就在松町，离他的家很近，可以走着去，不需要坐车，能省一笔钱。当他走到擂台所在的街口的时候，那里已经围了很多看热闹的民众，但登记名册连两页纸都没有写满。

这里很偏僻，远离皇城与天守阁，没有什么大人物会注意到这里，而且不可能有什么厉害人物，自然也无法吸引那些想挑战自己的强者前来，愿意在这里登擂的，往往是对天选大典没有任何想法，只是凭着蛮勇想去玩闹一番的普通妖族民众，这种普通民众之间的战斗自然谈不上精彩，往往更像是市井里的流氓打架，草草几个回合便会罢手。

负责这座擂台的鲤族裁判官和两名监事已经觉得无趣到了极点。那些松町的吏员更是觉得无聊，登记名册桌前的那名小官甚至已经开始犯困，脑袋不时地垂落，眼看着不知道什么时候，便会重重地磕到桌沿。

轩辕破走到桌前，轻轻地敲了敲桌面。那名小官惊醒了过来，很是恼火地抬起头来，想要训斥几句，却怔住了。

92 · 一拳

他认识轩辕破。轩辕破也有些意外，因为他认识这个小官。就在前几天的小酒馆里，这名小官曾经喝得烂醉，对他说过很多恶毒的话。

看到轩辕破，那名小官很是吃惊，问道："你这个小子来做什么？"

轩辕破指了指桌上的名册说道："他们说要在这里登记名字。"

那名小官怔了怔才反应过来，说道："你要参加天选？"

轩辕破说道："是的。"

那名小官失笑起来，嘲笑说道："你这个废人也想娶公主殿下？"

轩辕破说道："我没想过娶殿下，但我要参加天选。"

那名小官带着鄙夷的神情说道："我看你是想送死吧。"

这处擂台的参赛者不多，轩辕破的身躯又极魁梧醒目，已经吸引了一些人的注意，这时候听着那名小官的笑声与嘲弄，更多人望了过来。松町本来就是个小地方，很容易遇着熟人，围观民众里有几名常去小酒馆的酒客，赶紧走了过来，知道轩辕破的来意后很是吃惊，劝说他赶紧打消这个主意。

"我说你不是疯了吧？这可不是胡闹的！"

"你没听说西荒道殿这次一个教士都没派？上城那边的擂台有朝廷和长老会的医官盯着还好，我们这里如果受伤了怎么办，可没有人会替你医，到时候流血不止，真会死的！"

"就算平日里被人嘲笑几句，何必为了证明自己来冒这个险？"

轩辕破沉默着，没有回应这些关切，见此情形，那几名酒客也没有再说什么。

那名小官员看着他嘲笑说道："你非要坚持送死，那也由得你，只是到时候在台上可别哭得太难看。"

轩辕破拿起墨笔，在名录上写下自己的名字及相关信息，拿了根布条系在右手腕上。

时间渐移，终于轮到他走上了擂台。擂台四周的围观民众互相询问他的来历。

一名赌坊的执事想着先前的画面，挤到桌前问那名官员："需要注意吗？"

那名小官冷笑说道："就是一个洗碗工，吹嘘自己曾经去过京都，以为自己是多了不起的人。"

先前试图阻止轩辕破的一名酒客在旁说道："他确实去过京都。"

那名小官被驳斥后很是生气，脸涨得有些红，喝道："那又如何？就算他以前曾经威风过，现在也不过是个废物！"

微凉的晨风吹散了松町的炊烟与热雾，也拂动了参选者手腕上的布条。轩辕破的身形很高大，但他的对手更加魁梧。

那个魁梧的中年汉子看了眼轩辕破萎缩如树枝的右臂，眼里流露出轻蔑的神情，说道："我很同情你一开始便遇到了我。"

说完这句话，伴着一阵极清楚的咔咔声，他的身躯变得更加高大，如一座小山般，在擂台上投下了一片阴影。看着这幕画面，擂台四周的围观群众很是震惊，心想相族的人怎么会来这里？无论在哪个年代，相族都是妖族前三的大族，哪怕是最普通的族人，也拥有着难以想象的神力。按道理来说，这样的大族子弟应该去皇宫与天守阁附近的擂台，怎会来松町这种小地方？

负责判定擂台胜负的那名鲤族执事微微眯眼，很快便想明白了其中原因。来自长老会的那名监事闭着眼睛，仿佛在睡觉，很明显事先便已经知道了此事。那名妖廷官员，感受着那名相族子弟身上流露出来的强大气息，则是微微挑眉，心想这等实力，再加上相族秘法相辅，如果好生练上两年，想来应该有资格成为红河妖卫，今天却来到松町参赛，看来所图不小。这般想着，这名妖廷官员再望向轩辕破的视线里便多了很多复杂的情绪。

他没有听到先前擂台下的那些争执，不知道这个神情沉稳的熊族青年是何来历，只是觉得此子明明已经废了一臂，却还来参加天选，勇气着实可嘉，只可惜一开始便遇着了一个无法战胜的对手，真是令人惋惜。

轩辕破不知道那名妖廷官员在想什么，就算知道，也不会在意。就像他听到了对手说的话，也不会在意，时间还是清晨，擂台赛只是第一场，他如果想要走到皇宫前，还要很长时间，还要打很多场，就像他选择松町这个擂台的道理一样，他需要节约时间。

于是，他没有与对方说任何话，也没有像真正的高手那样安静的、好整以暇地等着对方出招，而是直接向着对方走了过去，脚步看着有些匆匆，于是在围观的民众看来便显得有些慌乱。那名相族子弟眼里的轻蔑神情变得更加明显。

轩辕破举起拳头，向前击出。他的右臂很萎缩，袖子被晨风拂得到处乱摆。他出的是左拳。他的拳头看着没有任何特殊的地方，平直无奇，出拳的角度也很普通，根本谈不上什么招式，就像是乱砸一般。

那名相族子弟没有想到他竟是没有任何招呼便出手，眼神里闪过一抹怒意，沉喝一声，同样也是一拳击了过去。相族子弟魁梧如山，拳头也是极大，就像是一块从峰顶落下的巨石。巨拳破空而起，带起了呼啸的巨风，其间隐着一些星光的碎片，看着声势颇为惊人。与之相比，轩辕破的拳头是那样的普通，没有任何威势可言。

两个拳头越来越近，眼看着便要相遇，形成的对照也更加鲜明。相族子弟的巨拳,让轩辕破的拳头看上去显得很可怜。有些围观民众,想着稍后的惨烈画面,不忍再看,纷纷转过头去。轩辕破没有转头,眼睛都没有眨一下,依然还是那样的沉稳,或者说木讷。这是被对方的拳势吓傻了,还是太过愚笨,根本反应不过来?擂台下有些民众这样想着。

那名小官员从桌后站起身来,盯着擂台上的画面,带着恶意期望着。那名妖廷官员一直注视着擂台上的画面,他很确定轩辕破不是吓傻了,也不是反应不过来,因为轩辕破的呼吸没有乱。所以他无法理解,既然明显在力量上不是对手,轩辕破却没有任何别的动作,依然继续向前出拳。如果不是有绝对的自信,那么便是因为骄傲与尊严?那名妖廷官员这般想着,忽然有些欣赏轩辕破的勇气。

在或者怀着恶意,或者残忍,或者不忍,或者惋惜的视线注视下,轩辕破的拳头与那名相族子弟的拳头终于相遇了。如果从外表来看,这两个拳头相差极大。当他们的拳头相遇时,看上去就像是一块小石子落在巨石上。如果考虑到这两个拳头的力量差距,更像是一个鸡蛋撞在了巨石上。

擂台上出现一声轻响。啪的一声,真的很像是鸡蛋碎了。令人震惊的是,轩辕破的拳头没有碎,也没有像小石子般被巨石震飞到天空里。他的拳头与相族子弟的拳头,紧紧地抵在了一起。他的拳头看着是那样的小,却是那样的稳定。无数声轻响随之密集而起,然后渐渐变得清晰、震耳。

咔咔!就像是昨日那片断落的山崖。轰的一声!就像是那片山崖落入红河之中,震起无数巨浪。擂台上气浪大作,化作无数狂风,呼啸而起,掀起无数灰尘。

那名相族子弟的眼里流露出一抹惊恐至极的眼神,痛苦而绝望地号叫起来。带着凄厉声音呼啸的狂风骤然消失,只余些许在擂台上缭绕,带动了轩辕破有些空荡荡的袖管,然后落在相族子弟的身上。如小山般的魁梧身躯,就在这些看似温柔的风里渐渐变矮,然后垮了。

那名相族子弟瘫坐在擂台上,右臂颓然无力地垂落着,有血水正在从衣袖下溢出。先前擂台上啪的那声轻响以及随后的那些咔咔声,都是断裂的声音。

他的拳头与轩辕破的拳头相遇时,最先触到的是手指。于是他的指骨断了。接着,他的腕骨断了。再接着,他臂骨断了。最后,他竟连肩骨也断了。他的脸色异常苍白,眼神惊恐至极,身下一片湿漉,分不出来是汗水还是血水又或者是别的什么。

轩辕破收回了拳头,没有再次发起攻击。看着这幕画面,那名相族子弟知道自己活了下来，眼里惊恐变成了惘然，然后渐渐涣散。在他最引以为傲的力量层面上，他竟然败得完全没有任何话说。他甚至无法生出报仇的念头，因为轩辕破展现出来的力量太过强大，强大到不可思议。这种难以想象的差距，直接碾压了他的身躯以及战斗意志，甚至压垮了他的精神。

他开始不停地呕吐，把吃的所有早餐全部吐到了擂台上，难闻的味道渐渐溢开。无论站在擂台上的那名鲤族执事，还是负责监督的两名官员都像是没有闻到这个味道。擂台四周那些普通吏员，以及围观民众更是呆怔无语。这名熊族青年究竟是谁？那个看似平实无奇的拳头，为何会有如此可怕的力量？

93 · 比声音更快的刀

在无数震惊的视线里，轩辕破走下擂台，来到那张小桌前，看着那名小官问道："请问下一轮大概要多长时间？"

那名小官想着刚才擂台上的画面，视线下意识里低了下去，似乎是想要避开对视，却看到了轩辕破的拳头。那个看着平实无奇，却又是那样可怕的拳头。那名小官的脸色变得苍白起来，用颤抖的手翻着名录，翻了很长时间，才说道："后面还有……七场。"

他的声音也有些微微颤抖，不知道是因为恐惧，还是因为别的什么。轩辕破没有注意到这些细节，想了想七场需要的时间，向人群外走去。很多好奇的目光一直落在他的身上，心想他刚刚获得了这场对战的胜利，这时候又是要去哪里？那名小官的情绪稍微平静了些，想着先前自己的失态，又有些老羞成怒，苍白的脸上生出两抹不正常的血色。

忽然，一片喧哗声响起，无数道视线投向擂台上。这一场对战的胜利者，是位干瘦的中年男子，神情漠然，手里提着一把寒意十足的铁刀。看着那名中年男子，那名小官很是吃惊，心想这位凶人怎么也来了松町打擂？他忽然想到一种可能，赶紧翻了翻名录与流程表，确认这名干瘦男子便会是轩辕破下一轮的对手。

他终于松了口气，同时生出很多舒畅，望着远处街上不知道在做什么的轩辕破，在心里恨恨想着，就算你确实有些蛮力，那又如何？不过是多留一轮罢了，稍后还不是被人砍死的命！

天选大典乃是妖族盛事，地处偏远的松町擂台，也很是热闹，而本以为乏善可陈的对战过程也进行得一波三折，尤其是轩辕破获胜之后的那七场对战，竟然都是真正的高手出战，场面异常精彩。松町的贫民们不明白这是怎么回事，但那名鲤族执事以及妖廷和长老会的官员则是早就已经猜到了真正的原因。

　　妖族有很多高手并不奢望获得天选大典的最终胜利，成为落落殿下的夫君，但也想尽可能地进入天选大典的前列，为部族与自己争得荣耀，如果能够最终获得进入天树、接受荒火洗礼的资格，那更是最好不过。

　　这些高手很清楚自己如果去皇宫或者天守阁附近的擂台，很难坚持到最后，所以他们刻意挑选松町这个最偏僻的擂台，就是想要避开那些同阶甚至更强大的对手，尽可能地坚持得久一些，走得远一些。

　　现在看来抱有这种想法的高手不少，比如被轩辕破击败的那位相族子弟，比如后来陆续出现的那十余名厉害人物，但与皇宫和天守阁附近的那些擂台相比，终究还是这里的难度要低很多。

　　随着这些高手陆续登场，对战变得越来越激烈，最后七场对战结束之后，负责维系擂台防护阵法的晶石都需要做一次更换，可以想见这些战斗进行得多么激烈。尤其是随着两名极有名气的妖族强者出场，围观群众的情绪变得越来越高昂，擂台四周惊呼之声不停响起。轩辕破在第一场对战里带来的震惊平息了很多，但那名妖廷官员以及一些民众偶尔还是会望向人群外围，看着轩辕破提着的那个牛皮纸袋，不解地猜测着里面装的究竟是什么东西。

　　悄无声息间，红日便已经越过了对岸群山的峰顶，照耀在了河面上，白帝城最后的晨雾也已经尽数散去，各处的擂台基本上都已经结束了第一轮，松町这边同样如此，很快便轮到了轩辕破再次登台。

　　看到轩辕破的身影，擂台四周的围观民众想着先前那个破山般的拳头，顿时喝起彩来，有些平日与他相识的街坊与正在休憩的苦力，更是大声地替他鼓劲，然而当轩辕破的对手也出现在擂台上后，喝彩声与鼓劲声很快便小了下去。

　　轩辕破的对手是一名干瘦的中年男子，正是第一轮时跟着他上台的那位。看着那名干瘦的中年男子，擂台四周的民众显得有些畏惧，桌后的那名小官脸上流露出一抹冷笑，就连擂台上的鲤族执事还有来自妖廷与长老会的两名官员都忍不住摇了摇头，情绪变得有些复杂。

这名干瘦的中年男子来自涅族，叫作涅尺，是位真正的妖族强者，在红河两岸名声极大，真元极其雄浑，刀法极其冷酷，就如此人的性情一般，但凡败在他刀下的对手很少有能够活下来的。在第一轮的对战里，他的对手便是被他一刀砍落了头颅，那名负责监督的妖廷官员竟连出声阻止都来不及。这名妖族强者的刀法奇快无比，就如闪电一般，据闻他曾经对一位同伴说过，虽然自己在刀道上的修为远不如王破，但如果单纯比拼速度，就连王破的刀也不见得有他的快。

"你的力量确实不错，但那是远远不够的。"涅尺看着轩辕破面无表情说道，"因为你太慢。"

这句看似平淡的话实际上非常霸道，而且确实很有道理。无论力量再如何强大，若是无法跟上对手的速度，那么又如何能够伤到对手？听着这句话，轩辕破沉默了。他不是感到了不安，没有自信，而是想到清晨离开小院前，别样红对他说过的那番话。

速度就是力量。这句话如何理解？速度，从本质上来说就是对力量的一种运用。真正的强者，绝对不会是那些徒有无穷力量，却不知道如何运用的人。怎样才能把力量转换为速度呢？如果能给他一段时间好好领悟别样红的那些话，或者……没有或者。也没有时间。

一道明亮至极却又寒冷至极的光线，在轩辕破的黑眸里乍然出现。那是一道刀光。虽然在言语里颇为不屑，但涅尺对轩辕破的力量还是有所忌惮，所以他没有给轩辕破任何准备的时间。他要用自己最快的刀，直接把轩辕破的头颅砍下来。这一刀确实很快，势若奔马，势如闪电。直到刀光变成一道亮芒在轩辕破的眼瞳里展开后，铁刀出鞘的声音才响了起来。铿的一声清鸣，锋利而寒冷的铁刀，破空而起。

当擂台四周的人们听到这声音的时候，铁刀距离轩辕破的脖子已经只剩下半尺距离。

94 · 又一拳

风都来不及缭绕，人们的眼睛都来不及眨，惊呼更来不及出口。那把刀便已经来到轩辕破的身前，眼看他的颈便要被砍断，头颅将要落下。

那名妖廷官员提前已经有所准备,却赫然发现涅尺的刀居然比他预计得更快,自己竟还是来不及阻止。桌后的那名小官心里同样有所准备,但依然难以压抑心中的喜悦,只是那笑容还来不及上脸。

那是很短暂的一个时间片段,声音都来不及传播,擂台四周一片寂静,充满着惊恐的气氛。最终打破寂静,让时间流速恢复正常的,是一道清楚无比的声音。不是嚓的一道刀声,也不是头颅落地发出的骨碌声,而是噗的一声闷响。就像是熟透了的果实落在坚硬的地面上,砸了一个稀烂。就像是装满了酒水的皮囊被相族族长一屁股坐扁。

更像是一个拳头重重地砸进了烂泥地里。是的,这个声音最像,因为这就是真实发生的事情。涅尺的铁刀快若闪电,但轩辕破的拳头更快。他的拳头快到根本没有谁能够看到,连残影都没有一丝。在铁刀离他的颈还有半尺距离的时候,他的拳头就已经砸在了涅尺的脸上。难以想象的巨大力量随着拳头,尽数落下。

涅尺的脸开始变形,鼻梁下陷,眼眶裂开,下颌撕裂,无数鲜血像盛开的花瓣一般,向着四周展开。在轩辕破的拳头下,他的脸看着就像是一摊稀泥。他的颈骨几乎同时断掉,头颅向后翻去,挂在了后背上。看着就像一颗沉甸甸的红果,挂在了枝头。这画面看着有些诡异,极为恐怖。

不愧是成名已久的妖族强者,涅尺竟没有立刻死去,裂开的喉骨里发出意味难明的声音,在擂台上摇晃了好几下,才最终摔落到地面上,伴着那些难看难闻至极的汁液飞溅,就此死去。

擂台上下,一片死寂,没有任何声音。那名鲤族执事看着轩辕破,神情有些恍惚。那些还没有来得及惊呼的民众,神情呆滞,忘了惊呼。那个小官员正准备为轩辕破的死亡而庆祝,笑容终于现了出来,却比哭还要难看。

轩辕破看着自己的拳头,有些微怔。然后他看着涅尺的尸身摇了摇头,说道:"你太快了。"

今天参加天选大典,他没有想过要杀人。只不过对手的刀来得太快,杀意来得太凶。怎样才能把力量变成速度?怎样才能把速度发挥到极致?别样红说,不要太刻意。随心意而起。随心意而落。

虽然没有正式的仪式,但轩辕破曾经拜落落为师,而落落是陈长生唯一的女学生。以此而论,他本就是西宁镇旧庙一脉,而且他是国教学院的学生,和陈长生一起生活了很长时间。无论是随心意还是顺心意,都是修心意,而心意是世间唯一不能修的道法。他说对手的刀太快,不是在说风凉话,而是实话。那把刀快到他来不及思考,来不及想,只能凭本能动作。不需要思考,行在意先,如此才是真正的随心意。

轩辕破走下擂台。围观的民众如潮水一般自动分开。那名妖廷官员,看着轩辕破的身影,微微挑眉,唤来下属,要他去查查轩辕破的来历。

第一场对战时,轩辕破凭借力量直接轰傻了那名相族子弟,已经让他与那名长老会官员感到震惊。但那肯定不如这一场带给他的震惊强烈。因为涅尺是真正的妖族强者。那名妖廷官员看到涅尺闪电出刀的画面时,更是非常确定,就连自己也不是涅尺的对手。然而涅尺却败在了这名熊族青年的拳下!

如果说涅尺是真正的强者,那这名熊族青年又算什么?

轩辕破走到那张小桌前。这是他今天第三次来到这张小桌前。他认识的那名官员的脸色也已经变了很多次。最开始的时候,这名小官的脸上满是鄙夷与嘲弄,接着是震惊与回避,再接着是羞辱与愤恨。现在,这名小官的脸色苍白至极,就像是受了风寒,却又在不停地流汗。尤其是当轩辕破站到桌前,阴影落在他的身上时,他更是汗出如浆,瞬间便湿透了衣裳。

一名吏员在旁看着,有些担心问道:"曹司,没事吧?"轩辕破这时候才知道这名小官的名字。那小官有些含混不清地应了几句,抬起衣袖不停地擦着汗,却哪里擦得干净。轩辕破知道他为何如此,却也没做理会,待名录确认后,便自离开。

那小官抬起头来,看着轩辕破的背影,情不自禁地想着前日在小酒馆里自己说的那些话。那时候他已经喝了很多酒,本来已经忘了很多事,但今日受了这么多惊吓,早已把那些话尽数记了起来。

"这不就是个废物吗!"

"这样的一个废物吹牛,你们也还真信啊?还天海家的高手……干脆说是天海胜雪好了!"

"熊崽子你给我站住!"

"你们看看他的手,这就是个废物,没半点力气,也就只配洗个碗,还说自己是国教学院的主管？"

"那可是国教学院！你要有那本事，还会待在这里洗碗？"

想着那天自己居然骂了此人那么多声废物，他的汗水流得更快了。待记起来那天自己还往此人身前吐过一口痰，他更是觉得一阵眩晕，快要昏了过去。

轩辕破走出人群，来到街角，从纸袋里取出牛肉包子吃了起来。第一场对战结束后，他便发现对战确实很耗气力，于是去包子铺把最后一屉的牛肉包子买了。果不其然，他到现在为止只出了两拳，便觉得极饿。包子已经放冷，肉汁微凝，并不是太好吃，但他吃得很专心。

人们看得也很专心。擂台上还在进行着激烈的对战，却无人再关注。所有的视线都落在外面的街边，落在轩辕破的身上，落在他的手上。仿佛他手里的那个肉包子是世界上最好吃的东西。

95 · 像礁石一样

天选大典的进程确实很简单，而且迅速。随着对战的进行，每一轮都只会剩下一半的参选者，于是进行得越来越快，天时尚早，整个过程便已经进行了一大半。

很多擂台已经决出了最后的胜利者，按照分区开始进行激烈的争先战。皇宫与天守阁附近的那几座擂台则是很早便已经选出了最后的人选，因为再没有谁敢向那几位发起挑战。

小德、大西洲的二皇子、那位神秘的戴笠帽的年轻人，站在各自的地方。妖族民众们，看着擂台上那几个看似孤单，实则傲然的身影，眼里满是敬畏与崇拜的情绪。

最引人瞩目的还是小德，这位妖族中生代的第一强者，在先前的对战里表现出来的战斗力实在太过可怕，无论是红河妖卫副统领还是那些妖将，在他的手下都走不了几个回合。这本来也是理所当然的事情。随着王破进入神圣领域，肖张被大周朝廷通缉，他如今在逍遥榜上排名第二。

神圣领域的大陆强者们，自然不会来参加天选大典。天南那些宗派山门里的隐居长老也不可能不要脸地来求娶落落殿下，那么除非梁王孙亲至，又或是大周神将里排名靠前几位前来，谁会是他的对手？

264

就像白帝城里绝大多数普通民众想的那样。最后能够迎娶落落殿下，接受荒火洗礼，成为下代白帝，当然就应该是小德。小德比普通民众知道更多的秘密，但他自己也是这样想的。

这是大陆强者必须要有的自信，更重要的是，不管皇后娘娘有何想法，无论天选大典的背后隐藏着怎样的政治角力，但既然是要按照祖宗规矩行事，他便不可能失败，因为没有人能够战胜他。他静静站在擂台上，感受着四周投来的目光，没有沉醉，也没有不耐。

其余擂台上的那些身影也同样平静，无论是那个戴笠帽的年轻人，还是大西洲的二皇子，或者那些妖族强者，他们都是真正的大人物，他们已经习惯了成为民众注视的焦点。他们这时候只需要平静地等待，等着最后的那几名参选者出现。

至于那些参选者会不会对他们造成什么影响，他们根本不会在意。历经如此多场战斗能够杀出来的人必然不简单，那些偏僻的、贫穷的街区又能出现什么了不起的人物，如何能够威胁到他们？

就在这时候，有些民众的视线向着下方移了过去，露出好奇的神色。皇宫与天守阁都在高处，若要行来或者由坡道绕行，或者沿着城中央的那道天梯直上。天梯下方传来一道沉重的声音，听着就像是战鼓一般。

民众知道那应该不是战鼓，因为现在离暮时尚早，还没有到天选大典结束的时辰。那这是什么声音？为何如此沉重，却又令人心生振奋之感，甚至仿佛就连荒火的气息都变得强大了数分？

天守阁四周的水面忽然生出层层涟漪，那名戴笠帽的年轻人静静地看着，不知道是否看出了什么。大西洲的二皇子看着皇城前石砖间漫起的微尘，微微挑眉，不知道想到了什么。小德看着天梯的方向，神情微凛，不知道感觉到了什么。他们这样的强者，自然早就已经听出来，从下方传来的并不是战鼓声，而是脚步声。

问题在于多少人同时行走才会生出这样的震动，让天守阁旁的水面生波，让皇城前的砖灰微作？那些人的脚步又该是怎样的整齐，才能不显丝毫嘈杂纷乱，竟像战鼓一般激荡？越来越多的视线向着下方望了过去。

渐渐的，那些曾经看着小德与大西洲皇子的充满敬畏或者爱慕的眼光变成了震惊。

天梯上出现了很多民众，穿着简单朴素的衣裳，甚至有些人的衣裳有些破烂，散发着脏臭的味道。他们明显来自下城，甚至可能是滨江一带。

那些衣着华丽的上城居民们，如果平时看到这些贫苦民众的破烂衣衫，定会好生取笑一番，如果那些随身带着好些香囊的贵族小姐闻到这些贫苦民众身上散发出来的汗臭味，必然会捂住口鼻，露出鄙夷的神情。但今天他们没有这样做，因为这些贫苦民众的数量太多了。天梯上黑压压的一片，根本数不清有多少人，这让他们下意识里感到了恐惧。

那些民众们沉默地走着，看着就像潮水，很快便淹没了天梯，然后向着皇城前漫去。负责维持秩序的官员很自然地联想到所谓民变，神情骤变，接着却发现并非如此。因为那些来自下城的穷苦民众的脸上虽然能够看到狂热，但看不到疯狂，更多的是敬畏与向往。

这些民众是想趁着天选大典的机会，来到平时根本无法踏足的皇城前看热闹？也不对，因为他们很沉默，而且脸上没有贫苦民众脸上惯见的畏缩不安神情，反而显得格外骄傲。

最关键的是，这些穷苦民众看都没有看一眼巍峨壮观的皇城，只是看着前方。

看到这种情况，很多妖族大人物都皱起了眉头，包括这时候坐在最高处石殿前的牧夫人。

一名妖廷大臣沉着脸喝问道："这究竟是怎么回事？"

在民众离开下城的时候，便已经有官员前去查问，很快便确定了原因。

一名官员低声禀告道："据说是跟着一位参选者前来。"

那名妖廷大臣神情微异，说道："下城那种地方能有什么人物？即便有，为何会有这么多人跟着？"

民众跟着获胜的参选者前来皇城前看热闹，这是很普通的事情。但今天的不普通在于，跟着那名参选者来的下城民众数量实在是太多。而且这些下城民众的情绪与往常有些不一样。

从下城来的贫苦民众们，没有看皇城，没有看天守阁，只是看着前方。在他们的前方有一个人。那是一个看上去很普通、神情沉稳得近乎木讷的熊族青年。那名熊族青年穿着一件朴素而干净的衣裳，容貌寻常，没有任何特殊的地方。但很多妖族大人物们已经注意到，那些下城来的围观民众，与这名熊族青年刻意保持着一段距离。

如果说下城民众像潮水一样，那名熊族青年就像礁石，所有的海水都畏惧地退在远处。这段距离，或者便意味着敬畏。下城民众望向那名熊族青年的眼神里写满敬畏。除了敬畏，还有狂热，还有一抹惘然。仿佛他们受到了太多震惊，到现在依然没有完全醒过神来。究竟发生了些什么事情？

96·一样的暮光

"他第一场的对手是一位相族子弟，双方纯以力量对冲，相族子弟败。"

位于高处的皇城观景台上，那位负责判定擂台胜负的鲤族执事微躬着身。观景台上空荡荡的，长老会成员与妖廷的高官这时候都在幽暗的石殿里，拿着刚刚送来的卷宗，若有所思。听到那名鲤族执事的话，很多道视线落在了最高处那座如山般的高大身影上。

大长老也是相族的族长。为何会有一名相族子弟去松町那种地方参选？结果却还输了？大长老依然闭着眼睛，仿佛睡着一般，没有任何反应。殿里的大人物们摇了摇头，视线重新落回卷宗上，一名妖廷高官忽然神情微变，说道："第二场他的对手居然是涅尺？"

听着这话，石殿里响起一阵低声议论，显见也很是吃惊。对于这些妖族大人物们来说，涅尺当然算不得什么，但毕竟是一名声名在外的强者，心想如果真是此人，为何也会输了？

"涅尺是被直接轰杀的，因为他的刀没有对方的拳头快。"那名鲤族执事没有去听前方石殿里传出的惊呼声，低着头继续说道，"第三场出战的是韩孝道。"

一个震惊的声音从石殿里传了出来："且慢，你说的是我们都知道的韩孝道？"

那名鲤族执事声音微颤说道："是的，然后他也败了。"

有人急声问道："接下来呢？"

那名鲤族执事沉默了会儿，似乎当时发生的那些事情对他的精神冲击依然没有完全消散。

"第四场是吴豫,他也败了。"

"吴豫?"那人惊声说道,"你没有弄错吧,他怎么可能也败了?"

就在这时,有一位官员看着卷宗后面陆续出现的那些响亮的名字,微微皱眉问道:"等会儿,本官不明白,为何如此偏远的下城擂台,会有如此多的高手出现?"

那名鲤族执事的头更低了些,没有回答这个问题。石殿里也没有哪位同僚或是长老会的成员回答他的这个问题。不约而同地沉默里隐藏着一些尴尬的意味。石殿里很多大人物都清楚这个问题的答案,因为这本来就是他们事先安排好的。

除了像小德这样强势的人物,各部族的族长与在妖廷里的官员们并没有奢望本族的参选者能够获得天选大典的最终胜利,迎娶公主,他们只是想着趁此机会让本族的青年强者进入前列,得到进入天树的资格,只要接受荒火洗礼与祖灵的祝福,便能够提升很多实力,甚至可能在短期内再做突破。

基于这样的原因,这些大人物们不约而同的把自家部族里颇具潜力,却又不是特别引人瞩目的青年强者安排进了极少受到关注的下城区,希望能够避开更多的强敌,争取获得三个名额之一。

这种想法很有道理,哪怕拥有这种想法的部族很多,从某种意义上来说他们彼此还是提前撞着了,但下城区的竞争依然还是要比皇城与天守阁附近来得轻松得多。然而谁都没有想到最终的结果却是如此。被各个部族寄予厚望的青年强者们都败了。他们败给了一个看上去很普通的熊族青年。

一名长老忽然厉声问道:"就算此子奇迹般地连胜六场,又代表松町胜了三椿区的大选,拿到了一个名额,那么为何只有他一个过来?下城区不是有三个名额吗?另外那两个呢?"

他是鹿族的族长,今天偷偷把自己最宠爱的私生子放在了南乡,也是希望能够浑水摸鱼,替私生子谋到明日进入天树的机会,然而明明先前已经收到消息,说他的私生子已经胜了,为何现在却没有出现?

"那个家伙代表松町出战,拿了三椿区的名额后,又去了星河湾与南乡。"那名鲤族执事想着先前看到的那些画面,忍不住叹了口气,说道,"他把那两个名额也抢了。"

石殿里安静了片刻,明显是因为吃惊与不理解,片刻后鹿族族长愤怒的吼声响了起来。

"这个蠢货究竟想做什么！拿了一个名额还不够吗！难道他不知道名额不能转让！"

这是很多长老与官员都想不明白的事情。既然已经拿到了三椿区的名额，明日便能进入天树接受荒火洗礼，为何那个家伙却不肯罢手，还要跑到星河湾与南乡再战两场？虽然说天选大典的规则没有禁止这样做，虽然说那个家伙的实力可能确实很强，可是真正强大的对手还没有出现，他这样做除了消耗真元、浪费精力，还能有什么意义？

"我不知道。"鲤族执事想着那个家伙走上擂台时说的那番话，有些犹豫说道，"好像是因为……他不喜欢别人参加天选大典，只要参加的人，他都要打倒。"这叫作什么理由？这根本无法理解。

忽然有道冷漠声音说道："我不理解，他是怎么赢的。"

不是真的不理解，而是不相信，是质疑。很明显，包括那位官员在内的很多妖族大人物，都觉得这件事情太过蹊跷，生出了很多疑心。

那名鲤族执事却是想到了别的地方，神思微微恍惚，说道："他用的是拳头。"

"拳头？"

"是的，无论对涅尺、韩孝道，还是别的哪位强者，他都只用了一拳。"

"一拳？"

"是的，他每次登场只出一拳，然后他的对手便会倒下。"

石殿里安静了很长时间，没有任何声音传出来。暮色不浓，斜阳犹在，风却变得有些凉。鲤族执事站在观景台上，衣衫被风拂动，在夕晖里看着就像是燃烧的旗。

从清晨到暮时，天选大典的擂台对战不知道进行了多少场。但很明显，今天最重要的是下城区里发生的九场对战。在九场对战里，那个家伙一共出了九拳。每场一拳。一拳败敌。

这是什么样的概念？那又是怎样的画面？大人物们神情微凛，沉默不语。

是的，哪怕是再如何风姿动人，气魄惊人，可以闹出再大的动静，也不至于让那些下城的穷苦民众沉默而整齐地跟随，望着那人的眼神是那样的狂热与敬畏。

问题在于，那个家伙不是各部族派去的族中高手，他是真正的下城人。卷宗里写得非常清楚，他在下城生活了很多年，他做过苦力，刷过油漆，现在还在一家小酒馆里刷盘子。殿里的大人物们离底层非常遥远，但他们很清楚这意味着什么，又是多么的危险。

"这个家伙到底是谁，名字看着有些眼熟。"

随着这句话打破沉寂，无数道视线望向了殿里某处。在那个角落里有一个很魁梧的身影，但就像相族族长一样，从始至终，都很沉默，仿佛睡着一般。但到了这个时候，无论是长老们还是妖廷的高官们，都不会让他再继续装睡。因为他是熊族的族长。

熊族族长缓声说道："你们不要看我，这不是我安排的，我也没有资格安排他，至于他是谁……你们应该知道，如果连他的名字你们都忘记了，你们还有什么资格坐在这里呢？"

在很短的时间里，今天下城发生的事情便传开了。那些衣着华贵的上城居民们，看着那个身影的眼神里多了很多敬畏与恐惧。那些美丽而娇气的贵族小姐们，看着那个身影的眼神里多了很多热度。其余六名同样获得进入天树资格的参选者，看着那个身影时的情绪却各自不同。

有的眼神里充满了忌惮，有的充满了杀意。

大西洲二皇子目光微凝，不知道在想什么。戴笠帽的年轻人看着皇城方向，不知道在看什么。小德静静看着那个身影，想着刚刚收到的具体战报。他确认自己没有见过这个熊族的青年，可为何此人给他一种熟悉的感觉？

数千名下城民众在皇城广场前停下，就像是潮水一般。人群最前方空出一大片，那个如礁石般的身影显得愈发清楚。观景台上的大人物们没有再说话。更高处的皇后娘娘也没有说话。这便是默认。

负责天选大典的高官看着他问道："你是何族？报上名来。"

卷宗上面写着所有参选者的姓名，报名只是核定人选真身的一种传统习俗，注明部落则是一种荣耀。皇城前很安静，无数目光望了过来，想要知道答案。

"熊族。但我今日并非代表部族出战。"

暮光照在他的脸上，很像湖面反射出来的光线。大榕树在湖对面，灶房在湖的这边。他眯着眼睛，不知道是被光线刺着了，还是在憨憨地笑。

"国教学院，轩辕破。"

97·有事，弟子服其劳

皇城前很安静，那名官员与轩辕破的对话，清清楚楚地传进了所有人的耳里。国教学院？轩辕破？场间依然安静，只不过这次的安静没有维持太长时间，便被窃窃私语打破，然后那些私语声越来越响亮，渐渐变得嘈杂起来，其间还夹杂着不少惊呼，直至最后变成了潮水呼啸而起。

民众们记起了多年前的那个传闻。据说有位天赋异禀的熊族少年去了八万里外的人族京都，成功地考进了青藤六院之一的摘星学院，却被天海家的某位少爷打成了残废，反而因祸得福进了国教学院，甚至听说还成了落落殿下的学生！

那两年里，这个颇具传奇性的故事是很多民众茶余饭后的谈资，那个熊族少年是很多妖族少年羡慕的对象，然而随着时间流逝，局势改变，尤其是最后的结局，这个故事以及那个熊族少年渐渐被人淡忘，偶尔有谁记起那个传闻时，也不过是摇摇头，叹两口气罢了。

直到今日天选大典，下城民众如潮水一般涌到皇城前，他如礁石一般站在最前方，吸引了所有人的视线，告诉所有人，他就是那个曾经的熊族少年，他现在依然代表着国教学院。

满场哗然，喧闹至极，无数视线落在轩辕破的身上，想要看清楚这个传闻的主角究竟长的什么模样，更想知道为何这几年他忽然消失了，如果传闻是真的，他不是从国教学院里逃走的吗？为何今天会以国教学院的身份出战？如果让教宗陛下知道了这件事情，又会出现怎样的问题？

皇城四周微有骚动，数十名教士从外面走了进来，那些教士有些是妖族有些是人族，大多数穿着黑色的教袍，少数穿着青色道衣，还有一位穿着红色神袍，居然是位大主教。看着这些神情漠然、自有肃穆威严的教士，很多民众下意识里低头行礼，然后让开道路。

从前些天开始，西荒道殿便大门紧闭，白帝城里的所有人都明白这是为什么，甚至听说大主教把欢迎大西洲皇子的晚宴请柬都撕了，为何包括大主教在内的这些教士们，这时候会忽然出现在皇城之前？大主教带着数十名教士向着轩辕破走了过去。

看着这幕情景，联想着那个传闻的结尾，民众们的心情变得紧张起来，又有些看热闹的兴奋。

接下来发生的事情，出乎了所有人的意料。大主教什么都没有做，直接走到轩辕破身旁，然后沉默地站在了那里，数十名教士散开，把轩辕破与民众尤其是与那些红河妖卫及官员们隔了开来，明显摆出了保护的姿态。

紧接着，皇城外再次骚动起来，唐家商行的数名看似普通，却又给人一种极强悍感觉的管事从外面走了进来，向轩辕破与大主教行礼后，站在了他们的身后。

片刻后，大周使馆的官员也到场了，虽然情绪有些复杂，甚至可以说有些犹豫、挣扎，但最终还是向着轩辕破等人走了过去，站在了轩辕破的另一边。

轩辕破是熊族，但他今天的身份是国教学院的学生。无论是大主教还是使馆官员还是唐家商行的管事，此时还无法知晓朝廷、离宫或是汶水城以及天南的应对，但在如此紧张敏感的时刻，都必须非常明确地表明自己的态度。

在那个传闻的结局里，那个愚蠢而无耻的熊族少年，眼看着当时的国教学院院长也就是现在的教宗陛下陈长生便要被天海圣后杀死，国教学院眼看就要覆灭，所以他逃走了。大周官员与唐家管事出现，尤其是西荒道殿大主教的出现，直接宣告了那个传闻的结局是假的。

小德看着远处的轩辕破，双眉微微挑起。他知道轩辕破这个名字，但也只是知道而已。曾经让妖族民众们津津乐道的所谓传奇故事，对他这样的大人物来说根本不值一提。在那几年的国教学院里，轩辕破绝对是最不出名的人，非常普通，无论是唐三十六还是苏墨虞又或是折袖都要出名得多，更不要说落落殿下以及陈长生。

小德没有想到今天轩辕破却忽然出现，并且弄出了如此大的阵势，这让他不禁生出了一些警惕，看起来轩辕破在白帝城里已经隐藏多年，难道陈长生和国教对今天的事情早有准备？

有很多妖族大人物，和小德生出相同想法，皇城观景台后的那座宫殿变得异常安静，熊族族长无视所有的视线，起身缓步向殿外走去，坐在最高处的大长老却仿佛还在沉睡。

有资格坐在更高地方的，只能是牧夫人。她知道轩辕破一直生活在白帝城里，最开始时还派出暗卫监视了很长时间，只是轩辕破始终未曾有过任何动静，于是渐渐放松了监视，直到今天忽然再次看见。但她与小德还有那些长老、大臣的想法不同，她非常确信，无论是国教还是大周朝廷都来不及做出反应，更不要说提前做好准备，按道理来说她不需要担心什么，但刚才那个声音她听得很清楚。"国教学院，轩辕破。"

这个家伙终究是国教学院的学生，会不会对自己的计划带来什么影响？牧夫人的眼里闪过一抹淡淡的杀意。

天选大典开始的时候，落落在登高望远，看着远山里那九棵天树，静而无思。白帝城里对战正酣时，落落开始午睡，用了最清新的薰香，睡得很是酣然。暮色降临，进入天树接受荒火洗礼的人选即将出现时，她在喝茶，显得很是平静。她没有压抑自己的情绪，也没有伪装。因为她天生贵气，而且先生曾经教过她，每临大事要有静气。

她是真的很平静，因为她根本不在乎这一次的天选大典，无论最后的结果如何，无论父亲与母亲是怎样想的，无论长老大臣与民众是怎样想的，无论魔族与人族是怎样想的，只要她不愿意，就不会接受。

她曾经听莫雨说过，圣后娘娘当年曾经这样评价过那位……小师母。师母都能做到的事情，她当然也能做到。

她之所以没有表达过任何反对的意思，始终静静地等待着，是因为她知道反对也没有意义，更是因为她一直在等待着先生的到来，如果先生没来，不，如果先生来不了，不，如果先生来不及……

最后走了便是，与这座皇宫与这座城以及这条红河告别，就此再也不相见。她端着茶杯，看了眼手腕上的那颗石珠，在心里默默想着。

便在这个时候，李女史急步走了进来，神情复杂地看着她，说道："七名胜者。"

"九棵天树，为何只有七名？"

落落心想这里面肯定又有着什么阴谋诡计，觉得有些厌烦，轻轻饮了口茶。

李女史欲言又止，说道："有一个是轩辕破。"

噗的一声，落落把茶水尽数喷了出来。

273

98·轩辕，破

轩辕破参加天选大典？居然还连胜九场？明天他就要进入天树，接受荒火与祖灵的考验？听到这个消息，落落很是吃惊，怔了半晌才醒过神来。她从李女史的手里接过丝绢，把茶水擦拭干净，蹙着的眉尖却无法抹平。

她知道，天选大典的消息一旦传开，轩辕破肯定会做些什么，所以事先便派了人去盯着，只是看着两天都没有回音，她以为不用再担心，谁能想到，轩辕破居然自己报名参加了天选！她想不明白，轩辕破为什么会参加天选大典，以他的性格，直接拿着一把菜刀直闯皇宫，试图把她救走，倒更像是他会做的事情。

"这个家伙是要做什么呀？"李女史看着落落微蹙的眉尖，在心里叹了口气，很是忧虑。她想到了某种可能，可那实在是难以接受。轩辕破喜欢公主殿下？可殿下是喜欢教宗陛下的。国教学院里的人们，怎么都好这个呢？

知道了轩辕破的身份与来历，无数道视线落在了他的身上。那些衣着华贵的上城居民与那些矜持的贵族小姐们张着嘴，震惊得不知道该说些什么。至于那些随着轩辕破而来的下城民众，事先便已经知道了些什么，但得到确认后，还是抑制不住兴奋起来。

负责天选大典的那名高官脸色则是变得极其难看，他看着轩辕破满脸胡须，却依然稚气未曾全消的脸颊，声音微寒说道："你为何会来参加天选大典？"

按道理来说，这个问题没有任何意义，不需要被提出，因为谁都知道参加天选大典会给自己带来什么好处，不然为何在如此短的时间里，妖族各部落的青年强者们都赶到了白帝城。

但具体在轩辕破的身上，这个问题则非常有意义，而且是在场所有人都想知道答案的问题。因为如果那个传闻是真的，那么轩辕破除了是国教学院的学生，更是落落殿下的学生。

"难道你也想迎娶公主殿下？"那名高官盯着轩辕破的眼睛，声音低沉至极，充满了恼怒与不耻，"不要忘记，虽然皇廷没有建档，但谁都知道，当年你在国教学院是拜过师的！"

师徒最终成为伴侣，这种事情在大陆上并非没有发生过，但终究不是什么美事。尤其是做学生的，如果有这种想法，在谁看来，都是非分之想。

轩辕破说道："能够成为殿下的学生是我最大的荣耀，不管殿下是否承认，我永远是她的学生。"

那名高官更是生气，寒声斥道："那你还来参加天选大典！你是想羞辱殿下吗？"

轩辕破说道："我从来没有想过迎娶殿下，何来羞辱？"

那名高官说道："既然如此，你为何来此？"

轩辕破想了想，说道："我是来捣乱的。"说这句话的时候，他的神情很认真，语气很坚定。

就像刚从稻田里爬出来的泥猴，从树上跳到湖里的调皮鬼，却像一个老书生般说着话。

那名高官有些不敢相信自己的耳朵，问道："你要做什么？"

轩辕破解释道："捣乱的意思，就是说，我要让天选大典无法顺利进行。"

那名高官隐约明白了他的意思，说道："你不想让殿下嫁人？"

"不错。"轩辕破望向远处的小德、大西洲二皇子和其余几名参选者，然后抬头望向皇城高处，认真而坚定地说道，"谁都别想娶走殿下，因为我不会让你们赢。"皇城前很安静，他的声音非常明亮，可以传到很远的地方。

那名高官冷笑说道："天选大典乃是祖灵替公主殿下选择夫婿，你有什么资格阻拦？"

轩辕破说道："谁都不能决定殿下的婚事，无论是天树荒火还是祖灵。"

听着这话，四周一片哗然。那名高官被气得浑身发抖，厉声喝道："你居然胆敢亵渎天树，不敬祖灵！"

"如果真是由天树荒火与祖灵选择，天选大典就不会按现在的流程进行，就不会第二场便去接受荒火洗礼，所谓天选，终是自择，殿下的婚事，只能由殿下自己决定。"轩辕破望向皇城高处说道，"我知道公主殿下她绝对不会愿意嫁给一个外族人。"

无论那名高官如何愤怒，那座宫殿如何孤高而令人心生畏意，他的神情始终是那样的沉稳，甚至显得有些木讷，声音也同样如此，却有着一种很奇特的说服力。皇城四周响起了无数喝彩声。这些声音来自最普通的妖族民众，不分上城还是中城或者下城。因为轩辕破说出了他们的心里话。

传闻里，皇后娘娘一心想要把落落殿下嫁给自己娘家的侄儿，只不过长老会诸位族长强烈反对，才被迫举办天选大典，便是如此，皇后娘娘依然没有改变想法。你看，那名大西洲二皇子就站在皇城前不远的地方。落落殿下怎么能嫁给这个外族人？他有什么资格成为下一代的白帝？绝大多数妖族民众都是这样想的，只不过迫于皇后娘娘数百年来的威严，他们不敢表现出来。直到轩辕破说出这句话，让他们觉得好生痛快。

"参加天选大典、通过层层选拔，最终能够站在这里的都是真正的强者，就像你一样。"

一道清冷又充满威严的声音，从皇城的最高处响起，破开云层，来到地面。白帝闭关静修，那么这便是现在整个妖族唯一的声音。皇城四周顿时变得安静起来。很多妖族民众跪倒在地。

"你又如何知道，落落她不愿意嫁给你们其中某位呢？"

听着这话，很多妖族民众的神情微愣，心想无论是天选还是祖灵考验，那名大西洲二皇子身为外族都不可能有任何优势，难道那个传闻是假的？众人错怪娘娘了？是的，整个大陆都知道，落落殿下是皇后娘娘唯一的女儿，向来备受宠爱，皇后娘娘怎么可能对她不利，想来只是想要替殿下谋求一门最好的婚事罢了。

想着这些，民众们望向轩辕破的视线发生了些变化——既然如此，你还来捣乱，那就不该了。

轩辕破望向皇城高处，说道："殿下她不会喜欢这里的任何人。"

牧夫人的声音依然冷漠："你又如何知道？"

这句话非常不好回答。牧夫人是落落的亲生母亲，她都不知道的事情，为何轩辕破能知道？难道说他与殿下之间真的有什么？无数道视线再次落在轩辕破的身上。有的民众想要知道他的答案，更多民众和那些大人物们希望他不要再多说一个字。

轩辕破根本不知道他们在想什么，自己也没有想，便给出了答案。"我当然知道，国教学院里的人都知道。"他认真说道，"殿下喜欢院长，怎么会愿意嫁给别人？"

99 · 别样，红

皇城四周再次陷入瞬间的绝对安静里。

轩辕破在这句话里说的院长，自然是国教学院的院长，也就是今日的教宗陛下陈长生。落落殿下喜欢陈长生？如果只看身份地位与年龄，陈长生当然是最好的对象，问题在于……整个大陆都知道，落落殿下是陈长生的学生，而且陈长生已经有了一位道侣，正是南方圣女徐有容。

轩辕破的这句话是怎么回事？那位大周朝廷官员微微挑眉，有些不悦。西荒道殿大主教脸色微变，最终没有说话。那位唐家管事也强行压抑住情绪，保持着沉默。皇城观景台也是一片安静，殿里的那些妖族大人物们面面相觑，完全不知该做何反应。

难道轩辕破说的是真的？落落殿下一直都暗中喜欢着她的那位老师？这……怎么可以？在皇城的最高处，牧夫人也不再说话，脸色变得有些难看。除了国教学院里最早的那些人，能够猜到落落心思的人并不多，她是落落的亲生母亲，自然早就已经知道。

她没有想到的是，轩辕破居然会当着如此多的人面，把这件事情直接挑破。要知道这件事情，无论对陈长生还是落落的声誉，都会带来极为不好的影响。轩辕破为什么要这样做？他是真的蠢，还是坏？

另外那座石殿里，落落也知道了轩辕破说的那句话。她想起了清晨母亲离开时说的那句话。你就算能够骗得了整个世界，又如何能够骗过自己呢？

她一直把那份心意好好地珍藏着，不让任何人、包括陈长生看见。她本以为会继续这样下去，哪能想到原来国教学院里的那些家伙们早就已经知道了。

现在，整个世界都知道了。这可该怎么办啊，真是太害羞了。她忍不住在心里埋怨了两句轩辕破。不知道是不是暮色渐浓的原因。她的小脸有些微红。不知道为什么，她并不生气，反而有些小小的开心。

安静是因为太过震惊，于是茫然。听到轩辕破那句话的所有人都有些惊慌失措。安静也意味着气氛会变得紧张起来。

"放肆，你竟敢对殿下如此不敬，说出这样的胡言乱语！"那名高官看着轩辕破，气得浑身颤抖，指着他的脸喝道，"来人啊！"

他的话没有说完，也没有红河妖卫涌上来，把轩辕破惹事的舌头直接砍掉，因为一个声音响了起来。那个声音很低沉，如古钟一般嗡鸣，在皇城前回荡着，就像是幽谷里鸣涧的回响。这不是牧夫人的声音，而是妖族另外一位大人物的声音。

观景台后的石殿里，大长老缓缓睁开眼睛，不再继续装睡，缓缓站起身来，走出殿外，来到皇城墙边。如山般的巨大身影落在遥远的下方，笼罩住了很多人的头顶。大长老没有对轩辕破最后那句话做任何评论，就像是根本没有听到一般。无论是从妖族的尊严或是与人族的复杂关系考虑，这或者是最好的应对。

"你刚才说的没有错，所谓天选，最终还是要看自己如何。希望你明天能得到祖灵祝福，后天能走到最后。"

整座白帝城都听到了大长老低沉而悠远的声音。这便是他对轩辕破的态度，非常明确而且清楚，这也可能是他对人族的态度。于是再没有什么为难，那名官员与准备逮捕轩辕破的红河妖卫退了回去。

牧夫人站在皇城最高处，望着远山沉默不语，不知道在想什么。

如来时一般，来自下城的贫苦民众如潮水一般离开皇城，淹没天梯，然后渐渐消散于陋巷窄街里，沉默于日复一日的辛苦劳作中，也不知道在以后的那些岁月里，他们会不会记得今天的这场热闹。

在散开之前，这片黑压压的潮水先把轩辕破送回了松町。今夜的松町显得格外热闹，但并不嘈杂。来自西荒道殿的教士们平静而警惕地站在街巷的高处，注视着四周的动静。唐家管事带着来自天南的数十名修行者，用锐利的目光盯着所有点燃灯光的地方。一些身材魁梧、充满力量的壮汉则是在更外围的地方，检查着所有进入松町的人。

无论从哪个角度来看，人族势力在妖族都城里摆出这样的阵势，都很容易惹出事端，而且显得对妖廷极不尊敬。

牧夫人的动作太快，从流言开始传播到天选大典正式召开不过数日时间，人族根本来不及做出任何反应。

代表国教学院出战的轩辕破，自然成为白帝城里人族最大或者说唯一的希望。为了保证轩辕破的安全，大主教等人根本不会在意妖族会不满，而且他们明确地表明己方对妖族的不信任。大主教看着轩辕破的眼神很热情，那位唐家管事也是满脸希冀。

轩辕破明白他们在想什么。在大主教等人看来，轩辕破销声匿迹多年，今天忽然现身，想必是收到了离宫的指令。

"教宗陛下知道这件事情了？"大主教看着轩辕破，有些紧张地问道，"还是说他老人家已经来了？"

轩辕破摇了摇头，说道："院长应该还不知道这件事情。"

看他的神情，大主教等人知道他没有撒谎，不由沉默了起来。南溪斋合斋时发生的那些事情，已经在前天夜里传到了白帝城。大主教非常清楚，如果离宫知道这件事情，绝对会不惜一切代价破坏牧夫人的安排。

他也想这样做的，最开始的时候，便撕掉了晚宴的请柬，表明了最激烈的态度。但如果教宗陛下还不知道这件事情，离宫来不及做出安排，就凭轩辕破与他，又能做些什么？

大主教想到刚才轩辕破说的那句话，感到了强烈的恐惧与不安。如果落落殿下与教宗陛下之间真有什么，那事后教宗陛下会不会一怒之下用圣火把自己烧死？

心情激荡之下，他的脸有些微红，仿佛喝了好些烈酒。

"拜托了。"他看着轩辕破，神情悲壮说道，"哪怕要死千万人，你也不能让殿下嫁给那个大西洲二皇子！"

100·白，菜

虽千万人吾往矣。这种事情，轩辕破觉得自己可以试着做一下。

可如果变成大主教说的这样，真的会死千万人，轩辕破便有些拿不准主意了，而且以他对落落殿下的了解，如果殿下知道要付出如此大的代价，也许会连夜整理嫁妆，第二天清晨便嫁过去。

大主教踮起脚拍了拍轩辕破的肩膀，很有深意地看了他两眼，便与唐家管事一道离开。在巷口等了很长时间的熊族族长走了过来，很有深意地看了轩辕破一眼，然后拍了拍他的肩膀。他不用踮脚，因为他比轩辕破更加魁梧高大。

"大周官员去了皇城，但没有来这里，说明他们的朝廷并不介意殿下嫁给大西洲的那位二皇子。"熊族族长说道，"教宗陛下到底是怎么想的？"

轩辕破说道："他应该还不知道这件事情。"

熊族族长说道："今天是你自己的想法？"

轩辕破嗯了一声。

熊族族长看着他叹了口气，说道："当初我让你回部落，你不肯，非要留在白帝城，我拿你也没办法。"

轩辕破很认真地说道："以后我会替部落出力的。"

"以后再说，我想说的是你已经在松町胜出，为何要去另外两个擂台？这已经坏了天选大典的规矩。"熊族族长比画了两个数字，说道，"如果不是这两位为你作保，皇后娘娘完全可以让你明天进不了天树。"

看着族长的手，轩辕破有些吃惊，心想相族族长与士族族长这两位大人物为何要替自己说话？

他说道："我没有想那么多，也不是故意要破坏规矩，只是想着谁敢对殿下生出野心，我就要把谁打下来。"

熊族族长想着在皇城前轩辕破说的那句话，忍不住挑了挑眉，说道："胆魄不小，可你能打得过小德吗？"

轩辕破很认真地想了想，得出了一个非常确定的结论："打不过。"

熊族族长刚刚挑起的浓眉落了下来，叹了口气，说道："那你说这些话有什么意义？"

轩辕破说道："我想试试，至少要坚持到最后。"

熊族族长明白他的意思，所谓坚持到最后，不过是拖时间罢了。如果能够多拖一天时间，等到国教方面应对的可能性便会大一些，虽然现在看来，希望依然很渺茫。

白帝城与京都之间隔着八万里山河，前天那场神圣之战里的禁制，更是断绝了双方之间的联系。

熊族族长想了会儿，忽然说道："小德不见得会坚持到最后。"

轩辕破闻言微怔，不明白这句话的意思。

"你参加天选大典，一心想的是殿下的婚事。"熊族族长盯着他的眼睛说道，"但你不要忘记，他们的目的是想成为白帝。"

轩辕破更想不明白，如果能在天选大典胜出，娶到落落殿下，难道不就是会成为下一代的白帝吗？

熊族族长离开了，没有解释什么，只是最后留下了一番很认真的话。

"你有现在的本事，能让这些教士与唐家管事护着你，确实是因为国教学院，但你不要忘记当初是族里把你送到京都去的，就算你坚持以国教学院的身份出战，但屁股也不要太歪，行事时也要多考虑一下族里的利益。"

轩辕破没有反驳，沉默不语。因为这句话很有道理，如果没有部族的推选与看重，他当年根本没有机会去京都，更不会认识陈长生与落落，然后成为国教学院的第三个学生。

看着熊族族长渐渐消失于夜色里的魁梧身影，轩辕破忽然想起了唐三十六。如果唐三十六听到这番话，肯定会嘲笑他屁股很肥很大，一张板凳根本没办法坐下。是的，何必苦恼于屁股应该坐哪边的问题，同时坐两张板凳不就好了？轩辕破顿时觉得身体轻快了很多，转身向着小巷深处走去。

熊族的战士守在最外围的街巷，唐家高手与数名天南修道强者占着高处，西荒道殿的教士们则是守在巷外。小巷里很安静，没有任何声音。不远处便是松町的天树侍庙，在夜色里显得异常安静，隐约能够闻到灯油的味道。

小巷最深处是轩辕破住了数年的小院。他推开木门走进院中，踏过白色的圆石，脱下靴子，用清水沐足，站到木地板上。他看了眼白墙边的那棵矮松，深吸了一口气，平静心情，走进了屋里。

小院外看似安静，实际上隐藏着很多人，除了那些奉命保护他的人，还有很多冷漠注视着他的视线。那些视线或者来自某些部族，来自长老会，来自大西洲，最多的当然来自妖族皇廷。

如果有谁发现皇廷通缉的两位神圣领域强者，一直都住在这座小院里……轩辕破很确信，无论部落里的战士还是那些教士与人族的修行强者，都无法阻止小院被直接碾平。

别样红与无穷碧的伤似乎……好些了？轩辕破不懂医术，无法确定。

无穷碧断臂后流血过多，脸色依然苍白，但早晨拿过来的馒头都吃得干干净净。别样红则还是像昨夜那般静静地坐在那里，神态从容。

轩辕破接着注意到地板上的那些晶石颜色已经变淡了很多，那几座木塔的位置似乎也进行了挪动。

"您……可还好？"

屋里的灯光有些昏暗，他无法确认别样红眉眼间的那抹死意有没有消散。

别样红神情温和说道："好些了，就是有些肚饿。"

轩辕破醒过神来，赶紧转身出去准备做些晚饭。只是推开纸门后，他停下脚步，回身对别样红很认真地行了一礼，说道："谢谢您。"

他谢的是清晨时别样红对他说的那番话。一位大陆强者的战斗经验，对任何修行者来说，都是最珍贵的收获。

走出屋门，他从整齐的柴火堆里取出木柴，开始生火做饭。家里存的冬菜不多，他只是简单做了两个菜，炖了一钵腊肉土豆饭。别样红接过饭菜后道了声谢。

无穷碧的脸色依然很难看，但终究没有再说什么难听的话，只是哼了两声。

101·秋山，源信

别样红注意到轩辕破自己没有拿筷子，关心问道："你不吃吗？"

他知道轩辕破今天去参加天选大典，却没有问一句，因为从轩辕破的神态便能猜到结果。

他更关心，轩辕破明天要去天树接受荒火洗礼，今夜不吃饱如何能行？

"我有吃的。"

轩辕破从怀里摸出一个纸袋，从里面取出吃剩的牛肉包子，就着面前的半碗菜汤便吃了起来。看着这幕画面，无穷碧怔了怔，然后不作理会，低头进食。片刻后她抬头看了一眼，发现别样红一直看着轩辕破手里的包子，不禁皱了皱眉。包子冷得都硬了，肉汁凝成了白油，该多难吃，为何自家夫君却一直盯着？

天色未亮，松町笼罩在最黑暗的夜色里，轩辕破已经起来。

他走出小巷，示意那些警醒的教士们没有事，去往邻街买了一纸袋牛肉包子、半锅白粥、两碗玉米糊、一碗干拌面、两个炸糍粑、一屉馒头，还有三样小咸菜，提回了小院。他自己还是吃的牛肉包子，其余的那些则是为别样红与无穷碧准备的一整天的饭食。

在别样红隐有深意以及无穷碧很是恼火的目光注视下，轩辕破沉默地吃了六个牛肉包子，洗漱完毕，整理衣着，对别样红郑重行礼，从柴堆里抽出山海剑，再次走出小院。与昨天不同，今天他一出便吸引了无数道视线。西荒道殿的数十名教士，熊族的百余名战士，簇拥着他向玉京渡走去。轩辕破注意到，唐家的管事以及数名天南修道者也不远不近跟着。昨夜他便见过那几名天南修道者，据唐家管事介绍，有一位来自慈涧寺，据说是叶小涟以前在外门时的师叔。

晨雾笼罩着白帝城，就像过往数万年里的每一个寻常无奇的冬日一样。玉京渡也像往日那般热闹，但占据码头最好位置的，已经不再是那些辛苦的菜农，而是妖族皇廷的官员以及像熊族族长这样的大人物。

朝阳被对岸的群山遮得很严实，加上雾气浓重，天光很是幽暗，看着仿佛还在夜里。

登上渡船后，红河里忽然掀起了一阵波浪，船身微微摇晃，然后不知何处传来低沉而恐怖的吼声。如果是外来者，听着这些吼声，感受着红河里的怒涛，只怕会生出很多惧意，但在场者都在白帝城里生活了很久，知道那是于京醒来后正在进食弄出的动静，不以为意，随着数筐最肥美的无鳞梭鱼倒入河水里，很快那些吼声便消失了。

晨雾渐渐散去，已经能够看见近处的河水，水面很是平缓。对岸的群山依然在雾气深处，哪怕朝阳已经渐要跃过某处山坳，也只能隐约看到那九棵无比巨大天树的剪影。

船首破水，涛声阵阵，晨光渐至，待抵达对岸的时候，朝阳散发出来的红暖光线，已经驱散了所有的雾气。连绵无数里的青山就像无数道重叠的屏障般，出现在人们的眼前。

群山里的九棵天树，在晨光里看着就像是巨大的火把，散发着令妖族敬畏又心生欢喜的无形荒火。天树无比巨大，只有最雄峻的山峰才能承载，彼此之间的距离也很远，最近的也有数十里路。通往天树的石道有九条，都从一个地方开始，便是玉京渡对岸的那座高台。

牧夫人站在高台上。晨光落下，把她的身影照耀得清清楚楚，显得格外高大。晨风轻拂，华丽至极的长裙随之摆动，显得格外威严。天海圣后与教宗寅已经回归星海，南方圣女与苏离远赴圣光大陆，白帝静修养伤。当年的五圣人，如今还会出现在世人眼前的，便只有她。

妖族长老与妖族皇廷的大臣将军分成两列站在下方。今天有资格到场的都是真正的大人物以及随侍，气氛很是严肃，安静得听不到任何声音。

礼乐声起，众人跪拜。有皇廷官员出列，开始诵读祭文。祭文诵毕，祭品如流水般送了上来，一应流程进行得非常顺利。

轩辕破等六人顺着石阶，向高台上走去。无数道目光，落在他们的背上，然后有无数心思生出。谁能够通过今天的天树荒火洗练，通过祖灵的考验？又有谁能够在明天的最终大典里获得最终的胜利，迎娶落落殿下？

小德的境界实力最为强大，而且血脉纯正，按道理来说，没有谁能够胜过他。可是很明显，皇后娘娘属意大西洲二皇子，甚至有可能白帝陛下也是这样想的，不然大长老那夜之后为何会变得如此沉默？

还有那个忽然冒出来的轩辕破，明明是熊族子弟，却代表国教学院出战，如果只论背景，那是相当雄厚，只是人族应该还来不及做出应对，他应该是自行其是，那么又能有什么作为？

另外两名妖族强者同样也是声名远播，通过祖灵考验应该不是难事，如果小德稍有不慎，明天还真有可能输给他们，可为什么那个戴笠帽的年轻人看都不看他们一眼，显得那般孤清冷傲？

要说今次天选大典有什么惊奇之处，除了轩辕破横空出世，那便是这名戴笠帽的年轻人。小德、大西洲二皇子，还有那两名妖族强者的身份来历都清清楚楚，即便是轩辕破现在也已经没有可以隐瞒的，然而到此刻为止，依然没有谁知道那名戴笠帽的年轻人究竟是谁，来自何处，想要做什么。

按道理来说，这是绝对不可能发生的事情。皇廷里的秘谍以及各部族都早已开始了暗中的调查，问题在于，白帝城里隐隐有一道力量把这个戴笠帽的年轻人隔绝了起来，极其隐秘却又强硬地斩断了所有暗中窥向这名年轻人的视线。

能够让皇廷与各部落大人物都查不到此人的身份来历，并且还不显山露水，这道力量实在太过可怕。很快便有很多部落因为隐惧停止了调查，即便是皇廷秘谍最终也只知道了那名戴笠帽年轻人的住所，然后收手。那名戴笠帽的年轻人住在一个院子里，那个院子离相族的庄园非常近。这很容易联想到什么。

不是没有谁想过，这个戴笠帽的年轻人可能不是妖族，甚至可能是妖族的敌人，但即便真的如此，也无所谓。因为就在今天，这名戴笠帽的年轻人便要进入天树里，接受荒火的洗练，接受祖灵的考验。如果此人真的对妖族心存敌意，是人族甚至可能是魔族派来的奸细,那么必将被荒火直接烧得神魂俱灭。这本来就是天选大典最核心的部分。

只有对白帝一族誓言忠诚的生命,才能承受天树荒火洗练、祖灵考验的生命。能够渡过这一关的强者会自动离开原先的部族,成为白帝一族的成员。妖族长老以及诸大臣将军,最终会同意牧夫人的安排,也正是基于此点。

无数双视线落在了大西洲二皇子的身上,或者凝重,或者冷漠,或者带着疑问,或者带着恶意。南溪斋合斋时发生的事情,昨夜已经传到了白帝城。大西洲的皇族果然所谋极大。难道这位二皇子真的能够心甘情愿改造身魂,成为妖族的一员?哪怕这样做,他可能成为下一代的白帝。

在无数视线的注视下,大西洲二皇子转过身来,望向妖族长老与大臣将军们。晨光落在他俊美的脸上,却无法照清楚他的真实情绪。似乎有些遗憾,又有些解脱,最终化为平静。

他说道:"我退出。"

102 · 焚心似火（上）

听到大西洲二皇子的这句话,高台四周安静了瞬间,然后一片哗然。小德望着他的身影,眼眸微寒,另外两名妖族强者对视一眼,看到彼此脸上的震惊。轩辕破张着嘴,完全不知该说些什么。只有那名戴笠帽的年轻人依然静静地站在原地,微低着头,隐藏在阴影里。

无论是传闻还是随后发生的这些事情,都表明皇后娘娘准备让落落殿下嫁给大西洲二皇子。在轩辕破以及代表人族的道殿、使臣们眼里,他是最被警惕的对象。今天他却忽然宣布要退出天选大典,这到底是怎么回事?难道传闻是假的?那些已经发生的事情也是假的?皇后娘娘为何会举办这场天选大典?她究竟准备做什么?她到底想把落落殿下嫁给谁?小德还是那两名同样背景雄厚的妖族强者?

难道说,她准备把落落殿下嫁给轩辕破代表的……教宗陛下?

无数道目光落在高台上,在牧夫人与大西洲二皇子之间来回。

妖族长老与大臣将军们很想知道这对姑侄究竟在弄什么玄虚,也想知道大西洲二皇子有什么解释。

"不错，我随使团前来白帝城，确实是想迎娶表妹，因为我喜欢她。"大西洲二皇子微作停顿，脸上流露出一抹微涩的笑容，说道，"但既然表妹早已有了真心喜爱之人，我又何必从中横插一刀？我可不愿意她因为这件事情记恨我。"

很多视线投向了轩辕破。大西洲二皇子的表妹是落落，他说表妹有了真心喜爱之人，自然是应的昨日轩辕破那句话。

昨日之前，没有太多人知道落落殿下喜欢自己的老师这件事情，也不会相信这件事情，但当轩辕破说出那句话后，很多人忽然发现这极有可能是真的。

不管大西洲二皇子这句话是真是假，但他用这个借口退出天选，谁也不好说什么。而且他点明自己退出天选的原因，更是为轩辕破昨日说的那句话推波助澜，落落与陈长生必然要承受更大的压力。

牧夫人没有什么反应。大西洲二皇子的退出，本来就是她事先的安排。他最后这句心机深刻的话，虽不是她的安排，也经过了她的默许。

她现在更关心一件事情，或者说，她只关心那件事情。晨光渐渐变得明亮起来，没有谁注意到，她看似无意，实则极有深意地看了某个方向一眼。那名戴着笠帽的年轻人就站在那个地方。从最开始的时候，牧夫人就知道这个年轻人是谁。每每想到对方居然敢孤身离开雪老城来到这里，即便是她也不禁深感震撼。这是黑袍当初提出的条件之一。她虽然同意了，但并不相信这件事情就是如此简单。

按道理来说，这名戴笠帽的年轻人绝对无法通过祖灵的考验，那么结局必然极为凄惨。当然，如果换成别的年轻强者，为了能够通过祖灵考验，迎娶落落，或者真有可能会冒着极大的风险，接受天树荒火的洗练，改造身躯神魂，成为真正的妖族。

谁都想成为下一代的白帝，那是连小德这样的逍遥榜强者都无法抗拒的最大的诱惑。问题在于，以这位年轻人的身份，绝无可能成为下一代的白帝，而且他也不会愿意。如果说这片大陆有谁能够无视这种诱惑，这名年轻人与大周的年轻皇帝毫无疑问排在前两位。

那么黑袍为何会提出这个条件？这个年轻人为何会参加天选，愿意冒险进入天树接受荒火的洗礼？如果只是为了与妖族联盟，对抗日趋强大的人族，应该还有很多别的方法。

相族族长没有看那名戴笠帽的年轻人，但注意力其实一直都在此人身上。牧夫人想不明白的事情，他也想不明白，而且他不知道那份协议的具体内容，所以更加担心。

他问道："会不会出事？"

牧夫人说道："黑袍向来算无遗策，应该不会出事。"稍作停顿后，她神情淡漠说道："如果他在这里出了事，我想也会是件好事。"

相族族长明白了她的意思，沉默片刻后说道："断山军昨夜已经抵达葱州北。"

断山军是妖族最强大的军队，数万年来一直驻守在寒冷的北方，监视着魔族的动静。

牧夫人说道："大长老的安排自然不会出错。"

相族族长终于忍不住看了那名戴笠帽的年轻人一眼。如果今天，这名年轻人死在天树荒火的洗练过程里，那么……妖族最强大的断山军便会在最短的时间里通知大周的葱州军府，然后北上……战争就要开始了。

大西洲二皇子退出了天选。最后的五人离开高台，顺着不同的道路，去往不同的山里。

在那五座高山的峰顶，生长着五株无比高大的巨树，那些巨树高不知多少丈，深深地扎进云海之中，无法看到最高处的树梢，也无法想象这些巨树的树根在地底又绵延了多少里。越靠近巨树便越热，无形却真实无比的热浪，从地底生出，像盛夏时闷热的风一般，到处吹拂着。

这些热浪便是天树荒火的气息，随着天选大典祭祀的进程，天树荒火变得更加活跃，向着天地散播着无比澎湃的力量，那种力量仿佛源源无尽，又带着某种特殊的蛮荒的味道，有着无比旺盛的生命感觉。

戴笠帽的年轻人走到自己的天树前。天树底部有个树洞，那个树洞高数十丈，宽也有百余丈，看着更像是大山里天然形成的溶洞，无比巨大，仿佛可以把白帝城皇宫里的石殿整座放进去。令人无语的是，那个巨大的树洞里真的有一座真实的石殿。

那名年轻人的视线从天树没入云层的上段下移，落到树洞里的石殿上，沉默了会儿，把笠帽的前檐压得更低了些，然后向树洞里走去，身影很快便消失在石殿里，不知去了何处。小德与另外两名妖族强者也进入了自己的天树。

最后一个走进天树的是轩辕破。他的脚步有些沉重，动作有些慢，因为他的心情有些沉重，很不安。他是妖族子弟，听过无数天树荒火的传说，亲自祭拜过无数次祖灵。他担心自己的真实心意会被祖灵看出来。

他参加天选大典，并不是为了获得最后的胜利，迎娶落落殿下，成为下一代白帝。他是来捣乱的。祖灵可会原谅他的不敬？

走进幽暗的石殿，穿过漫长的石道，轩辕破心里的不安越来越强烈。通过感觉，他很确定自己这时候是在往地底行走，而且已经走了很远。石道里非常干燥，没有任何湿意，更看不到水与青苔，只有热风在不停吹拂。

越往深处去，石道里的风便越热，他身为妖族子弟，更能清楚地感觉到，荒火的气息越来越强。炽热的气浪没有让他的脚步变得更慢，因为他不觉得难受。他觉得身体里的气息变得越来越狂野，真元也变得越来越活跃。

但他并不知道自己衣服下的身躯表面这时候出现了很多线条。那些线条很复杂，渐渐组成图案，然后从衣服里向外蔓延，最后来到他的脸上。在热浪散发出的微红光芒里，他脸上的那些图案看着异常鲜活，诡异而美丽，又充满了力量的感觉。

下一刻，在他毫无准备的情况下，一抹血色涂满了他的眼瞳，无数钢针般的毛刺破肌肤，伴着咔咔的声响，他的身躯变得更加高大，看上去充满了无穷的威势，甚至给人一种疯狂的感觉。他狂化了。

103 · 焚心似火（下）

就在轩辕破狂化的同时，贯行于石道里的热浪，忽然轰的一声变成了真实的火焰。一道极其古老的气息，从轩辕破身体上的那些图案里生出，把那些火焰隔绝在了外面。

但那些真实的火焰乃是天树荒火的真体，蕴藏着难以想象的威能，直接让轩辕破体内的真元与气息与火幅同步振动起来，变得更加狂暴，瞬间便突破了他的经脉与气窍，向着四处涌去！轩辕破感受到了难以想象的痛楚，仿佛有无数把尖刀正在他的身体里不停地突刺着，他的脸色变得苍白无比，黄豆般大小的汗珠从额头上不停淌落。片刻后他再也无法承受，伴着一声低沉的吼叫，单膝跪到了地面上。

轰的一声，他如山般的魁梧身躯摇晃了两下，如铁般的膝盖在坚硬的地面砸出了一个浅坑，飞砾的石屑把到处燃烧着的荒火撕开了几道裂口，但在下一刻便被迅速填满。

因为那些诡异而美丽的图案，天树荒火确定他的妖族身份，没有对他的身体造成真实的伤害，但他身体里的狂暴真元却是无法抑制地高速运转着，随时可能爆体而亡。

轩辕破跪在火焰里，闭着眼睛，表情痛苦至极，沉重的喘息声仿佛永远不会断绝。不知道过了多长时间，他终于睁开了眼睛，望向石道前方。石道里的荒火已经消失了，他的眼神已经恢复了清明，还残着些余悸与敬畏。

在轩辕破突破天树荒火的洗练后不久，另外两棵天树地底，那两名妖族的强者也突破了这一道关隘，只是他们不像轩辕破在国教学院受过陈长生的金针扩脉，所以情形要危险得多，形状也要狼狈得多，衣衫尽数被烧至残破，身前残着血渍，往石道前方去的脚步虚浮至极，似乎随时可能倒下。

小德不愧是逍遥榜第二的妖族强者，荒火洗练对他来说竟是没有任何影响，这首先要归功于他的境界实力要远比轩辕破等人为高，更是因为多年前他有过机缘，曾经尝试过一次荒火洗练。

真正最危险的是那个戴笠帽的年轻人，因为他承受的压力最大。他不是妖族，血脉里没有祖辈留下的荒火气息，哪怕受到再多的威压，也无法在身体与脸上浮现那些诡异而美丽的图案保护自己，换句话说，他只能凭着自己的境界实力硬撑。

他从树里那座石殿走入地底不久，天树荒火便感觉到了他并不是妖族，石道里根本没有什么蒸腾的热浪来迎，直接便是无数极其可怕的炽烈火焰，扑面而来！对于非妖族的生命，天树荒火没有任何温柔与教诲的感觉，只有极其冷酷的杀意。

感受着那些火焰里蕴藏着的高温与威压，感受着那道仿佛来自蛮荒的暴虐气息，戴笠帽的年轻人微微抬头，望向被火焰遮蔽的石道深处的一抹红色，神情变得凝重了很多。这就是荒火洗练。

妖族的强者只需要凭借强大的体魄与坚定的意志通过，因为他们的身体里本来就有荒火气息，而如果是非妖族的强者，若不想被天树荒火直接烧死，便要敞开识海，任由荒火改造神魂。

戴笠帽的年轻人当然不想死，也绝对不会选择后者，那他该如何做？石壁缝里的那些极为耐旱、肉眼甚至无法看到的极星草，被直接烧成了数百缕极细的青烟。一道如烟般的帷幕，从笠帽边缘垂落，一直垂落到地，护住了他的身体。狂野而暴虐的天树荒火，落在了他的身上，却被那道如烟般的帷幕隔在了外面。

伴着极其低沉而刺耳的噬咬声，那道帷幕变得越来越薄，烟变得越来越淡，他脸上凝重的神情变得越来越真切，但是看不到任何惧意，只是谨慎还有一抹好奇。如果就这样站在石道里，承受着源源不尽的天树荒火，就算他的笠帽是件真正的神器，也必将被消耗成废物，他必须在笠帽还没有完全失效之前，穿过这片荒火。

他向着漫天火焰里走了过去。从笠帽边缘垂落的轻烟，能够护住他的脸与身体，却无法护住他的脚。他的脚步非常沉重，而且缓慢，每走一步，便会在石道地面上留下一个清楚的痕迹。不知道过了多长时间，石道里的荒火忽然消失了。

笠帽边缘垂落的轻烟已经淡至不可见。他露出来的半张俊美的脸上，偶尔闪过一抹痛意。为了走过这条布满天树荒火的石道，他受了一些伤，很痛。更多的是心痛。

他用了两件魔宫传承多年的神器，不知道什么时候才能恢复过来。

戴笠帽的年轻人站在一片沼泽前，沉默不语。他当然知道这并不是真正的沼泽。隔着数十丈远，便能感觉到扑面而来，令人窒息的热浪，甚至就连衣裳的边缘都有些发脆。这里太热了，甚至比先前石道里的荒火洗练还要热，应该是已经到了地底深处。

这处地底洞穴极大，非常空旷，顶部的崖石里垂落着无数粗细不一的树根。那些树根向四周蔓延，深深地钻进黑色的岩壁里。这些应该便是天树的树根。

无论是黑色的岩壁还是眼前的沼泽，温度都高得不可思议。从石道里以及不知何处投来的光线，还没有来得及落下，便散射开来。也不知道那些天树的树根为何还能好好活着。整个地底洞穴给人一种无比迷幻的感觉。

一块石头从顶部的崖石间崩落，隔了十余息时间，终于落在了沼泽上。如凝冻的黑油般的沼泽表面被掀起一个小洞。一道火焰从那个小洞里喷射而出，看上去就像是一道火龙。那道火焰落在了洞顶的岸壁上，化作无数团火苗，包裹着几条树根开始燃烧。

所谓沼泽，原来是岩浆。戴笠帽的年轻人抬头望向洞顶，看着那几条燃烧的树根，神情微变。那些树根并不是真的在燃烧。那些火苗渐渐熄了。是被那些树根吞噬掉的。天树需要的养分竟然是地底的岩浆之火？

他地位极尊，见识极广，但看着这样的画面，依然觉得有些震撼。想着稍后要做的事情，他不禁有些紧张，伸手在袖中握住那两样微凉的事物，才稍微好了些。

104 · 妖族祖灵

不知是地底生出的震动，还是洞穴里空气流动太快，洞顶崖壁里那些如蛛网密布的树根不停地发生着颤动。每一次颤动便会有一块石头从洞顶落下，击破沼泽仿佛凝固的表面，一道火焰破空而起落在崖壁上，片刻后被那些树根吞噬干净。这是一个非常简单而又完整的过程，又有些令人感到心悸，因为从某种程度上来说，这是天树在捕猎。

戴笠帽的年轻人站在离沼泽不远不近的地方，没有任何动作，显得很是谨慎。

消化掉天树树根带来的震撼，他的注意力落在了更深的地方，注意到天树树根里结着一些约拳头大小的朱红果实，那些果实与天树树根一样，都不畏惧岩浆带来的极端高温，应该是某种很珍贵的事物。

然后他听到在沼泽的最深处隐隐传来某种啸鸣，紧接着在洞顶的崖壁里以及四周那些覆着黑石的洞壁间，也传出了类似的声音，仿佛是某种呼应，又像是某种特定事物在特定环境下发出的特定声响。

整个地底洞穴都极为炎热，无论是崖壁里的天树树根和那些朱红果实又或是黑色的岩壁，虽然没有生出火焰，但能够想象如果有纸或是树叶之类的事物落下去，绝对会在最短的时间里被烧成轻烟。更不要说这些高温的来源——那片岩浆凝成的沼泽。

所谓孤阳不生，按道理来说，像这样完全炽热高温的环境，无法长时间保存，会很快便自行崩溃。但天树荒火已经在妖族传承了无数年了。

他的视线落在黑色的石壁上,渐渐往深处去,虽然无法亲眼看见,却感觉到了某种物体的存在。那种物体的体积很小,但在地底洞穴里却分布得广而且细密,就像是某种碎屑,而且温度极低,散发着难以想象的寒意。先前他隐隐听到的鸣啸声,便是这些寒冷至极的碎屑,与岩浆沼泽散发的炽温对抗时产生的声音。

什么东西居然如此寒冷,居然能够对抗天树荒火?很快他便得出了答案。那些碎屑应该是玄霜巨龙一族的深寒龙息结晶。

相传无数年前,玄霜巨龙在妖族建国的过程里,发挥了至为重要的作用。到现在为止,整个妖族都依然奉玄霜巨龙为神明一般的存在。想来就是这个原因。

如果不是玄霜巨龙一族慷慨甚至可以说无私地提供了如此多数量的深寒龙息结晶,妖族就算向星空献祭获得了九棵天树的种子,也没有办法封存住地底的荒火,把远古时无比蛮荒的世界变成如今美丽的妖域。

不知道过了多长时间,戴笠帽的年轻人结束了观察,向着沼泽方向踏出了一步。只是很简单的一步,地面却剧烈地颤抖起来,四周黑色的石壁开始扭曲变形,闪耀出无数诡异的光线,洞顶的崖壁更是变得混乱至极,那些天树的树根仿佛活过来一般,像蛇一样不停地卷曲伸直,看着无比诡异。

地底洞穴生出如此异象,自然不是因为他向前踏出了一步,而是因为某种伟大的存在感知到了他的到来。震动里,越来越多的小石头从洞顶落下,最终落到了那片极其炽热的沼泽里。沼泽那层如凝固黑油般的表皮瞬间破出很多个洞口,数十道火焰难分先后地从那些破洞里激射而出。

洞顶崖壁里的天树树根,无法在短时间里,把那些落下的火焰尽数吞噬,被烧融的崖壁崩塌的速度变得更快。无数石块如暴雨一般落在沼泽里,无数道火焰喷射而起。整个地底洞穴里到处都是火柱,交织着,贯穿着,画面看着异常壮观美丽。

沼泽表面更是已经完全裂开,高温的岩浆露出了可怕的真容,不停地翻滚着,像是果浆,更像是血浆,妖艳至极。这些岩浆便是天树荒火的源泉,难以想象的高温与威压,向着四周扩散而去。

虽然有笠帽边缘垂落的轻烟隔绝,那名年轻人依然止不住开始流汗,在很短的时间里,衣服便湿透了。他从袖中取出手帕擦拭掉眉上的汗珠,依然不显狼狈，很是从容。

翻滚的岩浆释放着可怕的高温，荒火的气息笼罩了整个洞穴，无数道火柱看上去就像是某种古老祭祀仪式。在那些火柱与红光里，隐隐约约有画面出现，然后那些画面不停地改变。

戴笠帽的年轻人神情变得异常凝重，盯着火光里的那些画面，哪怕刺痛渐生，也不肯眨一下眼睛。那些画面里最开始出现的是一座城市，以及一座高山，然后是山间的一道崖坪。然后有无数生灵，或者普通常见，如象、狮、虎狼，或者神奇无比，如龙、凤，接着出现了牛羊以及鹅马。

戴笠帽的年轻人盯着这些画面，神情微怔道："这是什么星象？"

一应画面最后尽数消散于荒火之中。翻滚的岩浆像海水一般分开，变成莲花形状的平台。一位身裹兽皮、长发披肩的老者出现在台上。这位老者明显并非真实，而是一种精神上的投影。地底洞穴无比空旷，足有数百丈高，这位老者却仿佛有数万丈高，横亘于天地之间。

戴笠帽的年轻人看着这位荒火里的老者，神情前所未有的凝重，漆黑的眼眸里全是警惕之意。

老者看着就像是位真正的神明，因为从某种意义上来说，他就是一位神明。他就是妖族祖灵。

其余数棵天树的地底，也有妖族祖灵现身。

轩辕破感觉自己的身体变得异常沉重，不敢生出任何对抗的心理，跪到了地上。另外两名妖族强者的表现比他还要差劲，早已跪下，身体瑟瑟作抖，仿佛随时可能昏死过去。小德的情形要好些，也只是稍微好些。他脸色苍白，闭着眼睛，默默地祈祷着，希望能够得到祖灵的祝福。戴笠帽的年轻人没有跪，只是沉默地看着荒火里的祖灵身影，不知道在想什么。

忽然，妖族祖灵睁开了眼睛。在不同的天树地底，祖灵睁开了眼睛。一道光线仿佛突破了精神与物质的分界线，落在了小德、轩辕破、另外两名妖族强者的身上。那道光线也落在了戴笠帽的年轻人身上。

他的脸被照耀得异常苍白，眼睛里却充满了血丝，那是因为他这时候很兴奋，甚至有些癫狂。

"果然是圣光！"

105 · 圣光灌顶

这道光里充满着生命的气息，却又带着毁灭世间一切事物的力量。这道光不是纯白色的，也不是金色的，很是斑驳复杂，并不纯粹。什么是天树荒火？石道里的那些热浪不是，沼泽里射出的火柱也不是，这才是真正的荒火。

无数年前，妖族的祖辈获得了真正的荒火之源，把它藏在了地底岩浆的深处，其后只有极具潜质与天赋的妖族强者，才有机会深入到天树地底，感受荒火的气息，借此领悟力量的真谛。

只是戴笠帽的年轻人为何会说出这样的一句话？天树荒火就是圣光？哪里的圣光？离宫的？圣女峰的？还是更遥远的那座大陆的？

妖族祖灵的巨大投影落在小德、轩辕破等人的精神世界里。地底洞穴里到处是火焰，他们对着火苗里的那个高大身躯沉默叩拜，没有调动真元护体，甚至不敢生出任何对抗的意思，任由那道不知从何处而来的光柱打在自己的身上。

只要他们的忠诚与勇气得到妖族祖灵的认可，荒火便会进入他们的身躯，在很短的时间里，改造并且强化他们的身躯，与石道里的那些障碍、提升相比，这才是真正的荒火洗练。

戴笠帽的年轻人没有跪下，没有闭眼，更没有祈祷。他站在火海前，背着双手，静静看着无比高大的妖族祖灵，感受着荒火里的气息，不知道在想什么。他冒着天大的风险离开雪老城来到此间，当然是想要体现自己与妖族结盟的诚意，但那是最不重要的部分原因。

他来白帝城真正要做的是三件事情，首先便是要探知妖族祖灵与天树荒火的秘密。此时妖族祖灵已经现身，荒火落在他的身上，他和军师很久以来的某个猜测终于得到了证实——妖族的天树荒火，果然就是圣光。对他来说这是非常重要的一件事情，可以帮助他把某个名为历史的图画填补得更加清楚。

牧夫人应该已经猜到他来参加天选大典应该隐藏着什么用意，比如想要亲眼看看荒火与祖灵。甚至有可能远在深山静修的白帝也知道这件事情。但想来这二位圣人应该不会太过在意。

妖族自己其实并不是很明白祖辈们传下来的荒火究竟是什么。每每想到这一点,戴笠帽的年轻人都难以抑制地生出某些嘲讽轻蔑的情绪。

在这片大陆存在最久远的是神族,也就是世人所称的魔族,所以只有魔族知道的秘密最多。而且牧夫人猜到他想看看荒火的同时,也想看看他怎么应付。面对着妖族祖灵无法对抗的威势与能够毁灭一切事物的荒火,就算他是魔君,又能如何应付?

他不是妖族,更不会想要变成妖族,那么自然无法得到妖族祖灵的认可。他还是必须依靠自己的力量,对抗天树荒火。问题在于,现在的荒火要比在石道里的热浪强大无数倍,而他的那两件魔族圣器已经受损严重,无法再使用,他能有什么方法撑下去?

妖族祖灵散发出来的威压越来越强大,身影变得越来越高,以一种难以理解的方式超越数百丈高的洞穴空间,在一处黑暗的虚空里,居高临下地注视着他,就像看着地面的一只蝼蚁。无论是黑暗的虚空还是真实的世界里,到处都是炽热无比的荒火,里面蕴藏着毁灭一切的能量。

他的脸色越来越苍白,汗水流淌得越来越多,却来不及打湿衣衫,便被尽数蒸干。他的清秀的眉眼间,偶尔会闪过几抹痛楚的意味,可以想象他这时候正承受着怎样的折磨。但在他的脸上与黑色的眼眸里,看不到任何畏怯,甚至就连慌乱都看不到。

当妖族祖灵的身影变得最为高大,仿佛要撑破星空时。当地底洞穴里的荒火越来越猛烈,天树的树根都开始真正燃烧起来时。当他笠帽四周垂落的轻烟尽数被烧蚀成虚无,笠帽边缘开始迸出火星时。他取出了两座很小的石像。

这两座石像不知道是用什么石材刻成,似金似玉,却又给人一种无比润泽的感觉。这两座石像是两个赤裸的人,一者漠然直立,一者以手扶膝,若有所思,虽然很小,却是纤毫毕现,极为灵动。

如果别样红或者牧夫人在场,自然便能认出来这两座石像的来历。这正是那两名来自圣光大陆的天使。不知黑袍用了什么手法,把他们变成了两座石像。

那两座石像一直在白帝城西那座院落的后门处静静矗立着。然后被戴笠帽的年轻人带到了这里。他握着两座天使石像,向荒火里伸了过去。

漫天燃烧的荒火,仿佛感知到了些什么,微微凝滞一瞬后,变得更加狂野而猛烈,呼啸着向两座石像扑了过去。极其高温、带着毁灭气息的荒火,接触到这两座石像，便被瞬间吸噬。两座天使石像本身却没有什么变化，只是稍微变得明亮了些，依然寒冷，就像是两个黑洞。戴笠帽的年轻人看着手里的石像，神情变得越来越凝重，就连呼吸都仿佛停顿了起来。

荒火继续向着两座天使石像里灌注，在地底洞穴里掀起恐怖的啸鸣。随着时间的推移，两座天使石像变得越来越明亮。

妖族祖灵不知何时已经散去。不知道过了多长时间，地底洞穴里的荒火终于被两座天使石像吸噬干净，温度渐渐恢复正常。岩浆的表面渐渐凝固，重新变成黑灰色，洞顶的天树树根则已经被烧得残破不堪，想来无数万年来，它都未曾受过这样的摧残。

两座石像渐渐变暗，最终恢复原状，然而与先前相比，已经发生了某种很隐秘的变化。石像上的线条变得更加真实，天使面无表情的脸也更加生动，甚至隐隐能够感觉到，他们的睫毛在眨动。仿佛下一刻他们会真的活过来。

戴笠帽的年轻人看着手里的两座石像，黑眸里生出很多情绪。有警惕也有畏惧，有嘲弄更有忧愁，那些情绪无比复杂，最终化为了一抹怅然。

最先结束荒火洗练的是小德，然后是轩辕破，另外那两名妖族强者还没有回到高台。

忽然间，群山里阴云密布，雷电交加，一场暴雨突如其来地落下。群山里生出无数雾气，那是雨水被荒火蒸发后的异景。

小德忽然转身望向东北方向某座大山里。就在他转身的同时，相族族长还有妖族里很多大臣将军，也把视线投往了那处。那座大山里浓雾极盛，竟是瞬间便遮住了方圆数十里地，然后飘摇直上高空。

隐隐约约间，只能看到山里那棵巨大的天树摇晃着，发出如同雷鸣般的声音。那处的荒火为何燃烧如此猛烈？那棵天树为何在畏惧？那里究竟发生了什么事情？

106 · 渐渐显露的真相

一名妖族长老惊声喊道："这是怎么回事？"

没有谁回答他的问题，也无法回答这个问题。妖族皇廷的官员正在向那边赶过去，那座大山里本来就还有妖族的祭司，相信用不了多长时间，便能知晓确切的答案。

牧夫人早就已经注意到了那座大山的异象，并且隐约猜到了些什么。那个戴笠帽的年轻人就在那座大山底的深处。她这时候才知道自己还是低估了黑袍。虽然无法确定具体的情形，但很明显那个年轻人甚至整个魔族都可能从这次天树荒火洗练里得到了很大的好处。

在她思要不要去那座大山亲自看一眼的时候，远处的异象渐渐消散。那棵天树散发出来的雾气迅速变淡，从地底深处传来的轰隆声响也渐渐变小，直至最后再也无法听到。红河渐渐恢复平静，无论雪老城还是高台四周的妖族大人物们，都没有察觉到什么异样。

但这时候还在地底吸收天树荒火的那两位河族强者，却是受到了很大的影响。忽然发现荒火变得猛烈无比，一位河族强者心生惧意，想要避开，结果触怒了妖族祖灵，直接震得昏死了过去。即便事后他能够保住一命，也已经经脉尽断，识海破损，再也无法修行，只能成为一个废人。

另外那位叫作夏洛的河族强者的表现要好很多，不愧是曾经去京都修行、二十年前便聚星成功的知名人物，面对着荒火忽然的异样以及地底的轰隆巨响还有震动，他的心境毫不动摇，沉默而稳定地坚持到了最后。

至此时，参加天树荒火洗礼的五个人已经出来了四个。相族族长看了牧夫人的侧脸一眼，无法看出她此时在想什么，心里有些不安。

没有过太长时间，那名年轻人终于在祭司与官员们的簇拥下，回到了岸边群山间的高台。他的衣服上到处都是烧破的口子，甚至隐隐能够闻到焦煳的味道，那顶永远遮着他脸的笠帽，也被烧出了几个大缺口，竹枝向着外面到处乱刺着，看着很是狼狈，就像是道旁真实的乞丐一般。无数道视线落在了那个年轻人的身上，带着窥视、好奇与警惕的情绪。

他去的那棵天树为何会弄出如此大的动静，这是所有人都想知道的事情。而且所有人都想知道，这个身份来历神秘无比的年轻人究竟长什么模样。被天火烧至残缺的笠帽，正好提供一个非常珍贵的机会。

从笠帽的缺口处无法看清他的眉眼，但能看到他的脸色很白，白得像玉一般，又像是雪一般。看着那抹刺眼的白，很多妖族大人物想起了一个已经渐渐被大陆忘记的名字——天海胜雪。天海胜雪在妖族也有很大的名气，除了当年他在拥蓝关与拥雪关屡立军功，更因为他最出名的肌肤胜雪。

妖族性情粗豪，不重视细节，却又以白皙细腻为美。有见过天海胜雪的人，觉得二者的白并不相同。

这名年轻人的脸色仿佛是将要融化的雪，仿佛是透明的，有一种极其诡异的吸引力。相族族长也在看着这名年轻人，幽深平静的眼睛里渐渐生出些警惕的意味。他知道这名年轻人的身份，所以更加无法理解今天发生的事情。

既然是魔族，哪怕皇室子弟，又如何能够承受祖灵的威压与荒火的威力？难道对方真的心甘情愿地将精神世界奉献给了祖灵，把自己的身躯与血脉尽数转为白帝一脉？不，相族族长绝对不相信对方会这样做。

无论小德还是轩辕破都是用别的方法通过了祖灵的考验，此人应该也有别的方法。士族族长也在看着那个年轻人，不知是否看出了些什么，脸色渐渐变得凝重起来。

无数双视线之下，那个年轻人依然保持着平静。高台四周的气氛变得非常压抑，而且越来越紧张。但牧夫人以及身为大长老的相族族长都没有发话，于是没有谁敢在这时候跳出来质疑什么。

天选大典的流程继续往下进行，虽然已经有些不是滋味。最后一项非常简单，也就是昨日在皇城之前曾经提过的人择。

通过荒火洗练的四人分作两对交战，然后胜者再战。轩辕破的对手是那位叫作夏洛的河族强者。小德的对手是那位戴笠帽的神秘年轻人。

看到这个结果后，高台四周响起一片压抑的惊呼。最引人瞩目的当然是第二场。小德看着那个年轻人戴着的残破笠帽，双眼微眯，似乎想要说些什么。

士族族长神情再变，吩咐族人上前把小德带走，没有给他说话的机会。河族族长把夏洛带走了。熊族族长把轩辕破带走了。几位族长的动作非常快，快到皇廷大臣与那些长老们都没有反应过来。他们甚至临走前都没有向牧夫人与相族族长行礼。那种压抑紧张的气氛，非但没有消失，反而变得越来越浓。

回到白帝城的渡船顶层，小德与士族族长之间的谈话进行得并不是太顺利。因为士族族长要求他放弃天选。哪怕是最没有见识的下城贫民，也知道小德不可能接受。

士族族长盯着他的眼睛说道："你担心帝位会落入大西洲之手，现在已经不用了，你为什么还要坚持？"

小德说道："我知道族里不愿意我传承白帝一脉的血统，但你应该看得出来，我有别的方法。"

"那又如何？如果陛下或者皇后娘娘真想立你为继承人，他们没有别的手段？"士族族长感慨说道，"不过这些都不重要，如果你真能继承帝位，哪怕改换血脉归属，我依然会支持你。"

小德声音微寒说道："那你今天为何要这样做？"

"因为这件事情已不可为。"士族族长沉默片刻后说道，"我们没有想到，陛下与娘娘原来早就已经选定了继承者。"

小德也沉默了会儿，说道："你是指那个家伙？"

士族族长说道："我想你也应该猜到了些什么。"

小德说道："无论他是谁都不会影响到我。"

士族族长沉声说道："这件事情对妖族来说太重要，皇后娘娘不会允许被你破坏，陛下也不会允许。"

小德说道："谁能确定这就是陛下的意思？"

士族族长说道："老相前天夜里亲自去过一趟山里。"

小德沉声喝道："就算陛下这样想，也是错的！"

107 · 明天之前

前些天那场发生在高空里的神圣领域强者之战、红河两岸启动了最强的禁制隔绝信息往来、大西洲使团、突如其来的天选大典，最近连番发生的这些事情，让整座白帝城的气氛变得异常压抑紧张。

各族族长这样的妖族大人物保持着沉默，并不意味着他们就真的能无动于衷，即便暗中的调查受到了来自皇廷甚至是长老会某些势力的压力，但他们还是已经查到了很多线索，逐步地靠近了事实的真相。

今天大西洲二皇子忽然退出了天树荒火洗练，更是让他们的视线全部落到了那个戴笠帽的年轻人身上。像士族族长与小德这样的人物，甚至已经隐隐猜到了这个年轻人来自北方。

"数万年来的耻辱，无数先祖的血海深仇，难道就可以这样被忘记？"

小德的声音很寒冷，也很锋利，就像是一把真正的刀子。士族族长回首望向群山里那座高台，河面宽阔，雾气重生，已经无法看清高台上那些身影。

"我们与人族也曾经有很深的仇恨，就像当年的秀灵族最终亡于魔族之手，但要问秀灵族的族人她们最恨的是谁，她们绝对会说是京都里的那些人类，可是现在还有谁会记得当年这些事情呢？"

秀灵族的祖居草原当年被魔族占领，后来被人族收回，秀灵族残余的不多族人却没有选择回到那片草原，而是宁肯远渡万里重洋，去往遥远的大西洲生活，想来便与她们对人族的刻骨仇恨有关系。

生活在这片大陆的人、妖、魔三族之间关系太复杂，历史里的恩怨情仇太多，很难用三言两语便说清楚，但小德是生活在这个时代的人，他有天然的感情倾向，他非常不喜欢魔族。

"就算要与……雪老城联盟。为何要举办天选大典？难道我们将来会迎来一位异族做陛下？"

哪怕只是说出这样的话，他都觉得很艰难，觉得很沉重，牙齿感到寒冷，甚至有些隐隐作痛。他根本无法想象，这样的事情如果真的发生了，自己以及红河两岸的部落民众们会愤怒到什么程度。

士族族长说道："应该只是联姻，与皇位无关。"

小德微微挑眉，说道："殿下如果远嫁雪老城，那帝位传给谁？"

士族族长沉默了很长时间，说出了自己的猜测。

小德神情骤变，眼瞳深处出现了一抹土黄色的光泽，暴戾而恐怖的气息从身躯里狂涌而出。呼啸而至的江风，遇着他沉重而急促的呼吸，瞬间消散无踪。

"娘娘这是在把我们当大悟族的人耍吗？"士族族长苦笑说道，"皇廷与长老会同时出手，难怪我们查不到太具体的事情，不过就算查到了，又能如何？"

小德忽然说道："那个年轻人究竟是谁？"

士族族长说道："明天就会有答案了。"

明天将会是新的一天，对每个会继续活下去的人来说，这句话都是成立的，也往往是乏味的。因为当明天来临的时候，你才会发现，原来明天与你已经度过的每一天以及随后的每个明天并没有什么太大的区别。

但对牧夫人来说，明天和过去无数年里的每一个明天并不完全相同。她相信明天会发生一些比较新鲜有趣的事情。

她站在白帝城最高处的栏边，看着夜空里的繁星与流云，平静想着，你们又多活了一天。她想的是别样红与无穷碧。

红河两岸的禁制已经解除，白帝城的戒严因为天选大典的缘故也不再像那夜一般森严，但事实上，她从来没有放松过对这两名大陆强者的追杀，数百名最精锐的红河妖卫还有境界高深的皇廷内侍们，一直在白帝城里暗中搜捕。

她确信身受重伤的别样红与无穷碧不可能逃出白帝城。只是为何始终找不到这对夫妻？他们究竟藏在哪里？

"你既然寻求我的庇护，那么就要证明自己有值得被我庇护的资格。"

石殿前的栏边有一棵梨树，树影在星光下很是清楚。随着牧夫人的声音落下，那道树影忽然扭曲起来，仿佛活过来一般，然后逐渐隆起，变成一个跪着的人。如果说长得这般丑陋，也能够称之为人的话。那个人埋着脸，后背隆起，浑身腥臭，两只灰色的肉翼耷拉在身后。正是长生宗那个叫作除苏的怪物。

前些天他逃离汶水，在峡江里偶遇肖张，偷袭之下得手，却不敢多作停留。按道理来说，他应该与朝ընԁ使团会合，或者回长生宗藏身，但他没有这样选。因为现在想杀他的人除了陈长生与国教众人，还多了唐家。

那位盲琴师放了他一条生路，已经用完了所有的情分。唐老太爷想要杀的人，就算是朝廷都护不住，更何况是长生宗。

大周疆域辽阔，他却发现已经没有自己的安身之所，于是他用最快的速度来到了遥远的妖域。在他想来，只有白帝城里的这位圣人能庇护自己，并且愿意用自己。

然而他没有想到自己刚刚现身，连气都来不及喘一口，便又接到了一个如此可怕的任务。

"有一个叫轩辕破的，也顺便杀了。"

牧夫人的神情非常平静淡然，就像在交代一件非常不起眼的小事。对她和妖族以及大西洲来说，明天将会是全新的一天，她不会允许有任何意外发生。

轩辕破不知道明天会发生什么，他只想确保明天什么都不会发生。他现在面临的最大问题是，白帝城与京都相距异常遥远，除了神圣领域强者，谁也无法来去自如，红河两岸的禁制确实已经松动，西荒道殿与使馆早已把天选大典的消息送了出去，从大周官员的态度变化来看，京都的回信应该已经到了，可是人什么时候可以到呢？

别样红看着轩辕破说道："二皇子忽然退出，那就说明这并不是妖族与大西洲之间的联盟，道尊或者已经看破迷雾，所以他的态度才会如此明确而且强硬，要你不惜一切代价破坏这件事情。"

轩辕破有些想不明白，问道："大周朝廷难道不应该很高兴吗？"

别样红直接触及到了整个事件的核心："那个戴笠帽的年轻人身份肯定有问题。"

轩辕破性情有些木讷，但绝对不笨，隐约猜到了些什么，不可置信说道："这怎么可能？"

108·黎明之前

别样红没有说话，平静的神情已经说明了一切。一切皆有可能。

轩辕破忽然觉得有点寒冷，起身说道："我要去见族长。"

别样红说道："你就算把猜测告诉他，也没有意义。"

轩辕破有些着急地说道："那为何还没有人过来？"

"无论是道尊还是王破，都不会来，因为谁都无法确定这是不是一个局。"别样红看着地板上已经变得暗淡无光的晶石粉末和歪斜的木塔，顿了顿后继续说道，"在诸方眼里，我与内人如今已死，那么人族再也无法承受一位神圣领域强者的陨落，那样会直接颠覆整个大陆的格局。"

轩辕破想了想，说道："我明天争取杀死他。"

无穷碧靠着墙，捂着断臂处，一脸怨毒说道："就凭你？"

轩辕破已经学会了无视她，看着别样红继续说道："而且我想应该会有谁来帮我。"

别样红明白他的意思，如果真如他猜测的那般，妖族肯定有很多民众甚至是大人物，会像轩辕破一样强烈地反对。事实上他现在已经基本确认了整件事情的真相，因为他与无穷碧重伤的缘由，便是因为牧夫人与魔族联手。

既然想不清楚，便等着事情发生时再说，轩辕破走出屋去，开始准备晚饭。

闻着门外传来的菜油味道与茄子的味道，无穷碧的脸上流露出极其厌恶的神情。除了红烧茄子，轩辕破还煮了小半锅青葱豆腐，蒸了一大钵苞谷饭，最美味的当然是蒸在饭上的十几片腊肉。

轩辕破与别样红吃得都很认真，甚至有些享受。无穷碧断了一臂，进食很不方便，想学别样红那般，用腊肉裹着饭粒一起吃，却几次都没有成功。她恼火起来，把筷子丢在案几上，骂道："净吃些猪食似的东西，难怪长得像头猪！"

别样红看了她一眼，似乎想要劝说两句，但最终什么都没有说，只是叹了口气。

靠近红河的下城街巷，总给人一种湿漉漉的感觉，不管有没有下雨，或者是因为这里的下水系统并不是太过发达，民众素质也还没那么高，沿街住户总喜欢把污水甚至垃圾往街边直接倾倒的缘故。

一抹阴影在满街的废弃物与油腻的污水之间缓缓飘动，顺着石阶而下，最终来到了松町。这两夜的松町与以往完全不同，要显得安静很多，但并不意味着这里没人。街巷间到处都是人。

熊族的战士、唐家管事与十余名天南修道者、西荒道殿大主教与数十名教士，把这里围了个水泄不通。偏偏，在这里你听不到任何杂声，如果不仔细分辨，甚至就连呼吸声都听不清楚。

如此警惕而缜密的防御系统，即便是肖张、小德这等级数的逍遥榜强者亲自前来，也很难潜进去。但对那抹阴影来说，这不是太难的事情，因为他修的是黄泉功法，天生阴秽，最擅土遁。

夜深人静，松町里的熊族战士、教士和天南修道者们稍微放松了些。那抹阴影悄无声息来到了小巷尽头那座小院，随风潜入夜，沿苔痕上地板，来到了门前。

轩辕破盘膝坐在门后，闭着眼睛，已经入睡。这两夜他都是这么睡的。因为这个位置在纸门之前，无论是谁想要看到别样红与无穷碧，都会让他醒来。

那抹阴影停在了门前，没有继续往里面去。不是因为他感觉到了轩辕破横在膝上的那把铁剑的威力，而是因为他感觉到了纸门后有两个人——那些晶石已经快要碎掉，木塔的法力也已经消退了很多，而且他的距离很近。他甚至在自己的识海里可以隐约地勾画出那两个人的模样。一个道姑和一个文士。这也正是他要找的人。

他当然很震惊，来不及惊喜，便生出惧意。那是两位神圣领域强者，虽然已经身受重伤，但他依然不敢轻举妄动，只想赶紧退走，把消息传给牧夫人。

那抹阴影悄无声息回到庭院里，飘过白色的鹅卵石，来到那棵矮松下，准备逾墙而出。就在这个时候，有一道神念落在了他的身上。那道神念显现的并不如何强大，气息非常温和，如柔软的细丝，没有给他带来任何伤害。

但他不敢再动，因为那道神念传来的信息非常清楚。如果他想要强行挣脱这道神念，一定会惊动墙外的那些人，然后遭受神念主人最强势的镇压。

而如果他不动，那道神念的主人也不会动，因为对方不想惊动白帝城里的那些妖族强者。

夜色深沉，星光如水，院墙下的矮松在夜风里轻轻颤动，树影也随之而动。时间就这样缓慢地向前行走着，没有任何事情发生。连声音都没有。直至某时某刻，有鸡鸣，有犬吠，有水沸，有脚步声，街巷渐渐醒来。

晨光落在庭院里，水声代表着洗漱，偶尔还有几句闲谈，轩辕破买了早点回来，他依然吃的是牛肉包子，还是给别样红与无穷碧准备的馒头、稀粥以及咸菜，只比昨日多了一份蒸饺，还是嫩角瓜馅，没有一点肉星。

屋里隐隐传来摔筷子、掀凳子的声音。轩辕破推门走了出来，有些无奈地摇了摇头，把山海剑系在腰间，然后离开。院外的教士们也随他离开，唐家管事与十余名天南修道者也随之离开，大周官员已经在皇城前等他。

这片街区的民众们今天都会去皇城前看热闹，今天清晨的松町比往日要显得安静很多。小巷尽头的这座小院更是如此，甚至静得有些令人心悸。晨风拂动矮松，树影微动，那片阴影就像一张纸般被掀起。除苏解除了遁形功法，显露出了真身。小院里渐有雾气生出，晨光无法穿透。

墙角流着浅水的砖道里，几只小银鱼翻了肚子，已经死去。矮松的颜色也渐渐变黑，仿佛好些年没有被雨水洗过，染上了极厚的污垢。整齐堆着的柴木上面渐有青苔生出，木地板变得有些湿漉。整个院落都变得潮湿无比，有些闷闷的感觉。

这些雾与湿气，都来自除苏的身体。如污泥般的身躯里涌出的汗浆，浸湿破烂的衣衫，变成剧毒的湿雾。

那道神念还附在他的身上。漫长的一夜过去，他已经无法再坚持太久。

现在摆在他面前的，只有两条路。或者退出，或者前进，但无论是哪条路，都需要他挣断那道神念，做一次最决然的选择。他毫不犹豫选择了前者，准备逃跑。当年在长生宗用大阵遮掩的深涧里，他就是这样活下来的。后来在雪原魔族强者的包围里，他还是这样活下来的。只要能够活着，他愿意做任何无耻的事情，将来用千倍万倍的残酷手段报复便是。

在这道神念之下，他不敢轻易动用土遁，借着雾气的遮掩，身后那对难看的肉翼悄无声息挣破衣裳动了起来。然而，就在下一刻，他停止了动作，挥动的肉翼也渐渐慢了下来。他伸出血红的舌头舔了舔干枯裂开的嘴唇，笑了笑。他笑得很难看，就像是昆虫被阳光晒裂的尸体。

他转身望向雾里，用难听的尖锐声音咯咯笑着说道："原来，你是在吓我。"

"整整一夜时间，你没有对我出手，不是担心惊动牧夫人或者别的妖族强者，而是你现在的伤已经太重，根本没有办法出手，而你又不想那个叫轩辕破的家伙冒险与我对上，所以才会落下这道神念。"

晨光落在院中，稍亮了些，照清楚了除苏幽暗的眼眸里的深深不解。

"宁愿冒险现在单独面对我甚至是随后可能源源不断而来的妖族高手，却也不愿意昨夜叫破我的行藏，让那个叫轩辕破的家伙稍微冒些风险，这是为什么呢？难道那个家伙是您的关门弟子，还是……私生子？"

他慢慢地向前走去，雾气渐分，显现出房屋的轮廓。房屋里没有声音响起，也没有谁来回答他的这个问题。除苏走到了屋前，只需要向前走两级台阶，他的手便可以触到门。

他的身体有些颤抖，因为紧张与兴奋，当然还有那抹怎样也挥之不去的恐惧——虽然他非常确认事态就如他先前所说的那样，但想着下一刻要面对的是如此传奇的一对夫妻，依然无法抑制地恐惧起来。如果可以，他绝对不会踏上这两级台阶，绝对不会伸手去推门，甚至不会来到屋前。

汗水如浆从他矮小的身躯里涌出，雾气越来越浓，木地板越来越湿，柴木堆里生出蘑菇，然后迅速朽坏，屋里的梁柱以及所有木制的事物都开始高速地腐坏，然后溃烂，一种湿闷刺鼻的味道笼罩了整个庭院。

咔嚓声响里，屋前的正门尽数垮塌，露出一张纸门，隐约可以看到门后的两道身影。纸门后响起一声叹息。这声叹息里蕴含着的情绪并不复杂，也没有太多感慨，只是很单纯的一声叹息，显得格外平静。

湿热的雾气浸透了木门，纸片被打湿，然后卷起，随着木条框架的垮塌纷纷落下，看着就像是雪屑一般。漫天雪屑里，别样红与无穷碧靠墙而坐。

109 · 孤峰之前

别样红看着屋外的画面，眼神微凝。

那个浑身散发着阴寒气息的矮小身影，看起来应该修行的是世间最恶毒的功法，为何气息却有些熟悉？只是在这等时刻，何必还想那些事情。

"我们是注定要死的人，那个孩子还年轻，而且他今天要做的事情很重要，不能被打扰。"别样红是在回答除苏刚才的不解。

无穷碧根本不会关心这些事情，看着除苏满脸厌憎喝道："你是个什么鬼东西？"

除苏笑了笑，没有说话。他的笑容很难看，散发出来的寒意很浓。无穷碧的神情更加厌恶。

别样红说道："我在你身上看到了一位前辈的气息，难道他真的修行了如此邪恶的功法？"

听着这话，除苏沉默不语，仿佛在想什么事情。片刻后，他摇了摇头，不再想那些事情。

"我知道你们很强大，哪怕现在已经身受重伤，断臂流血将死，但你们临终前的反击，也不是我能承受的。所以我不会靠近你们，我会用最稳妥的方法，最认真的手段，慢慢地、谨慎地杀死你们。"除苏接着说道，"然后我会吃掉你们，试试看能不能长些功力。"

无穷碧听着这话大怒不已，喝道："你这个疯子说什么胡话！"

"我是认真的。"除苏说道，"我修行的功法里提过这种可能，只不过没有人试过。"

别样红想起某个传闻，神情微寒说道："你果然修的是黄泉流。"

被说破功法来历，除苏没有太大的反应，依然站在屋外。蕴含着剧毒的雾气渐渐弥漫开来。地板上的那些晶石渐渐失去最后的光泽，木塔受到侵袭，再也无法支撑，在咔嚓声响里依次垮塌。

不知从何处响起密集的摩擦声，成百上千只老鼠从地底涌出，来到庭院里，迅速淹没了白色的鹅卵石。这些老鼠有的身上带着油污，有的毛皮委顿，小小的眼睛里泛着血色，显得格外诡异。无论画面还是声音，都是那样的令人毛骨悚然。

除苏盯着墙边的别样红与无穷碧，眼睛也变得血红一片，笑容是那样的诡异而可怕。他抬起右手指向前方。无数只老鼠发出尖厉的叫声，从他的身边疾速掠过，向着屋子里涌了进去。无穷碧的脸色变得极其苍白，向别样红的身后躲去，尖声叫了起来，"赶紧把这些鬼东西杀了！"

皇城前响起了一声惊呼。紧接着，变成了很多声惊呼。声声惊呼连在一起，渐要变成海啸一般。哪怕稍微平息之后，广场上依然在嗡嗡作响。那是民众们议论的声音。

前一刻，一个令人感到震惊的消息传来——小德与那位河族强者夏洛正式宣布退出天选大典！

大典已经来到最后阶段，距离最后的胜利、无上的荣光与美妙的将来只差一步，这时候居然有参赛者退出？尤其是小德，这位逍遥榜前列的真正强者，被所有的妖族民众看好，哪怕轩辕破前日那般威风，那名戴笠帽年轻人那般神秘，都无法动摇他在民众心里的地位，然而居然连他也退出了？

这究竟是为什么？不管民众们如何猜测议论，小德与那位河族强者的退出已经成了定局。

没有谁知道，从开始到现在，天选大典的整个局面始终处于牧夫人的完全控制之下。她唯一没有想到的，或者说有些遗憾的是轩辕破居然没有死。在她想来，除苏境界实力要远胜轩辕破，加上黄泉流功法的诡秘阴毒，轩辕破应该没有活下来的可能才对。昨夜究竟出了些什么事情？为何下城那边一直没有动静，难道是那个小怪物不敢出手？

牧夫人站在栏畔，负着双手，静静看着整座白帝城。她把视线从红河畔的那片街区收回，落在了皇城前的广场上。从这个高度望下去，广场上的人群就像是密密麻麻的蚁群。这大概就是居高临下的感觉？她依然面无表情，只是微微扬起的唇角里似乎隐藏着很多嘲讽与疲惫。

黑压压的蚁群忽然运动了起来，仿佛被一道无形的力量分开，渐渐变成了两边。这就是阵营？

前来观战的妖族民众们很自然地分成了两个阵营。

轩辕破身后的民众数量明显要比他的对手多，黑压压一片仿佛如真正的海洋，就连天守阁附近都挤满了人。他的对手自然是那位戴笠帽的年轻人。

戴笠帽的年轻人站在他的对面，身后零散站着些好事的民众，还有些神情复杂的官员。与轩辕破的声势相比，他应该看着有些孤单，甚至可怜，但是不知道为什么却没有。或者是因为他表现得太平静，太寻常的缘故。

他就那样静静地站在白石地面上，双手静静垂在身旁。他没有说话，也没有故作随意地抱臂或者负手或者望远山。但所有看到他的人，都会生出一种感觉，世间任何事情，对这个戴笠帽的年轻人来说都是寻常事。无论生死，还是天选大典，又或者是接下来的这场战斗。

轩辕破也感觉到了这种变化。戴笠帽的年轻人给他的感觉与前两天截然不同。如果说前两天，这个年轻人就像是雾里的花一般，无法看真切，容易被忽视。那么今天便是雾要散了。雾里原来没有花，只是一座真正的孤峰。无法攀登，甚至难以接近。

无数双视线落在皇城前，落在那两道身影上。绝大多数民众自然支持轩辕破，不提他的出身来历，前日他靠一只铁拳打出了雷霆之威，不知吸引了多少狂热的崇拜者。至于那位戴着笠帽的年轻人，虽然看似神秘，手段高深莫测，但不知晓内情的民众，又如何会看好他？

轩辕破的想法与民众们不一样。只是一个照面。他便知道自己不是此人的对手。一座孤峰现世间，看何等风景不是寻常？那个戴笠帽的年轻人的境界要比他高太多。不要说他，就算是小德没有退出，就算是陈长生来了，也不见得能够取胜。然后他想起了别样红昨夜说的话。如果对方真的来自北方那座雪城，他应该怎么做？

"无论你今天想做什么，我都会阻止你。"他停顿了会儿，继续说道，"哪怕去死。"

110 · 撕裂夜色的电光

如果这个戴笠帽的年轻人真的来自雪老城，那么他将不惜一切代价，哪怕去死，也要阻止对方。轩辕破决定这样做。戴笠帽的年轻人没有受到这句话的影响，依然平静。就像他给人的感觉那样，所有事情对他来说只是寻常，哪怕是生死。

彼此的态度已经明确，那么接下来就应该是证明的过程。轩辕破知道对方很强，至少要比自己强很多，所以他选择了抢先出手。从前天清晨站到松町那个看似简陋的擂台，然后连胜九场，再到现在，这是他第一次抢先出手。

皮靴落在坚硬的青石地面上，发出一道沉闷的声响。皇城前微寒的空气里随之出现无数声连绵不断的爆破音。这些爆破音并不如何响亮，但非常清楚。那是空气被事物撞击，来不及变形挤压，便被直接撞破的声音。

可以想象，轩辕破的速度有多快，围观的民众根本无法用肉眼看清，只能隐约看到一道残影。残影之后是一道烟尘，所向便是那名戴着笠帽的年轻人。轩辕破的左拳破空而出，呼啸而落，其间隐有风雷，蕴藏着难以想象的力量与威势。

铁拳未至，烟尘先起，如乌云一般，笼罩住了场间。戴笠帽的年轻人从烟尘里走了出来。然后，他把左手负到了身后。随着这个动作，他的气息为之一变。

小德退出了天选大典，但今天还是来到了现场。他带着十余名下属，站在天守阁附近的一个山坡上，看着皇城前的画面，沉默不语，不知道在想些什么。

无论是那名戴笠帽的年轻人如孤峰一般出现，还是轩辕破发出那道强硬有力的宣言，都没能让他的表情有任何变化。然而，当那名年轻人从烟尘里走出，把左手负到身后的时候，小德神情骤变，脸色甚至变得有些苍白。

这让他想起了多年前在寒山时曾经看到过的某个画面。那位树林前的中年书生，似乎就是这样负着手。那位中年书生背对着他与刘青，专心地看着果子。

妖族强者与天下第一刺客？当他转身，夜色会笼罩千里寒山。世间万事当然只是寻常，不值一提。

戴笠帽的年轻人从烟尘里走了出来。他还不是寒山里那位中年书生，所以白帝城上的天空并没有变暗。但当他举起右手迎向了轩辕破的左拳，那片夜色还是如常到来。

夜色能够笼罩千里寒山，也能够遮蔽整片天空，可以包容或者说吞噬一切事物，自然也能挡住一个拳头。没有任何声音响起，轩辕破的拳头便被他的手掌握住了。随后，也没有任何变化发生。握住了便是握住了，你便无法再离开，除非晨光重临大地，瞬间便到了明天的清晨。

看着这幕画面，无论是那些围观的妖族民众，还是在远处观察的大人物们，都震惊得无法言语。前天在下城区的擂台赛里，轩辕破的拳头展现了难以想象的力量与威势，每出一拳仿佛便要天崩地裂，连胜九场之后，真真是打出了赫赫之名，甚至成为妖族贫苦民众心里神明一般的角色。

然而今天轩辕破的拳头却显得如此弱小，甚至连挣脱对手的手掌都做不到！这名戴笠帽的年轻人的境界实力该有多么强大！气氛变得异常紧张，空气仿佛都要凝固一般，民众们的脸上流露出震惊与担心的神情。

轩辕破的神情却没有任何变化，有些木讷，也可以说沉稳。依然像前一刻一样，像前一天一样，像前些年那样。他没有惊慌，因为他早就已经料到，戴笠帽的年轻人确实要比自己强很多。

更重要的是，他也还没有施展出自己最强大的手段。

无论是前天那九场战斗，还是这几年在小酒馆与松町遇着的每次冲突，他都没有动用过那种手段。甚至往前推到在京都国教学院的时候，他也没有真正的动用过那种手段。他最强的手段，还是拳头。但不是完好无损的左拳，而是……看似萎缩、已经残废的右拳。轩辕破提起右拳，向前挥了过去。

他的右臂曾经受过重伤，被天海牙儿震断了所有的经脉，后来被陈长生治得接近痊愈，但随着他开始学习某种功法后，右臂非但没有完全复原，反而伤势逐渐加重，尤其是这几年，发生了极严重的萎缩。

现在他的右臂很细小，像树枝也像孩子的手臂，与魁梧的身躯比较起来，更加可怜。在江边的小酒馆里，这是他被人取笑的最主要原因。今天没有谁会取笑他，只会同情和怜悯他。明明不敌却依然不肯放弃，在众人看来，轩辕破很勇敢，只是这种勇气，却是那般心酸。

轩辕破没有理会四周传来的同情的叹息，沉默而专注地挥动着手臂，向对方的脸上砸了过去。是砸而不是轰，因为他是握着拳头，从上至下，用拳头下沿击出，而不是用拳头最坚硬的正面击出。

这看着有些像是沮丧之余的拍案，但其实更像愤怒时，拍打洗碗盆里的污水。最像的，其实是落锤。

天守阁旁的山林里，小德神情骤变，向前踏出一步。观景台上，相族族长忽然睁开了眼睛。石殿里，牧夫人细眉微挑，仿佛如剑。

在这幕画面里，普通民众只能看到沮丧与无望，但他们能够看到更多的一些东西。比如，就在轩辕破出拳时，远处群山里的天树散发的荒火气息忽然提升了数倍！

一只巨大的黑熊身影出现在天空里！它伸出利爪，把笼罩在皇城上方的那片夜色撕开！雨云从那片夜色里涌出，深处忽然生出一道闪电！皇城前的广场，被照耀得无比明亮。

在那片刺眼的光线里，轩辕破的右臂高速前行，急剧膨胀变大。他的拳头也变大了数倍，仿佛是天神手里的铁锤。他的拳头像铁锤一样落下。那道闪电也同时落下。轰隆一声巨响。拳头与闪电，同时落在那名戴笠帽的年轻人身上。

111·不能受伤的石印章

夜色被撕开。白昼来临。闪电降临。拳头落下。所有的一切，都发生在极短暂的时间里。能够看清楚所有画面的，只是极少数的真正强者，比如小德，比如皇城上的那些大人物。

广场四周的那些妖族民众，则只能看到一片耀眼的光明以及天空里那个无比巨大的黑熊光影，震惊得张大了嘴，发不出任何声音，然后被巨大的轰隆声惊醒，紧接着被一道气浪震得连连向后退去。

疾风不停地呼啸着，卷起青石缝隙里的所有尘土，遮蔽了所有视线，让那片光明变得稍微暗淡了些。那道闪电却是那般的明亮，根本无法被掩住，那两道身影是那样清楚。

那名戴笠帽的年轻人的左手终于离开了背后，举到了身前，挡住了轩辕破铁一般的右拳。他的手掌紧紧地握着，同样变成了拳头。这一次，夜色已经无法吞噬所有的一切。

那道从天空落下的闪电，与轩辕破的拳头一道，准确无比地落在了他的拳头上。无数道刺眼的电丝，围绕着轩辕破的右臂，发出噼噼啪啪的声音。轰！那两个拳头里生出两道难以想象的狂暴力量！

坚硬的青石地面上生出无数道裂缝！更令人感到震惊的是，那些裂缝深入地底不知多少距离，幽暗至极，根本无法看清。

那名年轻人的手臂微微颤抖起来，衣衫也震动起来，隐约可以看到，脸上的神情变得无比凝重。刺啦声响里，他的笠帽被如刀般的风割开了数道裂口，看着有些狼狈。

难道轩辕破真的要赢了吗？就在民众刚刚开始兴奋的时候，忽然，电光消失了。那名戴笠帽的年轻人仿佛施出了某种不属于这个世界的魔法。那道一看便知蕴藏着难以想象的天地之威的闪电，就这样奇异地消失在他的掌心里。啪的一声轻响，就像是一颗熟透的果实落在了地面，砸了一个稀烂。这个声音非常轻，在呼啸的狂风里很难被听见。皇城高处的几位妖族大人物听见了。

站在天守阁外的小德也听见了，脸色变得极为难看。那是他曾经在寒山听过的声音。那是夜色重新笼罩天地的声音。夜色是有重量的，而且重到大地有时候都难以承载。那是最坚硬的事物断裂的声音。那事物可能是寒山里的天石，也可能是雪岭孤峰的寒岩，也可能是一只坚硬的拳头。

狂风骤敛。轩辕破的拳头与戴笠帽的年轻人的拳头分离。无数道白色的热雾，从轩辕破的衣服里冒了出来，然后迅速被微寒的风凝成水珠，打湿了裂开的青石地面。看着就像是松町那家胡记包子铺每天清晨的画面。一道血水从他的唇间喷了出来，把青石地面变得更湿。

轩辕破摇晃了一下，身体里响起一阵密集的破裂声。十余道血水像箭一般，从他的身体里喷射而出，把衣服击出十余个圆洞，看着就像是倒行上天的瀑布。看着这幕画面，四周响起无数声惊呼与尖叫。

皇城上方的大人物们沉默不语，神情各异。熊族族长转身望向大长老，脸色寒冷得像是冰霜一样。天守阁外，小德的脸色比熊族族长还要更加难看。

他们都知道轩辕破败了，而且败得很惨，十余处气窍被尽数震破，事后如果治疗不当，甚至极有可能变成废人。事先他们已经预料到了这样的结局，但看着轩辕破那道带着雷电落下的拳头，他们本来以为或者会有奇迹。小德没有期待奇迹的发生，但他总以为，那名戴笠帽的年轻人应该会接得非常辛苦。因为在他看来，换作是他自己，想要接下这一拳，也要付出很大的代价。

谁能想到，那名戴笠帽的年轻人竟然一步未退！

戴笠帽的年轻人缓缓收回双手。然后，他缓缓退了三步。在这个过程里，他始终盯着轩辕破的眼睛，神情异常凝重，警惕到了极点。直到他退到三步之外，轩辕破依然没有再次出手，才确认对方已经没有战斗的能力。

微寒的风拂动着残破的笠帽，让他的脸露出来了更多的部分。可以隐约看到他的容颜非常俊美，还有一种妖异的魅力，只是要比昨日更加苍白，没有一丝血色。

"我猜到你的右手会很厉害，但没有想到你居然能厉害到这种程度。"他看着轩辕破说道，"当年你在国教学院未曾一战，便被破例排入青云榜里，现在想来，天机老儿确实有几分眼光。"

轩辕破浑身是血，站在原地说道："但我没能击败你。"

戴笠帽的年轻人沉默了会儿，说道："你的天赋确实很强，陈长生替你选的功法也很强，而且适合。不过所谓天雷其实依然蕴生于雨云之中，我却本非世俗中人，生来便在云上，你的天雷又如何能够击中我？"

说这句话的时候，他的声音有些微微颤抖，脸色更加苍白。很明显，为了接下轩辕破的这一拳，他也付出了不小的代价，远不是小德以为的那般轻易。

但真正让他声音微颤、脸色更加苍白的原因，是因为他说的是假话——他是世间最尊贵的君王，拥有无上的骄傲与尊严，面对一个如此低贱的对手却要用别的手段，还要说谎，这让他觉得很羞辱。

轩辕破刚才用的是天雷引里威力最大的一招。即便是他，想要正面接下这一招，也需要付出很大、甚至惨重的代价。

但接下来他要在白帝城里完成一件千年来最重要的历史使命，他必须看上去无懈可击，那么便不能受伤。所以他没有用自身境界修为实力来击败轩辕破，而是用了别的手段。

开始的时候，他的左手背到身后，不是轻敌也不是从容自信，而是因为他要确保自己随时可以解下腰带上的一个东西。那个东西是一枚石印章。

感受着掌心传来的印章的坚硬触感，他愈发觉得不愉快。为了掩饰这种不愉快的心情，他想要表现得更加风轻云淡一些。

他的视线落在了轩辕破腰间那把铁剑上，说道："如果你用这把剑，或者撑的时间还能更长些。"

轩辕破看着他握着的左拳，摇头说道："就算我用剑，也敌不过你手里那个东西。"说这句话的时候，他的神情还是那样沉稳，或者说木讷。

戴笠帽的年轻人却觉得他的这句话充满了嘲讽与不屑，眼里生出一抹寒冷的杀意。

戴笠帽的年轻人静静看着轩辕破，渐渐平静下来。那抹杀意已经不知去了何处，只剩下决然的冷静，也就是冷漠。他的声音与神情都冷漠到了极点。在他看来，轩辕破就像是一个死物，或者说是必然的祭品。

"就算我什么都不用，你也不是我的对手，陈长生在我的面前也像条狗，更何况是你？等我办完了事情，就会杀了你，当然我不会亲手杀你，我会让你痛苦而绝望地死在自己族人的手中。"

轩辕破沉默不语，浑身是血，没有回应。至此胜负已分。看起来，已经没有谁能阻止这名戴笠帽的年轻人获得天选大典的最终胜利。

皇城四周变得格外安静，没有任何声音。戴笠帽的年轻人居然能够如此轻松地战胜轩辕破，这震惊了所有人。而更令人震惊的是他说的那几句话里隐约透露出来的一些信息。他究竟是谁？居然称天机老人为老儿，居然说教宗陛下在他的面前就像是条狗？

无数道视线落在他的身上，以及笠帽上。西荒道殿大主教的视线，则是落在他的左手上。

先前在那名戴笠帽的年轻人握掌为拳的瞬间，他隐约看到了一枚印章。作为国教资历辈分极老的大主教，他知晓很多久远的秘密，再加上昨夜离宫的紧急传讯，他已经确定了那名戴笠帽年轻人的身份，而那却是他最不想看到的答案。

大主教的脸色有些苍白，身体也有些微微颤抖。大周使臣与唐家管事对视一眼，也看到了彼此眼里的那抹骇然与恐惧。大主教的身体忽然不再颤抖，红色的神袍里散出一道凛冽的肃杀气息。大周使臣与唐家管事眼里的骇然，也变成了决然。

他们已经确认了那名戴笠帽年轻人的身份，那么妖族应该早就已经知晓。然而这几天白帝城里却没有任何动静，直至此时，皇城里的那些妖族大人物依然没有反应，这意味着什么？

不能再有任何犹豫，哪怕会让矛盾急剧激化，他们也不能让妖族与此人继续在暗中进行交易！一声无比响亮、深含警惧之意的断喝在皇城前响了起来。

"这个家伙是魔族！"

紧接着，对面的人群里又有一声断喝响起。

"他是魔族！"

喝声此起彼伏，在皇城前不停响起，谁也无法阻止，瞬间落入所有妖族民众的耳中。

"你是魔族！"

戴笠帽的年轻人竟然是魔族！皇城前先是骤然一静，然后迅速骚乱起来。无数道视线再次落在那名戴笠帽的年轻人身上。先前那些视线里的情绪大多数是敬畏与悯然，这一刻却多了很多警惕与厌憎还有仇恨。

负责天选大典的高官皱起眉头，望向那名戴笠帽的年轻人。皇城前的妖卫与士卒们更是神情骤变，举起手里的兵器，对准了那名戴笠帽的年轻人。

戴笠帽的年轻人静静站在原地，没有逃走的意思，也没有开口辩解什么。他望向四周的人群，很轻易便找到了最开始那几声断喝源自何处。一名教士、一名大周使馆的武官，还有一名商行的管事。

他这时候才知道，原来人族已经对今天的事情有所准备，这不禁让他有些意外。按照军师的计划，京都那边最快也要到今天晚上才能做出反应。到底是哪里出了问题？还是说这些白帝城里的人族代表是在自行其是？不过这些都无所谓，下一刻他便不再思考这些问题。

今天他本来就会表明身份，被人喊破虽然会让局面变得稍许混乱些，但影响不了大局。

"这个家伙居然是魔族吗？那他怎么混进城来的？"

"我就觉得奇怪，为什么他一直戴着笠帽，看着鬼鬼祟祟的，原来就是为了遮掩。"

"笠帽破了两个大口子，可是没有看到魔角啊。"

"莫非这个家伙是魔族的皇室子弟？"

皇城前一片嘈乱，民众们看着被包围的那个年轻人议论纷纷，越来越震惊。自从千年前与人族结盟，除了极少数奸细，白帝城已经有很多年没有出现过魔族的身影了。更何况这个戴笠帽的年轻人极有可能是魔族的皇室子弟！

负责天选大典的那名高官脸色变得异常寒冷，沉声喝道："把他拿下！"

数百名最精锐强大的红河妖卫与士卒，向着广场中间缓缓逼了过去。

戴笠帽的年轻人看了轩辕破一眼。轩辕破浑身是血，骨头不知道断了多少根，已经无法行动。如果他制住轩辕破，用轩辕破的性命威胁妖族，确实是个很好的方法。轩辕破是熊族重点培养的未来，是落落殿下的学生，更重要的是，他是代表国教学院出战。妖族总需要顾忌一下离宫的态度。

然而，戴笠帽的年轻人没有这样做。他静静站在原地，任由数名教士与两名天南修行者合作，冒着极大风险闯入场内把轩辕破带走。看到这幕画面，有些民众不禁有些动摇，心想如果他真是无恶不作的魔族，难道会甘愿束手就擒？

戴笠帽的年轻人问道："你们为何要抓我？"

那名妖廷高官面无表情说道："我们需要确认你是不是魔族的奸细。"

戴笠帽的年轻人安静了会儿，然后说道："不需要确认，因为我从来没有否认过。"

没有否认，就是承认。场间一片哗然。天空里响起数声凄厉的鸣啸，然后有黑影高速掠过。那是灰鹜离开了城墙，进入了备战的状态。

通往皇城高处的石阶上，隐隐可以看到数名妖监在奔跑。天守阁后的骑兵营，大门正在缓缓开启，甚至隐约已经能够听到蹄声。整座白帝城都因为这个戴笠帽的年轻人的身份而紧张起来。

他依然很平静，感觉不到丝毫紧张。因为他虽然是魔族，但并不是奸细。

一道平静而高远的声音从皇城最高处飘落下来。

"远来是客，请。"

听着这句话，皇城前变得鸦雀无声。民众们很吃惊，很惘然。那名高官更加吃惊，觉得自己是不是听错了。红河妖卫与士卒们也是如此。

西荒道殿大主教与大周使臣的脸色变得极其难看。就像是听到了魔族获得了一场战争胜利的消息。

戴笠帽的年轻人微微一笑，向皇城上走去。是的，他不是奸细。他是客人。白帝城请来的客人。

113 · 雪老城的诚意

那道平静而高远的声音，来自牧夫人。作为妖族皇后与仅存的圣人，她在白帝城里拥有难以想象的威望，但即便是她，想要把一名魔族变成客人也是非常困难的事情，很有可能招致极强烈的反对声浪。

殿里的妖族大人物要比皇城前的那些普通民众拥有更多的力量，自然也要拥有更多的想法。只是那座如山般的身影始终安静不动，闭着眼睛沉默不语，仿佛根本没有听到对那名戴笠帽年轻人的指责，也没有听到牧夫人的那句远来是客，于是整个石殿比想象中安静得多。

安静往往意味着压抑，石殿里的气氛很是紧张，长老会里的各族族长与大臣和妖将们或者颇有深意地对视，或者盯着脚前的地面沉默不语，或者眯着眼睛，等待着那名戴笠帽年轻人的到来。

妖殿在皇城最上方，殿前有一大片石台，石台边缘种着一株梨树。梨树外是一道长长的石栏，站在栏畔可以居高临下俯瞰白帝城里的街巷以及红河里的浊浪，甚至可以看到数百里外群山里的天树。

这里便是著名的皇城观景台。有资格站在这里的人看的都不是风景，而是江山，或者说天下。

戴笠帽的年轻人走到观景台上，站到了梨树下望向那座由巨石砌成的妖殿，没有进去的意思。那座石殿里传出很多风声，风声里隐隐有很多呼吸声，以及并未显现的心声。

不知道过了多长时间，石殿里终于响起了一道真正的声音。说话的是妖廷的太公。这位出身鹿族的大人物行事向来低调，今日不知道是因何原因，竟然率先开始问话。

"阁下不远万里自雪老城来，不知所为何事？"

戴笠帽的年轻人说道："当然是来参加天选大典。"

鲤族族长的声音响了起来，阴沉而且寒冷，就像是深冬时节里的山泉："难道你想娶落落殿下？"

戴笠帽的年轻人淡然应道："不错，我向来倾慕贵族的公主殿下，所以特意前来参加天选大典，有何不可？据我所知，无论是天选的规矩还是妖典里均未禁止这一点。"

鲤族族长的声音更加寒冷，说道："你觉得一个魔族也有这种资格？"

戴笠帽的年轻人平静说道："天树荒火是公平的，昨日我通过了祖灵的考验，

317

那么就应该有资格。"

殿里安静了一段时间。妖族的大人物们不知道该怎样回应这句话。很多人昨日亲眼看到了那座大山里的动静,而且事后大祭司确认了这名戴笠帽的年轻人通过了祖灵的考验,按照妖族的传统,无论这名戴笠帽的年轻人来自何处,现在都应该视为妖族血脉,只是……

鲤族族长的声音依然那般冷漠,只是与先前相比少了些寒冷的意味:"就算你通过了天树荒洗练与祖灵的考验,甚至拿到了天选大典的胜利,但你毕竟是魔族,怎么能迎娶我族的公主殿下?"

鹿族太公的声音再次响了起来:"不错,这种事情从来没有过,太过荒唐。"

"不对。"戴笠帽的年轻人平静说道,"历史上这种事情已经发生过很多次了。"

听着这句话,石殿里忽然变得有些嘈乱。在漫长的历史岁月里,确实有很多妖族公主曾经远嫁雪老城,尤其是两千年前,但那并不是什么美谈,而是妖族的屈辱史,数名族长与妖将起身看着殿外痛骂起来,有两位脾气暴烈的更是抽出了刀斧便要去把那个戴笠帽的年轻人砍死。

在这片嘈乱里,忽然响起了一道声音。那道声音低沉至极,在空旷的石殿里回荡,嗡嗡作响。喝骂声与议论声消失了,那两名握着刀斧的妖将也停下了脚步。因为这声音来自大长老,当今妖族权势第二的相族族长。

"你,究竟想做什么?"

喝骂声与议论声的消失,两名妖将的止步,那是对相族族长的尊敬。但对士族族长、熊族族长等大人物来说,他们的沉默则更有深意。昨夜在西荒道殿的暗示、某些势力的帮助下,他们已经隐约查到了些什么,或者说猜到了什么。

真相依然还在群山的雾气里,没有完全显露,但相族族长应该已经知道了那名戴笠帽年轻人的身份,既然如此,为何他还要问这名年轻人的真实来意?这意味着什么?以此往前推去,鹿族太公以及鲤部族长的那几句话似乎也有问题。

他们看似在指责、为难那名来自雪老城的魔族年轻人,但实际上却是在给那名魔族年轻人解释的机会,并且通过这些对话成功地消弭了此事所带来的震惊以及愤怒。

士族族长与熊族族长对视一眼,看出了彼此眼里的震惊与忧惧。

相族族长的声音从石殿里来到观景台上。他的声音如古钟一般,仿佛蕴藏着无穷的威力,即便没有真正的显现为力量,也带起了一阵大风。

明明深冬时节,观景台上的那株梨树,却结着满树的花。大风拂过,白花簌簌落下,落在笠帽上,也落在他的肩上。戴笠帽的年轻人唇角扬起,微微一笑,从袖子里取出一本簿册。他手指轻轻一弹,那本簿册就这样飞了起来,仿佛被根无形的线牵着般,慢慢地飞进了石殿里。

不知道过了多长时间,殿里忽然响起了一声惊呼。然后惊呼之声此起彼伏,再也没有断绝,其间夹杂着带着不可思议情绪的言语。

"这是什么?"

"难道这是魔域雪原图?"

"魔族究竟想做什么?这根红线是什么意思?难道他们要把这片疆域割让出来?"

"这肯定是阴谋,是黑袍的阴谋!"

随着时间的流逝,惊呼声与争执声渐渐消失,殿里变得一片安静。只能隐隐听到那些妖族大人物的呼吸声,而且那些呼吸声都显得有些急促。殿里变得无比安静,生出一种异常压抑的感觉。可能是因为紧张,因为震惊,也有可能是因为兴奋。

不知道过了多久,一道有些微微颤抖的声音响了起来:"你……能代表雪老城?"

戴笠帽的年轻人掸掉肩上的小白花,说道:"当然。"

又有声音问道:"雪老城……如何证明自己的诚意?"

戴笠帽的年轻人平静说道:"本君亲自到场,难道这还不算有诚意?"

114 · 历史掀开新的篇章

君是一个字,也是一个姓,但更多的时候是一种称谓。天地君亲师里最中间的那一个。戴笠帽的年轻人身为魔族,自称本君,那么身份便很清楚了。他就是魔君。

石殿里一片安静,没有任何声音响起。事实上,有一道雷霆在所有人的心里炸响。那道雷霆的威力是那般的可怕,震得整座皇城都鸦雀无声,震得满树梨花都不敢落。

除了那个魔族年轻人有些孤单的身影，观景台上依然无人，很是冷清，但别的地方已然骚动起来。皇城里到处都可以看到妖卫疾行的身影。皇城外到处都可以看到骑兵调动的旗令。很快皇城便被包围。红河两岸的禁制悄无声息地开启。即便是神圣领域强者，也很难离开。年轻的魔君为何却依然如此平静？

石殿里的气氛异常压抑，妖族大人物们的意识深处却有很多火星在不停地狂舞。他们的视线落在了殿前的最高处。直至此时，牧夫人依然保持着沉默。

士族族长的眼睛缓缓眯了起来，像是红河上游偶尔能够看到的金线柳，更像妖域南方著名的秀刀。那名魔族年轻人的真实身份确实让他很震惊，但他最关切的还是殿内的动静。牧夫人的安静是预想中事，只是为何相族族长也这般沉默？难道真有那种可能？那真要比他和小德以为的最糟糕的局面还要糟糕！

这时一名妖族大将站起身来，厉声喊道："娘娘，请允许末将去斩杀此敌！"

随着这句话，石殿里的寂静被打破，压抑的气氛被撕开，那些狂舞的火星，渐渐要变成真正的野火。有更多的大臣与将军还有那些族长们站了起来，向坐在最高处的皇后娘娘发出了他们愤怒的呐喊。

"杀了他！"

"娘娘，杀了他！"

愤怒的声音回荡在空旷的石殿里，然后传到观景台上，再传到更远的地方。整座皇城，应该都听到了这些话语。群山深处的九棵天树释放出更加燥烈的天火气息，不知道那是不是代表着妖族祖灵的愤怒。

牧夫人依然安静地坐在最高处，没有回应。回答这些话语的是魔君自己。

听着殿里传来的一浪高过一浪的喊杀声，他的神情依然平静，声音也没有任何起伏。

"为何要杀本君？因为本君的身份来历？还是因为千年之前两族之间的那些仇恨？千年之前的仇恨缘自神族对妖族的凌虐与所谓羞辱，但那与我有何干系？我还很年轻，那时候还没有出生，所以这些账怎么也落不到我的身上。"

石殿里的喊杀声渐渐消失，然后传出某位妖族大将愤怒的呵斥声。

魔君苍白的脸上露出一抹情绪有些复杂的笑容，说不清楚是嘲讽还是自嘲。

"是的，凌虐你们，羞辱你们，屠戮你们的是我的父亲，父债子偿这句话倒也不算错，但你们似乎忘记了一件事情，你们最痛恨的我的父亲，是被我亲手杀死的，从这个意义上来说，你们难道不应该感谢我？"

石殿里的气氛再次变得压抑起来，就像阴沉的光线一样。除了小德、金玉律等寥寥数位因为某些原因没有出现，妖族大人物全部在场。他们可以决定妖族所有的事情。但今天他们要做的将是妖族历史上最重要的决定之一。所以他们很紧张不安，甚至有些族长与大臣感觉到了无尽的惘然与惶恐。

寂静的石殿里，很长时间都没有谁说话，只能听到沉默如谜的呼吸，沉重如山的呼吸。山果与槐烛的香味，尽数被皮毛与汗水混合的臭味取代。槐烛渐渐熄灭，石壁上的灯火没有点燃，只有夜明珠散发着淡淡的光泽，照亮了无数张阴晴不定的面孔。

牧夫人在幽暗的光线里若隐若现，像夜色一样深沉。相族族长依然沉默着，像夜山一样模糊。

在石殿里的空中，飘着一张约数丈宽的纸，看着就像是衣带一般。这是刚才魔君送过来的那本簿册。无数视线落在上面，然后便能听到呼吸声变得更加沉重。那意味着紧张，也意味着兴奋，代表着野心，更代表着贪婪。

魔君很年轻，说话行事也谈不上老辣，却有着一种很特异的说服力。不管妖族大人物们相不相信，都必须承认，在这场对话的开端，对方表现得相当坦诚。

妖族与魔族之间当然可以说仇深似海，但要说到被羞辱、被屠杀的悲惨过往，已经是千年之前的故事。今日的皇城里，已经没有谁亲身经历过那段时光，仇恨虽然延续下来，但并不意味着永远不能消除。就算无法消除，但确实与这位年轻的魔君没有太大关系。

那么，是不是可以暂时把仇恨放在一边，考虑下更重要的某些事情？比如利益与安全？魔族给出的条件太好。妖族能获得的利益太大。这已经超出了所有人的想象。甚至就连性情最暴躁的那几名族长、最痛恨魔族的那几名妖将，在魔族给出的条件面前，都不得不沉默。这并不意味着，他们愿意答应魔族的条件，只是他们还在寻找更好的应对方法。

魔族的诚意也很难被质疑。因为魔君亲自来了白帝城，而且是孤身一人。这意味着，他随时可能死在这里。在这样的情形下，谁也无法说什么。

更关键的是，现在已经非常明显，这整件事情皇后娘娘事先便已经知晓，甚至可能是她一手安排的。越来越多的视线离开了那张魔域雪原图，再次落在了牧夫人的身上。

直到此时此刻，天选大典才显露出了真实的面容，或者说目的。当初传闻说牧夫人准备把落落殿下嫁给大西洲的二皇子，原来都是障眼法。从一开始，牧夫人便准备把落落殿下嫁给殿外的那位年轻魔君。

两族皇室联姻的目的，自然是为了两族结盟。这样的大事，在成功之前当然要瞒过人族，所以才会发生那么多事情。只是……陛下也是这样想的吗？可是……那是魔族啊！

难道真要忘记当年的仇恨与这些年部落勇士流淌的鲜血？难道真的要背弃这一千年始终并肩作战的人类盟友？很多族长与妖将无法接受这一点。他们的目光落在了殿前那座如山的身影上。那是长老会的大长老。

在他们看来，只有这位资历最老、威望最高的相族族长，能够站出来带领大家阻止这件事情。

115 · 西宁一届忧天下

从最开始的那些对话里便可以看出，鹿部与鲤族都已经站到了皇后娘娘的那边，支持与魔族结盟。相信皇廷里很多大臣、某些长老以及少数妖将，也是这样的态度。那么这时候有谁会站出来表示反对？无论从资历还是威望来看，相族族长都是最合适的人选。

谁都知道，他是白帝陛下最忠诚的部属、也是最可靠的伙伴，或者正是因为这个原因，哪怕这些年来皇后娘娘在红河两岸的威望越来越高，却依然无法得到他的太多热情，二者之间的关系始终淡漠。而且相族族长前些天曾经去拜见过白帝陛下，虽然没有见着面，但据说有过神识方面的交流。

如果白帝陛下对这件事情有不同的看法，当然应该由他做出宣示，而在某些老谋深算的族长想来，就算白帝陛下因为静修养伤没有表达自己的看法，相族族长也完全可以用陛下的名义阻止这件事情，至少拖延一段时间。

在无数道目光的注视下，相族族长睁开眼睛，缓缓站起身来。石殿里仿佛生出一座大山。在幽暗的环境里，相族族长的眼睛非常明亮。他的眼神里带着岁月的沧桑、无畏的勇气，还有看穿世事的智慧。看到这双眼睛，包括熊族族长在内的很多反对派，都觉得心情安定了很多。

但就在下一刻，他们听到了事先完全没有想到的一句话。

"我觉得此事似乎可行。"

似乎。可。这都是很含糊的字眼。

相族族长的态度听上去有些含糊不清。但在当前这样的环境下，他选择说这样的话，那便是最清楚的表态！殿里再次变得无比安静，气氛极其压抑。某些小部落族长的眼里甚至生出了恐惧。

士族族长盯着相族族长的眼睛，问道："原来你与雪老城之间真的有联系。"

他提前已经预料到这幕画面，但当这一切真的发生了，依然还是难免震惊。因为他想不出来任何道理，相族族长会站到皇后娘娘一方，支持与雪老城结盟。

相族族长面无表情说道："你错了，我做的所有事情都是依从陛下的意思。"

听到这句话，士族族长微微皱眉，想要再说些什么，终究没有出声。那些满腔怒火反对与魔族结盟的族长们，那些手已经握住刀柄的将军们，也怔在了当场。这是陛下的意思？白帝一族在红河两岸的地位太过特殊，绝非简单的权势、力量能够衡量，威望高如夜穹，地位有如神明。

没有谁敢在白帝这个名字之前流露出任何不敬之意，遑论反对。牧夫人的威望同样极高，但那些族长与妖将们被逼急了，依然敢抽出刀斧在大殿上喊几声反对。若是白帝在场，他们敢做出这样的事情吗？不敢。哪怕相族族长只是转达了白帝的意思。也没有谁再敢发出反对的声音。哪怕那些族长与妖将们依然转不过弯来，依然满腔不甘，甚觉羞辱。

不过任何事情都会有例外。今天妖族面临着千年来最重要的一个转折点。那么出现一些意外状况也是理所当然的事情。

时隔不知多少年，白帝的威严终于遭受了第一次挑战。熊族族长站起身来，盯着相族族长的眼睛问道："为什么？"

这不是问他为何站在皇后娘娘一边，因为他已经说了，这是陛下的意思。熊族族长要问的是，陛下为何会同意与魔族结盟。

如果换作别的时间段，别的事情，只凭这三个字他便会被罚入天树遭受荒火焚身。今天不会，因为有很多妖族大人物与他有相同的想法，想要得到一个

323

答案。

"所谓联盟，无涉利益，只是以弱敌强的手段。千年之前，魔族势盛，肆虐大陆，我族想要生存，只能与人族联盟求存，然而时移势易，如今人族已经变得强大起来，野心也随之旺盛，我族结盟的对象，当然就要发生变化。"

必将改变整个大陆历史的大事件，在牧夫人毫无情绪波动的声音里却是那样的随便，于是显得愈发理所当然。

石殿里的妖族大人物们沉默思考着，发现这段话看似简单甚至粗陋，却有着极难被推翻的道理。

"所以就要与曾经的敌人结盟，而与曾经的战友刀兵相向？"熊族族长沉默了会儿，摇头说道，"我做不到。"

当年在雪原战场上，他曾经与薛河等数名大周神将并肩作战，配合极佳，彼此间结下了生死与共的战斗情谊。他怎么也无法想象，将来某一天自己需要率兵与那些家伙作战，然后自相残杀。

牧夫人说道："这就是历史，单调而且乏味，甚至有时候很丑陋，但唯如此，历史才能不断地往前推行，而不至于出现族灭国亡的惨淡结局，如果魔族覆灭，接着便会轮到我们，你们都是极富智慧的大妖，难道还会看不明白这一点？"

士族族长忽然说道："这等想法会不会有些过于高估人族的力量？"

牧夫人的视线落在这名南方妖域势力最强的大妖身上，说道："你想说什么？"

士族族长说道："就算道尊商行舟有着一统大陆的野心，但举世皆知，他是太宗皇帝遗志的执行者，又怎么会推翻当年太宗皇帝与我们结下的盟约？更重要的是，在此之前他首先需要解决人族内部的问题，我不认为他能够活到那一天。"

鹿族太公微微挑眉，说道："难道你以为离宫会赢？"

士族族长说道："至少现在不能说离宫就会输。"

鹿族太公微讽说道："就算离宫赢了，难道人族的野心就会消亡？"

士族族长平静说道："教宗陛下向来与我族交好，而且他可没有他老师那样的野心。"

"不说商行舟会不会输，也不用去想教宗陛下对我族的态度，我只想提醒诸公。"鹿族太公声音微寒说道，"如果他们这几年都是在演戏，那怎么办？"

石殿里的气氛再次发生变化。西宁一庙治天下，这句话已经在大陆流传开来。鹿族太公说的这句话，也是很多大人物的忧虑，因为无论是白帝城还是雪老城，甚至在人族京都与南方那些宗派山门里，都有无数人想不明白，商行舟与陈长生这对师徒为何会走到今天这种局面。

这时牧夫人说了很重要的一件事情，"王之策还活着。"

116 · 天上白玉京

王之策是真正的大陆名人。尤其对妖族来说，他可能是最有名的一个人类。当年北伐魔族，他是人族与妖族联军的副帅、事实上的最高指挥者。在场的那些族长与妖将们，不知道小时候听过多少长辈们的回忆。王之策当年的那些事迹，已经是他们这一代的传说，让他们生出无限的敬意。然而，就像敬畏这个词一样，与敬意相伴而生的是畏惧。死了才能是传奇，活着便会是压力，因为他终究是人族。

鹿族太公刚才说商行舟与陈长生这对师徒可能是在演戏，很难让人相信。因为如果这是一个局，那么这个局太过复杂，牵扯得太广，就连天书陵之变那个局也只是其中一部分而已，谁能编织这样一个惊天大局？强如商行舟也做不到。

但王之策还活着。如果这是他为人族布下的局，怎么办？

殿里压抑而紧张的气氛，让熊族族长的情绪变得有些烦躁，他沉声喝道："如果人族真像你说得如此强大，阴谋如此可怕，那你们有没有想过，一旦我们背盟，会迎来怎样的打击？"

鹿族太公冷笑说道："只要我们与雪老城结盟成为事实，人族就算再如何愤怒，又能做些什么？最多不过发几封国书痛骂几句罢了，难道他们有胆量同时向我们与雪老城发起进攻？"

牧夫人面无表情说道："战争需要勇气，但起始向来与勇气并无关联，时势使然。我不喜欢战争，今日所议便是为了避免大陆陷入战火之中，这便是我决意与雪老城结盟的原因。"

听到这两句话，殿里变得更加安静，那些原先反对与魔族结盟的族长、妖将也不禁有些动摇。

士族族长的眼睛眯得越来越细，很难分清到底是金线柳还是秀刀。他知道到了现在这种情形，局面已经异常困难，然而想着昨夜与小德的那番谈话，他只能继续坚持下去。

"雪老城的诚意,我们已经看见了。"他抬头望向牧夫人问道,"但魔族如何才能相信我们的诚意?没有信任的盟约,我不认为有太多意义。"

牧夫人静静地看着他说道:"我想你应该很清楚天选大典的意思。"

士族族长神情不变,说道:"难道真要落落殿下嫁给这位年轻的魔君?我们要迎来一位魔族陛下?"

这是他以及族长、妖将们最锋利的质疑。如果让魔君娶了落落殿下,那岂不是意味着将来白帝陛下回归星海之后,魔君将会成为妖族的皇帝?

牧夫人静静看着士族族长,说道:"联姻并不意味着帝位的传承。"

两族皇室之间的联姻,向来是结盟最简单、最有效的手段。在过去的数万年里,这种事情不知道发生过多少次,有很多妖族公主都曾经远嫁雪老城。殿里的族长、妖将与大臣们对联姻一事的接受程度比较高,只是牧夫人的这番话,依然没有解决最关键的那个问题。

举世皆知,白帝陛下与牧夫人子息艰难,多年前只有落落殿下这一个女儿。如果殿下远嫁雪老城,获得天选大典最终胜利的魔君又不可能来继承帝位,那么谁来做下一代的白帝?

牧夫人的手轻轻地落在小腹上,说道:"自然是我与陛下的这个儿子。"

说这句话的时候,她的神情没有任何变化,还是那般漠然高远,却自有庄严神圣之感。

相族族长神情肃穆说道:"恭喜陛下,恭喜娘娘。"

被这个突如其来的消息震惊得无法言语的妖族大人物们,这时候才清醒过来,纷纷行礼,送上祝福与赞美。士族族长再次想起昨夜与小德的那场谈话,不由在心里叹了口气,心想已然尽力,却还是无法改变结局吗?

相族族长望向殿内众人问道:"大家还有什么想说的?"

熊族族长握着铁棍的手微微颤抖,然后砸向了地面。一声闷响,地面震动不安,烟尘渐作。他的眼睛变得有些血红,盯着高处的牧夫人说道:"我无话可说,但我还是反对。"

士族族长沉默了会儿,说道:"我也反对。"

紧接着,一名以骁勇著称的河族妖将站了出来,解下头盔,面无表情说道:"我反对。"

从天选大典筹备开始便始终保持着沉默的妖族丞相也站了出来，用沧桑的声音说道："我要亲自面见陛下，才会同意。"

"我也反对。"

"我也是！"

听着此起彼伏的声音，相族族长的神情没有任何变化。牧夫人微微挑眉，明亮如星辰的眼睛里看不到任何情绪。她有些意外，居然到这时候还有这么多反对的声音。不过这没有任何意义。这是陛下与她的旨意。而且这道旨意得到了相族族长为首的长老会的支持。

就算有些杂音，如何能够影响到滔滔大河西流去？

廷议结束，近四成的族长、大臣、妖将表示反对与魔族结盟，但旨意已降。渊珠阁那位一百年前参加过京都大朝试的大学士，正在紧张地书写正式国书。

在紧张压抑的气氛里争执了很长时间的妖族大人物们，走出石殿，想要暂时休息片刻。然后，他们看到了那位年轻的魔君。

碧空如洗，高台边缘如线，梨树影单，他在树下。残破的笠帽已经被摘下，落在他的脚边，渐要被白色的梨花所埋葬。他面容俊美，白如玉石，衣袍随风轻动，仿佛将要飞去。此景此人，美不胜收。

有的妖将满怀杀意看着他，仿佛下一刻就要冲过去。有的族长警惕盯着他，仿佛下一刻便会转身离去。有的大臣堆笑望着他，仿佛下一刻便会拜倒下去。无论怀着怎样的情绪，他们都不得不承认，对方真的是位了不起的人物。一位魔君孤身站在妖族皇城里，还能如此平静淡定，令人心折。

礼乐声从下方的鲸落台传来。观景台上的气氛顿时变得肃然起来。国书已成。

天选、联姻、结盟这三件事情即将正式宣布。宣告天下。

就在这时，礼乐声忽然变得有些微乱。可能是因为那些脚步声。数十名宫女与内侍来到了观景台上。

落落在最前面。她望向梨树下的魔君。魔君也望向了她。

117 · 画中人

万里无云，阳光却并不如何炽烈，纵是温暖的红河两岸，终究已经到了隆冬时节。微寒的风从石台上拂过，没有带起青石缝里的那些烟尘，只是让地面堆积着的那些白花微微颤动起来，显得更加凄婉。

落落站在满地梨花外，身影有些孤单。在她依然清稚、更加美丽的小脸上，没有看到太明显的情绪，但想着先前石殿里的决议，听着鲸落台处重新变得流畅起来的礼乐声，想着稍后即将颁布天下的国书，很多族长与将军有些不忍看她，低头或者转身错开视线。

落落似乎没有注意到这些，向前走去，小皮靴踩在软软的小白花上，没有发出任何声音。离那棵梨树还有段距离，她停了下来，因为一道极其巍峨、有若大山的身影拦在了她的身前。她抬头望去，发现正是从小到大都最疼爱自己的大长老。

相族族长沉默地看着她，没有说话，眼神里却有很多复杂的情绪显现，就像眼角的那些皱纹一般，很难理清楚。在他平静的眼神里有温和、有宠溺，有歉意，也有请求。

落落明白他的意思，用轻柔的声音说道："我没有想到。"

相族族长眼中的歉意越发浓郁，说道："这是陛下的意思。"

落落仰着小脸看着他，平静说道："那又如何？"

观景台上很安静，尤其是她出现之后。她的声音虽然很轻，却清楚地传到了所有妖族大人物的耳中。相族族长怔住了，鹿族太公怔住了，鲤族族长怔住了，观景台上的大人物们都怔住了。因为他们没有想到，向来以可爱懂事、乖巧听话著称的公主殿下，居然会说出这样的话来。

那又如何？这简单的四个字看似只是质疑或者询问，其间隐藏着的那抹冷淡与强硬谁会听不出来？

落落走到了梨树前。她看着树下那名年轻魔族，发现对方确实很英俊，流露出来的气息也不怎么令自己厌憎。她的视线落在他的发间，确认没有魔角，微觉有趣，然后生出一些惘然。

作为最尊贵的妖族公主殿下，无论在京都还是在白帝城，她始终受到最严密的保护，所以她没有机会参加大朝试，没办法与别人一道进入天书陵观碑悟道，更不会被允许进入周园试炼。所以她没有什么机会见到真正的魔族。

只是多年前在国教学院，在那个难以忘记的夜晚里，她曾经遇到过一次。

那个生角的魔族落到周通手里，应该早就已经死了吧？他那时候连洗髓都还没有成功，站在自己身前的时候，难道不会害怕吗？

一朵白花从枝头落下，擦过鬓畔，让她回过神来。她好奇问道："你就是魔君？"

她的眼睛很清亮，就像溪水，可以看到所有的真实情绪。很明显，对这位年轻的魔君，她没有任何怒意，只是真的有些好奇。

"是的。"魔君静静看着她，忽然说道，"你可以叫我的名字，尼禄。"

这句话与中间的微微停顿看不出来任何特异之处。但如果黑袍与魔帅在场，一定会非常吃惊。如果是雪老城里的那些王公大臣在场，甚至可能会被吓昏过去。虽然他淡然的语气隐藏着真正的高傲，但他告诉了她自己的真名，并且允许她使用。

落落并不知道这些魔族皇室的规矩，也没有在意这些。她看着他问道："你要娶我？"

魔君微微挑眉，说道："不错。"

落落问道："为什么？"

联姻的目的，自然是为了证盟。这是非常清楚的答案，魔君相信她也知道，但是不能如此回答。这是君王的尊严，是皇族应该有的矜持，以及给对方的尊重。所以他给出的答案还是倾慕。他说对她倾慕已久。

落落当然知道这不可能是真话，就像她知道他为什么要娶自己。

但她依然继续发问："难道你以前就知道我吗？"

包括相族族长在内的很多大人物都以为自己知道她为何坚持继续发问。她想证明魔君在撒谎。她想证明魔君以前并不知道自己，那么自然没有什么倾慕已久。只是就算证明了这些，又有什么意义？

在他们看来，这时候的落落殿下，就像一个咬着笔尖，冥思苦想如何解开一道图案题的小孩子。就算让她解开了这道题，对错又有谁会在意？

"当然，正因为知道，所以才会欣赏，我相信将来某一天，你也会有相同的看法。"魔君神情平静地看着她，显得非常有自信。

落落忽然退了数步，来到了那片白花外，再次望向树下。她歪着头，眉尖微蹙，不知因何事显得有些苦恼，非常可爱。一眼过去，便是一幅画。

栏外便是青天，高远而澄净。一棵梨树，结满了细碎的白花。他站在树下。

风起，花如雨落。落在他的肩头。落在他的衣上。这幅画真的很美。

魔君没有说话，任由她看着自己。因为他此时站在画中。他的脸上带着一抹似有似无的笑容，眼眸深处渐渐现出一抹疲惫以及厌烦。

最开始的时候，落落没有像雪老城的那些贵族少女一样表现出对他的惧怕，也没有像他的那些姐妹一样摆出刻意高傲冷漠的模样，只是像普通少女那般睁着明亮的眼睛表示好奇，这确实让他生出了一些兴趣。

但随着时间的推移，这种兴趣已经变淡了很多。尤其是看到落落此时的神情。这幅画，本来就是他画给她看的。他微嘲想着，女子就是女子，终究还是喜欢这些虚无的、可笑的东西。

正这般想着，他忽然听到了一句话。

"你看过我的那幅画？"说话的人是落落。

魔君敛了笑容，看着她平静说道："我不明白你的意思。"

"三天前我画了一幅画。"落落看着他说道，"没想到今天就看到了实景。"

魔君微微挑眉，说道："是吗？那还真巧。"

"这当然不是巧合，应该是母亲知道我非常喜欢那幅画，所以给你看了。深冬一夜春风至，满树梨花开，你在树下……这些细节做得很不错，梨花好看，你也很好看，触景动情的手法也很自然，但母亲和你都弄错了一件事情。"

"弄错了什么事？"

"哪怕一切都被设计得无比完美，你也不可能成为我的画中人。"

"为什么？"

"因为那幅画不是我平空想象出来的，而是本来就有的。"

落落用同情的眼神看着他，就像看着一个咬着笔尖，冥思苦想如何解开一道图案题的小孩子。你们以为找到了正确的解题方法，却根本不知道这道题的意思。

魔君隐约猜到了答案，问道："这位画中人本来是谁？"

落落睁大眼睛，认真说道："当然是我家先生啊。"

118 · 江山真如画

五年时间里，落落只收到过很少的几封信。

怀念无处安放，关切更只能自己知道，好在她曾经在离宫里住过很长一段时间，曾经在茅秋雨门下正式学习过，与桉琳大主教也有些情分，所以还是能够知道很多与陈长生有关的消息。尤其是陈长生离开雪岭、重现人间之后，桉琳经常给他来信。这些天里发生的事情，她都知道。

她知道他在松山军府做了些什么事，她知道他路过了汉秋城，知道他去了汶水，在道殿前杀了白石道人。

汶水道殿的神门前有棵梨树，深冬时节忽然迎来了一夜春风，于是满树梨花盛开。清风徐来，无数细小白花从枝头落下，洒在他的肩上，就像是新雪一样干净。这个画面被桉琳写在了信纸上。落落想着便觉得喜欢，于是非常认真地画了下来，然后还是很喜欢。

牧夫人不知道汶水道殿里曾经真的出现过那个画面，自然也不知道她为何会如此喜欢这幅画。几番思量，她觉得女儿是因为即将到来的天选大典而动了春思。

深冬的白帝城依然温暖，观景台上的梨树即便忽然开花，也不会显得太过匪夷所思。于是春风来到了红河岸，让枝头缀满了白花，于是魔君从皇城前拾级而上，来到梨树下，再也没有离开过。这些都只是为了一个画面。

就像落落说的那样，这画面确实很好看，无论是满树梨花还是魔君本人。牧夫人的心思果然缜密，手段果然非凡。遗憾的是，她依然没有办法把魔君变成画中人。因为落落的那幅画里本来就已经有人，那是无法被取代的一个人。

"可以再画一幅新画，无论你喜欢什么样的风景都可以。"魔君看着落落微笑说道。不得不说，直至此时他的仪态都非常完美，没有任何可以被指摘的地方。无论你喜欢看什么样的风景，我都可以成为风景里的一部分。这是很动人的情话。可惜还是无法打动落落。

她说道："抱歉，我喜欢看的风景里没有你。"

魔君微微挑眉，说道："却一定要有他？"

落落说道："我喜欢春风，喜欢新雪，先生他就是新雪，也是春风，而你不是。"

魔君的墨眉挑得越来越高，寒意渐生，问道："为何？"

落落说道："新雪春风最干净，先生就是这样的人。"

观景台上一片死寂。这句话的意思很清楚。魔君自嘲一笑，摇了摇头。

他的眼里没有任何笑意，寒意更深数分。

所谓风景，本来就是要看观景者的心意。画中人，自然便是意中人。他若再继续纠缠，不免会有些丢脸。他是魔域雪原的主人，世间最尊贵的神族，怎么能忍受这样的羞辱？

"原来轩辕破说的是真的，陈长生居然与你有私情。"他唇角微扬，带着一抹讥诮之意说道，"你是他的学生，他竟然都能下手，这样的人也能称得上干净？"

"你又错了。我确实喜欢先生，但先生一直只是把我当学生看，他又有什么错呢？"

观景台上依然安静，只能听到落落的声音。她这句话是对魔君说的，也是对四周的那些妖族大人物说的，更是对整座大陆说的。说这句话的时候，她紧紧地握着拳头，声音有些微微颤抖，脸上却没有任何羞意，显得格外坚定。

魔君看着她面无表情说道："居然喜欢自己的先生，你知道羞耻二字怎么写吗？"

落落盯着他的眼睛说道："你杀死了自己的父亲和所有的兄长，难道有资格教我这羞耻二字怎么写吗？"

魔君依然面无表情，但已经开始愤怒起来。他发现自己面前的这个小姑娘有一种很奇怪的真实魅力。她说的每句话都无比真诚，让人不得不信——哪怕是在攻击对方。也正是因为这种真诚，他才会真的愤怒起来。

没有谁能够看出魔君这时候的真实情绪，除了落落。

她很认真，而且很好奇地问道："你想杀我？"

魔君微怔，又发现了这个小姑娘一个特别的地方。她似乎可以清楚地感知到身边人的情绪，哪怕对方隐藏得再完美。当然，她的好奇也是真的，她很想知道，对方是不是真的敢在这里杀死自己。

听着落落的那句问话，观景台四周的妖将与侍卫们警惕地望了过来。相族族长的视线也仿佛变得沉重了无数倍，落在了魔君的身上。

这里是白帝城，即便是魔君也不能对她有任何过分的行为。而且现在魔君对她已经再次生出了一些兴趣。

"你说的没有错，这幅风景画确实是你母亲亲自设计的。"魔君看着她说道，"可以看得出来，她不想让你太过伤心，所以希望你能嫁给一个喜欢的男子。"

落落问道："我可以看出来，你并不喜欢我。"

魔君说道："不错，我愿意配合，是因为对你的尊重。"

落落说道："我喜欢这样坦诚的对话。"

魔君说道:"我也不喜欢那些虚头虚脑的事情,所以希望你明白,你是一定要嫁给我的,这一点无法改变。"

落落的声音变得有些淡,问道:"就是为了结盟?"

魔君的声音很平静,也很淡漠:"陈长生抢走了我看中的女子,我把你带回雪老城,也算是小小的报复。"

落落有些无奈地叹了口气,说道:"有本事你就去南溪斋把师母抢走,说这样的话,做这样的事,真不符合你的身份。"

"那说点我们应该说的事情。"魔君走到栏边,望向白帝城里的街巷、红河对岸的群山,说道,"稍后你们的国书便会颁布天下,同时我的神诏也会离开雪老城向大陆各处飞去,最迟两个时辰,葱州军府便要开始集结,随后拥蓝关便要落下天柱石,今夜之前松山军府便会下阪崖发出调令,最晚三天之内,人族便会集结百万大军,阵列于十余座雄关之前,大战即将开始。"

如果是普通人说这样的一段话,不会有太多感觉,就像一个只会清谈的讲史先生。但这段话出自他的口,便有完全不一样的感觉。因为他是魔君,统治着无比辽阔的雪原大陆,拥有着无数强大的魔族战士的誓死效忠。落落知道他说的这些话,极有可能变成真实的画面,小脸变得有些苍白。

"但这场战争不会开始,因为人族不敢开战。"魔君说道,"商行舟与陈长生之间的那个故事还没有弄明白,最关键的是,他们没有经验,所以没有勇气。"

所谓经验,自然是指人族同时面对魔族与妖族的经验。从太宗皇帝之前,再到数千年前,直至更遥远的历史里,人族都没有这种经验。

魔君说道:"只需要嫁给我,便不会有战争,这片大陆至少有数百万生灵会因为你而活着。"

落落看着他的背影沉默了很长时间,轻声问道:"你是在威胁我?"

"不,我是在说风景。"魔君看着远山说道,"像你我、陈长生这样的人,有资格看的风景只能是江山,你如果只想着和他一起看风景,那这片如画江山便会被战火烧成灰烬,这未免太自私了些。"

119 · 听见你的声音

听完魔君的这番话,落落走到观景台边,沉默了很长时间。从红河里吹来的微湿的风，拂动着白帝城街巷里的热雾，为那些民众带来清凉。她记得在国教学院里曾经和先生讨论过类似的话题，却忘记了先生那时候是怎样说的。她应该如何选择？

便在这个时候，鲸落台处的礼乐戛然而止，数道极为暴烈的气息冲天而起，然后传来剧烈的震动。负责皇城守卫的妖卫里忽然爆发了一场战斗，然后被很快地镇压下去。地面上的那些小白花微微地颤抖，远处的石阶被鲜血染红，隐隐可以看到几名妖卫被拖走，生死不知。

这几名妖卫被制服之前，曾经大声喊了几句话，落落听得非常清楚。殿下不能嫁，这就是他们宁愿去死，也要发出的声音。

落落望向魔君说道："我不会嫁给你。"

魔君说道："就因为这几个愚蠢而忠心的侍卫？"

落落说道："与他们有关，但最重要的原因是，我不喜欢你，那么我怎么能嫁给你？"

魔君想了想，说道："这话很有道理，我竟然找不到话来反对。"

落落说道："但你自然不会就此罢手。"

"不错，我还是会让你嫁给我，哪怕你不喜欢。因为婚姻，尤其是你我的婚姻，可能与风景如画的江山有关，与大陆的和平有关，但唯独不会与喜欢这种事情有任何关系。"魔君静静地看着她说道，"另外，你我成亲那天，我会杀了轩辕破，算作给你的礼物。"

听到这句话，落落的脸变得有些苍白。如果这场联姻无法被破坏，他不需要亲自动手，只需要提出要求，轩辕破便会死。因为这是魔族非常有资格向白帝城要求的诚意。

轩辕破虽然是熊族子弟，但更重要的身份是国教学院的学生。如果妖族杀死了轩辕破，以陈长生的性情，双方之间再没有回旋的余地。

魔族可以提出更多的条件，比如对大周使馆与西荒道殿来一场大屠杀，也可以让人族与妖族之间再没有缓回的可能，但是如此一来大陆局势将会急剧恶化，却不是魔族与妖族愿意看到的。

在这方面，魔君没有撒谎，他确实希望和平。在他和他的族人没有重新变得强大之前。

石阶上的鲜血很快被杂役与宫女洗净。鲸落台处的礼乐声再次响起。数位妖廷大学士与诸阁重臣，分成两列从殿里走了出来。明黄色的国书被搁在一张朱盘里，然后被皇城位阶最高的一位妖监捧在手中。

牧夫人走到落落身前，神情肃穆，就像衣袍上那些黑色杂金的浪花图案一般，华贵至极，不失威严。

落落说道："母亲。"

牧夫人说道："我的女儿就要出嫁了，真是有些不舍。"

说这句话的时候，她的神情很平静，意味着坚定与不容拒绝。

"我不会嫁。"

落落的声音也很平静，意味着坚定与不会接受。

牧夫人看着她说道："你应该清楚，昨日祖灵已经接受了他。"

落落说道："祖灵接受了他，我不会接受，因为要嫁的人是我，不是祖灵。"

牧夫人说道："哪怕他是天选者？"

落落说道："天选不是我选，那就没意义。"

牧夫人望向街巷里渐散的雾气，缓声说道："如果你坚持不肯接受这门婚事，两族联盟便很难进行下去，不说日后大陆会死多少人，只说现在，妖族便极有可能分裂，生活在这座城市里的生命，会有多少人再也无法看到天树？"

落落沉默了会儿，说道："母亲，你终究还是没有把这里当作你的家乡。"

牧夫人说道："为何还要坚持这样认为？"

落落说道："因为你对这座城市没有感情，你会用生活在这座城市里的人们来威胁自己的女儿。"

牧夫人的眼里生出一抹深沉的疲惫，说道："你说的不错，我确实不喜欢这里，因为这里充满了皮毛与汗水的臭味，充满了污言秽语，充满了愚蠢的勇敢与令人厌憎的所谓豪迈，这里就像是一片荒芜的沙漠，野蛮而且原始。"

说这段话的时候，她的声音很轻，不会被听见。

"雪老城不同，那里有真正的历史、文化以及最重要的艺术，即便是京都也远远不及。我为你选择的夫君，便是这个文明最出色的继承者，我不希望你走上我的旧路，所以嫁过去吧。"牧夫人轻声说道，"事情已成定局，既然不能反对，那就要学会接受。"

落落沉默了会儿，说道："我为何不能反对？"

牧夫人看着她的眼睛说道："这是我与你父皇为你挑的婚事，又有祖灵为媒，谁能反对?"

是啊,所谓婚姻,向来和喜欢没有什么关系。不过是父母之命,媒妁之言。无论妖族、人族还是魔族,整个大陆都是如此。谁还能反对这门婚事呢?

落落想起很多年前在京都青藤宴上的那个画面。她曾经无数次想起那个画面,所以直到今日,那画面依旧鲜活,仿佛就在眼前。

在她的记忆里,那是先生最风光的时刻。

无论后来先生拿了大朝试首榜首名,还是在天书陵里引来一夜星光,都不及那一刻风光。因为那时候的先生,还只是一个很普通的国教学院学生。更重要的是,那时候的先生只是她一个人的先生。

可惜的是,在青藤宴的那个夜晚,先生的那些风光没有一丝能够落在她的身上。因为那句话不是对她说的。如果这时候能够听到那句话就好了。可惜那是不可能的事情。

听说先生这时候在离山,就算收到消息后以最快的速度赶过来,也来不及了。

落落走到栏畔,握住颈间系着的那颗石珠,望向红河对岸的远山。她相信,先生这时候应该正在翻山越岭的另一边。可能还有数万里路,但终究是在路上。这样就很好。她很满足。

忽然间,她神情微变。因为群山上方的那片云层忽然剧烈地搅动起来。云层上出现了一道洞口。一道光柱落下。那道光柱里蕴藏着极其神圣的气息,而且威严莫名。红河两岸的禁制瞬间被这道光柱刺破。

一只白鹤从那道光柱里飞了出来。清亮的鹤唳响遍整座白帝城。同时响起的还有一道声音:

"我反对!"

第四章

如果黑袍或者魔帅来了白帝城,那么商行舟必然会来,相王应该也会来,甚至就连伤势未愈的王破都会来。

120 · 师命难违

一只白鹤,在苍天上。这画面吸引了白帝城里的无数道视线。十余只灰鹫,从皇城高处飞起,向天空里迎了过去,然而这些以凶猛难驯著称的凶禽,今日却不知为何显得格外胆怯,根本不敢靠近那只白鹤,隔着还有数里远便不敢再往前。

无数道视线随着那只白鹤移动。在极短的时间里,那只白鹤便从红河对岸的群山间来到皇城最高处,然后落下。

远古之后,像犍兽、土狲这样的恐怖妖兽已经难觅踪迹,仙禽更是罕见。妖族民众很是震惊,不停猜想着鹤背上那人的身份来历。

西荒道殿大主教带着数十名教士跪了下来。他们脸上的神情很是恭谨甚至可以说谦卑,但眼里的情绪却是非常热切甚至可以说是狂热。唐家执事与那些天南修行者很快也醒过神来,带着震惊的情绪拜倒行礼。大周使臣的情绪有些复杂,但也未做太多犹豫,也带着部属跪了下来。

看到这幕画面,有些妖族民众想起当今大陆最著名的那只白鹤,隐约猜到了那人的身份。皇城前的议论声忽然消失了,变得一片安静。妖族与人族结盟千年,交流极多,也有很多国教信徒,震惊喜悦之余,纷纷跪下。

还有很多民众根本不知道发生了何事,也不知道白鹤上面那人的身份,只是见着身边很多人跪倒在地,虔诚叩拜,被这种气氛感染,下意识里也跪了下去。

从皇城到天守阁,在石墙与草甸上,无数妖族民众跪倒在地,如一片潮水。

微寒的风轻轻吹拂。青石地板上的那些小白花轻轻地颤动。白鹤缓缓收起双翼。

那个人站在了观景台上。他的左手握着一根神杖，还有些神圣的光线未曾散去，非常明亮。他的眼睛，要比神杖上面散发出来的光线更加明亮。

观景台上的气氛仿佛凝结了，安静到了极点。无数道视线落在他的身上，有着极为复杂的情绪。

大陆没有谁不认识这只白鹤，也没有谁认不出这根神杖。那么，自然没有谁会不知道他是谁。乘白鹤而至的不是仙人，是圣人。手握神杖的不是神明，是教宗。

从汝南王府到红河岸边，八万里路日夜兼程，强行突破禁制，陈长生终于赶到了这里。在这漫长的旅途里，他不知穿过多少云，吹过多少风，但面容依然干净，青色的道衣上也没有一点尘埃，只是平日里被束得极紧的道髻显得有些散乱。

落落揉了揉眼睛，歪了歪头，显得很可爱。她以为自己看错了，也听错了。待确认没有看错，也没有听错之后，她便笑了。这是由内而外，最真实的笑容，就像一朵花盛开的过程。任何看到这个笑容的人，无论是何立场，都能真切地感受到她此刻的幸福与愉悦。

落落向着陈长生飞奔过去。就像所有人想象的那样。但就在离陈长生还有几步的时候，她停了下来。

她停得如此之急，以至于靴底把坚硬的地面磨出一道清楚的印迹。她微微低头，双手轻揖，侧身行礼，仪姿完美，挑不出任何毛病。

"见过先生。"

前倨后恭，必有所图，因为改变必然有原因。落落的表现，自然也有原因。陈长生知道，所以没有说什么，只是看着她。他有很长时间没有看过她了。五年。

不知道是天赋血脉的原因还是星海的怜爱，时光在落落的小脸上没有留下任何痕迹。陈长生仿佛还是在看当年的那个小姑娘。这五年时间里，他很少给她写信，以为她会渐渐忘记当年的那些事情。但时光对她来说确实没有什么用。

她没有忘。他当然也没有忘。

他现在是教宗，是国教学院的院长，有很多学生，有很多像安华那样狂热的信徒。但他真正的学生就只有一个。而且她是他最早的追随者，当他还是个无人知晓的少年道士的时候。

想着这些事情,陈长生的脸上出现一抹微笑,就像一缕春风。他的声音也像春风一样,并不刻意动人,却是那般容易亲近,然后缭绕不去。

"起来。"

落落站了起来。她最听他的话了。陈长生最疼她了。

所以他说的第二句话是,"过来。"

落落走到他的身前。她站到了他的身后。就像当年在国教学院的第一个夜晚那样。当那名魔族刺客向她杀过来时,陈长生站到了她的身前。也像在青藤宴第一个夜晚那样。当天道院教谕准备出手的时候,陈长生把她拉到身后。

落落看着陈长生的后背,想着父皇说的那句话真对。天塌下来,总有高个子会帮你顶着。先生一直都比自己高。

她的视线落在陈长生的衣角上,想起桉琳大主教在信里提到的画面,忽然生出一种冲动。那个魔族公主都能抓,自己为什么不能抓?但最终她没有伸手,因为她骄傲地想到,自己是先生的学生,根本不需要证明给别人看。

她不再去想过去的那些事,不再去想现在的这些事。父母之命,与魔君的婚事,她都不用想了。她知道先生会帮自己处理。

她这时候只需要专心地看着陈长生。然后不停地感慨。先生的背影真好看。先生身上的味道还是那么好闻。

很多视线都落在陈长生的身上。就像落落一样。

陈长生没有理会这些视线。他在看牧夫人。

牧夫人沉默了会儿,说道:"教宗是来观礼的?"

陈长生说道:"我说过,我反对。"

牧夫人淡然说道:"你的反对有用吗?"

陈长生说道:"我不准她嫁,她就不能嫁。"

有声音从不远的地方传来。

"凭什么?"

陈长生没有去看,平静说道:"因为我是她的老师。"

观景台无比安静。风拂梨花发出的簌簌声,都是那样的刺耳。

牧夫人先前说过,婚姻便是父母之命,媒妁之言。落落与魔君的婚事,是她与白帝确定的,是妖族祖灵同意的,那么谁能反对?从道理上来说,确实找不到谁有资格反对。幸运的是，落落有位先生。整个大陆都知道这件事情。

天地君亲师。一日为师，终身为父。他非常有资格，反对这门婚事。

落落从他身后探出头来，说道："大家都听到咯，我也没办法，师命难违啊。"

说这句话的时候，她睁着大大的眼睛，显得特别无辜，特别可爱。

121·还有谁？

这画面太过可爱，以至于落落自己都觉得有些不好意思，笑了起来。她的笑声很清脆，咯咯咯咯。她刚才说的那句话里，也有一个咯字，读音不同，字却是相同的。她从小就习惯这样说话。只是从京都回到白帝城后，尤其是最近这段时间，她再没有这样说过话，再没有这样开心地笑过。她变得平静而沉稳，就像已经真正长大。直到今天陈长生驾鹤而来，她又忽然变回了当年的那个小姑娘。

看着这幕画面，听着笑声，有些妖族大人物觉得好欣慰，但更多的妖族大人物的心情却很沉重。他们知道落落为何会如此愉快，因为她相信陈长生一定会管这件事情，他们对此也深信不疑。作为人族教宗，陈长生不会允许自己的学生嫁给魔君，更不会眼睁睁看着妖族与魔族结盟。

牧夫人接下来会怎么做？一阵大风忽然从皇城后的山野里呼啸而至，带着微咸的味道，也带着湿意。这应该是海风，不知道是不是来自遥远的大西洲。散落满地的梨花被风拂动，渐渐飞舞起来，却没有飞得太高，绕膝不去。无论是海风还是梨花飘舞，都只是因为牧夫人深深地看了陈长生一眼。深是深沉的深，仿佛深渊，其间隐藏着令人感到寒冷的意思。

但没有等牧夫人开口说话或是做些什么，场间再次发生变化。熊族族长提着沉重的铁棍走了出来。士族族长把手伸到空中试了试这阵海风的温度，摇了摇头，也走了出来。丞相带着十余名大臣还有妖将，也走了出来。他们从观景台四周的人群里走了出来，也就是站了出来。

哪怕明知要面对那道海风里蕴藏着的威严与力量。这便是站队。

丞相与族长与那些大臣妖将，代表着妖族里很大一部分势力。他们本来就与人族关系亲厚，坚决反对与魔族结盟。

先前在殿里，他们就已经表达过自己的态度，之所以没有坚持，在落落被逼婚时也没有动，是因为只凭他们自己的力量，很难在没有足够准备的情形下，正面对抗牧夫人与长老会的集体意志，更何况这似乎也是白帝陛下的意思。

但现在陈长生到了。他是教宗，有足够的资格代表整个人族。如此强大的外援到场，还不抓住这个时机表明态度，那他们还有什么资格站在这里？

那阵海风里蕴藏着极其强大的意志与明确的意思。陈长生感知得非常清楚，但没有想过退让。直到此刻，他也并不是非常清楚究竟发生了什么事，只是明白了大概的局势。

但他相信，就算这真是白帝与牧夫人的意志，妖族里依然还有很多势力会愿意支持自己，或者说愿意支持人族。更重要的是，他非常确信，牧夫人不会向自己出手，至少在这么多视线的注视下。

任何事情都有度。妖族要与魔族结盟，可以用轩辕破的死亡作为彼此取信的祭品，但陈长生不行。他的身份地位不同。如果他死在白帝城，死在妖族的手里，必然会在大陆掀起一片惊涛骇浪。

哪怕暗地里，他的老师商行舟如何高兴，当其时，大周朝廷也一定会集结大军向妖域发起猛烈的攻击，不然亿万信徒的怒火，会直接把京都里的那些宫殿与王府直接烧成灰烬。至于离宫会有怎样激烈甚至疯狂的反应，更是不用想便能知道。

妖族与魔族结盟，为的是安全与前景，怎么会愿意付出如此惨烈的代价？

那阵海风渐渐散去，洁白的梨花重新落在地面上。牧夫人平静如前，没有出手。

陈长生想得没有错，但他想错了一件事情。牧夫人确实不会亲自动手杀他，但在她的眼里，陈长生依然已经是个死人。因为有人比她更想陈长生去死。

一道平静的声音响了起来。

"师命难违？师死自然无命，那又哪里还有什么师命呢？"

陈长生望向梨树下的那个人，没有说话。在雪岭里他曾经见过对方，知道对方的身份。大陆最有权势的魔君，居然孤身一人出现在白帝城里，这意味着什么，他非常清楚。

商行舟在那封信里提到的事情，果然变成了现实。这是最不好的局面。陈长生的心情有些沉重，眼神却更加淡漠。

魔君看着他微笑说道："雪岭一别，已然多日，不知道你今天还能不能活下来。"

在场的妖族强者们应该不会向陈长生出手，但他一定会出手。因为妖族可以选择，而魔族与人族之间没有任何机会和解，至少在数百年里看不到一丝可能。魔族与人族之间的仇恨太深。洛阳之围以及北伐灭魔时，双方在彼此的集体意志里留下了最为残酷、无法磨灭的印迹。如果提议两族议和，哪怕是魔君与陈长生这样的身份，都会直接死无葬身之地。

最忠诚的下属与追随者，都会离他们而去，所有的信徒与臣民都会向他们走过的地方吐口水。商行舟与唐老太爷这样的老人一定会让陈长生神魂俱灭。雪老城里的元老会与魔帅率领的数十名魔将一定会把魔君从皇位上掀下来，然后扔进那道深渊里。

所以说，魔族与人族不可能和解。魔君一定会杀死陈长生。雪岭那夜的故事已经证明，他也确实拥有这样的能力。陈长生的修道天赋再高，依然不是他的对手。

熊族族长想要上前，被鹿族太公拦住了。相族族长带着深意看了士族族长一眼。维持秩序的红河妖卫，警惕地盯着所有地方。

观景台上有些微乱，气氛变得更加紧张，甚至出现了几处冲突。牧夫人神情漠然，理都没理这些事情。像过去的无数年里那样，白帝城依然还处于她的控制之中，没有谁能够出手帮助陈长生。而且就算陈长生死在这里，与妖族也没有任何关系，这是多么完美的结局。

魔君看着陈长生说道："我有些好奇，商行舟会不会破万里而至来救你？"

陈长生想了想，说道："以老师他的行事风格，应该不会。"

魔君用怜惜的眼光看着他说道："最年轻的人族教宗就这样死去，着实令人感慨。"

陈长生说道："先不用感慨，因为老师不来，黑袍与魔帅想必也不会来了。"

这句话里隐藏着另一层意思。如果黑袍或者魔帅来了白帝城，那么商行舟必然会来，相王应该也会来，甚至就连伤势未愈的王破都会来。在黑袍与魔帅看来，只要神圣领域强者不至，谁都不可能是魔君的对手，所以他们一定不会来。

魔君微微挑眉，说道："你想说什么？"

陈长生说道："我想说的是，那还有谁能阻止我杀死你呢？"

122 · 梨花落

鲤族族长与鹿族太公对视一眼，忽然觉得有些不安。熊族族长与那些妖将望向场间，停手不再攻击。相族族长额上的皱纹变得深密了很多，疑问渐生。牧夫人静静看着陈长生，不知道在想些什么。

没有谁看好陈长生，但他只说了一句话，人们对场间局势的判断便改变了。因为说这句话的时候，陈长生的神情很平静，声音也很淡然，隐藏着极强的自信。

不，甚至没有隐藏，那份自信就像是他的剑一样，破云而出，无比凌厉，让所有听到他声音的人都感到耳膜有些刺痛，让所有看着他的人都觉得自己的睫毛仿佛要断落。魔君看得很清楚，陈长生的眼神里没有任何色厉内荏，只有平静而坚定的杀机。

黑袍算无遗策，定会算到陈长生知晓落落的事情后会万里兼程赶过来，也能想到妖族可能会在这样的情形下选择暂时旁观，既然没有提前做安排，那便是确认他一定能够杀死陈长生。就像他自己的看法一样。

他不明白，陈长生的自信是从哪里来的。作为魔域雪原至高无上的主人，魔君习惯于控制所有事情。这种有些隐隐超出自己控制的感觉，让他生出了很多负面的情绪。

他挥了挥衣袖，似乎想要把这些情绪尽数拂掉。衣袖带起一阵清风，观景台上那些梨花被卷了起来，不停地飞舞着。看着这种情景，四周响起一阵震惊的低呼声。

花朵被风卷起是很常见的事情，之所以会有惊呼声出现，是因为有异象出现。本应洁白的梨花，不知因何缘故变成了黑色，而且是那种最纯正、没有一线杂质的黑色，而且本应轻柔的小花飘舞的轨迹变得非常诡异，而且显得非常沉重。

黑，便是没有光明。从天空里落下的光线，仿佛都被魔君的袖子吸引了过去。那些飘舞的小花变得如此沉重，也是因此。那棵梨树下的空间，仿佛有些变形。何等样的魔功才能形成这样的画面？

陈长生静静看着魔君的眼睛，没有理会忽然变得漆黑一片的环境。在这片如夜色的世界里，那些同样是黑色的小花仿佛消失了。

忽然有一抹极暗淡的白出现在他的视野里。极暗淡的白便是灰，是不见光明的深渊忽然看到朝阳的初刻。那是一朵梨花，悄无声息地飘到了他的身后。不要说是他，就连四周那些观战的妖族强者，都没能发现。

陈长生看着魔君，好像无所察觉。那朵正在渐渐变白的梨花，忽然间颤抖了数下，然后碎了。柔软的花瓣变成了无数道极细的丝，随着风到处飘舞，时而被光明点燃，时而被夜色涂黑。这画面非常美丽，而且诡异，没有谁知道这一切究竟是如何发生的。

直至此时，一道清亮至极的剑鸣才在观景台上响了起来。凌厉的剑意落下，那些花瓣细丝无力承受，纷纷断裂，然后坠落在地面，化作黑烟，就此消散无踪。

一把古意盎然的剑，不知何时出现在场间，静静地悬停在陈长生身后的空中。这把剑给人一种感觉，无论是谁想要攻击陈长生，都将迎来它强大而无情的反击。这把剑就像是陈长生最忠诚的侍卫，又像是永远不会背叛他的同伴。

这是很多人第一次看到陈长生的剑法，这套传说中的剑法。

陈长生距离神圣领域还很远，但在很多人看来，他的剑法已经称得上超凡脱俗。作为苏离的衣钵传人，在秋山君失踪的这些年里，他已经被公认为下一位剑道大家。他的剑法早已传播开来，在场的妖族大人物们也都知晓，但真正亲眼看见，依然还是震撼不已。

魔君神情不变，当初在雪岭那夜，他便见识过陈长生的剑法，知道远非于此。他向前踏了一步，夜色向着光明而去，梨树在他的身后仿佛要变成剪影。寒冷的夜色呼啸而起，地面上的那些残落梨花尽数而起，向着陈长生飘了过去。那些梨花的速度并不快，甚至可以说缓慢，有一种非常沉重的感觉。

看到这幕画面的妖族强者们生出极强烈的警兆，如果与这些梨花触着，必然极惨。问题在于，至少有数千朵梨花在空中飘舞，陈长生如何能够避开？就算他有办法避开，站在他身后的落落殿下怎么办？

魔君知道陈长生会怎样做。那个名为藏锋的剑鞘里会涌出无数把剑，然后把漫天梨花斩碎，甚至削成无力承风的细丝。就像先前对付那朵梨花一样。

事实上，魔君就是想要邀请陈长生这样做。因为像大陆上的所有修道者一样，他也一直很好奇，陈长生当年究竟从周园剑池里带出来多少剑。更重要的是，这是雪岭那夜之后，他为杀死陈长生专门准备的手段。当漫天梨花被陈长生的剑雨尽数斩落之后，便是死亡降临的时刻。

接下来发生的事情，与魔君的预想一模一样，也是相族族长这样的强者事先便想到的。无数凄厉的剑鸣响起，凌厉的剑意仿佛要从地面直接贯穿天空，观景台坚硬的地表上出现了无数道深刻而笔直的剑痕，那些漫天飞舞的梨花被纷纷斩落，无数恐怖的空间裂缝在其间闪现。

看着这幕情景，很多人的眼睛里满是惊惧。不要说那些沉重如山的梨花，不要说那些凌厉至极的剑意，只说这两道强大气息对冲造成的空间裂缝，便足以杀死在场的大多数。

不知道过了多长时间，梨花终于落尽，没有留下任何痕迹，只有淡淡的残香。那些恐怖的空间裂缝也渐渐合拢，看着就像是来自深渊的恶魔们闭上了它们的眼睛。数百道剑静静悬在空中，看着就像是一场将落未落的暴雨。在这片剑雨里，陈长生静静看着魔君。梨花落尽，他没有死。因为魔君的那个手段没有出现。

魔君的神情前所未有的凝重，甚至可以看出一抹震惊。他盯着陈长生的眼睛问道："这又是什么剑法？"

123 · 剑 域

数百道名剑，静静地悬在空中，如风雨一般，带来无穷压力。看着这幕画面，感受着扑面而来的森然剑意，观景台四周的人们下意识里向后退去。终于看到了传说中的剑法，人们感到震惊，然后生出敬畏，最终却落于不解。因为魔君说的那句话——这又是什么剑法？

难道说陈长生这时候用的并不是传说中的那套剑法，可明显与传说中没有任何区别啊？只有相族族长等真正的妖族强者，看着静悬于空中的数百道剑，才隐约感知到陈长生的剑与传闻里确实有些不一样。

魔君知道陈长生能够斩落漫天梨花，甚至这本来就是他想要看到的场面。因为他真正的手段或者说杀招，隐藏在漫天梨花之后。万剑齐发，是陈长生最强的手段。

用不同的剑施展出不同的剑招是非常匪夷所思的事情。这需要他拥有强大且稳定到了极致的神识，需要掌握无数剑招。无论从哪个角度来看，这种剑法都应该算是剑道的巅峰境界。陈长生的剑道修为再如何惊世骇俗，都没有办法再进一步。因为那些剑都是独立的个体，无论从剑意还是形状或者剑招来说，都有着极大的差异。

没有人能够把这些剑真正的合而为一，从而变成真正完美的剑法。即便是陈玄霸复活，苏离重新开始学剑，也没有办法解决这个问题。陈长生以前也无法解决这个问题。

以往当他出剑的时候，等于是数百名聚星境界的剑客在同时出剑。这种剑法的威力自然极大，在北兵司马胡同，在雪原战场上，在雪岭那夜，可以让小德和那些天机阁的刺客拿他没什么办法，可以在数息时间里斩杀百余魔族狼骑，可以让他在魔君的手下也能暂时保住片刻性命。

但是这种剑法也有一个最致命的地方，那就是各自为战，待剑势稍缓之时，必然会出现漏洞。那些剑，那些剑招，那些都叫作陈长生的剑客，终究不能变成一把剑，一记剑招，一个陈长生。这就是魔君想要抓住的漏洞，也是他为陈长生准备的死亡时刻。

但他没有想到，当那数百道剑斩落漫天梨花之后，竟然没有丝毫停滞，更加不显混乱。那数百道剑始终显得那般沉稳，给人一种无懈可击的感觉。所以魔君没有出手。他很清楚，陈长生并不是已经把这数百道剑炼成了一剑。如果陈长生的剑道修为强大到了这种程度，那必然可以随意抬脚迈入神圣领域，而他这时候肯定已经死了。哪怕牧夫人在场。

陈长生应该是用了某种方法解决了这个问题。以往他出剑的时候，那些剑的方位并不确定，完全由剑意自行其是。

但今日无论是刚才高速削斩梨花，还是此时静静悬在四周，那数百道剑各自的方位是确定的，不会发生任何偏移。

位置是相对的，这种确定便是联系。无论是距离，还是角度，都是一种联系。两道剑之间的联系，会是一条线。三道剑之间的联系，会是一面墙。数百剑之间的联系，就是一个世界。世界便是领域。

聚星境界强者的领域被称为星域，那么这些由剑组成的领域或者能够被称为剑域。陈长生和落落站在风雨般的群剑中。无数星辉从他的衣衫深处溢出，照亮了那些剑。完美的星域与完美的剑域叠加在了一起。那些剑在风里微微颤抖，明亮的剑身开始闪烁，就像是真正的星星。

这就是他的星空世界,没有人能够走进来。

那些剑离开剑鞘,却没有就此分离,而是生出一种更加紧密、仿佛同伴的关系。陈长生的剑法便较以前有了本质上的不同。

妖族大人物基本上都是第一次看到陈长生的剑法,所以没有发觉其中的异样。魔君在雪岭曾经与陈长生战过,而且今日与这些剑隔得最近,所以感受最为明显,最先发现问题。他思而不得其解,于是把这个问题说了出来。"这又是什么剑法?"

观景台上很安静。越来越多的妖族强者发现了这个问题,感觉到了那道剑域的存在,于是望向天空里那数百剑的目光变得更加震惊。

牧夫人的眼神都变得凝重了数分。数年前在京都,她虽然没有与陈长生真正照过面,但观察过他那几场著名的战斗。当时陈长生就已经表现出远超年龄的剑道修为,令她隐生警惕。她没有想到,短短数年时间,陈长生的剑道修为居然又有了如此大的提升。当星辉照亮剑域时,她甚至在陈长生的身上隐约看到了半步神圣的感觉。

难怪他可以凭借国教神杖破掉红河两岸的禁制。只是这剑域究竟是怎么回事?难道是那套剑法?不可能,他只是一个人……牧夫人的眉头微蹙,有些难以相信自己的推论。

这时候魔君再一次说道:"请赐教。"他的神情很凝重,非常认真。

微寒的风拂着观景台上的微尘,已经没有微微颤动的小白花。太阳早已悄无声息地爬到了天空的高处,却被西海上流来的云遮住了容颜。绝对的安静里,无数视线落在陈长生的身上,等待着听到他的解答。

陈长生没有说话。落落又一次从他身后探出头来,看着魔君嫣然一笑说道:"就不告诉你,急死你。"

魔君没有理她,看着陈长生说道:"没想到不过数十日时间,你的剑道修为又提升了如此之多,不过你这所谓剑域乃是以星域为引,只能在防御时做到完美,一旦进攻便会漏洞百出,想要凭这个手段杀死我?那不过是痴心妄想罢了。"

陈长生还是没有说话,缓缓抽出无垢短剑,然后安在了藏锋剑鞘上。看着这幕画面,观景台上的气氛变得更加紧张,因为虽然没有亲眼见过,但很多人都听说过教宗的行事风格。

落落安静地向后退了两步，握住了那颗石珠。

陈长生神情平静，但所有人都已经看出了那抹杀意。他非常想要杀死魔君。这是周通之后，他非常明确，甚至渴望地想要杀死一个人。哪怕真的是痴心妄想，也要想。更不要说他现在非常有信心。

只要牧夫人和那些妖族强者不插手。他有七成的把握。

124·霜云崩石

直至此刻，陈长生依然不知道白帝城里具体发生了什么事情。妖族为何会与魔族结盟？白帝夫妇的真实想法到底是什么？

但不管到底发生了什么事，只要他能够杀死魔君，一切都会迎刃而解。落落总不能嫁给一个死人。雪老城里的元老会与魔帅一定会暴跳如雷。而向来不惮以最大的恶意猜忖世间的黑袍，会不会认为这是他与牧夫人联手设下的局？

当然，想要让牧夫人忽然改变主意任由他杀死魔君，这是非常困难的事情。但谁知道呢？也许在稍后最关键的时刻，牧夫人忽然发现，魔君死了对她和妖族来说，可能很有好处。

可能是非常有意思的一个词，意味着开放的结局，任何想象都有变成现实的机会。当陈长生想着这个词的时候，魔君也在想着这个词。他发现自己真的有可能败在陈长生的剑下。但他依然不觉得自己有可能死在远离雪老城的异国他乡。而且就像陈长生很想他死一样，他也很想陈长生死。

如果陈长生死在白帝城，哪怕亲自动手的是他，妖族依然难以摆脱干系。牧夫人再如何老谋深算，从那一刻起也无法再左右逢源，而必须完全倒向魔族，不然只凭妖族的力量根本没有办法对抗人族失去教宗之后的惊天怒焰。想到这些可能发生的情况，魔君杀死陈长生的意志再次变得坚定起来。

观景台是皇城高处一片极宽阔的石台，方圆千丈，除了栏边那棵梨树之外，再没有任何树木花草，当相族族长等大人物退出之后，便显得更加空旷，甚至生出一种清寂渺然的感觉。

魔君还是站在梨树下，树枝梢头已经没有小白花，但还有青青的叶片，看着生机盎然。对面是风雨群剑，陈长生与落落站在里面。一道寒意从魔君的身上向着天地间散溢而去。那道寒意是如此的极致，如此的纯粹，以至于青色的叶片都变得透明起来，仿佛被冻住一般。不止是观景台，整座皇城甚至白帝城里，都因为急剧降低的温度而生出无数雾气。

那些雾气凝在一起便是云，可是那云不是白色，而是黑色的。这些画面无比诡异，恐怖异常。那条著名的深渊，仿佛被魔君搬来了此间。那道寒意便是传说中的魔息？

这不是陈长生的疑问。他在雪岭里与两代魔君都交过手，知道这确实就是魔族皇室最本质，也是最强大的手段。魔君是当今大陆血统最纯正的魔族皇族。他的魔息自然是大陆最纯正极致的恐怖事物。

如果是对付普通的人族修道者，魔君只需要凭借魔息天然带来的极端低温，便可以轻而易举地冻凝对方的识海，僵硬对方的经脉，最后霸道无比地摧毁对方的肉体。

从某种角度来说，长生宗除苏修行的黄泉功法与魔族皇族的手段非常相似。当初发现这一点后，陈长生甚至想到了某种可能，数百年来长生宗与雪老城一直暗中勾结，说不定那位前代宗主便是受了前代魔君的指点，才走上了修行黄泉功法的邪路？

因为小黑龙的原因，陈长生不怕除苏的黄泉流功法，自然对魔君的手段也有抵抗之力。漫天降落的霜花与皇城下方渐渐升起的寒云，根本无法对他造成任何影响。他的视线穿透那些霜花，落在梨树下的魔君身上。

随着他的视线落下，观景台上响起无数声凄厉的剑鸣。有无数道剑光生起，又迅速敛没，再也无法看见。

魔君没有动，只是神念微动，便已经出手。陈长生也没有动，只是目光落下，便已经出剑。寒云笼罩着石台，把陈长生与魔君的身影尽数遮住。

再也无法看到那些霜花，那些冰叶，也看不到那些天空里的名剑。只能听到清脆的剑音，低沉如深渊咆哮的沉闷撞击声不时从那片寒云里传出。

偶尔会有一道剑光如闪电般照亮寒云一隅，把那些霜花的脉络照耀得无比清楚，美丽至极，仿佛并非真实，也把里面那两道身影照耀得无比清楚，诡谲如烟，仿佛并非真实。

那道如闪电般、光明能够穿透寒云的剑，自然便是陈长生手里握着的无垢剑。无论寒云里的魔息如何恐怖强大，依然不能在无垢剑的表面留下任何痕迹，哪怕战斗至今，依然明亮如镜。

陈长生与魔君用的都是耶识步，他的耶识步自然没有魔君的境界强，但这些天经过南客的点拨，再加上他曾经在雪岭里用过的以剑入身法，可以与魔君在速度方面持平。

那么能够决定这场战斗胜负的，依然还是力量。力量是一个听上去有些简单的词，实质上却是一个非常复杂堪称宏大的概念，只有像别样红这样的大陆强者才可以真正明了其中真义，前日他对轩辕破的那番指导实际上是非常重要的，只是不知道轩辕破领悟到了多少。

陈长生与魔君还很年轻，但都是极具天赋的绝世奇才，对这个概念已经有了自己独特的认知，于是这场战斗始终被严密地控制在寒云里，意味着没有任何多余的气息流失。

但周园也可能被强行破开，星域也无法真正隔绝世界，只要生活在星空下，便一定会与这个世界发生联系，这场被寒云遮掩的战斗进行到最后，终究还是露出了真正的声威。

那是无形的魔息深渊，无声的剑意海洋，哪怕溢出寒云的只是些余波，哪怕只是波及，依然对四周的环境产生了极大的影响，寒云外的青石地面上出现无数道深刻的裂缝，看着就像是蛛网，而且还在不停向外界蔓延，如果不是有禁制护持，只怕这座宽阔的石台早已崩裂成了无数石块。

这场战斗对远处的影响反而要更大一些。皇城前的广场上出现了很多细密的痕迹，短但非常直，看着就像是剑削出来的一般。无数蚂蚁从地底涌了出来，然而未曾走出半尺距离，便被一道无形的气息冻僵，然后迅速朽化。

鲸落台外缘忽然出现了一道极深的裂缝。伴着一阵恐怖的咔嚓声，鲸落台塌了。一块巨石向着下方滚落，越来越快，带着呼啸破空的声音，砸向了皇城前那片黑压压的人群。

125 · 剑落千堆雪

皇城依山而建，其势极陡，观景台在最高处，离皇城前的那片广场很远，鲸落台裂落的那块巨石顺着山势滚下去，声势惊人，一路不知碾碎了多少石墙假山，但离砸到地面还有段时间。

听着轰隆如雷的声音，很多民众抬头望去，脸色顿时变得煞白，拼命地向远处避去，只是到处都是人挤着人，想要及时退到安全的地方哪是这么容易的事，惊声的尖叫与喝骂声还有哭声，让场间显得无比混乱。

鲸落台崩裂的声音以及随后响起的哭喊声，也传到了观景台上。很多大臣与妖将被震惊得身体僵硬，根本做不出反应，也没有能力解决即将到来的惨剧。那些来得及反应，并且有能力拯救那些民众的真正强者，却是根本没有反应。他们依然盯着那片寒云，注视着其间偶尔闪亮的剑光，专注到了极点。

鲸落台崩落的巨石最多会让皇城前死数百民众，对这些大人物们来说，根本算不得什么大事。这场战斗的胜负才是真正的大事，因为这将会决定数百万生命的死活。

忽然，那些清冽剑鸣消失了，有风自四面呼啸而至，把寒云拂得淡了数分。群剑自云深处飞回陈长生与落落的四周，微微振动，发出嗡鸣。

谁胜了？陈长生的脸色有些苍白，左耳后方有道极浅的伤口，发丝被血黏住不再飘起，借着天光的映照，可以清楚地看见，那道浅而短的伤口里有些黑渍，应该是魔息的结晶，但不知道被什么事物包裹了起来，有些晶晶发亮。

魔君的情形要更加狼狈一些。束发的金环断裂成了十余截，黑发尽散，在他的身后飘舞着。他的衣衫上出现了五道裂口，笔直一线而且极深，一看便知道是剑痕。只有一道剑痕里有鲜血溢出，就如金色的浆液一般，在暗淡的天光下依然无比刺眼。

那棵梨树更是被陈长生的剑斩成了最细微的碎屑，被风拂得满地都是，与尘埃混为一体，再也无法看见。

站在空旷的地面上，魔君的身影显得有些凄清。难道真的是陈长生胜了？他用的究竟是什么剑？观战的妖族强者们看着这幕画面，很是震撼，在很短的时间里生出了无数想法。

是的，陈长生获得了这场战斗的胜利。如果不是魔君拥有难以想象的身躯强度，说不定这时候已经被他的无垢剑直接斩成了两截。

当然魔君的境界手段也着实可怕，风雨般的群剑竟没能对他的视线造成任何影响，他的决断力更是强大到了极点，竟然冒着极大的风险承受了陈长生的前四剑，用狂暴的反击让陈长生也受了伤。

不要小看陈长生颈间那道浅浅的伤口，因为那道伤口里的黑渍是魔君最精纯的魔息结晶，一旦遇着血肉便会急剧蔓延，就像星星之火般点燃整座草原，哪怕是进入了神圣领域的强者也必须立刻离开，想办法把这些魔息结晶去除。

陈长生距离神圣领域还有一段难以逾越的距离，按道理来说必死无疑，但幸运的是，他本来就是无垢之躯，又曾经浴过龙血，再加上他自己的血里蕴藏着无数圣光能量，还混着天凤真血，刚好可以压制魔君的手段。

观景台上安静至极，仿佛死寂的坟墓，下方传来的轰隆声与哭喊声变得更加清楚。妖族强者们依然没有理会，只是盯着场间的陈长生与魔君，震惊至极，情绪有些复杂，心意渐渐改变。

那片寒云虽然遮掩了风雨众剑与绝世魔功的痕迹，但妖族强者们哪里会感知不到其间的惊险与可怕？

陈长生与魔君当然都是年轻一代里的最强者。

但在这场战斗里他们展露出来的境界、修为、实力以及所有，依然强大得超出了整个大陆的想象。更重要的是，这是一场具有历史意义的战斗。

陈长生与魔君都还没有进入神圣领域，但一位是大陆北方的帝王，一位是人族的教宗，整个大陆都坚信不疑，只要给他们足够的时间，他们必然会跨过那道门槛。换句话来说，他们本来就是、将来一定会成为真正的圣人。

他们将会是以后这片大陆的统治者，他们的名字必然会在史书上出现很多次，当他们还年轻的时候进行过一场战斗，那么这场战斗的结果也必将会在今后的数百年里不断地影响整个大陆的局势，不停地改写着历史。

接下来还会发生什么事？当妖族强者们看到陈长生再一次举起手里的无垢剑时，不禁觉得寒意骤生。难道陈长生真的要继续出剑，直至杀死魔君？难道历史会提前在这里画上一个休止符？

看着陈长生再次举起手里的剑，魔君的脸色有些苍白，不是因为恐惧，而是因为愤怒。他看着陈长生的眼睛里除了杀意，又多了一抹戾意。战斗开始之前，他以为凭自己的能力就可以杀死陈长生。所以他没有准备动用自己最强大的手段。

他即便拿着星空杀，还是觉得那个手段太过凶险，最好不要用。他没有想到的是，陈长生的剑道修为居然在短短数十日里变得如此强大。自己不要说杀死对方，就连击败对方都很难。这让他觉得非常羞辱。

于是他做出了决定。他握住了袖中那个冰冷的硬物。等待着陈长生的剑再次落下。

353

当魔君握住袖子里那样事物的时候，没有谁提前察觉到任何异样。只有白帝城里那些正在重聚的云雾，忽然加快了速度。

那块崩裂的巨石还在滚落，离地面越来越近，无数妖族民众哭喊着，无力而绝望地等待着死亡的来临。

魔君等待着陈长生的剑来临。牧夫人的神情忽然变得凝重起来。不知道是因为魔君握住了袖子里那样事物，还是……陈长生的剑没有落下。

是的，观景台上的所有人都没有想到这一点。伴着嗖嗖的声音，无数道剑从陈长生握着的剑鞘里疾飞而出。但那些剑没有斩向魔君，而是飞出了观景台，没入云雾中。那些剑把云雾搅动起来，带出无数道云丝，看着有些像雾。但更像是电，因为那些剑太快了，用肉眼只能看到它们在空中留下的明亮痕迹。

甚至看到这幕画面的人都产生了某种错觉。当这些剑破雾而入的同时，便已经来到了皇城之前。

其时，那块从天而落的巨石与地面还有数十丈的距离。

哭喊着、尖叫着四处躲避的人群，渐渐停下了脚步。因为他们没有感觉到大地的震动，没有听到巨石落下的声音。也不是一片安静，而是有无数擦擦的声响在密集地响起，就在他们的头顶。他们往天空里望去，神情变得有些恍惚起来。他们看到了一幕很神奇的画面。

那块巨石停住了，就像是飘浮在了天空里。有无数道剑，如闪电一般向着巨石下方斩落，不停地发出切割硬物的声音。那些剑太快，数息之间，便已经贯穿了无数个来回。那块巨石的表面出现了无数道笔直的缝隙，越来越密集，然后崩解了。

皇城前再次响起一片恐惧的喊声。

有些民众在躲避时受了伤，无法再移动，就在巨石正对着的下方。一位上城贵女绝望到了极点，不停地哭着，看着很是可怜。一名松町的熊族苦力，伸手把她抱进了怀里，然后把结实的后背交给了天空。他刚才为了把包子铺的厨子师傅扔出人群，他的腿受了重伤，已经来不及离开。

只是再结实的后背，也无法承受巨石的重量。他就算把那名贵女护在了怀里，也只会被一道砸成肉泥。但在生命的最后一刻，能有一个温暖的怀抱，能

354

够感受到善意，能够施予善意，终究都是安慰。

当听到那道恐怖的喊声时，那位上城贵女知道巨石就要落下了，哭声变得更大。那名熊族苦力把她抱得更紧了些。

不知道过了多长时间，那些恐惧的喊声忽然变成了劫后余生的狂喜乱喊。那位贵女渐渐止了哭泣，带着畏惧往天上望了一眼。那块巨石没有落下来。也没有如暴雨般的碎石落下来。

缓缓飘落的是石粉。那些石粉很细很轻很白。看着就像是雪。那名熊族苦力把她扶了起来。那名上城贵女有些不好意思。在飘落的石雪里，二人对视了一眼。想着先前那样亲密无间的拥抱，不免有些尴尬。

上城贵女轻声说道："谢谢你。"

熊族苦力挠了挠头，说道："不客气。"

上城贵女看着他的眼睛，认真说道："我要嫁给你。"

126·一个人的南溪斋剑阵

殿前的大人物们并不知道皇城前的那些画面，不知道具体发生了什么事情，更不知道那块巨石被斩成了千堆雪，然后可能成就一位熊族苦力与一位贵族小姐之间的姻缘。但他们知道那些从陈长生剑鞘里飞出去的剑做了些什么。

观景台四周一片安静。陈长生又胜了。

魔君很清楚，在场的大人物们也都知道他胜在何处，以及那个又字的意思。牧夫人神情依然淡漠，不知道在想些什么，相族族长与鹿族太公等人的脸色则有些难看。

熊族族长很是欣慰，觉得没有看错陈长生，士族族长更是满意，觉得教宗陛下在如此紧张的时刻，还没有忘记用这样的手段来稳固人族与妖族之间的友谊，真是心思缜密，决断了得。

陈长生并没有想到那么多，他只是发现了这件事情，然后就做了。按照心意行事，又哪里需要动心思？无数剑自观景台外飞回，与他身周的那数百道剑合为一处。

这个时候，一道漠然而又高远，仿佛来自星海的声音出现了。

"停手吧。"说话的是牧夫人。

355

陈长生没有停。他要杀魔君,魔君要杀他,既然还没有断定生死,那么战斗自然就还没有结束。不到最后,便没有真正的胜负。

观景台上的空气被森然的剑意斩成了无数片割裂的区域。暴雨般的剑势仿佛要把天空里的云层掀翻。星辉雪原在他的身躯里猛烈地燃烧着。他的识海里荡着数百丈高的狂澜。天空里的群剑,依照着他神识的指挥,施展出无数绝妙的剑招,相互配合着,向魔君杀了过去。如暴雨般的群剑伴着清亮的剑鸣落下,声势更胜先前。

面对着如此强大的攻击,面对着这套无人能够看破的剑法,魔君的脸上没有任何惧意。虽然他已经在陈长生的剑下连败了两场。他的神情很平静,双手自然地垂落在身畔,藏在袖子里。只有他知道,刚才牧夫人的那句话并不是对陈长生说的,而是对他说的。

因为先前那场战斗里魔君散发出的深渊气息,白帝城变得寒冷了数分,被阳光温暖了没多长时间的街巷里再次生出无数雾气,忽然间那些雾气急速地流转起来,然后向着城市上方涌去。

牧夫人终于出手。她拂了衣袖,便有风自西海深处来,把红河两岸的雾气,尽数吹至此间。

无数雾气涌入皇城,顺着石阶、穿过花树来到观景台上,最终凝结成云。

那是最真实的云,却有着最不真实的绵密。与魔君的那片寒云相比,这片云更白,看着就像是羊群,似乎很简单,但如果用神识向里探知,或者便会明白什么叫作真正的深不可测。白云吞没了魔君的身影,然后挡住了自天落下的那片剑雨。观景台上一片安静。

陈长生与魔君当然很了不起,在以后的年月里必然成为真正的圣人。牧夫人已经成为圣人很多年了。即便陈长生与魔君带着国教重宝以及至尊魔器,也不可能是她的对手。而且她是妖族的皇后娘娘,在白帝陛下闭关静修的这段时间里,她的意志便是妖族最大的声音。

或者便是因为这些原因,魔君没有抵抗,任由那片白云淹没。在身影最终消失之前,他的手还在袖子里没有取出来。陈长生也没有让天空里的那些剑继续落下。

悄然无声里,时间继续前行,片刻之后,观景台上的白云终于散了。魔君的身影已然消失无踪,不知从云深处去了哪里。陈长生看着那处地面上的一道石缝,不知道在想些什么。

华美的衣袖缓缓垂落,白云流散,如瀑布般落入下方的城市里,一切恢复平静。牧夫人收手。

陈长生没有收剑。他望向了牧夫人。天空里的数百道剑,随着他的视线缓缓移动,最终对准了牧夫人。这个画面有一种很奇特的美感,也有一种难以想象的压迫感。难道,他要对牧夫人出剑?

"放肆!"鹿族太公脸色极其难看,对着陈长生厉声喝道,"教宗大人还不赶紧把剑收了!"

有些族长与大臣也对着陈长生纷纷呵斥起来。但更多的人始终保持着沉默。这种沉默本身就意味着很多事情。

有脚步声响起。熊族族长提着铁棍走了过来,站到了陈长生的身后。士族族长也跟着走了过来,但站的地方离落落要近些。接着丞相大人带着数位大学士以及越来越多的妖族大人物,站在了陈长生与落落的身后。

与魔族结盟是两位陛下的意志,并且得到了长老会大多数成员的认同,但在殿议之时,依然有四成的族长、大臣妖将表示了坚决的反对。

现在情形更加不同。教宗陈长生登场,带来了人族最强硬的回应,逐走了魔君。虽然牧夫人出手终止了这场战斗,但谁都能看出胜负。这一点非常重要。那些与人族交好、怜爱落落殿下的妖族大人物,拥有了更多的底气与信心。

而那些更多考虑妖族自身利益的大人物,也开始生出不一样的想法。

牧夫人静静看着陈长生说道:"我救了你一命,你不说报恩,难道还要以剑相向?"

陈长生知道她的意思。刚才就在他的剑要落下时,忽然感觉到了一道极强烈的警兆,仿佛有什么非常凶险的事情将要发生。这种感觉很少出现,上一次还是在雪岭看到那道贯穿星海的光柱之前。

他一直都注意到,魔君的手始终在袖子里。难道魔君准备动用星空杀?然而就算星空杀能够再次使用,魔君又如何能够把自己的位置告诉星空那面?这些问题没有答案,因为牧夫人出手,阻止了后续的发生。

陈长生知道牧夫人对自己没有任何善意,她出手应该是因为某些原因,不愿意魔君使用那个手段。不过终究是她阻止了这一切,让那道无比强烈的警兆消失无踪,所以他没有反驳。

对于局势的变化,牧夫人并不在意。她感兴趣的是陈长生的那些剑。

"你用的到底是什么剑?"

魔君不知道陈长生用的什么剑。牧夫人也不能确定。年岁极老、见识极为广博的相族族长还有极为聪慧的士族族长,也不认识陈长生的剑法。因为从来没有人见过这套剑法。自天书碑降世,今天是这套剑法第一次出现在星空下。

陈长生说道:"合剑术。"

在场的大多数人没有听说过这三个字。牧夫人听说过,而且先前已经猜到了些,只是无法相信。就像这时候,她听到陈长生自己给出的答案,依然难以相信。

她沉默了很长时间,说道:"我从来没有想过,相信就连初代圣女当年也没有想过,威震天下的南溪斋剑阵……居然可以从一个人的手里施展出来。"

127 · 剑就是他的命运

听到牧夫人的话,观景台上出现了一片诡异的安静。陈长生说的合剑术就是南溪斋剑阵!可既然是剑阵,怎么只有他一个人呢?这到底是怎么回事?牧夫人的感慨对很多人来说是困惑。他们根本想不明白,或者说脑子根本转不过弯来。

相族族长早已修至半步神圣,是场间除牧夫人之外的境界最高的强者,所以他很快想明白了牧夫人这句话的意思。他的神情变得异常凝重,望向陈长生的目光里,除了先前的警惕更多了几分敬畏。

剑阵既然是阵,当然要由很多剑组成,不可能是一个人。南溪斋剑阵闻名天下,也不可能有什么不同的地方——虽说两名南溪斋弟子便能以合剑术迎敌,发挥出剑阵里的某些威力,但真正的、威力最大的南溪斋剑阵至少需要数十名南溪斋弟子组成。

哪怕是最疯狂的人,也不敢想象某一日南溪斋剑阵会在一个人的手里出现。正如牧夫人刚才所说,就连当初那位天赋才华惊世骇俗、一手创建南溪斋剑阵的初代圣女也想不到日后会出现这样的画面。

陈长生为什么能够做到这一切？因为他的神识无比强大而且宁静，就像是深涧之水，斩不断，不会干。他有无数名剑，早已心意相通，施展起来，如手使指。他会无数剑法，意念微转，各宗派山门的剑招便能纷至沓来。

所以最初在周园里，他能用一道神识驭使万剑成龙。后来他还学会了把神识分作数百道控制数百剑，凭此直闯北兵马司胡同。

但如果只是这样，依然远远不足以让南溪斋剑阵在他的手里出现。用数百道神识驭数百剑，不过是数量的增加，剑与剑之间没有任何配合，各自为战。

南溪斋剑阵太过复杂，而且剑阵的威力需要依靠剑阵弟子们的互相配合，才能真正展现出来。

陈长生之所以能够解决这个问题，是因为一个契机。或者说机缘，或者说缘分，也可以说是命运。

从唐老太爷当年把那把黄纸伞送给他开始，他的命运便与剑再也无法分离。无论是在周园里发现剑池，还是在荒原上随苏离学剑，都是如此。

前些天在奉阳县城遇着肖张，知道圣女峰有变，他担心徐有容的安危，直接闯到了最高处。当时徐有容在石墙的那一边，他坐在崖畔看着落日下的桐江，有些无聊，便看了一本书。于是，他学会了合剑术。

第二日他与徐有容双剑合璧，举世皆惊。随后他去了离山，在那条剑道里艰难前行，剑道修为再次增长。然后他乘鹤而去，八万里漫漫旅程，很是无聊，他随便想着，忽然想到一种可能。既然合剑术是南溪斋剑阵的根基，既然自己与有容可以双剑合璧，那么自己的这些剑之间能否进行配合呢？

当白鹤沐星光穿夜云的时候，他就在想着这些问题。他想了整整一夜时间，然后又遇着一些事情，试了数次剑。终于，他想明白了。

风雨群剑从那一刻开始有了秩序，所有的剑都拥有了自己的位置，然后产生了联系。位置是相对的，联系是双向的，剑意相合，剑势互守，生生不息，自成剑法。于是，剑阵成。

南溪斋剑阵有多强？数日前在合斋大典上，无穷碧这样的神圣领域强者，面对着数十名南溪斋弟子匆匆组成的剑阵，竟然没有任何办法。如果不是怀璧阴险出手，或者徐有容根本不需要被迫出关。即便是周独夫，当年闯圣女峰时为了突破南溪斋剑阵，也耗损了很多精力与智慧。

从某种意义上来说，现在陈长生一个人便是一座南溪斋剑阵。难怪就连魔君都败在了他的剑下。

"教宗大人果然是不世出的剑道天才。"

说话的时候，牧夫人的神情很平静，心情却并非如此。陈长生做到的事情，实在太过匪夷所思，即便是她也生出很多感叹，然后生出更多警惕。想着当初与陛下商议时，自己对陈长生的强硬态度，她又有些遗憾。

陈长生说道："只得其形，尚欠其神。"这不是谦虚，而是实话。

牧夫人平静说道："理当如此，不然教宗大人岂不是连我也能杀了？"

这句话的意思很复杂。能杀的意思是有能力杀，也是想杀。

陈长生感觉到落落在身后轻轻拉了拉他的衣服，沉默片刻后说道："魔君为何会在白帝城出现？"

他没有顺着牧夫人的话说，而是提出了自己的问题。这个问题的意思也很复杂，而且很不好回答。因为这是明知故问。

数百道剑依然静静地悬在空中，随着陈长生的视线，遥遥对准牧夫人。皇城花树石墙间的雾气也没有散去，随时可能再次凝结为白云，然后吞噬所有的一切。人们盯着彼此的眼睛，似乎想要看到对方眼里的软弱，观景台上的气氛变得更加紧张而且压抑。

牧夫人没有回答陈长生的问题，这是非常聪明的选择，更重要的是，她有办法让陈长生不再继续发问。

她看着陈长生说道："你现在应该更关心另外一件事情。"

白帝城准备背弃与人族的盟约，与魔族结为同盟，有什么事情比这更加重要？

隔着衣服，陈长生感觉到落落的小手有些冰冷，这让他心情微沉，没有说话。

牧夫人又说道："可惜你终究还是来得晚了些。"

神杖散发万丈光明，白鹤破云而落，他用南溪斋剑阵大胜魔君并且将之逐走，落落不会嫁人，就算妖族还想与魔族结盟，至少暂时事态被控制住了，人族获得了喘息的机会，他哪里来得晚了？

牧夫人说道："前些天，别样红与无穷碧二位风雨在群山深处遇着魔族强者伏袭身受重伤，又不知因何缘故拒绝接受我的救治，就此失踪。想来他们这时候已经回归星海，教宗大人来不及送他们最后一程，真是可惜。"

听到这句话，陈长生怔住了。他回头望向落落。落落低下了头。

128·来到小院外的少女

别天心死于大西洲的阴谋。无论是那位大西洲皇叔还是牧酒诗，他们的行为明显都经过了牧夫人的同意，或者说默许。

别样红与无穷碧为自己的儿子前来白帝城报仇，是很正常的事情，但陈长生没有想到，别样红与无穷碧竟然从圣女峰离开之后，根本没有在意伤势未愈，便直接踏上了复仇的旅程。

黑云与禁制把红河两岸数百里方圆的天地与这个世界隔绝开来，当那场神圣之战震动整座白帝城，让红河燃烧了整整一夜时，陈长生正在白鹤的背上浴着星光思考如何把南溪斋剑阵化为自己的手段，所以直到此刻也不知道这件事情，反而是京都方面昨天夜里便得到了确切的消息。

落落轻声快速地把天选大典前后的事情讲了一遍，比如那日天空里落下的神圣血火，最后提到了轩辕破为了阻止魔君获得天选大典的胜利，现在身受重伤，还处于昏迷不醒的状态里。

陈长生这才知道在自己离开汝南王府后的短短数日里，竟然发生了如此多的事情。他很担心轩辕破的安危，更担心别样红，因为听牧夫人的语气，别样红应该已经死了。

当年离开寒山时，他在南溪斋的车辇里偶尔能够看到远处荒野里的那抹红意。后来在天书陵前他也见过别样红，但都没有认真说过话，直到数日前在南溪斋相遇，却是仇人相见。

陈长生和别样红真的不熟，与他的妻子无穷碧更是相看两厌，但他很喜欢别样红。

就像当初的天海圣后、王之策、王破以及所有与别样红接触过的人那样。

别样红是位君子，是个好人。与苏离截然相反，他对这个世界始终怀有一份无法抹灭的善意。哪怕他面对的漫漫修道路以及身旁的道侣都是那样艰难，那样容易令人感到沮丧。在圣女峰上，陈长生清楚地感受过别样红对自己的善意，因为哪怕所有证据都指向了他，别样红依然愿意给他机会解释，这份信任很沉重，让他非常敬重。

他敬重的这位前辈刚刚痛失独子，结果又死在了遥远的异国他乡吗？陈长生握着剑的手有些颤抖。天空里的数百道剑也颤抖起来,发出低沉的嗡鸣,就像暴雨即将落下。森然的剑意笼罩着观景台,显得无比锋锐,目标非常清楚。

陈长生看着牧夫人:"原来妖族已经做好了开战的准备。"

听到这看似平静,却有着极强战意的一句话,观景台上一片哗然。但没有谁能去劝解陈长生,不管是熊族与士族的族长又或是丞相大人。因为这件事情的脉络太过清晰,哪怕想要解释也无法解释清楚。

大西洲皇叔牧与牧酒诗杀死别天心,为的就是栽赃陈长生,事败后,牧酒诗逃回白帝城,牧夫人为了庇护她,在白帝城设计杀死了别样红与无穷碧,悍然与人族翻脸,与魔族结盟。这就是事实,哪怕细节上可能会有些出入,但大体如此。

陈长生说道:"你请的是哪位魔族强者?黑袍还是魔帅?"

牧夫人没有回答他的问题,平静说道:"我没有动手。"

陈长生说道:"但你启用了禁制,阻止他们传讯求援。"

"我本不想回答你这个问题,因为感觉就像孩子斗嘴一样可笑,但我忽然觉得你应该懂得更多一些。"牧夫人冷笑着说道,"就算我没有启动禁制,你以为就会有人来?那你有没有想过,我决意与雪老城结盟的消息昨夜便已经传开,为何直到此时依然没有人出现?"

陈长生沉默不语。

"王破听说受了不轻的伤,他不来可以理解,可是相王呢?离山剑宗那位掌门呢?你能出现我本来就很意外,难道路上没有人拦你?更重要的是,如此大事,你的老师为何没有出现?"牧夫人带着怜悯与嘲弄说道,"教宗大人,你终究还是太年轻了。"

因为年轻,容易热血,于是冲动,所以这时候他一个人孤单地站在这里?是这个意思吗?

陈长生想着汝南王府里收到的那封信,忽然觉得有些疲惫。当时收到那封信,他什么都没有想,便乘鹤西去。乘鹤西去,确实是有些令人感伤吧?

不过谁让他是人族教宗呢?谁让他自己选择了今天呢?既然如此,他哪有资格疲惫,哪有时间感伤?

咔的一声轻响,无垢剑与藏锋剑鞘分离,天空里的数百道剑呼啸而落,尽数归于剑鞘里。很多妖族大人物是第一次亲眼看到这样的画面,不禁觉得有些心神摇晃。

陈长生没有理会牧夫人,直接问道:"谁有线索?"落落与熊族族长等人摇了摇头。

鲸落台处忽然响起一阵争执声,然后有匆匆脚步声响起。西荒道殿大主教与数十名教士,还有那些大周官员、唐家执事、天南修行者从石阶上走了过来。负责皇城值守的红河妖卫们有足够的实力把他们拦下,但今天皇城里的局势异常混乱,很多妖监不知道去了何处,加上那些出身熊族、士族等族的妖卫刻意纵容,竟让他们闯了过来。

看着陈长生的身影,大主教赶紧带着众人跪倒行礼,然后把重伤的轩辕破抬到了前方。解开轩辕破的衣服,看着那些惨凄的伤势,陈长生的神情没有变化,从指间取下金针开始替他治疗。

时间缓慢地流逝,他一直没有抬头,专注地治着伤。落落一直蹲在旁边,不时用手绢替他擦掉脸上的汗珠。

观景台上一片安静,没有任何人敢发出声音。不知道过了多长时间,陈长生终于抬起了头来。

落落声音微微颤抖问道:"怎么样?"

她刚才看得清楚,陈长生用真元强行推送了两颗丹药进入轩辕破的嘴里。看他慎重的神情,那两颗丹药应该便是传说中的朱砂丹。但即便这样,轩辕破还是没能醒过来。落落有些心慌。

"如果他能醒过来就没事,如果不能……"

陈长生没有把这句话说完,抬头望向白帝城的街巷,沉默不语。轩辕破就在他的身边。别样红这时候应该藏身在城中某处。都不知道能不能活下来。难道自己真的来晚了吗?

一只野猫从街中间走过,警惕地注视着四周,又有些茫然。为何今天松町会如此安静?它不知道胡记包子铺的东家与伙计还有那些做苦力的汉子今天都去了皇城前,他们要去天选大典看热闹,更想目睹下城的骄傲——轩辕破获得胜利。

为何朝阳已经升起来了如此之久,为何街上忽然又起了雾?它不知道魔君这时候正在战斗,恐怖的深渊仿佛从极北的雪原来到了此间。忽然,它垂下尾巴,

363

匆匆跑开了。

街中的雾里出现了一位少女。画面如梦似幻。就像她的脸。太过美丽，所以很不真实。少女走进一条叫作三和里的巷子，伴着天树侍庙低沉的钟声，来到那座小院里。看着紧闭的木门，她鼻翼微张，有些小心翼翼，很可爱。

然后她闻到了一股味道。"好臭。"

129 · 我以火海见黄泉

天树侍庙的钟声停了，小巷深处一片安静。少女静静站在木门前，若有所思。

小院里响起一道低沉的吼声。那声音低至不可闻，却仿佛在耳边一样清晰，充满了恶毒的诅咒意味，带着难以掩饰的愤怒，诡异到了极点。数十缕黑色雾气，随着那声低吼从木门的缝隙里涌了出来。

但就在下一刻，小院里的低吼声忽然变成一道充满惊惧意味的呼喊。那些看着无比污秽恐怖的黑雾，根本不敢靠近少女的身体便远远飘开，显得极为恐惧，偶尔有几缕黑雾被巷口的风拂至少女身前，瞬间便会被一道不知从哪里冒出来的金色火焰直接焚为青烟。

在那个时候，小院里便会传出几声痛苦的叫声，听着有些像狗在呜咽。小院的木门根本无法承受这两种截然不同的气息对撞，以肉眼可见的速度朽坏，然后缓缓倒塌。走进小院，少女看到那堆排得整整齐齐的木柴，微微一怔。这让她想起当年第一次去国教学院时，在陈长生房间衣柜里看到的那些整整齐齐的衣服。小院墙下的那棵矮松早已枯萎，只残着些青褐交杂的颜色，更是刺眼。

满地的白石上面有十余个黑色的足痕，只是非常小，看着更像是孩童。屋门早已腐坏，数道深色的液体从梁柱上慢慢淌落，散发着腥臭的味道。这个曾经清幽的小院，现在已经变得无比诡异可怕。

半截纸门后，是别样红与无穷碧夫妇。他们靠着墙壁，脸色苍白，似乎已经死了，但终究还是活着。就在前一刻，他们眼看着便要被除苏杀死，甚至吃掉，除苏却忽然消失了。

安静的小院看似什么都没有发生，但像别样红与无穷碧这样的神圣领域强者，自然看得出来，一场悄无声息，但分外凶险的战斗正在院门内外进行着。当那些金色的火焰把黑色的雾气焚为青烟的时候，别样红便知道了来者是谁。

他看了无穷碧一眼,终于放心了。

除苏再如何恐怖强大,也不可能战胜那个少女。因为那个少女是徐有容。

是的,站在庭院里的少女就是徐有容。

当初在桐江畔,她收到陈长生的那封信后,把白鹤交给了他,便回了圣女峰。当时谁也不知道她接下来会做什么,叶小涟不知道,陈长生不知道,她自己都不知道。她不知道为何自己回到圣女峰的第一件事情便是召集同门,开始处理斋务。在处理斋务的过程里,她知道了自己要做什么,或者说自己想做什么。

于是处理变成了交代,把斋务交代完毕后,她便离开了圣女峰。白鹤的飞行速度极快,除了神圣领域强者,没有谁能跟上。她比陈长生晚一天出发,却和他差不多同时到了白帝城。因为她也能飞。

就在她准备去皇城的时候,忽然感觉到了一些东西,一些让她不舒服的东西。就像是在白茫茫一片的洁净草原上,忽然看到了一具腐烂发臭的尸体。就像是已经吃撑了肚子,却看到了一盘冷到油花泛白的猪头肉。那是一种非常不愉悦的精神体验。

她道心通明,感受得更是真切,更是难以忍受。于是,她循着那种感觉来到了这条小巷的尽头,嗅到了那种味道。

她没有想到,当自己推门而入时,居然看到了无穷碧与别样红。前天的那场神圣之战以及白帝城里发生的事情,陈长生不知道,她也不知道。那时候他们都在天上。

看到别样红与无穷碧,徐有容用了很短的时间便反应过来,隐约猜到了事情的真相。或者用推演两个字更为合适。但她依然没有发现那个让自己感到非常不舒服,甚至警惕不安的人。居然能够瞒过自己的眼睛,如此擅长隐匿?

徐有容没有与别样红、无穷碧说话,也没有进入屋里。她静静站在庭院里,不知道在想着什么。微寒的风从巷口里涌入,进入庭院。死去的矮松簌簌落下松针。

她的睫毛微微颤动。忽然,一粒火星落在那些松针上。轰的一声,那些松针猛烈地燃烧起来,变成了一道火墙。那道火墙迅速向着四周蔓延,直至把整个小院都包围了起来。

又有无数火焰从地底生出,通过那些白石之间的缝隙,不停地燃烧着。徐有容静静站在火海里。在极遥远的地底深处，隐隐传来一道惊怒至极的尖叫。

噼噼啪啪！无数白石被震到空中，一道身影被火焰从地底逼了出来。那是一个矮小、驼背的家伙，罩着黑袍，浑身散发着腐臭的味道。

他用黑袍把自己的头脸紧紧包住，似乎格外恐惧那些火焰，只有双手露在外面，上面覆着丑陋的鳞甲，生着黑毛，锋利的爪尖里满是污垢，还隐隐能够看到一些早已腐烂的血肉。黑袍里不停地响起刺耳的叫声，显得极为愤怒。他挥舞着双爪，似乎想要扑上去把徐有容撕成碎片，却根本不敢向前一步。

徐有容静静看着他说道："你就是除苏？"

黑袍里惊怒的叫声停止了，变成了不知道是哭还是笑的抽气声。除苏在苦笑，但更想哭。他根本没有想到，自己会在白帝城里遇到这位。

当初在汶水，陈长生带着国教三位巨头还有关飞白等一干强者，他都毫不畏惧，因为他修行的黄泉功法极其隐秘阴毒，隐匿逃亡的本事更是极强，即便折袖有足够的杀伤力，即便南客拥有不逊于他的速度，甚至就连秋山君这样的人物都现了身，他依然有自信不会被对方抓住。

无论做任何事情，就算不能成功，他也可以轻而易举地逃跑。在汉秋城是这样，在汶水是这样，面对肖张的时候同样如此。但他知道自己是有克星的。就是火海里的这位少女。

徐有容拥有比他更快的速度，道心通明可以不受他的精神攻击影响。更重要的是，她的斋剑正好克制他的黄泉功法。换句话说，他再如何自私冷酷，今天也必须热血地战一场。

唯如此，才能获得一丝胜机。刺啦一声响，黑袍的后方被撕出一道裂口。伴着一股恶臭的味道，除苏的后背生出一对丑陋的灰色肉翼。满地白石呼啸而起，向着徐有容袭去。

130 · 剑照红河岸

数百颗坚硬的白石，像利箭一般射向徐有容的身体。但这并不是一场惨烈战斗的开端，而是一场逃亡的开始。面对徐有容，除苏根本没有战胜对方的信心，甚至连出手都不敢。热血？战斗？那是最愚蠢的人才会做出的选择。他只希望能够活着离开，如果能够全身而退，当然最好不过。

借着那些白石的掩护，他撞破那片火墙，化作一道灰影向巷外逃去。只留下一声极惨的痛呼在小院里回荡。那道火墙是徐有容的凤血真火，即便他正面突破，也需要付出极惨重的代价。

徐有容看着那道消失的灰影，秀眉微挑。一阵狂风呼啸，那些袭向她的白石纷纷落下。两道带着圣洁意味的白色羽翼在她身后挥舞。火墙骤然消失，满地火焰消失。徐有容也消失了，化作一道流光，向巷外追了过去。

满地晶石早已变成了粉末，上面还沾染着腐臭的味道，已然发黑。那几座小木塔更是早已经腐朽成了烂泥一般的存在。

无穷碧面带余悸，眼神茫然。别样红看了她一眼，艰难地抬头摸了摸她的头顶，安慰说道："没事了。"

当他的手落在无穷碧的头上时，无穷碧仿佛受惊的小动物般发出了一声尖叫，然后一连串充满了污言秽语的骂声从她薄而苍白的双唇间喷薄而出，很长时间都没有停歇。

她骂的是轩辕破和徐有容，大概的内容是轩辕破那个熊崽子只顾着去娶妖族公主，居然不管自己的死活，徐有容既然在白帝城，为何这么晚才出现，难道是故意给自己难堪？

别样红的脸色变得有些难看，过了会儿才恢复正常，他知道自己的妻子这辈子从来没有遇到过什么真正的挫折，最近几天的遭遇实在是把她吓得有些厉害，这时候精神有些恍惚，实在不忍再作训斥。

天树侍庙的钟声消失了，松町街上的雾气因为某种力量的招引去了皇城方向，三和里小巷一片安静，如果不是小院里的画面依然那般惨淡，很难相信先前这里发生了一场极其激烈的战斗。那场战斗已经远离了小院，来到了别的街巷间。

湿漉街面的积水忽然消失，变得异常干燥，岸边的防风林簌簌落着树叶，叶片在飘落的过程里以肉眼可见的速度变黄，然后发黑，看上去就像被一支无形的笔涂抹而成。

红河岸边忽然大放光明。河面上生出数道水线，然后有巨浪排空而起，身躯巨大的于京发出低沉的鸣叫，表示自己的敬畏与服从，向着极深的水底潜去，很担心被这场战斗波及。浪花渐渐平息,树林随风轻摆,街上的青石板重新变得湿漉,污水的味道渐渐泛起。

徐有容回到了小院前,手里提着一只满是鳞甲与黑毛的瘦小断臂。那只手臂的断口处似乎被抹上了什么东西,没有一点血水溢出。如果是普通少女,看见这样一只怪异非人的断臂,必然会被吓得叫出声来,更不用说提着。

徐有容在意洁净,但不在意这些,神情很是平静,只是眉尖微皱,不知道在想什么。刚才的那场战斗没有谁能够用肉眼看到,但是真实地发生了,而且极为激烈凶险。

在红河岸边一块断裂成两半的礁石上,她用斋剑斩落了除苏的右臂,却没能把此人留下来。除苏修行的黄泉功法确实可怕,手段变幻莫测,诡异多端,即便是道心通明的她,也无法完全看穿。

徐有容准备进小院去看看别样红的伤势,忽然感应到了什么,就此消失。既然他来了,她自然不需要现身,或者说,在这个时候她不是很想出现在他的面前。

红河对岸的群山深处,除苏用左手抱着一块沉重的石头,从山涧里走了出来。他身上的那件黑袍已经湿透,紧紧地贴在身上,露出畸形怪异的身体线条,看着很是狼狈。

先前在最危险的那一刻,他用自己的右臂挡住了徐有容的大光明剑,潜入河中,借着于京巨大身躯的遮掩落到河底淤泥间,遁进了一条隐秘地河的出口,险之又险地逃了出来。

断臂重伤的他根本无法承受地河里湍急的暗流冲击,如果不是抱住了那块沉重的石头,或者他这时候已经再次被冲回了红河里,成为徐有容剑下之魂,又或者极其憋屈地撞死在地河石壁上。

他把石头扔到地上然后坐了上去,低着头急促地喘息着,显得极为痛苦。以往哪怕被重伤断臂,他修行的黄泉秘法依然可以帮助他断肢重生,所以每场暗杀或者战斗时,他都可以倾尽全力,近乎疯狂地向陈长生或者肖张这样的强者发起攻击。

但这次他的断臂再也不可能长出来。断臂的伤口处有着一道神圣的气息,那来自南溪斋的斋剑。更可怕的是,伤口上还有一滴已经浸染开来的天凤真血。

不要说断臂重生,他现在如果不能立刻找到地方静修治伤,那滴天凤真血便会顺着他的血肉与经脉不停向里面侵蚀,直至最后摧毁他所有的黄泉阴窍以及肉身以及全部的意识。

远处忽然传来一声鹤唳。除苏的身体颤抖了一下,抬头望向那边,眼神里满是恐惧。如果再让徐有容找到自己,他必然是死路一条。

他决定不再回白帝城,虽然那里有愿意庇护他的牧夫人。他没能完成牧夫人交给自己的任务,而且徐有容在城里。他真的很害怕徐有容。以前是。现在更是。

一只白鹤落在小院里。随之而起的是一声惊呼以及无穷碧的咒骂声。整个松町都变得热闹起来。

西荒道殿大主教及数十名教士、唐家执事与十余名天南修行者、大周官员及军方强者以及由熊族族长带领的数量更多的妖族高手,都来到了这里,然后把小院紧紧地围了起来。与昨夜的情形有些相似,气氛却更加肃杀。因为教宗来了。

没有人注意到,徐有容站在天树侍庙檐上。不知道看到了谁,或者是没有看到谁,她很满意,微笑起来。

131 · 请君杀人

白鹤还未落下,陈长生已经发现了小院里的异样。感受着那些残留的污秽气息,他心情微沉,因为那很明显是黄泉功法的遗留。紧接着,他又发现了一些火灼的痕迹,不由想到某种可能,但很快又被他自己否决。

除苏为何会来到这座小院?这场战斗是发生在他和谁之间?陈长生看了一眼依然昏迷不醒的轩辕破,心里生出很多疑惑,但此时情势太过紧张,没时间让他想太多。

他并不知道就在不远处的天树侍庙檐角上,她正在看着自己。

走过残破的屋门与满地发黑的纸屑来到室内,陈长生看到了别样红与无穷碧。牧夫人说别样红与无穷碧已经死了,为何他们还活着,并且是在轩辕破的小院里?到底发生了什么事情?陈长生震惊之余,不及多想,用力挥手,数百道剑从剑鞘里鱼贯而出,带着清亮的剑鸣,破窗而去,布成一座南溪斋剑阵,把整座小院紧紧地围住。

直至此时,他才放松了些,把轩辕破放到了地板上。别样红也很吃惊,但更担心昏迷不醒的轩辕破,看陈长生准备给自己治伤,伸手阻住,说道:"你先替他看看,怎么受了如此重的伤?有没有危险?"

无穷碧听着这话忍不住说道:"这熊崽子皮糙肉厚,就算被砍几剑又算什么。"

别样红看了她一眼,眼神里终于出现了一抹怒意。无穷碧觉得好生委屈,心想自己还不是担心你的伤势拖时间久了不好治,但迎着他的目光,不敢再说什么。

"他被天书碑震伤,受的是天地之力,如果能醒过来就还能撑。"

陈长生把在观景台上的判断又说了一遍,不顾别样红的阻止,跪坐在他的身前,开始替他把脉。随着时间的推移,他的神情越来越严峻,手指也已经被金针所替代。不知道过了多长时间,他把金针取了出来,有些犹豫,要不要说些什么。别样红没有说话,只是伸手拍了拍陈长生的肩头。陈长生这才知道,原来他早就已经知道了。

"麻烦您帮着看看贱内的伤势。"

别样红的境界修为极高,已经基本确认妻子的伤情,但陈长生的医术举世无双,他想确认一下。

陈长生转向无穷碧,示意她配合自己,无穷碧的表情有些难堪,或者说不自在。

"没有大碍,只需要调养便能治好。"

无穷碧断了一只手臂,看着伤势极其惨重,但陈长生判断得很清楚,她的伤势要远比别样红轻,可以想象在前日那场神圣之战里,别样红替她挡下了多少危险。如果他没有替无穷碧挡下那些可怕的攻击,现在肯定不会是这样。

既然是夫妻,做丈夫的替妻子做这些事情是理所当然的事情。

陈长生的心情还是有些不好,或者说不甘,就像绝大多数人对这对夫妻的看法那样。

更何况无穷碧明显到现在都还不知道这是怎么回事,不知道别样红为了她做过些什么,承受了些什么,还将要承受什么,依然在那里不停地碎碎念着。在别样红的眼光注视下,无穷碧不敢说什么污言秽语,但还是很令人心烦。凭什么所有的都要由对方承受,她却可以这样活着?

陈长生抬起头来,深深地看了别样红一眼。别样红摇了摇头,动作幅度很小,如果不是盯着看,很难察觉到。无穷碧就没有察觉到,但不知道为什么,可能是被场间的气氛影响,她终于安静了。房间里变得很安静。

陈长生想起当年在天书陵看到的那片莲海,那朵红花,这对夫妻惊天动地的威势,再看着此时无力靠着墙的他们,以及他们苍白的脸,忽然觉得很难过。

"是谁?"

如果白帝真的在闭关静修、不问外事,就算牧夫人加上妖族一众强者,也很难把别样红与无穷碧逼到这种境地,更何况牧夫人在皇城里曾经亲口说过,她当时并没有出手。那么究竟是谁能把别样红与无穷碧伤成这样?是他猜想的黑袍与魔帅?又或者是传说的八大山人?

别红样知道自己还有时间,也知道接下来的谈话对于人族判断日后局势非常重要,所以并没有急着说出对手的名字,而是非常认真且有逻辑地开始讲述全部的经历。

"我们循着深寒龙息而去,在左起第三棵天树下看到了朱砂姑娘。"

陈长生终于知道了小黑龙的具体位置,心想应该是传说中的荒树天火隔绝了她与自己的心神感应。

别样红继续说道:"我们看到了牧夫人与牧酒诗,还有……黑袍。"

哪怕事先已经预想过,但真正听到这个名字,陈长生还是很震惊,"魔族还来了谁?"

"没有了,就是黑袍一人。"

陈长生想不明白,如果牧夫人只是启动禁制,阻止传讯,没有真正向别样红夫妻出手,那么只凭黑袍一人,按道理来说,不至于把别样红与无穷碧伤到如此程度。这位神秘的魔族军师毫无疑问是真正的强者,境界实力可以说深不可测。

但别样红也不是普通的神圣领域强者,尤其是天书陵之变后的数年,他的境界实力再有提升,隐隐有成为诸方风雨之首的势头,再给他两百年时间,他甚至有可能突破从圣境界而入神隐。

"魔族没有再来人,但圣光大陆来了人。"别样红缓声说道,"来的是两位圣光天使,一者司裁决,我愿称其为隐雷,一者司战争,我愿称其为怒火。二

371

者不懂道法，却能化天地法理为己所用，天然神圣，纯以战力论，与我相似。"

陈长生真的惊着了，半晌都没有说出话来。没有等他再问什么，别样红又说了一句话。他的神情异常认真，显然是希望陈长生能记住自己说的每一个字。

"如果相遇，请杀了他们。"

随着这句话，一道强烈的杀意鼓荡而起，如旗如枪，贯破小院，直抵苍穹。同时，别样红的手指抵住了陈长生的眉心。

132 · 多年以后才明白

别样红身受重伤，动作很慢，陈长生很容易便能避开，但他没有，因为他相信对方。无穷碧看着这情况，不知想到什么，很是震惊，想要阻止却又想起别样红先前的话，终究没敢。

一道微暖、无比醇和、有若美酒的气息，顺着别样红的指尖进入陈长生的眉心，然后灌了进去。识海就在眉心之下，不然南客的双眼也不会被撑得越来越远。无数光线照亮了陈长生幽暗的识海，然后变成无数画面。那些是别样红在崖坪和天空里与那两名圣光天使战斗的画面。那些画面非常清楚，栩栩如生，仿佛就在他的眼前，无比真实。

其中那些主视角的画面，更是让他能以别样红的立场，亲自体会感知当时发生的所有事。

他看到了一脸惊惧避走的牧酒诗，看到了平静雍容的牧夫人。崖畔有棵树，微风掀起树影，成了黑袍的一角。天空里有云，云破处有光明降世，里面有两个来自异大陆的强大生命。他们有洁白的羽翼，没有性别，散发着圣洁神圣的光线与无比强大的气息，令人无法逼视，显得极其高傲。

但事实上他们并没有任何正面或者负面的人类情绪，眉眼间是超越尘世的一片漠然。从某种意义上来说，他们是完美的。他们就是圣光大陆的天使？陈长生还听到了他们的声音。他们用的应该是圣光大陆的语言，音调古怪且复杂。

因为这些画面是别样红的神识所化，所以他们的声音并没有如当天真实情形那样，被微风一拂便变成了这片大陆的语言。陈长生还是听懂了些。圣光大陆的语言与龙族的语言有些相近。

当年在西宁镇旧庙背诵三千《道藏》最后一卷时，他对龙族的语言已经非常熟悉,更重要的是他曾经在北新桥底随吱吱学过很长一段时间。

——偷窃火源的人?那是什么意思?在他思考这个问题的时候,两名圣光大陆的天使发起了攻击。一道笔直的光线出现在他的眼前,把天空切割成了两个部分。随着那道光线违背天地法理地折回,从另外一个角度落下。

那两名天使的攻击越来越快,光线也越来越快,天空渐渐被切割成细密的无数碎片。无数奇妙的攻击手段层出不穷,难以想象的攻击角度,不停地出现。以陈长生的境界,都越来越难看清楚所有的细节,但他依然从中感知到了很多。

那是与两名天使战斗的真实经验与智慧,是红花照亮天空、斩断光线的轨迹,是那只轰破层云、无视天地法理的拳头留下的痕迹,随着别样红的指尖尽数进入他的识海。

随着时间的流逝,那些光线越来越密,纵横相交,渐成一片炽白。轰的一声在陈长生的识海里响起。无数巨浪生出,不停拍打着无形却有界的堤岸。

陈长生醒了过来,除了识海有些隐隐作痛,没有别的不适。然后他觉得有些热,更准确地说,是他的身体表面一片滚烫。他坐照自观,发现幽府里千径皆通,星辉雪原正在燃烧。火势并不如何猛烈,但万里雪原的表面都在燃烧,幽蓝的火焰一直蔓延到极远的地方。

别样红的手指离开了他的眉心,但那一场战斗的经验以及更重要的神圣领域强者对天地法理的感悟及智慧,还有面对那两名圣光大陆天使时的强烈战意甚至是杀意,都留在了他的识海里。

毫无疑问,这是陈长生继周园万剑成龙之后状态最好的时刻。静静悬在屋外的那数百道剑,感应到了他的变化,剑身微震,发出低沉的嗡鸣声。整座白帝城都感觉到了一道强大无匹、森然的剑意。街巷里的那些教士与熊族战士们,更是下意识里向更远的地方退避而去。

不知道过了多长时间,陈长生睁开了眼睛,压制住了那道战意,笼罩小院的森然剑意也随之而敛。他知道在随后的漫漫修行路上,别样红留在他识海里的这些智慧将会帮助他少走很多弯路,而如果遇到那些来自圣光大陆的强者,他识海里的这些经验与战意则会帮助他获得更多的力量。

别样红看了眼昏迷不醒的轩辕破,说道:"我与那两位对战时用的一套拳法,曾经与他提过,如果以后他对此道还有兴趣或者疑问,请教宗大人帮我指点他一番。"

他很喜欢这名熊族青年，觉得与其有缘，加上夫妻二人受了恩惠，所以昨日才会出言指点。他本想着今日就把这套拳法真正教给轩辕破，而现在看来，只能拜托陈长生了。

陈长生说道："他本就是国教学院的人，请前辈放心。"

在那些画面里，他看到了两名天使的容貌与战斗风格，但依然还有很多疑问。尤其是那两名天使散播出来的圣光，对他而言太过熟悉。他的身体血肉里到处都是这种圣光。这便是那个异大陆名称的来源吗？

关于遥远而神秘的圣光大陆，三千《道藏》里也没有太多记载，只在非常古老的某些典籍里会以神话的名义提及几句。陈长生自幼通读通藏、博览群书，可能在圣光大陆出生，但在他人生的前十几年里，对圣光大陆没有任何认知。最开始的时候，他甚至并不知道圣光大陆的存在。

直到苏离带着南方圣女离开，他与徐有容在奈何桥上讨论这两位长辈可能的去向时，他才有了这种概念。又直到天书陵之变时，他随着天海圣后的眼睛看到了那名僧侣，才确认原来圣光大陆真的存在。

——遗族真的逃到了那边，那边的星空下同样也有无数强者。然后便是雪岭一夜。那位曾经险些称霸大陆的伟大魔君死在了一道来自星空那边的光柱之下。那道光柱震动了整个大陆，也让陈长生警惕不安至极。

他没有忘记天海圣后临死前做了些什么。她燃烧最后的神魂，重伤了西宁溪畔那名僧侣，全不在意自己的传承完全断绝。

当时没有人明白她为什么要那么做。现在，陈长生明白了。

133 · 静 静

陈长生还是有些事情没有想明白。

天书陵那夜，那名来自异大陆的僧侣并不是真实的肉身，而是通过某种方式以神魂到场。别样红遇到的那两名圣光大陆天使则明显是实体，他们是怎么来的？如果能够如此容易通行于两个大陆之间，那为何以前圣光大陆的人没有出现过？

他向别样红提出了自己的问题，又问到当年遗族为何能够逃往圣光大陆，是用了什么方法？更关键的是，魔族与圣光大陆之间到底是什么关系？别样红没有做具体的回答，因为他并不确信自己的猜测是否正确，不想影响到陈长生的判断。

他对陈长生说道："关于这些事情，你应该去问你的老师。"

这句话没有错，商行舟肯定是这个世界最了解圣光大陆的人。

他在溪畔拾到了陈长生，逐走那条黄金巨龙，邀请那名遗族僧侣的神魂来到这个世界向天海圣后出手。与圣光大陆有关的所有事情里都有他的影子或者说参与。而那些事情都与陈长生有关。他不知道该说些什么。

别样红看着他郑重说道："你要小心一些。"陈长生明白他的意思。

前天那场神圣之战，是牧夫人与魔族针对人族强者的赤裸裸的围杀，更值得警惕的是，这已经牵涉到了星空那边的异族。人族要做出最强有力的回应，陈长生作为教宗理所当然要承担起这个责任，同样也将面临极大的压力。

最关键的是他必须弄明白商行舟到底是怎么想的。那些都是以后的事情，他现在需要处理的事情已经很多。

陈长生看了无穷碧一眼。无穷碧狠狠地瞪了回去。

陈长生收回视线，对别样红说道："真不用说什么？"

别样红摇了摇头。陈长生再次望向昏迷中的轩辕破。

轩辕破身材极为魁梧，而且满脸胡须，看着年龄有些大，但事实上他是国教学院的老幺。

陈长生和唐三十六、苏墨虞、折袖等人平时喜欢打趣轩辕破，也很疼他。

不知道轩辕破什么时候能醒来。

陈长生走出小院，交代西荒道殿大主教，任何人都不准踏入巷口一步。

大主教低声应下，没有问如果谁谁谁来了怎么办这种愚蠢的问题——既然任何人都不准踏入巷口，那么即便是白帝与牧夫人来了，又或者是商行舟与皇帝陛下来了都不能进。

感知到松町街巷间的数十道强者气息以及非常明确的离宫阵法气息，陈长生放心了些。

一声鹤唳，他骑着白鹤飞向空中，小院四周的数百道剑呼啸破空，随之而去。他知道那边应该没事，还是难免有些担心和紧张。所以他没有注意到白鹤在离开前看了天树侍庙一眼，就像是在向某人请示一般。

确认陈长生离开，无穷碧顿时恢复了精神，冲着别样红吼道："你脑子有病啊！如果出了事怎么办？"

这说的是刚才别样红只用了一根手指，便把那场神圣之战的经验与智慧传给了陈长生。这是西陵万寿阁秘传七千余年的传功手段，叫作一点红。老师可以用这种方法直接把修行所得传授给弟子。这种道法很是神奇，但也同样危险，稍有不慎便会受到道法反噬。

往年只在大朝试或者周园开启前，西陵万寿阁才会选择极优秀却欠缺经验的学生施以此法。如果要用这种道法把功力也传给后代弟子，更是凶险到了极点，基本上必死无疑，无论是施法者还是受法者。因为这个原因，七千余年以来，这样的事情在西陵万寿阁只发生过两次。

看着别样红的手指落在陈长生的眉心，无穷碧真的有些担心，这时候的愤怒也有些道理。

别样红静静看着她，没有说话。

无穷碧忽然想起来这两天他经常这样静静看着自己却不说话，又想起来最近两年他经常这样静静看着远山不说话，接着想起来当世人看着自己夫妻二人时说的那些话，还有那些人用眼神说的话，比如王破他们的……她忽然有些心慌，不安地住了嘴。

别样红与她多年夫妻，自然知道她在想什么，微微一笑，摸了摸她的头。无穷碧更加心慌，因为别样红最近这些年虽然依然敬她护她，但已经很长时间没有过如此亲密的动作。

为了排解心里的不安，她有些生硬转了话题，问道："为什么不告诉他徐有容来过？"

"圣女没有现身，表明她不想让陈长生知道，我自然不便多言。"别样红想了想，又对她语重心长说道，"日后你要对教宗大人与圣女尊敬些。"

无穷碧恼火说道："我才懒得做这些虚情假意的事情，反正看在你的面子上他们也不会如何，难道你还准备扔下我不管了？"

别样红没有说话，只是发出了一声叹息。

无穷碧想着他先前的动作，再次不安起来，讷讷说道："大不了我以后改改脾气，少杀几个人。"

别样红还是没有说话。

无穷碧神色变得难看起来，说道："难道你还真准备甩掉我不管？"

她越想越觉得这可能是真的，又急又气，竟是流下泪来，然后开始破口大骂。对别样红来说，她骂的那些内容真的没有什么新意，翻来覆去便是那几句没有良心的老家伙、忘恩负心的穷书生、当年如果不是我，如何如何，然而就在他真的开始恼火的时候……

无穷碧流着眼泪说道："现在我没了手，连儿子也没了，你要是再离开，我可怎么办啊？"

别样红叹了口气，把她抱进怀里，轻轻地拍着她的背，免得她哭得背过气去。她的气性就是这么大，他一直都知道，始终没办法。不知道过了多长时间，无穷碧哭骂得累了，靠在他的怀里沉沉睡去。哪怕在睡梦中，她的左手还是紧紧地抓着他的衣领，似乎生怕他就这样悄然离开。

别样红没有睡，静静看着她的脸，不知道在想些什么。

群山里的云雾散去。远处崖下隐隐传来涛声。

陈长生从白鹤上走了下来，向前方走过去。前方是一棵高耸入云的天树。树底有个大洞。里面有座小屋。一位黑衣少女静静站在屋前。

134 · 天树情话

黑衣少女自然便是小黑龙。

作为守护者，她与陈长生之间有难以切断的神念联系，所以这段时间她销声匿迹，陈长生也能确认她还是安全的，只不过这种联系被天树荒火隔绝，陈长生才无法确定她的具体位置，但有了别样红指明方位，想要找到她是非常容易的事情。

天树是那样的高，便是树洞里都能容下一座房屋，小黑龙的身形自然显得更加娇小柔弱。陈长生的视线落在她的脚踝上，看到那根铁链，不禁想起以前在北新桥底经常看到的画面，心情微沉。

小黑龙看着他说道："你怎么来这么晚？"

陈长生满怀歉意，不知该如何解释。小黑龙的视线越过他的肩头，落在那只白鹤上,脸色顿时变得冷若寒霜。陈长生没有注意到她的情绪变化,即便发现了,大概也想不明白原因。

他走到朱砂身前蹲下,开始研究把她困在此间的那道铁链。树下响起一阵密集如雨的剑鸣声。在极短的时间里,包括无垢剑在内的十余道名剑纷纷落下,却无法斩断铁链。

与北新桥底的铁链不同,这根铁链表面没有覆着神圣气息以隔绝攻击,却与整座山崖已然融为一体,里面似乎暗藏着某种阵法,可以把所有落在铁链上的攻击尽数转移到山崖本体上。

换句话说,想要斩断这根铁链便需要毁掉这片山崖。毁掉这片山崖,对现在的陈长生来说并不是做不到的事情,问题在于那有可能会动摇天树的根基,到时候荒火自地底喷涌而出怎么办?他能乘着白鹤逃离,难道还能眼睁睁看着小黑龙被漫天荒火吞噬?

既然不能,那么便只有另思破阵之法。他想到这座禁制的名字,心想是不是有什么说法。

小黑龙没好气说道:"白帝一族本来就是白虎,这玩意儿是用来囚禁自己族人的手段,叫这名字不是理所当然。"

陈长生说道:"落落在找钥匙,只担心太久……如果虎柙也是阵法,我想写信请有容过来,她应该能想到办法。"

当初他向徐有容请教过如何破掉北新桥底的禁制,虽然最后是教宗出手,但她在这方面确实很厉害。

小黑龙脸上冷若寒霜的神情尽数消失,恼火地喊了起来:"骑别的女人的鹤来救我,这种事情你也做得出来!"

陈长生怔住了,问道:"什么事情?"

小黑龙更是生气,嚷道:"你还要她来救我!还要她来救我两次!你到底是什么脑子啊!"

陈长生觉得自己的脑子确实很不好使,因为他根本不知道小黑龙为什么如此生气,说的这些话又是什么意思。他和小黑龙在北疆雪岭生活了三年时间,同吃同行同住,已经非常亲近,但很多时候,他依然不怎么懂她的心意。

骑别的女人的鹤?要她来救两次?这种事情是什么事情?

他下意识里解释道:"她是我的未婚妻,不用客气的。"

小黑龙恨恨说道:"你还是我第一个男人,怎么这些年一直和我这么客气?"

天树的最高处已经远在云层之上。阳光洒落在枝间,金光一片,很是美丽。

一对洁白的羽翼缓缓收拢,徐有容站在枝头,随着风轻轻摆动。她伸手从树叶里摘下一颗火浆果,清亮的眼睛里充满了好奇的神情,小心翼翼地吃了一口,半晌后满意地点了点头。下一刻,她的神情微微变化,不再那么满意。不是因为这种传说中的火浆果里蕴藏着的荒火气息太浓,给她带来了伤害,而是因为她听到下方随风而来的对话声。

"骑我的鹤去看别的女人也就罢了,居然还是两个……莫雨当年果然没有骗我,你和她们果然有问题。"

陈长生清醒过来,知道了问题出在哪里。从北新桥底相识到现在,已经很长时间,他早就知道了当初发生了什么事以及她一直以来的想法。当初他冒着极大的凶险坐照自观,点燃了星辉凝成的雪原,差点被烧成一片虚无。在那个关键的时刻,小黑龙划破了自己的眉心,用寒霜巨龙真血救了他。

而且那是最珍贵最纯净的初血。按照龙族的规矩,她这样做便是选择了陈长生作为自己的夫君。此后这些年,尤其是在北疆雪原的三年时间里,她一直想的便是这件事。陈长生能够活到今天,最应该感谢的便是她,但他可以毫不犹豫地用自己的生命去救她,却没办法接受这件事情。因为他已经有婚约,哪怕那个婚约曾经中途撤销过。他先前不过是实在不知道该怎样面对这种局面,下意识里让自己没有往那方面想。

这样充满恨意与歉意的对话,其实在他与小黑龙之间已经发生过很多次。最终依然是以他的沉默结束。最终还是要小黑龙来打破这种沉默。

"没出息的东西,你就不敢娶两个?加上落落也就三个,你一个教宗还养不起?你就这么怕徐有容?"她看着陈长生冷笑说道,"不说这些了,你自去办事,只是小心些,莫把牧夫人逼急了,她真敢杀了你。"

陈长生看着她担心地说道:"那你怎么办?"

小黑龙神情高傲地说道:"没有谁敢在红河岸边杀死一条高贵的玄霜巨龙。"

陈长生并不完全相信这种说法。他知道妖族能够建国,确实要感谢玄霜巨龙一族的帮助,但忘恩负义之辈常见,谁能保证牧夫人不会疯狂?但现在他留

379

在这里确实也没有任何用处。

他想了想，说道："对不起。"

小黑龙看着他无奈说道："陈长生，我是你的守护者，难道你是想听我说这三个字？"

白鹤再次飞走。小黑龙看着鹤影消失的地方，忽然轻轻地叹了口气。这时候她的脸上看不到任何高傲的神情，没有居高临下的冷笑，没有暴戾的情绪，只有一抹淡淡的寂寞。这时候的她就是一个普通的看着自己的爱人远去的黑衣少女。

这时候从天树上传来一道声音。

"孤单只需要一个人，寂寞则需要两个人，因为那是分离之后的相思。"

小黑龙一脸警惕地望了过去。然后她看到了徐有容。

徐有容看着她平静说道："问题在于他是我的男人，你怎么能因为他而寂寞呢？"

135 · 喵

小黑龙没有见过徐有容，但知道这个人就是徐有容。传言果然没有错，徐有容真的很好看，连她都不得不承认。但她没有想到徐有容第一次见自己，便说出了这样一段话。

这段话听上去或者有些平常，但她怎么会听不出来其中隐藏的宣言意味。不，就连隐藏都没有，徐有容根本没有掩饰，明确地申明了自己对陈长生的所有权。传言里那位圣洁无比的圣女居然有如此强的占有欲？

小黑龙甚至想到了南方岛上那些粗俗的低等母龙，嘲讽说道："你要不要撒泡尿在他身上？"

这句话是真的很粗俗，徐有容却没有生气，平静说道："或者有别的方法可以解决。"

小黑龙冷冷看着她说道："你想怎么解决？"

徐有容看了眼她的脚踝，淡然说道："我没办法在短时间里解除这个禁制，又不想他因为这件事情始终记挂，对你的歉意越来越深，所以我决定以后每天都会抽些时间来陪你，这样你就不会孤单，更不会错误地把孤单理解为寂寞。"

小黑龙生气说道："我才不要你陪，看着你就烦。"

徐有容微笑说道："你是他的守护者，我当然要好好照顾你，感谢你。"

小黑龙冷笑说道："跟你有什么关系？他可是我的男人！"

徐有容听着这话也不生气，也不争辩，伸手摸了摸她的黑发，微笑说道："乖。"

小黑龙郁闷到了极点，拼命地摇头，想要摆脱她的手，却无法做到。

徐有容看着她这模样，开心说道："真是可爱啊。"

小黑龙气得不行，喊道："我要吃了你！"

徐有容微笑说道："你只要不想着吃他就行。"

小黑龙怔了怔才明白她的意思，顿时羞红了脸，啐道："你这女人怎么这么不要脸！"

"对不起先生，我没能找到钥匙。"

落落抬起头来看了陈长生一眼，有些不安。这是皇城最高处的石殿，她在白帝城的时候一直住在这里。陈长生并不意外这个答案，却有些意外于落落此时表现出来的畏惧。当年在国教学院的时候，落落和现在一样可爱，但绝对不会流露出这样的神情。

究竟发生了何事？还是说牧夫人想要把她嫁到雪老城去，这件事情不止伤了她的心，也让她很害怕？

落落看了眼窗外那只白鹤，看着他的眼色，小心翼翼问道："师母会不会不高兴？"

陈长生怔了怔，问道："她为什么要不高兴？"

他是真的不懂为何徐有容会不高兴，刚才他也不懂为何小黑龙说自己的脑子有问题。

听着他的回应，落落放松了些，但依然还是有些紧张，试探着说道："先生，你不会怪我吗？"

陈长生想起来落落当初离开京都的时候，在给他的信里说过，她曾经骗过他，事实上她与他同岁，只小些月份。她是担心自己因为这件事情责怪她？陈长生很是无语，望向她准备说些什么，却怔住了。明明已经分离五年，落落的容颜依然如昨，稚美可爱至极，还像个孩子一样。这是怎么回事？她的修道境

381

界应该还没有到这一步,还是说妖族也有类似于南溪斋的那种驻颜秘法?

"先生?"落落小声提醒道。

陈长生醒过神来,说道:"我确实有些生气。"

落落紧张想着,难道先生听到了轩辕破说的那句话?还是说听到了自己说的那句话?先生知道了自己喜欢他,所以才会生气?

陈长生说道:"既然你事先便已经打听到了风声,为何不写信去离宫求援?我是你的先生,当然不会扔下你不管。"

听着陈长生的话,落落微微一怔,然后觉得甜蜜到了极点。是的,先生怎么会扔下自己不管呢?到最危险的时刻,他一定会破云而落,带着万丈金光,把自己带走。可是如果开始的时候就把这件事情告诉离宫,人族可能会有别的方法处理,先生你还会亲自来吗?落落心想自己的用意一定要瞒住先生,哪怕要瞒一辈子。如果能有一辈子就好了。

"别样红前辈快要离开了。"陈长生情绪低沉的声音,打破了她微甜微酸的思绪。

这句话里离开的意思不是离开白帝城,而是离开世间。落落很是吃惊,然后伤感起来。这伤感是因为那位她未曾见过的前辈,也因为别的。

一位神圣领域强者被谋害,死在白帝城,这件事情终究是需要一个交代的。人族与妖族真的到了分离的时刻吗?自己与先生刚刚重逢,便再难相见了吗?

她伸手抓住陈长生的衣带,小脸满是幽怨,看着他说道:"先生,我不愿意。"

陈长生没能躲开,因为她的动作快如闪电,除了境界实力的提升,更因为这个动作她曾经做过无数次。当初在国教学院,每次被陈长生赶回百草园,又或是后来回离宫或皇宫的时候,她都会用这种手段拖些时间。她还有一个更熟练的动作,可以拖更长时间,那就是斜斜倒下,抱住陈长生的大腿。只不过现在终究大了些,她有些不好意思那样做。

陈长生说道:"没有你想得那么严重,只是任何事情既然做了,便需要付出代价。"

一位神圣领域强者的陨落,如果想要人族不再追究,白帝城需要付出的代价必然极其惨重。他这句话没有点明,但其实剑锋所指的对象非常清楚。

落落低声说道:"母亲她……怀孕了。"

这是在告诉陈长生,牧夫人的地位将会更加稳固,相对应的,她在妖族里的地位与分量则会受到极大削弱。

"不过没事儿,我会努力的。"

落落可爱地吐了吐舌头。曾经是开朗的笑脸,现在看着却是这样的勉强,甚至有些沉重。

看着她的小脸,陈长生觉得好生怜惜,说道:"你不用做什么。"

落落看着他非常认真地说道:"先生,其实我有很多支持者的,我只不过想着您反正会来救我,所以我什么都没有做。"

陈长生说道:"就算你能做很多事情,也不要做。"

落落睁着大眼睛问道:"这是为什么呢?"

陈长生伸手摸了摸她的头,说道:"因为她是你的母亲,更因为我刚好知道你喜欢站在很高的地方。"

落落确实喜欢站在高处,比如国教学院湖畔的那棵大榕树,离宫里的清贤殿,又或者是现在的这座宫殿。不了解她的人会以为,这位世间最尊贵的殿下就是喜欢居高临下的感觉。但陈长生知道不是。落落喜欢站在很高的地方,是因为那里才能看到很远的地方。

"一个喜欢远方的小姑娘怎么能留在这里做女皇?"陈长生看着她认真说道。

落落怔怔看着他,忽然扑进他怀里,紧紧抱着他,小脸在他胸前不停蹭着,发出幸福的声音。那声音很轻,一时是喵喵,一时是呼噜,听着就像是刚刚吃饱喝足被摸了八百遍毛的小猫一样。

136 · 诡异的风雨之前

听到陈长生的话,落落很感动。但在陈长生看来,这是理所当然的事情。

不管是妖族女皇还是别的,你想做就做,不想做自然就不做,不能被别的任何因素所影响,哪怕是整个大陆的前途。当初唐三十六说自己不想做唐家家主,他也是这样的态度。

落落知道他的想法,但这种理所当然让她更加感动。不知道过了多长时间,她依依不舍地从他的怀里离开,看着他轻声说道:"我不相信父亲会支持母亲的意见。"

陈长生沉默了会儿,说道:"我也希望如此,只是我没有太多的确信。"

背弃与人族的盟约，转而与魔族联手，对妖族以至整个大陆来说，都是历史性的转折。为了妖族的前途，白帝做出任何选择都是可以想象的。按照陈长生的推理，似乎有些问题不好解释，比如当初天海圣后威震整座大陆，白帝为何不警惕人族？那是因为他们站的位置不够高，看得不够远。

当时人族内部的问题一直没有解决，商行舟一直在江湖畔静静地看着京都，教宗陛下也一直在离宫里情绪复杂地看着皇宫。那些年里，白帝一直在暗中支持商行舟，应该便是出于平衡人族内部势力的考虑。

后来天海圣后死了，人族也死了很多强者，同样也意味着现在人族再没有什么大的内部矛盾。统一的意志本来就是最可怕的事情，更何况魔族现在也因为内乱而变弱了很多。无论从哪个角度来看，妖族现在似乎都有与魔族结盟的天然需要。所以对白帝的态度，陈长生无法做出任何确定的判断。

现在看来，他和人族最大的希望还是妖族内部的那些反对意见。

白帝城里的气氛非常压抑，到处都能看到四处巡逻的军士与神情肃杀的妖卫。西直街面往日热闹无比的商铺关了好些家，民众们也很少上街，看着异常冷清。

和城里的气氛相比，红河两岸广阔原野里的气氛则更加紧张，就像天树地底的荒火一般，似乎随时都会爆燃起来。

驻守在野山关的黑石大军，昨夜发生了一场骚乱，席赫大妖将非常困难地才把局势稳住，没有出现大的变故。

就连这支妖族纪律最严、最精锐的兽骑兵都有些军心不稳，更不要说驻守在群山间的杂军还有那些或大或小的部落。据各处回报的消息，在短短的两天时间里，妖族军队里已经出现了好些场流血冲突，各部落也已经开始集兵了。

这是战争的信号，风雨的前兆。即将发生的不是与魔族或者人族的战争，而是妖族内部两大势力之间的战争。整个妖族已经非常明确地分成了两拨势力。

牧夫人代表的皇家意志以及相族族长代表的长老会支持与魔族结盟。站在对面的是落落一方，他们拥有以丞相为代表的文官系统还有很多部落的支持，希望维持与人族之间的友谊。

前者的实力要胜过后者，问题在于后者的态度非常强硬，并且得到了以陈长生为代表的人族的强力支持。如果牧夫人想要强行把国书颁告天下，妖族或者真的会陷入一场内战。

没有谁愿意看到这样的情况，所以在矛盾最终激化之前，无论是相族族长还是别的妖族大人物首先想的还是希望通过谈判来说服对方。于是最近两天白帝城的街上看不到什么行人，长老大臣的府邸则是宾客不断，甚至就连朝会都停了。

最热闹的两个地方是相族的庄园以及西荒道殿。前者是因为魔君应该还在离相族庄园极近的那座大院子里，正接受着相族的保护。后者则是因为陈长生住在那里。

人族教宗与魔君在一座城市里，相隔不过十余里远，这是历史上从来没有出现过的事情。

这座城市的氛围自然也变得前所未有的诡异起来。

很多族长、巨商、官员不停走进相族庄园，过了段时间再出来，从他们的神情上看不出来在庄园里发生了什么事情，他们与魔君究竟谈得如何，甚至都无法知道他们有没有见到那位魔君，总之一切都显得很神秘。

陈长生用了一天的时间接见各方势力的代表。熊族族长与士族族长引荐了很多小部落的族长前来拜见。西荒道殿一时间人满为患。

当那两名年轻蒙族代表走进道殿，用最坚定的语气表达对人族的支持时，陈长生很吃惊。不是因为对方表现得太过热情让他起了疑心，而是因为他认识这对兄弟。

——多年前他从西宁镇去到京都，想要考进青藤六院时，曾经遇到过一对大老岭的猎户兄弟，那对猎户兄弟最终成功地考进了摘星院，成了光荣的大周军官，他哪里能想到，这对猎户兄弟居然是妖族。现在想来这自然是大周军方与蒙族之间的合作。

当年摘星院的院长陈观松谋事于前，真真是位了不起的人物，难怪会被商行舟认为是大周军方下一代领袖的不二人选，只可惜最终还是死在了天海圣后最后的凤火里，所谓雄图谋略尽数成空，好在还是给后人留了些余荫。

深夜时分，前来拜见陈长生的各族代表与官员们纷纷退出了西荒道殿，只有最重要的几位大人物留了下来，他们现在已经是人族最坚定的盟友代表，看着这一天的动静，他们的信心变得更加充分，但有些事情还是让他们觉得很不安。

"如果陛下出关，所有的事情他一言便能定夺，就算他受伤需要静修，但遇着这样的大事，怎么能不出面？"

听着熊族族长的质问，丞相大人沉默了很长时间，然后说了一句话。

385

"这几年没有谁亲眼见过陛下，我也没有。"

"前些天大长老去感知过陛下的神识。"士族族长面无表情说道，"老相是我此生见过最有耐心、最能隐忍的人物，我怎么也想不明白他这一次为什么会跳出来，而且红河两岸所有部落都知道，他和皇后娘娘的关系不怎么好，就因为陛下一道神识他就变了？如果他真的是皇后娘娘的人，那谁能确认他那天夜里有没有撒谎？"

听完这番声音极低的讨论，陈长生沉默了很长时间。他知道这几位妖族大人物是在通过这种方式提醒自己，或者说警告自己。

只是这件事情实在是太过不可思议，所以即便四周无人，他们也只敢用这种隐约含混的语言提及。

"任何事情总要亲眼看到才能判断真假，我不想妖族内战，但眼下的局面必须尽快打破。"陈长生沉默了会儿，说道，"我会去见白帝陛下。"

137 · 寒冷的答案之间

夜空里没有云，只有繁星像芝麻一样到处洒着，看上去没有任何规律，无论哪个方向都很平滑而且均匀。

陈长生站在窗边，看着比地面看来确实要显得近些的星空，把先前那番谈话说了一遍。

落落站在他的身边，左手习惯性地抓着他的衣袖，偏着脑袋想了想说道："那就去见好了。"

陈长生看了她一眼，说道："这件事情要做得隐秘，不能让你母亲察觉。"

士族族长已经把白帝闭关静修的大概地点画在地图上，然后交给了他。想要去那里，必须通过皇宫里的一条密道。在他想来，落落虽然贵为公主殿下，但在牧夫人的刻意压制下应该对这座皇城没有什么控制力。

落落眨了眨眼睛，认真说道："先生你就放心吧，我可是你的学生，这些事情还是有能力的。"

陈长生觉得这句话里有苏离或者唐三十六的味道，忍不住笑了起来。

从潮湿阴暗却并不寒冷，反而闷热的石道里走出来，一座雪山便与晨光一道撞进了陈长生的眼帘。

雪山高数千丈，下方是黑色岩崖与原始森林，上半截尽数被白雪覆盖，在晨光下泛着刺眼的光线，在湖畔陡然崛起，向北方延伸而去，根本望不到尽头，甚至让人怀疑会不会一直要通到世界的尽头，显得极其雄伟，仿佛神迹一般。

陈长生知道这座绵连无数里的雪山便是典籍里经常会提到的落星山脉。

落星山脉沿着西海岸而生，在白帝城北方忽然突出地表，左手方百余里外便是汪洋，峰间有着数万年的积雪，山脉绵延也有数万里，直通极北之处，在中间段有片相对平坦的原野，被称为占陵。从那里往东南方绕行十余日夜，便到了人族最西边的葱州军府。

在占陵与葱州军府之间有片草原，便是秀灵族的故地，现在则属于陈长生和徐有容所有。

陈长生走到湖畔，望向对面的山脉。他想起《道藏》里记载过红河也起源于这里某座雪峰，又想着那片草原与自己的联系，生出一种微妙的感觉。

自妖族在红河建国，无数万年里的历代白帝以及皇后向来都葬在这片落星山脉里。依祖灵规矩，为防止被恶徒窥视大妖遗骨与真血的残留，历代白帝都没有在山中修建陵墓，只是待寿尽之时便会沿着陈长生走过的那条密道来到山间，随意择一地而阖目，神魂归于星海之间。

当然，除了临死时，历代白帝在政务闲暇之余也经常会来落星山脉或者凭吊祖先，或者欣赏风景，或者寻找破境机缘，自然难免要在这些雪峰间修建供以休息的建筑，只是那些建筑外面有极厉害的禁制，非白帝本人极难进入。

当代白帝与魔君在寒山北面的雪原上进行了一场惊天动地的战斗，魔君身受重伤，继而被黑袍与魔帅联手推翻。白帝的伤势也极重，这些年一直在落星山脉里闭关静修，除了牧夫人和相族族长等人，很少有人知道他究竟是在哪里。

陈长生有士族族长提供的地图，自然不会迷失方向，使出耶识步踏雪而行，没用多长时间便找到了地方。在两棵极为青翠的古松之前，有一大片黑色的山崖。崖上积着万年不化的冰雪，看上去无比严寒，全无生机，根本看不出有什么异样。

地图上标明的地点范围很广，陈长生不知道入口的位置，只能把神识向四周散去，却发现前方出现了一道屏障。那道屏障就像一层气垫，隔绝了他的神识，但他的心情反而变得平静下来，因为确认就是这里。

黑色山崖与寒冷的冰雪下方，隐藏着一座阵法，只略微感知片刻，他便发现了这座阵法的厉害之处。

这座阵法与京都皇宫里的那座桐宫在阵应该同源，严密而且凶险，生死之间自有玄妙，只是可能因为吸引了太多雪峰寒湖的气息，这座阵法比桐宫更无情冷酷，隐隐散发着一股肃杀的味道，又有一道极其强烈的皇家气息。

这座阵法若被触发，只怕威力较诸红河禁制也不稍差，当然，比起京都皇舆图来说，还是要差上很多。

前日陈长生破开红河禁制时，国教神杖里的光明力量消耗得太多，现在还无法再次使用，那该用什么方法破阵？世间既然有阵法，当然就有相应的破阵之术。陈长生通读《道藏》，修道后也研习过阵法，但毕竟不擅此道，看了很长时间也只想出了一种可能。

看着眼前的冰雪黑崖，他的心里再次生出那种微妙的感觉。

如果当初没有把她误认成秀灵族的少女，他们会不会更早地在一起？如果那天在桐江畔，自己看完信后能耐着性子再等半天，她有没有可能和自己一道骑鹤前来？如果她这时候在这里，她会不会看两眼便看出这座阵法的漏洞？

铿的一声清鸣，数十道剑出现在天空里，无比森然的剑意以陈长生的身体为中心向着四周散去，瞬间斩碎无数飘落的雪粒。陈长生握住无垢剑，警惕地望向黑色山崖最下方的一处突起。飘落的雪粒来自黑崖上方的冰雪，那是因为受到了震动，就像他的双脚感觉到的那样清楚。

黑崖下方那处突起忽然裂开，两个人从里面爬了出来。数十道剑微微震动，发出令人心悸的嗡鸣，但没有发起攻击，因为陈长生认出了这两个人。那两个人是金玉律与小德。

金玉律曾经做过国教学院的门房，替陈长生解决过很多麻烦，多年未见，情意犹在。小德虽然与陈长生是敌对的关系，但他与人族的关系向来亲近。当年天书陵之变，他与肖张一道硬闯皇宫，帮助唐家二爷夺得了皇舆图的操控权，可以想见，那个时候他就是商行舟的合作者。士族族长在天选大典以及随后这两天表现出来的坚定态度，也从侧面证明了这一点。

陈长生自然不会向他们发起攻击，只是没有想到他们会从黑崖里钻出来。如果白帝真的在山崖深处闭关静修，那么他们有没有见到？

这一刻，他自己都不知道究竟想要听到哪个答案，因为好像哪个答案都不好。

138 · 走到山洞尽头，听到不好的消息

金玉律还是穿着那件满是铜钱的绣袍，如富翁一般，只是现在有些狼狈，满身都是泥土与石屑。小德的样子更是糟糕，衣服上到处都是黄色的泥浆，比眼瞳里那抹带着暴戾意味的土黄色还要更深，更像某些秽物。

看到陈长生站在崖外，金玉律很是吃惊，旋即脸上流露出来欣慰的神情，因为可想而知陈长生的出现必然是因为落落。小德看着陈长生的眼神则有些复杂，在过去的几年时间里，他经常不自觉地按照陈长生的风格行事。换句话说，他在学习这个自己曾经最讨厌的对手，今天忽然照面，骄傲如他内心里难免有些尴尬。

金玉律问道："教宗大人也是来见陛下的？"

陈长生点点头，问道："你们见到了？"

金玉律摇了摇头，显得特别疲惫，说道："明知道就在里面，却怎样也无法进去。"

陈长生沉默了会儿，说道："圣人可安好？"

金玉律说道："未曾见到，所以不知。"

小德的脸上流露出警惕的神情。

陈长生对他说道："这个位置是士族族长告诉我的。"

小德听懂了这句话里隐藏的意思，说道："那现在就看你的了。"

士族族长向以智谋与谨慎著称，如果不是确定小德无法成功，肯定不会把白帝闭关的位置告诉陈长生。陈长生望向那片黑崖，感知着那道禁制阵法的威力，微微挑眉。想要解决当前的所有问题，都必须先确定这片黑色山崖里的情形。陈长生是这样想的，士族族长是这样想的。

小德也是这样想的，所以他直接退出了筹划多年的天选大典，来到了这片黑色山崖前，开始挖洞。金玉律也是这样想的，他比小德来得更早，挖得更快。到此刻为止，小德已经挖了两天两夜，没有休息，金玉律则是挖了四天四夜。

陈长生刚才也准备用强行破崖的方法来越过这道禁制——这种纯以力取的方法看似粗暴甚至白痴，但往往会是最正确的选择。小德、金玉律这样的强者自然也明白这个道理。遗憾的是，他们还是失败了。

陈长生没有必要再试一次，但他想进去看看。

洞口就在黑崖表面，但并不是直的，而是斜斜向上，去到极深处，才再次向上。陈长生随金玉律与小德走了很长时间，才走到了尽头。

看着四处洞壁上清晰而深刻的爪痕，感受着依然残留的狂暴气息，他仿佛看到了这几天里真实发生的画面。金玉律与小德进入了狂化状态，如小山般的身躯疯狂地向着坚硬的崖石发起攻击，黑暗的山洞里不时出现巨大的狮豹光影。

很快他便注意到了洞壁里的异样之处，最前方的那片石壁非常光滑，仿佛玉石一般，没有任何裂痕，连污垢都没有。

金玉律对陈长生说道："我们曾经换过几个方向，都没办法绕过这片石壁，说明这个位置就是阵法里的天机活枢。"

陈长生问道："这块石壁本身是什么？"

金玉律说道："应该是传说里的星石，拥有超出体积无数倍的重量，就算是神圣领域强者，也很难移走。"

听着星石的名字，陈长生想起白石道人曾经持奉的那件国教重宝，沉默片刻后走上前去，用无垢剑向着石壁狠狠斩落。当的一声脆响，无垢剑明亮锋利如初，没有受损，但那块石壁上也只留下了很淡的一条痕迹。

如果想要用无垢剑把这块石壁斩碎，不知道要花多少时间。陈长生有些失望，却不知道金玉律与小德看到这幕画面，眼里露出一抹骇异的神情。星石除了拥有难以想象的密度与重量，还有一个最出名的特质便是坚硬。金玉律与小德试过很多次，无论是狂化后的真身锋爪，还是随身携带的高级法器，都不能在星石表面留下任何痕迹。

陈长生随意挥剑，便在石壁上切开了一道小口，这把剑该是多么锋利？小德在北兵马司胡同里战之陈长生的剑，当时并不觉得他的剑有这般可怕，旋即才想明白，这应该是陈长生这几年里剑道修为大增的缘故。

陈长生问道："既然是禁制阵法，便应该有布阵之人，如此沉重的石壁，谁能把它搁到天机活枢的位置上？"

金玉律说道："应该是皇后娘娘动用了海潮之力，推动星石把这里封住。"

小德忽然说道："星石可以吸收星辉。"

陈长生有些不明白他为何忽然说这句话，下一刻才明白过来，神情变得有些沉重。星辉并不是星光，而是遥远的星辰与修道者之间无形连线摆荡撷取的无形能量。修道者身体里的真元也是星辉，哪怕是圣人也脱离不开这个范畴。

如果这片石壁会源源不绝地吸收星辉，那也就意味着它会吸收白帝的真元。白帝就算境界高深莫测，不在意这片星石的影响与干扰，但他毕竟在黑崖深处静修养伤，为何要给自己增添麻烦？

所有这些线索，最终都指向了那个可能。

"无论天选大典还是与魔族结盟，原来与我妖族都没关系，而是大西洲的野心，如果陛下已经回归星海的话。"

在很短的时间里，金玉律苍老了很多，声音也颤抖起来。

这种可能性不是太大，神圣领域强者回归星海，整个大陆都会生出感应，是为天兆。当初青衣客刚刚身死，八万里外的牧夫人便知道了消息，谋害别样红与无穷碧夫妻时，牧夫人事先便要启红河禁制，便是这个道理。

更不要说白帝乃是当代圣人，他如果真的回归星海，哪怕再如何强大的禁制阵法，也无法隔绝消息，天地必然随之震动。

小德神情凝重说道："就算陛下现在没有事，情形可能也很危险。与魔君一战，陛下受的伤极重，现在皇后娘娘又用了这种手段，只怕陛下的伤势非但没有好转，反而日渐严重，如果再过些天，说不定真会出现最坏的局面。"

想到那种可能，金玉律与小德的脸色都很难看，陈长生却比先前平静了些。如他进入这片黑崖之前所想，白帝死了或者还活得好好的，对人族来说都是非常坏的消息，如果是前者的话，那就表明妖族内部再没有谁能够压制住牧夫人的野心，如果是后者，则是说明白帝真的与牧夫人想法一致，就是想与魔族结盟，有这样一位圣人在阴影里看着，他还能做什么？

现在推测白帝可能身受重伤，被牧夫人使出手段囚禁并且不断削弱，这种情形反而是最好的。这说明相族族长那夜是在假传白帝旨意，实际上白帝依然支持人族。那么只需要把他救出来，所有的事情便都能迎刃而解。

这个时候，洞外忽然传来一声清亮至极的鹤鸣。陈长生出洞，取下纸条一看，神情变得极为凝重。白鹤带来了两个最新的消息。一个好消息，一个坏消息。轩辕破醒了，别样红昏迷了。

139 · 铜镜里的脸

收到那封信后，陈长生对金玉律、小德交代了两句，便骑鹤离去。金玉律

391

与小德对视一眼,看出了彼此的疑问与不安。陈长生离去前说去办件事情,办完事情就回来,最后又说希望那件事情不要办完。这番话很是奇怪,难以理解,又究竟是什么事情,竟比助白帝陛下脱困还要重要?

距离这片黑崖十余里外的一座雪峰上,风雪轻飘与白衣融为一体。

徐有容在这里已经站了一段时间,她看着陈长生与金玉律、小德进入黑崖,看着白鹤到来,然后陈长生离开。她隐约猜到白帝城里发生了何事,情绪也受到了些影响。黑崖里的禁制阵法,她已经观察了足够长的时间,找到了破阵的可能方法。她从袖子里取出一张白纸折成纸鹤,然后松手任其离开。纸鹤随雪风而去,飘飘悠悠来到黑崖前,然后落在地面上。

小德警惕地向四周望去,没有任何发现,拾起纸鹤拆开一看,只见纸上写着两个字,字迹娟秀,应该是女子所书。

那两个字是:"剑阵。"

从落星山脉回到白帝城,以徐有容的速度,只花了很短一段时间。她没有去天树侍庙后的那座小院,因为她还不想与陈长生见面,也因为她下意识里不想去见到那些画面。回到昨日的那家客栈,她没有回房,在前堂要了些这家客栈最出名的接堂包子。

白帝城里的气氛紧张而且诡异,街上没有太多行人,客栈里的生意自然也很差,有闲情来这里吃早餐的人非常少。在这时候还想着下馆子的食客,必然是些真正好热闹的闲人,好热闹自然也好说闲话。徐有容就着牛肉蛋花粥吃包子的时候,便一直听着邻桌的客人们在说闲话。

最近白帝城里最大的热闹自然便是天选大典以及魔君、陈长生的先后现身。至于最沸沸扬扬的闲话,自然是轩辕破在皇城前喝破的那句话,也是落落殿下亲自承认的那句话。

不知道教宗大人是怎么想的,不过看他不顾万里迢迢,乘鹤而来,还有说的那句话,他应该也是喜欢公主殿下的吧?

听说人族那边对这种事情很是忌讳,但咱们妖族什么时候在乎过这些?喜欢就一起睡觉便是。

听说教宗大人与圣女有婚约,但咱们妖族什么时候在乎过这些?抢过来便是，实在抢不过来就一起睡觉便是。

徐有容的情绪本来就有些低落，吃饭的时候听了一肚子闲话，根本没有吃饱，心情更加糟糕。所谓道心通明，平静如水，早已被她不知道忘到了哪里去。她拿了一个包子一碟醋蒜，便回了房间。

她简单地梳洗了下，坐到桌前，对着那面铜镜，看着镜中的自己开始出神。铜镜不是太清楚，有些模糊，但镜里的容颜依然美丽，如世人能想象出来的最好看的花。

——我是她的老师，我说不准嫁，她就不能嫁。真是好霸气的一句话，师生关系多好啊。她微嘲想着。

她很清楚，小黑龙对陈长生来说更多意味着必将终身报答的恩情，真正麻烦的还是落落。无论从哪个角度看，落落都是男人最喜欢的那种女孩儿，更不要说她对陈长生的那种喜爱是那样的干净而且毫无要求。

她做不到这样，她做不到喜欢陈长生胜过自己，她甚至想不明白为什么有人能够做到。她只知道自己想和陈长生一起走过千年漫漫修道路，将要面临的最大挑战是什么。她越想越不高兴，噘起小嘴，流露出在外面从来没有过的小女儿神态。

她看着镜子里的自己，哼唧着说道："你这么好看，你最好看，你是世上最美的姑娘，他又不是瞎子。"

说完这句话后，她忽然醒过神来，觉得好生羞耻，嘤咛一声，捂住了脸。

在这时，铜镜里忽然生起一层薄雾。徐有容神情微凛，用最快的速度恢复平静，眼里再没有什么恼意也没有羞意，只是平静清美。这时候的她便是圣女，气质有如新雨后的春林。

铜镜里的薄雾渐渐变化，凝成一些或粗或细的线条，隐约可以看到是一张脸。画面依然模糊，看不清眉眼，但不知为何那张脸却让人觉得无比俊美，更流露出一种高山般的气质。

徐有容看着镜中人说道："我亲自去看过禁制，白帝既然还活着，应该有办法出来，至少可以传出些讯息。"

听到这句话，镜中人沉默了很长时间，很明显这句看似寻常的话，对他的心神造成了一些冲击。徐有容也不发问，只是安静地等着。那人叹息了声，说不出的感慨，甚至显得有些感伤。

他说道："既然如此，那我们就帮他出来吧。"

徐有容说道："我已经传话给陈长生，以他的悟性，应该能很快破阵。"

那人说道："既然是这种情形，你们都要谨慎小心些。"

徐有容忽然问道："为什么他愿意帮你，你也没有别的手段？在现在的局面下，你有很多机会可以弄死他。"

那人反而问道："那你为何愿意帮我呢？"

徐有容说道："大局为重。"

那人平静说道："都是相同的道理。所以他不是在帮我，我也并不关心他，弄死他……以后还会有很多机会。"

徐有容最后问道："别先生那边……真的没有办法了吗？"

那人想了想，说道："如果那孽徒都治不好，那就没有了。"

所谓大局，自然就是人族如何在这片大陆上生存下去，生生不息。

徐有容要考虑这个问题，铜镜里的那个人要考虑这个问题，陈长生作为当代人族教宗，当然更要考虑这个问题，虽然他认为自己并没有这样的能力。有很多事情他都没有能力解决，哪怕是他最擅长的医道，在某些时刻看起来也是那样的毫无用处。

白鹤穿过天树侍庙里的大树，落在风景凋残的小院里。轩辕破脸色苍白，右臂委顿无力地垂着，见着陈长生，极为勉强地挤出一丝笑容。陈长生上前与他拥抱，在他厚实的背上用力地拍了三下，便不再多言，走进了屋里。

别样红靠在墙上，闭着眼睛，脸色如常，仿佛在沉睡一般。陈长生沉默不语走到他身前，从手指上取下金针，再次开始替他治疗。

都说他的朱砂丹能够生白骨活死人，但那其实只是夸张的传闻，蕴藏着圣血的朱砂丹，只能救治像失血断骨破腹之类的外伤。别样红的伤势是因为那两名来自圣光大陆的天使，神魂与肉躯尽数遭受了无法逆转的伤害，根本无法治好。不知道过了多长时间，陈长生的道衣已经尽数被汗水打湿，好在被天海圣后重造经脉之后，已经没有了可以令整个世界癫狂的异香。

别样红缓缓睁开眼睛，终于醒了过来。陈长生在他的眼睛深处再次看到那抹黯淡的、带着灰色意味的气息。那道气息非常淡，就像是雪原里落下的新雪，山溪里落下的雨点。如果不是像他这般拥有极强神识的人，根本无法发现。

这道气息便是死意。

140 · 别样红之死

过去了两天时间，牧夫人应该已经从某些细节里发现别样红与无穷碧还活着，就在这间小院里。但想来她不会向别样红与无穷碧出手，因为陈长生已经到了，而且妖族内部的裂痕已经极深。除非她真的开始发疯，不在意妖族在内战的野火里自行烧为灰烬。

河风拂动着天树侍庙里的树叶，发出沙沙的声音，然后落入安静的小院里，听得非常真切。如此安静的时刻，非常适合聊天或者说交代一些事情。尤其是此时，别样红不知用什么手段让无穷碧进入了梦乡。

陈长生问道："前辈您有什么想留下的？或者说想要我们做些什么？"

别样红说道："以往我以为会留下血脉后代，现在既然没有了，也就不用再说什么。"

说这句话的时候，他的神情很平静，语气也很淡然，但谁都能听出来里面隐着的那抹沉痛。一代大陆强者，临死之际无人送终，提前看到儿子的死亡，任谁也很难承受。

陈长生说道："给世人留些您的过往想法也是好的。"

很多人都知道，别样红是西陵万寿阁出身的一名书生，但他的生活经历、修道历程却始终是个谜。

"世人究竟最想知道我哪方面的过往？"别样红看了一眼无穷碧，感慨说道，"大概就是为何要娶她吧。"

陈长生想了想，很诚实地说道："确实很多人想不明白。"

"虽然从来没有人敢在我们夫妻面前提起此事，但我知道，在世间多少酒馆客栈里一直都有这方面的闲话，甚至有些说书先生帮我们想了很多离奇至极的故事，替我设想了很多情境。那故事里的别某人遭遇确实极惨，便是我听着也很同情……"别样红微笑着继续说道，"都是假的，活着哪有那么多的不得已，更不要说像我这样的人。"

陈长生心想确实是这个道理，一位神圣领域强者，拥有难以想象的力量与权势，与帝王并没有太多的差别，哪里会因为一些不得已而隐忍这么多年。

别样红说道："这个故事真的比你们想得要简单很多，我幼时家贫，得先师收留，抚养成人。我与师妹一道长大，她敬我爱我，从来没有任何让我不愉快的地方，我自然也爱她怜她，等到年岁稍长些，自然也就娶了她。"

陈长生没有想到这个故事居然真的就这般简单。

别样红接着说道："虽然我娶她的时候，她确实不是现在这模样，但仔细想来，这何尝不是我的不是。"

陈长生说道："如果真是如此，前辈您对她的娇纵确实等于纵恶。"

别样红说道："所以我说我不是君子，也不是好人。"

陈长生还是有些无法接受，说道："我还是觉得这不对。"

别样红看着他说道："如果你的妻子对你极好，但性情极差，更是个大奸大恶之徒，你会怎么做？"

这个问题看似很好回答，往深里想却极为复杂，陈长生以前从来没有想过这方面的事情，自然不知道答案。

无穷碧这时候刚好醒了过来，听见了这句话，自然以为是别样红在说自己。

她顿时恼怒起来，骂道："我就是杀过几个不敬长辈的废物，难道就算大奸大恶？你这个没良心的东西！"

小院里的安静顿时被打破，一切都显得那般嘈乱。

别样红没有解释什么，看着她非常认真却又极温柔地说道："以后不要做这种事情了好不好？"

像前日那样，无穷碧再次心慌起来，讪讪说道："我不是已经答应过你，老提这些做什么？"

别样红看着她微笑说道："师妹，很抱歉不能再陪你了。"

无穷碧更加惊慌，伸手抓住他的衣袖，尖声说道："你在胡说什么！"

别样红叹了口气，说道："我没有胡说。"

无穷碧脸色变得苍白起来，因为紧张而舌头打结，说话变得有些断续："那你也不能瞎说。"

别样红说道："我没有瞎说。"

无穷碧惊恐至极地喊道："我不准你走，不然……不然我就去把关白那只手也砍了！不然……我就去投靠魔族！"

"我曾经想过请教宗大人把我带走,只留封休书给你。但我知道你肯定还是能猜到我死了,那还不如明说……"别样红怜惜地摸了摸她的脸,说道,"因为你知道我不会不要你啊。"

轩辕破站在门边,不停地用袖子擦眼泪,却怎样都擦不干净。他不是很懂这些,但就是觉得前辈的这句话好生心酸。

"能不能麻烦你去买几个包子。"别样红望向他有些不好意思说道,"我想吃那个牛肉葱花馅的。"

轩辕破怔了怔,赶紧向小院外跑去,根本没有理会自己也是重伤初愈,还虚弱得厉害。在晨雾与蒸气里他向着胡记包子铺跑去,生出满满的悔意,心想前几天怎么就没看出来前辈想吃牛肉包子呢?

轩辕破端着一整屉包子在十余名教士及熊族高手的护送下回到了小院。这屉包子还是滚烫的,如果撕开松软的包子皮,便能闻到牛肉与葱花还有红油的香味。可惜的是晚了些。别样红闭着眼睛,已经没有气息。

轩辕破僵住了,怀里的蒸屉冒着热气,向着阴暗的天空飘去,也落在了他的脸上,有些热,有些湿。陈长生沉默地低着头,落在身边的手指微微颤抖,鞘里的剑随之微微震动。轩辕破跪在别样红的身前,把那屉包子搁到前方,然后恭恭敬敬地磕了几个响头,泪水不停地流着。

无穷碧什么都没有注意,她怔怔看着别样红,眼神渐渐涣散,身体摇摇欲倒。当当当当!天树侍庙里响起了钟声。无穷碧醒过神来,眼圈渐红,嘴唇微微发抖,终于明白发生了些什么。小院里响起一道凄厉的哭声。

陈长生走到院外,听着天树侍庙里传来的钟声,想起了当年梅里砂大主教临终前的那个夜晚。那夜晚,京都里也有钟声。

钟声真是归家的讯号吗?星海真是所有神魂的故乡吗?无论高贵还是低贱,美好或者丑陋?就像哭声一样?无论再如何难听,也是这般令人悲伤?

141·就算听到真正的那个故事又能怎么办

别样红死后,无穷碧变得有些痴痴呆呆。她披头散发靠墙坐着,把别样红的遗体抱在怀里,不准任何人靠近。陈长生与轩辕破站在门口看着这种情境,不知道该怎样做。

别样红与无穷碧都是神圣领域强者，可以说是大陆最有名的一对夫妻。整个大陆都知道这对夫妻的感情很好，但都不知道为何他们的感情会如此之好。更准确地说，是整个大陆都不理解别样红为何会对无穷碧这样好。天海圣后当年没想明白，王破也没想明白。

因为想不明白，所以他们以及世人都有些替别样红不平。临终前，别样红对陈长生讲了一个很简单的故事，但陈长生还是无法理解。

他知道喜欢是一种怎样的感觉。他很喜欢徐有容，但无论是在周园里还是在奈何桥的风雪中又或者是在圣女峰的暮色下，即使已经喜欢徐有容到了除了她心里再放不下别的风景，他还是无法理解这件事情。

"如果你的妻子对你极好，但性情极差，更是个大奸大恶之徒，你会怎么做？"

他想起了别样红的那个问题。如果徐有容是个大奸大恶之徒，他该怎么办？他不知道。

他望向屋里。无穷碧的头发披散在身上，青丝已然变得灰白，神情看着极其丧败绝望。看着这画面，陈长生有些怜悯，又有些不舒服，总之心情有些复杂。

轩辕破是个很简单的人，不会想太复杂的事。当初无穷碧要灭掉国教学院，他是离死亡最近的那个人。他当然不喜欢这个道姑。他与别样红相处时间很短，但他对别样红非常佩服，想要与之亲近，想把对方当作自己的师父。但他不会因此就改变对无穷碧的态度，反而越发厌憎无穷碧，尤其是在看过那些争吵之后。

他越喜欢别样红，就越讨厌无穷碧。越美好，越丑陋。位置果然是相对的，世间万物以及情感都是相对的。

无穷碧抬起头望向轩辕破，看着他眼神里的情绪，问道："你很恨我？"

轩辕破沉默了会儿，说道："是的，因为我不明白为什么你还活着，他却死了，这不公平。"

无穷碧神情漠然说道："好人不长命，祸害活千年，难道这个道理你都不知道？"

轩辕破不知道该怎么接这句话，更加郁闷。陈长生摇了摇头。

无穷碧的脸上闪过一抹嘲弄的神情，说道："你们是不是很想知道他为什么对我这么好？"

轩辕破的视线从依然冒着热气的包子移到别样红的脸上，想着怎样才能把前辈的遗体从这个疯子的手里抢过来,根本没有理她,陈长生也没有说话。

无穷碧冷笑说道:"这是一个非常久远的故事,如果你们不求我,我可没精神去回忆那些。"

"别先生已经对我们说了,在刚才你睡着的时候。"陈长生停顿了会儿,说道,"如果你想补充些什么,请便。"

"他是我父亲从百子铺里救出来的,当时他瘦得像只猴子,饿得太狠,咽喉又被老乞丐弄伤,我把自己最喜欢吃的灌汤包端上来,他都吃不下去,那又馋又痛苦的样子到现在我都没法忘记。最后我把那屉包子全部撕了,把里面的肉汁集了一小碗,慢慢地喂他喝了,才把他的这条命救了回来。"无穷碧的神情变得有些落寞,说道,"后来他告诉我,当时他就在心里对着那碗肉汁发过誓,这辈子都要对我好,无论我做什么事情都不会怪我,遇着任何危险都要护在我的前面。"

陈长生沉默了会儿,说道:"我想他做到了。"

"不错,他确实做到了,我对他的好不及他回馈我的百分之一。我知道没有人喜欢我,我知道他甚至会把责任揽到他自己的身上,他会说那时候他在拥蓝关里隐姓埋名驻守了七十几年,很少回家,没能看到我父亲最后一面,当我流产的时候也没来照顾我,所以我的性情才会大变……"无穷碧的声音里忽然多了很多怨恨,"但那又如何?他说要陪我一辈子,现在不一样提前走了!"

轩辕破听不明白这些话,心想前辈是死了,又不是抛下你不管,难道这也要被埋怨?

陈长生明白,说道:"但他临走前还是不放心你。"

"所以他才说了那些话,要我改过,要我听你的话。"无穷碧看着他冷笑说道,"难道你真以为我会被这些往事感动,从而幡然悔悟?"

轩辕破听着这话很是恼火,陈长生也很无语,再也无法弄清楚这位道姑究竟想做什么。

无穷碧把别样红扶正,从蒸屉里拿出一个包子吃了起来。牛肉葱花馅的包子里有很多红油,虽然已经不再滚烫,但还没有凝住。两道红油顺着她的唇角向下淌落,就像是血一样,看着有些滑稽,有些恶心,有些恐怖。

无穷碧低着头,陈长生和轩辕破都没有看到,她的眼里渐渐生出很多暴戾的情绪。

陈长生这时候还在想她刚才说的那些事情。那些别样红对她以及家庭的亏欠，应该是真实的，只是别样红为何没有说？很快他便想明白了其中的道理与情意，不禁有些惘然。无穷碧以为别样红会说出那些事，表明他对她和家庭确实有所亏欠，从而让世人对她宽容些。

但她不明白，如果别样红真的这样做了，世人对她的看法只会更加糟糕。无论是最早的救命之恩还是后面的那些事，都会让人觉得她是挟恩图报。别样红的做法要更好，他根本不谈这些，只是讲了一个非常简单的故事。

他就是喜欢她，她是他的妻子，他就应该保护她。这样当他离开这个世界后，她还能以他妻子的身份得到一些尊重，日子想必会好过一些。死亡即将来临，别样红在最后的时刻依然想的是如何让她过得更好些，而且为之做了非常多的事。

这当然就是让陈长生有些惘然的情意。他隐约有些明白了别样红与无穷碧之间的关系，还是与那个问题有关。她喜欢他，她对他好，他也喜欢她，至少以前很喜欢她，那么能怎么办呢？

142 · 去死吧，像活着一样

无穷碧吃完了包子，抬头望向陈长生和轩辕破，说了一句话。
"你们都说我是坏人，我会继续做个坏人，你们又能拿我怎么办？"
说这句话的时候，她的脸上没有任何表情，眼睛里却全是嘲弄与轻蔑。轩辕破沉默着，陈长生也沉默着。

无穷碧忽然生起气来，厉声喝道："难道你们不怕我伤好后去把关白那条手臂也砍了！"

陈长生依然沉默不语，轩辕破则不可思议地说道："你这个人怎么能这么坏？"
无穷碧很满意他的反应，说道："就算我再坏，他还是喜欢我，不行吗？"
说完这句话，她得意地笑了起来。她秀美的面容苍白无比，残着的红油就像血污，看着异常残忍可怕。陈长生盯着她的眼睛，隐约猜到她要做什么，忽然觉得心情很低落，起身向屋外走去。

看着他的背影，无穷碧的脸上流露出一抹惊愕的神色，喝道："你怎么就走了？"

轩辕破看着她嘴角的红油因为说话而滴落，觉得有些恼火，转身拿了两张纸递到她身前。

无穷碧没有接纸，而是盯着他眼睛，问道："所有牛肉包子都这么多油？"无论是这个问题本身还是她这时候的神态都显得有些神经质。

轩辕破想着她也确实很惨，压抑住情绪说道："那是混了辣子的牛油，只有这样才香。"

"你明知道牛肉包子香，那为什么偏偏只让我们吃馒头！"

无穷碧的声音忽然变得尖厉起来，就像是发疯一般，对着轩辕破哭喊了起来。

"他都要死了，你让他吃口牛肉包子又怎么样！"

轩辕破沉默不语，不是觉得她在发疯，而是他也很后悔这件事情。这几天他给别样红与无穷碧买的都是白面馒头，自己吃的牛肉包子。不是买不起，而是他想着他们受了重伤，应该吃得清淡些。但别样红还是死了，既然如此，何不痛痛快快吃几个牛肉包子？

无穷碧忽然冷静下来，面无表情看着他说道："你去死吧。"

啪的一声轻响。无穷碧举起左手，伸出食指刺向轩辕破。她断臂重伤，非常虚弱，轩辕破虽然也受了伤，但至少行动自如，按道理来说，应该能够避开这一指。

但这一指仿佛有某种魔力一般，根本无视轩辕破下意识里的反应，就这样轻描淡写，又无比准确地落在了他的眉心。

无穷碧这一指似乎耗尽了她所有的力量，脸色变得更加苍白，甚至隐隐变得透明起来。轩辕破发出一声痛苦的低号，身体剧烈颤抖，身躯急剧变大，衣服被崩裂，簇簇黑毛从那些缝隙里探了出来。他被无穷碧的这根手指瞬间逼至狂化！但他依然没有办法摆脱无穷碧的手指，甚至就连摆头这么简单的动作都无法做到。那根手指依然静静地停在他的眉心，就像是黏上去一般。

轩辕破本来就很槐梧高大，狂化之后更是像一座小山，眉心无法离开无穷碧的手指，再也无法保持先前的姿势，向前倒下。但他没有倒在地上反而飘了起来，看上去就像灌满了热气的皮囊，而无穷碧的手指就像牵着那只皮囊的线。

陈长生听到动静，转身冲回屋里，便看到了这幕诡异的画面。无穷碧的手指让他很自然地想起了昨天别样红的那一指。别样红用那根手指把神圣之战的

401

经验以及很多修行相关的智慧尽数灌进了他的识海。

无穷碧这时候在做的似乎是同样的事,但又有明显的不同,因为他感知到了无比磅礴的神圣气息威压,还有异常恐怖的真元激荡!寒风在屋子里呼啸穿行着,拂动别样红的衣衫,卷起地板上的那些晶石的废渣以及木塔碎片,绕着无穷碧与轩辕破的身体不停打转。

在非常短的时间里,无穷碧便瘦了数分,老了数百年。她的发间隐现霜迹,脸色更加苍白而且变薄,透明得仿佛能够看到里面的肌肉与骨骼。

事实上无法看到,那里面尽数是纯净而神圣的光线。她的眼神变得狂热至极,充满了疯狂的意味,盯着轩辕破厉声喝道:"如果你运气不好那就去死吧!"随着这声厉喝,那些纯净而神圣的光线穿透她的皮肤,变成无数片金色的碎屑尽数进入了轩辕破的身体。

轩辕破的身体再次颤抖起来,委顿的右臂不停折断然后修复,发出啪啪的断裂声,令人不忍卒听。

他的表情更是痛苦到了极点。陈长生感觉到了极度的危险,但在这种情形下什么都不敢做,只能紧张地等待着。

不知道过了多长时间,无穷碧收回了手指。轩辕破重重地摔到了地板上,砸出了数道极深的裂口,溅出无数血水,然后就这样昏迷了过去。

陈长生冲过去查看他的伤情,对着无穷碧恼火地喊道:"你疯了吗!"

他不知道她究竟把什么传给了轩辕破,但明显要比别样红昨天的手段危险无数倍。换句话来说,她说要轩辕破去死,还真不是在说谎。陈长生更是清楚,她刚才说的那些话本来就是想激怒自己,让自己动手杀了她。

比如她嘲讽说着幡然悔悟,比如她说要把关白剩下的那只手臂也砍断。她真的疯了,但就算想死,为何她要用这样的方法?

无穷碧怔怔地靠墙坐着,忽然凄声喊道:"他走了,我也不想活了,但我……我怕死啊,我真的怕死啊!"然后她艰难地转过头去,看着早就已经没有气息的别样红,声音微颤说道,"可我还是想和你在一起。"

说完这句话她就开始流泪,哭了很长时间,直至变成抽泣,最后再也没有任何声音。陈长生的身体有些僵硬,把手指伸到她的鼻下。无穷碧闭着眼睛,与她的男人靠在一起,已经死去。

陈长生收回手指,望向院外。院子里很安静。他有些无助。

143·生存还是毁灭，井底还是井口

别样红死了，无穷碧也死了，死在远离家乡八万里的白帝城里。他们的神魂会归于星海，不会回到西陵万寿阁，那么葬在何处也不是那么紧要。

小院里有一道极深的裂缝，应该是除苏从地底出来时崩裂的，随着地河阴风的自我修补，下方已经被岩石重新填满，只剩下约两尺深的一个坑。陈长生把别样红与无穷碧的遗体放进坑中，不等他推土填平，有清风自天树侍庙的树间落下，坑里便只剩下了两片金色的沙砾。

当年朱洛死时，他曾经看过类似的画面，知道这是神圣领域强者的特有迹象，所以没有惊讶。只是泥土间那些金色的沙砾，令他想起了另外一件事情。

到现在为止，很多人都以为天海圣后被他葬在国教学院的最深处，实际上是在百草园里。他有些不明白，为何天海圣后死后，遗骸没有像这些别的神圣领域强者一样变成最纯净的金砂，而是依然保持着原状。难道这就是神隐境界与从圣境界之间的差别？

他没有做更多的思考，拂了拂衣袖，把庭院里的白石震入坑中。看着那些金色的砂砾渐被隐埋，他在心里默默想着几个名字。除苏、牧夫人、黑袍、圣光大陆。

整个大陆都感应到了两位神圣领域强者的死亡，天地法理相感，其兆渐显。遥远的东方云墓里生出了很多漩流，那座孤峰间的溪水陡然增急。在溪畔饮水的一只独角异兽抬起头来望向远方，圣洁的眼眸里出现一抹落寞的神情。红河里再无波澜，平静如镜，显得极为妖异，河水深处传来于京低沉的嗡鸣，仿佛在哀悼什么。

知道此事隐情的西荒道殿大主教，看着小院上方那片阴晦的雨云，面露戚色。

雨云后方出现两道并行的彩虹，从白帝城伸出，跨越宽阔的河面，伸向遥远的群山深处，甚至是更远的地方。直至此时，妖族丞相与熊族族长、士族族长等人才知晓发生了何事，震惊至极，不知该如何言语。巷外的教士与修道者以及数量更多的妖族战士们，感知着那两道彩虹里的意味，纷纷跪倒在地。

人群里的国教信徒开始在大主教的带领下诵读道典，虔诚而且敬畏。

陈长生没有回西荒道殿，留在了小院里，因为轩辕破还没有醒，而且他有

些事情需要想一想。妖族丞相以及士族族长等大人物纷纷前来，想要知道这件事情的细节，更重要的是想知道他的态度。但他没有见他们。

小院再次变得无比安静，他坐在屋外的木台边，视线从没精打采的那棵矮松落到白石间又落到灰墙上，难以确定。他忽然觉得有些疲惫，对很多事情都失去了兴趣，就像现在明明知道整个妖族都在警惕不安地等着他的反应，他却不想理会。

就像很多人那样，他很喜欢很敬重别样红，但真的不熟，按道理来说不至于受如此大的刺激，可事实上他的精神受到了很大的冲击。好人不见得有好报，甚至活着的时候也谈不上自在，那么为何一定要做好人，我们应该怎样活着，我们为何活着？

他望向夜空，想着这个经常被人嘲笑、事实上谁都应该仔细思考的问题。今夜的白帝城没有云也没有雾，视野非常清楚，可以看到很远的地方，可以看到很多的星星。

陈长生的神识离开身体，向着那片星海飘去，越过溅射星辉的那颗星星，穿过有无数旋臂的那颗星星，避过生出明亮双翼的那颗星星，继续向前，直至越过那道无形的晶壁来到外围的星海里。

修道者的神识只有在定命星的时候才能走得如此之远，平时修行的时候只能感知到命星的存在，却很难再次抵达。但这个规则对陈长生没有什么作用，就像那道无形的晶壁不能隔绝他的神识一样。或者是因为他的神识本来就应该落在彼处。

一颗红星静静地悬浮在夜空里，蕴藏着热情的能量，表面却是那样平静，仿佛再过亿万年也不会有任何变化。这是他的命星。

陈长生的神识没有落在自己的命星上。这颗星星是真实的，与他最为亲近，却是他永远也无法抵达的所在，那么这便是最虚假的真实，容易令人伤感。他不想伤感，神识继续向前飘去，显得有些冷漠。

最终他的神识来到了星海的外面。在遥远的对面隐约也有很多星辰，如万家灯火。圣光大陆便在那边吗？他想过去看看。

十岁时他知道了自己有病，从那一刻开始他唯一想的事情就是活下去。那个雨夜，天海圣后替他重铸经脉，破除了命里的劫数，他可以活过二十岁了，还可以活很多年。从那一刻开始，他很自然地开始思考一些问题，抹除了死亡的阴影，才能真正冷静地观察自己的生命。

他当然想要找到自己生命的源头，找到存在的理由，只不过这几年他依然活得很紧张，没有那么多时间。直至在别样红与无穷碧死去的这个夜晚，他真正开始了寻找。

在他的神识那片隐约星海之间，是无比宽阔且寒冷的黑色虚无，那是无底的深渊。那片黑色虚无比空间壁障更加无形，所以无法穿过，似乎根本不存在，那么又如何能够逾越？

陈长生望向那片黑色虚无的中心，忽然生出一种很奇怪的感觉。他觉得自己仿佛俯在一口井边低头望向最深处。他又觉得自己站在井底望着井外的夜空。究竟哪种感觉才是对的？或者……是真实的？

不知道过了多长时间。陈长生收回了神识。

他依然坐在原先的地方，视线不再像先前那般游移，只是静静地看着那堵灰墙，却像同时看着很多的地方。星海使人平静，那片黑色虚无更能让所有修道者感到自身的渺小，帮助抹去道心上的那些杂念。

一道脚步声在他的身后响起。轩辕破走过来在他的身边坐下。

144·以阵破阵

轩辕破这时候依然虚弱，甚至比当初在京都洗碗时还要弱小，但他还活着。而且现在他的身体里充斥着极其磅礴的真元与无比恐怖的神圣气息。这些都来自无穷碧的那根手指。

只要有足够多的时间，他便可以将那些真元尽数化为己有，领悟神圣气息所代表的天地法理规则。那时候他就会成为真正的强者。

从某种意义上来说，轩辕破这次得到的机缘真的很罕见，放眼整个修道界的历史也是如此。但他没有因此而欢欣鼓舞，反而情绪有些低落。

"前两天前辈教了我一些很重要的东西，但我没能完全学会，最终还是输了。"轩辕破低着头说道，"我是不是很没用？"

"输给魔君这样的人物，不算丢脸，而且你成功地迫使他们把桌面下的交易移到了台面上，这很重要。"陈长生说道，"至于前辈教给你的那些东西，以后你还有很长时间去学，有什么不明白的你就直接问我。"

轩辕破有些不解，说道："问你？"

陈长生说道："前辈离去之前传了我一套拳法，指明那是给你的。"

轩辕破有些难过，看着院里那片微隆的地面沉默了很长时间，说道："我会好好学。"

陈长生说道："前辈与他妻子的传承如今都在你的身上，将来有机会，你应该去万寿阁看看。"

轩辕破说道："我会尽快去。"

陈长生起身，举起右手。轩辕破弯腰低头。陈长生拍了拍他的肩头，转身向小院外走去。

他没有回西荒道殿休息，而是直接去了皇城，与落落说了几句有些伤感的话，便走进了那条伟大而隐秘的通道。走出通道，那座雪山再次撞进他的眼里，只是此时夜色尚浓，晨光未至，巍峨的山影遮着半天星空，看着真有些落星的感觉。

来到湖对岸的黑崖下，金玉律迎了上来，问道："发生了何事？"

此地远离白帝城，他们还是感知到了晨时的动静。陈长生说了。黑崖下变得无比安静。小德望向陈长生的眼神变得复杂起来。

两位人族的神圣领域强者死在了白帝城里，这必然会对他们与妖族之间的关系发生极大影响。小德不知道陈长生会在随后到来的动荡里持怎样的态度，有些警惕不安。陈长生的眉眼间能够隐约看到些疲惫，但看不到愤怒，更看不到戾气，就像是根本没有被这件事情影响。

他问道："有没有进展？"

金玉律摇了摇头，说道："你那把剑都斩不开，我们也没办法。"

小德忽然说道："我想到一种破阵的方法，但不知道有没有可能。"

陈长生和金玉律望向他。

作为逍遥榜排名第二的真正高手，更是妖族中生代的最强者，小德的见识自然广博。既然是他想到的破阵方法，必然极有道理，所以陈长生和金玉律听得非常专注而且认真。

"星石是阵枢，这座禁制便是一座完整的阵法，既然是阵法，难以用力量压制，何不以阵法破之？"

小德的神情很镇定，谁也看不出来他有些紧张。到现在为止，他都不知道那张纸条是谁写的，那人到底存着恶意还是善意。

听完这句话，金玉律沉思片刻，摇头说道："以阵破阵，看似有道理，但阵法向来以防御为主，少了些锋锐。"

陈长生也在想小德的建议，他虽然会些剑阵，但远远及不上这座把白帝囚禁在内的禁制阵法。就在这时，他忽然听到了一个很熟悉的词。

小德说道："如果是剑阵呢？"

听到这句话，金玉律怔住了，越想越觉得可行，激动说道："不错，南溪斋剑阵！"他望向望向陈长生说道，"这件事情就要麻烦您了。"小德也看着陈长生。

整个大陆都知道陈长生与圣女徐有容之间的关系，应该很容易便能请动南溪斋弟子来此。

"不用那么麻烦。"

陈长生道袖微振，数百剑自鞘中如溪水般流出，呼啸破空而起，各有方位，静悬于夜空里。看着这幕画面，金玉律和小德的脸色都变了。他们没有参加天选大典，没有看到陈长生与魔君的那场战斗，所以这是他们第一次看到这样的场面。

这些剑与传闻里的那套剑法并不完全相同，与那年小德在北兵马司胡同里看到的那些剑更不同。如果只是看这些风雨群剑的画面，他们很难猜想出这套剑法的名字，但联想到先前的对话，一个猜想很自然地在他们脑海里浮现出来。

小德声音微涩问道："这是……南溪斋剑阵？"

陈长生嗯了声。金玉律感慨摇头，欣慰而又感怀，就像躺在沙滩前头休息不肯再起身的老浪。小德神情微凛，再也没说一句话，就像因为羞涩而不肯再开花的铁树。

以往他总以为自己的境界修为要比陈长生高，天赋才华亦不稍弱。他无法战胜陈长生是因为苏离传了对方剑法，更因为对方在周园里的奇遇。换句话说，这非战之罪，只是陈长生的运气或者说机缘要远远胜过自己。但现在看着夜色里的风雨群剑，感知着那些森然的剑意以及剑意之间的联系以及那些隐而未发的阵意，他再也不能说这样的话。

短短数年时间，陈长生的剑道修为居然变得如此强大，他到底是怎么做到的？因为教宗能够拥有整个国教的支持，还是因为最简单粗暴的那个理由？他就是如此天才？

知道应该这样做，不代表知道应该怎样做。如何用南溪斋剑阵破除黑崖里的那座禁制阵法，只是找到门径，就用了陈长生半个时辰。

无数道森然的剑意，掠过湖面，撷来天地间最清新以至有些寒冷的气息，然后斩向黑崖外围无形的阵意。受到剑阵相逼，这座隐藏在雪山里的禁制阵法渐渐显出真形。雪雾深处隐隐可以看到那片星石壁的投影，遮住了前路。

随着时间的流逝，这座禁制阵法的范围越来越明确，竟远远超过了雪顶黑崖的范围，覆盖了方圆十余里内的范围。甚至剑阵里有数道剑远远离开地面，向着更高处的雪山而去，难道那里依然处于这座禁制阵法里？

145·皇城前的夜色被撕开了

以阵破阵看似是很简单的想法，其实是无比天才的设想，天才到根本就没有什么修道者敢往这个方向想。从本质上来说，这就是最典型的水磨功夫，又像是两面铜镜互相依着彼此研磨。

一般的阵法无法破掉这座禁制大阵，那是因为这面铜镜过于光滑，材质过于普通。南溪斋剑阵则不然，这座剑阵拥有最坚硬最锋锐的表面，最适合用来研磨事物。但即便是南溪斋剑阵，想要破掉这座禁制大阵也不是短时间的事，因为需要细细研磨，谨慎小心。

在阵法方面的天赋，徐有容确实比世间绝大多数修道强者包括陈长生强个几百上千倍。但陈长生才是这次最好的破阵人选，因为他一个人就能施展出南溪斋剑阵，更因为他拥有难以想象的耐心。

他闭着眼睛坐在黑崖前，从漆黑的深夜到晨光来临，始终平静，脸上看不到任何焦虑的神情。

金玉律与小德感受着漫天飞舞的剑意，看着没有任何变化的黑崖，哪能像他这般平静。如果不是他们的神识足够强大，能够感觉到这座禁制大阵正在以非常缓慢的速度变弱，他们或者会更焦虑。当他们看到陈长生始终平静，在控驭群剑摆出南溪斋剑阵的同时居然还没有忘记冥想静修时，生出极大佩服。

晨光渐盛，陈长生睁开眼睛，看了看黑崖里那座禁制大阵的情形，说道："我要休息会儿，你们呢？"

金玉律与小德在这里已经努力了数天数夜时间，不眠不休，早就已经疲惫到了极点，但他们不准备跟着陈长生回白帝城。他们亲眼看着这片黑崖才能放心，更不想在白帝万一醒来的时候，自己却不在。

小德对陈长生说道："如果你真的能破阵，那在破阵之前，你要小心自己的安全。"

金玉律说道："按道理来说，皇后娘娘如果没有发疯，不会当众杀死你这位教宗大人，但你我正在做的事情，极有可能会逼她发疯。"

陈长生明白这个道理。牧夫人肯定知道金玉律与小德在落星山脉做什么，她之所以不管，首先是因为白帝城局势比较混乱，不便分散力量，更重要的是，她有绝对的信心，这片大陆上没有谁能够破开黑崖处的禁制。可如果她忽然发现有人能够破开禁制，那么她会怎么做？

水滴当然可以穿石，但需要很多年。南溪斋剑阵应该可以破掉囚禁白帝的那座禁制阵法，也应该不需要很多年，但至少需要很多天。

随后的这些天里，陈长生还是住在西荒道殿，偶尔还会接见一些比较重要的妖族代表，更多的时候则是在休息。到了深夜，他会在落落的帮助下进入皇城，通过那条隐秘的通道前往远方的落星山脉，用南溪斋剑阵破解那座禁制大阵。除了士族族长等人，没有谁知道这件事情，于是在很多人看来，当此关键时刻，陈长生作为人族教宗，显得有些过于沉默。

没有谁会把这种沉默当作示弱或者是放弃，别样红与无穷碧的死亡，人族必然会要求妖族给出解释，付出代价，在这种时候，他的沉默反而给了白帝城极大的压力。

陈长生也感到了极大的压力，因为牧夫人的沉默。他的行踪很隐秘，没有多少人能够发现，但他非常确定牧夫人知道他在做什么。为何这些天牧夫人始终如此安静，没有什么反应？就因为她相信自己用海潮之力构置的阵法不可能被破？但黑崖里那座禁制阵法已经被他的南溪斋剑阵抹去了很多。

牧夫人究竟在想什么？某天深夜，陈长生穿着黑色的长袍，向着静寂的皇城走去时，依然在想着这个问题。

在皇城深处的一座石殿上，牧夫人缓缓睁开眼睛，不知道在想什么问题，目光里没有任何情绪。

坚硬的青石地面上依然残留着前些天战斗的痕迹，到处都是裂缝与石块击出的浅坑，城墙也有些斑驳，看上去就像是被西海袭来的风雨侵蚀了数万年，显得格外陈旧。陈长生把视线从城墙上收回，望向皇城深处。

在这座皇城里，有很多太监、宫女以及妖卫效忠落落。随着形势越来越明显，落落得到的支持越来越多，为他进出皇城提供了更多便利。但他依然不认为，落落对这座皇城的控制力已经超过了她的母亲。

他知道牧夫人这时候可能正在夜宫里的某处看着自己。就像前些天，他走进皇城里感受到的那样。

那道来自夜色深处的目光是那样的漠然，没有任何情绪，以至于根本无法琢磨她的真实想法。这些天，他一直等着她忽然在夜色里出现，但这样的画面并没有发生。

忽然，他感觉到牧夫人的视线离开了，这又意味着什么？最近这些天双方的沉默以及安静，就到此为止了？

皇城前的夜色忽然被撕出了无数道口子。那是无数张黑色面甲被掀起，露出森冷明亮的目光。即便是虚无实质的天地气息，都受到了干扰，从夜穹里落下的星光，微显散乱。

数十名妖族强者从夜色里出现，把陈长生围住。准备与陈长生一道入宫的侍者们惊恐万分地逃走。

最前方的那名妖族强者身形极其高大，散发着一种极其恐怖的压力。他叫作相丘，是相族族长的幼子，也是这一代相族的最强者，自幼一直在深山里修行秘法，很少回到白帝城，更少出现在世人的眼前，出现便是一座难以撼动的大山。陈长生站在这座大山的阴影里，平静不语。

相丘居高临下看着他，声音微寒说道："教宗大人乔装打扮，直闯夜宫，不知所为何事？"

陈长生还没有开口说话，一道清稚却又充满威严的声音响了起来。

"我请先生入宫，难道需要提前向谁报备？"

落落从皇城里走了出来，带着数十名太监与宫女，脚步声很是密集。

紧接着，更加密集的脚步声从后方响了起来，还有蹄声，渐成暴雨，隐有雷声。

逾千妖族精兵从天守阁方向涌了过来，像潮水一般，寒冷的铁枪如林一般，指向那些妖族强者。

相丘望向骑兵前方的熊族族长，微微眯眼说道："你们要造反吗？"

夜色里的皇城四周再次响起脚步声与蹄声，越来越多的妖族军队，正在向着此间集结。

皇城前的声音越来越杂乱，却有一种感觉，似乎越来越安静。或者是因为气氛越来越紧张，越来越压抑。

夜色里的皇城深处，没有声音传来。

146·落在黑发里的小白花，天机杀机同发

一道更加巍峨的山影在皇城前出现。

那是相族族长，他看着陈长生漠然说道："已是深夜，即便是教宗大人也不便进宫。"然后他转头望向落落说道，"殿下行事还是要顾及几分白帝一族的尊严。"

这话听着淡然，实则非常重。落落看着这位自幼便极疼爱自己的长辈，忽然觉得对方的脸很是陌生。

陈长生知道这位相族族长在长老会里的地位，更是清楚地感觉到了对方深不可测的实力。但他的反应依然很平静，很直接，很强硬。就像一条浅溪，水面如镜，清可见底，游鱼之间尽是坚硬的石头。

他说道："我要通过皇城里的通道去落星山脉见白帝陛下，你为何要阻我？"

相族族长神情微凛，完全没有想到陈长生居然会坦承自己的意图。然后他忽然发现，这句话非常不好回答。

在当前紧张的局势下，陈长生要在深夜进入皇城，无论从哪个角度来说，都很可疑，他有足够的理由表示反对。但当陈长生表明了自己的意图之后，那些反对的理由，却忽然间变得不再那么有力。为何自己事先没有想到这个问题？相族族长盯着陈长生无比清澈平静的眼睛，心想难道真是心思越简单，越不容易被雾瘴所迷惑？但他依然要阻止陈长生进入皇城。

"整个大陆都知道，陛下静修养伤，正在紧要关头，不能被打扰，教宗大人强行要见，究竟存着什么心思？"

"两族联盟，事关大陆安危，白帝陛下心怀苍生，怎会只顾着静修养伤，而完全不予理会？"陈长生看着他说道，"你们不让我见陛下，又是存着什么

心思？心虚还是害怕？"

这句话虽然没有说明，但意思非常清楚，谁会听不明白？皇城前的风仿佛瞬间变得寒冷了数分。

相丘怒声呵斥道："休得血口泼人！"

陈长生看着相族族长继续问道："这是你的意思，还是牧夫人的意思？你们究竟是什么意思？"

他根本没有理相丘。作为教宗，整座白帝城里有资格与他平等对话的，便只有牧夫人。相族族长身为妖族第一大族的家主，又是长老会的首席长老，还算勉强。相丘只是相族族长的儿子，哪怕实力再强，有什么资格要陈长生对他的话做出回应？

对陈长生来说，这不是刻意的无视，只是很正常的反应，但对相丘来说，这是极大的羞辱。当他注意到场间局势发生的变化时，脸色更是难看到了极点，气息越来越阴沉。那些与他一道撕破夜色，准备发起一场历史性的围杀的强者还保持着沉默与肃然。但那些随同行动的数名骑兵将领，神情明显发生了变化。

在陈长生说出这句话之前，妖族里没有谁会担心白帝陛下的安危，更不会想到那些可怕的阴谋。白帝在妖族里的地位太过尊崇，有若神明。根本没有谁会想到，他会被阴谋所害。

当然，陈长生的话能够影响到场间局势，也与他的身份有关。教宗说的话与普通路人说的话，效果自然天差地别。更重要的是，这数月时间里，整个大陆都在流传朱砂丹的故事，教宗以血救世人的传说。而且因为曾经的那些过往，妖族对陈长生的印象非常好，根本不相信他会撒谎。

陈长生没有等皇城前的气氛变得更加复杂，也没有等自己的问题得到回答。

"没有人能够阻止我见到白帝陛下。"他看着相族族长的眼睛认真说道，"除非你们杀了我。"

说完这句话，他向前走了过去。夜色笼罩下的皇城非常安静，他的脚步声非常清楚。

数千妖族精锐骑兵还有或者隐藏在夜色里，或者撕破夜色现身的妖族强者，沉默而紧张地对峙着。他们的身体里流着相同的血，此时也在流着同样冰冷的汗。

随着陈长生的脚步声，皇城里的气氛变得越来越紧张。看着越来越近的陈长生，相族族长的神情变得越来越凝重。看着越来越近的陈长生，相丘的脸色变得越来越阴沉。

陈长生的那番话可能会让某些人产生疑心，甚至改变态度，但他们相信自己有足够的能力留下陈长生。他们甚至可以杀死陈长生。而且他们并不惮于杀死陈长生。因为他们这时候很愤怒。在他们看来，陈长生太阴险，完全不像一位教宗，更像是那位传说中的魔族军师黑袍。他怎么能用如此无耻的谎言来构陷诬蔑自己？

皇城前的红河妖卫们沉默不语地让开道路，就像分开的潮水一般。陈长生走过相族族长的身旁，没有看他一眼。

看着这样的情况，相丘闷哼一声，唇角溢出一丝鲜血，竟是受了隐伤。即便如此，无论是他还是他的父亲，都没有向陈长生出手。因为夜色里的皇城深处，始终还是那么安静，没有任何声音传出。

陈长生就这样走进了皇城，就像前些天夜里那样。当年他还是个来自西宁镇的少年道士，走进京都时也是这样目光平静，神情坚定。然后，他看到了牧夫人。在一座石殿前的一棵梨树下。现在不是梨树开花的时节，但既然前些天在观景台上的那棵梨树能够开花，这时候的这棵梨树自然也开满了花。

夜风轻拂，不知道是来自北方的落星山脉还是西方那片大海。无数白花从枝头坠落，洒落在地上，也落在她的身上。

有朵小白花不偏不倚地落在她的发间，随风微颤，看着很美，又仿佛里面寄住着一抹哀思。她的白色衣裙很素净，又极显庄肃。她的眼瞳很黑亮，映着星光，极其幽然，仿佛自有天机，又像杀机。她的神情很漠然，但也隐着一抹极淡的伤感。

是有谁死了吗？她要戴孝？那位叫牧的大西洲皇叔？还是更亲近的某人？又或者是稍后的自己？

陈长生想着这个问题，却不想知道答案。

147·直，难

看着夜殿前的那棵梨树，看着落在牧夫人身上的那些梨花，陈长生很自然地想起了前些天看到的那幅画面。

观景台上的那棵梨树已经被他的剑斩成了不可见的微尘，那个画中人的故事他还是通过落落知道的。

感动于落落的情深义重之余，他想着牧夫人为了让落落能够接受魔君，用的心思也不可谓不深重。

她应该很疼爱唯一的女儿，为何在这件婚事上却显得如此无情？如果那份猜想是真的，与白帝恩爱多年的她为何会如此冷血？她究竟是怎样的人？

"相族就像他们的身体一般高大、厚重，而且冰冷，就像是无趣的大山。"牧夫人说道，"教宗大人能够无视他们的存在，来到这里，手段果然了得。"

她在称赞陈长生，但视线并没有落在他的身上，而是依然望着夜色里的远方。那边应该是北面。

"很小的时候，老师曾经用一句话称赞过师兄，同时也是在教育我，那句话是千言万语，不当一默。"陈长生说道，"从那之后我说的话要少了很多，但终究还是不如师兄，总忍不住想说话，想对溪里的鱼说话，想对庙里的书说话，而每到那个时候，我就会觉得好生自责，直到现在我与唐三十六聊天的时候，还是偶尔会有这种感觉。"

牧夫人说道："皇帝陛下本来就是个哑巴。"

"师兄当时也是这么安慰我的。"陈长生沉默了会儿，继续说道，"所以后来我把那句话改了一个字，以此奉行。"

牧夫人问道："哪个字？"

陈长生说道："千言万语，不当一直。"

牧夫人缓缓挑眉，问道："王破的直？"

陈长生说道："不错。我做不到抱残守缺，道心不移，那么想得太多，说得太多，便容易错得太多，既然如此，何不直接一些？只要相信自己做的事情是有道理的，那么便去做好了。"

牧夫人说道："此亦一是非，彼亦一是非。"

陈长生说道："但至少王破与我相信有是非。"

牧夫人接着说道："所以你今夜可以单刀直入，来到我的身前？"

陈长生说道："执剑直行，往往会比较快到达目的地。"

牧夫人感慨说道："我一生修道无碍，但做事时确实容易摇摆不定，或者这便是女子先天不足？"

414

"母亲……"落落轻唤一声,欲言又止。

牧夫人唇角微翘,带着一抹嘲讽意味说道:"女生外向其实也是弱点。"

落落有些难过,不再言语。

"教宗大人说得不错,做事确实应该直一些。"牧夫人说道,"那天在观景台上,我就应该直接杀了你。"

说话的时候,她依然没有看陈长生,而是看着夜色里的远方。她的眼底深处有一抹极淡的疲惫与悔意。她是在后悔那天没有直接把陈长生杀死,还是在后悔别的事情?

她这时候究竟在看哪里?在海的这面,山的那面,湖的对面,有一道黑崖,崖上积着万年的冰雪。

她的目光一直落在那里,悔意渐深,情绪渐淡,杀机渐盛。

有风自西海来,夜穹下的无数座雪峰没有任何变化,黑崖上那些积了万年的冰雪则是簌簌落下。冰雪被寒风撕碎,然后卷起,呼啸着击打着崖面以及四周的树木。

小德挥手把一根粗重的倒塌树木震成粉屑,抬头望向白帝城方向,眼眸里的褐黄色变得越来越浓,显得极为暴戾。金玉律站在他的身后,眯着眼睛望着相同的方向,目光寒冷而且锋锐至极。他们感受到了海风里蕴藏着的无穷神威,但他们不会后退一步,而是做好了搏死的准备。

白帝就在他们身后的黑崖里。崖间的禁制阵法已经被陈长生用南溪斋剑阵渐渐磨出了一道薄弱之处,只需要再过一段时间,他们便能看到白帝,哪怕他们与陈长生的最坏的猜想落到了实处,至少也能证明牧夫人的阴谋。牧夫人不可能眼睁睁看着这幕画面出现。她一定会阻止这一切。小德和金玉律有这种心理准备,已经做好了准备。

在这些天里,当陈长生坐在黑崖前与禁制阵法对抗的时候,他们一直沉默地注视着四周。他们等着无数妖族强者像潮水一般涌来,等着妖族大军像黑雪般覆盖整座雪山。他们等着牧夫人亲自出手。就像现在这样。

下一刻,从崖顶落下的冰雪忽然没了,呼啸的声音也没了,一切都变得那样安静。仿佛先前那道来自西海的风根本就没有出现过,它一直都在海上追逐流云。

小德与金玉律对视一眼,很是不解,却没有放松警惕,反而更加不安。

"既然想要杀我，为何又会改变主意？"

陈长生并不知道在落星山脉里发生的事情，但他能够感觉到牧夫人气息的变化。更重要的是，先前在皇城外，相族族长与那些撕裂夜色现身的妖族强者表明她真的动了杀心，可是最终相族族长与那些妖族强者没有向陈长生发起攻击，而是沉默地看着他走进了皇城。

牧夫人终于收回了望向远山的视线。

她看着陈长生说道："教宗大人的这个问题，听上去很像是某种邀请。"

陈长生说道："如果你能承受后果的话。"

牧夫人沉默了会儿，说道："除了你那位老师，还有谁能承受呢？"

陈长生说道："但还是有很多人想杀我，或者是因为他们无所记挂的缘故。"

"无所记挂，自然无所顾忌。"牧夫人说道，"我不喜欢这里，从来都不，但天地间，终究有所记挂。"

说这句话的时候，她没有看落落，而是看着夜色下的白帝城。但事实上，她可能在看更远的地方。天地广阔，万物在其内，大西洲虽然遥远，也在其间。落落低着头，心情更加难过。

"其实那些年我一直很羡慕天海，因为无论从境界上，还是心志上来说，她都无限接近了自由的彼岸，甚至她的存在有时候会让我怀疑自幼形成的某些看法。"牧夫人望向陈长生说道，"但最终她还是死在了你的手里。"

陈长生沉默不语。

牧夫人最后说道："这件事情给了我一个教训，也让我想明白了很多事情。既然我们修的是天道，而天道本无情，那么若要长久，终得大道，便要绝情灭性。"

148 · 与世界的对话，与自己的谈判

一片安静。风拂梨树。答案揭晓。落落的头更低了。

陈长生沉默了很长时间，说道："如果娘娘你愿意，我可以当作一切事情都没有发生过。"

牧夫人说道："愿意二字后面接的是什么？"

陈长生说道："你我二族本是同伴战友，我们有共同的敌人。"

牧夫人似笑非笑说道："你是说那位？"

陈长生说道："不错，魔君应该还在白帝城，还有那两位异乡人。"

这就是他发出的邀请。他邀请牧夫人与他一道杀人。他要杀的不是普通人，而是大陆北方的君王，像夜色一般莽莽的存在。至于那两位来自遥远大陆的异乡人，更是难以想象的存在。

牧夫人沉默了会儿，说道："如果我接受教宗大人的邀请，那么然后呢？"

陈长生说道："没有然后。"

落落听不懂自家先生与母亲的这番对话。牧夫人自然懂得。陈长生的意思很明确，如果她答应了这个邀请，他便不会再去理会那片黑崖。白帝是死是活，能否脱困，再与他没有任何关系。一抹微嘲的笑容在牧夫人的唇角浮现。

"你终究还是成熟了。"她看着陈长生说道，"不怕变成自己曾经最厌憎的模样？"

陈长生想着唐三十六与自己在湖边、在溪边的那几番谈话，想着向腐泥里沉去的金色的鲤鱼，沉默了很长时间，说道："在某些重要的时刻，总要学会取舍。"

牧夫人说道："我以为那就是成熟或者腐朽的最大特征。"

陈长生再次沉默了很长时间。他想起了刚刚离开这个世界的别样红与无穷碧。他想起了十余路反王进京，天海圣后站在天书陵上，神道之前一片莲海，很多红花。

"你说得对，我不应该这样想。"

说出这句话后，他忽然觉得一身轻松，便是连识海也变得清明了很多。牧夫人微微挑眉，没有想到他这么快便改变了主意。前一刻还在想着权谋与手段，妥协与牺牲，后一刻便把这些尽数抛诸脑后。如此反复无常，在很多人看来，应该是小人与女子的行事风格。

陈长生不是。他只是在攀登一座极其险峻的孤峰，沉默地行走了很长时间，觉得有些孤单有些累。于是他往崖外看了一眼。

"那么便告辞了。"陈长生对牧夫人说道，"您说得对，这些话我应该在见到白帝陛下之后再说。"

牧夫人神情微冷说道："陛下不会见你。"

陈长生想了想，说道："或者是因为他现在无法见我？"

牧夫人看着他的眼睛说道："如果事情真如你所想，他现在已经死了，你会怎么办？"

听到这句话，落落抬起头来，脸色比枝头落下的梨花还要白。

"你囚禁玄霜巨龙的事情会在最短的时间里传遍红河两岸。"陈长生接着说道，"接着我会宣布你与魔族勾结，成为国教的敌人。"

牧夫人微笑说道："你以为我会在意这些吗？"

陈长生说的两句话，前者是要掀起妖族民众对她的怒火，后者则是要在整个大陆的范围里点起一把火。

但她是妖族皇后，更是圣人，有足够的底气无视来自山河湖泊间的野火。

陈长生说道："我不知道你会不会在意，因为直到现在为止，似乎没有人知道你究竟在意什么。"

这一场谈判就此结束，但谈不上破裂。因为从开始到结束，谈判的双方都没有明确地给出自己的条件。从某种意义上来说，他们都是在与自己谈判。

这不是很难理解的事情。与世界对话，往往便是与自己对话。说服对方，远远不及说服自己更加重要。

最终牧夫人收手，陈长生收回了那份邀请，不是因为被对方说服，而是他们说服了自己。

陈长生通过密道去了落星山脉。一切都已经显露在星空之下，于是落落也随着去了。

安静的皇城显得愈发安静，而且清旷，牧夫人的身影显得更加孤冷。牧酒诗从殿里走了出来，站到她身边，脸上满是担忧。

牧夫人看着她微笑说道："是不是觉得我很可怜？"

牧酒诗下意识里点了点头，然后才醒过神来，连连摇头。天海圣后已死，南方圣女去了遥远的异大陆，当今世上，牧夫人便是身份最尊贵的女子。但在牧酒诗的眼里，她真的很可怜，因为孤单。

"想要成就一些什么，便需要承受一些什么，这个道理很简单。"牧夫人摸了摸她的脸，说道，"明天你便回去，因为我不想你承受这些。"

牧酒诗闻言大惊，心想难道局势已经恶化到这种程度了？颤声说道："要不然动手吧？"

在她想来，现在应该是杀死陈长生最好的机会，还可以用雪老城做缓冲。

如果人族那边反应过来,派来更多的强者,到时候该怎么办?

牧夫人何尝不知道快刀斩乱麻的道理。只不过轩辕破的出现让天选大典的进程受到了干扰,而陈长生……到得太快了,这直接改变了整个局面,最重要的是,那位的想法就算没有完全改变,也必然受到了影响。

晨光来临,无数剑破空而回,如流光一般敛入鞘中,藏住锋芒。

陈长生站起身来,望向眼前这片黑崖,脸色有些疲惫,但是眼睛很明亮。即便以南溪斋剑阵为器,想要破解这座堪比桐宫的禁制大阵,依然是很难的事情。不过一切终究都在向着好的方向发展,只要再过一段时间,相信他们便能看到答案。

金玉律是参加过当年北伐魔族的老人,不知见过多少阴谋诡计与难以想象的突发事件,并没有因为现在获得的这些进展而喜悦,反而神情变得更加凝重。

他对陈长生说道:"昨夜皇后明显是动了杀机,最终却没有出手,这个原因必须要找出来。"

小德接着说道:"相族那边的高手忽然退回,有三路大军正在向白帝城进发,却忽然停在了两百里外,红河两岸似乎隐隐有一道力量,改变了牧夫人与长老会的决定。"

昨夜局势的变化,对他们来说是有利的,却依然让他们无比警惕。白帝被困,不知生死,那道如此强大却又隐秘的力量,究竟来自何方?很自然的,他们的视线投向了北方,遥远的雪老城方向。

陈长生回到白帝城后,收到了一封请柬。这封请柬来自与相族庄园极近的那座大院。但事实上,谁都知道这封请柬也来自北方,来自雪老城。魔君邀请陈长生见面。

陈长生想了想,答应了邀请,但把时间定在了四天后。四天很快过去。白帝城里落了一场大雪。

149 · 千年之后

很久后的某天,魔君尼禄看着从天而降的暴雪被魔宫后面的深渊吞噬,忽然想起了白帝城里的那场雪。雪老城终年风雪不断,他不知看过多少场暴风雪,但都不及当年那场雪给他留下的记忆深刻。

白帝城地处南方，气候温暖，又临近西海，所以很少下雪，但那天的雪却非常大。只用了半夜时间，红河畔的那座城市便被积雪覆盖，那间院子里的满地黄沙也被尽数染白。

魔君收回望向深渊的视线，对陈长生说道："我错了，那天我就应该不惜一切代价杀死你。"

南客神情漠然说道："我也是这样想的。"

陈长生浑身是血，神情却很平静，说道："那已经是过去的事情了。"

在已经过去很长时间的那场风雪里，陈长生来到了离相族庄园不远的那座院落。魔君确实没有动手杀他的意思，至少在最开始的时候。

陈长生推开院门走了进去，靴底踩着松软的新雪，发出籁籁的声音，很是好听。他依然穿着素色的道衣，只是在外面加了件大氅。寒风拂动着地面上的积雪，很快便把他身后的足迹抹灭，也带起大氅一角。

大院深处有一棵树，树下搁着一只小泥炉，炉上有茶，隔炉有两座。魔君坐在北面的座位上。南面虚席以待。

陈长生走到树下。壶里的茶水恰好滚了起来，发出悦耳的声音。就像魔君的声音一样。

"一千年了。"

陈长生明白魔君这句话的意思。相信知道今天这场谈话的人，这时候都会有相似的感慨。

整整一千年前，太宗皇帝与前代魔君曾经在洛阳城进行过一次谈话。那场谈话非常著名，整个大陆没有谁不知道，即便到了千年之后的现在，依然是很多民众追忆感慨的话题。即便到了无数万年之后，相信这场谈话依然会在史书上占据最重要的篇章。

这场谈话决定了整个大陆日后的局势。人族称臣纳贡，魔族狼骑北归。这场谈话对人族来说，本应该是最大的羞辱，但因为周独夫在灞柳间现了身，便有了不一样的意义。从这个角度来说，这场谈话并不是只发生在太宗皇帝与前代魔君之间，而是三位伟人的对谈。

千年之后，人族的领袖与魔族的君王终于再一次见面，即将迎来一场谈话。怎能不令人心生惘然。

陈长生说道:"今天我们这场谈话没有旁观者,所以可能很快便会消失在历史里。"

魔君说道:"我将来会让史官记下我们今天的这场谈话,并且要求每个孩子都要能够背诵。"

陈长生摇了摇头,说道:"我不会这样做,因为我并不觉得这很重要。"

这两句话的姿态完全不同,但意思却非常相近。无论魔君还是陈长生,都流露出了极其强大甚至可怕的自信。

——史书怎么记载,或者要不要记载,那都是胜利者的权力。

最初的对话结束之后,院子里的安静持续了很长一段时间。炉上的茶水不停沸滚,魔君却没有倒茶的意思,只是静静地看着陈长生。陈长生也在静静地看着魔君。

这不是他第一次与对方见面,准确说来,已经是第三次了。但这是他第一次把魔君的脸看清楚。就像绝大部分的魔族皇室成员一样,魔君的脸色非常苍白,不像玉石,也不像风雪,有些诡异。但那并不是一种病态,更像是一种与世不同的标记,有着非人的感觉。

魔君忽然笑了起来。他的笑容有些奇特,露出比较多的牙龈,与苍白的脸色相衬,并不是特别难看,只是有些血腥。

"你果然是个有趣的人。"魔君说道,"或者说你不是人,因为你的身上没有人类的气息,更像是……一个器物?"

陈长生想过魔君可能隐约知道自己的来历,甚至有可能比自己更清楚。但无所谓。不管是器物还是果子,他知道自己是谁,那就足够了,自然不会被一番话便扰乱道心。

魔君看他没有反应,笑容微敛,淡淡说道:"我这次来白帝城主要是为了三件事情。"

按照他如此郑重其事的说法,那必然是大事,陈长生想了想,怎么也只能想出一件。

魔君自然不会说他在天树荒火洗练里发生的那些事情,说道:"到此刻为止,我完成了一件半,然后便是今天。"

陈长生问道:"与我有关?"

魔君说道:"当然,因为最重要的那件事情就是见你。"

陈长生说道:"你离开雪老城的时候就确定会在这里见到我?"

魔君说道:"我准备迎娶落落殿下,妖族准备与我结盟,你肯定会来,那我们就一定会见面。"

陈长生问道:"为何一定要与我见面?"

魔君说道:"我想过,如果没能杀死你,那就要问你一个问题。"

陈长生说道:"什么问题?"

魔君问道:"我们活着的目的是什么?"

陈长生沉默了。前些天别样红离开人世之后,他坐在院子里看着夜空里的繁星,感受着那道如井口的黑色虚无,曾经想过这个问题。事实上,在天书陵之变后的很多个夜晚,他都想过这个问题。

在很多世人看来,这种问题过于玄妙,有些微酸,书生意气,令人发笑。但这真的是很值得思考的问题。像他和魔君这样的人,自然明白这个道理。

"处于不同的位置就要做不同的事,思考不同的问题。"魔君神情漠然说道,"我们是天地间最高的存在,那便要看得最远。"

陈长生沉默了会儿说道:"你的视线落在何处?"

魔君说道:"星海之上。"陈长生明白了他的意思。

魔君接着说道:"还要千秋万代。"

换作别的普通人,一定听不懂这段对话,但魔君知道,陈长生一定能明白。陈长生确实明白,因为这也是他的想法,因为他是人族的教宗。

魔君说道:"这是责任,也是压力,但同样也是最大的快感来源,最坚硬的存在意义。"

"星海之上究竟是什么?圣光大陆上的异族人?"陈长生静静看着魔君的眼睛问道,"你们与他们究竟有什么关系?什么是盗火者?"

150·我只是不想评价

魔君静静地看着他,看了很长时间,忽然笑了起来。他笑容里露出的牙龈与苍白的脸,让陈长生想起了雪白血红这四个字。

最终魔君没有做出任何解释,只是说道:"你只需要知道,我在这片大陆出生，长大。"

陈长生想起了王之策在笔记上写的那句话——位置是相对的。

魔君的意思很清楚，他既然是这边的，那就不是那边的。这听上去似乎是一句废话，事实上却是最重要的表态。

陈长生在魔君的眼睛里看到了无尽的野望与近乎神圣的冷酷，看到了平静与淡然，没有看到谎言。

他安静了会儿，说道："关于圣光大陆的事情，我有些想法。"

魔君的眼底深处闪过一抹欣赏之意，然后迅速转化为寒意。他明白陈长生的意思，因为关于这件事情，他也有所想法。正因为这样，他才对陈长生更加警惕。

无论商行舟或者白帝夫妇、包括黑袍与魔帅再如何老谋深算，强大无敌，魔君都不是特别在意。他还年轻，还有足够的时间成长，而且正因为年轻，他拥有很多那些老人已经失去的某些特质。但现在他面对的是同样年轻的陈长生，他在对方的身上同样看到了那些特质，这让他有些隐隐不安。

不过现在还没有到生死相见的时刻，因为这场谈话还没有结束，甚至可以说刚刚开始。如果到最后，陈长生依然不能给出让他感到满意的答案，那么再议。

"你有没有考虑过，和我联手来做些事情？"魔君用很随意的语气，提出了今天真正重要的那个问题。

陈长生没有想很长时间，便给出了答案："双方之间的仇恨太深，谁都没有资格议和，便是这个想法也不能有。"

魔君摇头说道："像唐二那样的人当然没有资格，因为他们是臣子，只要有这个想法，那便是生出异心，但我们不同，因为我们是君王，我们是引领子民前行的领路人，我们当然有资格选择道路。"

看着落在茶壶上瞬间便融化的雪片，陈长生想起不久前在汶水城唐家老宅里的那场谈话。那天的雪也有些大，说的也是相同的话题，不是特别沉默，但寒冷刺骨。

未来的大陆究竟应该是怎样的情况？三族之间究竟应该以怎样的关系相处？这些问题，无数智者圣人都想过。那个答案虽然有些难以说出口，但不需要明说，谁都知道，当然应该是和平。

但就是在汶水城唐家老宅里，唐老太爷说过一番话，表明了至少现在这是不可能的。在能够看到的数百年里，都是不可能的。

陈长生想着当年的洛阳之围，说道："魔族是吃人的。"

魔君看着他的眼睛说道："我不吃。"

陈长生说道："仇恨不会因为这样就消失，你的族人也不会因为我不曾屠过你们的部落就忘记当年北伐里发生的事。"

魔君说道："妖族能够忘记当年的仇恨，为何人族不可以？终究不过是时间长短的问题。"

陈长生说道："或者很多年后，人族真的可以忘记当年的仇恨，但现在很难，我也做不到。"

魔君微微挑眉说道："你没有经历过我族南下，你生活的年代人族最是风光，我不理解你的仇恨从何而来。"

"我看过很多书，书里记载过很多当年的故事，我对其中一个故事记忆最为深刻。"陈长生想着在国教学院藏书楼里看到的前朝史，沉默了会儿，然后继续说道，"当年魔族南侵，其势如火，人族又恰逢内乱，根本无力抵抗，前朝神将李巡守率三千精骑守拥雪关，孤立无援，却硬是坚守了一年时间，直至陈玄霸出现。"

魔君的眼睛微微眯起，寒芒一现即隐。

这场著名的守城战，整个大陆无人不晓，而且事后引发了极大争议，直至今天依然争执不休，甚至就连雪老城里的那些辩士也经常把这件事情拿出来议论，陈长生忽然提起此事，究竟有何用意？

"不是坚守，是死守……"

陈长生伸手把炉上的茶壶提起来，给自己倒了杯茶。然后他看着落入茶杯里便融化的雪花沉默了很长时间。

当年的拥雪关可能天天都落着这样的寒雪，那些将士与百姓们可否有杯热茶饮？自然是没有的，因为粮食都没了，树皮都剥光了，比洛阳之围时还要惨。

当陈玄霸率领骑兵驱走魔族狼骑，进入拥雪关时，看到的是一副人间地狱的图景。三千精骑最后活下来了一千四百名，但城中百姓妇孺死了很多，而且据说被吃了很多。那个一剑斩了自己姬妾并且分肉于将士的人，正是素有仁爱之名的李巡。

这件事情引发了极大的争议，直至千年之后的现在，依然议论纷纷。当年的那些人到现在也不知道自己做的是对是错吧？

拥雪关必须守住，不然魔族狼骑便能长驱直入，威胁到人族的腹地。天凉郡再无任何喘息之机，人族根本无法撑到之后的转机。但这样做就是对的吗？

哪怕是最痛恨魔族的书生，哪怕是最敬爱李巡的陈玄霸，对这个问题都只能保持沉默。不过更多的当事者，已经不需要知道这个答案。当拥雪关之围被解后，李巡当场自杀，从副将到最低级的小兵，那一千余人也先后战死沙场。

陈长生对魔君说道："我不知道应该如何评价他们。魔族吃人，他们也吃人，而且吃的是自己的同胞，但如果他们没有守住拥雪关呢？会有更多的人被你们吃掉。"

魔君说道："所以你才会对我神族如此仇恨？"

"我先前没有说清楚，这并不是仇恨。"陈长生沉默了会儿，说道，"我只是想要争取人族再也不会出现这样的惨剧，再也不用评价这样的事情。"

他这句话的意思非常清楚。如果在将来的历史里还会出现这样难以评价的惨剧，那么他希望会是发生在魔族一方，而不是人族一方。

151 · 两个雪人

陈长生不是商行舟，没有彻底消灭魔族的雄心或者说意志，但他也有自己的想法。他希望魔族变得极端虚弱，以至于在能够看到的漫漫时光里，再不敢对人族生出别的心思。

魔君的神情很平静，没有任何怒意，说道："然后你们会与我们通商，两族皇室甚至可以通婚，你们会强制性地禁用神族的文字和语言，只留下那些绘画与雕像？很巧，其实这也是我的计划。"

陈长生看看杯里渐渐冻凝的茶水，没有说话。星空之下本来就没有什么新鲜事。这场谈话或者说谈判到了这里，便再没有继续下去的可能性。

魔君问道："我不明白的是，既然你的想法如此坚定，为何会来见我。"

陈长生说道："因为我想知道你为何要见我。"

魔君看着他的眼睛说道："就算你不愿意和谈，但我们依然可以合作。"

无法和谈，却可以合作，那么自然针对的是第三方。这也是陈长生来之前最想不通的事情。现在的情况是，妖族已经决定与雪老城结盟，他们针对的自然是人族。

魔君这时候说的合作又是什么意思？难道他觉得牧夫人已经无法控制局面？妖族最终还是会维持与人族的盟约？如果真是这样，陈长生又有什么道理与他合作呢？

"形势有所变化。"魔君抬头望向天空里落下的鹅毛大雪，说道，"四天前的那个夜晚，整个白帝城的味道都变了。"

陈长生知道他说的是什么事情，说道："我不需要感到不安。"

魔君摇了摇头，说道："我不知道白帝在想什么，你也不知道。"

陈长生注意到，他说的是白帝，而不是牧夫人。

魔君说道："我一直怀疑白帝是在装睡。"

陈长生沉默了会儿，说道："也有可能他是真的出事了。"

魔君看着他微嘲说道："任何事情你都习惯往坏了想？"

陈长生说道："我这是在往好了想。"

两个人都明白彼此的意思。

魔君说道："你太天真了，任何低估白帝的人都会受到惩罚，甚至包括我那位伟大的父亲。"

陈长生说道："如果白帝不是重伤被囚，那他瞒着世人想做什么？"

魔君说道："当然是坐山观虎斗……不要忘记，他本就是世间最霸道的那只老虎，冷酷而且老辣。"

陈长生说道："你似乎在害怕他。"

"老人都很可怕，有股腐烂的味道。"

魔君的脸上流露出厌恶的神情，仿佛真的闻到了什么难闻的味道。

陈长生说道："这与我有什么关系？"

魔君看着他的眼睛说道："我们都是在背着重重的壳，一步一步地往前爬，这样很累。"

陈长生沉默不语。

魔君的眼神变得深了几分："我们互相帮忙，把那层重壳掀掉，如何？"

陈长生静静看着他说道："你想我弑师？"

"那又如何？我连我父亲都杀掉了，更何况你那位老师本来就是个疯子。"

魔君的脸上流露出奇怪的神情，说道，"我就不明白，他为什么就是看你不顺眼呢？"

陈长生没有解释，这是他与商行舟之间的问题，不足为外人道。

"凭你自己，是没有办法杀死商行舟的。"魔君说道，"我可以帮你，等老家伙们都死光了，到时候我们再来打过，岂不痛快？"

陈长生说道："我与我的老师争斗，魔族会得到最大的好处。"

魔君说道："我明白你的意思，所以在此之前我也会表示出我的诚意。"

听到这句话，即便陈长生根本没有这方面的想法，也不禁震撼无语。在北方的魔域雪原上，重要性能够与商行舟相提并论的人物还能是谁？

陈长生完全没有想到，魔君竟然一直准备着与辅助他夺位登基的最大功臣甚至师长一样的角色翻脸！没能想到，自然也难以相信，这些情绪都在他的眼睛里显现了出来。

魔君知道这确实很难说服对方，但他无法说出理由。

"如果你同意，我自然不会再与你抢徐有容与你的那位女学生，我甚至还可以把我妹妹给你。"魔君看着陈长生微笑说道，"反正她一直都在你那里。"

陈长生还是无法理解，说道："你到底想要什么？"

魔君说道："我想要的已经说过了，如果你以后下定决心，不妨书信告诉我。"

陈长生说道："书信？"

魔君说道："当年通古斯大学者与你们那一代的教宗时常互通书信，我们也可以效仿一下。"

陈长生想了想，说道："如果我们都能活着离开白帝城，我会给你回信。"

是的，活着是所有事情的前提。不提白帝城里隐藏着多少凶险，只说他们彼此都是对方最大的威胁。不管在这场谈话里提到了多少和谈、合作、帮助，甚至友谊。如果有机会，他们绝对会毫不犹豫地杀死对方。比如在谈话结束的这一刻。

雪不停地落着。院落里唯一的那棵树已经变成了白色。唯一的颜色来自那座小泥炉。因为小泥炉与茶壶是烫的，而且不知为何，壶里的水始终没有烧干。

陈长生与魔君不再说话，安静地坐了很长时间，渐渐变成了两个雪人。

在院子外有无数个雪人。最远处是妖族各部落的族长，还有一些实力强悍的高手。靠近石墙的车道上，则是数百名相族的死士，在相丘的率领下警惕地注视着前方。相族族长站在最前方，已然变成了一座巍峨的雪山。

但他离院子并不是最近的。离院子最近的是五辆马车，西荒道殿大主教与教士们站在车后，显得极为恭谨。

除了五辆马车，院子外还有一群站在风雪里的人。那些人里有衙役、有卖脂粉的小姑娘、有算命先生、有卖麻糖的老人，还有一名盲琴师。

相族族长盯着那名盲琴师，神情凝重至极。作为妖族最强者之一，已经半步神圣的他，为何连这名盲琴师的底细都看不透？

那五辆马车里又是什么人呢？

152 · 国教的执杖人

白帝城落了半夜加一天的雪，所有的街巷都变成了白色，院子外的那些人一动不动地站着，也早已变成了雪人，只是不时会有热气从那些蒙着雪霜的口鼻里喷出来，画面看着有些诡异。无数的视线落在这座院子里，想要知道魔君与陈长生究竟在谈什么，如果谈不拢，那么何时动手？

落落站在窗边静静看着风雪，她不知道那个院子里在谈什么，但知道先生什么都不会答应对方。牧夫人也在看着风雪里的那座小院，与落落有着相同的看法，所以她在等着谁究竟会先动手。

院门紧闭，没有任何声音传出来，只有风卷着雪花拍打石墙的啪啪声。满地黄沙积着白雪，仿佛变成了雪老城外的那片雪原。那棵唯一的树上承着积雪，就像是无数道白柱。

陈长生与魔君安静地坐在风雪里。

前一刻他们还在坦诚地对话，说着合作与可能的友谊，还说如果大家都能活着离开雪老城，那么应该保持通信。下一刻情势便变得极为凶险，似乎随时都会向对方出手，用自己最强大的手段收割对方的生命。这种转变非常突然，突然到除了当事者，谁都会觉得无比荒唐，只不过没有人看到罢了。

陈长生和魔君不会觉得这种转变很荒唐，因为从开始到现在，从观景台到此间，他们一直很想杀死对方。无论谈判还是对话，都只是杀死对方这件事情之外的一些小事。而且他们都有杀死对方的能力。

在观景台上，陈长生用南溪斋剑阵破掉魔君的功法后没有继续出手，是因为牧夫人召来满城流云阻止，也是因为他隐约感知到了危险，魔君的袖子里应该藏着能够杀死他的手段，只是不知道具体何物。

魔君对陈长生的境界实力以及手段了解得更多些，但也没有信心，尤其是当那五辆马车抵达院外后。

他看着陈长生的眼睛说道："商行舟来不了，王破也来不了，那么今天来的人是谁呢？"

陈长生说道："既然如此，黑袍与魔帅也来不了，就算八大山人还活着，应该也来不了。"

在观景台上，他们已经讨论过这个问题。这时候他们再次说起这两句话，是因为他们已经决定放弃，却有些不舍，所以想最后再做一下确认。

说完这两句话后，陈长生与魔君再次沉默了很长时间，然后同时叹息了一声。这两声代表放弃的叹息声里，充满了遗憾。

今天风雪极盛，机会太好。魔君远离雪老城，教宗远在异乡，这种情形太罕见，以后可能也很难再出现。今日不能杀死对方，怎能不失望？

"仔细想想，杀死你对我来说确实也没有太多好处，人族会变得更加团结，而且愤怒。"魔君看着陈长生感慨说道，"从这个角度来说，你的存在真是没有什么意义啊。"

陈长生唇角微扬，露出如春风般的笑容，说道："我习惯了。"

从生下来的那一刻开始，他的存在就是一个阴谋，一个针对天海圣后的阴谋。他的存在本来就没有什么自我的意义，换句话说，他本就不应该出现在这个世界上。不过他现在正在寻找，而且可以说已经找到了。

魔君微微侧头，看着他脸上的笑容，确认并无半点勉强，挑眉说道："你真是个怪物。"

陈长生得到过的评价很多，大部分都很正面，清新、干净、坚毅、天才。哪怕是他的敌人，最多也只会说他有些木讷或者说过于执拗，又或者是质疑他在处理与商行舟关系上的不智。但被认为是个怪物，这还真是第一次。

陈长生没有生气，反而觉得魔君的看法很有意思，或者说，有些接近他自己以为的真实。有句俗话说，最了解你的人不见得是你的朋友，而是你的对手。那么魔君或者就是他真正的对手。

想着这些事情，他端起面前那杯已经快要冻凝的茶水，倾倒在了身前的雪地上。这是祭奠，那些死在魔族狼骑之下的人们。

429

他是客人，那么便应该由他主动告辞。他站起身来，掸掉身上的雪屑，向魔君点了点头，转身向院外走去。

看着他的背影，魔君忽然说道："白帝一定会很失望。"

陈长生停下脚步，问道："为什么不是牧夫人？"

魔君说道："既然你不愿意与我合作，那么牧夫人便是我最坚定的支持者。"

陈长生沉默了会儿，问道："牧夫人究竟想做什么？"

"大西洲皇族向来以正统自诩，她这一系更是有秀灵族的血统，你觉得她会喜欢人族？"魔君感慨说道，"而且她是水瓶座的，谁能知道她到底在想什么。"

陈长生知道魔君说的是雪老城里流行的星座，但完全不知道水瓶座意味着什么。他不明所以地摇了摇头，继续走向院外。

魔君的手在袖子里缓缓抚摸着那两座冰冷的石像，眉间出现一抹厌憎的神情。然后他望向雪地上那道笔直的、仿佛是用尺子量出来的足迹，自言自语道："居然把整座离宫都搬了过来，真是怕死啊。"

吱呀一声响，几片雪花落，陈长生推开院门走了出来。这声音与画面很快便传遍了整座白帝城。大多数人觉得轻松了很多，少数人觉得很失望，还有吃惊、疑惑等各种情绪。

五辆马车里也陆续下来了人。折冲殿主司源道人、圣谕大主教梫琳、天裁殿主凌海之王、宣文殿新任主教户三十二。国教五巨头，除了茅秋雨留守离宫，其余四人尽数赶到了数万里外的白帝城，各持重宝。

陈长生先向那位盲琴师很郑重地行礼，然后才与凌海之王等人说话。

青帝微掀，震落积雪，一位翩翩佳公子从最后一辆车里走了下来，正是唐三十六。他的右手拿着一根看似不起眼的短杖。

陈长生正准备与他说些什么，唐三十六直接把那根短杖扔了过来。看着这幕画面，凌海之王的脸色变得极其难看，梫琳更是忍不住轻呼了一声。

那根不起眼的短杖，是国教神杖。如果不是陈长生反应快，只怕要落到雪地里，如果弄坏了怎么办？

唐三十六就像是没有看到凌海之王等人的眼神，恼火说道："以后别老让我做这种事。"

为了破掉红河禁制，国教神杖里的光明力量消耗一空，这些天一直在西荒道殿里接受供养。今天陈长生要与魔君见面，要做万全的准备，能让他信任，并且有资格的持杖者，只能是唐三十六。即便是凌海之王等人再看唐三十六不顺眼，也无法否认。

当年从教宗手里接过神杖的人，本来就不是陈长生，而是他。

153 · 离宫的意志

当年奈何桥风雪一战，陈长生险胜徐有容，就此确定了自己在国教里的继承者地位。但那夜他并没有去光明殿，而是去了福绥路与徐有容吃了顿牛骨头。迎着无数震惊视线，举手替他请假的人是唐三十六。低着头替他接过代表国教权柄的神杖的人也是唐三十六。今天拿着神杖主持离宫阵法，锁定满院风雪的人还是唐三十六。这种压力实在是太大，即便是唐三十六这样的人也不愿意再有下一次。

陈长生看着他笑了笑，回头望向风雪里的院落，笑容渐渐敛去。诸殿齐聚白帝城，等于把离宫大阵搬了过来。

如果先前魔君动手，他真想冒险试着杀对方一杀。遗憾的是，也有可能是庆幸的事——魔君没有出手。

那么按照现在的局势看来，牧夫人不会再给他们像今天这样的机会。他和魔君都有可能平安地离开白帝城，那么……

"有件事情，你能不能帮我做。"他对唐三十六说道。

唐三十六神情微异，问道："什么事？"

陈长生说道："帮我写几封信。"

唐三十六不明白他要自己帮着写什么信，忽然想到一种可能，脸上神情顿时变得极为精彩："情书？虽然你的文采远不如我，又何至于学那些愚蠢少年，莫不是要给落落殿下写信，怕圣女看见？"

陈长生想要解释几句，最终只摇了摇头，显得很是无奈。

唐三十六今天凌晨才到白帝城。因为来得太急，时间太匆忙，他还没有带太多唐家的下属，只带了五样人。正是前些天在汶水城里的那五样人。在商行舟与陈长生的师徒之争里，唐老太爷依然偏向前者，但在与魔族有关的大事上，他的态度非常明确，陈长生需要什么，他便可以提供什么。

国教众人也是今天凌晨刚刚抵达。陈长生一直知道此事，所以当魔君邀请见面的时候，他要把时间定在今天。

唐老太爷派出了最强大的力量，离宫更是如此，甚至可以用浩荡之势来形容。

在户三十二带回陈长生的谕旨后，司源道人连夜从离宫出发，在半道与凌海之王、桉琳会合，带着七千护教骑兵从松山军府直插西原，过了葱州军府与熊族部落接上了头，悄然进入了红河流域。那七千护教骑兵如今在对岸的深山里藏着，虽然无法撼动妖域的整体局面，但也不失为一种震慑，至于随身携带着离宫重宝的四位大主教，更是谁都无法忽视的强悍力量。

当年的国教六巨头随着牧酒诗被逐、白石道人被诛，又重新填补上户三十二，还有五位。现在有四位都离开了京都，来到了数万里外的白帝城。

茅秋雨没有来，在很多人想来，这位境界最高的国教巨头没有出现，是因为要镇守离宫，但陈长生知道并不是如此，而是因为茅秋雨正在闭关，等待破境入神圣的那道天机。白帝城的事情当然极为重要，教宗的安危更是重中之重，但在陈长生看来，茅秋雨正面临着重要的时刻，能否不被外力干扰，能否成功进入神圣领域，同样是非常重要的事情。

他望向凌海之王，问道："谁在替茅院长护法？"

"天道院现在由树心道人暂管，庄之涣一直住在离宫里。"凌海之王说道，"除此之外，宗祀所大主教以及青曜十三司的数位师姐，也一直随侍在旁。"

庄之涣出身贫寒，因为受资助求学的关系，与汶水唐家向来亲近，在做了很多年茅秋雨副手后，终于在数年前成为天道院的院长，无论境界实力乃至眼光手段都非常了不起。

由他亲自替茅秋雨护法，再加上那些境界实力同样强悍的青藤六院大人物，按道理来说，陈长生应该不用再担心，但想着庄之涣的那个儿子，他的神情难免有些异样。

在场的人都知道当年周园里的那段故事，以及庄换羽在井旁自刎的惨事，明白陈长生的担心。凌海之王看了司源道人一眼，司源道人装作没有看见。

桉琳很是无奈，上前对陈长生说道："临行前，道尊降下谕旨，着相王负责此事。"

听着这话，陈长生先是微惊，然后才醒过神来，不再言及此事。很明显，他的老师不会在当前的局势下做什么,那么让相王负责此事,应该是要安他的心。

凌海之王与司源道人似乎有不同的想法。

陈长生问道:"怎么了?"

司源道人说道:"辛教士去奉阳县城之前,他见过一名长春观的道人。"

陈长生沉默了。辛教士去了奉阳县城,然后死在了那里。就是为了让别样红与无穷碧相信杀死他们儿子的人是陈长生。

——师父,你就真的这么想我死吗?陈长生已经记不得这是天书陵之变后,自己第几次想到这个问题。

虽然现在局势有变,无论朝廷还是商行舟,都要寄希望于他在白帝城里做些什么。但谁知道这份执念究竟有多深?

凌海之王脸色沉郁说道:"在这种关键的时刻,如果有人在背后捅刀,那可很难应付。"

国教有着难以想象的底蕴与隐藏实力,即便整座离宫都被陈长生带到了白帝城依然无所谓,可如果商行舟不想看到国教多出一位神圣领域强者,现在谁能拦他?

陈长生表示这件事情不用再讨论。凌海之王与司源道人神情微异,但不再多言。

万里远来,又在风雪院外承受了长时间的压力,国教众人与唐三十六已然极为疲惫,但他们现在还不能去休息,因为关于某件事情,陈长生需要他们给出意见。道殿里变得很安静。从天书陵之变开始,人族的神圣领域强者回归星海,在最近这些年似乎变成了很寻常的事情,但那终究是人族的内部斗争,但别样红与无穷碧是死在异族人的手里。

凌海之王说道:"牧夫人必须死。"

哪怕是国教巨头,依然没有资格言及一位圣人的生死,如果放在往常,可以称之为妄议。但他就这样说了,众人也很平静。因为在他们看来,这是理所当然的事情。

154 · 真相从来不止一个

司源道人与桉琳没有说话,但很明显支持凌海之王。

户三十二叹了口气，说道："不好杀啊……但总还是要杀的。"

唐三十六望向陈长生。他对于此事没有什么想法，就看陈长生如何想。

陈长生沉默了会儿，点了点头。这件事情便确定了下来。只凭道殿里的这些人，或者现在没有办法杀死牧夫人，但牧夫人必须死，总有一天会死。

因为这是离宫的意志，也是人族的意志。

陈长生曾经对落落说过，为了别样红与无穷碧的死亡，妖族必须付出足够的代价。当时他没有言明，但落落知道他的意思，那就是牧夫人的死亡。

没有人愿意去死，更何况是一位圣人，哪怕她是魔君所言的水瓶座，精神世界与众不同。所以陈长生想不明白，为何四天前的那个夜晚，牧夫人忽然收手，没有杀死自己。那道如暗流般穿行于白帝城的街巷，震慑红河两岸无数部落的力量，如果不是来自雪老城，那么会是来自哪里？陈长生望向殿外的夜空，若有所思。

风雪已经停止，夜空里没有云，能够看到清楚的繁星。同样被繁星照耀着的那座北方的山脉，这时候有没有下雪？即便没有下雪，那些山峰里积着的冰雪应该也足够寒冷。那座山脉为何会被称为落星山脉？

无数万年前，天书落在大陆腹地，流火则是撒遍四野，寒山里有很多，这里也有吗？如果把落星山脉挖开，会看到星辰的遗骸，还是一片虚无？

在皇城深处的某座建筑里，有着一盆来自雪老城的金线镂空雕。

牧夫人安静地看着它，神情很平静，仿佛根本不在意今天这场风雪里发生过什么，或者说什么都没有发生。

"这是我族伽索大师四百年前最著名的一件艺术品。"魔君从殿外走了进来，说道，"没想到原来一直在您的手里。"

"确实是艺术品，可惜的是这座城市里没有几个人能够与我一道欣赏。"牧夫人把视线从雕刻里那些仿佛蕴藏着无限星空之美的繁复线条间收回来，望向魔君说道，"陛下似乎也没有这种兴趣。"

魔君微笑问道："你想说什么？"

牧夫人平静说道："为何陛下今天没有出手？"

魔君说道："我没有想到陈长生会这么怕死，居然把整座离宫都搬了过来。"

牧夫人淡然说道："难道陛下因此就失去了信心？"

魔君静静看着她说道："前些天在观景台上，你阻止我出手，为何现在又要劝我？"

牧夫人的声音变得更加清淡，就像无风时的西海般乏味："此一时，彼一时。"

魔君的眼神忽然变得幽深起来，说道："四天前，你也没有出手，那时又是何时？"

牧夫人没有直接回答他的这个问题，说道："如果陛下今日出手，我自然也会出手。"

他们都想陈长生死，终究还是谁先出手的问题。陈长生很不好杀，他的境界实力比传闻中更加强大，而且现在更麻烦的是，他把整座离宫都搬了过来。

以那些国教巨头的境界，再加上他们随身携带着的重宝，即便是牧夫人也觉得有些棘手。当初在离宫里，她曾经非常清楚地感知过这种天地法理形成的杀机。更不要说现在白帝城里有越来越多的妖族大人物和普通民众站在了陈长生一方。

夜空里没有一丝云，繁星无比清楚，从海那边吹来的风也没有受到任何阻碍，有些劲意。海风周游于诸殿石台之间，最后来到她的身前。牧夫人闻到了风里咸咸的味道还有那抹熟悉的湿意，但她并不怀念。海风太容易把鲜活的生灵变成死气沉沉的咸鱼，而且湿润的空气容易变得黏稠，那会带来很多压力。

她的眼底出现一抹疲惫，说道："那就再等等吧。"

"您究竟在等什么呢？"魔君看着她微微挑眉说道，"等着他们把那座山挖开，看看那位到底死了没有？"

能够得到黑袍与魔帅的效忠，能够把自己伟大的父亲逼落深渊，能在短短数年之内，获得整个魔域雪原的狂热崇拜，年轻的他当然不会欠缺智慧，但现在他却发现自己越来越看不明白牧夫人究竟在想什么。

牧夫人淡淡说道："我这时候都不知道自己究竟想看到什么。"

魔君盯着她的眼睛说道："难道您现在应该做的不是阻止他们？"

牧夫人说道："为什么呢？"

魔君忽然觉得自己可能犯了一个错误。世间没有谁能够控制，甚至了解一个水瓶座的女人。

牧夫人不知道他在想什么，神情平静地看着北方。她确实不知道自己想要等到什么样的答案，但她确定自己很想等到一个答案。

不管他活着还是已经死了。

去落星山脉之前，陈长生曾经想过，只要有答案那就是不好的。然后他看到了那片黑崖、难以破解的禁制，没有看到答案，也没有真相，这便是最好的结果。但终究真相只能有一个，答案迟早会揭晓，而且他已经隐隐猜到了。这让他的心情变得有些低落，尤其是想到现在还在皇城里期盼着他能够救出白帝的落落。

繁星已退，晨光渐露，然后被无数更加明亮的剑光斩碎，仿佛萤火虫的尸体般飘落在黑崖上。陈长生盘膝坐在黑崖之前，剑鞘横在膝头。今天他没有闭眼冥想，而是静静看着眼前的这片黑崖，仿佛要把它看穿一般。

数百道来自周园的前代名剑，以他的身体为源头，不停地向着黑崖斩落，却并未真正斩中黑崖的实力，而是在近处、在远处、在湖上、在峰巅与那座无形的禁制阵法进行着磨砺，就像过去那些天一样。

那座与桐宫同源的禁制阵法现在已经变得虚弱了很多，不复当初的威势。相对应的，群剑的声势自然更加不凡，按照各自的位置，组成南溪斋剑阵，缓慢却不可阻挡地向前碾压。

落星山脉里，到处都是森然的剑意，随便一望，便能看到一道明亮刺眼的剑光。司源道人当年去过离山，看到这幕画面，不禁有些骇然地想到了那座著名的万剑护山大阵。

除了司源道人、凌海之王等国教巨头，还有来自汶水城的五样人，都守在陈长生的身旁。熊族、士族还有数个大族派来了最勇敢、最强大的战士，控制住了黑崖四周。数里方圆的山脉里，集结了数百名妖族强者，像金玉律与小德这等层级的大高手都有十余人。

在更远处的湖的那边，更是烟尘阵阵，不时有妖兽的吼声传来，应该是各部族的军队已经控制住了所有山峪。

局势至此，早已明了，不管妖廷里的大臣们、将军们还有各部落的族长们相不相信。真相很快就会出现在他们眼前。

155 · 我请白帝见众生

无数道视线落在黑崖前，落在陈长生的身上，但没有谁敢说话，更不敢上前打扰。凌海之王先前说得非常清楚，谁敢靠近黑崖一步，便会被视为刺客。

丞相与士族族长对视一眼，眼里没有什么喜悦的神情，只是担忧以及不安。担忧是因为谁都不知道，当陈长生打开那座黑崖之后，众人会看到什么，如果是最坏的结果，那他们该如何办？现在支持他们的妖将、大臣还有部落，会不会在极短的时间里，再次跪拜在皇后娘娘的裙前？

不安则是因为两个原因。作为妖族最大也是实力最强的部落，相族为何直到现在，依然选择支持牧夫人？牧夫人又为何始终没有出手阻止这一切，而是静静地看着他们破阵？

并不是所有人都去了落星山脉。在那座满是黄沙的院落里，年轻的魔君静静看着不知何时重新出现在后门两侧的石像，不知在想着什么。

在相邻不远的那座庄园里，相族族长看着自己的儿子，犹豫了很长时间，终究还是没有说什么。

在皇城最高处的那座石殿里，落落坐在窗畔，沉默地等待着什么。

在群山最深处的一方泥潭里，除苏低头舔舐着自己断臂处的伤口，痛得浑身颤抖。

在天树侍庙旁的那座小院里，轩辕破坐在前廊的地板上，看着微微坟起的地面发着呆。

在一家很普通的客栈里，整夜未睡的徐有容用冷水洗了把脸，坐到桌前对着铜镜开始梳头。

一道充满感慨的声音从铜镜里传了出来，"既然还在星空之下，又如何能不见众生？"

在湖上，在云端，在峰顶，无数道剑光忽然同时敛没。下一刻，凄厉的破空声响起。无数道剑光尽数归于鞘中。陈长生伸手握住剑鞘中段，站起身来。

所有的视线都望向了他。他却望向了湖上、云端、峰顶。剑已经归来，剑意还在彼处。

一行大雁从雪峰侧方飞过，忽然斜斜坠落。一阵海风从群山那边吹来，却被斩成碎絮。碧空里的几抹流云，被一道无形的力量撕成了细丝，然后渐渐消失。

这些都是禁制崩解的迹象。直到确认了这点，陈长生再次望向眼前这片黑崖。

轰的一声！无数声极其沉闷的巨响，从黑崖深处甚至地底深处响起。大地震动不安，湖水里荡起无数波澜，近处一座雪峰里流泻下来无数雪团，山间野兽的吼叫变得凄厉起来。乱石飞溅，烟尘大作，过了很长时间才渐渐平息。

那道黑崖已然消失无踪，原先所在的地方，只剩下一道数百丈宽的大坑。最深处有一道无比光滑的石壁，如金似玉，仿佛再锋利的刀剑，也无法在上面留下痕迹。这便是传说中的星石，拥有着难以想象的重量与密度，但现在已经被泥土与沙石埋没，只剩下一小部分露在外面。

以星石为发端，有一道非常笔直的石道。黑崖变成的数百丈宽的大坑，直接被那条石道切成了两半。这条石道非常长，绵延不知多少里，伸向遥远的前方。无数道视线顺着石道的走向移动着，最终落在了十余里外。

那里有一座山垮了半截。那座山本来就是一座宫殿。半截山里嵌着一座石椅。那座石椅有十丈高，十丈宽，无比巨大，夸张至极。在那座石椅里，坐着一个人。

那个人穿着件纯白色的皇袍，枯瘦至极，眼窝深陷，仿佛是个死人。

"陛下！"一声惊呼响起。然后便是无数声惊呼。接着便是无数道破风之声。无数身影争先恐后地向着十余里外的半截山掠了过去。凌海之王先前的警告，早已被忘记得一干二净。

来到那座巨大无比的石椅前，越发觉得椅子里的那个人很小，甚至显得有些滑稽。但那些妖族大臣与强者们哪里会有这些想法，脸上写满了激动，甚至有的人哭出了声来。对他们来说，椅子里的那个人就是神明。哪怕那个人现在枯瘦至极，闭着眼睛，奄奄一息，无比虚弱。

但只要他还活着，不，哪怕他死了，都依然是整个妖族的神明。因为他叫白行夜。他就是白帝。

对这样的画面，很明显妖族的大人物们早有准备。数名大妖医被黑鸢负上了石椅，开始替白帝诊治。

看着白帝依然紧闭的眼睛，小德觉得有些焦虑，问道："教宗大人呢？"

众所周知，陈长生的医术可以说是举世无双，在他们想来，这些大妖医的医术再如何精湛，也距陈长生远矣。丞相等人回头望去，却怔住了。他们没有看到陈长生。陈长生还在十余里外。就在那座黑崖原先的位置。

看着远处的动静，陈长生忽然说道："走。"

说出这个字的时候，他的视线依然落在那座巨大的石椅上，落在白帝的脸上。这是他第一次看到白帝，为此他付出了很多个日夜，很是艰辛。

但在看到白帝的第一眼后，他便决定离开。即刻离开。

听着陈长生的话，众人很是惊讶，不明白这是为什么。只有那名盲琴师似乎明白了陈长生的意思，带着五样人向那片湖后的密道出口走去。

就在一名苍老的大妖医鼓起勇气，准备落下手里的石针时，白帝睁开了眼睛。

他的眼睛很黯淡。就像是阴天里的雪原，灰白无比。

然后那片雪原上出现了一个小黑点。那个黑点渐渐变大，颜色渐渐变深，就像是万里过雪原的旅客，渐行渐近。他真正醒了过来。

可能被封禁了五年时间的他，被星石不知吞噬了多少星辉妖元，已经虚弱到了极点，可以说奄奄一息。但当他睁开眼睛，一道难以想象的威严气势便从他瘦弱的身躯里散发出来。

"你们都来了？"

他的声音很轻，因为常年没有饮水的缘故，有些沙哑。但整座落星山脉，都听到了他的声音。妖族强者们如潮水般跪下。

156·众生皆苦

金玉律没有跪，站在相对较远的地方，看着那边，眼里的情绪有些复杂。

白帝坐在巨大的石椅上，脚离地面还有数丈的距离。按道理来说，根本没有办法踩到地上，自然也就无法站起。但他就这样站了起来。如一座无比雄奇的雪峰，出现在天地之间。

天地之间，自有感应。十余座雪峰里响起轰隆如雷的声音。处处都在雪崩，风雪被席卷至半截山前。那些妖族强者们被风雪里的威力，震得远离石椅。

那些狂暴的风雨，落在白帝的皇袍上，便立刻消失，仿佛进入了他的身躯里。在风雪里，白帝向前走了三步。风雪入体，他的身躯变得越来越高大，皇袍如新，眼眸里的灰意尽数变成纯净的雪白，寒威逼人。

他望向远方某处，神情漠然问道："这几年发生了些什么事？"

丞相跪倒在风雪里，用最简洁的语言，最快的语速，把所有的大事说了一遍。白帝听完这些，神情不变，很是平静。

风雪那边忽然传来了金玉律的声音："别样红死了，无穷碧也死了。"

听到这句话，白帝也只是挑了挑眉。风雪渐渐敛没。

金玉律嘲弄说道："当年就对你说过，娶妻当娶贤，现在看来你的眼光连别样红都不如。"

白帝依然沉默不语，只是看着某个方向。所有的妖族强者以及湖那边的军队们，都望向了他的视线落处。

那里是白帝城。现在真相已经出现在众人的面前。白帝被困多年，这果然是牧夫人的阴谋。按照众人的想法，这时候就应该率领大军，杀向白帝城去。

但白帝没有动。他不再看那座城，收回视线望向十余里外，问道："你就是陈长生？"

很多人随之望过去，才发现陈长生没有过来。更重要的是，包括数位国教巨头在内的很多人都已经离开，只有他与唐三十六还在原地。

隔着十余里的距离，陈长生与白帝对视着。他没有回答白帝的问题。因为他的沉默，雪峰间的气氛变得有些怪异。

妖族丞相上前，准备说些什么。一道声音抢在前面响了起来。

那是唐三十六的声音："白帝此言何其无礼。"

很多年前，朱洛在汉秋城外、南方圣女在浔阳城外，都问过同样的话，甚至一个字都没有差。

当时朱洛与圣女的发问，代表对陈长生的好奇，也可以说是某种认同。因为那时候他的名字，只是刚刚出现在这片大陆上。

但现在已经不是当年。他不再是那个来自西宁镇的少年道士，国教学院的新生，他现在是人族的教宗大人。哪怕是白帝，向他这样发问，也是极无礼的举动。

所以听着唐三十六的斥责，妖族大人物们很是恼怒，却无法反驳。

白帝静静看着那边，忽然说道："难道教宗大人只是来看热闹的？"

他没有理会唐三十六，但对陈长生的称谓已经不同。陈长生还是没有接话。

和唐三十六在一起的时候，他的话会变得有些多。但如果那时需要和外界

440

交流，他的话会变得非常少。因为唐三十六会帮他说话，而且整个国教学院都知道，唐三十六比他会说话。

"全靠教宗大人出手，今天才有热闹可看。"唐三十六平静说道，"所以陛下这句话完全错了。"

白帝的那句话隐有所指，指的是陈长生站在远处，并且让凌海之王等人提前离去。

唐三十六的这句话回应得也很明确，那就是妖族作为受施者，没有任何理由质疑己方的任何安排。只是这句话着实算不上尊敬，尤其想着他说话的对象是白帝。无数道愤怒的目光落在了他的身上。唐三十六依然神情不变。

这时候，陈长生确认凌海之王等人已经进入密道，终于打破了沉默。

他望向十余里外的那半座雪峰，说道："晚辈告辞。"

说完这句话，他带着唐三十六转身便走。白鹤在前方不远处等着他们。这就是说走就走。真的干净利落至极。

费尽心思，终于救出白帝，看到了答案。这一切果然只是牧夫人的阴谋。对人族来说，这似乎是最好的答案。

按道理来说，他应该留下，与妖族商议接下来的大事。但他没有这样做，并且让凌海之王等人先行离开。因为这个答案太好，太像他想要的。所以他决定离开。他要去做一件事情。他想亲手写下一个答案。

在皇城最高处的那座石殿里。窗外没有梨花，而是种着几株槐花。牧夫人相信这与槐院应该没有什么关系。就像此时落星山脉发生的事情，其实与陈长生也没有什么关系。终究是她与他之间的问题。

"我不知道你的父亲是死是活，但我想，他应该还活着。"她走到窗畔，看着远方面无表情说道，"就算他还活着，但也可以不出现，如果他不出现，那就是对我还有一份情意，如果他出现了，那便是真正的无情，而我直至现在也不知道自己想要怎样的答案。"

说话的时候，她的手在轻轻抚摸着落落的黑发。落落低着头，脸色苍白，睫毛轻眨，看得出来心情有些紧张。

窗外的槐树忽然开始剧烈地颤抖，落下无数青叶，看着就像是一幅画活了过来。牧夫人的视线穿越青叶，依然落在远方，沉默了很长时间，忽然说道："真是个无情郎啊。"

落落再也无法控制自己，抬头望向自己的母亲。

"你趁着父亲重伤，把他幽禁，用星石损他妖元，想置他于死地，结果……你却说他无情？"她的声音有些微微颤抖，因为生气更因为难过，"母亲，你做这些都是为了大西洲？值得吗？"

牧夫人静静看着她说道："我从来都不喜欢你，因为你是个女儿。"

落落紧紧地抿着嘴，小脸上满是倔强，没有接话。

牧夫人知道她的意思，说道："小诗不需要寄托我对这个世界的想法，自然也不需要承受我的要求。"

落落不明白，伤心问道："可是这是为什么呢？"

"因为女生大多外向。"牧夫人平静说道，"我不想做这样的人，也不希望你做这样的人。将来不管你最终会嫁给谁，都要记住，最终只有你的娘家才能帮到你，因为世间所有的男人，都是心狠无情的。"

这是她再一次提到男人的无情与狠心。

哪怕事实似乎就在眼前，落落也不禁有些困惑，声音微颤问道："母亲，这一切到底是怎么回事？"

牧夫人望向窗外远方，说道："我希望你永远都不会知道，也想不明白这是怎么回事。"

157·我来到我的城市

远方是一片汪洋。汪洋里有一艘船。大西洲二皇子站在船首，衣衫轻飘，双眉深锁，不知在想着什么。牧酒诗坐在舱里，不时回首向来时路望去，神情有些悲伤。

对小溪来说，红河极为宽阔，与汪洋并无两样。而从落星山脉流到白帝城，小溪便成了红河。

从码头到街巷到广场到天守阁的草甸，到处都跪着人，如潮水一般。白帝回到了白帝城。他没有直接回到皇城，而是选择了乘船。从岸边到皇城，道通无比开阔。

他在如潮水般的妖族民众间缓缓走过，负着双手，神情并不急切，似乎只是想看看数年不见的故城是否有了什么不一样。

就在他在白帝城里随意行走的这段时间里，依然忠于牧夫人的大臣或者自杀，或者被亲人砍掉了头颅。

最精锐的红河妖卫，在几场极其激烈的冲突后，也跪在了皇城之前，膝下满是鲜血，来自他们曾经最亲近的同僚。没有什么真正意义上的战斗，比传檄而定还要来得平静迅速。他什么话都没有说，所有的事情便都解决了。因为这本来就是他的城市。

这个城市的所有街巷、石墙上那些斑驳的旧石，都留着他的气息。那些气息，现在尽数归于他的身躯。他的身影变得越来越高大，气息变得越来越强大。

河水里的于京巨兽发出低声的嗡鸣，表示臣服以及欢迎。高阁里的黑鹫把头埋进翅膀里，恐惧得浑身颤抖。

他本就是天地间最强大的存在，这时候沉默地散发着气息，更是生出一种霸道无双的感觉。整座白帝城，城里城外的所有生命，在这道气势之前都战栗不安起来，不敢有任何声音。

在皇城之前，终于出现了一道没有跪下的身影。那道身影本来就极为高大，仿佛一座山峰。

相族族长站在城门前，看着越来越近的白帝，眼里的情绪有些复杂。他是长老会的首席长老，他所在的相族是妖族最大的部族，他本人则是白帝夫妇之外的妖族最强者。

牧夫人趁白帝重伤将其幽禁，现在看来，他当然是参与者，是真正的谋逆者。无论从哪个角度来看，他确实有不跪的资格，也有不跪的道理。

白帝走到相族族长的身前。相族族长看着白帝有些消瘦的脸，神情微变，开口准备说些什么。

白帝身体向前微倾，似乎想要看清楚他。只是极简单的动作，却自有一种难以抵抗的气势。如果说相族族长是一座山，白帝便是世间最高的那座雪峰。当他身体前倾的时候，便是那座雪峰向前而去。

他居高临下看着相族族长。又像是雪峰之上探出头来的神明。他的眼睛里没有任何情绪，只是一片苍茫的雪原。

雪原里的那个旅者，渐渐远去，就像所有的过往与宽仁还有怜悯，剩下的只是漠然与严寒。一道电光在雪原上亮起，照亮了旅者的身影。那是冷酷的黑眸间闪过的一道光亮。那是从天空里落下来的一只手。

相族族长眼神骤变，厉啸一声，双臂横于身前，如两根极粗的石柱一般，向那只手迎了上去。他的眼神里没有恐惧，也没有后悔，只有震惊与不解，显得非常怪异。

狂风呼啸于雪原之上。卷起千堆雪。雪原上的蜡像纷纷垮塌。啪的一声轻响，那两根石柱上面出现了无数道细密的裂纹，然后渐渐崩裂。

轰的一声巨响，皇城正门边缘的石墙纷纷垮塌，无数石块砸向四周。烟尘大作，遮住了所有的视线，狂暴的气息对冲那道恐怖的威压，隔绝了一切神识，更没有声音能传出来。

鲜血从相族族长的耳朵里口鼻里不停喷射而出，显得格外恐怖。

诡异的是，他完全碎掉的双臂却没有一丝血流出来。到了临死的时刻，他终于明白了这一切到底是为什么，眼里流露出不可思议与痛苦的神情。

"原来过去了数百年时间，你依然不肯相信我的忠诚！"

相族族长绝望而悲愤的喊叫声，没能让白帝脸上的神情发生任何变化。

"相信是最没有用的词语。"

烟尘渐渐敛落，滚动的石砾也归于平静。皇城深处传来几声咳，白帝应该已经到了那里。妖族丞相与士族族长等大人物赶紧上前，随之而去。

小德停下了脚步，望向了相族族长的尸体。当然要有人负责收拾城门前的残局，但不可能是他。他停下脚步，是因为觉得相族族长的眼神有些奇怪。相族族长死了，但没有瞑目。他的眼睛里充满了震惊与愤怒的神情。

这便是小德不理解的事情——相族族长在天选大典时假传白帝圣旨，更与牧夫人合作谋逆，当然罪该万死，他自己也应该很清楚这一点，为何临死时却会有这样的情绪？

在白帝回到他的城市之前的某个时刻。这座城市里还发生了很多事情。比如有些人提前离开了落星山脉，通过密道抢先回到了白帝城。比如有些人开始提前做些安排，就像后来死去的相族族长。他直接去了皇城，没有带任何相族高手，也没有带上一名忠诚的部属。他甚至把自己最重视的幼子相丘送去了与庄园相隔不远的那座大院里。

因为他知道,这里才是最安全的地方,无论今天这场战争是陛下获胜,还是皇后娘娘获胜,都不会影响到这里。

相丘是年轻一代相族的最强者,自幼一直在深山里修行秘法,拥有着相族极其罕见的残暴性情,但少经世事。他根本不明白父亲为什么要这么安排,准备自行离开,去皇城为父亲助阵,更想劝魔君与自己一道前去。

魔君知道相族族长是怎样想的,很是佩服,便越发觉得相丘很蠢。如果白帝真的还活着,那么白帝城必然会迎来一场惊天动地的战争。事实上,魔君认为白帝一定还活着。但他不会参加到这场战争中。就像相族族长想的那样,无论白帝还是牧夫人获胜,都不会动他。

哪怕魔君的眼神如此讥诮,相丘依然没有明白,他有些恼火地吭了一声,带着最忠诚的属下,向着院外走去。他有些担心父亲的安全,更不想错过这场注定要记载在历史上的大事,所以决定赶去皇城。

但他没能走出去,因为这座大院已经被围住了。有位盲琴师抱着古琴,站在人群外。他看着有些疲惫,双肩微耸。或者是因为他刚刚从落星山脉赶回来的缘故。

158·闲杂人等,愿把五百年尽付

相丘没有注意到那名盲琴师。更准确地说,他没有看到那名盲琴师。因为那名盲琴师太不起眼。也因为这时候站在他面前的那名大神官太过耀眼。那名大神官的面部线条宛如雕刻出来的一般,秀美的眉眼里尽是冰霜般的寒意。

"凌海之王!你们想要做什么?"

相丘的视线扫过院外的那些国教强者们,眼神变得极其锋利,深处隐隐可以看到暴戾嗜血的意味。

凌海之王面无表情说道:"圣谕,任何人不得进出这个院子,违者死。"

是的,无论白帝与牧夫人谁胜谁负,都不会动那位年轻的魔君。这座大院确实是今天白帝城最安全的地方。但相族族长和魔君都忘了一件事情。今天的白帝城里还有很多人族强者。无论白帝与牧夫人谁胜谁负,他们都很想杀死这位年轻的魔君。

相丘依然不明白这个道理,沉声说道:"你们应该很清楚,他是我相族的客人。"

凌海之王神情漠然，没有让开的意思。

相丘厉声喝道："难道你们想死吗！"

说完这句话，他带着自己的部属杀了过去。然后，他就死了。

相丘确实是这一代相族的最强者，境界实力以至手段都非常强大。那些下属也是相族精锐的高手。

但站在院外的是凌海之王，是司源道人，是桉琳大主教，是户三十二。换句话说，他面对的是大半座离宫，那如何有获胜的可能。

当然，如果他的对手是这几位国教巨头，或者败得还不会这么快，就算败，也不会死得这么快。

问题在于，凌海之王等人没有出手，他们的注意力都在院里。

相丘及相族高手们对上的是一群闲杂人等。那些人是七名商贩，六个衙役，三个算命先生，两个卖麻糖的老人和一个卖脂粉的小姑娘。

哪怕明知道这些人来自汶水城，应该是唐家的高手，但这种搭配还是容易被视为闲杂人等。

十余道狂暴的妖族力量冲天而起！

清脆的声音在街上响起，不是门上铁环被劲风拂得到处乱动，而是铜钱从七名商贩的手里落到地上。

铜钱在地面上骨碌碌滚着，暗合天地至理，极其自然地形成了阵法。三名算命先生站在阵眼里，看着呼啸破空而来的妖族高手们，翻了一个白眼。他们不是轻蔑，而是在高速地推演计算。

六名衙役面无表情上前，双手一抖便迎了上去。六根水火棍分开生死，从云里探出头，便要将面前的一切砸进幽冥。更可怕的是那六根水火棍上缚着的铁链，仿佛能把一切生命的灵魂都捆住。狂暴的气息对冲，在院前的街道上形成无数诡异的画面与恐怖的空间湍流。

这时，那两名卖麻糖的老人向前走了一步，把前襟掀起夹在腰间，然后平实无常地向前出了一拳。

两个拳头带着无限光明，拂散红河吹来的风，就像两轮烈日一般，燃烧了一切。然后，一片像桃花、像梨花、或红或白的脂粉，笼罩了场间。最后，一道凄凉的琴音响起，如风雪在泣，如送人远离。

　　大院前到处都是血。十余名相族强者倒在自己的血里。

　　相丘的伤势最重，衣衫破烂，坚逾钢铁的妖躯上出现了数十道极细的裂口。鲜血从那些细却笔直的裂口里不停涌出，与空间接触，迅即变成极诡异的艳丽的颜色，明显是中了剧毒。看着这些衙役与商贩，他的眼里满是痛苦与震惊的情绪。

　　他从来没有想到过，会在如此短的时间里，看到如此多可怕至极的功法与手段。如果他不是因为失血过多而眼花，难道那……真的是焚日诀！这些唐家高手实在是太可怕了，他和下属们竟是来不及狂化，便一败涂地！

　　相丘的视线最终落在人群外那名盲琴师的身上以及他怀里那张旧琴上。旧琴的琴弦看着是那样的锋利，哪怕切割了再多的身体，也没有沾惹一丝血。

　　看着那张旧琴，相丘忽然觉得有些寒冷。那声琴音响起。他才知道，就算没有那些商贩衙役，只凭这名盲琴师一人，便足以杀死己方所有人。

　　即便自己与下属们提前狂化，也最终逃不过全部被杀的下场。就算是父亲在场，也不见得是这名盲琴师的对手！

　　相丘的眼里出现强烈的悔意。他刚才没有看到这名盲琴师，所以没有注意到盲琴师的双肩一直微微耷拉着。这种姿势看着有些疲惫，也可能是为了方便抱琴。

　　喜欢耷拉着肩的人类往往都是些真正了不起的人物。比如王破，比如别样红，比如这名盲琴师。

　　他声音微颤问道："真的好强……你到底是谁？"

　　盲琴师没有回答他的问题。

　　也许有人会愿意回答将死之人的问题以此表示自己的宽仁或者风度。但盲琴师不会。

　　很多年前山门内乱，他被宗主偷袭重伤，好不容易才拣回一条命。从那时候起，他就不知道什么叫作宽仁。

　　很多年前，他因为闭关养伤避开了苏离，然后在汶水城像条老狗般苟延残喘活了这么多年。那之后，他就再没有资格说什么风度。包括这次应唐老太爷之请前来白帝城，负责保护陈长生的安全，在他看来也不过是做工罢了。

　　他只是做着自己的一份工，收些钱粮，以此养老。所以他不会回答相丘的问题。

他甚至曾经以为自己已经对任何事情都提不起兴趣。但今天似乎有了些不一样。他看着那座大院，视线穿过院门，落在极深处的那棵树下。那棵树下有一道身影。

他的识海早已平静无波，近乎冰冻，这时候却渐渐融化。他的意识早已是条干涸的小溪，这时候却渐有水流入，开始拍打岸边的岩石。因为他那颗早如槁木的心，忽然生出一点小火苗，然后火势渐渐变大。就在看到那道身影的那一刻，他活了过来，甚至心神开始激荡。

没有风，他的衣衫开始鼓荡。他的脸色越来越红润。他的眼睛越来越明亮。他变得年轻了很多。

他仿佛还能再活五百年。但他不想要那五百年。如果今天他能杀死对方。

159·我们想请你去死

那些商贩、衙役与算命先生最先注意到盲琴师的异样，眼里流露出震骇的神情。他们是汶水唐家最神秘也是最可怕的五样人，但盲琴师才是那个……人。虽然盲琴师从来不肯承认自己是他们的师长或者首领，甚至平日里连话也很少说，但他们都对盲琴师抱有最深的敬畏，甚至并不逊于对唐老太爷。

这是他们第一次看到盲琴师流露出如此强烈的战意，如此真实的生命力。

那名卖脂粉的小姑娘很不安，想要上前问两句，却被那两名卖麻糖的老人拦住了。

国教强者们也感知到了那名盲琴师散发出的气息，神情微凛，生出与相丘相同的感慨——此人好强！即便是在国教巨头里，也只有茅秋雨能够对付这名盲琴师！

知道他身份的凌海之王与桉琳等人，也很是震撼无语，同时又觉得理所当然。长生宗在凋敝之前乃是国教南派祖庭，与圣女峰一道与离宫分庭抗礼，现在声震大陆的离山剑宗也只是长生宗的一个附属宗派，作为长生宗硕果仅存的大长老，这名盲琴师当然很强，就应该这么强！

凌海之王等人也知道为何这名盲琴师会忽然活了过来，仿佛回到了当年长生宗全盛时期的感觉。因为院子里那棵树下的那道身影。因为他们也一样。

看着那道身影，他们的呼吸也变得急促起来，境界状态极其自然地调至了前所未有的巅峰。无论盲琴师还是凌海之王等国教巨头，今天都是第一次亲眼看到魔君。

就在他们准备杀死对方的这一天。

陈长生让他们提前回到白帝城，目的就是要杀死魔君。对人族来说，这是最伟大、最光荣也是最美妙的任务。对大陆来说，这是最震撼、最紧张也是最凶险的时刻。

如果他们能够杀死魔君，今天的这些画面以及他们的名字必然会在史书上流传无数万年。即便盲琴师心如槁木，不，哪怕是心如死灰，也会重新燃烧起来。即便是这些国教巨头的名字已经注定被记载在道典上，他们依然愿意为之付出一切，甚至是生命。

年轻的魔君从树下站起来，转身望向院外的众人。他的脸很俊美，隐隐流露着非人的气息。

满院黄沙忽然飘起，围绕着他的身躯舞动，在那件黑色的皇袍上画出无数繁密至极的图案。看到这幕情景，凌海之王眼瞳微缩，所有人都感觉到了强烈的警意。

在带领黑袍与魔帅推翻自己的父亲之前，年轻的魔君并不出名。无论是天赋还是战斗能力又或者别的方面，他都没有任何名声，不要说秋山君与徐有容，就连陈长生都比不上。

整个大陆与他相关流传最广的事情，是他对徐有容的贪欲。直到他把那位传说中的存在推落深渊，随后冷酷地围杀了自天书陵归来的长兄汗青之后，整个世界才知道自己错了。

现在整个大陆都知道这位魔君拥有难以想象的战斗天赋与深不可测的实力，但他到底有多强？

很明显，他还没能踏入那片神圣领域。如果从观景台上那场战斗来看，当陈长生动用南溪斋剑阵的时候，魔君似乎会落在下风。

但按照陈长生事后的分析，就算他出全力也不见得能够杀死对方，而且魔君明显还有很多底牌没有用。陈长生甚至说，在决意杀死魔君的那一刻，他感觉到自己随时可能死去。

魔君究竟拥有什么底牌，竟会让他生出这样的感觉？

"洞阳子。"魔君看着盲琴师微笑说道，"就凭你也想杀朕？"

满场俱惊。因为魔君说话的时候，神情与态度很轻蔑。更因为魔君直接说出了一个名字。那就是盲琴师当年在长生宗的道号。

这个名字已经在大陆消失了很多年。除了凌海之王等几名国教巨头，在场根本没有人知道，就连那些汶水唐家的商贩衙役都不知道，结果却被魔君一言喊破！

盲琴师微微侧头，沉默了很长时间，然后说道："有何不可？"

"并无不可，只是不智。"魔君负着双手向院门处缓缓走来，"当年你家宗主要与父皇合作，你偶尔察知此事，大为不满，想要从中破坏，结果被偷袭，身受重伤，其后更是在雪原上被我神族强者围攻，星窍被毁，虽被唐老太爷与派中亲友相护，勉强保住性命，甚至功力尽复，但你自己应该清楚，无论你用多少年时间把境界提升得如何高，都再也无望神圣。"

盲琴师静静听着，仿佛他说的是别人的事。

魔君看着他淡然说道："难道此事还不能让你畏惧我神族的力量？"

听到这段旧年秘闻，人们更是震惊，下意识里望向盲琴师。盲琴师神情漠然，似乎这段话根本无法触动他，但那两抹花白的眉却微微颤抖起来。谁都能感受得到，隐藏在他漠然外表之下的痛苦。

对修道者来说，再如何勤勉修行，奋勇精进，却始终无望神圣，这当然是极大的绝望。更不要说他当年天赋卓异，放眼整个大陆也是屈指可数的天才人物，如果不是遇着这样的背叛与魔族如此冷酷的打击，对别的修道者无比遥远的神圣领域，对他来说其实就在眼前。这种才是最大的痛苦。

盲琴师说道："痛苦会令人感到恐惧，绝望会让人了无生趣，但有时候也会变成愤怒的力量。"

魔君看着他说道："可是那终究无法改变你这可怜的一生。"

一声鹤唳从天空里传来。檐上积着的残雪簌簌而落，寒风扑面里，白鹤落到了地面。

陈长生望着院里说道："只要今天能杀了你，一切痛苦都能得到回报。"

唐三十六说道："无论怎么看，这都是一笔划算的买卖。"

盲琴师沉默了会儿，说道："是的。"

说这两个字的时候,他的神情很平静。

这次他是真的平静,因为那两抹花白的眉毛没有丝毫颤抖。平静不代表着所有的杀意已然随风而逝。相反,那意味着杀机已然伏于天地法理之间,再也无法撤回。

魔君孤身在白帝城。陈长生带着四位国教巨头,加上汶水唐家最可怕的五样人。无论从哪个角度来看,都可以杀一杀了。

160 · 离宫大阵

"原来你始终还是想要杀我。"魔君看着陈长生说道,"我以为那日之后,你已经放弃了这个念头。"

陈长生说道:"曾经放弃不代表不会再次尝试。"

魔君感慨说道:"不愧是商行舟教出来的学生,果然也是虚伪得厉害。"

陈长生说道:"那天的机会并不是太好。"

"难道你觉得今天的机会就很好?"魔君看着他微笑说道,"你应该很清楚,无论是白帝还是牧夫人都不会让你杀我。"

"这就是你们说的所谓平衡?"陈长生说道,"要维系平衡是件很困难的事情,走钢索的人往往最后不得善终,无论白帝和牧夫人谁胜谁负,确实都不会让我杀你,问题在于他们这时候还没有分出胜负。"

魔君说道:"你觉得像白帝这样的人,在对付牧夫人的时候,就顾不上世间其余事?"

陈长生沉默了会儿,说道:"就算这是他的态度,我也不准备接受。"

在落星山脉里,他用南溪斋剑阵破开了那座禁制阵法,确认了白帝犹在,得到了一个最好的答案。

他出乎意料地把凌海之王等人与唐家的五样人派回白帝城。然后他与唐三十六也赶了回来。就是因为他要办一件事情。

那些看似完美的答案,始终是别人给出的答案。他想写一个只属于自己、无法作假的答案。他要杀死魔君。

"没有人知道白帝能不能阻止你,但至少现在看来,他没有阻止你。"魔君看着他的眼睛,带着深意问道,"你有没有想过,他为什么这样做?"

陈长生说道："也许我们都想得太多，根本没有所谓平衡，白帝陛下也很想你死。"

"不，他之所以不阻止你，是因为他知道你是杀不死我的。"魔君看着院外的人族强者们微笑说道，"你们所有人加在一起，都杀不死我。"

白帝当年与魔君雪原惊世一战，身受重伤，又被牧夫人用星石大阵幽禁多年，他脱困后应该需要时间恢复境界实力，而且白帝城里还有很多事情需要他去处理，比如复仇。

但他是真正的圣人，是西方的霸主，如果他真想阻止陈长生去杀魔君，应该还有很多手段。

他什么都没有做，只是静静看着陈长生让凌海之王等人离开，然后看着陈长生乘鹤离开。

这到底是为什么？难道真如魔君所言？

陈长生想不明白魔君的平静自信与白帝对自己的默允，究竟落在何处。他非常确信，无论魔帅还是传说中的八大山人、哪怕是行踪最神秘的黑袍，今天都不可能出现。数万里山河，即便神圣领域强者想要飞渡，也需要一段时间。更关键的是，他知道这些魔族强者今天都没有办法来。

那么，所有的线索都指向了某种隐秘的可能。

看着陈长生的神情，魔君知道他猜到了些什么，平静说道："现在你还坚持要杀我？"

陈长生说道："如果真是那样，那我更要杀你，当然……你的顺序会往后排一下。"

魔君很感兴趣问道："因为别样红与无穷碧的事情？"

陈长生说道："远来是客，早死早回家。"

在这段对话开始的时候，没有人能够听明白。最先醒过神来的是唐三十六，他的脸色顿时变得有些苍白。他知道那场神圣之战的真相，知道别样红与无穷碧是如何被重伤的。

紧接着反应过来的是凌海之王，他的眼神变得无比明亮，就像是最炽热的火焰在席卷着整个世界，最深处却有块晶核，仿佛再高的温度也无法将其熔化。

他也懂了魔君与陈长生这段对话的意思，但他的眼神变化并不仅仅来自于战意的狂暴提升,更是来自于那块晶核的气息——是的,那块晶核并不是意识的产物,而是真实的存在。

那块带来无数天火,却不被火焰所熔的晶核,便是传说中的离宫重宝之一。

紧接着,又有三道无比神圣而且强大的气息,从司源道人、桉琳大主教以及户三十二的身上生出。一段泛着幽暗光泽的杨柳枝出现在天空里。一张似幡似画的薄纸出现在天空里。一件带着古拙气息的神印出现在天空里。

冥柳!山河图!天外印!

离宫里可以有很多大主教,但只有六位会被称为巨头。这六位大主教居住在离宫里的圣堂里,各自保管着一件国教最珍贵也是最强大的重宝。这些重宝,或者是凌海之王眼里的那块晶核这样的异物,或者是国教前代圣人打造出来的神器。这些重宝,便是离宫大阵的根基,或者说真正的锋锐之所在。

即便是牧夫人这样的圣人,当年在离宫里面对这数道气息,也必须谨慎小心。

今日虽然境界最高深的茅秋雨以及他负责掌管的英华壁没有出现,但应该已经足够。

看着天空里的那些神器,感受着如雨一般落下的神圣而炽烈的气息,院外响起一阵惊呼。这些惊呼里充满了敬畏与向往的情绪,而且在最深处还有着狂热的虔诚。

魔君的神情也终于变得凝重起来。这就是离宫大阵?谁来主持?陈长生。

作为教宗,没有谁比他更有资格主持这座离宫大阵。他的右手已经握住了剑柄。

世间最锋利的无垢剑没有出鞘。出现的是无数道洁白的光线。那些光线从他的指缝里溢出来,照亮了院门前的石阶以及那些渐渐变黑的鲜血。

一块很圆的白石,顺着那四道神圣的气息,向着天空飘去。白石上嵌着极其复杂的黑金阵法,显得极为美丽。

这就是落星石。当初在汶水道殿,白石道人被杀死之后,这件国教重宝便暂时由陈长生亲自保管。

落星石飞到了空中,带着一道极沧桑的气息,开始吸引周遭的一切。无数寒风与碎石向它灌注而去,甚至就连天地法理都开始微微变形、扭曲。一个幽深的黑洞出现在天空里,落星石静静地悬浮在其间。

山河图与冥柳等国教重宝散出的神圣气息，沿着黑洞的边缘开始旋转，然后相连。无数道发出夺目光华的金线如水帘一般垂落。整座大院被笼罩在了里面，再也没有人能够离开。

　　陈长生的右手离开剑柄，握住神杖，指向大院深处的那道身影。难以想象数量的、无比瑰丽的、带着无穷光热的神圣力量，如巨浪一般拍打而去。

第五章

圣光天使举起光矛,刺向漫天剑雨。诸剑自然生出反应,剑阵流转如云,严密地封锁住了整片天地。

161 · 鹤携风雨破夜色

那道狂暴的神圣力量还未落入院里,风便提前到了。呼啸的狂风卷起地面的黄沙,向着四周不停抛洒,仿佛来到了荒原上。

魔君站在漫天黄沙里,眼神极其幽暗,脸色变得极其苍白。不是因为恐惧,而是因为在极短的时间里,他便让血液沸腾起来,继而开始猛烈地燃烧。

一道极其寒冷却又无比厚实的气息,从他的魔躯里涌出,向着天空而去。他的黑发披散,在风沙里狂舞,就像是数千只蛇。魔袍泛着幽光,表面就像正燃烧着没有温度的火焰。随着这道寒冷火焰的蔓延,魔息迅速笼罩了以那棵独树为中心的半片院落。

最明显的征兆便是,一片夜色降临在了场间。那片夜色是那样的寒冷,充满了寂灭与黑暗的气息,代表着最肃杀与冷酷的秩序。

那道光明力量,却是那样的温暖,甚至炽热,神圣之外,更有无限活跃着的生命气息。这座与相族庄园相邻的院落,面积不小,与这两道宏大的气息相比却完全不值一提。瞬间,整座院子便被这两道气息所占据。

一边是无尽夜色。一边是无尽光明。然后它们相遇了。

按道理来说,这两道本质截然相反的气息相遇后,应该形成天崩地裂的壮观景象。然而这幕画面并没有发生,相反,一切都是那样的安静,甚至可以说安宁。就连院外崖下那条山溪里的游鱼,都没有受到任何影响。只是山坡上的羊儿有些困惑地看着天空,不明白为何正午与深夜会同时出现。

这两道气息都是天地间最纯净的气息。看见的宏大,根源是最细微的事物本质差异。真正意义上的较量发生在最细微的地方,比如一粒黄沙里,或者一缕寒风里。至少在短时间里,很难看到什么壮阔的画面。

但这并不意味着真正的安宁。那些隐藏在极细微处的凶险，一旦能够被看见，就极有可能发生毁灭性的结果。

陈长生知道，凌海之王等人也知道，但并不在意，因为此时光明的力量明显占优。只是不明白魔君为何选择这种应对方式，难道他以为凭借自己的魔功能够抗衡离宫大阵？

一声鹤唳。白鹤是仙禽，神识极强，感知到了场间的凶险，振翅飞走。

一声琴动。盲琴师抱着古琴，足尖轻轻点地，便掠到数十丈外，双袖轻飘。琴音陡然高昂，仿佛裂帛。半院夜色被撕开一道缝隙。离宫大阵散出的光明气息，在他的身边缭绕。远远望去，他就像是一只仙鹤，冲进了幽冥里。

他不再是汶水城里养老的过客，也不再是心如槁木的活死人。他是百年前那位天赋异禀、境界高深、战力可怕的长生宗大长老。

琴声再次响起。数十道无形的波浪，顺着他的手指，离开琴弦，向着四周震荡而去。夜色的边缘已经被撕开了一道口子，这时候又被无形的琴音拉扯得更大了些。

当夜色降临时，魔君的身影急速变得模糊起来，仿佛要就此遁于夜色之中。所有人都清楚，即便离宫大阵已成，一旦让魔君进入夜色，想要把他逼出来，必然要耗费更大的精力。更关键的是，那必然要消耗更多的时间。

没有人知道白帝与牧夫人最终的胜负，也没有人知道，那个胜者会不会出手阻止国教杀死魔君。他们必须抓紧时间。

在院外的人族强者里，那位盲琴师的实力境界毫无疑问是最高的。所以他的反应也是最快的。琴音落处，夜色微淡，魔君模糊的身影，重新变得清楚了几分。

魔君的眼瞳里闪过数十道极细的亮光。那是无形琴音在他心神里的投影。

然后，他的眼瞳里出现了十余个黑点。那是无比幽黑的盾甲在他眼里的投影。

无数声密集而锋利的切割声响起。十余片幽黑无比的盾甲，围绕着魔君的身躯高速旋转，没有留下任何漏洞。那些无形的琴音以及随之而至的盲琴师的攻击，都被那些黑色盾甲挡了下来。数百道密集的空间裂缝，在盾甲的表面生出，然后消失。

飞舞的黄沙被夜色涂黑，飘到盾甲之前，迅速被切割成更细的粉末。数声惊呼在院外响起。

457

"幽冥十七甲！"

身为北方大陆的主人，敢于孤身来到白帝城，魔君当然有所凭恃。像幽冥十七甲这种堪比神器的魔器，他的身上甚至可能还有很多件。

盲琴师不觉意外，带着无数道光线，继续向前攻去。看着破夜色而入的对手，魔君神情不变，伸手自夜色里取下一剑。那剑通体黝黑，看不出任何锋芒，却似乎能够吸噬所有人的眼光与所有的光线。

没有惊呼声响起。识得这把剑的人已经震惊得无法言语。

落日剑。这是前代魔君的佩剑。这把剑曾经在洛阳城外见过两断刀，见过霜余神枪。与这把剑比起来，南客的那把南十字剑完全算不得什么。与这把剑比起来，幽冥十七甲的颜色是那样暗淡。

落日剑向下斩落。整片夜色，仿佛都随着魔君的这个动作向着地面下降了数百丈。一道难以想象的威压，居高临下袭向了盲琴师。

陈长生不知道盲琴师能不能抵挡住这把传世魔剑的威力，也不用知道。当魔君出剑的时候，他也出剑了。

他的右手依然握着国教神杖，主持着离宫阵法，镇压着漫天夜色，阻止魔君逃走。他不需要握住剑柄，只需要意念微转，便有无数剑出。

七百余道名剑，从藏锋剑鞘里呼啸而出，瞬间穿越百余丈的距离，袭向魔君。今日他要杀魔君，出手便自然是最强的手段。

森然的剑意贯穿天地之间，竟仿佛要把光明与夜色都刺破。七百余道剑反射着光线，首尾相连，带着百折不回的气势奔涌而去。

当年在周园，他曾经施展出一招万剑成龙。此后因为各方面的原因，他再也无法施展出如此强大威力的剑法。但今日他的这一剑，已经有了当时那剑的某些感觉和几分威力。

无数道金属的摩擦声在昏暗的夜色里响起，连绵不绝。七百余道剑意，切割着天地间的一切，比那名盲琴师的琴音更要锋利数分。甚至就连盲琴师本人都不得不暂时退到一旁，等着这阵剑意如暴雨般先行落下。

无数碎片向着四周溅射，地面上出现无数个极细却又深不可测的小洞。最近的那堵墙更是悄无声息地变成了碎屑，被风拂散再无痕迹。

无论声音还是画面，都是那样的诡异，甚至令人毛骨悚然。

片刻后，七百余剑风雨暂歇。魔君四周的那些幽黑盾甲，已经不见。传说中的魔器，幽冥十七甲就这样毁掉了。

162 · 近在眼前，隔着数百万光年

那七百余道剑都曾经是世间名剑。他们曾经的主人都是敢于直闯魔域的绝世强者。在他们的眼里，幽冥算什么？

风雨诸剑没有停止攻击，继续斩落。只不过这一次，剑势不再如先前那般狂暴，而是显得更加凝重。诸剑之间的位置更加确定，联系更加紧密。

因为就在它们斩碎幽冥十七甲的同时，魔君手里的落日剑也斩了下来。

最前方的十余道剑，发出愤怒的厉啸，被震得斜斜飞走，更有数剑伴着一声凄鸣从中断开。出周园以来，除了在雪岭遇到前代魔君，这是陈长生的剑第一次断掉。

这些剑与他的神识早已紧密相连，无法分开，他的心神受到波及，脸色变得苍白起来。所以他改变了剑势，让风雨群剑组成了南溪斋剑阵。

就算落日剑再如何强大，也无法破掉这座剑阵，魔君又能去何处？

看着数百道剑如暴雨般毁掉幽冥十七甲，魔君的神情没有任何变化。但看着随后出现在天空里的那座剑阵，他的眼里终于露出了一抹惊惧。在观景台上陈长生就是靠着这种剑法战胜了他。现在的他自然已经知道这就是传闻中的南溪斋剑阵。如果不借助超出世俗领域的神圣力量，魔君确实没有办法破掉这座剑阵。

落日剑真正落了下来，把那些无形的琴音尽数斩碎，却没有触到空中如暴雨将落的七百余道剑。因为魔君的这一剑并不是斩向陈长生，也不是斩向这座南溪斋剑阵。从最开始的时候，他就没有想过要与陈长生对敌，更不用说对剑。即便骄傲如他，也没有自信在剑道上与陈长生争高下。

那些被震飞以及被斩断的剑，是因为强行破掉了幽冥十七甲后，其力有所不逮，才会被落日剑击败。

事实上，他的这一剑是斩向地面。落日剑落在了地面上。一轮落日没入了

地平线。黑夜就此来临。这便是画地为夜。魔君的身影,向后退入夜色之中。

当夕阳沉入西海,夜色会笼罩整片大陆。但此时的夜色并非真实,就连整座大院的范围都无法完全占据,在离宫大阵的光明力量进攻之下,正在不停向后退缩。

陈长生知道魔君并没有离开,而是退到了更深的地方。但他没有追,因为他需要主持阵法,更因为他的心里一直有着很深的警惕。

盲琴师也没有追,但想法明显与陈长生不同。枯瘦的手指落在琴弦上,一声嗡鸣响起。

琴音便是信号。他和陈长生的攻击,成功地把魔君拖住了片刻。或者只是一眨眼,但已经足够那名卖脂粉的小姑娘以及其余人反应过来。

无数或粉或白的脂粉,仿佛不要钱般向着院里洒了过去。算命先生与商贩站在漫天脂粉里,以此为屏障,对着铜钱与沙盘神情专注地推演着。六名衙役把肩上扛着的铁索向着院里甩了过去。夜色明明无形无质,就这样被六根铁索穿过,然后拉起,渐渐紧绷,仿佛变成了一块真实的黑布。

那两名卖麻糖的老人,掀起长衫前襟,神情肃然向前一步,沉腰屈膝,平直一拳击出!五样人里,这两位卖麻糖的老人最为沉默低调,功力却是最为深厚。他们是皇族后人,修行的是最正宗的焚日诀,对魔族功法的摧毁力最为强大!

轰的两声巨响,无数道刺眼的烈日光辉,从那两个沉稳而皇气十足的拳头上射出。那片被绷紧的夜色上出现两处深陷。一阵令人牙酸的咯吱声响了起来。那是真实的空间扭曲,即将破裂的声音。

果然不愧是汶水唐家的强者们,合力之下竟能把魔君的这片夜色撕开!

在离宫大阵的大光明之前,院落里的夜色向后退去,却无法退走,眼看着便要崩溃。汶水唐家的强者们已经杀入了大院里。陈长生的剑也终于动了,进入了夜色里。

忽然,他听到了一声清脆的金石之音。这声音来自最前面的一道剑。然后他感觉到了一道难以想象的力量,以及一种极为坚硬的、仿佛并非人间所有的事物。

一抹强烈的警意出现在他的眼中。

事先他便有所准备,在与魔君先前那番谈话后,更是警惕至极。但他没有想到，对方出现得竟是如此突然，没有任何预兆。

汶水唐家的强者们已经快要进入夜色里。尤其是那两名卖麻糖的老人。

"退！"

盲琴师听到了陈长生的喊声。他不理解，眼看着己方便要撕开夜色，成功地把魔君杀死，为何却要退。

但他知道必然有事发生，毫不犹豫化作一道青烟后掠。那两名卖麻糖的老人也听到了陈长生的喊声，想退却已经来不及了。在原先的安排里，他们的焚日诀是杀死魔君的最关键手段，所以他们离夜色最近。一道恐怖的力量如洪水般吞噬了他们拳头上的烈日光线，然后向着他们的身体袭来。那力量是如此纯粹，却又如此恐怖，仿佛来自神国一般，甚至让他们无法生出抵抗的勇气。

陈长生喊出那声后，便向前方疾掠而去。他用的是燃剑的真义，施展的是耶识步，速度快如闪电，瞬间便来到了夜色之前。

就在那道洪水般的力量即将落实在两名老人身上的关键时刻，他的剑阵先行斩落了下来。无数道凄厉的剑鸣声里，他伸手抓住两名老人的肩头，疾速向后退去。

那道无形而恐怖的力量，弥漫在院里的所有地方，哪怕最细微的灰尘里，仿佛都有大山的重量。在疾退的过程里，两道鲜血从卖麻糖的老人唇间喷出，打湿了长衫前襟。

陈长生落在地面上，身体微微摇晃，脸色变得更加苍白。只是一个照面，甚至都没能看见对手，唐家的强者便受了重伤。就连陈长生的识海也受到了极为严重的震荡。

凄厉的剑鸣骤然消失，风雨群剑破空飞回，静静悬浮在他的身周。如果有人仔细望去，或者这时候能够发现，最开始的七百余道剑，已经折损了数十道。最前方的百余道剑正在高速地震动，显得极为愤怒，又有些惘然。

夜色里究竟有什么东西？

深沉的夜色深处，出现了一个光点。那个光点不是特别明亮，甚至有些暗淡，却让人感到无比震惊。因为所有人都有一种感觉，这个光点看似近在眼前，事实上却是在数百万里之外。

数百万里之外能够看到的光点，如果在眼前，那该会是多么的明亮？当人们想到这个问题的时候,那个光点在他们的视野里急速变大,散发出无穷的光线。

那些光线是如此的真实,如此的炽烈,如此的刺眼,甚至就连离宫大阵里的光明都被夺去了亮度!一些西荒道殿的教士,捂着眼睛发出痛苦的喊叫,倒在地上开始翻滚。

163 · 圣光照亮黑色的海洋

即便是凌海之王等人,眼睛也感到了微微刺痛,片刻后才适应过来,再次望向院里那片夜色。

夜色深处的那个光点已经变大了很多,可以称之为光团,但依然看不真切,仿佛被夜色蒙了一层细纱。一道身影在光团里显现,隐约可以看到是赤裸的,身后生着一双白色的羽翼。那些刺眼的光线来自于这道身影本身,向着四面八方散去。

光明与黑暗本就是绝对抵触的两种力量,但很奇异的是,那些光线却对这片夜色没有任何伤害。相反,这片夜色仿佛从这些光线里吸取了很多力量,变得更加厚重,直至要变成实物一般。

从天空落下的罡风让夜色翻涌起来,看着就像风暴之前的墨色海洋。一道宏大神圣,却与国教神圣力量并不相同的力量,出现在场间。

所有人都感觉到极大的凶险,四件离宫重宝首先感觉到了这道力量里隐藏的敌意,神圣气息陡然暴涨,向着院落深处落下,却没能把那片如雾般的光团碾灭,甚至连对方扩张的速度都无法阻止。

教士们眼睁睁看着那片光团越来越明亮,里面那道身影越来越清晰,不由惊骇到了极点。那道身影究竟是何物?竟连离宫大阵都无法镇压?

无论是院外的教士们,还是汶水唐家的五样人,都不知道夜色里出现的是什么东西。

这就是圣光天使吗?陈长生看着光团里的那个身影,默然想着。未曾淡去的夜色就像是重重层雾,即便是他也无法看清楚里面的景象。但他能够看到那道身影背后的洁白羽翼,能够感觉到对方散发出来的漠然威严的气息。

魔君这时候已经退入夜色深处,再也无法找到踪影。

陈长生有些事情没有想明白。这座院落一直受着最严密的监视，这些天根本没有什么强者的气息出现。现在离宫大阵镇压着这片院落，哪怕是神圣领域强者也没有可能悄无声息地来到场间。魔君如何召唤出这位圣光天使？先前这名圣光天使藏身于何处？

便在这时，场间响起一声清啸。那是凌海之王。那颗仿佛野火之源的晶核，从他的眼底深处飘出，静静地悬在他的双眼之间。

桉琳大主教闭着眼睛，开始吟诵道典。温和而平稳的声音，在院落外缭绕着，那些被震惊得心神不定的教士们，鼓起勇气，开始随着她一道吟诵道典，渐渐变得平静下来，虔诚而庄严的气氛，冲淡了先前的慌乱。随着颂典之音渐高，天空里的山河图迎风招展，气息变得越来越强大。

户三十二伸手向空中握住冥柳一端，默运真元，向着夜色抽了过去。

司源道人单手向天，掌住天外印，同时左手接过陈长生用神识驱来的落星石，试图稳住阵法。

这四位国教巨头也知道那日神圣之战的内情，已经做好了心理上的准备。

如果只是要杀魔君，离宫大阵加上陈长生再加上汶水唐家的五样人，怎么都足够了。他们之所以始终如此警惕，神情如此凝重，便是因为他们知道今天可能会遇到超出人类想象范畴的真正强敌。但他们不会放弃，因为就像陈长生先前说过那样，如果这一幕画面真的发生了，他们还是要杀死魔君。

只不过在杀死魔君之前，他们要先杀死此时夜色里的那个似乎完美的存在。因为还是像陈长生说过的那样——远来是客，早死早回家。

这句话里的客，自然便是这位依然没有露出真面目的圣光天使。

圣光大陆确实很远，此人必须先死。

晶核，冥柳，山河图，天外印，落星石，五件离宫重宝发出最强大的气息。

离宫大阵重新变得稳定起来，带着温暖意味的光明向着夜色里去，再次把那片翻涌的夜色镇压得凝滞起来。

随着夜色的凝滞，那片如雾的光团暗淡了数分，里面的天使身影也变得模糊了数分。那位圣光天使感受到四周传来的强大威压，发出了一声愤怒的低鸣。这声如雷般的低鸣里充满了愤怒与战意，还有杀戮的欲望。愤怒是因为他发现这些低级生命居然敢于挑衅自己的威严。战意是因为他发现这座阵法确实很强大，而且本来应该更加强大。杀戮的欲望则是来自他的本性。

他主司战争，别样红称其为怒火。从那一天开始，他便接受这个名字为自己在这片大陆上的圣名。

如雷般的低鸣，在所有人的耳中与心里炸响，同时也在真实的世界里炸响。夜色被撕开了一道口子，院落西向的那面墙直接被震成了齑粉。

这名天使身上散发出来的光热变成真实的火焰，在院落的黄沙地面上狂暴地燃烧着。每一道能够被看见的火苗，每一处能够被感受到的火温，里面都蕴藏着极其恐怖的威压。

有数十名从相族庄园过来援助相丘的战士，非常不幸地正面迎上了这道威压。只听得数十声闷响，这数十名身躯坚逾钢铁的妖族战士，直接变成了数十团血肉。

离宫教士们因为常年与神圣力量以及威压相伴，更重要的是有离宫大阵庇护，所以没有受太重的伤。

如雷般的低鸣没有就此停歇，依然连续不断地冲击着离宫大阵，就像海浪拍打着礁石，似乎永远不会停歇。大地的震动变得越来越厉害。

看着街上那些血泥，感受着阵外呼啸的狂风与大地震动，教士们战栗无语，脸色苍白。

陈长生看着光雾里的天使身影，感受着光线与声音里蕴含着的威压，神情凝重。

这名天使比想象中，比别样红描述得更加可怕。如果用这片大陆的境界划分，这名天使或者已经快要接近从圣境界的巅峰。

离宫大阵能够镇压住对方吗？

164·石像睁开了眼睛

陈长生看得非常清楚，夜色深处那名圣光天使展现出来的威压无比强大，即便是当年的八方风雨，也只有天机老人或者这两年的别样红才能够与之抗衡。

谁也无法判断离宫大阵能否镇压住此人，或者说能够镇压住多长时间。现在的离宫大阵并不是完整的，茅秋雨还在京都。

更关键的是，按照别样红的说法，当日随黑袍一道出现的有两名圣光天使。既然一名圣光天使已经出现，那另外一个必然也能出现，这时候在哪里？这是陈长生最担心的事情。

很明显,这两名圣光天使的出现与魔君有关。在极短的时间里,他做出了一个决定。必须要趁着现在这名圣光天使还没有突破离宫大阵,另外那名圣光天使还没有出现的时候杀死魔君。

这意味着他需要进入院里的那片夜色,甚至冒险进入深处。同时他还需要维持离宫大阵,才能镇压住那名圣光天使,同时确保魔君无法离开。这应该怎么办?

"不要让他出来。"陈长生把神杖塞进唐三十六手里。

唐三十六有些难以置信说道:"又是我?"

这个问题没有任何意义,场间除了他再没有谁能暂时替代阵枢。换句话说,国教神杖除了陈长生,也只愿意被他握在手里。

谁让当年教宗陛下传下神杖时,一开始便落在了他的手里?虽然唐三十六的表情很恼火,这三个字说得就像是痛苦的呻吟,但他没有拒绝。因为他知道自己不可能拒绝。他向前走了一步,举起了手里的神杖。

来自天凉郡的名贵皮靴落在坚硬的青石地板上,踏出了一个极深的痕迹。神杖在他的手里大放光明,带动着落星石等五件重宝,散发出更加恐怖的威压,向着夜色深处的那名圣光天使奔涌而去。

唐三十六的脸色顿时变得苍白起来,眼神却显得格外坚毅。陈长生没有看到这幕画面,在唐三十六踏出那一步之前,他已经消失在了夜色里。离宫大阵的神圣力量隔绝着院落与天地,镇压着夜色与异世,但对他没有任何影响。夜色是那样的深沉,遮蔽所有的视线,但也不能让他的速度有丝毫减缓。

他的神识如水,能够点亮夜空里最遥远的星,自然也能看穿眼前的夜色。只是魔君已经退得极深,与夜色已经融为一体,想要找到,需要耗费一些时间。

现在,他最缺少的就是时间。好在他不是一个人。在他把神杖交给唐三十六的时候,那个人便已经进入了这片夜色。更准确来说,那个人根本就没有从夜色里退出来过。

那道琴音凛冽地响了起来,绝无温情地走进了黑夜。盲琴师的境界果然深不可测,心神强大至极,即便是圣光天使降临,也没能让他有丝毫动摇。

陈长生听到了那声琴音,视线微转,风雨群剑随之而去。夜色被森然的剑意与凛冽的琴音撕开,出现一条通道。

通道的尽头有一棵树。魔君飘然倒掠而退，双手在身前布下一道道屏障。剑意与琴音追缀而至，那些屏障如同琉璃镜一般，接连破碎。

无数声脆鸣，魔君落在了地面上，如夜色一般漆黑的黑袍，被割出无数道锋利的口子。在那些裂口里，隐隐有金色的血液正在缓缓溢出。风声依然在呼啸，忽然有了片刻凝滞。

陈长生与盲琴师出现在场间。琴音缭绕不去，剑如风雨自然成阵。

那棵树忽然间消失了。不是真的变成虚无，而是被琴音与剑意切割成了最碎的粉末。那些粉末甚至细微到就连风都无法卷起来，无法被看见。

陈长生与盲琴师没有继续进攻，因为他们感到了警惕。魔君停下了脚步，没有再退。他站在那棵树曾经站立的地方，站在自己的夜色里，神情平静地看着陈长生与盲琴师——就像看着两件值得欣赏，甚至令人赞叹的完美的艺术品。

雪老城里的艺术风格向来走的是繁复华美路线，但真正往内核里看，却总是充满了冰冷的死亡意味。最好的艺术品便是死亡本身。在魔君的眼里，陈长生与盲琴师已经是两个死人。

陈长生与盲琴师心里的警兆越来越浓。魔君的自信究竟从何而来？那份隐约的凶机究竟隐藏在何处？夜空里那如雾般的光团？不，光团里的那名圣光天使暂时还无法突破离宫大阵的禁制。

还有一位圣光天使。陈长生对此已经有所准备。那串石珠，不知何时已经从他的手腕上垂落到了掌心里。他握着微凉的石珠，沉默地注视着四周的夜色。

只要能够确定对方的位置，他便会向那名异大陆的强者发起最强的一击。他有信心就算不能杀死或者重伤对方，也会给对方带去极大的麻烦。因为他的识海里有别样红前辈传承的战斗经验与智慧。因为他有天书碑。到了那时，他相信盲琴师一定会抓住机会，斩杀魔君于琴声之中。

只是他现在发现自己的安排似乎会落空。如先前所言，他的神识宁静如水，可以看到夜空里最遥远的星，也能无视最深沉的夜。但他无法确定那位圣光天使的位置。

夜色里的院落是那样寂静。无论是离宫大阵与那位圣光天使的对峙，还是近在眼前的魔君，似乎都是另外一个世界的事情。

陈长生看着魔君，神情依然平静，掌心已经有些湿了。五颗天书碑化成的石珠，沾着汗水后变得有些湿滑，那种感觉非常不好，让他心里的警意更浓。当前的局势已经变得像流沙，无法被抓住。向着四面八方散去的神识回应以及夜空里的琴音都在告诉他。那位圣光天使不在夜色里，不在这座院落里，甚至应该不在这个大陆上。

为什么那抹警兆依然存在，而且越来越浓？在天空里与离宫大阵对峙的那位圣光天使，出现之前也是毫无征兆。难道又要迎来完全一样的局面？

从那棵树消失，其实只过去了极其短暂的片刻。陈长生与盲琴师的剑意与琴音已经把这片夜色来回了数遍。他们始终都没有注意到，在侧方不远处的院落后门那里，有一座石像。即便在重重夜色里，那座石像也很醒目，如果他们转身，便一定能看到。那是一个半蹲着的赤裸男子，身后有一双羽翼。

看着与天空光团里的那个天使有些相似。事实上，这个赤裸的石像本来就是天使。陈长生与盲琴师没能发现这座石像，是因为这座石像是真的石像。

这座石像没有气息，更没有呼吸，没有生机，没有温度，更没有任何动作。换句话说，这座石像是个死物。无论从哪个角度去看，无论是用神识还是剑意或者琴音去接触，都只能得出这个结论。

忽然，石像睁开了眼睛。他活了过来。

165 · 试剑（上）

在魔君站立的地方，曾经有一棵树。那棵树现在已经被盲琴师的琴音以及陈长生的剑意斩成了虚无。在琴音与剑意落下的时候，最高处那根树枝最细的梢头有片青叶被风卷起然后带走落下。那片青叶落在了后门侧方那座石像紧闭的眼睛上。

无论陈长生还是盲琴师，都没有发现那座石像，按道理来说，也不可能发现石像睁开眼睛。但在石像睁开眼睛的时候，那片青叶被弹离了开来，轻轻飘向风里。

盲琴师的耳郭微动，双手一翻把那具古琴横在身前，真元激荡，把陈长生震开。没有任何声音响起，只是夜色里忽然多了一抹光亮。那抹光亮是一道细长的光点，看着就像是一根针。

那根光针的速度非常快，就像是真正的光，前一刻还在夜色深处，下一刻便来到了二人的身前。噗的一声轻响。那根细长的光针轻而易举地刺破了盲琴师横抱在前的古琴，穿透了他的左肩，然后再次消失在夜色里。

盲琴师的脸色变得极度苍白，鲜血像浆液一般涌出，抱着古琴的双手剧烈地颤抖起来，似乎下一刻便会垂落。那只细长的光针在他的左肩只留下了一道细微的伤口，却似乎已经重伤了他。

破空之声密集响起，七百余道剑从夜空里飞回，把陈长生与盲琴师护在了里面。无数剑锋向着外围，看着就像是一个生着无数细刺的果子。这是南溪斋剑阵里最稳固的御剑之阵。

盲琴师心神微松，再也无法承受痛楚，闷哼一声，放下了手里的古琴。那道细长的光针只穿透了他的左肩，但上面附着的那股神圣却又诡异的气息，却在不停地侵蚀着他的经脉。

以盲琴师半步神圣的超高境界，哪怕真元尽出，也无法用神识把那道气息驱赶出去。这是什么气息？那道细长的光针又是什么东西？

陈长生与盲琴师的视线，穿过漫天剑雨，落在了那座石像上。那座石像已经睁开了眼睛，而且站了起来。他的眼神里极度漠然，没有任何情绪，无爱亦无憎，只是一片冰冷，仿佛并非生命。但他眼神深处流露出来的那抹强大气息，却又是那样的真实与鲜活。

如果再往他的眼睛深处望去，或者可以看到最纯粹的智慧，那就是天地法理本身。毫无疑问，这座石像是真实存在的生命。只不过他与这片大陆上曾经出现过的所有生命都不相同，无论是存在的方式还是起源。

盲琴师看不到对方赤裸而完美的身躯以及那对圣洁的羽翼。但他能够清楚地感觉到对方的存在。他的脸色变得更加苍白。

石像缓缓举起了自己的右手。夜色笼罩着院落，无比昏暗，即便是陈长生也只能凭借神识来察探环境。但当那座石像举起右手的时候，最深沉的夜色里依然被提取出来了一些隐藏在空间裂缝里的光线。那些光线汇聚到他的手里，渐渐成束，然后有了具体的形状。那是一束光线凝成的矛。

盲琴师侧耳听着那边，听着最细微的空间被那些光线刺破然后湮灭的声音，脸色反而不再苍白。他已经不再做任何想法，所以不再警惕与不安。

他用颤抖的手抱紧古琴，对陈长生低声说道："走。"

那一道细长的光针便让他毫无还手之力,更何况此时他们面对的是一根光矛!陈长生明白盲琴师的意思。盲琴师准备用自己的生命为代价,挡住这根光矛以及也许会出现的魔君的追击,换取陈长生退出这片夜色。

只要陈长生能够退出院落,便能进入离宫大阵的阵眼。就算无法战胜这两个来自异大陆的绝世强人,但至少会多几分生机,或者说多些时间。陈长生没有接受盲琴师的请求。

到了现在这种时刻,就算多些时间,也不见得会多出几分生机。而且他不会让盲琴师一个人留在这里。事先他就已经有所准备。他知道当自己杀魔君的时候,极有可能会遇到第二位圣光天使。也就是活过来的那座石像。

按照别样红的说法,这位圣光天使司裁决,圣名隐雷,要比此时正与离宫大阵对峙的那名圣光天使更加可怕。陈长生抽出无垢剑与剑鞘连在了一起,然后用双手握住了剑柄。

随着这个动作,一直被他握在手心里的那串石珠也套在了剑柄上。

看着这幕画面,远处的魔君微微挑眉。他自然知道这意味着什么。现在整个大陆都知道,陈长生的短剑与剑鞘相连,便会变成长剑。那只会发生在陈长生拼命的时候。

问题是,陈长生应该知道自己的对手是谁。魔君知道陈长生知道,所以他不知道陈长生为什么还会来杀自己,还坚持站在原地,不肯退去。难道真以为自己可以抹灭来自异大陆的强大生命吗?难道真以为面对无法破解的绝境时,拼命就会有用吗?

陈长生表现得很平静,没有流露出来任何热血或者冲动的情绪。夜色笼罩下的院落自然也没有什么悲壮的气氛。他很清楚圣光天使非常可怕。

而不知道因为什么原因,今天这两名圣光天使甚至比别样红遇到的时候要更加强大。

但他还是想试一试。就像当年在浮阳城的那片风雨里,面对着朱洛的那一剑以及漫天月华时,王破做的那样。

圣光天使的视线很漠然。夜色里如将落暴雨般的七百余道名剑,被他漠视了。他的视线落在陈长生的身上。他的眼神渐渐发生着变化。越来越冷酷,越来越严厉，越来越可怕。但真正令人感到震惊的是，这些都是情绪。

这是非常罕见的事情。这名圣光天使在陈长生的身上看到了什么？还是说，他在陈长生的身体里感受到了什么？

一个极其古怪的音节，从圣光天使的嘴唇里迸了出来。天地间仿佛有无数雷声在回荡。听着这声音，魔君的脸色变得有些古怪起来。陈长生也同样如此。

不需要天地法理规则自行转换。他便隐约听懂了对方的意思。

166 · 试剑（下）

别样红曾经把那场神圣之战的画面，尽数渡入陈长生的脑海里。圣光大陆的语言与龙语有些相似。

他小时候在西宁镇旧庙背诵《道源总赋》最后一卷时，便曾经随师父学过那些文字应该怎么读。在北新桥底的洞穴里，他更是随小黑龙学过很长一段时间龙语。魔君能够听懂圣光天使的语言，他也能够听懂一些。

虽然可能不是非常确切，但他知道圣光天使对自己说的话并不是盗火者的意思。那句话或者说那个音节的意思，应该是光的后裔或者说光的传承者。

这是什么意思？陈长生不明白。

圣光天使眼里的情绪变化，那些冷酷、严厉，无比可怕，并不见得是对他的态度，更像是源自某种警惕。

忽然，那位圣光天使来到了漫天剑雨外。没有任何声音，也没有看到什么动作，他仿佛没有动，却已经不在原先所在的地方。这画面有些诡异，令人感到不寒而栗，仿佛他可以完全无视天地法理的至高规则。圣光天使看着剑雨里的陈长生，举起了手里的光矛。

陈长生站到了盲琴师的身前。盲琴师感觉到了他要做什么。夜风拂动花白的头发。盲琴师的手指落在琴弦上。凛冽而凄幽的琴音再次响起，里面隐藏着极大不甘。

当年如果不是因为被宗主偷袭，他现在想必已经进入神圣领域，就算依然不是这名圣光天使的对手，但足可正面一战。真是不甘啊！但……那又如何！

琴音陡然而高，所有的不甘尽数化为战意，向着剑阵外的圣光天使斩去！受琴音所激，夜空里的数百道剑发出嗡嗡的鸣啸，高速地颤动起来，直至肉眼都无法看清。呼啸的寒风吹拂着地面的黄沙，却无法超过一尺的距离。

地面一尺之上充斥着琴音与剑意。盲琴师燃烧着所有的真元，发出了自己的最强一击。南溪斋剑阵的阵意在这一刻也被摧发到了极致。

圣光天使根本没有理会，更没有躲避，依然站在原地，静静地看着陈长生。那些琴音与剑意不知去了何处。陈长生与盲琴师一直盯着圣光天使，确认对方什么都没有做。

就算这名圣光天使拥有难以想象的完美神躯，又何至于没有留下一丝痕迹？漫天剑意与琴音为何没有落在他的身上？这是怎么做到的？

陈长生忽然在夜色深处看到一抹流光。那抹流光非常淡，就像是篝火烧了一夜之后的残烬。但那抹流光却又相当清晰，明显带着某种秩序，或者说走向。

他想到了某种可能，神情微变。难道说在漫天剑意与琴音落下的那一刻，这名圣光天使退入了夜色深处，然后再次回到场间？就像刚才他从院门处来到场间一样。拥有如此难以想象速度的异世强者，如何才能击败？

圣光天使静静看着剑阵里的陈长生，眼神再次变生了变化。这种变化很缓慢，却自有一种宏大的感觉，就像是沧海变成桑田，星海变成光墓。那些严厉、冷酷与恐怖的情绪，再次变回漠然，只是这一次的漠然里多了一些说不清道不明的东西。

看着圣光天使的眼睛，陈长生觉得有些微寒。不是因为恐惧，是多年前的恐惧在他心灵上留下的影响。

十岁那年，在云墓里的那座孤峰上曾经传来很多妖兽的狂吼。余人师兄在床边替他挥扇，偶尔会转头望向远山。陈长生记得很清楚，师兄每次转头之前，眼睛里都会有这样的情绪。

圣光天使举起光矛，刺向漫天剑雨。诸剑自然生出反应，剑阵流转如云，严密地封锁住了整片天地。轰的一声巨响，地面的黄沙整齐地向上跃起，刚好突破了一尺的距离。看上去就像是院落的整个地面向上升了一截。又像是陈长生与盲琴师的身体向着地面陷落了一截。

地面之下是什么？深渊还是神威之狱？

狂风呼啸而至，被琴音切碎。盲琴师低着头，双手在琴弦上乱舞，左肩上的伤口迸裂，鲜血也在狂舞。陈长生的神识与剑阵相连，脸色顿时更加苍白。

那道光矛停在了漫天剑雨之外。

但就在下一刻，漫天剑雨的深处，忽然有一道锋利而明亮的矛尖从虚无里探出来！看着近在眼前的明亮的矛尖，陈长生才知道自己的南溪斋剑阵根本无法真正挡住对方的攻击！

啪的一声轻响！古琴上的琴弦从中断裂，如吞水巨龙的龙须一般卷起，紧紧地缚在了那矛尖之上！

盲琴师落在弦上的十根手指，瞬间被弦上传来的恐怖力量震破，鲜血狂飙。

陈长生横剑迎了上去。啪的一声轻响，藏锋剑鞘的中段抵住了矛尖。然后，一阵令人牙酸的摩擦声响了起来。

那不是矛尖与藏锋剑鞘的摩擦声。那是骨头颤抖的声音不停地在他的身体里响起。

那道从虚空里探出来的矛尖，除了明亮，看着并没有什么特异之处。只有陈长生与盲琴师能够感觉到上面承载着的重量。那种重量已经不能用山川来形容。那种重量就是天地。这就是天地之威。人类如何能够承受？

陈长生是完美洗髓的无垢体，更在真龙之血里浸泡过，以身躯强度论，可以说举世罕见。但他无法承受住这道矛尖里传来的力量，眼看着便要崩溃，直至死亡。群剑与他心意相通，感受到了他此时面临着的危局，却无法相助。它们要挡住圣光天使手里的那根光矛本体，承受的压力更大。

风雨微乱。南溪斋剑阵也有些乱了。

如果不是圣光天使似乎对陈长生的某些手段有些警惕，或者剑阵这时候就已经被这道霸道的光矛直接刺破了。即便如此，陈长生与盲琴师也已经无法再支持更长时间。

魔君静静看着这幕画面，没有符合雪老城美学那般淡淡说声教宗大人永别，因为他知道陈长生还有手段。

无论是周园还是青叶世界，或者是别的什么。在那些手段没有尽数施展出来之前，他相信陈长生不会死。

167·大光明来

陈长生没有进入青叶世界，也没有进入周园。他不确定圣光天使能否像当年魔君那样看穿空间规则的运行。不到最后时刻,他不会做这样的选择。那么临此危局,他应该如何做?他做了个出乎意料的举动。他闭上了眼睛。这不是蔑视。也不是投降。这只代表着专注以及他试图寻找到破局的方法。

那位圣光天使的身影在剑雨之外,手持光矛向着他刺来。他知道这并不是真实的情况。在时间之上,并非由视线来确定的真实画面里,那位圣光天使一直都在动。前一刻还在夜色深处,下一刻便来到了剑阵最薄弱的地方,然后又回到原处。在极其短暂的时光里,那位圣光天使不知向着夜空里的剑阵发起了多少次攻击。

只不过他的速度太快,就像是没有亮光的闪电,用肉眼去看根本感觉不到他的移动。陈长生的视线也无法跟上他的速度,只能凭借剑阵抵挡,同时感知。在这种情形下,他根本无法确定对方的位置。那么他为这位圣光天使准备的手段——那些天书碑化作的石珠——自然也无法触及对方的身体。

既然如此,他干脆闭上眼睛,不再试图用视线捕捉对方的轨迹,而是把神识散开。向着四周夜色里散去的神识就像是一张网。他依然无法确定圣光天使的位置,但已经能够清楚地感知到对方在神识网里移动留下的痕迹。那一道道笔直却又能陡然转折的光线,是那样醒目。陈长生闭着眼睛,微低着头,双手握剑,等待着那些痕迹渐渐呈现出规律,或者说慢一些。

盲琴师猜到了他想做什么,微微侧头,断掉的琴弦随着鲜血淋漓的手指颤动,向着剑阵外飘去,就像是无数只虚空细蛇,试图拦住那些光线,让圣光天使的移动速度变得慢下来。

可惜的是双方的境界有着难以逾越的层级差距。圣光天使神情漠然地站在剑雨之外,无数残光在四面八方亮起然后敛灭。

陈长生的神识再如何宁静强大,也无法把他真正缚住。盲琴师的琴弦更是无法追上他的身影。战斗的时刻,他是真正的光与电。拥有着无限威能的光矛,不停刺向南溪斋剑阵。

剑鸣渐厉渐啸,陈长生的脸色渐渐苍白,识海震荡,已然受了不轻的内伤。不过他依然没有放弃,因为很明显,每道光矛传来的力量都变小了很多——力量变小是因为要追求速度的极致。

圣光天使的选择很谨慎。谨慎是因为警惕。那么也就意味着陈长生的应对方法是有道理的。

但还是很可惜。可惜的是先前相同的内容。双方之间的境界层级差距太大。

数百道光线的残余在夜色里忽现忽隐，就像是星星被薄云遮着眨了眨眼睛。在无比短暂的时光片段里，圣光天使手里的光矛便向漫天剑雨里刺出了四百多次。同时，那道穿越虚空来到陈长生身前，被他横剑挡住的矛尖，向着他的眼睛前进了半尺有余。

无数剑被震飞，发出愤怒不甘却又无奈的剑鸣。那根光矛看似缓慢、实则无可阻挡地向着漫天剑雨的深处破去。看上去就像是破山而出的一条大江。又像是破云而出的一道丽光。

南溪斋剑阵就要破了。陈长生与盲琴师就要死了。

忽然。一道更加明丽的亮光出现在夜色里。那是来自远古的火焰，仿佛可以燃烧一切事物。甚至就连夜色与圣光天使的光明，都可以成为它的燃料。

紧接着，一道如同天河般的剑光映入所有人的眼帘。如果说圣光天使的光矛是破山而出的大江。那么这道剑光便是破空而落的天河。

平静的水面反射着那片金色的火焰，耀出无数明亮夺目的光线。夜空里忽然出现了无数火星，然后向着地面淌落。如果仔细望去，便能看到那些火星连在一起成为一道直线。

一场对战正在以肉眼无法看到的速度进行。那些火星便是这场战斗留下的痕迹。

漫天剑雨外，圣光天使的身影消失了。陈长生眼前的那道矛尖也消失了。夜空里出现无数火星，看着就像烟火一般，美丽得动人心魄。

真正动人心魄的是，这证明圣光天使被迫现出了真实的位置，然后开始战斗。那片带着无限光明而至的剑光是属于谁的？何种火焰居然能够把夜色都点燃？这片大陆上又有谁能够跟上圣光天使的速度？

陈长生不需要分析这些。事实上，在感知到那片光明的时候，他就知道了所有的答案。

那片光明太亮，圣光天使的身影都变得有些暗淡，那根光矛更是变成了铁棍。世间只有一种剑法能够如此大放光明。世间也只有陈长生真正见过这种剑法。那就是南溪斋真正的最强剑法，甚至可以说是整个大陆最强大的剑法。

大光明剑。

能够使出大光明剑的人，只能是徐有容。也只有她才拥有不下于圣光天使的速度，拥有能够燃尽夜色的天凤真火。神圣领域之下的强者里，只有她能让圣光天使现出真实的身影。小德不行，肖张不行，梁王孙不行，盲琴师也做不到。

从这点来看，徐有容果然不负天凤之名。她的出现让场间的局势陡然发生变化，却依然不足以改变最后的结局。大光明剑确实强得不像话，依然无法逾越境界之间的层级差距。不是谁都能像王破那样，在银杏树下悟刀十余日，然后便能在洛河上一刀斩开天地。

一道难以形容的威压从天空落到大地上，仿佛一座真实的大山。圣光天使可能无法破解大光明剑，但可以直接用天地法理规则镇压。

光明骤然变得暗淡了数分。黄沙狂舞，厉风呼啸，恐怖的力量气息到处喷溅。风沙里，隐约可以看到一名白衣少女向后飘掠，如离开枝头的白花。

在这样关键的时刻，陈长生依然闭着眼睛。他的神识一直跟缀着那位圣光天使，无数繁复的线条，渐渐把画面涂满，变成了一片湖。整个院落都在这片湖里。当徐有容的大光明剑落下时，他便感知到了。他感知到了那位圣光天使的位置。

所有的雪原同时燃烧起来。所有的真元狂暴地输出。前一刻，他还在漫天剑雨里。下一刻，他便出现在了圣光天使的面前。

然后，他一剑刺了过去。

168·真正的最后一剑

当那道矛尖从虚无里探出时，陈长生横剑而挡，用的是笨剑。从决意杀魔君，到进入院中夜色，直至此时终于来到圣光天使之前，他用的是慧剑。那么最后这一剑，他当然用的是燃剑。这是苏离当年在荒原上传他的三剑。

看到亮起的那道剑光，圣光天使神情微异，然后抬起左手。他似乎是没有想到陈长生的速度会忽然之间变得如此之快，真元也变得强大了很多。啪的一声轻响，陈长生的剑被圣光天使的手指夹住了，再也无法动弹，就像被夹住的一只蚊子。

无垢剑拥有举世无双的锋利，但被紧紧地夹住，无法割破天使的手指。这应该算是陈长生最强的一剑，对圣光天使却毫无威胁。

按道理来说，接下来圣光天使应该以碾压般的姿态，直接向陈长生发起攻击。不知道为什么，他的眼底深处却现出了一抹惧意。苏离这时候有可能就在圣光大陆，或者他曾经看过这一剑？还是说他察觉到了些别的什么？

陈长生没有注意到圣光天使的情绪变化，继续燃烧着真元，向前压去。无垢剑没有向前一分。

圣光天使眼底深处的惧意变成了怒火，两根手指一转。无垢剑像道彩虹般弯了起来，却没有折断。难以想象的巨大威能通过剑身传到了陈长生的手上。一阵轻响，他的腕骨上不知道出现了多少裂痕，随时可能断掉。

陈长生没有在意，苏离在荒原上教他的这三剑，并不是他真正的杀着。这三剑，是帮助他来到圣光天使身前的手段。

剑柄上那五颗由天书碑化成的石珠，快速地转动起来，顺着剑身向着圣光天使的面门而去。圣光天使第一时间便感觉到了不对。在他与陈长生之间的空气里，天地法理正在发生变化。

什么事物能够在如此小的范围内改变天地法理的规则？圣光天使的脸忽然变得异常苍白，近乎透明，看着就像是琉璃一般。无数道光线从他的身躯里散溢出来，向着四周射去！如果是这片大陆的普通修道者，只要触着这些带着无限威能的光线，便可能会被当场烧死。陈长生不会，他的身躯里同样充斥着这样的光线，甚至数量更多，更加纯净。

圣光天使毫不犹豫松开了手指，便要向夜色里退走。当的一声脆响，无垢剑弹回，极其锋利地割开了空间，却没有触到圣光天使的身体。那串由天书碑化成的石珠，顺着剑身疾射而去，却也没能落到圣光天使的身上。

数道流光照亮了陈长生的眼睛，那是圣光天使的羽翼挥动留下的痕迹。以圣光天使的速度，只要退走，他便再难追上，更难再有近身战的机会。到那时候，他便只能远远看着那道光芒，进入真正的绝境。

陈长生并不慌乱，更没有绝望。因为天书碑化作的石珠也不是他最后的手段。

咔的一声轻响，无垢剑与藏锋剑鞘分离。陈长生握着剑鞘的前端，向着面前的夜色挥落。这个动作很像是当初落落挥动落雨鞭，也很像洒水。

无数道剑光从剑鞘口处喷涌而出，就像一道星河，其间隐有龙吟。圣光天使身后的那双光翼不停地挥动着。夜空里响起无数道碰撞的声音。明明是剑与光翼的切割，却有着金石相击的声音，异常清脆而且明亮。夜空里火星四溅，如火树银花一般，比先前的漫天烟火更加美丽。

无数道剑的劈斩，没能在那两道光翼上留下任何痕迹，自然也无法伤到圣光天使的神躯。

那些剑光像萤火虫般散开，再无法阻止圣光天使离开天书碑的攻击范围。

即便到了这个时候，陈长生的眼神依然很平静。天书碑不是他的最后手段，挥剑成雨也不是。他的最后一剑并不在他的剑鞘里，也不在他的手里。那一剑来自别处。那不是他的剑。是她的剑。

徐有容从夜色里返来。大光明再次归来。斋剑破空而至，斩向圣光天使。

陈长生伸出右手，穿过那串石珠，在夜色里重新握住剑柄。他再次施展出燃剑，斩向圣光天使。

无论是徐有容的剑还是他的剑，都在散发着无穷的光与热。两道剑光在夜色里相遇，然后合而为一，变得更加明亮，仿佛漫天星海来到了人间。两剑剑意相融，变得无比强大，而且极其神圣庄严。神圣庄严的最深处，那是一抹不知从何而来的肃杀之意。那抹肃杀之意，极其突兀地出现，然后变得无比磅礴。

从满地黄沙到被光明与夜色分割的天空，瞬间变得无比干燥。两道剑光之前，似乎整个世界都将被焚灭！

圣光天使的眼神忽然变得很幽深。他没有再后退。他举起了光矛。他感知得非常清楚，这两道可以焚毁世界的剑光不是靠速度便能避开的，只能正面对抗。

当陈长生与徐有容的剑光相遇时，魔君也感觉到了些什么，脸上流露出震惊至极的神情。

他毫不犹豫召唤出所有的强大魔器，在身周布下了重重阵法。

一道难以想象的威能在天地间出现。无数道恐怖的气浪向着四面八方散去。狂风呼啸，黄沙漫天。盲琴师被震飞进了夜色里。夜色被那两道燃烧的剑光以及带着毁灭意味的气息消融得极薄，似乎随时都会破裂。

这座院落位于相族庄园不远处的涧畔，某面院墙外是片山崖。此时的崖面上出现了数百根极细的石柱，看着就像是石剑一般，散发着淡淡的森然意味。

没有人知道这些像剑般的石柱是何时出现的，怎样出现的，很是神奇。

风沙渐静，夜色极淡，天光重新落入了院落里，照清楚了场间的画面。

徐有容的容颜如画般美丽，神情平静而专注，看不出是否受伤。但她身后的黄沙上有几丛火苗，应该是凤血在燃烧。

陈长生的脸色很苍白。他握着剑的手一直在微微颤抖，虎口裂开正在流血。他的伤势应该很重。

对面。那位天使站在满地黄沙里，右手握着光矛，羽翼轻飘，神情漠然。黄沙上隐约可以看到一些血迹，还有一根断裂的洁白羽毛。很明显，他也受了伤，而且并不轻。那么这就够了。

圣光天使居然受了伤？

陈长生与徐有容的天赋再如何强，终究没能跨过那道门槛。王破在洛水斩出那刀之前，也没办法给铁树带去任何伤害。

他们是怎么做到的？看着场间的画面，魔君震撼至极，心想这就是双剑合璧？

169·划破天空的两道火线

在军师黑袍的统领下，雪老城的情报系统非常有效率，前段时间南溪斋合斋大典上发生的事情早就已经被写成了极具体的卷宗，卷宗里甚至还附上了一名叛逃的天机阁画师的画作。

魔君亲眼看过那幅画，看过画上那两道惊艳的剑光，但依然认为卷宗上的描写太过夸张。直到今天亲眼看到了这两道剑光，他才发现原来现实比卷宗上的描写更加夸张。

那位圣光天使静静看着对面的陈长生与徐有容。金色的血液顺着白色的断翼缓缓滴落。他的神情依旧漠然，但眼神已经变得认真起来。他没有想到这两名年轻的人类居然能够挡住自己光矛的全力一击。

真正令他感到警惕的，是陈长生与徐有容的剑意。那两道相融的剑意依然不足以击败他，但隐藏在里面的某些东西，让他感到了前所未有的不安。比陈长生手腕上的那串石珠，更加令他不安。

那道从满地黄沙直冲天空的干冽气息，那道仿佛可以毁灭一切事物的意味，究竟是什么？

圣光天使拥有难以想象的渊博见识，因为他已经活了极为漫长的岁月，而且拥有神明赐予的圣境之眼。所以他能够提前预知到那些石珠的恐怖之处，甚至能够认出陈长生的那三剑，看穿他的剑迹，直接破之。但他不知道陈长生与徐有容双剑合璧之时流露出来的那道意味是何物。那道意味是毁灭，来自已经失传多年的两断刀诀，准确来说，那就是焚世。

两断刀诀是周独夫的绝学。陈长生与徐有容的双剑合璧，本就是源自当年他们在周园与天书陵里修习两断刀诀。当他们的剑光落下时，自然带着几分周独夫当年与整个世界为敌，甚至敢于毁灭这个世界的强大意志。面对着这样的意志与气息，即便是来自异大陆的神圣强者也会感到畏惧。

周独夫是星空之下的最强者。无论中土大陆还是圣光大陆，都在星空之下。

圣光天使深深地吸了一口气。随着这次呼吸，整个院落四周的空气都开始狂舞起来。他赤裸的胸腹缓缓升高，然后落下。其间隐有无数风雷之声。

他举起光矛，对准了陈长生与徐有容。畏惧源自漫长生命受到了威胁，而这会激发出他无限的杀戮欲望。这是生命的本能，哪怕他是神明的仆人。

圣光天使决定杀死陈长生与徐有容，用最强的手段，哪怕这可能会让他的伤势变得更重。他不能允许这两个年轻的人类再继续成长。

隔着数十丈的距离，陈长生也能感觉到那根光矛传来的恐怖威压。

他不准备退，因为圣光天使的速度太快，即便徐有容能够跟上，他却不能。

他抬起左手遥遥对准那道光矛。已经重新落回手腕上的石珠转动起来，发出啪啪的声音。这声音听着很轻，实际上里面隐藏着无数时光的力量。散落在夜空里的千余道剑光，破空而至，静静悬停在他与徐有容的身周。

南溪斋剑阵再成，更有天书碑为基，陈长生相信能够抗住圣光天使的攻击，至少可以扛住片刻。只要能够争取到片刻时光，他与徐有容便能出剑。

他相信徐有容应该能明白自己的意思，余光里却见到她没有动作，轻轻地摇了摇头——不能继续在这里战斗下去，不然会死太多人。

此时院落外的教士们，没有离宫大阵的庇护，必然会被随后这场战斗的余波震死。白帝城里的妖族民众又会死多少？

陈长生看了一眼，便知道她在想什么。对此，他没有意见。

"走。"陈长生说道。

徐有容伸出左手，抓住了他的衣领。他的身形要比徐有容高不少，她却抓得毫不费力，很是熟练，似乎做过很多次般。

轰的一声响。黄沙狂舞，寒风大作。白色的羽翼偶尔显现，便告消失。徐有容与陈长生离开了。

夜空里的云层破开了一个洞。离宫大阵很自然地让开了一条道路。夜空里正在与离宫大阵对抗的那名圣光天使也来不及阻止。金色的鲜血不再滴落，白色的断羽在地面上是那样醒目。那位圣光天使抬头望向天空，眼里生出一抹不解。

他不明白这两个年轻的人类为何会选择这样的战斗方式。作为神明的仆人，他天生便能利用天地法理的规则。即便是这个大陆最快的强者，也不可能在速度这个选项上超越他。

不解只是瞬间的事情。无数道光线照亮夜空。夜空里再次出现一个洞。羽翼在风中挥动。答案也飘扬在风里。圣光天使化作一道流光，向那处追索而去。

院落里恢复了安静。魔君从夜色深处走了出来，抬头望向夜空里的云，看着云里那两个正在慢慢收拢的洞口。

"真是嫉妒啊。"他感慨说道，"恨不得你们一夜白头，又不想你们白头到老，如何是好？"

夜色只笼罩了院落的一半。离开地面不远，便来到了清明的天光里。整座白帝城都能看到天空里出现的异样。

那是两道无比醒目的火线。两道火线的前端，隐约能够看到洁白的羽翼舞动。看到这幕画面的妖族民众们，震惊得无法言语，有些人以为是看到了神明，跪在地上连连叩首。

两道火线在天空里看似缓慢，实则无比迅疾地向上延伸，彼此追逐着。数个呼吸之间，两道火线便进入了更高的云层中。

云层里散出无限光明，仿佛要燃烧起来一般。

寒冷的风高速地扑打在脸上，就像是冰刀一般。羽翼的舞动，以难以想象的速度挤压着空气，发出轰鸣的巨响。

徐有容带着陈长生向着天空里飞去，向云层深处飞去，四周尽是一片苍茫

480

的白色。如果没有经验，很容易分不清楚方向，甚至可能砸向坚硬的大地。徐有容自然不会有这样的问题。陈长生有很多乘鹤游玩的经验，也很平静。

不知道是因为空气渐渐变得稀薄，还是云雾渐渐变厚的原因，四周忽然变得安静起来。

陈长生转头望向徐有容。阳光穿透厚厚的云层，被折散成温柔的光絮，落在她的脸上，美得不可方物。这里的美不是光影的世界。是她如画的眉眼，还有鬓角那些晶莹的细微汗珠。

陈长生忽然问道："你经常带人飞吗？"

徐有容看了他一眼，不明白为何在这时候他要问这个问题。

170·云里的情话

在这种紧张至极的时刻，应该说说接下来怎么办，往哪边去，就算是自忖必死，想要留些掷地有声的遗言，也应该是以回顾人生开始——就像当年陈长生被莫雨困进桐宫又遇黑龙的那个夜晚曾经发生过的那样。

所以徐有容不明白陈长生这是怎么了。如果是普通的女生，或者会恼会怒，会一声冷哼别过脸去不理他。

但她不是普通女生。她是做着候补圣女还要每隔十余天便要去镇上打麻将并且不惮于一剑杀了好色的赌坊老板的女生，而且这时候在云层里左右无事，圣光天使虽然可怕却还没有追上来。

"我就带你飞过。"

"上次回京都后，没带霜儿试试？"

"我不是红雁，也不是飞辇。"

徐有容的语气依然很平静，但陈长生听得出来她已经开始不耐烦。

他解释道："我只是觉得你很熟练。"

徐有容说道："我说过，我带你飞过。"

陈长生当然不会忘记。当年在周园里，他被南客双翼追杀，从湖底直抵日不落草原外围的池塘，破水而出时已经昏迷。后来的事情，还是她告诉他的。她那时候从暮峪里纵身跳下，神魂再次苏醒，身后生出一对凤翼。

当时她就是这么抓着自己飞走的？陈长生还是觉得有些别扭。任何男子被自己的未婚妻这么拎在手里,大概都会有这样的感觉。而且只抓过一次,为什么她的手法这么熟练?难道她平时还经常练习?她练这些做什么呢?

徐有容看着他的神情,便知道他在想什么,微微一笑说道:"后来你昏迷的时候,我拎过你好些次。"

这说的是进入日不落草原之后的事情。当时她身受重伤,陈长生昏迷不醒,想要把他带走,除了拎还能怎么办?虽然是拎着走,不是拎着飞,但终究都是一个拎字。

陈长生也想明白了,有些遗憾说道:"我当时认为都是你背着走的。"

徐有容说道:"你个子比我高,我怎么背?"

陈长生心想有理,然后却又觉得很没道理。我个子比你高所以不方便背,难道就方便拎着?他想了很长时间,觉得那只能是拎着裤腰带。这画面着实有些不堪,于是他沉默了。

徐有容问道:"你最后的手段就是天书碑?"

陈长生说道:"不,是你。"

给出这个答案的时候,他没有任何犹豫,想都没有想一下。这真是最酸的情话,他表现得真像一个花丛高手。徐有容知道他不是。

他的答案也不是情话,而是实话。但她的脸还是红了。因为她最后的手段也是他。这种不是情话的实话,这种天生一对的感觉,真是令人感到有些害羞啊。

她忽然想到一个问题,问道:"你知道我来了?"

先前院落里的这场战斗有很多细节。从陈长生的应对来看,他应该一直在等着她出剑。

"除苏被逐走的那天,因为发生了一些事情,我的心情有些乱,所以没有想到。"陈长生说道,"后来为别样红前辈和无穷碧下葬的时候,看到岩石里的火灼痕迹,便猜到你来了。"

徐有容说道:"所以你一直在等着我出现?"

陈长生说道:"既然你在白帝城,那我撑不住的时候,你当然会出现。"

这还是实话,不是情话。徐有容的脸却更红了。

为了掩饰羞意以及被寒风都无法冷却的脸颊的热度,她决定批评他两句。

"那你应该把计划先说出来,也不至于这般危险。"

陈长生知道以推演计算来说,自己远远不如她,今天的计划如果让她来做,或者结局会更好。至少他们不会这时候被迫远离地面,被那名可怕的圣光天使追杀。问题在于,既然她当时因为某些原因不想现身,自己如何能够把计划告诉她呢?难道像当年那样,与唐三十六站在大榕树下,对着整座京都不停地大声喊话?

徐有容说道:"我知不知道倒无所谓,但有个人应该提前知道。"

陈长生不明白她说的那个人是谁。在这场复杂却又无比凶险的局里,还有谁比她更重要,更值得信任吗?

就在他准备发问的时候,四周的环境忽然变了。前方的云层忽然变得非常黏稠,甚至变得像流沙一般。

二人的速度变得缓慢了很多。徐有容的眼里出现了一抹警意。陈长生毫不犹豫,左手一挥,无数剑破空而去,向着越来越黏稠的云层斩了过去。剑意不停地切割着云层,在二人的身前斩出一条相对薄弱的通道。

徐有容也动了,天凤真火从洁白羽翼上生出,把云雾烧得嗤嗤作响。呼的一声,他们闯过了这片厚厚的云层。

云破。见日。天空里的太阳,不像从地面看上去那般有着颜色,只是纯然的白,散发着无穷的光线。云层也是白的,反射着白色的光线,就连碧空都被涂染成了白色。

二人放眼望去,白茫茫一片。炽烈的光线很是刺眼。西面数十里外,有一个很小的黑点。在他们的眼睛里,那个小黑点很快地放大,变成一道身影。一身深蓝色宫裙,牧夫人负着双手,站在云端。

看着这位气度雍容的圣人,徐有容沉默了。她没有想到,白帝已经自落星山脉归来,牧夫人却来了这里。而且,牧夫人让她想起了自己此生最敬慕的那个女子。她明知道局面依然在掌控之中,依然生出极强烈的不安。

陈长生并不知道所有的事情,但他反而更平静一些:"她不是她。"只有徐有容能明白他的意思。

陈长生没有被牧夫人的气度所震慑。他不觉得牧夫人和天海圣后很像。

当世对天海圣后的评价可以说是毁誉不一,相信以后的史书也会如此。但有一点没有人敢否认,即便是他的老师商行舟也不会否认。她的胸怀宽广。这说的不是宽仁,不是慈悲,而是格局。天海圣后心怀天下。无论她是要天下兴,还是天下亡,她的眼光始终放在天下这个层面。

牧夫人出身高贵，地位极高，敢与魔族联盟，甚至与异大陆勾结，但她的眼光始终只在当下。但这并不意味着她不够强大。至少陈长生与徐有容，不可能是她的对手。哪怕双剑合璧，同样如此。

云层再动，生出一道隆起，然后如花瓣一般绽开。那位圣光天使破云而出。

171 · 云从虎

徐有容与陈长生终究还是被忽然变厚的云层耽搁了段时间，没能甩掉那名圣光天使——虽然他们最开始的时候根本没有想过要甩掉对方，但在看到牧夫人之后，这便成了唯一的选择。

圣光天使感觉到了牧夫人的存在，转身望去，漠然的眼神微生变化。即便是他也要承认牧夫人的强大。

牧夫人望向圣光天使，缓缓挑眉。她清楚地感觉到，这位圣光天使变得更加强大了。因为降临的时间变长，渐渐适应了这个世界的天地法理规则？下一刻，她感觉到了圣光天使散发出来的神圣气息里那抹熟悉的味道。这时候她才知道，魔君坚持参加天选大典原来是这个意图。

牧夫人在数十里外，西方。圣光天使在数里外，东方。怎么看，这局面都无法可解。即便是别样红复活，也无法破解。王破与离山剑宗掌门不可能破万里而至。神圣领域的强者们也不能完全无视空间距离。那谁能来解决这个问题？

陈长生说道："我的计划看来真的有问题。"

徐有容说道："只是有些麻烦，没有问题。"

陈长生说道："我担心白帝不会出手。"

徐有容说道："他既然见了众生，便一定要出手。"

陈长生不懂，说道："毕竟是夫妻。"

徐有容说道："那是因为你不知道他们原本的目标是谁。"

陈长生还是不懂，说道："即便白帝出手，也不见得能成。"

徐有容说道："还是那句话，既然见了众生，便一定能成。"

陈长生依然不懂，但圣光天使的光矛已经到了。刺目的阳光仿佛都被那道蕴藏着恐怖威能的矛尖吞噬。天空忽然变得暗了几分，云层仿佛变成了灰色。

下一刻，光明重新降临，带着最纯净、最庄严的气息，来自斋剑。

洁白的羽翼在天空里画出道道光影。无数道剑追随着、保护着，就像一条自如转向的瀑布。画面看着异常壮观美丽。

漫天剑雨里，忽然有一道剑意凌然而起，进入那片大光明里。光明没有变得更盛，却仿佛变成了某种实质的存在，就像先前的那片云层一般，黏稠至极。圣光天使的身影遽然变慢。

两道剑光。一道落下。带着难以言说的绝妙轨迹与难以形容的剑势。与那根带着无限威能的光矛再次相遇。

天空里的那轮太阳骤然间暗淡了无数倍。被狂风卷起的云絮遮住了四面八方，十余里方圆的世界到处飘着鹅毛般的云。一座无形的巨钟在天地间裂开，喷射出无数声浪与气箭。

漫天的碎云渐散，天光重新变得清明。圣光天使依然在原先的位置，徐有容与陈长生则是向后退了数里之远。渐渐平息的乱云里，到处都可以看到燃烧的凤血，碎裂的剑光，还有一根比云更白的断羽。就像先前在院落里一样，圣光天使再次受伤，徐有容与陈长生的伤势更重。

从两断刀诀与南溪斋剑阵里诞生的双剑合璧之术果然拥有能够超越境界的威力，所以当初能够正面抗衡无穷碧，但依然不足以战胜像圣光天使这等层级的异世强者。

不过没有人会觉得陈长生与徐有容很弱小。以他们现在的年龄与境界，能够让圣光天使受伤，已经是极难想象的事情。像圣光天使刚才那样，牧夫人也在这两道剑光里看出了更多的问题，眼里现出一抹异色。

如鹅毛般的乱云静止，云海上出现一道清楚的沟壑，那里有一个极小的洞口。徐有容与陈长生消失了，他们顺着那个洞口往云下飞去。天空里出现一道火线，云层骤乱，圣光天使追杀而去。

那片云层下面就是红河对岸的群山。牧夫人清楚这一点。想着先前那两道剑光里的焚世气息，想着群山里的天树荒火，她眼里的异色变得更浓。她以为这就是徐有容的战法，对这位圣女的推演计算能力生出淡淡佩服，然后生出淡淡嘲弄以及怜悯。

但她不准备等着徐有容发现自己的错误，因为那个人已经回到了白帝城。蓝色的宫裙轻飘，她的双袖卷起无限清风。云海像被弹动的棉花一般剧烈地跳跃起来。每一处跳跃都意味着数百丈方圆里的云雾在挤压与挣扎。云层渐渐分开，向着各处聚拢，渐要分裂成无数座岛。那些岛不停地向着内部压缩，难以想象的力量充斥着里面的每一处细微空间。不管陈长生与徐有容这时候藏身在云层何处，都无法再逃出去。

云团继续向着内部坍缩，所有的雾粒与渐要凝聚的水滴彼此吸引着，形成极恐怖的重量。就连太阳洒落出来的光线，在经过那些云团边缘的时候，都有些轻微变形。

如果这些云团继续坍缩，不管徐有容拥有天凤血脉，还是陈长生的无垢之体，最终都会被碾压死。这便是传闻中大西洲皇族功法里最强大的云集。

这就是圣人的神术。

无数云团不停地挤压，形状还无法固定下来，变幻出各种模样。有团云像大西洲的海盗，有团云像画像上的通古斯大学者，有团云……像老虎。蓝色的宫裙不再飘舞。

双袖渐静。牧夫人静静地看着那团云。那团云在渐散的云海里静静地看着她，就像老虎在渐偃的草原里静静地看着她。

云是白的，草原也是白的，如涂了霜。那是一只白虎。

172·走过你来时的路

不久前，白帝回到了自己的城市。然后，他回到了自己的皇城。但牧夫人不在。看着清冷无人的观景台与安静的石殿，白帝的眉挑了起来。挑眉不代表惊讶与意外，也有可能代表某种有趣的情绪。

白帝走到石栏边，伸手抚摩着数年不曾接触过的冰冷触感，看着下方崩裂了一大块，与数年前截然不同的鲸落台，神情平静地回思着某些事情，计算着某些事情。世上已经很少有事情能让他感到意外。

在所有人想来，他应该急着找到自己的妻子，夺回属于自己的皇城以及城市和国度。但并不是，所以他没有急着去寻找自己的妻子，而是站在栏畔平静地等待着。等待那些已经发生的事情显现出后果。等待某些自己想要看到的事情发生。

他静静看着江山，看着天地，然后视线落在了西城那座院落上。那座院落上空的夜色与光明，在真实的世界里并不显眼，又如何能不被他看见？但这还不足够，哪怕夜色里那个光团里的天使身影已经清晰起来，还是不够。接着他听到了琴音，听到了剑鸣，看到了夜色深处那个缓缓睁开眼睛的石像。白帝的眉挑了起来，颇有兴致，渐有杀意，却不知道这杀意是对谁的。教宗与圣女能够让他见众生，自然能让异族人出现在众生之前。

两道火线破开夜色，破开离宫大阵，向着高空飞去。整座白帝城的人都看到了这幕画面。白帝也在静静看着这幕画面。

他的视线随着那两道火线缓缓上行，最终落在最上方的那片云层里。他没有看那两道火线没入云层的地方，而是看着数十里外。那个位置在西方，哪怕只是数十里距离，依然是向西偏了。

白帝有些感慨。

当那团像老虎般的云团出现在天空里后，牧夫人便停止了动作。

云海重新恢复正常，徐有容与陈长生向着红河对岸的群山里落下，圣光天使化作一道火线随之而去。

牧夫人没有理会那边，只是静静地看着那团白云。

"陈长生与徐有容还是会死，不过我想你并不是太在意这件事情，因为与你无关。"

那团云哪怕像极了老虎，终究只是一团云，自然不会回答。也不知道她的这句话是对谁说的。

"你这辈子总是喜欢藏在幕后，让别人在幕前打来打去，直到你觉得可以摘果子了才出现。"牧夫人微嘲道，"夫妻一场，我怎么会不知道你的想法，那我怎么会让你利用？"

那片像极了老虎的白云正在渐渐散去。牧夫人的神情重新变得漠然起来。

群山里响起无数道风声。那棵巨大的天树在狂风里不停地摇摆，高处的枝丫不停断裂然后落下，就像是暴雨一般。无比粗重的树身深处不时响起咔嚓的声音，听着异常恐怖。天树侍庙里的祭司与那些负责守卫的士兵，看着这幕画面，震惊得脸色苍白，到处呼喊着。

两道流光在天树的枝丫之间穿行，带起无数道火焰，散落星星之火。如果不是天树的养料本来就是地底的荒火，说不定这时候已经燃烧了起来。

随着天树的摇晃，无比炽热的荒火气息，随着枝叶散发出来，升至高空，把云层都蒸腾出了一个无比巨大的空洞。

轰的一声巨响，那两道流光终于相遇，然后分开。十余根粗重树枝断裂，两道身影重重地撞在天树的树干上，砸出两个极深的坑洞，然后落到了地面上。徐有容的羽翼上残着金血与火痕，陈长生的道袍上到处都是血。他看着四周的环境，觉得有些眼熟，但一时间来不及细想些什么。

伴着一道天光，圣光天使缓缓落在地面上，手里的那根光矛比先前要变得细了些，上面的斑驳血迹是那样清晰。陈长生提起手里的剑，站到徐有容身前。无垢剑与那道光矛相遇四次，剑身没有受损，但他的身体已经快要承受不住，右手不停地颤抖着。

很明显，徐有容的选择犯了一个极大的错误。她应该是想着借助天树荒火来助自己的凤火之势，同时借助妖族的祖灵来压制这位圣光天使的神魂。

然而天树里的妖族祖灵对这位圣光天使的到来没有任何反应，竟似早就已经接受了一般。更可怕的是，从枝叶里散溢而出的那些天树荒火，竟然被圣光天使吸收了，然后变得更加强大，这到底是为什么？

徐有容的情要比陈长生稍好些，脸色也有些苍白，神情却很淡然。

陈长生有些安心，有些不解，心想道心通明真的这么厉害，到了现在这种境地，为何她还能如此平静？他来不及思考这些问题了。那位圣光天使已经走了过来，散发出来的威压有如浩瀚星海。

当陈长生与徐有容在群山深处陷入绝境的时候，白帝城里的情形也变得非常凶险。

茅秋雨留在了京都，离宫大阵终究不是最完美的状态，把夜色里的那团光雾困住了这么长时间，终于还是出现了崩溃的迹象。

一抹带着冷酷意味的夜色，从院落里悄无声息地飘出，卷向唐三十六的身体。国教神杖在唐三十六的手里大放光明，主持着整座离宫大阵，他这时候不能分心，更不能退开。凌海之王等大主教，这时候的真元与神识也尽数落在维持阵法上，在与光雾里的那位圣光天使对抗。那位盲琴师身受重伤退出院落，暂时还没有缓过气来。

漫天脂粉再起，铁链声声，水火棍把夜色直接打破。衙役与小姑娘出现在唐三十六身前，挡住了魔君的偷袭。但他们无法阻止那片深沉的夜色干扰到神杖与其余数件重宝之间的联系。

不得不说，魔君选择的出手时间与目标，非常完美。在那位圣光天使恐怖的攻击之下，不完整的离宫大阵已然岌岌可危，这时候终于撑不住了。

只听得极高远的天空里忽然响起一道雷声，然后又响起一道极清脆的破裂声。就像数百里外某个妖族部落调皮的小兽人打坏了祖父从人族领地那边用三百斤兽皮才换回来的一只瓷瓶。

瓶乍破，有光浆流泻而出，带着漫天夜色，把离宫大阵散发的光明包围、切割，然后融断。

173·铜镜破，道人出

那些光明来自一根流线型、极为美丽的光杵。那根光杵被握在一只稳定而恐怖的手里。这只手属于破光雾而出的那位圣光天使。

这位圣光天使司战争，被别样红名为怒火，毫无人类情绪的眼眸里充满了暴戾与杀戮的欲望。在他的眼里，这些人类强者就像是蝼蚁一般。他被这些蝼蚁困住了如此长的时间，是无法承受的羞辱。

为了洗去这种羞辱，他决意把这座院落四周的人，不，他决意把这座城市的人全部杀死。

仿佛实质一般的光浆，随着他的动作向着四周的天空里洒去，带着难以想象的恐怖意味。任何触着这些光浆的生命，都会在下一刻变得冰冷，失去呼吸以及灵魂。无论是天空里的飞鸟还是院外涧畔的花树。

金色的光浆不停地洒在离宫大阵上，无数闪电照亮夜色，带来轰隆的雷声与冲击。

在天空里落星石高速地旋转，黑色通道却越来越小，冥柳也变得斑驳起来，所有离宫重宝都受到了压制。那位圣光天使看着这些蝼蚁还在苦撑，暴戾的情绪越发浓烈，发出一声充满着杀戮欲望的啸叫。啸声落在地面，卷起无数大风，不知震破了多少教士的耳膜，有些境界稍弱些的教士更是直接昏了过去。

终于，那只瓷瓶完全破了，片片碎裂，就像忽然出现在众人头顶的那片晴空一样。落星石以及冥柳等离宫重宝，飞回凌海之王等人的手里。离宫大阵被击破，主持阵法的他们受到了极强的反噬，脸色变得异常苍白，识海里掀起巨浪。伴于阵枢的唐三十六受到的冲击最大，喷出一口鲜血，摇摇欲坠，手里的神杖都快要握不住了。

那名卖脂粉的小姑娘掠回他的身边，扶住了他，其余的那些唐家高手站在了他的四周。盲琴师艰难地重新站起，涂满鲜血的手指颤抖地拨动琴弦，发出喑哑的琴音。

夜色从院落深处席卷而至，没有被琴音割碎，很快便来到了院门前。魔君从夜色里走出来。他的手里拿着一根石杵，看不出来有什么特殊之处，却仿佛有某种魔力，吸引了无数视线。

那位圣光天使也从夜色里走了出来，只不过是在更高远的天空里，在所有人的一方。无数光线从天空里散落，没有驱散夜色，而是随着夜色一道笼罩住了院落四周。所有人都感到了那道难以想象的威压，脸色变得极度苍白。

数百名教士强行忍耐着识海里的动荡痛苦，低着头，不停地吟诵着道典。虔诚的诵经声，回荡在院落四周，抵抗着光线里的威压，自然流露出一股悲壮的意味。

凌海之王与桉琳等人，也来到了大院正门前，盯着石阶上的魔君。他们知道今天如果想要活下去，唯一的可能，就是抢在那位圣光天使出手之前，先杀死魔君。问题在于，那位圣光天使会给他们这种机会吗？

"我并不想用这种方式杀死你们。"魔君看着他们感慨说道，"可惜你们没有给我别的选择。"

盲琴师沉默不语，凌海之王脸色微变，唐三十六握紧了手里的神杖。他们听出来魔君说的是真话。

两位圣光天使相隔百余里，同时出现在天空里。红河两岸，无论是群山还是石城，都被笼罩在一片光明里。那些光明里蕴藏着难以想象的威压，宣告着异世界不同层次的强大生命的降临。

看着天空里的画面，感受着那些光线里的神圣威压，白帝城里的民众惊惧到了极点，很多人吓得直接坐在了地面上，即便是那些最勇敢的妖族战士也变得脸色苍白，根本提不起战斗的勇气。

进入皇城的那些妖族大人物，比如金玉律、小德，比如士族族长、熊族族长，他们也看到了天空里的那两位圣光天使，依然站立着，没能被吓倒，但脸色很难看。

观景台一直没有动静，白帝可能在与牧夫人对峙，那么谁来解决这两个圣光天使？

这两个圣光天使是他们无法战胜的对手，这让他们感到极度的愤怒以及不甘。

"我很不爽。"金玉律从熊族族长腰间抽出一把巨斧，望向小德，"你把我扔到天上去，我想试着砍他们一斧头。"

他在场间资历最老，境界最高，自然没有谁会反对。

其余的那些妖族强者也很不爽。

小德漠然说道："我打算坐黑鹫上去捅那个家伙一刀。"

熊族族长说道："那我来扔。"

金玉律表示同意，指着白帝城上方那个圣光天使说道："我打这个。"

小德指着红河对岸群山之上的那个圣光天使说道："那我打那个。"

妖族强者们的不爽，很大程度源自于两位圣光天使的态度。那两位圣光天使的神情太漠然，即便感知到了妖族强者们的战意，他们的神情还是没有变化。仿佛对他们来说，这座城市甚至这个大陆上的所谓强者们，都是蝼蚁。那些满脸惊惧，如果不是因为太过拥挤，只怕随时可能吓软腿的民众，更是蝼蚁。

绝大多数民众都拥到了街上，或者在四处逃散，或者恐惧地看着天空。街边那家客栈里已经空无一人，一只野猫悄悄地走进后厨，试图趁机偷享刚刚煮好的肉块。

客栈二楼某个房间里忽然响起啪的一声轻响，仿佛是一面镜子被摔碎了。那只刚刚轻身跃上灶台的野猫，受着惊吓，喵的一声穿出窗口，就此消失不见。人们脸色苍白地看着天空，根本没有注意到客栈里的声音，也不知道里面发生了什么。片刻后，一位青衣道人从客栈里走了出来。

这位道人眼神静湛，满头黑发，不见霜色，行走间有着说不出的随意，一挑眉却又贵气逼人。如果从外表来看，他最多二十来岁，如果从气度来看，他至少活了二百岁，而且是在庙堂之上。如果从眼神来看，说他已经拥有了千载岁月也有人相信，当然那是在江湖之间行走。

没有谁注意到这位青衣道人。他走到人群里，像那些妖族民众一样抬头望天，望向那两位圣光天使。妖族民众们的眼里充满了恐惧、绝望，甚至有些还会出现莫名的狂热。这位青衣道人的眼里没有任何情绪，只是漠然，就像看着死物一般。

174 · 断 羽

青衣道人望着天空的时候，白帝也在望着天空。只不过他没有看着那两位圣光天使，而是看着云层那边，西边。

"这就是几年间这个世界发生的最大的改变。你有信心能够控制这个世界上的一切，能够在天地之间无视众生以及我，但这是世界之外的别方天地，你还能继续平静下去吗？"牧夫人看着他神情漠然说道，"这片天地或者没有谁能够违逆你，所以我从天外借了一支奇兵，你没有想到这一点，所以最终你对整个局面失去了掌控，那你现在能如何做呢？"

白帝望着云海认真问道："你确定你可以掌握整个局面？"

牧夫人说道："你当然很强大，但为了骗过整个大陆，你还是变得虚弱了很多……所谓骗人把自己也骗了进去，说的不就是你这种多疑无趣的男人吗？就算我还是胜不过你，至少可以留你一段时间。"

如果她能够把白帝拖住一段时间，那两位圣光天使便可以杀死陈长生和徐有容，还有国教里的一众高手强者，接着便是对忠于白帝的那些妖族强者的杀戮，大局将定。

白帝微笑说道："云儿，你既然知道我多疑，难道就不担心我还有别的准备？"

听着云儿这个称呼，牧夫人的眼里流露出极为强烈的厌恶情绪，说道："白行夜，收起你这一套吧，我听着就恶心，几百年时间都过去了，到了这个时候，我们就不能好好地说说话？"

白帝的笑容没有敛去，反而显得更加真诚，说道："你说，我听着。"

"当年商行舟骗了你，让你以为可以轻松摘了魔君这个果子，结果却让你与魔君两败俱伤，这几年只能枯坐石山看他无限风光，你可甘心？他既然骗了你，又如何敢来这里，难道不怕被你骗回去？"牧夫人冷笑说道，"所谓多疑者必死于多疑,说的就是你和商行舟这样的人。"

白帝平静说道:"这话是有道理的,但你也知道,今天的情形终究不一样。"

牧夫人说道:"就算商行舟想来,也来不及了,而且如果他能来,你这时候为何还不赶紧来杀了我?"

白帝感慨说道:"难道到现在你还不相信,我根本就没想过要杀你?"

说完这句话,白帝的眼神忽然变了。他的眼瞳忽然消失,只剩下了白色的眼仁,看着异常可怕,而且煞人。天地之间尽是白色,这可以是云海,也可以是雪原。狂暴的风雪之迹,在他的眼里显现。

牧夫人身周的云层忽然卷动起来,向着四面八方蔓延而去,看着就像是一场鹅毛大雪。一道极为凝聚的力量,从云端来到了地面。

轰的一声巨响,皇城里的无数花树倒下,石殿咔嚓作响。直接承受了这道力量的观景台,更是地面整齐地向下沉降了半尺!观景台向着山崖里沉去,但并未崩散。因为白帝在观景台上。

他负着双手,静静地看着天空。随着那道力量来到观景台的,还有无数云絮。那些云絮来自西海,带着无限湿意与重量。但当那些云絮与白帝的身躯相遇,顿时失去了所有的重量,只剩下了最纯粹的颜色。

无数道白色的云絮,缭绕在白帝身周,以难以想象的速度旋转起来,变成一团黏稠的云团。那片黏稠的云团里氤氲着无穷光热,高速飞掠时遇着的如刀般的风,都不能让它的形状有丝毫变化。那团云不像海盗,也不像通古斯大学者。

轰隆如雷的声音在白帝城的天空里炸开。那团白云向着城西那座大院上方而去,在碧空上留下一道清楚的光影。那是一只比落星山脉雪峰还要巨大的白虎。

看着投影在天空里的那只白虎,白帝城里响起无数声激动至极的欢呼。那位刚刚突破离宫大阵,准备杀死所有人类教士以及城里所有妖族民众的圣光天使,望向了天空。他是战争天使,在神明的仆人里最为暴戾也最好杀戮,从来不知道畏惧是何物。但当他看到天空里的那片光影,看到那团呼啸而来的白云,依然感觉到了强烈的警意,甚至生出了退意。

他感觉得非常清楚,这是在这片大陆他遇到过的最强大的对手。比他前些天杀死的那个人族强者还要更强大。

在非常短暂的时间里,这位圣光天使便做出了决定。他把战意提升到了极

493

致，发出一声如雷般低沉的吼声，握着光杵向那片云团砸去。

如果白帝用真身攻击，或者他会选择暂时退让，但既然来的不过是一道神魂，他有信心能够战胜对方。那片由云组成的白虎来到了院落上方，张开嘴，露出锋利的獠牙，咬住了那根光杵。

咔嚓！獠牙与光杵摩擦着，其间生出无数道细小却依然恐怖的闪电。天空里雷声大作，狂风吹散院落上面的夜色与残存的光明。

恐怖的威压直接碾平了院落里的所有建筑，就连地面上的那些黄沙都仿佛变成了砖石！教士们再也承受不住，纷纷向外面逃散而去。被盲琴师等人护在中间的唐三十六吐出一口鲜血，脸色更加苍白。

魔君正要掠前杀死此人，忽然感应到了些什么。他望向天空，脸上流露出震惊与不可思议的情绪。

在天空里。一名青衣道人，悄无声息，出现在圣光天使身后。圣光天使正在与白帝的神魂战斗，注意力全部在光杵之上。但他是应天地法理规则而生的天使，没能察觉身后的青衣道人，依然是难以理解的事情。这画面异常诡异，而且可怕。

青衣道人伸出双手，握住了圣光天使的羽翼。圣光天使终于感觉到了，眼里流露出无尽惊恐，就像是深渊。他已经来不及做任何事情，甚至来不及回头。

擦。一声轻响。就像俏丫鬟撕扇。就像贵公子撕书。圣光天使的羽翼被青衣道人生生地撕了下来！一声惨叫响起。

那喊声无比痛苦，无比愤怒，无比绝望，就像是真正的雷，回荡在白帝城的上空。

175 · 摘　剑

风雷激动，惨号破空，红河生波，无数浪花像雪一般飞向天空，然后落下，掩去那些惊恐逃散的于京巨兽的身影。伴着惨叫，圣光天使向着地面坠落，金色的血液在天空里到处溅射，画出两道清楚的线条。在身受重伤、痛苦不堪的情况下，他依然保持着冷静，想要在绝望里找到最后的那线希望。

他的双翼被青衣道人生生撕断，失去了最骄傲的光电般的速度，他干脆放弃了飞行,向着地面坠落,速度变得越来越快,身后喷出的金色血液再也无法跟上他的踪影,空气则被他撞得燃烧起来,变成了一条火线。

他像一块陨石般向地面砸去。只有如此,他才能保证自己的速度,才有希望摆脱那个安静而可怕的青衣道人。轰的一声巨响,圣光天使砸进了岸边的河滩里,砸出了一个巨坑。巨大的冲击力没有对他造成任何影响,他毫不犹豫起身,准备向着河对岸逃走。他那位境界实力更强的同伴,就在对岸的群山里。

然而,就在他刚刚起身的时候,另外一块陨石也落进了河滩里的巨坑中。白帝离开了观景台,从天空里落到了地面,一脚踩在了圣光天使的胸口上。

咔嚓无数声碎响,就像是一块石头被更坚硬更巨大的石头生生碾碎。圣光天使的身体抽搐了几下,口鼻处溢出无数金色的血浆,然后闭上了眼睛,就此死去。

白帝缓缓收回了脚。他看着圣光天使脸上的金血,若有所思。他的视线下移,落在圣光天使的下体处,只见那里一片光洁,没有任何特征。白帝微微一怔,然后摇了摇头。原来是个不男不女的鸟人。所谓天使,不过如此。

名为怒火的圣光天使死了。

导致他如此迅速死亡的直接原因,是当他看到天空里的白虎光影时,没有选择逃走,而是战斗。就当时的具体情况来看,他的判断与选择并没有错。

白帝那时候的注意力,必须放在云端的牧夫人身上,即便眼看着院落外的人族强者们要被杀死,甚至城里的子民也会被屠戮殆尽,依然只能分出一道神魂来攻击,就像当初天书陵之变时,天海圣后那样。

如果他能够抵挡住白帝的神魂攻击,哪怕只是拖住一段时间,另外那位圣光天使便可以杀死陈长生与徐有容,然后转过头来与牧夫人一道攻击白帝,到那时白帝就算再强,也不可能是他们的对手。

问题在于,他没有想到除了白帝,今天这座城市里还有一位真正的绝世强者。降临后,他们对这片大陆的强者有所了解,知道有个道人很厉害。在他们想来,那个道人不可能出现。但那个道人出现了。于是他就死了。

整件事情就是这么简单。

青衣道人也落在了河滩上。河风拂动他的黑发，青衣轻飘，真似神仙中人。轻描淡写一伸手，便撕掉了圣光天使的一对羽翼。这样的青衣道人，世间只有一位。商行舟。

当年西宁旧庙里的中年道人，如今已是大陆的最强者，也是人族的统治者。

商行舟与白帝有旧，但他们没有叙旧，因为战局还没有结束。他们望向红河对岸。

在对岸群山深处，有棵天树正在不停摇摆，那里的荒火气息冲天而起，其间偶尔有几道剑意出现。

漫天剑雨，数道流火。陈长生的左手握着五颗天书碑化成的石珠，却始终没有放出去。徐有容站在他的身后，已经拉开了桐弓，但梧箭还在弦上。

那位圣光天使感觉到了威胁，却没有在意，因为他掌控着整个局面，而且局面已经无法逆转。他像一道光电般在天树间穿梭，漠然注视着天树前的那对年轻男女。

忽然，他停了下来，站在了天树里一根极粗的树枝上。陈长生没有借机送石而去，徐有容也没有松开弓弦，因为他们像这位圣光天使一样，都听到了那声惨叫——那声回荡在白帝城上空、让整条红河都激荡不安的惨叫。

圣光天使望向对岸某处，无情绪的眼眸里忽然生出无穷震惊。他清楚地感知到同伴死了，然后感知到两道极为强大的气息。洁白的羽翼卷起狂风，他毫不犹豫准备离开。

就在他准备去往的北方的天空里，忽然出现了一道裂口。那道裂口以言语难以形容的速度扩展，在极短暂的时间里便延展到了十余里长。

那道空间裂口里并不是无尽的深渊，或者是充满乱流的异世界，而是一座城市。一座应该在河那边的城市。这座城市就是白帝城。

城外有条河。河边有滩。滩上站着一个人。白帝。

天空里出现的裂缝没有消失，最下方隐隐探出一块尖锐的金属角，上面刻着某种繁复难明的花纹。就是这个金属角划破了空间，然后神奇地把此间与明明在后方的白帝城联系在了一起。

那位圣光天使与陈长生不知道这是什么，徐有容知道，因为在客栈里，她照过很多次这面铜镜，对上面的花纹很熟悉。还有一个人也知道。

"昊天镜！"在云端，牧夫人的脸色变得有些苍白，比四周的云海还要更白。

前一刻，当商行舟悄无声息出现在那名死去的圣光天使身后时，她便知道自己败了。无论黑袍与她的谋划再如何缜密，最终还是落了空。

但那一刻，她还没有想明白商行舟是怎样无视八万里的空间距离，从京都忽然来到了白帝城。

直到那面铜镜碎片划破天空，她才找到了答案。国教的权柄现在应该有七分在陈长生的手里，因为他是教宗。国教的底蕴却依然在商行舟的身上。

白帝没有走进那条空间通道里。昊天镜已毁，残片强行划开空间裂缝并不稳定，无法承受他这样的大妖气息。

而且直到现在，他的绝大部分注意力依然放在云端，在牧夫人的身上。

世间再没有谁比他对自己的妻子更了解，所以他非常慎重。但他还是动了。这一次他动的依然是神魂。

天空里的那片白虎光影，撕碎了所有的云海。他的神魂走进了红河里，走进那条裂缝，出来时，便已经到了群山之间。

一声带着神圣意味的吟诵声，从那位圣光天使的唇间如水般流淌而出。无比庄严的气息与肃杀的战意在他的眼里生出。他依然强大，如果白帝与商行舟只能用神魂攻击，他应该能够离开。

那道由光线组成的长矛，刺穿了天树的枝叶与风云，刺向了白帝的神魂。嗤嗤的声音不停响起，就像是无形的火焰，在光矛与白帝神魂之间疯狂地燃烧着。在无比刺眼的光明里，白帝的神魂渐渐变淡。

圣光天使依然警惕不安，因为白帝的神情也很淡。

昊天镜碎片划破天空，在裂缝里能够看到后方的河滩，当时河滩上只有白帝一个人。现在河滩上依然只有白帝一个人。他静静地看着对岸，看着云海的西方，没有动。商行舟已经不在他的身边。

大河滔滔，青衣飘飘，御风而行。商行舟亲自来了。瞬间，他便越过了数十里河山，在天空里留下一抹青衣的残影。山间天树摇晃，漫天剑雨。

商行舟视若无睹，也没有与陈长生说什么，右手伸向漫天剑雨里。如拈花一般，又如摘叶，他在漫天剑雨里取下一把剑。

176 · 何如来此看师眠

陈长生知道自己的老师准备做什么，自然不会阻止他。就算他想要阻止，可能也无法做到。

商行舟握住了那把剑。那把剑的式样有些古朴，或者说陈旧，在漫天剑雨里很不起眼。当初陈长生从周园剑池里带出万余把剑时，也没有注意过这把剑。后来国教决定把这些剑归还当年的那些宗派山门，离宫派出了很多位资历极老、见识极博的教士负责为这些剑登录名册，但依然没有人知道这把剑的来历，不过因为这把剑太不起眼，所以也没有太过在意。

不知来历，自然不知道该送回何处，这把剑就这样留在了陈长生的身边。在随后的那些战斗里，这把剑就像别的同伴一样，顺应他的心意，成为剑阵里的一部分，成为剑雨里的一滴。依然还是那样的不起眼。

直到今天，商行舟握住了这把剑。被天树枝叶遮蔽天光的崖间本一片阴暗，却忽然间明亮了起来，仿佛多出了一轮太阳。那把剑散发出无比刺眼的光芒。

这把剑是佛宗的禅剑。剑名大日如来。佛宗早已寂灭，无论《道藏》还是民间典籍上都没有任何记载。谁还能识得这把剑？

当今大陆只有三个人知道这把剑的来历。其中二人此时应该正在天凉郡北方的雪原上对峙。只有商行舟在场。

他在漫天剑雨里一眼便看到了这把剑，然后摘下了这把剑。佛宗修的是心，禅剑定的就是心。所谓大日如来，便是随心而至，是真正的心剑。西宁一庙修的也正是心意。可以想象，这把剑落在商行舟的手里，会是怎样的可怕。

那位圣光天使感觉到了危险，发出一声低沉的雷鸣，想要震飞白帝的神魂，用全力应对。

一道青色的残影在天空里划过。那是商行舟的道衣。白帝的神魂渐渐散去。一道金色的鲜血从圣光天使的胸口处飙射而出。他没能避开商行舟的这一剑，身体被贯穿。这一剑不知其所起，一往无回。谁能避得开？

山崖间一片死寂。圣光天使低头望向自己胸口处的洞，脸上流露出痛苦的神情。金色的血液不停地淌落，带来很多异象。被血水打湿的地面，忽然生出很多青草，草里有着圣洁的白花。

陈长生与徐有容没有太过喜悦，反而觉得身体有些寒冷。他们看到了那一剑。这一剑太可怕了。或者说商行舟太可怕了。他的剑完全随心意而行，真正做到了羚羊挂角、天意难测。这样的剑谁能避得开？

陈长生就算与徐有容双剑合璧，面对着这样的剑，也只能受死。他们感到了寒意，当然不仅仅是因为这个推论，更是因为这时候商行舟望向了陈长生。是的，商行舟没有再理会那位圣光天使，看都没有再多看一眼。他提着那把大日如来剑，静静地看着陈长生。

谁都不知道他这时候在想什么，他准备做什么。但可以确定的是，在商行舟看来，被自己重伤的那位圣光天使已经没有任何威胁。那么放眼红河两岸，谁是他最想除掉的威胁？过去数年发生的那些事情，早已经证明。

宽阔的红河上生出无数浪花。白帝没有过来，但他收回了望向西方天空的视线，深深地看了一眼对岸。他的眼眸一片白色，看着有些煞人，像极了最寒冷、最暴烈的风雪。

商行舟不再看陈长生，回望过去。隔着滔滔河水，当今大陆最强大的两位圣人就这样对视着。一时间，浊浪排空，阴风怒号，风云大动。

局势的变化太过突然。前一刻，商行舟与白帝联手杀死了一位圣光天使，重伤了另外一位。下一刻，他们便开始对峙。

只是因为商行舟看了陈长生一眼？还是因为有些更深层的原因？陈长生想不明白，也没有继续去想。

那位圣光天使虽然被商行舟一剑贯穿，身受重伤，但并没有完全失去战斗力。如果让他活着离开，将来人族北伐魔族时，必然会遇到一位很可怕的对手。或者商行舟的剑下一刻便会贯穿他的胸膛，他也要阻止这一切的发生。然而，徐有容拉住了他的衣袖。

圣光天使挥动羽翼，化作一道流光，向着北方而去。陈长生知道来不及了。

商行舟与白帝依然对峙着。

场间唯一能够追上圣光天使的便是徐有容。圣光天使已经受了太重的伤，应该不是她的对手。问题在于，她如果离开，陈长生怎么办？就算双剑合璧，他们也不见得是商行舟的对手，但总比各自为战强太多。

陈长生望向徐有容，说道："白帝不会让我死。"

徐有容说道："我也不会。"

商行舟看着对岸的白帝，脸上露出一抹难以捉摸的笑容，然后说了一句话。"朱砂，杀了他。"

听到这句话，白帝神情微变。陈长生很吃惊。一位黑衣少女从天树洞里走了出来。那道把她与整座山崖相连的铁链，不知何时已经被解开了。陈长生这才明白为何先前会觉得这片山崖有些眼熟。

他望向徐有容。徐有容笑了笑。于是他明白了更多的事情。为何先前被圣光天使逼入绝境的时候，她还如此平静。为何先前她对他说，至少应该把计划告诉某个人。然后他明白了现在的情形。

商行舟布置这个局，就是想要杀死那两位圣光天使。白帝出于某些原因不想最后这位圣光天使也被杀死。当然，他也不想陈长生死。于是商行舟与白帝从同伴忽然变成了对手。

但白帝没有想到，商行舟已经为那位圣光天使安排了最后的送行者。至于……商行舟究竟想不想杀死他。这个问题不想也罢。

小黑龙望向陈长生。虽然是商行舟解救了她，但她依然只会听陈长生的话。因为她是他的守护者。

商行舟没有说话，显得很平静。因为他很了解自己的学生，知道在这种时候陈长生会怎么选择。

陈长生没有犹豫，说道："去吧。"

狂风呼啸，青叶乱飞，黑衣少女的踪影消失了。高远的云层上，那位重伤的圣光天使绕过了那道被昊天镜切开的裂缝，转折向北飞去。忽然，他看到了一座连绵十余里的黑色山脉。仿佛落星山脉忽然从地面来到了天空里。

177·死后的温暖

在无比遥远的南方海洋深处，一道流光忽然停下，圣光天使现出身形。他的身体被大日如来剑贯穿，受了极重的伤，即使是神血也无法修复。他必须尽快回到雪老城，接受祭台的供养。

但北方的天空里出现一道黑色的山脉，挡住了他所有的去路。随后无论他选择什么方向，始终都无法绕过那道黑色的山脉。那道山脉是可以移动的，那是一只玄霜巨龙。即便是在圣光大陆甚至传说里的史前光明世界里，玄霜巨龙都是最高贵、最罕见的生物。

若是平时，圣光天使或者会警惕，然而绝不会不战而退。问题在于他现在的伤势太重，只能靠着洁白的羽翼维持着速度，确保不会被对方追上，却不敢轻举妄动。只是过了这么长时间，他的伤势逐渐恶化，终于还是到了必须要决一死战的时刻。

太阳照耀着如镜般的海面，水雾渐生，有些闷热。圣光天使转身望向天边。一道黑线高速而至，骤然停止。如风暴般的龙吟里，黑衣少女踏空而至。神族与龙族的语言极为接近，圣光天使能够听懂她的意思：

"我确实伤得很重，但是我依然有杀死你的力量。"

圣光天使的脸色异常苍白，仿佛透明一般，神情却非常肃穆。他用那种复杂的语言低沉说道："在这远离大陆的海洋深处，相信没有谁能够帮到你。"

在最开始的时候，他试图穿过雪岭回到魔域，在大陆的腹部飞行过很长一段时间，甚至有几次成功地避开了小黑龙的拦截，但在最后的关头，他选择了放弃，因为他感觉到在路线的前方，有些极强大的气息在等着自己。

那些气息有的像太阳，有的像古井，有的就是一把刀。很明显，那些人族强者在大陆各处等着斩杀他。

圣光天使不敢冒险，离开大陆，向着最遥远的南海深处而来。所谓的决一死战，其实也就是死里求存。

那个道人与那个白衣少女还要在白帝城里处理一些更重要的事，比如那个年轻人的生死。只要他能够把这只玄霜巨龙杀死，那么这片大陆上再没有谁能够跟上他的速度。到时候他只要提前选择好路线，避开大陆各处的那些人族强者，就极有可能回到雪老城。

带着神圣意味的吟诵声，从圣光天使薄薄的嘴唇里如流水一般淌出。他的神情变得更加肃穆，庄严至极，无比虔诚。他的气息也变得强大了很多。他把所有的希望与荣耀，都寄托在随后的这场战斗里。

小黑龙的神情很不严肃，连认真都算不上。看着气息不停变强的圣光天使，她根本没有如临大敌的感觉，反而像在看着一个白痴表演。她忽然想到很多很多年以前父亲曾经对她说过的一些话：

"那些天使啊，因为骄傲，所以愚蠢，最好杀了。"

是的，父亲。这些天使果然像您说的那样笨。小黑龙有些感伤。在碧空与海水之间，没有风，也没有声音。

忽然，海水动了起来，不停翻滚，如同沸腾一般。数十个或大或小的岛屿，从海水里缓缓升起。那些岛屿上躺着或大或小，各种各样的……龙。这里便是龙岛，这个世界所有的龙都生活在这里。这时候太阳当空，正是它们晒太阳的时候。

数十道龙吟此起彼伏地响起，或者威严，或者暴烈，或者轻佻。数十道如山脉般的龙躯，横亘在天空里，遮住了所有的阳光。数十道或者恐怖强大或者还很弱小的龙息，落在了圣光天使的身上。

圣光天使沉默了片刻，放下了手里的光矛。在海水里，他向着最黑暗的深处沉去。他睁着眼睛，看着海面上的阳光。他并不觉得寒冷与恐惧，反而觉得有些温暖。

南海的海水之所以是温暖的，是因为那里很少有云，阳光极烈。红河的水之所以也不寒冷，则是因为天树地底的荒火顺着岩缝泄漏出来了少许。今天散溢出来的荒火尤其多，河水更加温暖，红藻们欢欣鼓舞地生长着，没用多长时间，便把河水染得更红。

如果是平时，以红藻为食的于京应该正在开心地进食，不时用阔平的巨尾拍打河面，形成壮观的景象。但拥有相当程度智识的它们，今天早就已经潜入了最深的河底，根本不敢冒头。河水是那样的平静，看上去就像是一条红色的缎面。两岸已经空无一人。

白帝城里则是一片嘈杂。尤其是西城那座与相族庄园隔涧而邻的院落四周，更是人头攒动，黑压压的一片。大院里的屋宅已经完全垮塌，到处都能看到废砖断梁，蒙着黄沙，看着就像已经废弃了数十年。

离宫大阵已经被破，那位圣光天使已经横死，但院落四周的教士们没有离开。凌海之王等国教巨头，哪怕身受重伤，也依然守在院门前。唐三十六脸色苍白，要靠那位卖脂粉的小姑娘扶着才能站住。他们没有离开，是因为魔君还在里面。但他们也无法进去，因为现在整个大院，都已经被红河妖卫包围了。小德与士族族长及十余名妖族大强者站在院门前。双方就这样沉默地对峙着。

后方忽然传来一些声音。国教教士们如潮水一般分开。陈长生与徐有容走了过来。

数百道剑破空而起，在天空里组成了剑阵。小德没有让开的意思。他看着陈长生说道："这是陛下的意思，请见谅。"

天守阁四周的草甸，在河水的滋润下保持着青嫩的颜色。街上的青石板被刚才的那片云雾润得有些湿，泛着油般的光。

白帝望着远处那座大院前的动静，看着天空里如雨般的群剑，眼里生出一抹欣赏的神情。陈长生的剑道要比传闻里更加强大。

商行舟走到他的身边，说道："我想杀的人，没有人能阻止，你也不行。"

他说的不是陈长生，而是魔君。杀死那两个圣光天使，对他来说，只是最基础的目标。如果能够把魔君也杀死，那么人族可以说是大获全胜。

就连最后那位圣光天使，白帝都想给他留一条活路，更不用说魔君。所以他向商行舟提出了一个问题：

"你死后，人族会是你哪个学生的？"

178 · 白帝城中云出门（上）

这句话的重点并不在于后半段，而是前面三个字。白帝没兴趣用陈长生与余人来挑弄商行舟的情绪。他很坦诚或者说赤裸地，向商行舟表明了自己的底线。

如果商行舟坚持要魔君去死，那么他今天便可能重伤，甚至死去。那么这才会涉及人族会交到他哪个学生手里的问题。

为何白帝有这样的信心说出这样的话？商行舟明白，一切都源自始终没有被他们提及的牧夫人。她一直都站在云端，并没有离开远去的意思。

无论从哪个角度来看，被背叛的白帝都不可能原谅牧夫人。但商行舟知道，白帝随时可以改变自己的态度，哪怕那会让他自己很恶心。

"有的人活着，有的人会死去。"商行舟看着白帝的眼睛说道。青石碎裂，街上生出一道气浪，震垮了一排黑色的屋檐。无数道视线望了过去，看见了商行舟，却没有看到白帝的身影。

白帝来到了云端。他与牧夫人静静对立。

"你和商行舟谈完了？"牧夫人就像在问一件很寻常的小事。

白帝回答得也很随意，说道："魔君会活着。"

牧夫人望向西方说道："有时候我也会想，这一切究竟是怎么开始的。"

"或者正是因为你总喜欢望着家乡？一切都源自自己的选择，比如三年前你的那个选择。"白帝说道，"我没想到夫妻一场，你居然真想置我于死地。"

牧夫人神情漠然说道："我这一生从未见过像你这般虚伪的人，到了这时候，还要说这些话。"

白帝微笑说道："难道不是你用海潮之力封住了我的陵宫？"

牧夫人转身看着他的眼睛说道："难道闭死关不是你自己的选择？"

白帝没有接这句话，问道："你何时确认我还活着？"

牧夫人说道："那天夜里老相去了落星山脉，回来时说感知到了你的意志。"

白帝说道："难道这不是你要求他这么做的吗？"

牧夫人说道："这是落衡的亲事，就算是我要求他，他也不敢不听你的命令便应下。"

"我不明白你的意思。"白帝说道，"如果我没有记错，他应该是两年前就已经暗中投靠了你。"

牧夫人微嘲说道："如果我没有猜错，这应该是你三年前安排他做的事情。"

无数年前，整个大陆都以为白帝与牧夫人恩爱至极，是举世称羡的圣人夫妻。谁能想到，他们之间原来从无信任，所谓尔虞我诈，只是家常。

白帝问道："你为何会对他生疑？"

牧夫人嘲弄说道："只要有眼睛的人都能看出来，他是你的忠犬，是你的狂热信徒。"

不知道是不是想起了刚才皇城前如山般倒塌的那道身影，白帝沉默了很长时间。如果在旁人看来，这或者是追悔，或者是感伤，或者是自责。但在牧夫人看来，这就是无耻且令人恶心的惺惺作态。

"在我面前你何必再做出这副姿态。两百年来，你一直想着要杀死这个威信最高、资历最老的长老，想要除掉他所在的相族，只不过因为他和他的族人太过忠耿，你竟是始终找不到合适的借口与理由，今次好不容易利用他的忠诚可以方便地泼几盆污水，你当然会赶紧杀了他。"牧夫人脸上的嘲弄神情越来越浓，说道，"说起来你与商行舟这对老友真的很像，真是虚伪到了极点。他想杀死自己的学生，又不想脏了自己的手，所以才想借我的手，而你也同样如此。"

白帝神情不变,说道:"既然你知道我还活着,为何不阻止我出来?"

"如果你想出来,自然就能出来,如果你不想出来,那就说明你想看戏。"牧夫人面无表情说道,"夫妻多年,这点默契还是有的,你始终不肯出来,就是默允我的计划,你想看着我与黑袍做这些事,只是我不明白,你为何会阻止我对陈长生动手。"

那夜曾经让陈长生警惕却又百思不解的力量,现在看来当然就是来自白帝。也只有白帝才能在不出面的情况下,直接让整个妖族的倾向一夜改变。

牧夫人不需要白帝回答这个问题,自己很快便推出了答案,"想来是你知道了商行舟随时可以出现。"

白帝说道:"不错,我终究还是低估了老友的魄力与手段,没想到他居然会请徐有容帮忙。"

"没有谁愿意在台上品生品死,你却在台下品茶。"牧夫人看着他冷笑道,"我不想让你继续看戏,商行舟也不想,谁都想让你上台唱一出。"

白帝说道:"我也低估了陈长生的决心与毅力。"

牧夫人想着那些夜晚在皇城与落星山脉之间来回的身影,摇了摇头。她也没有想到,陈长生居然有能力而且有如此令人敬畏的耐心,用手里的剑阵生生磨破了那座禁制。

从那一刻开始,白帝再也无法扮演一位凄苦的、与世隔绝的被囚君王。所有矛盾在那一刻爆发,所有的故事有了开端,戏台之上所有角色都粉墨登场。这便是见众生。

牧夫人看着他嘲讽道:"虽然你最终被那对师徒像个小丑一样逼了出来,但我不会同情你。"

白帝平静说道:"我不需要同情。"

"那他呢?"牧夫人用手轻抚小腹,看着白帝说道,"你的儿子需要被同情吗?"

还没有来得及见到天地、见到众生的小生命,如果需要被同情,只能是无法见到这些。也就是说夭折。

白帝的视线落在牧夫人的小腹上。牧夫人的小腹很平。

"我白帝一族血脉传承不易,胎儿需孕足五年,子息可谓艰难。"白帝看着她平静说道,"但我们已经有了落落。"

牧夫人盯着他的眼睛说道："她终究只是个女儿。"

"这就是你最大的错误，因为我从来都不觉得女儿与儿子有什么区别，自然没有想过再要一个儿子。我始终都不明白，你们大西洲人在这方面的看法到底是怎么来的。"白帝的神情越来越嘲弄，言语越来越刻薄，"因为女儿要嫁人，不能养老，或者是因为女生外向？可我看你嫁到我白帝城这么多年，一直都还想着娘家，从来都没有把这里当成自己的家，没有把我当成你的家人，既然如此，你在担心什么呢？"

179 · 白帝城中云出门（下）

听完这话，牧夫人沉默了很长时间，没有回答。她不知道应该怎么回答。白帝的话刻薄、嘲弄，让她很不悦，但细想来，确实无法作答。

这个事实让她想起了这些年来的诸多事实。忽然间，她觉得这些年，这些事都有些荒唐。西海上孤帆远影，故国哪堪回首。只是，从很多年前开始，她就习惯了那样思考问题，那样做事。真的已经很多年了。

她感慨说道："这些话，你已经忍了很多年了吧。"

白帝想了想，说道："还好，因为以前你表现得并不明显，而我们的女儿才十几岁。"

"原来是这样呀。"牧夫人的眼里生出一抹寂寥的情绪。

还有很多话没有说，虽然来得及说，但再说也没有太大意义。心安处便是家乡，为何始终无法心安？为何她刚才没有离开，而是要等着与白帝说这番话？

无数的云，向着天空里那件蓝色的宫裙涌去。在很短的时间里，便形成了一道极厚的云海，白涛生灭。仿佛世间所有的云，都来到了白帝城的上空。这里说的所有，是真正的所有。

有落星山脉雪峰上的那些寒云，有西海上的那些雨云。还有山溪间的雾气、雪原上的冰絮，甚至就连极遥远的东方云墓里，都有些云向着这方飘来。云海变得越来越厚，越来越广，覆盖了百余里方圆的天空。

云本来是白色的，但当数量太多之后，光线无法穿透之后，便变成了灰色，直至黑色。从地面望过去，天空里的云海变成了一片墨海。太阳被遮在了云层的那一边，云下的世界变得越来越阴暗，直至再也无法看清什么。黑夜提前到来。

白帝城里到处都是惊恐的喊叫声。妖族民众们再次四处逃散，或者怔怔地站在街上，望着天上如墨般的云海。

陈长生与徐有容对视一眼，抬头望向天空。唐三十六望向天空。小德与士族族长等大妖也望向了天空。这场圣人之间的战斗，就这样开始了吗？在那道青石碎裂的街道上，商行舟也在看着天空，神情淡漠，不知道在想什么。

咔嚓一声响！一道如天树般粗细的巨大闪电，撕裂了云海，照亮了整个世界，然后在半空里消失。如墨般的云海，在那一瞬间，有数里方圆被涂得极白。接着有无数道闪电亮起，大多数未能破开云层便湮灭，偶尔有些破开云层，也无法落到地面上。这些闪电应该来自上方，居然能够撕裂十余里深的云层，其威力可想而知。

巨大的雷声轰鸣而至，带来无数场飓风，呼啸着在城里开始肆虐。

红河禁制生出感应，自然激发，形成无比巨大的青光罩，把皇城、天守阁以及整个上城的建筑都护在了其间，却依然无法阻止那些飓风刮倒下城的简陋民居，不知多少民众被砖石砸得头破血流。

在那些闪电的撕扯下，云海里生出无数巨涛，不时向着下方吐出如火舌般的云絮，画面异常壮观。那些雷电偶尔照亮云下的世界，却无法带来真正的温度。被极厚的云层隔绝在外的太阳，无法向着大地播撒温暖，白帝城的温度急剧下降。云层里的那些湿气，根本来不及凝结成水珠，直接变成了雪花，然后落了下来。那些被闪电撕裂出的云絮，就像是被吹散的蒲公英般，不停地喷洒着数量难以想象的雪片。这是一场极其罕见的暴雪。

因为恐惧而避走，或者躲回家里的民众，都已经走了。现在还留在街上的人，自然不会在这个时候离开。他们站在鹅毛大雪里，抬头看着天空。只可惜他们的视线可以穿透暴雪，却无法穿透厚厚的云层，看到这时候到底在发生什么。

哗的一声轻响，陈长生撑开了黄纸伞。唐三十六正准备走进去，却发现他走到了徐有容的身边。卖脂粉的小姑娘喊了声少爷，把伞举到了他的头顶。

桉琳正在替凌海之王等人疗伤，不时抬头看一眼天。

院落四周很安静。白帝城里也很安静。只有那道云海不停地翻滚着，撕裂着，向着大地喷撒出雪片。整个世界在黑与白之间不停地变化，却没有一瞬间变成灰色。天空与大地仿佛合在了一处。

一道极粗的闪电落在遥远的西方。一座不知名的山丘被轰平了峰顶。那条院落外的山涧被冻住，再没有水声。雷鸣不停，雪亦不止。

不知道过了多长时间，云海深处终于出现了一道裂缝，然后向着两边而去。阳光从那道裂缝里洒落，然后变得越来越广，重新笼罩了白帝城。云海渐渐崩散，落下无数夹着雪花的云絮。

那些寒冷的云沉降到皇城、天守阁的地面上，顺着天梯向下方流泻而去，看着就像是道瀑布。云瀑来到下城，顺着城门而出，最终进入红河，不留半点痕迹。无论是碧蓝的天空还是白帝城里，都没有任何痕迹。一丝云都没有。

皇城最高处的石殿里。落落站在窗前，看着那些残雪，小脸上都是泪水。

白帝回到了那条街上。他望向天空。那里已经没有云。但还有雪在落下。那些雪仿佛来自虚无。一切都是那般虚无。

商行舟走到他的身边，说道，"我们是多少年的朋友了？"

白帝说道："几百年了。"

商行舟接着说道："当初你选择她的时候，你的父亲反对，我反对，大臣也都反对。"

白帝自嘲一笑，说道："今天金玉律还在说这件事情。"

商行舟望向他，问道："那么现在你怎么想的呢？"

"你是说我会不会后悔？"白帝沉默了很长时间，说道，"那是你们人族与魔族才会有的无聊想法。"

如果真是很无聊的想法，何至于要沉默这么长时间，要想这么久？

山无棱，江水为竭。冬雷震震下雨雪。天地合。乃敢与君绝。这便是绝别。黯然销魂者，唯别而已。更何况是决别。只不过，一切真的至此而绝吗？那些消散的云，这些还在落的雪，都是她，寒冷湿绵得令人有些恼火。

白帝忽然低头开始咳嗽。

咳嗽有很多原因，最常见的就是病。寒气伤肺，最是缠绵，即便是神圣领域强者，也会觉得很麻烦。商行舟并不知道，在随后的岁月里，白帝会一直这样咳着，咳很多年。但他知道白帝受了不轻的伤，就像他自己一样。

无论是那两位圣光天使还是牧夫人，都是极强的对手。他与白帝是当世最强者，也要付出一定的代价。

这时候他本可以选择做些什么，没有做就是因为这个道理，也因为他知道陈长生以及徐有容都不会支持自己——他与白帝的意志可以随着时局的变化而不停改变，那对年轻的男女不会。

他对白帝说道："但终究还是到了今天。"

"她天赋高、血统好，有能力、极聪慧，而且美丽，与我结合，可以生出最优秀的后代。"白帝说道，"为此我可以忍受很多事情，包括她的野心，只不过我没有想到她的野心竟如此之大。"

商行舟明白他的意思。如果牧夫人只是想为大西洲谋图一些利益，白帝只会保持沉默，但她最近的举动已经涉及了妖族的存亡大事。

"其实我一直都知道她瞧不起我，她总觉得我是一个不懂艺术的妖怪。"白帝淡然说道，"这些都无所谓，我依然可以忍她，但是我不可能像别样红那么忍。最重要的是，落落是我挑选的下一代白帝，你也应该很清楚她的血脉多么纯正，多么强大，就因为大西洲的想法便要远嫁雪老城？她真是疯了。"

商行舟说道："整件事情里我最不理解你的也是这点，她的腹中也是你的后代。"

白帝神情漠然说道："子女这种事物，向来不在于多而在于精，像落落这般优秀的孩子一个也就够了，再多生些废物出来又有什么用？自古以来我族人数极少，便是这个道理，不是谁都像你那位皇帝陛下一样，生那么多儿子出来，再让他们自相残杀，看谁能活到最后，便能继承大宝。这算什么？养蛊？你们人族有时候真是不知所谓。"

这句话里的皇帝陛下，指的自然是伟大的太宗皇帝。

商行舟说道："既然如此，何必做这些？"

"当年在寒山北的雪原里，你借我之手重伤魔君，也拖了我五年时间。"白帝看着商行舟的眼神变得幽深起来，"这五年时间，足够你做太多事情，你居然真的从天海的手里夺回了人族大权……我不得不思考一个问题，如果雪老城覆灭，你一统天下，到时候我族又该如何自处？所以我只能争取拖延一下你们的步伐。"

商行舟平静说道："我不是太宗皇帝陛下，我没有逆天改命的能力，你们都高估我了。"

白帝说道："你是我的朋友，我知道你有多可怕，更何况，你还教出来两个好学生。"

商行舟没有接话，说道："所以你设计了这个局？"

这还是他先前说的那句话。何必做这些呢？这些指的是所有事情。这是白帝的城市。这座城市里发生的所有事情，都必须经过他的同意，或者默许，甚至是暗中推动。无论是牧夫人做的那些事情，还是相族族长做的事情，无论是好事还是恶事。

比如天选大典，比如陈长生曾经面临的那些凶险，比如这个局，比如别样红与无穷碧的死亡，比如最重要的那件事。白帝不会同意把落落嫁到雪老城，并不意味着最开始的时候，他没有想过与魔族结盟。

"你以自己的女儿为筹码让两边斗着，你却在一旁观战，无论哪个结局，最后出来登高一呼，那便是圆满。"商行舟说道，"像我们这些活了太久的人，有太多的时间去思考问题，计谋自然不会有太多漏洞，只不过你没有想到，陈长生会到得如此早，改变了整个局势的走向，而且如此执着地要把你从那座山里挖出来。"

白帝说道："我说过，你教出了两个好学生，而且你也到了。"

商行舟说道："如此大事，我怎能不亲自到场。"

白帝知道他说的大事并不仅仅是妖族有意与雪老城结盟，更在于那两位圣光天使。

对他和商行舟这样处于大陆最巅峰的人物来说，真正的大事，只能是世外之事。他们都是要行大道的人，他们的道是这边的道。用王之策的话来说，位置是相对的，那么立场自然是先天注定的。魔族的所为，已经触到了他们的底线。

"应该与魔君没有关系。"白帝说道，"只有她和黑袍这种疯子，才会做出这样的事情。"

商行舟说道："女人都是疯子，所以不能让她们站得太高。"

很多年前，他反对白帝与牧夫人的亲事，便是基于这个考虑。同样，他对天海圣后也持同样的想法。

"所以我想不到，你居然愿意请徐有容帮忙。"白帝说道，"她也是女人，而且是你学生的未婚妻。"

商行舟说道："想要击败你，是件非常困难的事情。"

"不错，但我终究还是败给了你们师徒。"白帝说道，"这让我越发觉得那句话有道理。"

这指的自然便是现在整个大陆都在流传的那句话。西宁一庙治天下。这句话里的治字，可以理解为治理，也可以理解为治罪。商行舟与他的两个学生如果齐心同力，可治各种不服。

"如果我没有记错，这句话是你闭关之前说的。"

"不错。"

"你从来都不会认输。"商行舟平静说道，"那当我灭掉魔族之后，你准备怎么面对我？"

"以前我确实很担心，但现在稍微好了些，因为在你再次来白帝城之前，首先你要战胜你的那位好学生。"白帝说道，"我发现你那位学生比我想象得更加出色，你要做到这点，真的很难。"

就像商行舟说的那样，像他们这种在岁月里沉浸太长时间的大人物，只要去算，便无遗策。落落会成为下一代的白帝，那么只要陈长生在位一天，无论人族如何势盛，妖族都可以保证安全。牧夫人曾经对落落说过，这种师徒关系并不牢固，除非陈长生愿意娶落落，才可安心。白帝不这样认为，他非常肯定，陈长生正因为不能娶落落，反而会对她越好。这不是求不得，而是歉意以及被崇拜、被爱者的喜悦融合在一起的无比强烈的保护欲。当然，所有这些谋划成立的前提是，陈长生不会被商行舟杀死，也不能失势。

"你就这么看好我那个不成器的学生？"

这是对话至今，商行舟第一次承认陈长生是自己的学生。

"其实一切都源自于你对他的态度。"白帝看着他平静说道，"如果你不是这么看重他，这个世界最初又怎会如此看重他？"

商行舟说道："如果这种看重并不是你们所以为的意思呢？"

白帝说道："那就到时候再说，而且将来如果有人愿意承诺给我更多，我当然可以改变主意。"

商行舟没有再说什么，转身离开了青石街。

陈长生一直看着这边。他看着商行舟的背影消失在人群里，没有出声。

当年在天书陵的神道上，他背着天海圣后的遗体向下走，商行舟向上走，错身而过,不发一言,不看一眼。他当时没有说什么,此后也没有说起此事,但其实心里有些难以承受。今天商行舟曾经看了他两眼,但他的心情依然如此。商行舟看他的眼神与看陌生人并无区别。

有两只手先后落在了陈长生的肩上。不是负担,而是安慰。

陈长生看着唐三十六笑了笑,然后转身望向徐有容,说道:"我没事。"

寒冬时节的雪原,冷得如同深渊,魔兽呵出来的气,很快便被冻成了冰晶。风很烈,但没有一丝暖意。

黑袍静静看着西方,忽然说道:"败了。"

听到这句话,不远处那只极其高大的倒山獠发出了一声痛苦的低吼。不是因为倒山獠听懂了他的话,知道魔族这几年来最重要的谋划就此破灭,而是因为坐在它头顶的魔帅很愤怒地拍断了它的一截硬角。

在黑袍与魔帅的身后还有十余名魔将,更远处还有数道被黑雾笼罩着、异常神秘的巨大身影。

魔族没有增援白帝城,基于几个原因。黑袍相信圣光天使的强大战斗力,相信自己对京都局势的掌握,也是因为时间上来不及。

更重要的那个原因是一个人。雪原里站着一位中年书生。那个古往今来、天上地下最出名的书生——王之策。

"没想到他居然连你都请动了,现在想来当年你能躲掉界姓小儿的杀心,还是计道人的他应该出了不少力。"

寒风拂动,露出黑袍有些隐隐发青的脸颊,他的声音却没有任何情绪波动。

听到那个久违的名字,王之策叹道:"几百年的风雪,依然没有办法洗去你的恨意吗?"

181 · 我 见

界姓,是太宗皇帝当年在天凉郡时的旧名。自天书碑降世,没有谁的历史地位能够超越这个男人。因此在这片大陆上,无论生前还是身后,他始终享受着最高的荣耀,最多的尊重。不管是人族还是妖族的民众,甚至就连雪老城里的那些恨他入骨的魔族王公们也不会直呼他的姓名。

但今天黑袍就这样喊了，而且在后面加上了小儿两个字。谁都能够听得出来，他对太宗皇帝那种深入骨髓的恨意。

"如果时间能够让我们遗忘所有的过往，那我们的存在还有什么意义？"黑袍看着王之策嘲讽说道，"你曾经说过不问世事，还不是一样放不下。"

王之策说道："既然你与异族人勾结，那么这就不是世间事，而是世外事。"

黑袍说道："那又如何？"

王之策说道："只要你愿意放弃这个疯狂的想法，我愿意为你做任何事情。"

"任何事情？"黑袍微讽说道，"我见过你的无耻冷酷，难道还会被你骗一次？"

说完这句话，他转身向风雪深处的那座大城走去。魔帅与那些魔将也随之而去，被黑雾笼罩的数个巨大身影渐渐消散。

王之策看着黑袍的背影，情绪很是复杂。

魔君悄无声息离开了白帝城，整个过程都很平静，没有引起任何人的注意。

在这座城市里，想要杀魔君的人族强者很多，但没有人能动他，因为白帝很明确地颁下了一道旨意。那道旨意与牧夫人的那道谕旨是一样的，每个字都完全相同。

远来是客。谁都明白这是为什么。世间万物，都需要相对平衡的状态。要防止人族一家独大，便不能让魔族被削弱得太厉害。

长老会保持着沉默，妖廷官员保持着沉默，小德这样的妖族强者也保持着沉默，因为这是陛下的意志。只有金玉律像数百年前那样，与白帝发生了一场极其激烈的争执，然后被再次逐出皇城，只能去继续自己的躬耕生涯。

陈长生与唐三十六站在观景台，看着殿内。天光极明，殿内极暗，看不清楚太具体的画面，只能看到那些大臣妖将还有长老们像潮水般黑压压地跪着。

唐三十六想着院落四周的那场血战，情绪有些糟糕，冷笑说道："这就是你弱你有理？"

陈长生没有说什么，只是叹了口气。没有过多长时间，朝会便结束了。

那些大臣妖将与长老们鱼贯而出，隔着远远的距离向陈长生恭敬行礼，然后散去，没有谁敢上前与他说话，即便是熊族族长与士族族长也是如此，与前些天夜里在道殿里的情形已经完全不同。

时隔数年，白帝终于回到了他的城市，根本不需要什么权谋与手段，整个妖族都会统一在他的意志之下。更何况现在唯一可能威胁到白帝地位的相族族长已经暴亡，相族部落也处于风雨飘摇之中。

陈长生与唐三十六走进殿内。殿内没有为陈长生安排座位，唐三十六也无法说什么不敬，因为白帝也没有坐。

"你爷爷身体如何？"白帝对唐三十六问道。

不管有多少腹诽，唐三十六的应对很平静得体，无论礼仪还是风度都没有可挑剔的地方。

只是到最后，他还是忍不住说了一句话："我都想不明白，他都老成这样了，怎么还喜欢搅风搅雨。"

这句话明着说的是唐老太爷，嘲讽的对象却是白帝。白帝没有理会他，望向陈长生说了几句话。那几句话的意思很简单，也都在意料之中。不过是回顾了一下双方之间曾经亲密无间的良好关系，然后希望能够继续保持下去。

最后白帝说道："在圣女峰上你与折袖杀了那个家伙，很好。"

说完这句话，谈话便告结束。有内侍引着陈长生与唐三十六去落落的寝宫。陈长生想着最后那句话，有些不明白。

唐三十六解释道："他说的是白虎神将。那个家伙也是胆大心野，居然敢以白虎为号，如果两族不是盟友的关系，只怕早就被白帝杀了，白帝不方便动手，你替他杀了那人，他应该真的很高兴。"

来到最高处的石殿外，看到了栏边的那道身影，陈长生有些意外，但还是先去了石殿里。唐三十六自然不会跟着，向栏边的那道倩影走去。

石殿并不简陋，圆形的窗与乌木的隔断，把空间切割成极富美感的画面。落落站在这幅画里，就像盆中一株冷俏的小白花。她脸色苍白，神情凄楚，看着很是可怜。不仅仅因为亲生母亲的无情以及死亡，或者是稍后的离别，还因为很多别的事情。

陈长生站在她身前，沉默了很长时间，忽然说道："要不要和我一起走？"

落落低头，没有说话。滴滴答答，那是泪水落在地面的声音。

片刻后，她抬起头来，用袖子擦掉脸上的泪水，露出一抹真挚的笑容，说道："先生，不用了。"

如果陈长生说的不是要不要和我一起走，而是和我一起走，那么，她或者就随他走了。前者是问句，是征求她的意见，后者是命令。做学生的，怎么能违逆先生的意思呢？可惜了。

她很自然地靠在了陈长生的怀里。就像从前那样。陈长生的手不知该落在何处。看着那张小脸上的泪痕还有那抹灿烂的笑容还有最澄净的眼神，他想起了很多画面。

国教学院院墙上的斑驳雨痕、大榕树上能够看到的灿烂暮色，还有那片澄净的湖。

他的手落了下来。只是与从前有了些不一样。这一次他的手落在了她的背上。

过了很长时间，陈长生都没有出来。唐三十六忍不住再次望向身边。徐有容没有理他，也没有回头望向殿里。

这里是皇城的最高处，比观景台还要高。她在栏边能够把观景台看得清清楚楚。她知道那里曾经有过一株梨树。她也知道梨花带雨的画面是多么动人。

不久前她曾经亲眼看过。那张清稚的小脸上满是泪珠，谁会不怜惜？

唐三十六忍不住了，说道："你……"

徐有容面无表情说道："闭嘴。"

唐三十六有些恼火，说道："我……"

徐有容微微挑眉，说道："我见犹怜，何况是他。"

182·寒风烈，如美酒

三人向皇城外走去。走过崩塌大半的鲸落台时，陈长生忽然停下了脚步。

"她腹中的孩子究竟是谁的？"

听到这句话，联想着先前殿里的安静以及徐有容的反应，唐三十六很是震惊，下意识里准备逃走。

徐有容看了他一眼，说道："你想多了。"

陈长生也注意到了唐三十六的神情变化，有些无奈地摇了摇头。在这场战争里有很多人死去，包括别样红与无穷碧还有那两位圣光天使。陈长生无法忘怀的却是很多人根本想不起来的一条生命，那就是牧夫人腹中的孩子。在他看来，那个孩子是最无辜的牺牲者。或者，是因为这很容易让他想起自己的身世，

徐有容明白他的疑问由何而来，解释道白帝一族需要怀胎五年才能生产。

陈长生怔住了，这才明白为何落落说与自己同龄，看着却是那般小。原来她说的年龄是周岁。

皇城外，熊族族长、士族族长还有些妖族大人物们在等着他们。在白帝的视线之外，他们很愿意向陈长生表达自己的善意，修复双方之间的关系。只不过终究还是有所顾忌，没过多长时间，人们便散了，皇城前一片清冷。

陈长生回头看了眼高处如小黑点般的观景台，没有说什么。他当然知道这并不是全部的真相。

在落星山脉破阵的那些夜晚里，他想了很多，已经隐约明白了这一切到底是怎么回事。所以当他用南溪斋剑阵破开禁制，那座山峰垮塌，白帝重现于世的时候，他毫不犹豫转身就走。看到白帝还活着，只是做确认，但他并不想看见对方，更不想与对方说话。因为他有些恶心。白帝没有死，也没有昏迷。天选大典前那夜，相族族长来到落星山脉，自然感应到了他的真实意志。

牧夫人知道相族族长是假意投靠自己，也就是从那一夜开始，她开始怀疑白帝。但是她没有改变主意，依然进行着自己的计划，因为她太了解白帝，知道只要他能够置身事外，便会同意她的做法。

只不过没有谁能想到，陈长生会去落星山脉，要把白帝救出来。那些夜晚的破阵与救人，其实都是逼人。逼人的不是富贵，而是坚定与执着。最终，白帝被陈长生从那座山脉里逼了出来。

破阵的方法，商行舟通过徐有容、再通过小德告诉了他。见了众生，白帝便必须做出决断。以此而论，他确实是败在了商行舟与陈长生师徒的手下。

唐三十六想着当时离宫大阵破灭的画面，想着从夜色里走出来的魔君以及天空里的圣光天使，心有余悸地说道："好在最后所有的阴谋都失败了，不然真不知道会迎来怎样的结局。"

陈长生没有说话，他并不同意唐三十六的看法。

"谁能说白帝真的败了？魔族少了两个圣光天使，人族同样少了两位神圣领域强者，商行舟受了不轻的伤，相族族长蒙冤被杀，相族就此覆灭，长老会被严重削弱，此后两百年整个妖域再没有谁能够威胁到他，而陈长生与落落之间的关系再也撕扯不开，将来她继位后，妖族再也不用担心来自人族的威胁，而得到这么多好处，他只需要付出一个妻子的代价。"徐有容微微一顿，说道，"还是他不喜欢的。"

唐三十六忽然觉得风越来越冷了。然后他才发现已经走出了城门，来到了岸边的渡口。轩辕破和唐家的人以及国教教士们在这里已经等了很长时间。

河面上呼啸而至的寒风，把人们的呼吸变成了道道霜柱，看着有些壮观。那场暴雪过后，白帝城的温度始终没有升起来。

风来自河面，实际上来自山那边的西海。西风寒冷得如同冰刀，却把人们的脸吹得有些发红发热，就像是最烈的酒。

陈长生回首望向皇城，想着刚刚过去的这些天，想着这个故事里的人们，想着白帝与牧夫人。

"我们真的会变成这样的人吗？"

当年在国教学院的湖边，前些天在汶水城的河畔，他都问过这个问题。以前唐三十六都会给出很明确的答案，但今天他沉默了。

陈长生想起别样红与无穷碧，又想起了另外一个重要的问题。

"如果你的妻子对你极好，但性情极差，更是个大奸大恶之徒，你会怎么做？"

那个问题是别样红提出来的。轩辕破想着那些天，神情微黯。

徐有容静静看着他说道："如果是你，你会怎么办？"

陈长生很认真地想了想，说道："我会劝你，阻止你继续行恶，一辈子守在你身边。"

唐三十六说道："就像别样红那样？"

陈长生又想了想，摇头说道："我做不到。"

徐有容说道："我也不想要。"

唐三十六说道："如果是你遇到这个问题？"

徐有容想了会儿，说道："我会杀了他，再随他一道去死。"

这个答案尤其是这种随意的感觉，让正准备说话的轩辕破吓得不敢开口。

"不愧是圣后娘娘教出来的孩子。"唐三十六很是感慨，然后话锋一转，"我觉得你们脑子都有问题。"

陈长生神情有异，问道："你觉得应该怎样做？"

"你们都说我像苏离，我做事的风格当然也就是那一派。"唐三十六说道，"能怎么办？什么都不办。一起做大恶人岂不快活？"

陈长生觉得这话好生不妥，正准备说些什么，远处却忽然传来了一阵热闹的礼乐声。那乐声很是欢快，还能听到其间不时响起的爆竹，应该是谁家在办喜事。

发生了这么多事情,牧夫人刚刚死去,在这种时候敢办喜事的人家,或者极愚蠢,或者极有背景。今天办喜事的这户人家却不属于这两种。之所以没有谁来阻止,是因为这户人家是在办婚事,而主婚人的身份有些特殊。

轩辕破对唐三十六说道:"主婚人本来请的是院长,现在由我代替。"

陈长生说道:"我赶时间离开。"

西荒道殿大主教以及几位红衣主教也前来告辞,准备去参加那场婚事。看着这阵势,唐三十六越发不解,心想这到底是怎么回事?轩辕破对他解释了这个故事。

今天成亲的双方,是前些天在皇城前观看天选大典的一对年轻男女。那个年轻男子是下城松町的熊族苦力,那个年轻女子是上城的一位贵女。按道理来说,身份地位差异极大的他们根本无法认识,更不用说成亲。

问题在于那天,观景台上陈长生与魔君一场恶战,鲸落台崩落了极大的一块岩石。那个熊族苦力在最后关头,护住了那位贵女。即便这样,他们还是会死去,就像当时广场上来不及逃走的那数百人一样。好在陈长生群剑齐发,把那块巨岩切成了粉末,皇城前落了好美的一场雪。没有人死去,感动很快便变成了喜爱,然后超越了很多事情,成就了今天的婚事。

"他们都说可能与提亲人是我有关。"轩辕破说道,"但我觉得女方家的态度很好,部落里的人们都想多了。"

唐三十六说道:"如果代表夫家去提亲的人不是你,女方家的态度能好吗?话说你怎么会管这事儿?"

轩辕破说道:"都是族人,而且胡记的牛肉包子真的很好吃,忘了说,新郎是胡记包子铺的帮工,那天如果不是他冒着生命危险把掌柜和大师傅扔了出来,以后可就吃不着这包子了。"

唐三十六笑着说道:"太夸张了,什么包子能这么好吃?"

陈长生没有笑,认真说道:"那个包子真的很好吃。"

松町胡记包子铺,离天树侍庙不远,离轩辕破的家自然也不远。别样红最喜欢他家的包子,可惜的是,到死也没吃上一口热的。气氛变得有些低沉。唐三十六听陈长生说过别样红临死前的事情,隐约明白了些什么。

轩辕破与陈长生等人告别。

陈长生说道："以后回国教学院了再聚吧。"

轩辕破点了点头，与主教们向着礼乐声起处走去。

看着那边不停飞溅的爆竹碎片，陈长生沉默了会儿，说道："是好事。"

"是的，世间还是有不少美好的事情。"唐三十六说道，"既然如此，谁说我们就一定会成为白帝夫妇那样的人？"

徐有容淡淡一笑，没有说话。随着太阳光线的照射，气温终于升高了些。西风渐暖，不再如先前那般凛冽。一声鹤唳，白鹤离地而去。

残雪微颤，一位黑衣少女落在了岸边。她不解问道："为什么这么急着离开？"

因为陈长生收到了一封信。一封来自京都的信。京都里有人要结婚了，请他回去参加婚礼，并且要他做主婚人。白帝城里的这场婚事陈长生可以不参加，但京都里的那场他必须参加。而且他知道无论自己愿不愿意，都逃不过这个差事。

就像当年那样，无论他愿不愿意，她还是一样上了他的床。

FIGHTER of The DESTINY